ROYCE BUCKINGHAM

Die glorreichen Sechs

Die Romane von Royce Buckingham bei Blanvalet:

Die Karte der Welt
Der Wille des Königs
Die rubinrote Königin

Die Klinge des Waldes

Dämliche Dämonen (Sammelband)
Auch einzeln mit den Titeln:
Dämliche Dämonen
Mürrische Monster
Fiese Finsterlinge

Garstige Gnome

ROYCE BUCKINGHAM

DIE GLORREICHEN SECHS

Roman

Deutsch von
Michaela Link

blanvalet

MIX
Papier aus verantwortungsvollen Quellen
FSC® C014496

Verlagsgruppe Random House FSC® N001967

1. Auflage
März 2020 bei Blanvalet, einem Unternehmen
der Verlagsgruppe Random House GmbH, München.

Redaktion: Sigrun Zühlke
Umschlaggestaltung und -illustration: © Max Meinzold, München
Karte: © Andreas Hancock
HK · Herstellung: sam
Satz: Uhl + Massopust, Aalen
Druck und Bindung: GGP Media GmbH, Pößneck
Printed in Germany
ISBN 978-3-7341-0650-7

www.blanvalet.de

Kapitel I

Glorreiche Angelegenheiten

»Ein Drache, hm?« Tartan Mull strich sich zweifelnd über den Bart. »In dieser gottverdammten Höhle da?«

Steuern einzutreiben war schon unter den besten Umständen ein Scheißjob, aber dafür eine Klippe erklimmen und sich einem Drachen stellen zu müssen, strapazierte Tartans Diensteid fast bis zum Zerreißen. Der stahläugige Kommandant der Glorreichen Sechs starrte in die dunkle Höhle und lauschte der tiefen Stille, die nur gelegentlich von einem einsamen Tropfen Wasser durchbrochen wurde, der mit einem vernehmbaren *Plitsch* landete. Schließlich stieß er einen unverständlichen Laut aus und wandte sich an seinen bulligen Untereintreiber, Dale Usher. Usher konnte nur mit den Schultern zucken, da er die Hände voll hatte – in der einen Hand hielt er den Griff seines schweren Anderthalbhänders, und mit der anderen hatte er den zerknitterten Kragen des Stadtratsvorsitzenden von Rumforte gepackt.

Der Barde und Ausrufer der Glorreichen, Belorian Knochenstahl, reckte den Kopf mit seiner hübsch gefiederten Kappe über Ushers Schulter, um besser sehen zu können. »Für mich sieht das nicht nach einer Drachenhöhle aus. Die sollte so düster sein wie ein mondloses Moor. Sie sollte staubig sein vom Ruß uralter Feuer, finster wie der Arsch eines Dämons, und die Ausdünstung sollte an den Gestank von verkohltem Fleisch erinnern.«

»Und woher will ein honigzüngiger Dichter wissen, wie eine Drachenhöhle aussieht, hm?«, fragte Tartan.

Belorian in seinem fein bestickten Wams zuckte die Achseln, und seine dekorativen Schulterpolster hoben sich bis über seine Ohren. »Ich habe es in einem Lied gehört.«

»Natürlich hast du das.«

Der Stadtratsvorsitzende von Rumforte wand sich. »Ich versichere Euch, die Bestie ist dort drin, zusammen mit jedem funkelnden Silberstück und jeder glitzernden Goldmünze, die sich in unseren Truhen befunden hat. Wir haben kein Geld, um die Steuern Eurer Königin zu bezahlen. Und obendrein hat das Ungeheuer den alten Saul, den Wächter unserer Schatzkammer, zu einem krossen Stück Schlacke verbrannt! Jetzt, da ich Euch das grauenvolle Versteck des Tieres gezeigt habe, lasst uns gehen, bevor wir alle verschlungen oder bis zur Unkenntlichkeit geröstet werden.«

Tartan schwang seine langen dunklen Locken hin und her. Der Name des Stadtrats war Jonas Dumpich oder Dumschat oder Du-kannst-mich-mal-kreuzweise, wenn es nach Tartan ging. Der Name spielte keine Rolle. Tartan und seine kleine glorreiche Schar wollte lediglich die zehn Prozent der Königin einsammeln und die merkwürdigen Eisenholzberge verlassen, um sich in das vertrautere Gebiet unten an die Wilde Westküste zu begeben und von dort aus zurück nach Hause zu kommen, nach Seeblick. Sie hatten während ihrer Reise nach Norden in die Berge Dutzende von Ausreden gehört, warum jemand die Steuern ihrer Majestät nicht zahlen konnte – ausgefeilte Leidens- und Armutsgeschichten von Bürgermeistern und Ältesten, Baronen und Buchhaltern, Räten und Bauern. Aber so etwas wie hier hatte Tartan noch nie gehört.

»Ein Drache hat unser Geld gestohlen«, hatte der Stadtratsvorsitzende geschworen und die Hände gerungen, als sie in Rumforte eingeritten waren – einer weitläufigen Grafschaft am Fuß der Eisenholzberge, die vom Handel mit dem feuerfesten Eisenholz lebte, das dem Gebirgszug seinen Namen gegeben hatte. Das Gebiet hatte während der Grenzlandkriege mehrfach den Besitzer gewechselt – ohne Blutvergießen, dank geschicktem politischem Taktieren und »flexiblen« Loyalitäten. Die gut gebauten, feuerfesten Gebäude der Innenstadt, die sich in den Bergpass schmiegte, zeugten von der florierenden Wirtschaft und den damit verbundenen Erträgen dieses Territoriums. Man karrte das Eisenholz zu den Fischerdörfern an der Küste, um die Frachträume fremder Schiffe damit zu befüllen, als Gegenleistung für Gewürze, Tee, getrocknete Früchte und exotischen Wein. Man handelte bis hoch in die Nordlaufberge mit den Fellen großer Katzen. Man aß Rundstein-Silberfische aus den kühlen Gebirgszuflüssen des mächtigen Stroms. Man führte ein reiches, produktives Leben am Fuß der Eisenholzberge. Und man schuldete der Königin von alldem den zehnten Teil.

Der Stadtratsvorsitzende hatte Tartans glorreiche Sechs direkt zu Rumfortes Schatzkammer geführt, um die Armutsbehauptung seiner geliebten Stadt zu untermauern. Die schwere Tür zu dem Gewölbe hatte schwelend und zersplittert in ihren gewaltigen Angeln gehangen, und die dicken Mauern des steinernen Raums waren rußbefleckt gewesen. In der Luft hatte der Gestank von Rauch gehangen, der ganz dem entsprach, was Belorians Drachenlied beschrieb. Asche war aus den Arm- und Halslöchern einer verkohlten Rüstung in der Mitte des Raums gequollen. Der alte Saul, wie sich herausgestellt hatte. Der Metallkopf einer zerstörten Pike hatte einsam in der Nähe gelegen, ihr hölzerner Schaft schwarz verbrannt und halb zerbröselt. Eine beeindruckende Zurschaustellung von Zerstörung, das hatten die Glorreichen zugeben müssen. Aber es blieben Fragen offen und weitere Nachforschungen anzustellen.

»Klappe, Dummarsch«, sagte Tartan jetzt und spähte finster in die Höhle. »Ich habe Euch Fettsack nicht von Usher den ganzen Weg auf diese Klippe schleppen lassen, um Euch davonwatscheln zu lassen, bevor wir den Wahrheitsgehalt Eurer Geschichte überprüft haben.«

»Da ist wirklich ein Drache«, beharrte der Stadtratsvorsitzende.

Tartan bedeutete seiner Pferdemeisterin vorzutreten. »Yvette, was siehst du hier?«

Yvette war eine muskulöse Frau, deren ungezähmte kastanienbraune Mähne irgendwie immer genau richtig lag. Tartan hätte klüger sein und sie nicht begehren sollen. Yvette liebte ihre Pferde mehr als ihre Mitmenschen, und sie trampelte auf Männerherzen genauso bereitwillig herum wie auf staubigen Straßen. Aber sie wirkte ebenso verführerisch auf Männer, wie sie talentiert im Umgang mit Tieren war – wild und stark. Sie hockte sich hin und schnupperte, dann stöberte sie für eine Weile wie ein Hund herum, scharrte im Dreck und untersuchte den spärlichen Bewuchs am Berg. Schließlich zeigte sie auf vier lange Furchen in der Felswand außerhalb der Höhle. »Kratzspuren von einer Klaue oder Pfote, wahrscheinlich so groß wie dein Kopf. Es muss hier tatsächlich irgendein riesiges Tier geben.«

»Ich frage mich, was für eine Art von riesigem Tier unser fetter, mittelloser Freund uns hier als Drache zu verkaufen versucht«, grunzte Tartan.

»Höhlenbären leben in Höhlen«, bemerkte ihr winziger Übersetzer Heath. »Das sind große Viecher.«

Yvette nickte. »Waldbären sind dafür bekannt, dass sie ihre Krallen an Bäumen schärfen. Ein Höhlenbär könnte das Gleiche am Fels tun.«

»Es ist der Drache«, murmelte der Stadtratsvorsitzende.

»Oder vielleicht hat eine ehrgeizige Sumpfeidechse diese mächtigen Klippen erklommen, um es im Leben zu etwas zu bringen«, meinte Belorian feixend.

Tara Shnorhavorian hatte nur ein verächtliches Schnauben für diese Vermutungen übrig. Die junge Buchhalterin der Glorreichen Sechs war eine Art Genie, aber nicht in Bezug auf Manieren, Takt oder Höflichkeit, obwohl sie halb adelig aufgewachsen war oder vielleicht gerade deswegen. »Im Gegensatz zu euch einfachen Deppen frage ich mich, warum dieses Rumforte-Volk den geschwärzten Leichnam des ›alten Saul‹ einen ganzen Tag lang im städtischen Schatzgewölbe hat liegen lassen, bis wir hier ankamen. Haben sie keinen Respekt vor ihren Toten? Und warum nur einen einzigen alten Wachposten abstellen, um die Schatzkammer des gesamten Verwaltungsgebiets zu schützen? Und eine verbrannte Gewölbetür in einer Stadt, die berühmt für ihr feuerfestes Holz ist? Und wie soll ein angeblich so gewaltiger Drache überhaupt durch diesen schmalen Gang in das Gewölbe hineingelangt sein? Das sind so Dinge, über die ich mich wundere.«

»Es ergibt keinen Sinn«, pflichtete Tartan ihr bei. »Zumindest nicht zehn Prozent.«

»Trotzdem«, rief Yvette ihnen ins Gedächtnis, »gibt es hier ein großes Tier mit furchteinflößenden Krallen.«

»Oder einen schlauen Stadtrat mit einem Dolch, der die Kratzer in den Stein geritzt hat«, überlegte Tara laut.

Tartan nickte. »Dann lasst uns herausfinden, ob es Rumfortes berüchtigter Drache ist, ein Höhlenbär oder der städtische Schatzkämmerer im Eidechsenkostüm, ja?«

Die Glorreichen Sechs zogen gleichzeitig die Waffen aus den Scheiden, ein sechsfaches leises Seufzen von Stahl, eine gewisperte Sinfonie des Todes. Wenn sie kämpften, kämpften sie alle, sogar die Buchhalterin Tara – mit ihrem kleinen Dolch schrieb sie rote Linien mit derselben Schärfe, wie sie mit ihrer Schreibfeder Summen und Zahlen schrieb. Das Tier, zu dem die tiefen Rillen im Stein gehörten, war höchstwahrscheinlich ein Höhlenbär – eine Bestie, die Gerüchten zufolge fast doppelt so schwer werden konnte wie ihr Cousin aus dem Wald –, ein gefährliches Tier. Kurze Klingen waren nicht die besten Waffen, um einen Bären zu töten, und in der Enge einer Höhle würden sie keine Zeit haben, ihn vorher mit Pfeilen von Yvettes Eibenbogen zu schwächen.

Tartan steckte seine Klinge wieder weg und tauschte sie gegen die längere Streitaxt, die Usher quer über den Rücken trug. Und dann, da er ihr Anführer war, führte er die Glorreichen Sechs durch die klaffende Öffnung der Höhle.

»Ich spüre ein Lied in der Luft liegen«, sagte Belorian, während er durch die Dunkelheit des steilen Gangs voller Geröll hinter dem Rest der Gruppe herschlich.

»Bitte nicht«, brummte Tara.

Er sang trotzdem. »In ein tiefes, dunkles, abscheuliches Loch, mit fünf Klingen und ’ner Streitaxt die Helden reinkroch’n…«

Tara stieß ein spöttisches Lachen aus. »Helden? Ha!«

Tartan ließ das Lied zu. Es erfüllte einen Zweck. Es war nicht gut, ein Tier zu überraschen. Besser ließ man es wissen, dass man kam. Kleine Tiere würden fliehen, aber ein Höhlenbär würde brüllen und sie ausreichend vorwarnen, dass er dort war.

Der unebene Gang wurde immer dunkler, und Yvette entzündete zwei Fackeln – immer zwei, für den Fall, dass eine erlosch. Zwei verschiedene Personen hielten die beiden Fackeln der Gruppe – immer zwei, für den Fall, dass eine getötet wurde. Usher hielt keine der beiden Fackeln – er brauchte einen Arm, um den zappelnden Stadtrat festzuhalten, und den anderen für seine Klinge. Tartan hielt die beidhändige Streitaxt hoch, um fürs Bärentöten gerüstet zu sein. Und so reichte Yvette Tara eine in Öl getränkte Fackel und gab die zweite Belorian – der zimperliche Barde würde sich wohl ohnehin kaum am Kampf beteiligen, sofern es sich irgendwie vermeiden ließ.

Der steinige Gang tauchte plötzlich im steilen Winkel nach unten in den Fels hinein und mündete kurz darauf in eine größere, flachere Höhle. Tartan bedeutete den Fackelträgern vorzutreten, und das Licht des Feuers breitete sich aus, bis es die ungleichmäßigen Felswände erreichte, die den gewaltigen Raum umschlossen.

»Nichts«, sagte Belorian.

»Leer«, pflichtete Usher ihm bei.

»Wie erwartet«, brummelte Shnorhavorian.

Doch der Stadtratsvorsitzende teilte ihre Einschätzung nicht. »Dreht Euch …«, flüsterte er, »… um.«

Sie taten es.

Ein Paar gelber, untertellergroßer Augen starrte von einem Felsvorsprung gleich beim Eingang zur Höhle auf sie herab. Die Augen glitzerten im flackernden Fackellicht wie riesige Goldmünzen. Ein keilförmiger Kopf und ein verlängerter Hals streckten ihnen diese glitzernden Kugeln entgegen, bis sie über der Gruppe schwebten. Der Körper der Bestie lag noch im Schatten, aber die Größe des Schädels ließ seine Ausmaße erahnen. Er musste gewaltig sein. Das Ungeheuer hockte über ihrem einzigen Fluchtweg, eine simple, aber effektive Falle – der Drache wartete, bis die Beute hereingeschlendert kam, und griff dann von hinten an. Tartan hätte beinahe aufgelacht – die berüchtigten Glorreichen Sechs, überlistet von einem Tier.

Doch das Ungeheuer zögerte.

Tartan wusste nicht, ob der Drache wirklich Flammen speien konnte, aber der Stadtratsvorsitzende hatte ihnen einen eindrucksvoll verbrannten Leichnam gezeigt, daher bedeutete er seinen Glorreichen Sechs, sich zu verteilen. Selbst wenn sie sterben sollten, mussten sie der Kreatur nicht erlauben, sie alle mit einem einzigen Atemstoß zu töten.

Der Drache stellte sich auf vier baumstammdicke Beine, und seine Stimme grollte langsam aus den Tiefen seiner Kehle, rumpelnd wie eine herannahende Kutsche, bis er ein leises Brüllen ausrülpste. Mull überlegte, den Angriff zu befehlen; ihre Klingen waren bereit. Stattdessen erteilte er Heath einen Befehl.

»Heath … übersetzen.«

Der schlanke Übersetzer der Glorreichen Sechs eilte an Tartans Seite, wo er die Kreatur mit schief gelegtem Kopf anblinzelte.

Heath war gebürtiger Südländer aus Maibach, doch er nannte die Hafenstadt nicht wirklich sein Zuhause. Seine Mutter war mit einer Schar Reisender umhergezogen, auf Karren die Küste hinauf- und hinuntergefahren, hatte Tränke und Salben verkauft, einige echt, andere nur aus Fischöl. Sie hatte für das, was sie und der kleine Heath brauchten, gesungen oder gebettelt oder hatte es gestohlen, bis die Welt ihrer schließlich müde geworden war und ihn zum Waisen gemacht hatte. Heath redete nicht darüber, aber alle wussten, dass es schlimm gewesen war. Doch das Wanderleben hatte ihm eines geschenkt: Heath verfügte über ein einzigartiges Talent für Sprachen. Er verstand sie. Er studierte sie nicht. Er lernte sie nicht. Er hörte einfach zu, bis er sie verstand.

»Er ist … aufgebracht«, sagte Heath.

»Das erkennt jeder Depp!«, blaffte Tara.

»Er ist intelligent«, fügte er hinzu. »Die Laute, die er von sich gibt, folgen einem Muster, das komplizierter ist als das eines einfachen Tieres.«

»Was sagt er denn, Heath?«, fragte Tartan. »Konzentrier dich, Mann.«

»Wird er euch verbrennen?«, fragte Belorian und rückte von Heath und Tartan ab.

Heath hörte dem Drachen zu und lauschte aufmerksam dessen Abfolgen von Schnaub- und Grolllauten, sortierte die Sprachmelodien und beobachtete die Mimik und Körpersprache des Reptils, bis er schließlich flüsterte, sie seien »verflucht schwer zu deuten.« Er hatte noch nicht oft für Echsen gedolmetscht, da sie im Allgemeinen stille Tiere waren. Aber diese hier war mitteilsam, und die Umstände in der Höhle verliehen den Lauten einen reichen Kontext. Heath und seine Kameraden von den Glorreichen Sechs waren Eindringlinge im Heim des Drachen. Wahrscheinlich äußerte er sich also über ihre Anwesenheit. Es war beinahe sicher, dass er sich angegriffen fühlte, was eine gewisse Verletzlichkeit nahelegte, und er schätzte wahrscheinlich die Gefahr ab, die ihre geschärften Klingen darstellten – »menschliche Krallen« nannten einige Tiere sie. All diese Hinweise halfen Heath, die Bedeutung des Ächzens und Knurrens des Drachen zu erspüren. Doch seltsamerweise huschte der Blick der Untertassenaugen des Drachen immer wieder zu dem unbewaffneten Stadtratsvorsitzenden. Dann stieß die Kreatur ein leises Bellen aus, ungefähr in Richtung des Mannes.

»Er kennt den Mann aus Rumforte«, erklärte Heath.

»Bist du dir sicher?«, fragte Tartan.

»Ich würde meine behaarte linke Nuss darauf verwetten.«

Der Stadtratsvorsitzende entwand sich Ushers Griff, zerriss

dabei seinen Kragen und rannte unter dem Drachen hindurch aus der Höhle. Die Kreatur ließ die Flucht zu und hielt den Blick weiter auf Tartan und seine Streitaxt gerichtet.

»Lasst ihn gehen«, entschied Tartan. »Wir wissen, wo er wohnt. Dreht der Bestie nicht den Rücken zu. Außerdem glaube ich, dass ich das Gold unserer Königin sehe.«

Tartan deutete hinter den Drachen, wo im fahlen Licht der Fackeln haufenweise Münzen glitzerten, kleiner, doch genauso strahlend wie die gelben Augen des Tiers. Tara blies ihre Flamme größer, damit sie mehr Licht hatten. Auf dem Haufen bewegte sich etwas.

»Noch mehr Drachen!«, stieß Belorian hervor und trat noch einen Schritt zurück.

Das Licht offenbarte zwei Echsen von der Größe kleiner Hunde, ein jeder Herr über ein eigenes bescheidenes Silberhäufchen.

Tara zeigte sich unbeeindruckt. »Kaum mehr als schuppige Köter, Poet.«

»Eine Drachenbrut«, meinte Yvette, die die Tiere studierte. »Deshalb wird die Mutter nervös sein.«

Hinter seinen größeren Geschwistern huschte ein rattengroßes Jungtier aus den Schatten auf den Gipfel eines kleineren Haufens Goldmünzen, von denen jede zehnmal so viel wert war wie ein Silberstück.

»Das ist offenbar der Schlaueste von ihnen«, murmelte Heath leise, während der kleine Drache sich abmühte, um sich auf dem Gipfel der rutschenden Münzen zu halten. »Ein entzückender kleiner Scheißer, hm?«

»Halte dich an die Mutter«, sagte Tartan. »Oder den Vater oder was immer bei den sieben Höllen das ist.«

»Die Mutter«, erklärte Heath, dann grunzte er laut. Der Drache legte seinen schuppigen Kopf schief.

»Was hast du gesagt?«, fragte Belorian, der nervös von einem Fuß auf den anderen trat. »Was tut er? Sollen wir wegrennen?«

»Still«, schalt Heath ihn, »sonst verwirrst du sie.« Er wiederholte sein Grunzen.

Der Drache schnaubte zur Antwort.

»Sie bewacht ihr Zuhause«, dolmetschte Heath. »Wartet. Nein. Sie bewacht die Münzen.«

»Weil sie sie gestohlen hat«, bemerkte Tartan.

Heath schnaubte, und der Drache warf den Kopf hoch, wie ein Pferd es tun würde. »Nein.«

»Nein?«

»Sie waren ein Geschenk.«

»Die Städter haben dem Drachen all ihr Gold und Silber geschenkt?«

»Moment mal. Nein.«

»Nein?«

»Nein. Eine Bezahlung.«

»Eine Bezahlung?«

»Bezahlung. Das ist es, was ich höre.«

»Du hörst nicht immer besonders gut«, wandte Belorian ein.

Die Glorreichen waren klug genug, nicht an Heath' Fähigkeiten an sich zu zweifeln, aber auch er war nicht über Fehler erhaben, wenn er eine neue Sprache übersetzte, vor allem von einem Tier, dem er noch nie zuvor begegnet war.

Tartan runzelte die Stirn. »Der Drache bewacht das Gold der Städter gegen Bezahlung?«

Heath warf nun seinen Kopf hoch und ließ seine Nasenflügel beben. Der Drache stampfte und knurrte.

»Ja«, bestätigte Heath. »Vor uns.«

Heath unterhielt sich jetzt ungezwungen mit dem Drachen

und machte rasche Fortschritte im Verstehen der Sprache dieser Kreatur. Der Rest der Glorreichen Sechs senkte die Waffen, um das Gespräch zu befördern. Es wurden zwischen Mann und Tier verwirrte Blicke gewechselt, und es wurde gezögert, aber die Äußerungen des Drachen waren ruhig – er schien sich seltsam wohl im Umgang mit einem Menschen zu fühlen –, und schon bald schnaubten, rülpsten und gestikulierten sie hin und her. In der Tat, nach einem besonders schnellen Austausch von Augenzwinkern, Nicken und Schlürfen lachte Heath auf, als hätten sie einen privaten Scherz miteinander geteilt.

Schließlich drehte er sich zu seinen Steuereintreiber-Gefährten um und dolmetschte für sie. »Die Städter haben unserer Freundin hier versprochen, eine von zwanzig Münzen von Rumfortes Vermögen behalten zu dürfen, wenn sie uns verschreckt.«

Tara, die Buchhalterin, übersetzte Heath' Übersetzung. »Der Anteil des Ungeheuers beträgt fünf Prozent für die Bewachung von Rumfortes Schatz gegenüber den zehn Prozent der Königin«, sagte sie. »Sie versuchen, sich die Hälfte zu sparen.«

»Ein dreister Plan«, warf Belorian ein.

Tartan lachte. »Aber schlau. Das muss ich diesen Arschkriechern lassen.«

Usher lächelte nicht. Stattdessen streichelte er sein Schwert. Rumforte war ein umstrittenes Gebiet, und dessen schwankende Loyalität ärgerte ihn. »Im Herzen sind sie Grenzländler. Man kann ihnen nicht trauen. Wir hätten den Krieg beenden und sie uns vom Hals schaffen sollen, statt ihre Kapitulation anzunehmen. Sollen wir den Stadtrat aufspüren und einen hohen Baum für ihn suchen?«

Tartan erwog, den Stadtratsvorsitzenden wegen Steuerhinterziehung zu hängen, aber dann schüttelte er den Kopf.

»Nein. Auf diese Art können wir den Tribut der Königin nicht eintreiben. Alles, was wir davon hätten, wäre ein toter Stadtrat. Wir brauchen unsere zehn Prozent.«

»Du hast hoffentlich nicht vor, gegen diese unglaubliche Kreatur zu kämpfen«, sagte Yvette, deren Bewunderung für das gewaltige Tier sich in ihren großen Augen widerspiegelte.

Tartan tuschelte mit Tara, dann wandte er sich an den Übersetzer. »Erzähl deiner neuen Freundin vom Zweck unseres Besuchs.«

Belorian konnte es sich nicht verkneifen, ihn zu unterbrechen, es war seine Aufgabe, ihren Leitsatz auszurufen: »Wir treiben für die Krone ein!«

Tartan gebot dem Barden zu schweigen. »Heath, sag dem Tier, dass alle menschlichen Zahlungsmittel im Land der Königin gehören – das sollte diesem mächtigen Weibchen einleuchten. Doch aufgrund ihrer Weisheit und ihres Großmuts verlangt unsere Königin nur zehn Prozent als Tribut für die vielen Dienste, die die Krone leistet. Wenn dieses Tier es uns erlaubt, den Anteil ihrer Majestät einzutreiben – je eine Münze von zehn –, werden wir ihr unsererseits erlauben, neunzig Prozent zu behalten.«

»Und die Stadtbewohner?«, fragte Heath.

»Das Geld hat ihnen von Anfang an nicht gehört.« Tartan tätschelte seine Streitaxt. »Erkläre dem Drachen, dass es leichter sein wird, die Beute gegen einige fette Stadträte und Holzfäller zu schützen als gegen die besten Steuereintreiber der Königin.«

»Und wenn sie sich weigert?«

»Erkläre ihr unseren Reserveplan. Wenn wir das Geld der Königin nicht eintreiben können, wird sie eine Armee schicken.«

Heath nickte und richtete das Wort erneut an das Drachenweibchen. Schon bald hob sie den Kopf über die Gruppe und ließ ihn hin und her schwingen, eine Geste, die Tartan als Zustimmung wertete. Es war keine menschliche Geste, aber keine Kreatur streckte den Hals vor, um einen Kampf zu beginnen.

Heath bewegte ebenfalls den Kopf hin und her, um den Handel zu besiegeln, und die Glorreichen Sechs stießen einen kollektiven Seufzer der Erleichterung aus. Heute würden sie überleben, und was ebenso wichtig war, die Königin würde ihren Zehnten bekommen.

Als alles erledigt war, ließ Tartan seine Glorreichen den Tribut der Königin von den Münzhaufen einsammeln und sich hastig zurückziehen.

Doch Heath blieb noch ein Weilchen. Sobald die anderen fort waren, wandte der Übersetzer sich mit einer letzten Geste an das Drachenweibchen. Er zeigte auf sich selbst und dann auf ihr kleinstes Jungtier …

Kapitel 2

Caspar

»Man kann die Königin nicht einfach ersetzen«, sagte Caspar Klein zu den jüngeren Spielern, die mit ihren sorgfältig gestimmten Instrumenten im Halbkreis im Musiksaal von Seeblick saßen.

»Man kann es, und man wird es tun«, widersprach Erek Moceri. »Unsere Tante hat keinen Erben hervorgebracht. Sie kann nicht – es heißt, ihre Eier seien so verschrumpelt wie Rosinen. Mein Vater wird verlangen, dass sie abdankt, und dann wird mein Bruder Derek König.«

»Dein Bruder ist ein Dreckskerl«, bemerkte Fanta Trypoli neben ihm.

»Du darfst ihn nicht beleidigen. Ich erzähle es ihm, und dann besorgt er's dir.«

»Der wird in absehbarer Zeit nicht König werden«, wandte Caspar ein. »Und Derek könnte es nicht einmal sich selbst besorgen.«

Baron Trypolis Töchter, Fanta und Dexidra, kicherten. Selbst die flinken Finger von Caspars Leibdiener Pavin erstarrten bei Caspars Scherz auf den Saiten seiner Harfe. Und das Beste war, dass Herzog Moceris zweiter Sohn Erek mitten beim Flöten stockte und den Mund aufriss wie ein hungriger Fisch.

»Er ist eine betitelte Leibwache«, entrüstete Derek sich. »Aus der persönlichen Leibgarde der Königin.«

»Ich bekomme heute auch meinen Titel«, erklärte Caspar. Er wollte nicht herablassend klingen, aber Erek war ermüdend und unreif.

Erek feixte. »Königlicher Latrinenreiniger höchstwahrscheinlich.«

Eben, unreif, dachte Caspar. »Höchstwahrscheinlich der Titel eines Botschafters«, sagte er.

»Botschafter!« wiederholte Fanta Trypoli, und ihre blauen Augen wurden so groß vor Bewunderung, dass es aussah, als würde der Himmel aufbrechen. »Du wirst aufregende neue Orte besuchen. Du wirst faszinierende fremde Menschen kennenlernen.«

Es war keine Prahlerei. Caspar war ein Klein und Königin Neveah Moceris Neffe, mit höfischen Manieren und guten Beurteilungen von seinen Lehrern. Sein Vater war Botschafter in Mittelstadt – ein aufregender und neuer Ort, und die Welt war nun größer, da die Grenzkriege vorüber waren. Seine Königin und Tante würde die Titel vergeben. *Damit sollte ich die Sache in der Tasche haben.* Botschafter war hochgegriffen für die erste Ernennung eines jungen Edelmanns, und bis zur Ernennungszeremonie konnte er nicht wirklich sicher sein. *Aber bald.*

Sein Diener Pavin schüttelte den Kopf. Pavin hätte eigentlich nicht in diesem illustren Kreis sitzen dürfen, nicht mit den Töchtern eines Barons, dem Sohn eines Herzogs und dem Sohn einer Herzogin zusammen, aber er spielte so ungeheuer gut Harfe, und nur wenige andere spielten sie. *Er denkt, ich hätte den Mund zu voll genommen,* ging es Caspar durch den Kopf. Pavin riet ihm häufig, das Fell nicht zu verkaufen, bevor er den Bären erlegt hatte. Andererseits war Pavin die Stimme übertriebener Vorsicht gewesen, seit sie – der eine adelig, der andere bürgerlich geboren – dieselben prunkvollen Quartiere bewohnten. *Ein guter Bursche, aber jetzt sind wir Männer.*

Erek Moceri tippte mit seiner Flöte gegen den gestickten Aal der Moceris auf seinem Wams, eine Angewohnheit, wann immer er neidisch war. Eine unbewusste Mahnung an sich selbst und jeden um ihn herum, dass er, obwohl sie beide Neffen der Krone waren, das Symbol der Könige trug – und nicht Caspar. Die schmalen, purpurnen Aalbanner der Moceris flatterten auf jeder Zinne, sodass die dem Meer zugewandte Mauer aussah, als wäre sie von einer Reihe sich wiegender Algen gekrönt. Sie begrüßten fremdländische Schiffe und die salzigen Winde, die vom Arroganten Meer heranwehten.

Caspar störte der Neid seines Cousins nicht. Sie waren von Blut und Geburt her beinahe ebenbürtig – im Gegensatz zu Pavin –, aber Caspars Prinzessinnenmutter hatte in ein anderes Geschlecht eingeheiratet, in die Familie Klein – respektable Bürger, aber keine Moceris. Sie hätte den Namen behalten dürfen, selbst nach ihrer Heirat, doch sie hatte ihn als große Geste des Respekts vor seinem Vater aufgegeben – aus Liebe, ausgerechnet. *Herzlichen Dank, Mutter.* Auch wenn er ein Moceri war, war Erek jünger als Caspar und kein betitelter Lord. Auch er würde den Thron nicht bekommen. Sein Bruder Derek war der Ältere, und es gab noch weitere Verwandte, die vor ihm auf dem Thron sitzen würden, je nach den Umständen. Caspar würde auch nicht König werden – sechs oder acht Cousins müssten plötzlich tot umfallen, damit das geschah –, und so machte er sich keine Gedanken darüber. Botschafter genügte ihm. Derek würde König werden. Derek war ein massiger Knabe gewesen, und jetzt war er ein noch massigerer junger Mann, bereits so groß wie etliche der stämmigen Leibwachen der Königin, und er wuchs noch. Wenn er so weitermachte, würde er genauso riesig werden wie sein legendärer

Urgroßvater – passend für einen König. Er war außerdem berühmt für seine Dummheit.

Und Grausamkeit.

Als Derek jünger gewesen war als Erek jetzt, so ging das Gerücht, hatte er seinen Diener Iyon Folger in einen Brunnen gestoßen. Statt seinem Bruder zu erlauben, Hilfe zu holen, hatte er gedroht, mit Erek das Gleiche zu tun, wenn er irgendjemandem davon erzählte. Um sich nicht für eine geringfügige Dummheit rechtfertigen zu müssen, die ihm kaum mehr eingetragen hätte als einen Tadel, hatte er Iyon in den dunklen Tiefen des Brunnens kalt und nass und allein sterben lassen. So ging das Gerücht, und Caspar zweifelte es nicht an. Bis die Erwachsenen den seltsamen Geschmack des Wassers bemerkt hatten, war Iyon aufgedunsen und blau gewesen, und aus seinem Körper waren Blut und Galle in den Brunnen gesickert. Die Palastwache erklärte den Tod des Pagen als versehentlichen Sturz in den Brunnen. Aber »der Stoß« war unter den Kindern der Moceris und der Kleins immer noch ein offenes Geheimnis, und Derek schien den unausgesprochenen Ruf der Skrupellosigkeit zu genießen, den ihm das eingetragen hatte. Niemand wagte es, ihn herauszufordern, nicht einmal Erek. *Erst recht nicht Erek.* Und von jenem Tag an hatte Erek eine tödliche Angst vor tiefen, dunklen Brunnen.

Erek war jedoch mehr als bereit, Caspar herauszufordern. »Noch nie ist jemand bei seiner ersten Titelverleihung zum Botschafter ernannt worden.«

»Da die Grenzkriege gerade erst vorüber sind, gibt es mehr neue Orte, die der Diplomatie bedürfen, als verfügbare Kandidaten. Ich habe nachgezählt. Rein zahlenmäßig betrachtet sehe ich keine andere Möglichkeit.« Caspar zuckte die Achseln, als wäre es nichts, obwohl es doch alles war. Sein Titel würde den Lauf seines Lebens bestimmen, und es war fast sicher, dass es einen guten Lauf nehmen würde. Kleins saßen auf seidenen Sitzbezügen am Obersten Gericht von Seeblick, seit über einhundert Jahren. Caspar hatte eine bequeme, angesehene Position zu erwarten, bei der sein Allerwertester auf einem dieser weichen Stühle landen würde. Er würde über hohe Bezüge verfügen, die feinsten Damen anziehen, eine gute Partie machen, Münzen zählen und an einem üppig gedeckten Tisch speisen – ein fetter Vater mit pflichtbewussten Kindern und einer rundlichen Gemahlin in einem Kleid aus feiner Spinnenseide. »Unsere Königin wird fast ein Dutzend Gesandte in die frisch eroberten Städte schicken müssen.«

»Sie sind nicht erobert«, unterbrach Erek ihn. »Sie haben den feigen Waffenstillstand unterzeichnet, den unsere stumpfsinnige Tante mit allen geschlossen hat.«

»Sie haben Zugeständnisse gemacht«, wandte Fanta Trypoli ein. »Sie haben ihre Armeen aufgelöst und zugestimmt, im Gegenzug für Handel und Wiederaufbau Tribut zu zahlen. Ich sage, wir haben gewonnen.«

»Was gewonnen? Dass wir Steuern von diesen schmutzigen Grenzländlern eintreiben, ist keine angemessene Bestrafung für Generationen von Rebellion und Mord. Wir hätten sie auslöschen sollen wie Ratten, denn genau das sind sie.«

»Aber das haben wir nicht getan«, sagte Caspar. »Und jetzt werden alle ihre Städte, Dörfer und Festungen Kontakte knüpfen müssen. Man wird unsere erfahrensten Botschafter in die heikelsten neuen Gebiete schicken, wette ich, und ihre früheren ruhigen Posten in unseren Ländern müssen neu besetzt werden. Und zufällig wurde ich aufgefordert, heute vor der Königin zu erscheinen, um meinen Titel zu empfangen. Ein glücklicher Zufall, würde ich sagen. Wenn du älter wärest, würdest du zweifellos auch an dieser plötzlichen Fülle von Chancen teilhaben. Aber das bist du eben nicht.« Caspar seufzte und tat, als hätte er Mitgefühl mit seinem Cousin, der in ihrer Generation als Letzter einen Titel bekommen würde. »Den Gerüchten zufolge wird man mich dazu ernennen, Seeblick im Osten zu repräsentieren.«

»Höchstwahrscheinlich Gerüchte, die du selbst in die Welt gesetzt hast«, brummte Erek.

Erek war kein Dummkopf wie sein älterer Bruder; Caspar hatte das Gerücht tatsächlich selbst in Umlauf gebracht. Das Gerede, das besagte, man werde ihm eine der lauen Halbinseln im Osten zuweisen, war durch die Küchen gelaufen, hinaus zu den Ställen und zu ihm zurückgekommen, und das in kurzer Folge. Tatsächlich hatte er seinen eigenen Tratsch von Pavin selbst gehört, der ihn von Fredrick hatte, dem Sohn des Stallmeisters, der ihn von der Topfschrubberin Deedra gehört hatte. Caspar schlug eine Saite seiner Mandoline an. »Vielleicht schickt man mich nach Dortch oder zum Lusch oder an die Zuckerküste. Ah, das sind wirklich schön warme Länder.«

»Sie wird dich bestimmt nicht zum Lusch schicken«, warf Dexidra Trypoli ein. »Mein Vater sagt, die Sassoonen streifen noch immer durch den Toten Wald im Norden. Es ist dort immer noch sehr gefährlich.«

»Oh, ich fürchte mich nicht vor ein paar Schlägern und Rebellen. Ich bin auf dem Übungsplatz mit einer Klinge der Beste meines Alters.«

Erek schnaubte verächtlich. »Die Besten tragen keine Übungskämpfe mit Holzschwertern und gepolsterten Rüstungen gegen Knaben im Hof aus. Sie kämpfen gegen echte Männer, mit scharfem Stahl, in echten Schlachten, wie bei Craggs Marsch auf Malakit und bei der Belagerung von Callestan.«

»Quincy Cragg hat jetzt ein Holzbein«, bemerkte Caspar.

»Trotzdem würde er dir immer noch den Hintern versohlen. Er würde sein Holzbein abnehmen und dich damit verprügeln.«

»Deine Ausdrucksweise – es sind Damen anwesend«, schalt Caspar ihn.

Pavin nickte zustimmend und warf Erek einen missbilligenden Blick zu. Pavin Yuronen war ein guter Junge – mager, aber hilfsbereit, und nicht eifersüchtig auf die Triumphe seines Meisters wie manch andere Diener. Er war fast auf den Tag genauso alt wie Caspar und deshalb passend auserwählt worden, ihm aufzuwarten, seit er alt genug war, um zu dienen. So wie seine Eltern Caspars Eltern gedient hatten, und seine Großeltern Caspars Großeltern vor ihnen gedient hatten. Es war ein angesehener Posten für Bürgerliche aus Hyaks Mittelreich und bot ein behagliches Leben für den Yuronen-Clan. Caspar hatte mit der Idee gespielt, Pavin mitzunehmen, wenn man ihm seinen königlichen Posten zuwies, aber ein Botschafter würde einen richtigen Diener bekommen – einen erwachsenen Mann. *Er kann nicht mit mir kommen.*

»Ich wette, wir erhalten einen erstklassigen Posten, Mylord«, meldete Pavin sich zu Wort. »Euer Vater war Handelsberater des ganzen Mittelreichs, bevor es gefallen ist. Alles unter dem Posten eines stellvetretenden Botschafters wäre eine Beleidigung.«

»Aber ein erster Botschafter?« Dexidra sah Fanta an, um sicherzugehen, dass sie aufpasste, dann richtete sie den Blick wieder auf Caspar. »In diesem Alter wäre das wahrlich beeindruckend.«

»Ich diene einem beeindruckenden Herrn«, sagte Pavin mit einem Grinsen und zwinkerte Caspar zu. Sie hatten eine stille Übereinkunft – Caspar lobte Pavin vor gewöhnlichen Mädchen, und Pavin tat das Gleiche für Caspar, wenn adelige Mädchen zugegen waren. »Ich wäre nicht überrascht, wenn wir mit einer Delegation in einer Golstonkutsche fahren, um uns mit der Süßen Sultana der Zuckerküste zu treffen.«

»Sagt der Diener«, schnaubte Erek. »Keiner von euch hat Seeblick jemals auch nur auf einem Maultier verlassen.«

»Ebenso wenig wie du.«

»Ich bin nicht derjenige, der damit angibt, dass er zum Botschafter ernannt wird. Du bist kein erfahrener Diplomat, du bist kein reicher Kaufmann, du bist nicht einmal ein anständiger Reiter. Warum sollte man dich dazu erwählen, für die Krone zu reisen und zu verhandeln?«

»Ich finde das alles sehr aufregend«, sagte Fanta Trypoli. »Da die Kriege vorüber sind, wird es so viele neue Orte geben, die man besuchen kann!«

Caspar belohnte Fantas Begeisterung mit einem anerkennenden Lächeln. Als Töchter eines Barons bekleideten sie und Dexidra einen Rang, der sie zu möglichen Heiratskandidatinnen für einen Herzogssohn machte. Dexidra war fast so alt wie er, hübsch, mit einer schmalen Nase, und die bessere Violinistin. Ein ernsthaftes Mädchen, das täglich übte und pünktlich zu allen Unterrichtsstunden erschien. Sie würde eine ruhige, verlässliche Gemahlin abgeben. Fanta war einige Sommer jünger und konnte mit ihrem schiefen Lächeln und den großen Augen nicht auf traditionelle Art punkten, bot aber dennoch irgendwie einen interessanten Anblick. Für die Tochter eines Barons war sie jedoch ein wenig zu kühn, fand Caspar – einmal war sie anlässlich einer Mutprobe von der niedrigen Mauer des Kanals in den Zehnpenny gesprungen, und sie hatte zu der Gruppe junger Adeliger gehört, die dabei erwischt worden waren, sich in den Bäumen zu verstecken, um unverheiratete Bürgerliche zu beobachten, die sich auf der Lichtung der Liebenden mit nacktem Hintern vergnügten. Ein schamloses Mädchen, das häufig schlechte Manieren an den Tag legte.

Doch Fanta hatte recht, was die Chance betraf, das neue Königreich zu sehen. Adelige Kinder ihres Alters verließen Seeblick nur selten. Die Grenzlandkriege hatten sechs Generationen des Adels unter die Erde gebracht, die auf dem Schlachtfeld ihren Mut hatten beweisen wollen. Drei Piggo-Brüder waren innerhalb eines einzigen Monats in drei verschiedenen Scharmützeln am Pelzigen Flusslauf, in Callestan und Elam ums Leben gekommen. Die Familie war kinderlos zurückgeblieben und das Geschlecht der Piggos ausgestorben. Die Erosion des Adels hatte König Ricci Moceri veranlasst zu verfügen, dass es während der stürmischen Invasionen und Gegenangriffe der letzten beiden Generationen keinem blaublütigen Kind erlaubt war, die Sicherheit des berühmten gestreiften Stadtwalls von Seeblick zu verlassen. Nur eine einzige Rebellenarmee war weit genug nach Hyak vorgedrungen, um diese Mauern zu belagern, worauf König Ricci verseuchtes Vieh in ihre Mitte hatte schleudern lassen. Die aufgeblähten Rinder waren in Schauern von tödlichen Körpersäften explodiert, und wenige Tage nachdem sie ihre Gräben ausgehoben hatten, füllten die Eindringlinge sie mit Erbrochenem und wässrigen Exkrementen. Die Rebellen hatten sich die Schattenstraße entlang zurückziehen und nach einem weniger abstoßenden Opfer Ausschau halten müssen, weshalb dann Sarat im Mittelreich entsetzlich geplündert wurde.

Caspar erhob sich, um zu gehen. »Ich muss mich bereit machen, meinen Amtstitel entgegenzunehmen. Vielleicht schicke ich euch allen eine Einladung, wenn ich mich an einer der warmen Küsten niedergelassen habe.« Caspar zupfte zart eine ausgesprochen östlich anmutende Abfolge von Mandolinenklängen, während er davonging.

»Vielleicht tust du das«, sagte Fanta hoffnungsvoll.

»Vielleicht auch nicht«, konterte Erek.

»Es ist immerhin eine schrecklich lange Reise, Schwester«, bemerkte Dexidra zu Fanta, wie immer die praktisch Veranlagte. »Und an einigen Orten im Königreich ist es immer noch gefährlich. Wir würden eine bewaffnete Eskorte brauchen, um dort hinzureisen.«

»Bah«, höhnte Erek. »Fangt noch nicht an, eure Sommerkleider einzupacken, Mädchen. Der große ›Botschafter‹ hat bisher nicht mal einen Fuß vor die Stadtmauern gesetzt, um dort pinkeln zu gehen.«

Kapitel 3

Opal

Für ein einfaches Mädchen in Seeblick führte der Weg vom rissigen Kopfsteinpflaster der Hintergassen auf die glatt polierten Granitböden des Hammerfaustsaals durch manch dunkle Gegend, und Opal war einfach, sehr einfach. Der Tod ihrer Eltern, als sie und ihre Zwillingsschwester Lily zehn Jahre alt gewesen waren, hatte dafür gesorgt. Opal mochte keine dunklen Orte, aber sie hatte ihr ganzes junges Leben in den Schatten der Stadt geführt und gelernt, sich darin zurechtzufinden. Sie hatte unter den Frauen gelebt, die durch die Gassen schlenderten, verschiedenfarbige Tücher in die ein oder andere Falte gesteckt, um Kunden darauf aufmerksam zu machen, welche Auswahl an Diensten sie anboten. Sie war den lüsternen Männern ausgewichen, die ihr von den Raucherhöhlen aus zugerufen hatte, sie solle doch mal eine Pfeife probieren. Sie hatte mit Gassendieben um gestohlene Waren gefeilscht. Diese Menschen waren tatsächlich ihre Freunde, ihre Nachbarn und sogar ihre Familie. Dazu gehörten auch die Trinker, die sie nachts wach hielten und direkt draußen vor dem winzigen, mit Wachspapier abgedichteten Fenster des kleinen Raums stöhnten, den sie und Lily sich mit Tagesschläfern teilten, die bei Nacht im Hafen arbeiteten. Vertraute Gesichter waren außerdem die Taschendiebe, die die Stadtwache bis in den Hafen zu jagen sich weigerte. Sie kannte sie alle. Sie wusste, was sie wollten. Sie wusste, wie sie lebten und wie sie logen. Sie wusste, was sie versprachen und welche Versprechen sie halten konnten. Und so wusste sie, als sie beschloss, sie alle hinter sich zu lassen, mit wem sie ein Abkommen treffen konnte.

Seeblicks adelige Kinder waren keine guten Arbeiter, und so gingen die begehrten Stellungen im Palast – in den königlichen Küchen, den Waschküchen und auch die Aufgabe, den Edelleutchen aufzuwarten –, an junge Menschen aus dem Volk. Größtenteils Mädchen. Ältere Frauen galten als zu vulgär für die nach außen hin sichtbare Palastarbeit – niemand wollte von einer runzligen, gelbzahnigen alten Vettel bedient werden. Knaben neigten zur Trägheit oder zum Stehlen und galten gemeinhin als leicht ablenkbar und unehrlich. Das Gleiche traf natürlich auch auf einige Mädchen zu, aber die wurden bei der »Auslese« aussortiert.

Diese Auswahlprozedur war ebenso labyrinthartig angelegt wie die Hafengassen. Eine Aufstellung. Ein Vorstellungsgespräch. Prüfungen. Eine Empfehlung. Vielleicht eine Lehre. Eine Probezeit. Oder all dies zusammen. Oder nichts davon. Es war jedes Mal anders, wenn Shent, der Palastausrufer, rief: »Sammle Mädchen für die Krone ein!« Die Mädchen kamen herbeigelaufen oder erschienen an ihren Fenstern, und er lud die Besten aus dem Bezirk ein, zwei Tage später in einem geziemenden Kleid auf dem Palastplatz zu erscheinen. Fast jedes einfache Mädchen, selbst solche, die keine Kupfermünze für eine Mahlzeit besaßen, hatte ein Kleid für genau diese Gelegenheit, ein Kleid, das es sonst nie trug aus Furcht, es schmutzig zu machen oder zu zerreißen.

Die einfachen Mädchen, die auf dem Tarpunplatz ausgewählt wurden, lernten schnell, gehorchten eifrig und hatten so viel Angst davor, einen Finger zu verlieren, dass sie niemals stehlen würden. Doch selbst überlegener Grips, Witz und angstgetriebene Loyalität reichten nicht aus. Hunderte einfacher Mädchen reihten sich auf dem grünen Rasen des Platzes auf – für jede Position, die frei wurde, wenn irgendeiner früheren Dienerin von einem Stalljungen ein Braten in die Röhre geschoben worden war oder wenn sie zu alt wurde, um geschickt mit einem Tablett zu hantieren, um flink mit einem Besen zu sein oder einen angenehmen Anblick zu bieten. Und jedes Mal verließen Hunderte von enttäuschten Mädchen den Platz. Einige hatten Eltern, die stahlen oder die sonst irgendwie das Geld zusammenkratzten, um ihrer Tochter einen Weg in den Palast zu erkaufen, mittels zwielichtiger Frauen in den Gassen, die versprachen, Verbindungen zu Adelsfamilien herzustellen. Andere Mädchen hatten ältere Schwestern, die im Palast dienten und die sich bei ihren Herrschaften für sie einsetzten. Einmal hatte ein Mädchen einen Jungen angeheuert, damit er ihrer größten Rivalin am Tag vor dem Auswahlverfahren mit einem Knüppel das Knie zerschmetterte. Eine andere hatte das Wasser vergiftet, um ihre Konkurrentinnen krank zu machen, als sie ihren Erfolg bei der ersten Runde feierten. Andere Mädchen vögelten sich einfach in den Palast hinein. Sie waren alle einfach, und auch wenn einfach vieles bedeuten konnte, bedeutete es immer arm.

»Ich habe zwanzig Silberstücke«, hatte Opal der Mageren Wanda hinter der Theke in der Taverne zum bierseligen Wal zugeflüstert. Mit zehn Kupferstücken pro Silbermünze war das in den Gassen ein kleines Vermögen.

Wanda scheuchte Opal in eine Nische in der Ecke der rumgetränkten Hafenkneipe. Die Magere Wanda war gar nicht mager. Tatsächlich war sie gut genährt von der Tavernenkost – in Fett gebratenem Fisch und Kartoffeln –, und sie erinnerte mit ihrer Statur an das Hausmaskottchen, den grauen Wal, dessen gewaltiger Schädel über dem Eingang hing. Der private Alkoven in der Ecke besaß einen zerrissenen Vorhang, damit heimliche Gespräche geführt, ruchlose Geschäfte abgewickelt werden und Hafendirnen dahinter einen Mann für schnelle drei Kupferstücke mitnehmen konnten. Oder fünf, je nachdem welche Farbe das Tuch hatte, das sie trugen, und wie verderbt der Dienst war, den es repräsentierte.

»Zwanzig Silberstücke sind eine Menge Zaster für ein Mädchen wie dich, Opie. Ich werde dich nicht fragen, woher du es hast, aber es reicht trotzdem nicht, um dich zwischen denen unterzubringen, die über dir stehen. Du würdest das Dreifache brauchen, nur um auch nur durch die erste Runde zu kommen.«

»Ich habe gelernt, wie man Pferde striegelt«, antwortete Opal, »und ich bin bereit, fürs Erste in den Palastställen Pferdemist zu schaufeln.« Das war geflunkert; zwar hatte sie im Hafen einen Mann von der Zuckerküste so lange belästigt, bis er ihr erklärt hatte, wie man ein Pferd striegelte, während sie für einige Kupfer-Drams Ledersättel und eiserne Hufeisen für ihn ablud, aber sie hatte noch nie ein Pferd auch nur angefasst. Fragen zu stellen, war für ein Straßenmädchen die beste Methode, etwas zu lernen, und wenn sie angemessen Respekt und Ehrfurcht an den Tag legte, selbst wenn das geheuchelt war, freuten stolze Menschen sich, mit dem zu prahlen, was sie taten und wussten. Immer mal wieder bekam sie aber auch zu hören, sie solle abzischen und es sich selbst besorgen.

Wanda grübelte noch. »In den Ställen Pferdemist schaufeln ist sicher eine beschissene Position, aber trotzdem außerhalb der Reichweite deiner zwanzig Silberstücke. Die Ställe gehören den Cravels, und Francis Cravel will kein Geld und braucht auch keins. Kannst du noch irgendwas anderes für einen Platz im Palast anbieten? Du bist ein einigermaßen ansehnliches Mädchen, und deine Titten haben sich recht nett entwickelt…«

»Ich werde mich dafür nicht unter einen Mann legen. Es sei denn, er ist adelig. Und nicht älter als dreißig Jahre. Und nicht hässlich.«

Wanda grinste. »Du willst gleichzeitig betteln und wählerisch sein, hm? Das grenzt die Dinge ein wenig ein. Ich kenne tatsächlich den Mann, der die Topfschrubber auswählt. Ein geiler Halbcousin der Kleibücks – beinahe von Adel. Er ist ungefähr fünfunddreißig, und ihm fehlt nur ein einziger Zahn. Kannst du deine Ansprüche ein wenig herunterschrauben?«

Opal schüttelte den Kopf. Sie hatte schon Jungen geküsst – sie war keine zimperliche alte Jungfer. Aber sie hatte sich nie verkauft. Tatsächlich hatte sie sich geschworen, niemals ihren Körper einzutauschen, um dorthin zu gelangen, wo sie hinwollte. *Ein Mädchen sollte einen festen Vorsatz haben.* Adelige Mädchen hatten Vorsätze. Sie konnte natürlich kein adeliges Mädchen sein, aber sie konnte sich wie ein solches benehmen. *Und wenn ich in den Palast komme, kann ich auch so leben.*

Wanda seufzte, lächelte jedoch. »Ich war auch mal so wie du, Opie, bevor ich hier gelandet bin. Stolz und wählerisch.« Die Schankfrau warf einen langen Blick durch den Vorhang in die Taverne, auf der Suche nach den Geistern ihrer verlorenen Jugend und Schönheit und nach ihrem eigenen Stolz – den die hartgesottene Frau schon vor Jahren bei einer geschäftlichen Transaktion hinter dem Vorhang verhökert hatte, stellte Opal sich vor. Sie war kein schlechter Mensch, aber das Leben hatte ihr einen gewissen Sinn fürs Praktische aufgezwungen. »Ich würde dir wünschen, dass du es schaffst, Mädchen, aber wenn dir deine kleine Möse heilig ist, was hast du sonst, womit du feilschen kannst?«

Auf diese Frage war Opal vorbereitet. »Ich kenne zwei Geheimnisse, von denen Parise Gould nicht wollen würde, dass sie sich herumsprechen. Ich werde dir das Kleinere der beiden erzählen, um zu beweisen, dass ich auch bei dem anderen die Wahrheit sage.«

Wanda ließ einen Finger in der Luft kreisen. »Heraus damit, Mädchen.«

Sie ist interessiert. Opal schluckte hörbar. »Er besorgt es jungen Straßenratten von hinten. Knaben, die kaum älter als dreizehn Jahre sind. Ich kenne einen, der seine Lenden beschreiben kann. In allen Einzelheiten.«

»Das ist das kleinere der beiden Geheimnisse?« Wandas dünne Augenbrauen schossen in die Höhe. »Gould ist der Getreideminister. Er arbeitet nicht im Palast. Warum willst du ihn erpressen?«

»Ich will ihn nicht erpressen. Aber Pferde fressen Getreide, daher könnten die Cravels vielleicht ...«

Sie musste ein halbes Jahr lang Mist schaufeln, bevor man ihre harte Arbeit in den Ställen bemerkte. Sie gab sich Mühe, dafür zu sorgen, dass ihre Stallkameraden gut dastanden, und übernahm ihren Anteil an der Arbeit und sogar mehr. Sie befolgte in den Ställen höflich die Befehle von Tristan Cravel, Francis' Sohn. Außerhalb der Koppeln freundete sie sich mit denen an, die auf dem Grundstück des Fischpalastes fegten und wischten. Personal, das von den meisten anderen ignoriert wurde. Außerdem beobachtete sie und hörte zu, wenn die Edelleute ihre Reittiere holten. Als sie Francis Cravel fragte, ob er sie im Fischpalast empfehlen würde, erinnerte er sich daran, dass sie ihre Stellung dem Handel mit Geheimnissen verdankte. »Wenn du mir alles erzählst, was du in meinen Ställen gehört hast, lege ich vielleicht ein gutes Wort für dich ein«, sagte er.

Und schwupp, kaufte er all ihren Klatsch, bevor sie ihn an jemand anderen verkaufen konnte.

Sie war rasch aufgestiegen. *Vielleicht zu rasch.* Sie hatte sich die meisten ihrer Standesgenossen unterwegs zu Verbündeten gemacht, aber es blieben ein paar eifersüchtige Mädchen in ihrem Kielwasser. Nach nur zwei Jahren war Opal Spülhilfe und schlief im Dienstbotenhaus auf dem Gelände des Palastes – dem Fischhaus, wie es genannt wurde – und aß Reste aus den königlichen Küchen. Sie stahl sich so oft wie möglich hinaus und kletterte das Spalier hinab, um Lily Mahlzeiten zu bringen. Ihre Schwester umarmte sie immer, bevor sie die schlecht gestopften Würstchen verschlang, die zu klumpig waren, um sie den Edelleuten vorzusetzen, die ansonsten aber wunderbar schmeckten. Und Lily weinte, als Opal ihr einmal gezuckerte Feigen brachte. *Gute Tränen.* Die Art, die mit einer grimmigen Umarmung endeten.

Als Nächstes stieg Opal zum Linnen auf, und das sollte noch nicht das Ende sein. Sie hatte ein Ziel, das darüber hinaus ging, sich den Schleier einer Zofe zu verdienen – die begehrte Tuchmaske, mit der persönliche Leibdiener der königlichen Familie belohnt wurden –, ein Ziel, das über den Wunsch hinausging, wie ein adeliges Mädchen zu leben. *Das wichtigste Ziel von allen.* Sehr bald, wenn der Zeitpunkt genau richtig war und sie sich genügend Vertrauen verdient hatte, würde sie mit einem der einflussreichen Vorsteher sprechen und auch Lily aus den Gassen erheben.

»Opal!« Mistress Hilda, die Oberste Kammerzofe, kam in den Dienstbotensalon gestürmt und rief mit lauter Stimme nach ihr, obwohl Opal deutlich sichtbar vor ihr stand. Opal lachte gerade mit Clara, dem Mädchen, das täglich in den Fluren des Palastes die Blumenvasen mit frischen Blumen bestückte, aber sie hörte sofort auf zu lachen, als sie ihren Namen hörte. Mistress Hilda war keine Adelige, aber sie war wichtig. *Einflussreich genug, um ein Mädchen im Palast unterzubringen.*

»Ja, Mistress?«

»Du hast schon mal Pferde gestriegelt, nicht wahr, Opal? Als du Mist geschaufelt hast?«

»Ja, Mistress. Gewöhnliche Pferde.«

»Du hast ihr Fell gebürstet?«

»Und die Schweife.« Opal machte sich Sorgen. Sie hatte sich aus den Ställen hochgearbeitet und wollte nicht zum Mistschaufeln zurückkehren. Es war eine eklige, harte Arbeit. *Ich kann nicht zurück!* Auch ihre Schwester wollte sie dort nicht sehen, Lily würde in den Ställen nicht bestehen können. *Sie ist nicht stark, nicht so wie ich.* Das war der Grund, warum Lily bei den Auswahlprüfungen ein ums andere Mal übergangen wurde. Ihre Schwester brauchte eine leichte Arbeit wie Geschirr spülen oder Kerzen auswechseln. Und niemand in den Ställen war wichtig genug, ihre Schwester im Palast unterzubringen.

»Du hast eine Haarbürste benutzt?«, fragte Hilda.

»Für Rosshaar, ja.« Das schien eine seltsame Frage zu sein.

»Hast du auch geflochten?«

»Ich habe zum Spaß einige Zöpfe geflochten«, flunkerte sie.

»Ich interessiere mich nicht für deinen Spaß.«

»Natürlich nicht. Ich interessiere mich auch nicht für Spaß. Ich habe nur den Wunsch zu dienen.«

»Ich habe ein Problem: zwei kranke Mädchen. Eins ist so bleich, dass sie wie tot aussieht. Sie könnte inzwischen durchaus tot sein. Die wird nicht gehen. Die andere kotzt sich die Seele aus dem Leib. Ich brauche jemanden, der flechten kann.«

»Natürlich. Ja. Ich war die beste Pferdezopfflechterin in den Ställen. Ich kann das.« *Perfekt!* Dies würde nicht nur einen

Aufstieg von den Linnen bedeuten, es konnte auch zu einer leichten Anstellung führen, mit der ihre Schwester fertig werden konnte.

»Also schön«, sagte Hilda. »Geh dich vorbereiten. Du fängst morgen an, und du wirst dein gutes Kleid brauchen.«

»Sofort, Mistress«, antwortete Opal, dann begriff sie, dass sie nicht gefragt hatte, welchem adeligen Mädchen sie aufwarten würde. »Wessen Haar werde ich flechten?«

Hilda warf ihr über ihre Schulter hinweg ein schiefes Lächeln zu. »Das Haar der Königin.«

Kapitel 4

Caspar

Caspar und Pavin schritten die Fliegende Brücke hinauf, die sich über den Zehnpenny spannte. Der Fluss teilte die Stadt wie ein langer Riss in einer Scheibe vom Stamm eines Tuftorbaums. In seiner höfischen Kleidung vor nervösem, jugendlichem Schwung und Ehrgeiz strotzend würde Caspar sich nun seiner königlichen Tante präsentieren, Königin Neveah Moceri.

Vier der Leibwachen der Königin in ihren langen purpurnen Umhängen und den polierten Prunkrüstungen erwarteten sie auf dem höchsten Punkt der hohen gewölbten Brücke. Caspar fragte sich, wie die königliche Leibwache in ihren Umhängen kämpfen konnte – auf dem Übungshof trug niemand solch bauschige Umhänge. Die vier Männer machten das Zeichen der Königin – hakten mit abgewinkelten Ellbogen die Finger ineinander und machten mit den Armen wellenartige Bewegungen, was wie die Repräsentation eines muskulösen Aals anmutete –, dann wandten sie sich ab, um Caspar zu den Fischtoren zu eskortieren. *Ich werde ein Lord mit einem Amtstitel sein,* dachte Caspar, *und zwar von heute an.* Er richtete sich hoch auf, wie sein Chorleiter es ihn gelehrt hatte, und reckte die Brust vor, während er vor Pavin her auf die Kuppel des Fischpalastes und seine Zukunft zumarschierte.

Derek Moceri marschierte unter den Leibwachen. *Irgendein königlicher Verwandter muss es originell gefunden haben, mich von meinem Cousin eskortieren zu lassen.* Das war es nicht. Es war nicht unter Dereks Würde, Caspars großen Tag zu sabotieren. Er war älter, um eine Handspanne größer und anderthalbmal so schwer wie Caspar – zusätzliche Masse, die er früher dazu genutzt hatte, jüngere Knaben mit Stößen und Schlägen zu peinigen, wenn gerade niemand hinschaute. Caspar nahm an, er sollte dafür dankbar sein, dass er wenigstens nicht Dereks Lieblingsopfer gewesen war. Diese zweifelhafte Ehre hatte Erek. Erek tat Caspar tatsächlich beinahe leid.

Der arme junge Vollidiot steckt mehr ein, als er austeilen kann.

Derek, Erek und Caspar waren alle Neffen der Königin – vergleichbar im Rang, doch Derek war der Erste in der Thronfolge, angesichts des sehr öffentlichen Versagens der Königin, einen eigenen Erben zu produzieren. Als erster Sprössling von Anton Moceri, dem ältesten Bruder des verstorbenen Königs, war Derek auch als Erster in den Genuss eines Amtstitels gekommen. Er war in die Leibwache der Königin berufen worden, als Caspar noch seine Ausbildung an der Akademie zu Ende bringen musste. Dereks Pflichten waren geistlos, aber die Position war eine hohe Ehre, hoch genug für einen voraussichtlichen Erben der Krone, wenn auch nicht so hoch wie die Würde eines Botschafters. *Dafür ist er nicht klug genug.* Größtenteils marschierte er herum, kostete die Speisen der Königin vor und erfreute sich daran, jeden zu bestrafen, der seine geliebte Tante kritisierte. Mit einem Schwert an der Seite und der Autorität der Königin im Rücken war er ein kindlicher Drangsalierer, der zu einem gefährlichen jungen Mann herangewachsen war – ein mürrischer Hund, der die Küche seiner Herrin bewachte.

Caspar hielt es für das Beste, es mit Freundlichkeit zu versuchen. »Heda, Derek. Du trägst schon seit einiger Zeit einen Amtstitel. Irgendwelche Ratschläge?«

»Mein Rat wäre es, die Fresse zu halten, du Unterarsch. Ich soll nicht reden, während ich Kandidaten zur Ernennungszeremonie eskortiere.«

»Ach, papperlapapp. Du brauchst erst zu schweigen, wenn wir die Tore erreichen.«

»Aber ich gelobe, *jetzt* zu schweigen«, gab Derek zurück. »Der Gedanke, nicht mit dir zu reden, entlockt mir ein Lächeln.« Er lächelte nicht, aber seine drei massigen, stoischen Gefährten taten es und unterstützten seine schäbige Stichelei damit im Stillen. Sie genossen es, ihm dabei zuzusehen, wie er jüngere Männer, vor allem andere Adelige, verhöhnte.

Caspar sah Pavin an, der den Kopf schüttelte und ihm stumm riet, die Sache auf sich beruhen zu lassen. Er tat es nicht. Die Zeremonie war für Adelige, die ihren Titel empfingen, nicht für griesgrämige Leibwachen. Und nicht einmal ein grausamer, muskelbepackter Moceri würde ihm diesen Tag vermiesen. Statt es auf sich beruhen zu lassen, lächelte Caspar Derek an.

»Dein Schweigegelübde wird hiermit akzeptiert. Aber ich habe kein solches Gelübde abgelegt, also wirst du einfach zuhören müssen, während ich rede. Es ist eine Weile her, seit du mir zugehört hast. Ich glaube, seit dem Tag, an dem du deinen Titel bekommen hast.«

Derek funkelte ihn an wie ein Straßenköter mit Maulkorb, denn nun hielten ihn sowohl sein inoffizielles Gelübde als auch seine offizielle Pflicht zurück.

Es tat gut, ihn ein wenig zu ärgern, da er Caspar sowieso Schwierigkeiten gemacht hätte. Derek konnte einen Kandidaten für einen Amtstitel nicht einfach boxen. Er konnte Caspar nicht vor adeligen Mädchen die Hose herunterreißen, wie er das einige Sommer zuvor in der Chorkammer bei Erek gemacht hatte. Und er konnte ihm auch nicht in die Suppe spucken, wie er es einen Monat lang gemacht hatte, bevor Pavin ihn dabei ertappt hatte. *Heute nicht.*

Caspar schaute über die Stadt hinaus, die er bald als titeltragender Lord durchschreiten würde. Der Zehnpenny schlängelte sich zwischen Wohnhäusern und Geschäften hindurch, die sich bis an den künstlichen Uferwall drängten; einige Backsteinbauten mit bröckelndem Mörtel neigten sich über den Fluss wie betrunkene Seeleute, und etliche der ufernahen Holzhäuser verfaulten in ihren Grundfesten und standen kurz davor, beim nächsten Hochwasser in den reißenden Strom zu stürzen. *Es hat keinen Sinn, Altes zu stützen: Sie sollten durch neue, jüngere Gebäude ersetzt werden.*

»Es ist nun an mir, eine Halskette umzulegen«, eröffnete Caspar seinem schweigenden Cousin. »Heute Abend werde ich deinen Reihen beitreten. Vielleicht in einem höheren Rang. Man sagte mir, es würden viele Botschafterposten für die frisch eroberten Länder geschaffen.«

»Heiße, abscheuliche Länder«, murmelte einer der Soldaten.

»Ich werde wahrscheinlich die Stadt verlassen«, fuhr Caspar fort. Derek war ebenfalls in seinem Leben noch nicht viel weiter gekommen als Fairhaven gleich hinter dem Rundstein.

»Das werden wir beide tun«, fügte Pavin stolz und völlig unpassend hinzu.

Pavins Unterbrechung ärgerte ihn. Dies war Caspars Tag, nicht der seines Dieners. *Es ist wahrscheinlich das Beste, die Dinge gleich jetzt zu klären,* überlegte er, *bevor Pavin sich blamiert.*

»Du bist ein guter Kerl, Pavin, aber die Königin wird mir wahrscheinlich einen erfahrenen Diener zuweisen, der sich unterwegs um meine Bedürfnisse kümmert. Ich bin mir nicht sicher, ob du mitkommen wirst.«

Pavin erbleichte. »Aber ich bin bei Euch, seit ich alt genug bin, Euch zu helfen, den Lehrern vorzugaukeln, Ihr wäret gut mit Zahlen.«

»Was haben dumme Zahlen mit einem Botschafter zu tun?«, blaffte Caspar. »Für solch gewöhnliche Arbeit wird man mir einen Buchhalter geben.«

»Ich bin gut mit Zahlen. Ich könnte ...«

»Pavin, du warst ein getreuer Helfer. Aber jetzt brauche ich einen erwachsenen Mann, der sich um meine Belange kümmert.«

»Ich bin genauso alt wie Ihr.«

»Ich werde jemanden benötigen, der mit dem Königreich jenseits dieser Mauern vertraut ist und geschickt im Umgang mit einer Klinge, um mir Rückendeckung zu geben, falls ich gegen Rebellen oder Schurken kämpfen muss.«

Einer der Soldaten hüstelte, und Derek grunzte kurz belustigt, ohne etwas zu sagen.

»Und was wird dann aus mir?«, fragte Pavin.

»Was soll aus dir werden? Dies ist nicht deine Ernennungszeremonie.«

»Und was ist mit der Loyalität einem lebenslangen Freund gegenüber?«

»Keine Sorge, man wird jemand anderen finden, dem du treu ergeben sein kannst.«

Die Banner der sechs großen Territorien Hyaks flatterten an den Toren – eine zitronengelbe Sonne für die Südländer, orangefarbene Melonen vor einem belaubten Hintergrund für die Obstgärten des Nahen Ostens, ernstes Schwarz mit einer Faust darin für das Mittelreich, ein himmelblaues Feld, gesprenkelt mit Korallenriffen für die Gewürzküsten, ein smaragdgrüner Baum für den Lusch und der purpurne Weinkelch Seeblicks für die Wilde Westküste. Neue Banner hingen von Stangen, die hastig in die Steinmauern getrieben worden waren: das Vorgebirge, die Moorlande, die Seen, das Dickicht, Caraval. Sie alle würden Botschafter brauchen, und diese Positionen würden delikate, erfahrene Diplomaten erfordern. *Dorthin würde man keine neuen, jungen Gesandten schicken.* Caspar interessierte sich mehr für die kleineren Banner, die darunter hingen – die Städte und Grafschaften Hyaks, die Baronien und Vogteien, die Städte, Dörfer und sogar die Weiler. Es war jede Farbe des Regenbogens vertreten, so schien es Caspar, voller Leben und Möglichkeiten, und er fragte sich, welche wohl seine werden würde. *Vielleicht das Grün der Obstgärten von Killkenny oder das Himmelblau auf Gold von Maibach.* Als er die kristallweiße Flagge der Zuckerküste erspähte, überlief ihn ein Schauer. Die Festmähler in den Gewürzstädten entlang der Zuckerküste waren legendär. Die Gewürzhändler würden einen neuen Botschafter wahrscheinlich mindestens drei Tage lang feiern, mit Tänzerinnen und Feuerspuckern und endlosen Platten mit ihren berühmten Süßigkeiten. Caspar zwang sich zur Ruhe. Jedes der Kerngebiete, ob groß oder klein, würde genügen, und es wäre unehrenhaft, enttäuscht zu erscheinen, wenn er die Zuckerküste nicht bekam. Jedes Territorium würde eine Ehre sein. *Obwohl einige mehr Ehre bedeuten als andere.* Als Botschafter konnte er nach oben heiraten, statt nach unten. Er konnte weiter blicken als nur bis zu den Töchtern von Baronen. Als Herzogssohn mit einem solchen Amtstitel konnte er eine Großherzogin umwerben. *Oder eine Prinzessin.*

Er schritt an den Bannern und Flaggen vorbei und streckte die Beine, um mit den Schritten seiner hochgewachsenen, stummen Eskorte mitzuhalten. Pavin huschte hinter ihm her, pflichtschuldig und schmollend. Ringsum sammelten sich die Menschen. Es war sehr aufregend. Heute würden ihn im

Hammerfaustsaal mehr Menschen sehen als während seines ganzen Lebens am Hof, wo er zuvor nur ein Zuschauer gewesen war, ein adeliger Junge, der hinter dem Meerechsenbanner der Kleins in der Galerie gesessen hatte.

Bürgerliche, die das Glück gehabt hatten, einen Lotteriestein für die Ernennungszeremonie gezogen zu haben, strömten in den Fischpalast und drängten sich hinter den dicken Seilen, die sich rings um den Rand des riesigen Saals von Errol Hammerfaust spannten. Sie quollen bis in die Vorhalle. Kaufleute und Gelehrte standen vor ihnen auf der anderen Seite der Seile. Die vornehmen Hinterteile des Adels füllten die Holzbänke der Galerie. Es gab neue Reihen für adelige Familien aus den rebellischen Grenzgebieten, die den Waffenstillstand frühzeitig angenommen hatten – hauptsächlich die Vorgebirge und Caraval. *Unbekannte Gesichter.* Ihre ängstlich blickenden Augen erfassten jedes Wappen und jede Gepflogenheit – die farbigen Flaggen, die Verbeugungen und Knickse. Sie hatten noch nie eine Ernennungszeremonie in Hyak gesehen. Caspar hielt den Kopf hoch erhoben. Er würde gleich in die Geschichte eingehen. Die Ära des Krieges war vorüber, und er würde zu den Ersten gehören, die auf einen königlichen Posten berufen wurden, der von den Grenzländlern bestätigt wurde.

Er paradierte vorbei an der Menge, spürte die Blicke, kostete sie aus. Er war Absolvent von Hyaks feinster Akademie – Seeblicks altehrwürdiger Küstenakademie für Knaben – mit einem guten Ruf bei den Meistern und Tutoren, und er erinnerte sich an seine Lektionen. *Jene, die herrschen wollen, müssen härter arbeiten als jene, über die sie herrschen wollen.* Respekt verdiente man sich, indem man ein gutes Vorbild war. Ein Wachmann musste den Gesetzen gehorchen, die er durchsetzte. Ein Kommandant musste tapfer vor seinen Männern kämpfen. Ein Botschafter musste das beste Beispiel des Adels von Seeblick sein, um seine Königin zu repräsentieren – kultiviert, höflich, einnehmend, intelligent und mit einem guten Namensgedächtnis gesegnet. Einige adelige Knaben waren faul. Tatsächlich hatten Derek, Erek und die kichernden Blödmänner ihrer Art ihn Arschkriecher genannt, wann immer er seine Tasse vor jeder unverheirateten Dame am Teetisch geneigt hatte, ganz gleich, wie alt oder hässlich sie gewesen war, oder wenn er sich seine Stiefel ausgezogen hatte, wann immer er an den Grabmälern im Korridor der Könige vorbeiging, ob nun ein Bischof zugegen war oder nicht. Aber es waren die Meister der Küstenakademie, die das Ohr der Königin hatten, wenn es um Titel ging. *Titel werden verdient, nicht verliehen,* sagten sie, für gewöhnlich mit strenger Stimme. Nachlässige Knaben und Mädchen würden mittelmäßige Stellungen bekommen, Titel, die gerade ehrenhaft genug waren, um ihre Familien nicht zu blamieren.

Als die Kandidaten sich dem Podest näherten, teilten sie sich in zwei Reihen zu beiden Seiten des Hammerfaustsaals auf. Caspars Gruppe verschmolz mit anderen Quartetten von Leibwachen, die weitere titelberechtigte junge Adelige eskortierten.

Caspar sah die kleine, quälend schüchterne Marvissa Deedring mit eingezogenem Kopf zwischen ihren Begleitern stehen, als versuche sie, sich zwischen ihnen zu verstecken. Hinter ihr stolzierte Brenna von den Schiffsbauern, eine Purcell, die bekannt war für ihren Gesang. *Sie wird eine Bardin werden.* Darnall Magiste trug goldene Gewänder. Er würde heute mit Sasha verlobt werden, der Tochter von Herzog Wisnir, und es war bereits allgemein bekannt, dass man ihn zum Stellvertreter des Palastverwalters ernennen würde, der sein Lehrmeister war, seit er die Küstenenakademie besuchte. Caspars strammer Cousin Emil Klein eskortierte mit drei weiteren Leibwachen

Darya Emblom herein, das geniale Mädchen, das als an zweiter Stelle in der Erbfolge für das Herzoginnentum von Fairhaven stand, gleich nördlich von Seeblick auf der anderen Seite des Rundsteinflusses. Caspar lächelte Emil an. *Ich werde jetzt ein Lord, Cousin!*, wollte er ihm zurufen, widerstand aber auch dem kindischen Impuls zu winken. *Noch nicht*, musste er sich ermahnen. Zuerst brauchte er seinen Titel.

»Kommt herbei! Kommt herbei! Es ist Zeit!«

Die trällernde Stimme Shents, des Ausrufers der Königin, erhob sich über das Gemurmel der Menge. *Wo ist er?*, fragte sich Caspar und schaute sich um. Genau in dem Moment reckte sich ein Meer von Hälsen empor, mit einem kollektiven Aufkeuchen und herunterklappenden Kiefern.

Shent stürzte aus den Schatten der fernen Decke herab, wie ein Würstchen in ein gewaltiges purpurnes Seidenband eingewickelt, das sich entrollte, während er herabpurzelte und auf die Menge zuwirbelte. Als es den Anschein hatte, das Tuch würde gleich enden und ihn als roten Klecks auf den weißen Granitboden spucken, fing er sich mit einer Hand an der Seide ab und schwang hin und her, den Fuß in einer Schlaufe am Ende der Stoffbahn wie in einem Steigbügel. Sein Publikum seufzte vor Erleichterung oder vielleicht auch Enttäuschung, und er fuhr fort, das Nahen der Königin auszurufen, im Rhythmus mit den langsamen Kreisen, die er über ihren Köpfen beschrieb.

»Leiht mir Auge und Ohr und ein paar Münzen, wenn Ihr könnt, meine Damen und Herren. Dann werde ich Euch eine Zeremonie ausrufen, wie Ihr sie noch nie gesehen habt und wahrscheinlich auch nie wieder sehen werdet!«

Shent, der seinen belanglosen Familiennamen vor langer Zeit hinter sich gelassen hatte, war einst ein Soldatenbarde gewesen – ein Sänger in einem regionalen Heer – und dann Schauspieler am Theater, wo die Königin ihn entdeckt, ihn ausgewählt und ihm einen Titel verliehen hatte, der weit über seiner Herkunft lag. Es hatte Eifersüchteleien und Meinungsverschiedenheiten wegen seiner Ernennung gegeben, gewiss. Knabensänger von edler Geburt, einige von ihnen von ihren Eltern eigens zu diesem Zweck entmannt, hatten ihr ganzes Leben lang gesungen, um für den Titel des Ausrufers der Krone anzutreten, aber sie hatte einen einfachen Mann aus dem Volk ausgewählt und das Ausrufen für die Krone in einen Handwerksberuf verwandelt – statt eines edlen Traumpostens. Es hatten sich Federn, Flossen und Felle unter den Herrschaften an der Spitze gesträubt – den Topfers, den Aussitzers, den Knochenstahls. Aber Shent war besser gewesen als die adeligen Knaben. Besser als sie alle. »Der Beste aller Zeiten«, sagten manche. *Eine kluge Wahl*, dachte Caspar. Wichtiger noch, Shents Ernennung hatte signalisiert, dass seine Königin und Tante während ihrer Herrschaft keine Sklavin der Tradition sein würde, wie ihr Gemahl und König es gewesen war. Es kündete von ihrer Bereitschaft, notwendige Opfer zu bringen, Stolz beiseitezulassen und, im Falle der Grenzkriege, geschworener Rache zu entsagen, um einen größtenteils ehrenhaften Waffenstillstand einzufädeln. Nicht jeder Lord war erfreut darüber – alle adeligen Familien hatten Freunde oder Söhne verloren oder beides, und viele hegten einen entsetzlichen Groll. Einige von ihnen hielten ihren Schwur schriftlich fest, die Verantwortlichen zu foltern und zu töten, sowie die detaillierte Art und Weise, wie sie dies tun würden. Es gab sogar ein Lied darüber, der »Verräterkönigin« den Kopf abzuschlagen, weil sie Bündnisverträge geschlossen hatte. Allerdings riskierte jeder, der das Lied in der Öffentlichkeit sang, seinen eigenen Kopf, und so wurde es nur leise in abdunkelten Räumen gesungen.

»Der Krieg ist vorüber, und wir haben gewonnen!«, verkündete Shent und erklärte den Sieg für Hyak, als wäre der blutige, generationenlange Kampf erst an diesem Morgen zu Ende gegangen, statt langsam über mehrere Sommer schwieriger Verhandlungen hinweg. »Unsere holde Königin hat uns endlich Frieden gebracht!«

Sie hatten, streng genommen, nicht gesiegt. Sie hatten ein Unentschieden erzielt. Endlich herrschte Waffenstillstand, und die Grenzgebiete befanden sich alle fest unter der Herrschaft der Königin. In der Theorie. Mit Bedingungen. Und Ausnahmen. *Nun, vielleicht nicht gar so fest, aber fest genug,* dachte Caspar. *Vor allem wenn es mir einen guten Posten einträgt.*

»Lasst die Kandidaten vortreten!«, sang Shent, als er an der seidenen Schnur vorbeischwang. Er entheddert sich und sprang geschickt aus seinem Steigbügel auf das Podest.

Je ein Quartett von Leibwachen führte einen jungen Adeligen zu der Schlange, und sie stellten sich nach ihren Rängen geordnet auf. Als Neffe der Königin schritt Caspar zur Spitze der Schlange. Es fühlte sich gut an. Die Einzige, die es bei dieser Zeremonie an Rang mit ihm aufnehmen konnte, war seine Cousine Kinsey Moceri. Kinsey war einige Monate nach ihm geboren, Tochter des jüngeren Bruders seiner Mutter. Sie war aufgrund der vielen freien Posten so frühzeitig zu der Ernennungszeremonie gerufen worden, und weil sie blitzgescheit war. Das wusste jeder; die Meister und Tutoren sagten, sie sei die beste Schülerin ihrer Generation. *Kinsey würde anstelle ihrer Brüder die Krone tragen, wenn Intelligenz das entscheidende Kriterium wäre.* Aber das konnte sie nicht. Kinseys Brüder waren älter und hatten bereits Titel – sie würden an erster Stelle kommen. Wichtiger noch, ihr Vater war das Jüngste der Geschwister ihres toten Königs. Anton Moceri war der Älteste, der Vater von Derek und Erek, und da Königin Neveah keinen Erben aus einer noblen Blutlinie geboren hatte, würde Derek eines Tages auf ihrem Thron sitzen. *Bedauerlicherweise.* Oder Erek, falls die Götter weise genug waren, Derek niederzustrecken. *Obwohl Erek nicht viel besser ist.* Es gab auch einige Brutstätts in der Reihe der Thronfolger, aufgrund einer undurchsichtigen Regel, die sie von einem verirrten Zweig des Familienstammbaums zurückbrachte. Und Kinseys Bruder Devlin stand bereit, falls ihr Vater zum Zeitpunkt des Thronwechsels noch immer den Titel des Herzogs in seinem Bezirk innehatte. Dann war da noch Duncan, der zweitälteste Bruder des Königs, der Zwillinge hatte, einen Jungen und ein Mädchen.

Die Regeln und Launen, nach denen die Onkel, Tanten, Cousins und Cousinen der Moceris die Leiter der Thronfolge hinauf- und hinabstiegen, verwirrten alle – Anspruchsvoraussetzungen und Umstände verschworen sich, um einigen den Thron komplett zu verwehren. *Niemand, der zu jung ist, um einen Titel verliehen zu bekommen. Keine Frauen jenseits des fruchtbaren Alters. Kein Mann, der über das Alter des Erkahlens hinaus ist.* Ein berühmter hoffnungsvoller Herzog hatte insgeheim Perücken aus Menschenhaar in Auftrag gegeben, um zu versuchen, seinen Anspruch länger aufrechtzuerhalten, doch ohne Erfolg. *Keine gebrechlichen oder schwächlichen Personen. Keine Person mit einem Bastard von bürgerlichem Geblüt. Keine Person mit rotem Haar.* Der Thron konnte einen Erben mit schwachen Bewertungen von den Meistern und Tutoren übergehen. Wenn ein Erbe unter seinem Stand heiratete, rückte er in der Reihe weiter nach hinten. Wenn er sich gegen Hyak verschwor oder seinen Titel verlor, wurde er aus der Nachfolge gestrichen, es sei denn, er machte sein Unrecht wieder gut. Wenn er zu viel Geld schuldete, musste er warten, bis seine Schulden beglichen waren. Die Liste ging weiter. Und weiter. Gesetzgeber und der Adelsrat kümmerten sich darum. Natürlich war der Anspruch auf einen Sitz am Ratstisch ebenfalls vielschichtig, und so kamen und gingen auch ernannte Gesetzgeber mit ihren verschiedenen Auslegungen. Es überforderte Caspar, darüber nachzudenken. Er war aufgrund seines geringfügigen Altersvorteils vor Kinsey an der Reihe, aber sie standen beide ausreichend weit hinten auf der Liste, dass er sich nicht die Mühe machte, sich durch die Regeln der Thronfolge zu arbeiten. Er zählte mindestens sechs Personen vor sich oder acht, je nach Alter, Disqualifizierungsfaktoren, Heiraten und Titeln, die alle wechselten wie die Jahreszeiten. Es waren genug in der Reihe vor ihm, dass seine Mutter ihm einmal recht unverblümt mitgeteilt hatte: »Es würde einer königlichen Pestilenz während eines Sensenmondes bedürfen, um dich auf den Thron zu befördern.« Er würde Botschafter werden, und wenn seine Mutter starb, Herzog. Er würde nicht König werden.

Caspar nahm seinen Platz direkt vor Kinsey ein, lächelte bei dem Gedanken an die Ehren, die ihnen beiden unmittelbar bevorstanden, und zwinkerte ihr zu, als sie in seine Richtung schaute. Er mochte Kinsey. Alle mochten Kinsey. Sie nickte schwach, und der gelbe Vorhang ihres Haars fiel nach vorn, um ihr Lächeln kurz zu verbergen, bevor es verschwand und nur eine unbeteiligte Maske der Förmlichkeit zurückblieb – das spitze Kinn hoch erhoben, Augen nach vorn. Sie war höflich genug, ihn zur Kenntnis zu nehmen, aber höfisch und höflich genug, um ihn nicht während der Zeremonie wie eine Närrin anzugrinsen. Caspar konnte einfach nicht an sich halten. *Es ist alles so aufregend.*

Eine weitere Reihe bildete sich an der gegenüberliegenden Seite des großen Saals. Titeländerungen. Die Zeremonie war nicht nur für die Jugend. Ältere Edelleute, die bereits einen Amtstitel trugen, würden heute auf andere Posten versetzt, um freie Stellen zu besetzen. Einige würden befördert werden.

Andere herabgestuft. Caspar betrachtete ihre wachsende Reihe, die zu seiner Überraschung immer länger wurde. Sie wurden nicht von Leibwachen eskortiert wie die jungen Adeligen Hyaks; sie traten einfach aus ihren Familiengalerien heraus und nahmen ihre Plätze in der Reihe für Titeländerungen ein. Gwendolyn Filson, Wallyn Embry, Yole Arthen. Sie waren schon früher anerkannt worden, in ihrer eigenen Jugend – jetzt war keine förmliche Vorstellung vor der Welt mehr vonnöten. Caspar runzelte die Stirn; es waren mehr, als er erwartet hatte. Viel mehr. Und es kamen immer Neue hinzu. *Aber es gibt auch eine Menge neuer Posten,* rief er sich ins Gedächtnis. Belli Brant war die Nächste, die Ausruferin der Leibwache; sie stand da und streichelte ihre singende Kehle, wie ein Soldat vielleicht geistesabwesend den Griff seiner Waffe liebkosen würde. Und Synge, der Älteste der fünf Kriegsfürsten der Königin. *Das ist keine Überraschung.*

Synges klingenschwingende Tage waren ebenso vorbei wie der heiße Krieg. Nur in einigen wenigen Gebieten im Königreich brodelte es noch – im Toten Wald, den Morryhügeln, den Arschbacken der Spinnenbeinberge –, ferne Orte, die für Caspar bloß Geschichten waren. *Synge ist tatsächlich dort gewesen.* Aber jetzt sah der betagte Soldat zu alt und zu müde aus, zu zerschunden, um noch einmal hinausgeschickt zu werden. Er hinkte, seine linke Schulter hing auf unnatürliche Weise herunter, und ein blindes Auge starrte ins Leere. Sein struppiger, unhöfischer Bart zeigte mehr graue als schwarze Haare. Caspar erinnerte sich daran, wie Synge bei Caspars Eltern zu einigen Mahlzeiten nach Hause eingeladen worden war. Er war ein wohlerzogener, ernsthafter Kommandant gewesen, der Ehre ebenso zu schätzen gewusst hatte, wie Caspars Vater als Botschafter den Anschein derselben schätzte. Caspar war stolz darauf, den Mann zu kennen. Synge hatte sein Leben dem Dienst an seinem König verschrieben. Er hatte Schlachten gewonnen und Schlachten verloren, und er trug von beidem tiefe Falten im Gesicht. Der alte Kriegsfürst würde jetzt einen bequemen Posten bekommen, einen, der einem loyalen, aber müden Krieger zustand. *Anführer der Leibwache oder Kampfmeister,* dachte Caspar. Irgendeine Art von ehrwürdigem Trainingsposten.

Die Kandidaten am Ende von Caspars eigener Reihe hatten endlich ihre Plätze eingenommen. Es war eine schöne Gruppe von vielleicht zwanzig adeligen Jugendlichen, und er stand an ihrer Spitze. Kinsey war die Zweite, sie bekam ein Dreivierteljahr vor der Zeit einen Titel. Obwohl sie im Hinblick auf den Rang seine Rivalin war, würde sie zu jung für viele der Positionen sein. *Ganz sicher zu jung, um Botschafterin zu werden.*

Shent wedelte mit den Armen und schickte sich an, die Königin anzukündigen. Caspars Herz setzte einen Schlag aus, wie es das immer tat, wenn die Königin angekündigt wurde. Obwohl sie seine Tante war, schauderte es ihn immer, wenn sie in ihren purpurnen Roben einen Raum betrat. Sie war anders, wenn sie die Krone trug. Fürstlich. Elegant. Gebieterisch. Einschüchternd vielleicht, aber auf königliche Art. *Sie sitzt auf jeden Fall mit mehr Selbstvertrauen auf dem Thron, als mein Onkel es je getan hat.* König Amott Moceris Unentschlossenheit hatte Hyak bekanntermaßen die oberen Spinnenbeinflüsse gekostet, die die Grenzländler dann eingedämmt hatten, um den Wasservorrat und die Fischgründe zum Axtkopfsee umzuleiten. Er hatte sich außerdem geweigert, eine junge Nichte mit dem Verwalter von Hundschlund in der Kummerbucht zu verheiraten, weil der nicht von edlem Geblüt war, was ihn die Loyalität des Mannes gekostet hatte. Nach Amotts Tod hatte seine Königinwitwe sich beeilt, diese Fehler zu korrigieren und außerdem den Krieg insgesamt beendet, den Amott zwar nicht begonnen hatte, den er aber nach seiner Krönung zunehmend zu Hyaks Nachteil gewendet hatte. Caspar war sich nicht sicher, wie sie es angestellt hatte, aber er war beeindruckt. Alle waren beeindruckt. Sie traf ihre Entscheidungen schnell, kalkuliert, energisch und effektiv, und ihre Diplomatie war überzeugend.

Und sie ist im Begriff, einige weitere wichtige Entscheidungen zu treffen.

»Unsere Königin, unsere Königin!«, sang Shent. »Ruhm, Anmut und Güte. Unsere Königin!«

Der Ausrufer sprang und tänzelte herum, außerstande, wie es schien, seine eigene Aufregung über ihr bevorstehendes Erscheinen zu beherrschen. Sobald er sich selbst und die Menge zur Raserei getrieben hatte, wandte er sich mit einer dramatischen Geste der Tür der Königin zu und zeigte auf den Glöckner, der an der Schnur der Könige zog, um die Bronzeglocke am höchsten Punkt der gewaltigen Dachsparren von Hammerfaust zu läuten. Die tiefen Resonanzen erschütterten die Halle und sandten einen Schauer über Caspars Rückgrat, wie sie das immer taten. Doch wenn die Königin diesmal in ihrem Feststaat durch die Tür trat, würde sie ihm – Caspar Klein – eine Audienz gewähren, und das vor den Augen von Seeblicks gesamtem Adel und jedem Vertreter des einfachen Volks, der zählte.

Die Tür schwang weit auf, und Shent tänzelte so aufgeregt über das Podest, dass es aussah, als würde er sich womöglich in die Hose machen.

Da kommt sie!, dachte Caspar. *Ich werde endlich für meine Abstammung und Loyalität belohnt.*

Kapitel 5

Neveah

Caspar Klein ist ein Problem, dachte Königin Neveah Moceri, während sie sich mit einem feisten Finger das gedämpfte Ei eines Saratpfeifers in den Mund schob. Zu diesem beunruhigenden Schluss kam sie, als der Sonnenuntergang von Hyak durch die Vorhänge aus Spinnenseide in das Vestibül hinter dem Hammerfaustsaal drang und seinen lang gezogenen Schatten über die Königinnentür warf, hinter der fast ein Dutzend junger Adeliger darauf wartete, dass sie ihnen einen Titel verlieh. Das Ei war eine perfekte, weiße Kugel, wie ein vom Rundsteinfluss glatt geschliffener Kiesel, allerdings mit einem weichen, flüssigen Kern. Sie biss zu, und warmes Eigelb tropfte ihr übers Kinn. Als sie zu dem polierten Spiegel des purpurnen Raums aufschaute, fand sie, dass sie aussah wie ein riesiger Eishügelmaulwurf, der gerade seine spitze Schnauze in die weichen Eingeweide seiner erlegten Beute getaucht hatte.

Sie war durch ihre Ehe auf den Thron gelangt, hatte keinen Erben hervorgebracht, und dann war ihr Gemahl so unhöflich gewesen zu sterben. *So etwas Dummes!* Er wolle die Elefanten sehen, hatte er gesagt, und der Tierbändiger hatte den König um die Tiere herumgehen lassen, während sie ihre Kunststücke darboten. Amott war hinter eins der großen Exemplare spaziert, um es sich anzusehen. Bedauerlicherweise hatte eines der Kunststücke darin bestanden, sich hinzusetzen. Jetzt war Amott Moceri tot, sie war Witwe, und schon bald würde seine königliche Familie sie zwingen, ihnen ihren Thron zurückzugeben. *Es ist nur eine Frage der Zeit.* Sie musste eine weiche Landung arrangieren – einen wohlwollenden Nachfolger finden, der ihr einen würdigen Abgang gestattete und es ihr ermöglichte, sich weiter in Spinnenseide zu kleiden und in einem erhabenen Turm in Seeblick köstliche Pfeifereier zu essen. Der falsche Thronerbe konnte sich ihrer noch ganz anders entledigen. *Ich habe zu hart gearbeitet, um mich von meinem dämlichen Gemahl mit in den Tod reißen zu lassen.*

Aber die Thronfolge war komplex. Ihr lieber verblichener Gemahl hatte Onkel und Tanten gehabt, außerdem drei Brüder und eine Schwester. So viele Neffen und Nichten huschten durch den Fischpalast, dass es schwer war, sie alle im Auge zu behalten, und ein Dickicht obskurer Regeln entschied, welcher von ihnen der nächste, letzte oder überhaupt Anspruchsberechtigte war. Das Alter eines künftigen Erben war der primäre Faktor, aber auch der Titel des Vaters spielte eine Rolle. Oder der der Mutter, in einem berühmten Fall. Ein Gebrechen wie ein schwacher Geist oder eine körperliche Missbildung konnten einen potenziellen Nachfolger disqualifizieren. Die Notwendigkeit hatte es vor langer Zeit ermöglicht, dass auch eine Frau den Thron besteigen konnte, doch dem Gesetz nach musste sie keusch leben, eine Anforderung, die den Ehrgeiz einer besonders lüsternen Prinzessin in der Verschiffungsphase vor den Grenzkriegen im Keim erstickt hatte. Makellose Tugend war jedoch keine gesetzliche Anforderung, um durch Heirat auf den Thron zu gelangen – ein König konnte sich mit einer wüsten Hure vermählen, wenn er wollte, und mehrere hatten es getan. Neveah selbst war nicht unberührt zu ihrem Gemahl gekommen. Es gab noch andere Regeln. Im

Fall einer unentschiedenen Abstimmung unter den adeligen Familien konnte ein Duell zwischen rivalisierenden männlichen Erben angeboten werden, mit Ausnahmen. Es gab andere Erwägungen, die einbezogen wurden, darunter die Empfehlung der Götter, nach Deutung durch den Gezeitenpriester. Das Urteil des Priesters war nicht bindend, aber wenn auf eine Wahl entgegen der Empfehlung des Priesters – und somit entgegen dem Willen der Götter – eine Pechsträhne folgte, neigte das einfache Volk gelegentlich dazu, sich zu erheben. Neveah hatte eine Tabelle anfertigen müssen, um zu ermitteln, wer der Nächste in der Thronfolge war, wenn man all diese Dinge bedachte. Dann hatte sie ihre Tabelle zusammengeknüllt und eine neue erstellt. Und dann eine dritte.

Es spielt keine Rolle, wie ich die verdammte Tabelle aufstelle, überlegte sie. Bei jeder Aufstellung präsentierten sich zahlreiche Hindernisse, einschließlich ihres problematischen Neffen, wenn sie den königlichen Thron mit ihrer bevorzugten Nichte besetzen wollte, Kinsey Moceri.

Caspar war ein Klein, kein Moceri – der Sohn der Schwester ihres toten Gemahls –, aber er stand trotzdem vor Kinsey. Natalie Moceri, seine Mutter, hatte außerhalb der Linie geheiratet, aber Natalies Sproß war trotzdem ein direkter Nachfahre. Caspar war ein verhätschelter Knabe, der Sohn eines Botschafters. *Er würde einen weichen König abgeben.* Schlimmer noch, er schuldete ihr keinerlei Loyalität. *Aber Kinsey tut es.* Kinseys Vater, Malcolm Moceri, hatte Leichen im Keller. Neveahs Königsgemahl Amott hatte seinen jüngeren Bruder Malcolm vor zwei öffentlichen trunkenen Skandalen bewahrt. *Und vor einem, der nicht ganz so öffentlich war.* Während eines von Malcolms Alkoholexzessen war sein Erstgeborener auf mysteriöse Weise mit zahlreichen Prellungen am Leib ums Leben gekommen, und Amott hatte seinem Bruder ein Alibi verschafft. Malcolm stand in der

Schuld der Krone, und daher stand Kinsey in ihrer Schuld. *Außerdem himmelt das Mädchen mich an.* Kinsey würde sich um sie kümmern, entweder aus einem Gefühl der Verpflichtung heraus oder aus Loyalität. Bei Caspar war es unmöglich, das mit Sicherheit zu sagen. *Und eine Frau braucht Sicherheit.*

Neveah verzog das Gesicht. Es war eine unangenehme Pflicht, sich selbst zu ersetzen. Als würde man in einer kalten Nacht ein warmes Bett verlassen, um zum Abort zu gehen, nur um festzustellen, dass auf dem Rückweg die Tür versperrt war.

Caspar war kein gemeiner Idiot wie Derek oder ein verbittertes Kind wie Erek, die beide in der Thronfolge vor ihm standen. Er war ein Nichts. *Wie sein weicher Diplomatenvater.* Wenn man es ihm überließ, sich auf dem Thron zu suhlen, würde er fett werden und wie ein Hausschwein von einer bedeutungslosen Ratssitzung zur nächsten schlurfen, uninspirierte Entscheidungen treffen und mit irgendeiner quiekenden Tochter eines Barons gleichermaßen uninspirierte königliche Neffen und Nichten zeugen. Derek würde sich vielleicht disqualifizieren – dumm genug dafür war er gewiss. Erek konnte man übergehen, wenn sie abdankte, bevor er einen Titel erhielt. Aber das wäre dann früher, als sie plante. Die anderen Kandidaten hatten potenziell disqualifizierende Familienprobleme, eine schwache Gesundheit oder schlechte Angewohnheiten, die sie vielleicht aus der Abfolgereihe schubsen würden. Aber Caspar Klein war weder krank noch dumm oder voreilig. Seine Familie war sauber, und er befolgte Regeln so eifrig, dass es schon fast ärgerlich war. *Und junge Männer mit einem Anspruch auf den Thron verschwinden nicht einfach.* Er würde nichts Aufregendes tun, und so bestand bedauerlicherweise kaum eine Chance, dass er ihr den Gefallen erweisen würde, in einem Akt des Heldenmuts jung das Zeitliche zu segnen – *dieser Junge ist der am wenigsten wahrscheinliche Kandidat, jemals ein Held zu werden.*

Neveah bekam Kopfschmerzen bei dem Gedanken daran. Sie griff nach dem blauen Gewürz von der Zuckerküste, das den Geist befeuerte, um es sich in ihre dampfende Porzellantasse mit Tee zu löffeln und die Kopfschmerzen loszuwerden, die ihr das lästige Dasein ihres Neffen aufgebürdet hatte. Doch ein unübersehbares Stirnrunzeln des Mannes auf der anderen Seite des Raums ließ ihren aalförmigen Silberlöffel mitten in der Bewegung erstarren. *Kein Gewürz.* Sie hätte die Hände hochwerfen und ihm sagen können, er möge es mit einer Ziege treiben gehen, aber das hätte sich vor diesem speziellen gnadenlosen Zuschauer als sinnlose Geste erwiesen. Sie brachte stattdessen eine förmlichere Beschwerde zum Ausdruck.

»Ich habe an den Tischen von Feinden gespeist, die versuchten, mich zu töten. Ich habe Bündnisverträge mit Wilden unterzeichnet, die kaum lesen konnten. Ich habe tausend gute Männer in den Tod geschickt und mit zwei grässlichen Männern gevögelt, um Frieden zu schließen. Bei allen Göttern, ich habe einen Krieg beendet. Den Krieg beendet! Was muss ich denn noch tun, um meinen Thron zu behalten?«

»Ich kann Euch nur raten, meine Königin«, antwortete der kleine Mann von seinem Posten im Schatten der Tür der Königin, die zum großen Saal führte. »Ich würde mir nicht anmaßen, Euch zu sagen, was Ihr tun müsst. Aber ich würde Euch raten, Euch aufs Abdanken vorzubereiten. Und das bald. Die Moceris werden ihren Thron zurückhaben wollen, da Euer Gemahl keinen Erben darauf hat setzen können. Sie werden jemanden auf diesem Thron haben wollen, durch dessen Adern ihr Blut fließt.«

Er hatte beide Hände in dem jeweils gegenüberliegenden Ärmel seiner weiten Robe verborgen, sodass seine Arme einen geschlossenen Kreis vor ihm bildeten, mit purpurnem Stoff verhüllt, der Farbe der Königin. *Meiner Farbe.* Viktor Valspar bot kein eindrucksvolles Bild. Tatsächlich sah er aus, als würde sein eigenes Gewand ihn verschlucken. Aber unter diesen lavendelfarbenen Falten lauerte ein Mann mit beachtlichem Verstand. *Mein Gefolgsmann.* Das Geschlecht der Valspars ließ sich mehr als zehn Generationen zurückverfolgen, bis ins Mittelreich. Ein alter Name, und doch war Viktor der Letzte von ihnen. Neveah entging nicht die Ironie, die darin steckte, dass ein Mann, der am Ende seiner eigenen Stammlinie stand, sie bezüglich der Notwendigkeit beriet, einen Erben hervorzubringen, aber er war mit allen Hunden gehetzt, wie man so schön sagte, und sie war verzweifelt. Sie stieß die Gewürzschale beiseite und verstreute dadurch mehr davon über den Tisch, als das Leben dreier Männer wert gewesen wäre. Dann erhob sie sich und schritt zum Fenster, wo die Seidenvorhänge um sie herumflatterten wie die Flügel eines Schmetterlings, als sie auf das Königreich hinausschaute, das sie um den Preis ihres eigenen erhabenen und lauschigen Plätzchens vor dem Krieg gerettet hatte.

Unfruchtbar ...

Die Menschen tuschelten es in den Straßen, als wäre ihr Schoß ein trockenes Ödland und nicht die saftige Spielwiese, die ihr Gemahl und ihre Liebhaber ihr bescheinigt hatten. *So ein hässliches Wort, »unfruchtbar«.* Viktor hatte das Gerede ein wenig eingedämmt, indem er Gerüchte über die Impotenz des Königs gestreut hatte. Es war einfacher, den Namen des Toten zu besudeln, als die lebende Königin zu kritisieren. *Vor allem wenn die Lebenden einen an den Pranger stellen können.* Aber es lag an ihr. Sie wusste es. Sie spürte es. »Es ist meine Schuld«, flüsterte sie der Welt zu. Irgendetwas stimmte nicht mit ihrem Körper.

»Nein, meine fruchtbare Königin«, widersprach Valspar.

»Das Schatzsäckel des Königs war leer. Niemand hat es gewagt, es auszusprechen, solange er lebte, aber jetzt kann ich es tun. Und ich tue es. Es war allenthalben bekannt, dass seine Bäder zu heiß waren. Höchstwahrscheinlich hat er sein königliches Würstchen und seine Eier zerkocht. Ihr seid gesund wie ein Ochse. Seht euch nur diese üppigen Hüften an …« Valspar reckte seinen dünnen Hals, um sich seine Einschätzung zu bestätigen.

Neveah fragte sich, ob ihr Ratgeber Fantasien hegte, selbst zwischen ihre Hüften zu klettern. *Schon geringere Männer trachten danach, das Lager von Königinnen zu teilen.* Dies war Neveah während ihrer Verhandlungen mit den Herzögen, Baronen, Häuptlingen, Ältesten, Bürgermeistern und emporgekommenen »Königen« der vielen Grenzgebiete klar geworden. Insbesondere kämpfende Männer mussten das Gefühl bekommen, irgendetwas erobert zu haben, bevor sie sich dazu überwinden konnten, einen Krieg aufzugeben.

»Aber ich hatte auch einen kräftigen Liebhaber, und … nichts.«

»Atul Deshmane mangelt es an edlem Blut«, antwortete Valspar verächtlich. »Offensichtlich kann solch gemeines Volk eine Frau von Eurem Stand nicht mit seinem minderwertigen Samen schwängern.«

»Aber nicht, weil er es nicht versucht hätte.«

Valspar zog ein säuerliches Gesicht. »Es geht nicht um den Enthusiasmus Eures Wachmanns von niederer Geburt. Und es ist nur gut, dass er versagt hat, sonst hätten seine Größe und seine niedrige Stirn sich vielleicht im Aussehen des Erben wiedergefunden. Dieser zu groß geratene Wächter wäre nicht meine Wahl einer Tändelei für Euch gewesen.«

»Ich werde nicht dulden, dass du mir meine Liebhaber aussuchst.«

»Euch dazu berate.«

»Ich werde nicht dulden, dass du mich berätst, wen ich zu meinem Liebhaber erwähle.«

»Es spielt keine Rolle. Die Bündnisverträge sind unterzeichnet. Wir befinden uns nicht im Krieg und haben einen umstrittenen Erben am Start. Und obwohl Ihr abtreten müsst, seid Ihr beinahe mächtig genug, um Euren eigenen Nachfolger zu ernennen.«

»Beinahe.« Sie runzelte die Stirn. »Hmpf. Die Familie meines teuren Gemahls wird meinem bevorzugten Kandidaten widersprechen. Sie hassen mich, musst du wissen.«

»Ihr habt einen Nachfolger im Sinn?«

Sie nickte. »Es wird Kinsey sein. Ich habe es so entschieden.«

Er zog eine Braue hoch, zwang sich dann aber zu einem freundlichen Lächeln. »Natürlich. Klug. Hübsch. Aber eine schwierige Wahl. Sie ist jung und nicht einmal ansatzweise die Nächste in der Reihe. Die Achte, wenn ich gut mit Zahlen bin.«

Er ist gut mit Zahlen, dachte Neveah. »Das Gesetz verlangt Jugend – einen Erben, der jünger ist als zwanzig Jahre, um eine lange Regentschaft zu gewährleisten. Außerdem sind junge Monarchen beim gemeinen Volk sehr beliebt, und der Rat wird eine populäre Entscheidung bevorzugen.«

»Aber es gibt andere dieses Alters, die vor ihr in der Thronfolge stehen. Kinsey selbst hat einen älteren Bruder. Und sie kommen beide erst nach den Zwillingen. Und den Brutstätts. Und dann sind da noch Antons Söhne.«

»Derek Moceri ist dümmlich und grausam. Und Erek ist ein Affenarsch.«

»Ein königlicher Affenarsch, meine Königin. Ihr könntet den Dummkopf vielleicht übergehen, aber wegen schlechter Manieren könnt Ihr einen Jungen nicht überspringen.«

»Ich bin Königin. Ich werde jemand anderen benennen. Alle wissen, dass er ein Dreckskerl ist.«

»Dann ist da noch der Klein-Junge. Auch er ist älter als Kinsey. Erster auf der Welt, Erster auf dem Thron. Ich könnte einen Weg finden, die grässlichen Brüder zu übergehen, und ich werde die Gossen nach unerfreulichen Informationen zu den anderen durchkämmen. Aber was ist mit dem jungen Caspar? Was wissen wir über ihn, das dunkel oder traurig ist?«

»Gar nichts. Er ist ein guter Junge. Keine Skandale. Er ist langweilig.« Neveah dachte für einen Moment nach. »Ein wenig weich – er ist praktisch im Palast groß geworden.«

Valspar nickte. »Man erwartet von Euch, dass Ihr ihn zum Botschafter macht, wie seinen Vater. Es ist eine Aufgabe, die es notwendig machen wird, dass er reist. Außerhalb dieser Stadtmauern wartet eine hungrige Welt. Sie frisst Weiches. Vielleicht versagt er bei der Erfüllung seiner Aufgabe.«

Die Königin legte die Stirn in Falten. Viktor Valspar hatte eine unheimliche Art, schwierige Dinge einfach klingen zu lassen. »Pah! Botschafter ist ein bequemer Posten. Man wird ihn mit Kuchen, Wein und Bettwärmern begrüßen. Da gibt es kein Risiko.«

»Hm.« Jetzt war es an Valspar, so gründlich nachzudenken, dass sein Gesicht sich in ein Spinnennetz aus Falten verwandelte. »Gibt es irgendeinen gefährlicheren Posten, der dem eines Botschafters ähnelt?«

Kapitel 6

Caspar

Königin Neveah Moceri schritt durch die Königinnentür auf das Podest. Sie war in eine violette Robe gehüllt, in deren kostbaren Stoff Dutzende glitzernder Weinsteine eingenäht waren, von denen jeder einzelne dem Wert von drei Pferden entsprach. Das schimmernde Gewand fing das Licht der Fackeln der beiden Feuertänzerinnen auf, die die Tür flankierten, und das der riesigen, flackernden Kerzen in den gewaltigen Kronleuchtern an der Decke des Hammerfaustsaals. Mit jeder Bewegung ließ sie purpurne Lichtblitze über die Menge regnen.

Es ist, als wäre eine Göttin erschienen, dachte Caspar.

Die Feuertänzerinnen löschten ihre Fackeln mit dem Mund, als sie vorbeiging, und die Masse des einfachen Volks riss die Augen auf und tuschelte dann aufgeregt hinter den Seilen. Adelige Familien gaben die Laute ihrer Zeremonientiere wieder. Die Struggs schrien wie die großen Klippeneulen, die das Wappen ihrer Familie zierten, während einige Angars bellten wie Jagdhunde und Pinos lange Möwenschreie ausstießen. Caspar hörte seine Klein-Verwandten hinter den Familien mit besser klingenden Tieren leise zischen wie Eidechsen. Die Bürgerlichen – ohne Tiere, die sie repräsentierten – schnippten mit den Fingern und schlugen sich auf die Schenkel, eine Kakofonie begeisterter Untertänigkeit. Bei ihrem undisziplinierten Jubel fühlte Caspar sich unwohl. Er stellte sich vor, wie die ungebärdige bäuerliche Menge an den Seilen vorbeidrängte und alle niedertrampelte, die über ihr standen. Er kannte eine Kindergeschichte aus dem Mittelreich über einen König, den sein Volk so sehr geliebt hatte, dass es ihn umgerannt und erstickt hatte. Als den Menschen klar wurde, dass er tot war, hatten sie vor lauter Verzweiflung seine Überreste aufgegessen. *Ich hoffe, dass sie meine Tante nicht so sehr lieben.*

Shent wedelte mit den Armen, um Stille zu erwirken, und das wilde Getöse menschlicher wie tierischer Laute verklang zu einem dumpfen Grollen. Auf das Stichwort des Ausrufers hin erhoben sich Hunderte ausgebildete adelige Stimmen in harmonischem Einklang und rezitierten: »Ruhm, Anmut und Güte. Unsere Königin!« Nach diesen Worten verfiel das Publikum in respektvolles Schweigen. Kein Jubel mehr.

Caspar war erleichtert. *Undiszipliniertes Geschrei ist was für das einfache Volk, für Tavernenraufereien, Aufstände und Straßentheater.*

Seine königliche Tante hielt inne, um die Bewunderung ihres Volkes entgegenzunehmen, neigte den Kopf nach links, um ihre gute Seite zu zeigen, und reckte gleichzeitig den Hals, um ihr Doppelkinn abzumildern. Caspar beobachtete bewundernd jeden ihrer Schritte. Sie bewegte sich elegant für eine so stattliche Frau und lächelte genau zur richtigen Zeit, um die Menge zu beschwichtigen. *Mein königlicher Onkel hat vorteilhaft geheiratet.* Dann schwebte sie zum Thron, wo zwei Folgemägde die lange Schleppe vor ihrem breiten königlichen Hintern in Sicherheit brachten. Als sie sich setzte, breiteten die Mädchen den Stoff auf dem Podest aus und strichen ihn glatt, sodass er die Treppe hinunterfloss wie ein funkelnder Wasserfall aus Wein. Da ihre Füße in den Falten der langen, gewundenen Schleppe verborgen waren, wirkte sie halb menschlich und halb wie eine Wasserschlange, eine Meerjungfrau mit dem Aalschwanz einer Moceri. Sie richtete sich auf ihrem Thron auf und nahm einen Becher Wasser von einer der Folgemägde entgegen. Keinen Wein. *Eine Königin braucht einen klaren Kopf, um wichtige Entscheidungen zu treffen.* Dann wandte sie sich an Shent und deutete mit einer anmutigen Handbewegung auf die auf der Galerie sitzenden Edelleute.

Shent holte Luft und begann, die Namen aller adeligen Familien in der Reihenfolge ihres Rangs aufzuzählen, beginnend mit der unwichtigsten, den Tappers. Es war beinahe eine Beleidigung, als Erstes genannt zu werden. *Aber besser als überhaupt nicht genannt zu werden.* Shents Zunge flog, und er erinnerte sich an jeden Titel. Er sprach keinen einzigen Namen falsch aus, nicht einmal den der Jyrmigchnykhs.

Dies war sein großes Talent. Er wurde langsamer, als er mit den höchstrangigen Familien endete – den Schwiegereltern der Königin, den Herzögen und Herzoginnen, darunter Caspars Vater und Mutter. Als er fertig war, klappte er den Mund zu. Die Königin nickte. *Hohes Lob.* Ein anerkennendes Nicken der legendären Königin, die die Grenzkriege gewonnen oder zumindest beendet hatte, war etwas, von dem ein vom Glück begünstigter einfacher Mann wie Shent eines Tages seinen Enkelkindern erzählen konnte. Der Glöckner zog abermals an der Schnur, jetzt zweimal, aber nicht so fest wie zuvor. Die Glocke läutete leiser, und die Königin zeichnete mit ihrem fleischigen Finger einen Bogen in die Luft, das Zeichen, mit dem ein Monarch seinen Respekt vor den noblen Familien bekundete.

Das Zeichen war nur zweimal nicht ausgeführt worden, soweit Caspar wusste, und eine dieser Gelegenheiten hatte sein königlicher Onkel Amott zu verantworten, dessen Beleidigung bewirkt hatte, dass Lord Haffstarts Familie geschlossen den Saal verlassen und Amotts Bollwerk in den Südlanden in der

Nähe von Barbossa belagert hatte. Nachdem die Gemüter sich beruhigt hatten, wurde Haffstart wieder in sein Amt eingesetzt, aber nicht bevor ein Dutzend guter Männer auf beiden Seiten von Pfeilen durchlöchert oder mit Steinen von den Mauern von Burg Haffstart erschlagen worden war. Und das alles, während sie eigentlich gemeinsam gegen Grenzlandrebellen hätten kämpfen sollen.

Weitere Formalitäten folgten – Weihrauch, eine Lesung, ein Segen und ein halbes Dutzend anderer ermüdender Traditionen. Und das alles nach einem so vielversprechenden Anfang mit Feuerschluckern. Caspar hätte am liebsten laut gerufen: *Kommt zur Sache!* Die Königin saß geduldig da, kerzengerade und aufmerksam, aber Caspar fiel es schwer stillzuhalten, also beobachtete er die Lords, die auf der anderen Seite des Gangs auf ihre geänderten Amtstitel warteten. *Sie sind erschreckend viele.* Er stupste Kinsey leicht an und deutete mit dem Kopf in die Richtung dieser Lords. Sie quittierte seinen Verstoß gegen das Protokoll mit einem Stirnrunzeln, zuckte aber dennoch schwach die Achseln. *Sie weiß auch nichts.*

Endlich ergriff die Königin das Wort.

Sie sprach leise, aber sie hatte die Art von Stimme, die jeder hörte. Und die Menschen lauschten. Sie flüsterten oder hüstelten nicht. Sie bewegten sich kaum. Alles, was sie sagte, bedeutete etwas, aber sie würden die Konsequenzen der Bemerkungen ihrer Königin erst nach der Ansprache diskutieren. Sie hatte ein ausgefuchstes Gedächtnis für jene, die sprachen, während sie sprach, und Gerüchten zufolge halfen ihr drei Schreiber dabei, die jeweils an strategischen Beobachtungspunkten in der Menge stationiert waren, sich zu erinnern; und wehe dem, dessen unhöfliches Gemurmel sich in einem Journal ihrer Schreiber wiederfand. Für den Moment unterbrach niemand sie auch nur mit einem Furz.

»Ich finde diese Formalitäten ermüdend, da wir doch alle erpicht darauf sind, zum interessanten Teil zu kommen«, sagte sie zu der Menge. »Habe ich nicht recht?«

Sie wusste es. Eine gute Herrscherin konnte die Stimmung in einem Raum erfassen. Sie spürte die Rastlosigkeit der Menge. Ihr Verstoß gegen das Protokoll war unerwartet, und die Menge wusste nicht, wie sie reagieren sollte. Der Gezeitenpriester Rexroat, der die Anrufung vollzogen hatte, runzelte die Stirn. *Es missfällt ihm, ermüdend genannt zu werden.* Aber er hielt den Mund. Andere Edelmänner und Damen in der Galerie schauten sich um und wechselten Blicke, waren aber zu diszipliniert, um miteinander zu tuscheln. Das einfache Volk musste sich den Mund zuhalten, um ein überraschtes Luftholen oder Kichern zu ersticken. Niemand beantwortete die Frage der Königin, ob Formalitäten ermüdend seien.

Niemand außer Caspar.

»Ja«, sagte er, beinahe zu sich selbst … beinahe.

Seine Stimme hallte vom Boden wider und zur Decke hoch. Die gewaltige, stille Halle war wie ein leerer Eimer, und sein einsames Wort klapperte darin herum wie ein loser Kieselstein. Jeder hörte es. Die Königin eingeschlossen.

Ihr scharfer Blick fand ihn sofort. »Ah, wir haben da eine eifrige kleine Eidechse«, sagte sie. »Ich empfinde es ebenso, mein junger Neffe. Keine Sorge, dein Titel kommt. Oder soll ich dich auf der Stelle zum Meister der Ungeduld ernennen?«

Endlich hatte die Menge das Gefühl, die Erlaubnis zum Lachen zu haben, und das tat sie. Begeistert. Über Caspar. Schallendes Gelächter von fetten Edelmännern und hohes Gekicher von ihren Frauen regnete auf ihn herab. Die einfachen Leute genossen seine Blamage am meisten und gackerten und johlten auf überaus unhöfische Art, wie es typisch für sie war. Caspar schrumpfte hinter seiner stämmigen Eskorte zusammen, bis seine königliche Tante barmherzigerweise das Wort wieder an den Saal richtete.

»Diese Männer und Frauen vor mir werden uns in ein neues Nachkriegszeitalter führen. Die Kandidaten dieser Saison stehen dort, wo Könige und Königinnen ihre Schwüre abgelegt und ihnen Ruhm verliehen haben, seit die erste niedrige Mauer von Seeblick über dem Rundstein erbaut wurde. Seht sie an. Ehrt sie mit Eurer Anwesenheit, so wie sie Euch mit ihrem Dienst an unserem großartigen Königreich ehren werden.«

Applaus brandete auf. Einige ungehobelte Bürgerliche johlten sogar, bis Wachposten und Adelige sie mit finsteren Blicken beschämten, sodass stattdessen frenetisches, wortloses Fingerschnippen und wildes Oberschenkelklatschen folgten. Caspar schnippte mit, hielt den Mund fest geschlossen und schimpfte sich einen Narren, dass er so unpassend gesprochen hatte. *Der Kodex eines Edelmannes beginnt mit seinen Manieren,* rief er sich ins Gedächtnis. Er hatte während des letzten Jahres über seinen persönlichen Schwur nachgedacht und zur Inspiration in der Bibliothek von Seeblick Nachforschungen über die Worte und Taten von Heiligen und Soldaten angestellt. Sein Vater hatte seinen noblen Schwur auf eine Schafshaut geschrieben und sie über der Feuerstelle an die Wand gehängt, wo alle sie sehen konnten. In all den Jahren seines Erwachsenenlebens hatte er nur zwei schwarze Punkte neben den Schwur »Höflichkeit« gezeichnet. *Höflichkeit ist gut für einen Botschafter.* Aber Caspar konnte nicht den Schwur seines Vaters übernehmen. Er hatte bisher fünf andere Schwüre in der engeren Auswahl – nachdem er vor ein paar Sekunden »Etikette« hinzugefügt hatte –, aber sie noch nicht aufgeschrieben. Ein Schwur solle aufgeschrieben werden, hatte sein Vater gesagt. Die einzige Möglichkeit, daran festzuhalten sei, ihn niederzuschreiben oder laut zu verkünden, sodass alle ihn hörten. »Verschreibe dich dem zur Gänze, was immer du tust«, hatte er Caspar erklärt, was ebenfalls ein guter Schwur war. *Verbindlichkeit.*

Sobald das Fingerschnippen und Schenkelklatschen erstarb, vergab Königin Neveah die Titel.

»Botschafter Errol. Ihr habt ein freundliches Aussehen, eine Nase für Politik und eine schnelle Auffassungsgabe. Ihr habt uns gute Dienste geleistet als Verbindungsmann zu der Stadt Salbei und dem Birkenwaldtal. Ich verleihe Euch hiermit den Titel des Botschafters an der Zuckerküste. Ein süßer Posten.«

Die Menge lachte. Caspar lachte nicht.

»Scheibenhonig!«, flüsterte er und brach damit bereits jetzt seinen potenziellen Schwur der Höflichkeit.

Einzig Kinsey hatte ihn gehört, und sie zuckte entweder zusammen oder unterdrückte ein Grinsen, er konnte nicht erkennen, welches es war. Caspar kannte schlimmere Wörter – wenn er im Übungshof am Zaun hing, nannten die Soldaten Hyaks einander unter den Schmerzen der Schläge »Riesenarschloch«, »zweimal verdammter Dreckskerl« und »dreiste Fotze«, aber das waren keine edlen Worte für einen frisch mit einem Titel ausgezeichneten Lord wie ihn, und der Hammerfaustsaal war nicht der Ort, sie auszusprechen, nicht einmal geflüstert. Außerdem gab es andere neue Posten. Vielleicht würde er Salbei erben, jetzt, da Errol es verließ. *Geduld,* dachte er – eine weitere Tugend, die er seiner Liste hinzufügen konnte.

Die Königin fuhr fort, Posten zu vergeben, einen nach dem anderen. Der Glöckner schlug zur Feier jeder Ernennung an und dämpfte dann das Läuten mit einem festen Zug an einem zweiten Seil. An seinen Unterarmen zeigten sich deutlich die Muskelpakete aus all den Jahren, in denen er nichts anderes getan hatte, als die schwere Bronzeglocke zu läuten. Die neue Stadt Halbwegs, die Fischerküste der Grenzlande und die Drillingsstädte von Caraval gingen an erfahrene Botschafter, während die Reihe der Lords mit künftig geänderten Amtstiteln immer kürzer wurde. *Es gibt noch mehr gute Städte und Posten,* sagte Caspar sich, obwohl er langsam Mühe hatte, sich welche einfallen zu lassen. Maibach und Sarat blieben noch übrig und Südlager, obwohl das kaum mehr war als eine Palisade – ein schmutziges, nach Fisch stinkendes Loch, nicht weit genug von Seeblick entfernt, um mehr zu benötigen als einen Marionettendiplomaten. *Besser als überhaupt nicht ernannt zu werden,* rief er sich ins Gedächtnis. Mittelstadt ergab noch am ehesten einen Sinn, begriff er – Botschafterlehrling unter seinem Vater. *Natürlich!* Es war keine volle Botschafterwürde und nicht das, was er sich erhofft hatte, aber Mittelstadt war groß und angesehen – ihr wichtigster Verbündeter –, und er war wie geschaffen dafür. Er warf einen verstohlenen Blick auf seine Reihe. Es war nicht mehr viel Konkurrenz in Sicht.

»Kriegsfürst Rorvik, für Euren Heldenmut und Eure Disziplin möchte ich Euch auf meinen höchsten Soldatenposten erheben. Da wir nicht länger fünf Kriegsfürsten benötigen, ernenne ich Euch zum Friedenshüter.«

Caspar war sich nicht sicher, was der Unterschied zwischen einem Kriegsfürsten und einem Friedenshüter war. Wahrscheinlich führte ein Kriegsfürst Kriege, während ein Friedenshüter einen neuen Krieg verhindern sollte, aber der kahle und ewig stirnrunzelnde Rorvik trug noch immer eine Rüstung, die ebenso glänzte wie sein Schädel, wie auch eine tödlich scharfe Klinge, und würde Soldaten genauso befehligen, wie er es bisher getan hatte.

»Baron Stryft, für Eure Loyalität und feste Hand ernenne ich Euch zum Botschafter in Maibach. Baron Malloy, Südlager ist Euer. Rektor Barton, für Eure Weisheit und Urteilskraft ernenne ich Euch zum Ersatz für den jüngst verblichenen Grafen von Sarat.«

Verdammt seien die Götter!, fluchte Caspar leise. Und so war sie dahin, die Tugend der Geduld, zusammen mit der Frömmigkeit.

Königin Neveah fuhr fort. »Kriegsfürst Synge, für Euren Dienst und Eure Opfer nehme ich Euch die schwere Bürde der Schlacht ab, und wegen Eurer großen Kenntnisse der Waffen des Krieges ernenne ich Euch zum Zeugmeister.«

Ein Raunen durchlief die Menge. *Eine Überraschung!* Caspar hatte gedacht, dass die Königin dem alten Krieger einen aktiven Posten zuweisen würde, mit dem er weiter Männer ausbilden und führen konnte. Die Waffenkammer bestand aus kaum mehr als ein paar Lagerräumen im Keller der Kaserne. Synge brachte seine Dankbarkeit mit einem förmlichen Nicken zum Ausdruck, aber seine Lippen waren schmal.

Warum?, fragte Caspar sich.

Wie zur Antwort flüsterte eine von Caspars Eskorten Derek Moceri zu: »Mir scheint, das alte Schielauge hat eine Schlacht zu viel verloren.«

»Die Königin schätzt es nicht zu verlieren«, pflichtete Derek ihm bei.

»Er wird jetzt kaum mehr sein als ein besserer Verwalter von Lagerräumen.«

»Er wird Näherinnen ausbilden, zerrissene Wämser zu flicken, und Knappen beim Polieren der Beinschienen anführen.«

Es ergibt keinen Sinn, ging es Caspar durch den Kopf. Synge war ehrenhaft. *Warum einen loyalen Soldaten so demütigen?* Caspars schlecht erzogene Eskorte war eifersüchtig auf den alten Kämpfer. Synges gewaltige Erfahrung und sein Kriegerkodex waren legendär, und doch kicherten sie über seine Demütigung. *Kleine Männer sehen große Männer gern fallen.*

»Kinsey Moceri«, rief die Königin, und jedes Ohr im Hammerfaustsaal wurde gespitzt. Alle wollten hören, was mit

Kinsey wurde. »Du bist jung und klug. Für mich als deine Tante wäre es unpassend, denke ich, dir einen Titel zu verleihen, den du dir selbst verdienen solltest.«

Meine königliche Tante hat ihren eigenen hohen Moralkodex, dachte Caspar beeindruckt. Sie gab ihrer Lieblingsnichte fast nicht den Titel. Fast.

»Jedoch«, fuhr Neveah fort, »waren all meine königlichen Ratgeber bei dieser Wahl einer Meinung mit mir. Daher ernenne ich dich ...«

Caspar wurde schwer ums Herz, als er die nächsten Worte der Königin hörte.

»... zum Botschafterlehrling in Mittelstadt.«

Caspar klappte der Unterkiefer herunter. *Mein Posten!*

Kinsey konnte sich ein Lächeln nicht verkneifen. Es war der letzte gute Titel. Dann dachte sie an Caspar und warf ihm einen mitfühlenden Blick zu. Er wünschte, er hätte den Blick mit Würde erwidern können, aber er konnte es nicht. Seine Lippen zitterten. Seine ganze Familie beobachtete von der Galerie aus, wie er übergangen wurde – sein titeltragender Vater, seine wohlanständige, schmallippige Mutter und seine großäugige jüngere Schwester, der Caspar von jedem Botschafterposten erzählt hatte, den er vielleicht erringen würde. Er hatte keinen einzigen davon errungen. Tatsächlich war kein Titel mehr übrig, der, soweit er wusste, auch nur den abgestandenen Kot eines Maultiers wert war. *Ich werde ein titelloser Lord sein.* Es war natürlich töricht zu denken, dass er überhaupt keinen Titel bekommen würde. Man hätte ihn nicht zu der Zeremonie bestellt, wenn er nicht irgendeinen noblen Posten empfangen sollte. Während er darüber nachgrübelte, hörte er gar nicht, dass die Königin seinen Namen rief.

»Das führt mich zu meinem eifrigen Neffen, Caspar Klein«, sagte die Königin.

Alle sahen ihn erwartungsvoll an, die Königin eingeschlossen, bis Caspar aufschaute. *Ich bin ihr eifriger Neffe,* dachte er einfältig.

»Du bist doch Caspar Klein, nicht wahr?«, wiederholte sie seinen Namen.

Ich bin an der Reihe!

Caspar straffte die Schultern und schaute hektisch nach links und rechts wie ein in die Enge getriebenes Karnickel auf der Suche nach einem Fluchtweg. Seine höfische Mutter runzelte die Stirn unter dem kegelförmigen Turm gelben Haars auf ihrem Kopf, das mit einer großen goldenen Nadel festgehalten wurde. Sein Vater richtete den Blick auf die Königin und bedeutete Caspar damit, dass er ihrer Königin seine volle Aufmerksamkeit schuldete. Caspar sah ihr in die Augen und machte eine hastige, knappe Verbeugung.

»Ich habe einen besonderen Titel für dich aufgehoben, Neffe, einen, der gerade frei geworden ist. Du Glückspilz.« Sie lächelte, als teilten sie ein Geheimnis.

Das taten sie nicht. Caspar hatte keine Ahnung, was sie gleich sagen würde. Aber er war voller Hoffnung. *Ein neuer Posten!*

»Ich habe für dich eine königliche Position freigehalten, die in höchstem Maße Ehrlichkeit und Loyalität erfordert.«

Ein hoher Moralkodex: Das bin ich.

»Die Integrität deiner Familie ist wohlbekannt«, fuhr sie fort, und Caspar sah aus dem Augenwinkel, dass sein Vater und seine Mutter sich stolz aufrichteten. »Ich höre außerdem, dass du für dein Geschick im Umgang mit Zahlen bewundert wirst.«

O – o nein …

»Mein Mann in diesem Amt, Tartan Mull, hat seinen Posten unlängst, ähm … verlassen.«

Die Menge begann zu tuscheln. Caspar hatte noch nie von Tartan Mull gehört.

»Und du wirst hiermit auserwählt, in seine Fußstapfen zu treten.«

Caspar wartete, und sein verständnisloser Gesichtsausdruck verriet allen im Raum seine Unwissenheit. *Wer ist Tartan Mull?* Einige in der Menge wussten es, er erkannte es an ihren verkniffenen Mienen und ihrem unverhohlenen Raunen. *Nicht gut.* Andere kannten ihn überhaupt nicht, was noch schlimmer war. Sie zuckten die Achseln und sahen einander ratlos an. Caspar fragte sich, ob sein Vater es wusste. *Wahrscheinlich.* Nichts davon spielte jetzt eine Rolle, denn er würde es gleich ebenfalls erfahren.

»Caspar Klein«, verkündete die Königin, »ich ernenne dich zum Zollmeister für die frisch eroberten Grenzlande. Wenn du diesen Saal verlässt, wirst du das Kommando über die erfolgreichste Truppe von Hyaks Steuereintreibern übernehmen.«

Steuereintreiber?

Die Glocke tönte einmal und beendete die Angelegenheit, dann verstummte sie auf seltsame Weise, und ihr Klang wurde vom Raunen der Menge abgelöst. Caspar suchte im Saal verzweifelt nach einem freundlichen Gesicht, aber die Männer und Frauen auf der Adelsgalerie musterten ihn mit Mienen, die irgendwo zwischen Mitleid und Argwohn lagen. *Niemand mag einen Steuereintreiber.* Kinsey vermied es vollkommen, ihn anzusehen. *Ich werde nicht über meinem Stand heiraten.* Einfaches Volk tuschelte und kicherte. Er war immer noch verwirrt wegen seines neuen Postens. Da er sonst niemanden fragen konnte, wandte er sich an Derek Moceri.

»Ich soll eine Truppe befehligen?«

Derek brach mit dem Protokoll und lachte laut auf. »Ha!

Man hat dich soeben zum Anführer der Glorreichen Sechs ernannt.«

»Wem?«

»Die gottverfluchteste Truppe von Mistkerlen im ganzen Königreich.«

Kapitel 7

Caspar

Wenn er danach ging, wie die Menschen ihn bei der Feier nach der Titelvergabe mieden, hätte Caspar ebenso gut mit offenen Geschwüren von der Totholzpest erscheinen können, statt mit der Halskette eines titeltragenden Mannes.

Jochan, der sonst immer so schwatzhafte Schankjunge, den er schon sein Leben lang kannte, mied seinen Blick, als er Caspar unter dem purpurnen Aalsbanner der Krone am Eingang zum Walrossraum einen würzig duftenden, violetten Wein einschenkte. Die zehn riesigen Walrossköpfe des Namensgebers dieses Raums, die die Wände säumten, ignorierten ihn ebenfalls. *Ich dachte, ihre Blicke sollten mir folgen.* Selbst die strengen Augen des zahnlastigen Aals der Königin, mit Goldgarn auf das Banner über ihm gestickt, schienen an ihm vorbeizublicken. Und falls sonst irgendjemand ihn in dem großen Türbogen erscheinen sah, wusste er es gut zu verbergen. Niemand trat vor, um ihn zu begrüßen. *Sie schämen sich für mich,* dachte Caspar. *Ich schäme mich selbst für mich.* In seinem Alter war er es nicht gewohnt, fermentierte Trauben herunterzukippen, aber er holte tief Luft, trank einen tiefen Schluck und ging dann die Holzstufen hinunter, um sich in das desinteressierte Getümmel zu stürzen.

Der holzverkleidete Ballsaal umfing ihn mit Geplapper. Die

chaotische Geräuschkulisse des Raums hallte von den hölzernen Wänden nicht wider, wie sie es in Hammerfausts Granitsaal tat; stattdessen verwoben sich Hunderte von Stimmen seiner Mitmenschen wie Schlangen ineinander zu einem Geräuschknäuel, das sich mit dem Wein verbündete, um Caspars Sinne zu lähmen. Er befand sich inmitten einer Ansammlung von treuen Freunden, von Freunden mit einem scharfen Lächeln und von freundlichen Feinden, die alle stillschweigend übereinkamen, sich für einen Abend unter dem purpurnen Banner aneinander zu erfreuen. Baron Britt von den Zwillingsflüssen bändelte mit Lady Moch von Callestan an, die er allem saftigen Klatsch nach liebte, ungeachtet ihrer Ehe mit seinem Cousin. Sir Kyler Loch von Sarat unterhielt sich wohlgelaunt mit dem Grafen von Elam, obwohl Lochs Sohn sich geweigert hatte, die Elamtochter zu heiraten, weil sie ein »Maultiergesicht« habe. Selbst Gesandte der Grenzlande – je einer aus Offensicht und Halbwegs und drei aus Caraval selbst – mischten sich unter den Adel von Hyak. Der Strom der Menge wurde mal schwächer, mal stärker und gurgelte, während die wenigen auserwählten Familien aus dem westlichen Fairhaven und dem östlichen Dortch ihre Differenzen beiseitelegten, ihre Gläser ergriffen und weinseliges Gelächter ausstießen.

Eine Gruppe junger Frauen, die ungefähr in Caspars Alter waren, kicherten tatsächlich und zeigten auf ihn, bevor sie sich abwandten. Dexidra Trypoli war unter ihnen. *Gekicher ist nicht die Reaktion, auf die ich gehofft hatte.* Jahrelang hatte er davon geträumt, mit seinem glänzenden neuen Titel um den Hals genau dieses Fest zu besuchen. Er hatte sich darauf gefreut, die Gesichter der anderen jungen Adeligen zu beobachten, wenn sie über seinen erhabenen Rang staunten. Aber soweit er es erkennen konnte, staunte niemand.

Caspar bahnte sich einen Weg durch die Menge bis zum

Rand des Ballsaals. Er schlängelte sich zwischen schwitzenden Tänzern hindurch und ging um Gruppen von Adeligen und Kaufleuten herum, die ihren Palastfeststaat trugen und Kelche mit Killkennywein und Humpen mit Zehnpennybier in den Händen hielten, bis er rückwärts zu den Bannern der adeligen Familien zurückwich, die von den Wänden hingen. Er erspähte die junge Fanta Trypoli, die sich hinter dem gelben Banner der Gisvolds versteckte und Wein aus einem primitiven Holzbecher trank. *Ein unbändiges Mädchen.* Er tauchte ab. Das Letzte, was sein Stolz brauchte, war das Gelächter des kleinen, ungezogenen Trypoli-Fieslings über seinen beleidigenden Titel.

Die goldenen, silbernen und kupfernen Münzen mit den kleinen Löchern in der Mitte klimperten an den Enden der Lederschnüre an seiner Brust und wiesen ihn der Welt gegenüber als Zollmeister der Grenzlande aus. Die Münzen repräsentierten die Tribute, die die Territorien der Krone schuldeten. Die simple Schnur repräsentierte die Arbeitenden, die diese Tribute bezahlten. *Königlicher Raffzahn.* Das war sein unausgesprochener Titel, und der beeindruckte niemanden. In scharfem Kontrast dazu umlagerte der Adel von Hyak Kinsey, die ihr wunderschönes elfenbeinernes Botschaftermedaillon gerade Harlow Turcott zeigte, einem gut aussehenden jungen Mann aus Mittelstadt, und ihrem Dienstmädchen Missy. Pavin war nirgends zu sehen. Er hatte anscheinend eine bessere Beschäftigung für den Abend gefunden. Keine Überraschung. *Ich habe ihn entlassen, als ich dachte, ich wäre zu bedeutend für ihn.* Jetzt, da er ebenfalls ein Niemand war, vermisste Caspar ihn. Nicht einmal seine eigenen Eltern hatten ihm gratuliert. Und warum sollten sie auch?

Wer würde dem Mann mit dem meistgehassten Titel im Königreich schon gratulieren?

»Herzlichen Glückwunsch, Zollmeister«, flüsterte eine

Stimme in Caspars Ohr, und er zuckte zusammen. Er hatte nicht bemerkt, dass jemand neben ihm stand. Es war eine unergründliche Stimme, und zuerst dachte er, sie wäre vielleicht in seinem Kopf. Dann kam ihm der Gedanke, dass es möglicherweise der spöttische Ton eines seiner Altersgenossen war, der sich von hinten an ihn herangeschlichen hatte. Aber als er sich umdrehte, gewappnet für weitere Demütigung, sah er, wer es war.

»Kriegsfürst Synge?«

»Nicht mehr«, brummte Synge.

Der betagte Soldat hatte Schlagseite nach links. Seine Schulter zog ihn herunter, und sein blindes Auge wanderte ziellos in der Höhle umher. Sein Waffenrock war abgetragen. Aus der Nähe sah Caspar, dass er am Kragen ausgefranst war und an den Manschetten dunkelrote Flecken hatte. *Ist das Blut?* Die leise Stimme des Soldaten war trotz der lärmenden Menge der Feiernden gut hörbar, denn er sprach in einer anderen Tonlage als der Rest der Menschheit.

»Eure Tante hat mich vom Feld gezogen wie einen alten Klepper, dessen Fleisch im Eintopf landen soll.« Er starrte für einen Moment in zwei verschiedene Richtungen gleichzeitig, bevor er sich mit einem düsteren Lächeln wieder an Caspar wandte. »Und sie hat Euch zum königlichen Schuldeneintreiber bei unseren eifrigen neuen Steuerzahlern draußen an der Grenze gemacht.«

»Königlicher Raffzahn.«

Synge nickte nachdenklich. »Nicht zufrieden mit Eurem Titel, hm? Königreiche werden auf Schulden gebaut, müsst Ihr wissen. Jeder schuldet irgendjemandem irgendetwas. Es ist ein Kartenhaus, das einstürzen kann, wenn die richtige Karte umgestoßen wird. Eine mächtige Position für einen jungen Mann wie Euch.«

»Allister Monserrat sagt, es sei eine beschissene Stellung«, murmelte Caspar, bevor er sich eines Besseren besinnen konnte.

»Schimpfwörter machen keinen guten Eindruck«, tadelte Synge ihn. »Ihr werdet dort draußen in diesen dreimal verfluchten Grenzlanden der Repräsentant der Königin sein. Passt auf, mit solch unflätiger Sprache könnte Euer Ruf schneller im Arsch sein als Euch lieb ist.«

Caspar konnte sich ein Grinsen nicht verkneifen. »Ich zitiere nur, was ich gehört habe. Oksana Tapper sagt, die Grenzgebiete seien hässlich, barbarisch und vom Krieg zerrüttet.«

»Sie war da, oder?«

»Natürlich nicht.«

»Was ist ihr Wort dann wert?«

Caspar war sich plötzlich sehr unsicher, was Oksanas Wort wert war. »Meine Freunde lachen mich aus.«

»Ihr könnt sie zum Duell fordern, um Eure Ehre zu verteidigen. Könnt Ihr mit einem Schwert umgehen?«

»Ich habe den Stand eines Fußsoldaten erreicht.«

»Respektabel für Euer Alter.«

»Aber ich will meine Freunde nicht töten. Jedenfalls die meisten von ihnen nicht. Erek Moceri vielleicht.«

»Dann gibt es nur eine Möglichkeit, dafür zu sorgen, dass sie aufhören zu lachen: Ihr müsst der Beste in dem werden, was Ihr tut. Der Mann, an dessen Stelle Ihr tretet, hatte Talent zum Eintreiben, was?«

»Tartan Mull. Meine Freunde sagen, er sei kein ehrenhafter Soldat gewesen. Er habe sich seinen Feinden nicht konsequent entgegengestellt, sagen sie.«

»Eure Freunde sagen eine Menge. Ich kannte den Mann. Ich würde ihn gerissen nennen, nicht unehrenhaft. Außerdem habe ich ehrenhafte Männer gekannt, die sich ihren Feinden konsequent entgegengestellt haben. Die meisten von ihnen sind tot.«

»Ihr aber nicht. Ihr seid während der Säuberungen in den Krieg geritten, die ehrenhafteste Sache überhaupt.« Caspar ahmte einen heldenhaften Stoß mit einer imaginären Klinge nach. »Aber welche Ehre liegt darin auszuziehen, um irgendwelchen Dorfbewohnern Geld abzunehmen?« Er schob seine imaginäre Waffe in eine imaginäre Scheide und streckte wie ein Bettler die Hand aus.

»Mit Steuern werden Straßen bezahlt. Und Kanalisationen. Und Schwerter, wenn nötig. Unser König hat Mull dort hingeschickt, wo seine Fähigkeiten am nützlichsten waren. Ich erinnere mich an ihn. Ein freundlicher Bursche. Das hat ihn am Leben erhalten. Versucht, Euch mit jedem anzufreunden, der nicht versucht, Euch umzubringen.«

»Ich dachte, alle hassen den Steuereintreiber.«

»Niemand ›hasst‹ einen ehrlichen Mann. Es mag ihnen nicht gefallen, dass Ihr da seid, um ihnen ihr Geld abzunehmen, aber wenn Ihr dabei gerecht seid, werden sie Euch trotzdem respektieren.«

»Meine königliche Tante muss mich jedenfalls hassen.«

Synge zuckte die Achseln. »Oder sie sieht etwas in Euch. Sie legt die Riemen ihrer Börse in Eure Hände, und Geld ist etwas, das Herrscher nicht auf die leichte Schulter nehmen. Ihr müsst ein ehrlicher Bursche sein. Ich sehe da Vertrauen. Und Macht, wenn Ihr lernt, sie zu benutzen.«

»Oder sie hasst mich.«

»Oder das.«

Caspar dachte darüber nach, und Synge nahm einen tiefen Zug. Seine Kehle pulsierte, als er sein Bier mit drei schnellen Schlucken in sich hineinkippte – die Schlachtfeldmanieren eines Kämpfers, der es instinktiv vermied, seine Kehle länger als nötig zu entblößen. Dann machte sich verlegenes Schweigen breit. Aber Synge entschuldigte sich nicht und ging weiter, wie es für einen hochrangigen Mann in einer solchen Gesprächspause natürlich gewesen wäre. Stattdessen blieb er und schien zu weiterem Geplauder einzuladen. Ihr Gespräch war bereits das längste, das sie jemals geführt hatten, länger sogar als damals, als er im Haus der Kleins gespeist hatte, und Caspar begriff plötzlich, dass der gedemütigte Krieger die Festgesellschaft ebenso mied, wie er selbst es tat. Der berühmte Kämpfer war an der Wand entlanggeschlichen und hatte sich unter Banner geduckt, als wollte er mit dem Hintergrund verschmelzen. Er war verpflichtet herzukommen, wollte aber nicht hier sein. Sie waren beide freiwillige Außenseiter, zusammen allein in einer Menschenmenge. Synge tat Caspar leid – ein alternder Mann, der in der Abenddämmerung seines Dienstes an sich selbst zweifeln musste. *Er will sich nützlich fühlen.* Er verfügte außerdem über die Weisheit eines ganzen Lebens.

»Diese Glorreichen Sechs, die ich anführen soll, gelten als abscheulich«, bemerkte Caspar. »Ihr habt mit allen Arten von Männern zu tun gehabt, und Eure Erfahrungen darin, sie zu führen, sind gewaltig. Was ratet Ihr mir?«

Synge zupfte seinen Waffenrock zurecht und schien aufzuleben, wie Caspar es sich erhofft hatte. *Es ist mir gelungen, dafür zu sorgen, dass dieser berühmte Krieger sich für einen Moment gut fühlt.* Es war eine Kleinigkeit, aber befriedigend.

»Sie werden raubeiniger sein, als ein Palastjunge es gewöhnt ist«, antwortete Synge schließlich. »Das ist die Wahrheit. Aber Ihr werdet sie ein wenig ausbalancieren. Seid dort draußen an der Grenze ihr Edelmann. Vertraut ihnen, bevor sie Euch vertrauen, folgt Eurem eigenen Kodex und erledigt die Aufgabe besser als jeder von Euch. Das Ergebnis von Vertrauen, Ehre und harter Arbeit ist Respekt. Selbst in der Gosse geborene Mistkerle werden einem Mann folgen, den sie respektieren.

Kehrt mit einer vollen Börse heim, dann wird Eure königliche Tante Euch dafür belobigen müssen. Wo soll's denn hingehen?«

Der alte Soldat hatte sich jetzt ganz in Caspars Mission vertieft und hielt sie offensichtlich nicht für eine beschissene Stellung. In der Tat, verglichen mit der Aussicht darauf, leere Rüstungen zu bewachen, schien ihn die Vorstellung einer Reise an die Grenze zu beleben. *Es wirkt fast, als wollte er mitkommen.*

»Vier Territorien«, sagte Caspar. Er konnte nicht umhin, ein wenig stolz darauf zu sein, ganze Regionen zu benennen, die seine Königin ihm anvertraut hatte, selbst wenn es sich dabei um wilde Grenzlande handelte. »Nach Norden zum Vorgebirge und dann nach Osten zu den Moorlanden. Von dort zu den Seen und schließlich nach Caraval, bevor wir einen Bogen schlagen und wieder zurückreisen.«

»Caraval. Die dreifache Stadt. Voller Leben. Sagenumwoben. Ein dreifacher Hafen mit einer Geschichte, so reich wie Seeblick selbst.«

»Ich habe gehört, es sei alt und schmutzig, voller skrupelloser Lehnsherren und schmutziger Bauern, die sie versklavt haben.«

»Das habe ich auch gehört, als sie unsere Feinde waren. Aber sie sind jetzt Teil des Reiches. In diesen feinen Tagen ist es eine ehrwürdige Stadt mit fleißigen Kaufleuten und ihren hart arbeitenden Mietlingen.«

»Wir sollen am Rundsteinfluss hinaufreiten und dann den Nordlauf nehmen. Von dort passieren wir die Morryhügel.«

»Die Morryhügel?« Synge legte die Stirn in Falten. »Kriegsfürstin Faust wurde ausgeschickt, um mich bei der Belagerung der dortigen Festung von Baron Willis zu ersetzen. Wenn sie mit Willis nicht allzu beschäftigt ist, könnte sie eine nützliche Ressource für Euch sein, wenn Ihr dort vorbeikommt. Willis ist ein kluger Mann, aber Faust ist eine harte Frau und befehligt dreimal so viele Männer wie er.«

Caspar nickte, aber ihm drehte sich der Magen um. Jacquette Faust war furchteinflößend. Sie trug ein Entermesser bei sich, das mit dem Blut ihrer Feinde verkrustet war, ein Entermesser, das zu reinigen sie sich weigerte. Der finstere Ruf, der von ihrem Leben auf See herrührte, bevor sie zur Kriegsfürstin auf dem Trockenen ernannt worden war, war ihr erhalten geblieben. Während ihrer schwielenbildenden Zeit in den Takelagen der Schiffe der Königin hatten zwei verschiedene Mannschaften auf zwei verschiedenen Booten sie zur »Seehexe« ernannt – ein grober, aber angesehener Titel für einen weiblichen Ersten Offizier. Die Königin war erstmals auf sie aufmerksam geworden, als ihr Kapitän – der Flottenkommandant – während einer verlorenen Seeschlacht von einer Salve Armbrustbolzen mit Widerhaken getroffen wurde. Er starb, und Faust übernahm das Schiff und segelte weiter unter dem Banner des Kommandanten, um vorzugeben, sie wäre er. Und dann führte sie die caravalianische Flotte über den Punkt hinaus, an dem es noch ein Zurück gab, obwohl sie nur die halbe Anzahl an Schiffen befehligte. Anschließend gab es allerdings beharrliche Gerüchte, dass ihr Kommandant nicht vom Feind tödlich verletzt worden sei, sondern dass Faust ihren Aufstieg »beschleunigt« habe, als man den alten Kapitän in die Abgeschiedenheit des Kapitänsquartiers verfrachtete, um seine leichten Verletzungen zu versorgen. Manch einer sagte, sie habe den Eindruck gehabt, er sei das wahre Problem bei der Schlacht gewesen, und als er sich für genesen und bereit erklärt hatte, wieder das Kommando zu übernehmen, habe sie das Problem selbst »gelöst«.

Caspar hielt sich nicht für einen Feigling. *Jeder fürchtet sich vor der Seehexe.* Aber er sagte Synge nicht, dass ihn der Gedanke beunruhigte, die wilde Kriegerin um Hilfe bitten zu müssen. Stattdessen wechselte er das Thema.

»Was könnt Ihr mir über die Moorlande und die Seen erzählen?«

»Den Sumpf und die Teiche? König Yolonic ist ein einsiedlerischer Frosch, und sein schlammiges Volk versteckt sich in den Binsen. Er wird zahlen. Geistsee, Löffelsee und die Kettenseen haben mehr Anführer als Bewohner, die ihnen folgen. Jede Insel hat ihren eigenen König oder Häuptling oder Bürgermeister, und sie kämpfen seit Generationen gegeneinander. Das Einzige, was sie gemeinsam haben, ist, dass sie uns noch mehr hassen. Keine Ahnung, wie Ihr von diesem Haufen Steuern eintreiben wollt.« Als Synge Caspars verwirrte Miene sah, hielt er kurz inne. »Das ist keine große Hilfe, nicht wahr, junger Klein?«

»Nein, nicht sehr.«

Der Soldat grübelte angestrengt nach und versuchte es dann noch einmal. »Ich kann Euch Folgendes sagen: Da draußen an der Grenze schätzen Männer Worte und Taten mehr als Erlasse und Titel. Eure klimpernde neue Halskette wird nicht so viel bedeuten wie Eure Taten, und so müsst Ihr danach leben, was Ihr sagt. Die Menschen werden widerstrebend jemandem etwas zahlen, dem sie etwas schuldig sind, aber sie werden sterben für jemanden, an den sie glauben. Wie lautet Euer Schwur?«

Ich habe noch keinen. »Ich habe darüber nachgedacht, aber …«

Synge brachte ihn mit einer knappen Handbewegung zum Schweigen. »Ein Knabe denkt darüber nach. Ein Mann legt einen Schwur ab.«

Kapitel 8

Neveah

»Ihr schickt mich zurück in die Grenzlande?«

Atul Deshmane stand mit nacktem Hintern am Bett der Königin, und seine schweißnasse Haut glänzte unter dem abnehmenden Mond von Hyak, dessen Licht durch ihr Fenster fiel. Neveah beobachtete, wie das nackte Glied ihres riesigen Wachmanns erschlaffte, als er die Neuigkeit verdaute. *Schade, das war nicht meine Absicht.*

»Ich werde da draußen sterben«, beklagte Atul sich.

»Unfug, du großer Narr«, widersprach Neveah. »Du bist schon früher dort gewesen und zurückgekommen, gesund wie ein Hengst.« Sie streckte sich für ihn nackt auf ihrem königlichen Bett unter den Mondstrahlen aus wie eine Löwin mit kastanienbrauner Mähne. Sie war robust und gesund, anders als die hungrigen Gossenmädchen, mit denen Atul Deshmane seine Jugend verbracht hatte, Mädchen, die er entzweibrechen konnte, wenn er sie zu heftig liebte. Neveah lächelte die gewaltige Leibwache an – das gleiche Lächeln, das sie benutzt hatte, um ihn in ihre Gemächer zu locken, als ihr königlicher Gemahl Atul das erste Mal beauftragt hatte, über sie zu wachen, während er selbst an der Zuckerküste weilte.

»Ich kann einfach nicht zulassen, dass du in meinen Gemächern herumlungerst, nicht einmal so lange nach dem Tod meines Gemahls. Du bist zu verführerisch. Ich kann die Finger und Augen nicht von dir lassen. Unser Grinsen und unsere Blicke werden auffallen. Diese argwöhnischen Moceris werden behaupten, ich hätte schon meinen Spaß mit dir gehabt, als er noch lebte.«

»Und sie würden recht haben«, gab Atul zurück.

So schlicht, dieser Bursche, dachte Neveah. »Das können wir nicht gebrauchen. Die Familie meines verstorbenen Mannes murrt bereits, ich hätte ihrer Blutlinie den Thron gestohlen, da ich ihm keinen Erben geboren habe. Sie werden jede Gelegenheit ergreifen, mich zu stürzen und den Thron zurückzuerobern. Wenn sie beweisen könnten, dass ich das Bett mit dir geteilt habe, während der König noch lebte, würden sie meinen Kopf verlangen. Und ich mag meinen Kopf dort, wo er ist. Niemand darf davon erfahren, und doch habe ich bereits Getuschel gehört. Aber wenn ich dich wegschicke, wird das Flüstern aufhören. Welche Frau würde schon ihren Liebhaber wegschicken? Vor allem in eine gefährliche Gegend.«

»Eine gleichgültige Frau?«

»Genau. Du bist nicht so begriffsstutzig, wie man behauptet. Geh. Lass uns reinen Tisch machen. Nach einiger Zeit werde ich nach dir schicken. Dann werden wir wieder zusammen sein.«

»Warum schickt Ihr mich nicht an einen sicheren Ort? Maibach, Salbei oder die Zuckerküste.«

»Wie sollte das die Leute davon überzeugen, dass wir nichts miteinander haben? Ich muss deutlich zeigen, dass mir dein Leben nichts wert ist. Wenn ich dich in die Grenzlande schicke, wird das ein exzellenter Beweis dafür sein, dass du mir gleichgültig bist.«

»In der Tat.«

»Sorge dich nicht, mein Liebhaber. Du bist nicht unterzukriegen. Ich weiß, dass du es schaffst.«

»Die Grenzlande sind nicht so sicher, wie Ihr es dem Volk erzählt.«

»Irgendwann werden sie es sein. Es ist einfach Aufräumarbeit, jetzt, da die Bündnisverträge unterzeichnet sind. Du wirst dazu beitragen. Ich brauche einen guten Kommandanten dort draußen.«

»An den Arschbacken der Spinnenbeinberge ist es immer noch brenzlig. Sassoonen-Rebellen, die nicht kapituliert haben, kommen von den Gipfeln herunter, um unsere Vorposten zu überfallen. Im Toten Wald hat man eine ganze Garnison aus Hyak gefunden, die überfallen wurde. Unsere Männer wurden für die Krähen und Aasflügler an den Außenmauern aufgehängt.«

»Verstreute Rebellen können nicht die große Landkarte verändern. Die Grenzlande verfügen über keine organisierte Armee mehr. Sie haben keinen noblen Familiennamen mehr, der sie zusammenruft oder sie anführt. Die Swishers sind tot. DeAndre ist tot. Die Farnbeers wurden gekauft und bezahlt. Willis sitzt in seiner gottverdammten Bergfeste in der Falle. Und die Übrigen haben die Bündnisverträge unterzeichnet.«

»Ihr habt recht, meine Königin. Zornige Bürgerliche und Wilde können Euer Königreich nicht stürzen. Aber sie töten trotzdem auf dem Feld Eure Männer, und wenn Ihr mich unter Eurem Banner zurückschickt, werden sie mich töten. Ich habe meine Zeit an der Grenze abgeleistet. Ich habe drei Jahre lang da draußen für das Reich gekämpft, und ich habe es lebend überstanden. Ich habe es nicht verdient, das erneut tun zu müssen. Jeder Soldat weiß, dass es Pech bringt, nach dem dritten Jahr zurückzukehren.«

»Ich hätte dich nie für einen abergläubischen Mann gehalten.«

»Ein Mann geht nicht zu einem vierten Jahr in den Einsatz zurück. Die Soldaten nennen es das Todesjahr.«

»Bah. Das ändern wir. Verpassen ihm einen anderen Namen. Ich werde einen königlichen Erlass unterzeichnen und es zum Siegesjahr erklären.«

»Nicht einmal Ihr könnt Pech in Glück verwandeln.«

»Vielleicht nicht.« Sie betrachtete seine nackte Gestalt. »Aber ich kann schlechte Laune in gute verwandeln.« Sie erhob sich auf Hände und Knie und ließ ihre schweren Brüste im Mondlicht wie Pendel hin und her schwingen.

Sie sah zu, wie er sich regte. Er liebte sie nicht – *Liebe ist etwas für komplexere Männer als Atul Deshmane* –, aber er begehrte sie, und das genügte. *Schon geringere Männer trachten danach, das Lager von Königinnen zu teilen.* Sie war eine starke Frau in einer schwierigen Welt, resolut und entschieden. Er musste zurück an die Grenze. Ihr Wille war unerschütterlich, und es erregte sie, ihn einem physisch mächtigen Mann aufzuzwingen. Er trat ans Bett, wo sie wartete, üppig und grinsend, in dem Wissen, dass er kommen würde. Schließlich drehte sie sich um und bot ihm ihren breiten Hintern und ihre andere kastanienbraune Mähne dar.

»Oh, du bist eine so saftige Spielwiese«, brummte er.

Kapitel 9

Opal

Die Königin würde noch nicht mit dem Bad fertig sein, aber Opal hatte gelernt, dass es nie schadete, zu früh zu einer Aufgabe zu erscheinen. Sie trug das silberne Tablett mit sechs Kämmen, mehreren langen Elfenbeinhaarnadeln und anderen Schönheitsutensilien. Es war ihr erster Gang die lange Treppe hinauf zu den Gemächern der Königin, und sie war noch nicht geübt im Umgang mit einem beladenen Tablett. Die Zähne der Kämme waren unterschiedlich groß, teils so dünn wie Nadeln zum Auskämmen von Nissen, teils so dick wie Schilfhalme. Einige der Elfenbeinhaarnadeln waren so lang wie Opals Unterarm, mit Köpfen reißzahnbewehrter Aale, die in ihre stumpfen Enden geschnitzt oder geformt waren. Opal hatte sie mitsamt dem Tablett auf Hochglanz poliert.

Sie war nervös, wie jeder es sein würde, der zum ersten Mal seiner Königin aufwartete. Dem allgemeinen Gerede nach war Königin Neveah eine wohlwollende Monarchin. Sie hatte schließlich einen Krieg beendet. Aber unter den Dienstboten wurde geflüstert, sie sei in letzter Zeit launisch, argwöhnisch und unversöhnlich. Ein Wäschemädchen, das eine Frage bezüglich der Bettlaken der Königin gestellt hatte, war am nächsten Tag verschwunden. Diener flüsterten von einem Nachttopfjungen, der ein Ohr an die Schlafzimmertür der Königin gedrückt habe. Auch er sei prompt verschwunden, hieß es. Opal wollte nicht alles verlieren, was sie erreicht hatte. Sie hatte zu hart dafür gearbeitet, die Palaststufen zu erklimmen, um sie jetzt wieder hinunterzustürzen. Aber es war nicht nur ein Risiko, der Königin zu dienen. *Es ist auch eine Chance!* Wenn sie ihre Sache gut machte, würde sie Lily zu einem besseren Leben verhelfen können. Während sie diese Gedanken dachte und durch den langen hinteren Flur zu den Gemächern der Königin ging, hörte sie, wie eine Tür geöffnet wurde, und schaute auf.

Ein Mann von Atul Deshmanes Größe konnte nicht kommen und gehen, ohne Aufmerksamkeit zu erregen. Er überragte jeden anderen Mann um einen ganzen Kopf und trug den purpurnen Waffenrock und den Hut der Krone. Opal sah ihn durch den Dienstboteneingang aus Neveahs königlicher Suite schlüpfen. Er bewegte sich anmutig für einen so massigen Mann, seine Füße waren nicht schwerfällig oder plump. Sobald er durch die Tür war, zog er sich seine Kniehose hoch, um das ungebärdige Lockenhaar zu verbergen, das von seinen Lenden hervorlugte. Dann zog er seinen Gürtel stramm, um auszusehen, als wäre er lediglich ein Palastwächter im Dienst – was er jetzt war. *Aber vor einem Moment war er es noch nicht.* Opal begriff, was sie sah. Sie hatte es in den Gassen gesehen – Männer, die Freudenhäuser verließen. Aber in den Gassen scherte sich niemand darum, wer es sah. Der Palast war eine andere Sache. *Dazwischen liegen Welten.* Sie versuchte, mucksmäuschenstill dazustehen. *Vielleicht geht er in die andere Richtung.* Aber ihre Hände zitterten, und ihre verräterischen Kämme und anderen Haarutensilien klapperten auf dem Tablett und verrieten sie.

Ihr leises, metallisches Klirren war kaum lauter als ein Wispern, aber der riesige Leibwächter hatte scharfe Ohren und hörte es. Er wirbelte herum, und da stand sie, ein einfaches Mädchen mit einem Tablett voller Kämme, Haarnadeln, Schleifen, Bürsten, Wachsstöpsel, winziger Pinzetten und anderer Utensilien für Damen. Er starrte sie an, und sie begriff, dass sie vergessen hatte, sich den Zofenschleier vors Gesicht zu ziehen. *Er wird mich erkennen.* Sie starrte zurück. *Und ich kann nicht so tun, als würde ich ihn nicht kennen,* begriff sie. So groß, wie er war, kannte ihn jeder vom Sehen. Es war nicht ungewöhnlich, ihn durch die Palastflure streifen zu sehen. Aber zu beobachten, wie er am frühen Morgen mit offenen Kniehosen aus dem Schlafzimmer der Königin trat, das war ungewöhnlich. Tatsächlich war es unvergesslich.

Atul Deshmane ging in gemächlichem Tempo den Flur entlang, als wäre nichts Ungewöhnliches geschehen. Aber Opal wich zurück, und ihre dunkelgrünen Augen huschten von links nach rechts. Er war ein erfahrener Soldat, und er schien an ihrem Gesichtsausdruck ablesen zu können, dass sie im Begriff stand zu fliehen.

»Bleib stehen, Mädchen. Du steckst nicht in Schwierigkeiten.«

Aber sie hörte bloß das Wort »Schwierigkeiten«. Opal ließ das Tablett klirrend fallen, drehte sich um und wollte wegrennen. Deshmane war schnell. Tatsächlich war er hinter ihr, als wäre er wie ein Panther über die ganze Länge des Flurs gesprungen. Mit seinen langen Schritten legte er die Strecke in Sekunden zurück, während ihre in Schläppchen steckenden Füße auf dem glatten Steinboden immer noch hektisch Halt suchten. Er packte sie mit eisernem Griff, und sie wehrte sich zu Tode verängstigt. Ein dünnes Rinnsal lief ihr das Bein hinunter.

»Hör auf zu zappeln. Ich tu dir nichts.«

Aber so Furcht einflößend der Wachmann war, der die Masse zweier Männer besaß und schnell wie ein Panther sein konnte, es war nicht Atul Deshmane, vor dem Opal sich fürchtete.

Atul drehte sich beim Knarren der schweren Eisenholztür zu den Gemächern der Königin um. Sie war nur einen Spaltbreit aufgedrückt worden, aber man hätte sie ebenso gut weit aufreißen können. Der Aufruhr auf dem Flur war gehört worden. Zwei schmale Augen spähten durch den Schlitz. *Die Königin!* Sie sah sie, und ihre hochgezogenen königlichen Brauen verrieten Opal alles, was sie wissen musste. *Ich werde verschwinden.*

Opal wusste sofort, dass sie ein Problem für die Königin war. Eine kleine Frisierzofe würde keine Monarchin stürzen. Plötzlich befürchtete sie, dass Atul den Befehl erhalten würde, die Sache gleich hier im Flur zu erledigen, bevor irgendjemand sonst etwas davon erfahren konnte. Seine riesigen, kraftvollen Hände umspannten ihren Arm. *Sie könnten kurzen Prozess mit meinem Hals machen.* Seine Finger bohrten sich in ihr Fleisch, und sie begriff, dass auch er Angst hatte. Seine Existenz war für die Königin nun ebenfalls ein Problem. *Es sei denn, ich wäre fort.*

»Bring sie her«, verlangte Neveah Moceri durch den Spalt in der Tür, ruhig und gelassen.

Der massige Mann sah zuerst seine Königin und dann Opal an und dachte nach – anscheinend ein schwieriges Unterfangen für ihn. Dann beugte er sich vor und flüsterte ihr etwas zu.

»Flieh aus meinem Griff und lauf weg. Such dir eine Karawane oder ein Boot. Verlass die Stadt.« Opal war erstarrt. Er lockerte seinen Griff, um sie zu ermutigen. »Tu es, Mädchen!«

Sie zögerte einen Moment lang und starrte zu ihm auf, dann riss sie sich los und flog den Flur entlang und die Treppe hinunter.

Atul brüllte ihr nach, verfolgte sie aber nicht. Er fluchte überzeugend und laut genug, dass ihre Königin es hören konnte. »Verdammt seien die Götter! Sie ist mir entwischt.«

Kapitel 10

Caspar

»Der Schuppen«, wie jene ihn bezeichneten, die seinen Ruf kannten, stand im Schatten von Seeblick, wo er hingehörte. Gleich außerhalb des Schutzes der turmhohen Ringmauer errichtet, war der Schuppen während der Grenzkriege wiederholt geplündert, verbrannt und wiederaufgebaut worden, und immer erhob er sich wieder an derselben Stelle an der Kreuzung der Schattenstraße mit der Sonnenstraße. Für alle, die innerhalb der Stadtmauern willkommen waren, gab es elegantere Unterkünfte und bessere Kost, aber für Ausgestoßene, Missetäter und Raufbolde, deren Namen besser unbekannt blieben, war der Schuppen eine willkommene Absteige. Man hätte ihn sogar »beliebt« bei einer gewissen moralisch flexiblen Gruppe nennen können.

Er ist auf jeden Fall groß genug für eine Menschenmenge, dachte Caspar, als er stehen blieb, um das Gasthaus aus der Ferne abzuschätzen.

Es ähnelte einer Kaserne mit seiner stabilen Bauweise. Eisenholzbalken, bemerkte er. *Diesmal nicht entflammbar.* Die einzige Werbung für den Schuppen war in die Holzwand des Gebäudes eingeritzt wie eine Wunde – die gezackten Kerben boten an: »Geplauder – Getränke – Essen – Betten«, in dieser Reihenfolge. Caspar legte den Kopf schief. *Geplauder?* Er kam zu dem Schluss, dass die Taverne für den Pöbel ein Ort war, um Neuigkeiten auszutauschen. Er hatte von solchen Dingen gehört. Menschen brachten Geschichten und bekamen als Gegenleistung Geschichten. Oder bezahlten für sie. Die Kunst lag darin, Geplauder von der Wahrheit zu unterscheiden.

Caspar strich sein seidenes Wams glatt und schaute stirnrunzelnd auf das grobe Äußere und die Wachspapierfenster. Es war kein Palast. *Wenn es bei der Titelvergabe anders gelaufen wäre, hätte ich niemals einen Fuß hierher gesetzt,* ging es ihm durch den Kopf. Er versuchte, durch die Fenster die Silhouetten der Gäste zu erkennen. Ohne Erfolg – nur Schatten. Er schindete Zeit, wurde ihm klar. Er wollte nicht in diese vulgäre Kaschemme gehen. Aber man hatte ihm gesagt, dass die Glorreichen Sechs dieses Lokal immer besuchten, wenn sie von ihren Runden zurückkehrten, und sein neues Kommando verlangte von ihm, sie aufzusuchen. Er wandte sich der grob bearbeiteten Schiebetür zu und wappnete sich vor dem Eintreten.

Genau in dem Moment drängte sich ein lockiger Barbosso an ihm vorbei und stieß die Tür zur Seite, woraufhin Gelächter, Rufe und trunkene Prahlereien hörbar wurden. Caspar überprüfte instinktiv seine Taschen, um sich davon zu überzeugen, dass der Mann ihm nichts gestohlen hatte, dann machte er einen Schritt vorwärts, nur um erleben zu müssen, wie ihm die Tür mit einem beleidigenden Knall vor der Nase zugeschlagen wurde. Unerschrocken oder vielleicht doch ein klein wenig erschrocken umklammerte er die Kante der Tür und zog daran. Sie gab nicht nach. Er zog kräftiger, und sie schwang entlang der oberen Metallschiene kreischend eine Handbreit zur Seite. Die Tür war schwer für einen Knaben von seiner Statur. *Für einen jungen Mann,* rief er sich ins Gedächtnis und warf sich mit seinem ganzen Gewicht dagegen, bis ihm die Füße wegrutschten. Bevor er die Tür bewegen konnte, fiel eine gewaltige Hand auf seine.

»Lasst mich helfen, Lord.« Ein riesiger Mann ragte vor ihm auf, der es Caspar überließ, von unten sein stoppeliges Kinn zu mustern. Der große Kerl griff nach der Tür und stieß sie mit einem leichten Spiel seiner Muskeln auf. »Bitteschön, Lord. Ihr könnt eintreten, obwohl nur die Götter wissen, warum Ihr das wollt.«

Caspar war überrascht, hier auf einen Soldaten mit guten Manieren zu treffen, aber er war dankbar und fühlte sich ermutigt.

»Meinen Dank, Mann. Du bist in der Tat ein ehrenhafter Kerl.« Caspar trat ein, während der massige Soldat ihm die Tür aufhielt und sie dann hinter sich zuschlagen ließ.

Er hatte mit Dunkelheit gerechnet. Stattdessen wurde der Raum von einem warmen, knisternden Feuer in der Mitte des Gastraums erleuchtet und von dem Licht, das durch die Fenster aus Wachspapier fiel, sodass er jede Falte, jede Pore und jeden verzogenen Mundwinkel in den Gesichtern erkennen konnte, die aufsahen, um ihn zu mustern. Es war ein bunter Haufen – in den Gassen geborene einfache Städter in grob gesponnener Wolle, Reisende mit quastengeschmückten Gürteln an ihren Fransenwesten und sogar ein Tisch voller wilder Stammesleute aus den Übervölkerten Hügeln. Caspar erkannte die Stammesleute anhand einer Beschreibung in einem Buch, das er gelesen hatte – zu ihren Gewohnheiten gehörte es unter anderem, den Männern eroberter Stämme Schlitze in Ohren und Nasen zu schneiden, sie jedoch am Leben zu lassen, damit sie die Schande ertragen mussten. Einer der Männer am Tisch hatte tatsächlich ein schief hängendes Ohr, und einem anderen waren beide Nasenlöcher aufgeschlitzt worden, aber sie wirkten auf Caspar keineswegs beschämt. Zum Glück hatten die Stämme sich Hyak angeschlossen und sich während der jüngsten Auswüchse der Grenzkriege als wertvolle Verbündete erwiesen. Sie kämpften an der Grenze gegen die barbarischen Sassoonen der Spinnenbeinberge. *Es gibt keinen Grenzkrieg mehr,* rief Caspar sich ins Gedächtnis. *Jetzt sind sie einfach wieder Wilde.* Doch jeder Mann, selbst ein Wilder, verdiente Respekt, bis er ihn verlor, fand Caspar. Er überlegte, »Respekt« in seinen Kodex aufzunehmen, selbst für Männer wie diese. Solange er nicht mit ihnen zu speisen brauchte.

Er hielt Ausschau nach dem Besitzer der Kaschemme, brauchte aber nicht lange zu suchen. Der Besitzer fand ihn.

»Ah, Lordchen. Was führt Euch jenseits der Mauern von Seeblick in Edmund Hillards Berühmte Zimmervermietung und Plauderstube?«

»Ich dachte, dieses Lokal hieße ›der Schuppen‹.«

»Nee, so nennen nur diese Heiden meine hübsche Wirtschaft. Das ist nicht der Name, den ich ihr gegeben habe, als mein Alter den Löffel abgegeben hat. Ihr seid Caspar Klein, hm? Der neue Steuereintreiber? Ich habe gerade erst vor einigen Monaten meinen Tribut bezahlt und finde hier sowieso kaum mein Auskommen. Es lohnt sich nicht, meinen Baum zu schütteln.«

Caspar zweifelte an seiner Behauptung, arm zu sein – der Schankraum war voller Gäste. »Deshalb bin ich nicht hier, und woher kennst du mich?«

»Neuigkeiten kommen und gehen im Hause Hillard. Titel sind wertvolle Neuigkeiten.« Er deutete auf das Meerechsenwappen auf Caspars Wams. »Und jeder kann sehen, dass Ihr ein Klein seid.«

Caspar zog seinen Umhang über das Wams und sah sich um. »Ich kann es nicht gebrauchen, dass diese Leute erfahren, was ich tue.«

»Ich bitte um Entschuldigung, Lordchen. Ich will es mir mit keiner der Familien verscherzen. Was immer Ihr an vornehmen Geschäften zu verrichten habt, sagt es einfach, und ich werde mich sofort und mit verschlossenen Lippen darum kümmern.« Er lächelte. »Es hilft, wenn es eine Aufwandsentschädigung gibt.«

Caspar tastete nach seiner Börse. Sie hing noch immer an seinem Gürtel, den Göttern sei gedankt. Er wühlte eine Silbermünze hervor und hielt sie dem Mann hin. »Die Glorreichen Sechs«, sagte er. »Wo kann ich sie finden?«

Edmund Hillard ließ die Münze mit geübter Leichtigkeit in einer unsichtbaren Tasche verschwinden. »Ah, der Elende Unrat? So nenne ich sie. Die machen eine Menge Ärger, das kann man nicht anders sagen. Aber wenn sie fertig sind, begleichen sie immer ihre Rechnung. Seid Ihr hier, um diesem räudigen Haufen eine Vorladung für etwas zu überbringen, das sie getan haben?«

»Was? Nein. Ich bin ihr neuer Kommandant.« Es war das erste Mal, dass er es aussprach, und er musste zugeben, dass es aus seinem Mund seltsam klang. Er war sich nicht sicher, ob er stolz war oder beschämt. Zumindest standen die Glorreichen in dem Ruf, beim Schuldeneintreiben erfolgreich zu sein. *Ihr müsst der Beste in dem sein, was Ihr tut,* hatte Synge ihm geraten. *Ich sollte stolz sein,* befand er. Vielleicht würde Stolz sein Schwur sein.

»Es ist nur so, Ihr scheint mir nicht der Typ zu sein, um … sie zu befehligen.«

Caspar runzelte die Stirn. »Hast du sie gesehen, ja oder nein?«

Edmund nickte. »O ja, ich habe sie gesehen. Hier entlang … Kommandant.«

Sie schlängelten sich durch die schnatternde Menge, die nach Bierschweiß und Pfeifenrauch roch, und wichen erhobenen Krügen und herumwirbelnden Frauen aus, deren Gesichter mit leuchtend bunter Kreide und rubinfarbenem Beerensaft für die Lippen bemalt waren. Caspars Mutter hätte traurig die Stirn gerunzelt und den Wunsch verspürt, sie vor diesem Leben zu retten, aber soweit Caspar es erkennen konnte, lächelten sie, schlürften Bier, sammelten Münzen ein und schienen weder gerettet werden zu wollen noch es zu benötigen. Der große Raum besaß drei Ausgänge. Hillard wählte einen, der in einen überraschend langen Flur mit weiteren Türen führte. *Diese Taverne ist riesig.* Im Vergleich dazu wirkten viele der größeren Lokale der Stadt winzig. Allerdings hatte sie durch irgendeinen Trick der Architektur und einen großen Mangel an Gartenpflege – die schnell wachsenden, wilden Farnbeerbüsche hatten das Haus vollkommen überwuchert – von der Straße aus nicht so groß ausgesehen. *Diese lärmende Taverne ist beliebter als jedes respektable Gasthaus,* überlegte er weiter.

»Die letzte Tür links«, sagte der Wirt und zeigte den Flur entlang, dann bedachte er Caspar mit einem seltsamen Lächeln. »Viel Glück.«

Caspar ging durch den langen Flur, neugierig wegen der Geräusche, die er hinter den Türen hörte. Jemand schnarchte, aber das war zu erwarten. Ein übertrieben begeistertes Keuchen und Stöhnen ließ ihn erröten, aber er nahm an, dass dies ebenfalls zu erwarten gewesen war. Erst ein hohes Wimmern und dumpfe Schläge ließen ihn innehalten. *Es ist die Pflicht eines Lords zu verhindern, dass eine Frau geschlagen wird!* Mit Ritterlichkeit als potenziellem Schwur musste er der Sache auf den Grund gehen. Doch als er die Tür aufriss, seinen Dolch mit dem Elfenbeingriff gezückt, brüllten sowohl der nackte, ans Bett gefesselte Mann als auch die bemalte Dame mit dem Bleuel ihm zu, er solle sich verziehen. Daraufhin beschloss er, keine weiteren Nachforschungen anzustellen, ganz gleich, was er hörte.

Die letzte Tür links war größer als die übrigen. *Vielleicht ein besseres Zimmer, geziemender für meine fähige, sachkundige Truppe.* Er zog es in Erwägung anzuklopfen, aber andererseits war er ihr Kommandant. Er brauchte nicht anzuklopfen. Stattdessen drückte er einfach die Tür auf und ging hinein.

Rauch waberte durch den Raum.

Feuer!, durchzuckte es ihn.

Er prallte zurück. Feuer war eine tödliche Geißel. »Flammender Tod.« »Inferno.« Ein Mörder von Männern, Frauen und Kindern, der keine Unterschiede machte, und Fluch aller Holzbehausungen der Menschheit, in denen sie sich sicher fühlten, bis die Hitze eines grauenhaften Feuers sie einholte. Tatsächlich hatte der Schuppen bekanntermaßen mehr als nur einmal gebrannt. Die instinktive Furcht davor fuhr ihm direkt in die Knochen, und um ein Haar hätte Caspar um Hilfe geschrien.

Aber der Rauch war dünn und nicht schwarz. Er zögerte. Die Schwaden drifteten umher wie die faulen Federn eines unglücklichen Vogels, der mitten im Flug mit einem Knüppel niedergestreckt worden war. Der Rauch war ein ruhiges Nachspiel, kein dramatisches Geschehen. Kein gieriger Aggressor, sondern ein entspanntes Ding, das bereits geschehen war und jetzt leise vor sich hin wehte. Außerdem war es nicht heiß im Raum. *Nur verqualmt.*

Caspar wedelte den Rauch beiseite, was sich als wenig wirksam erwies, da einfach weiterer Rauch herbeiwehte, der den Raum füllte. »Ist hier jemand?«

Da war eine Bewegung. Durch den Dunst erspähte er auf der gegenüberliegenden Seite des Raums einen langen Diwan. Jemand lag darauf und bewegte sich ebenso träge wie der Rauch, um sich ihm zuzuwenden.

»Hallo«, versuchte er es noch einmal und schob sich durch den Nebel.

»Hallo?«, erklang eine dumpfe Antwort irgendwo links von ihm.

Eine zweite Person.

Caspar trat näher an den Diwan heran. Ein niedriger Tisch stand zwischen ihm und dem Sofa. Auf dem Tisch stand ein Glasgefäß, in dem fröhlich Rauch aus einem Becken durch Wasser in dünne Schilfrohre quoll, die aus dem abgerundeten Bauch des Gefäßes ragten und sich in verschiedene Richtungen schlängelten. Eins dieser Röhrchen führte zu der liegenden Gestalt auf dem Diwan, die durch den Nebel im Raum erst sichtbar wurde, als Caspar näher kam. Als er die Gestalt fast erreicht hatte, drehte sie ihm ihren schuppigen, keilförmigen Kopf zu und ließ aus einem breiten Mund ihre nadelspitzen Zähne aufblitzen, während der Rauch dazwischen hervorquoll. Der Reptilienleib erhob sich und kam ihm entgegen.

»Ungeheuer!« Caspar sprang zurück und tastete nach seinem Dolch, einer dünnen, höfischen Waffe, die eher für Duelle bestimmt war als für Begegnungen mit wilden Bestien, die sich auf Diwanen räkelten.

Ein kleiner Mann tauchte aus dem Rauch zu seiner Linken auf und kam taumelnd auf ihn zu. *Die zweite Person.*

»Ungeheuer?«, lallte der Mann. »Wo?«

»Auf dem Diwan!«

Die schuppige Kreatur stand vor ihm. Sie war so groß wie ein ausgewachsener Mann, sogar ohne den langen, gewundenen Schwanz zu berücksichtigen, der über die geschnitzte Rückenlehne des Möbelstücks drapiert war. Die kurzen Oberarme des Tiers mit ihren gebogenen Krallen und die dicken Hinterkeulen waren entschieden reptilienhaft, und die gelben Augen über dem klaffenden Maul mit Doppelreihen von Zähnen darin musterten Caspar mit einer Art ausdrucksloser Neugier.

»Ach so«, sagte der Mann. »*Dieses* Ungeheuer.«

Das Tier, das von beachtlicher Größe war, spannte seine dicken Schenkel an, sodass Caspar dachte, es würde ihn vielleicht mit schnappenden Zähnen anspringen. Aber dann tat es etwas ganz Seltsames. Es nahm ein Rauchröhrchen ins Maul, schloss seine langen Kiefer fest darum und inhalierte laut. Die Kreatur schauderte, dann blickte sie in seine Richtung und knurrte drohend.

»Geht nicht zu nah heran, Lord«, warnte der Mann und schob Caspar zurück. »Und um der Liebe der Götter willen, steckt Eure hübsche Klinge weg. Ihr werdet es nur gegen Euch aufbringen, bis es uns beide zu verkohlten Leichen verbrennt!«

Caspar zog sich mit dem kleineren, sich duckenden Mann im Schlepptau zur Tür zurück. Er trat zwischen die Bestie und den Mann, um ihn zu beschützen, wie es die Pflicht eines Lords war, selbst wenn er nur die Fertigkeiten eines Fußsoldaten besaß. Das Ungeheuer erklomm den niedrigen Tisch und richtete sich auf zwei Beine auf wie ein Mensch. Es spuckte das Röhrchen aus und sandte einen Schwall weißen Rauchs hinter ihnen her.

»Die Kreatur bläst ja wirklich Rauch aus!«, jaulte Caspar auf und tastete hinter sich nach der Tür. Bei seinem ersten Streifzug aus der Stadt hinaus war die Welt schnell unwirklich geworden. Tatsächlich befiel ihn allmählich ein Schwindel. Der Raum kippte und verschwamm, als Caspar sich duckte, bereit, die Tür zuzuschlagen und die Bestie dahinter gefangenzusetzen.

Dann rülpste die Echse ein letztes, schwaches Rauchwölkchen aus und bekam einen Hustenanfall.

Der kleine Mann schlug Caspar auf den Rücken. »Beim haarigen Sack des Kräutergottes, es ist ein Drache!« Dann lachte er. »Bloß kein besonders guter.«

Der Drache stieß ein weiteres stotterndes Knurren aus, das beinahe wie ein Kichern klang, und als er sich wieder bewegte, rutschte er auf dem feuchten Tisch aus und klatschte mit der Schnauze voran auf den Boden. Die Kreatur wälzte sich langsam herum und starrte zu ihnen empor. »Knurrr«, sagte sie mit eindeutig menschlicher Stimme, einer Stimme, von der Caspar niemals gedacht hätte, dass eine Reptilienkehle sie vorbringen konnte, hätte er es nicht gerade mit eigenen Ohren gehört.

Der Mann an seiner Seite konnte nicht länger an sich halten. Er brach in schallendes Gelächter aus. »O-ho, ich glaube, er greift an!«

Caspar starrte auf das hustende Geschöpf, das sich auf dem Boden wälzte, dann sah er den Mann an, der ihn einfältig angrinste. Sie hatten beide an dem Glasgefäß genuckelt, und ihm wurde plötzlich klar, dass es sich um eine kunstvolle Kräuterpfeife handelte.

Sie sind berauscht!

Der Mann sah Caspar an, und seine Augen schwammen in ihren Höhlen. »Übrigens, wer seid Ihr, dass Ihr einfach so in unser Zimmer hereinplatzt? Das ist eine gute Methode, sich eine Klinge in den Bauch einzufangen.«

»Ich bin Lord Caspar Klein, frisch ernannter Kommandant der Glorreichen Sechs. Und du bist?«

»Oh!« Der Mann betrachtete die Kreatur und dann wieder Caspar. »Ich bin Euer Übersetzer.«

Zuerst weigerten sich die Glorreichen Sechs, sich zu versammeln, aber Caspar präsentierte seine Halskette und seine Ernennungsurkunde mit dem königlichen Aalsiegel, das in das purpurne Wachs darauf gestempelt war. Er zeigte dem massigen Dale Usher die Dokumente – demselben respektvollen

Soldaten, der ihm die Tavernentür geöffnet hatte. Der eingeschworene Wächter wurde dann verpflichtet, den Rest der Truppe herbeizuschaffen, und er zerrte mehr als einen von ihnen im Namen der Königin mit Gewalt in den verqualmten Raum.

Dieser Mann wird mein Verbündeter sein, wenn es gilt, hier Ordnung zu schaffen.

Während Caspar darauf wartete, dass Usher alle zusammenholte, entfernte er das Wachspapier vom Fenster und stieß die Innentür weit auf, damit eine Brise hindurchwehen und den Nebel des Blattrauchs vertreiben konnte. Der kleine Mann und das große Reptil saßen auf dem Sofa, kicherten und tuschelten miteinander.

»Dieses Geschöpf«, sagte Caspar zu dem kleinen Mann, während er mit seinem Umhang Rauch wegwedelte. »Es hat sich so angehört, als hätte es gesprochen. Obwohl es wahrscheinlicher ist, dass ich zu viel Blattrauch eingeatmet habe.«

Der Mann war Heath, der glorreiche Übersetzer. Aber Heath antwortete nicht, das Geschöpf antwortete.

»Dieses Geschöpf hört mit«, sagte es durch seine Reihen von Zähnen, mit denen es aussah, als lächelte es. Und vielleicht tat es das auch. »Nicht nötig, darüber zu sprechen, dass es spricht, wenn Ihr mit mir darüber sprechen könnt, dass ich spreche.«

Caspar zuckte abermals zusammen. Diesmal hatte die Echse einen ganzen Satz gesagt! *Genau genommen zwei ganze Sätze.* Es kam ihm unnatürlich vor, einem Tier zu antworten, aber sein Übersetzer zuckte nur die Achseln und verwies auf seinen rauchenden Gefährten.

»Also schön«, sagte Caspar mit dem geheuchelten Selbstbewusstsein eines Mannes, der angeblich das Kommando führte. »Warum hast du mich angeknurrt, Tier, wenn du doch sprechen kannst?«

»Heath hat gesagt, ich dürfe mir einen Spaß mit Euch erlauben. Es hat Spaß gemacht, als Ihr ›Ungeheuer!‹ gekreischt habt.«

»Du hast dich über mich lustig gemacht?«

»Das wird nie langweilig.« Heath feixte.

»Was ist diese beleidigende Kreatur, Übersetzer? Und komm nicht auf die Idee, eure Respektlosigkeit gegenüber eurem Kommandanten und Lord sei unbemerkt geblieben.«

Heath legte die Stirn in Falten und verstaute die Wasserpfeife hinter dem Diwan. »Nun, Cliff ist eine Art Drache.«

»Cliff?«

»So heißt er. Und ich schätze, er ist eher ein Pseudodrache.«

»Was soll das heißen?«

»Er war der Kleinste in einem Drachengelege.«

»Drachen? Das ist absurd.«

»Ja. Das dachte ich auch, als wir in diese Höhle gegangen sind. Ich hätte es selbst nicht geglaubt, nur dass ich da war, um mit seiner Mutter, diesem Miststück, zu verhandeln. Ich habe ihn gerettet, jawohl. Sie und ihre anderen Nachkommen wollten ihn fressen.«

»Sie wollte ihr eigenes Junges fressen?«

»Ihre Mutterinstinkte waren wohl nicht sonderlich ausgeprägt«, meinte Heath.

Die Echse, die Heath Cliff genannt hatte, reagierte mit einem traurigen, sehr menschlichen Zucken ihrer schmalen Schultern. »Die Glorreichen haben mich vor meiner Familie gerettet.«

Die menschliche Stimme, die aus ihrem Reptilienmaul kam, machte Caspar immer noch zu schaffen. Er hatte Drachen für Unsinn und Gestalten aus versponnenen Geschichten gehalten. Und er hatte noch nie eine Geschichte gehört, in der einer von ihnen gesprochen hätte. Er konnte nicht umhin, die Kreatur anzustarren, und er behielt eine Hand in der Nähe seines Dolchgriffs.

In dem Moment stolperte nach einem Stoß von Ushers gewaltigem Unterarm ein gut aussehender Mann in den Raum, der sich im Gehen seine Kniehose hochzog.

»Belorian Knochenstahl«, verkündete Usher. »Der Glorreiche Verbindungsmann.«

»Er ist Barde«, erklärte Heath und kicherte aus keinem anderen erkennbaren Grund als dem anhaltenden Einfluss des berauschenden Rauchs.

»Er erledigt das hochtrabende Gerede für uns, wenn hochtrabendes Gerede notwendig ist«, fügte Usher hinzu.

Der Barde schwankte. Dann rülpste er, und der Geruch von süßem Wein und saurer Galle schwappte in einer Welle über Caspar hinweg.

»Bist du betrunken, Mann?«

Knochenstahl nickte. »In der Tat, das bin ich, Lord. Gut und gründlich voll. Vielen Dank.«

Caspar wandte sich angewidert ab, nur um seinem berauschten Barden gegenüber eine Frau mit schmutzigen Knien und Ellbogen sowie ungebändigtem Haar zu sehen. Ihr Gestank zwang ihn, einen Schritt zurückzuweichen.

»Und du riechst wie …« Er suchte nach dem richtigen Wort, da seine beleidigte Nase vor einem unangenehmen Geruch geflohen war, nur um dem nächsten zu begegnen.

»Vielleicht nach Scheiße?«, schlug Belorian hilfsbereit vor. »Dieser durchdringende, aber faulige, natürliche, jedoch Übelkeit erregende Duft von …«

»Pferden«, ergänzte sie. »Ich bin Yvette, Lord. Ich kümmere mich um die Tiere der Glorreichen.«

»Liebt Tiere mehr als Männer, die da«, bemerkte der betrunkene Barde enttäuscht.

Caspar warf einen Blick auf das aufrecht stehende Reptil.

»Um mich kümmert sie sich nicht«, schnaubte Cliff. »Falls es das ist, was Ihr Euch fragt.«

Caspar konnte sich immer noch nicht daran gewöhnen, mit Cliff zu sprechen. Er hatte das Gefühl, als plauderte er mit dem kostümierten Mimen eines Straßentheaters. Und die anhaltende traumartige Zerstreutheit, die der Rauch ihm bescherte, machte alles nur noch beunruhigender.

»Still, du. Ich kann nicht denken, wenn du sprichst. Es ist … unnatürlich.«

Das Tier wusste, wann es sein klaffendes Maul halten musste. Das war deutlich. *Wenn es auf die falschen Menschen stößt, wird man es als Dämon bezeichnen und mit Mistgabeln jagen,* ging es Caspar durch den Kopf, und er beschloss, dass er ihr ungewöhnliches Tier an gewissen Orten an einer kurzen Leine würde halten müssen, um die Dorfbewohner daran zu hindern, es – und wichtiger noch, sie alle – aufzuspießen.

Er beriet sich mit seinem Übersetzer. »Wie kommt es, dass es spricht?«

»Cliff hat ein Talent für Sprachen«, berichtete Heath. »So wie ich. Vielleicht sogar noch mehr. Hat Sassoonisch in zwei Tagen aufgeschnappt, nicht dass deren barbarisches Gemurmel irgendwie schwierig zu lernen wäre.«

Dann erschien eine weitere Glorreiche, eine streng blickende Frau, die eine sofortige Abneigung gegen Caspar zu fassen schien. Sie war das sechste und letzte Mitglied der Glorreichen. Tara Shnorhavorian. *Ein adeliger Name.* Unwichtige Familie, aber vornehm genug. Caspar fragte sich, warum sie sich den Glorreichen angeschlossen hatte. Sie war eine Buchhalterin der Königin, hatte Usher ihm erzählt, ein Titelposten, aber ihr Amtstitel erklärte nicht, warum sie aus vornehmen Hallen gepflückt worden war, um mit diesem räudigen Haufen zu dienen, der durch gefährliche Länder zog. Vielleicht war sie eine entfernte Verwandte weit genug unten im Stammbaum der Shnorhavorians, um leichte Beute zu sein, wie man sagte.

Usher trieb seine Glorreichen Gefährten mit schroffen Worten und – wenn sie nicht gehorchten – schmerzhaft klingenden Schlägen auf ihre Hintern auf den Diwan und die Holzblöcke, die als Stühle dienten.

»Haltet die Klappe!«, befahl er, als sie endlich ruhig dasaßen. »Euer Kommandant, Lord Caspar Klein, Zollmeister, wird jetzt das Wort an euch richten. Und ihr werdet zuhören, als wäre er Tartan Mull.«

Außer bei der Titelverleihungszeremonie hatte Caspar noch nie von Tartan Mull gehört, aber er hatte ein wenig herumgefragt, bevor er zum Schuppen gekommen war. Caspars Cousin Emil kannte ihn. Mull war der ehemalige Kommandant der Glorreichen Sechs. Davor war er Kommandant in den Grenzkriegen gewesen, aber von fragwürdiger Integrität. Er hatte sich auf nächtliche Überfälle mit kleinen Trupps spezialisiert und aufs Herumschleichen. *Männer, die sich offen dem Kampf stellen, sind hinterher oft tot*, erinnerte sich Caspar. Mull hatte siegreich eine Anzahl von Scharmützeln bestritten, aber anscheinend keinen Ruhm für sie erstritten. Nicht dass er darum gebeten hätte. Es gab jede Menge Ruhm für die Toten, so schien es. *Aber ist es besser, tot und berühmt zu sein als lebendig und namenlos?*

Caspar nahm seinen Mut zusammen und richtete zum ersten Mal das Wort an seine kleine, aus fünf Personen bestehende Schar. »Ich werde beginnen, indem ich frage, was mit eurem früheren Anführer passiert ist.«

Blicke huschten von einem zum anderen, aber niemand sprach. *Sie wollen nicht darüber reden.*

Er versuchte es noch einmal. »Ich fühle mich unwohl, eine

Gruppe zu führen, die nicht bereit ist, über das Dahinscheiden ihres letzten Kommandanten zu sprechen.«

»Das wissen die Götter«, murmelte Yvette.

»Wir wissen es jedenfalls nicht, Lord«, lallte Belorian. Tara versuchte, den schwatzhaften Barden zum Schweigen zu bringen, aber er plapperte weiter. »Eines dunklen Nachts schlugen wir unser Lager auf und sahen zu, dass wir ein wenig Schlaf bekamen, aber am nächsten Tag fanden wir ein flaches Grab in der Nähe. Tartan lag darin. Erwürgt. Ein Rätsel, denn er war ein starker Mann. Ein Rätsel, denn wir haben keine anderen Fußabdrücke als unsere eigenen gefunden. Ein Rätsel, denn ...«

Tara stieß Knochenstahl beiseite. »Ein Rätsel, das niemand lösen konnte. Nicht einmal ich. Und es wird jetzt nicht von einem weichlichen Stadtknaben gelöst werden, hier im Schuppen, Mylord.«

Sie halten mich für einen weichlichen Stadtknaben.

Die fünf Glorreichen schienen nicht in der Stimmung zu sein, über ihren ermordeten Anführer zu reden, und Caspar beschloss, das auf später zu verschieben. Wenn sie ihn besser kannten und ihm vertrauten, würden sie offener sein. *Vertrauen.* Es war eine weitere Tugend, über die er als Punkt in seinem Kodex nachgedacht hatte. *Aber Vertrauen verdient man sich, es wird nicht geschenkt.* Er konnte es nicht einfach anordnen. Er würde sie gut führen müssen, um sich ihr Vertrauen zu verdienen, und sie würden sich als loyal erweisen müssen, um sich seines zu verdienen. Bis dahin konnte diese spezielle Tugend nicht auf seiner Liste stehen.

»Ich verstehe«, sagte er und senkte die Stimme, um tiefschürfender zu klingen. »Ihr habt ihn sehr geliebt, und sein Verlust war schmerzhaft, nehme ich an. Es ist schwer, mit einem Fremden darüber zu reden. Aber ich hoffe, dass wir nicht lange Fremde bleiben werden und dass ihr mir schon bald alles erzählen könnt. Gibt es irgendetwas, das ihr jetzt von eurem neuen Kommandanten wissen möchtet?«

Die Glorreichen Sechs schauten einander an und zuckten die Achseln, als hätte Kommandant Lord Caspar Klein sich bloß erkundigt, ob sie Hammel- oder Kanincheneintopf wollten. Schließlich stellte sein neuer Übersetzer die Frage, die sie alle zu beschäftigen schien.

»Bisschen was von 'nem königlichen Trottel seid Ihr wohl, hm?«

I. Territorium

Das Vorgebirge

Kapitel II

Caspar

Caspar verfluchte sein vom Sattel wund gescheuertes Hinterteil. Er war oft über den Sand der breiten, ovalen Reitbahn in Seeblicks königlicher Arena geritten und über Baumstämme gesprungen, aber nichts davon hatte ihn auf ganze Tage zu Pferd vorbereitet. Tage, an denen er über die unebenen Hügel Hyaks holperte, über die steinige Furt des östlichen Flusslaufs des Rundsteins schwankte und durch den dicken, an den Hufen klebenden Schlamm der feuchten Niederungen entlang der nördlichen Gabelung des Flusses watete. Yvette, seine Pferdemeisterin, konnte nicht umhin, es zu bemerken, und machte ihm lautstark Vorschläge für seinen »weichen Stadtarsch«, was die ganze Kompanie mithörte. Einer der Vorschläge war ein Kissen, und er bezweifelte, dass es ernst gemeint war. Tatsächlich hatte er den Verdacht, dass sie sich über ihn lustig machten. *Schon wieder.* Er lehnte ihre Hilfe ab und behauptete, der Schmerz sei nicht so schlimm. Aber er war schlimm. *Sehr schlimm.* Jeder ruckartige Schritt seines gleichgültigen Reittieres quälte ihn, so sehr, dass er sich fragte, ob seine Pobacken bluteten. Er war jedoch zu stolz, um anzuhalten, abzusitzen und seine Hose fallen zu lassen, um seinen Hintern zu untersuchen, bevor sie Reinfall erreichten, die erste Stadt jenseits der Grenze.

Wenn keiner meiner Leute anhält, werde ich es auch nicht tun.

Und sie taten es nicht.

Es war eine Ablenkung, gewiss, aber nicht einmal ein wunder Hintern konnte seine Faszination angesichts der Welt außerhalb der Stadt dämpfen. Sie war größer, als er es erwartet hatte. Die Hügel von Hyak waren höher. Die Sägezahngräser, die sich im Wind auf dem Feld der Könige wiegten, waren länger. Ein Bergelch von den Gipfeln über dem östlichen Flusslauf kreuzte gemächlich ihren Pfad und ragte hoch über ihm auf, obwohl Caspar auf einem Pferd saß. Der Elch war ein riesiges, majestätisches Tier, das Caspar bisher nur in Einzelteile zerlegt auf dem Markt gesehen hatte oder als flache Haut über einem Sägebock oder als geweihtragenden Kopf an einer Wand hängend. Der Anblick des ganzen Tiers war prachtvoll. Bäume, die aus der Ferne die Größe seines Daumens gehabt hatten, ragten jetzt über ihm in den Himmel, bis er ihre Wipfel nicht mehr erkennen konnte. Es hatte alles so klein ausgeschaut für einen adeligen Jungen, der von den Stadtmauern in die Ferne geblickt hatte, und es hatte mit den Grenzen seines Blickfeldes geendet. Der Rest der bekannten Welt hatte nur in Geschichten existiert. Doch hier draußen erstreckte sie sich bis ins Unendliche und verschlang ihn im Ganzen. Je weiter sie ritten, desto mehr Welt war dort draußen, und er lächelte über jeden neuen Anblick, auch wenn er bei jedem Schritt vor Schmerz zusammenzuckte.

»Wie weit noch?«, fragte Caspar.

»Eine Achtelmeile weniger als bei Eurer letzten Frage«, murmelte Heath.

Cliffs gezischte Antwort klang gleichermaßen geringschätzig, aber Caspar verstand nicht, was die Echse sagte, und Heath übersetzte es nicht.

»Weiter als ein Spaziergang vom Fischpalast zu den Hafenmärkten«, kam es von Tara.

»Nicht mehr weit«, antwortete Usher, da die anderen sich nicht äußern wollten. »Aber dies ist nur die erste Stadt, Lord. Ich fürchte, die anderen sind noch weiter entfernt.«

»Viel weiter«, fügte Yvette hinzu.

»Wenn Ihr Euch ausruhen müsst, Lord …«, meinte Usher und erbot sich anzuhalten.

»Nein«, sagte Caspar tapfer. »Mein Hinterteil wird abgehärtet werden.«

Knochenstahl feixte. »Ja, seine Hinterbacken sind bereits hart, weil er sie so fest zusammengekniffen hat«, bemerkte er.

Heath lachte. Aber der Drache legte nur den Kopf schief wie ein neugieriges Huhn, beugte sich im Sattel nach vorn und schlang die Arme um den Hals seines Pferdes, den eigenen langen Schwanz um die Mitte des Tieres geschlungen, damit er nicht das Gleichgewicht verlor.

»Es ist ein Scherz«, erklärte Heath und übersetzte den humorigen Spruch des Barden. »Es bedeutet, dass unser Kommandant zimperlich und angespannt ist, wie die Katze, die wir neulich gesehen haben, an deren Schwanz eine Schleife festgebunden war und die keine Pfote ins Wasser setzen wollte.«

»Diese Katze habe ich aufgegessen«, warf Cliff ein.

»Ja, aber bevor du sie gegessen hast, ist das Ding vorsichtig auf steifen Beinen herumgestelzt. Erinnerst du dich? Und übrigens, du hättest sie nicht essen sollen. Es war ein Haustier.«

»Ein was?«

»Die Stubenkatze einer Dame«, erklärte Heath.

»Dame?«, wiederholte Tara. »Es war die Stube einer Hure.«

»Meinetwegen. Aber wegen Cliffs pelziger Mahlzeit wurden wir aus dem Haus geworfen, bevor ich mein hart verdientes Geld auf meinen eigenen pelzigen Leckerbissen verwenden konnte.«

»Du hast dein Geld dafür ausgegeben, die Katze zu ersetzen«, sagte Cliff.

»Eine ungerechte Strafe. Ich habe den verdammten Maunzer nicht gegessen.«

»Du kannst eine wandelnde, sprechende Echse nicht in einen Gewerbebetrieb mitnehmen«, meldete Tara sich zu Wort. »Außer vielleicht zu einem Gerber.«

»Er sollte es mir erleichtern, ins Gespräch zu kommen.«

»Warum solltest du ein Gespräch mit einer Hure führen wollen?«, fragte Tara.

»Die Frau hatte einen tiefen, schlüpfrigen Akzent. Ihre Muttersprache war eine Mischung aus Malakisisch und Luschisch. Ich bekomme selten Gelegenheit, diese zauberhaften Sprachen zu sprechen.«

Caspar unterbrach ihn. »Die Kreatur wird in Reinfall keine Gespräche beginnen. Und für diese Kompanie gibt es ab jetzt keinen Alkohol und keine gekauften Frauen mehr. Wir werden höhere Maßstäbe an unser Benehmen anlegen.«

»Fest zusammengekniffen«, wiederholte Belorian.

Caspar ignorierte ihn und fuhr fort: »Ich habe vor, den Ruf dieser Kompanie zu verbessern. Heath, du und dein Haustier werdet im nächsten Hain gastlicher Bäume zurückbleiben, wenn wir in die Stadt reiten.«

»Ich bin kein Haustier«, empörte Cliff sich. »So wie ich das Wort verstehe.«

»Dann eben Vieh«, sagte Caspar, bevor ihm wieder einfiel, dass er es vermeiden wollte, direkt mit der Echse zu sprechen.

»Ich darf nicht in die Stadt?« Heath zog ein säuerliches Gesicht.

»Nein! Du wirst bei der Kreatur bleiben. Ich kann nicht dulden, dass sie die Tiere der ersten Städter frisst, die wir besuchen, während ich mich bemühe, ihre Steuern einzutreiben.«

»Seid mir gegrüßt, Ihr Ratsmitglieder«, begann Caspar, als er vor Reinfalls Dreierrat stand. »Ich bin Caspar Klein, von Königin Neveah Moceri damit betraut, den erforderlichen Tribut von zehn Prozent von diesem Vorgebirgsterritorium einzutreiben, das sich jüngst der Krone von Hyak verpflichtet hat.«

Caspar hielt die Pergamentrolle seiner Ernennung mit dem königlichen Wachssiegel hoch und präsentierte sie dem Rat – einer älteren Frau, deren Falten langsam ihre Schönheit beeinträchtigten, einem ungeheuer fetten Mann und einem Händler in sackartigen Seidengewändern. Sie schauten ihn stirnrunzelnd von der anderen Seite des fein gearbeiteten Asselholztischs in ihrer Ratskammer an. Belorian und Tara flankierten Caspar, und der hünenhafte Usher stand hinter ihnen, eine unausgesprochene Androhung von Gewalt. Yvette hatte die Pferde zu den Ställen gebracht. Heath und Cliff versteckten sich trotz ihrer gebrummten Einwände in dem Wäldchen hinter ihnen an der Straße, um zu verhindern, dass die Bewohner von Reinfall die Flucht ergriffen oder die Glorreichen angriffen.

Die Stadt Reinfall im Vorgebirge lag am Zusammenfluss des nördlichen und südlichen Laufs des Rundsteinflusses, und darüber prangte auf dem Gipfel des nahen Erhabenen Hügels eine stabile Festung aus Naturstein. Auf der königlichen Landkarte der Steuern war die Region um den Nordlauf die Erste in einer Reihe von Vorgebirgsregionen, die sich in nordöstlicher Richtung in die eroberten Länder erstreckte, und Reinfall war der erste Ort, an dem Caspar Steuern eintreiben sollte. Reinfall repräsentierte ein großes, aber ausgedünntes Gebiet. Die vielen bescheidenen Höfe und Dörfer entlang des nördlichen Flusses waren von den Kriegen verwüstet worden, so berichtete Tara es jedenfalls. Sowohl Armeen aus dem Palast als auch Rebellentruppen waren hindurchgetrampelt und hatten dem Land alles Nützliche gestohlen, während die Bewohner der Gegend sich in der Festung auf dem Erhabenen Hügel zusammengeschart und mit angesehen hatten, wie ihr Getreide und ihre Vorräte geplündert wurden. Tara fügte hinzu, dass die Bewohner der Stadt wahrscheinlich allen Gruppen gegenüber misstrauisch seien, die hindurchritten und irgendetwas verlangten – oder sich einfach etwas nahmen. Und als die Ratsmitglieder finstere Mienen machten, die Arme verschränkten und seine dargebotene Schriftrolle ignorierten, kam Caspar langsam der Gedanke, dass er seiner Buchhalterin besser hätte zuhören sollen.

»Woher wissen wir, dass Ihr der seid, der Ihr zu sein behauptet?«, fragte der fette Mann, ein Ältester aus der Familie Tittelborn, der Eigentumsrechte an der Hälfte der umliegenden Ländereien besaß.

»Und warum sollten wir unser Geld einem Knaben geben, der, wie es aussieht, gerade erst angefangen hat, sich zu rasieren?«, zischte die ältere Frau, und die Falten um ihre Mundwinkel und Augen vertieften sich.

Caspar beugte sich zu Tara herüber und flüsterte: »Heath meinte, du hättest die Geschichten wichtiger Familien im Kopf. Weißt du etwas über diese Frau?«

»Sie ist eine Delany«, antwortete Tara ohne jedes Zögern. »Sie hat die große Nase, für die ihre Familie bekannt ist. Eine geringere Familie als dieser Tittel dort neben ihr, aber die Falte zwischen ihren Brauen ist tiefer, und sie sitzt als ranghöchstes Mitglied dieses Rates auf dem mittleren Stuhl.«

»Kein Getuschel!«, blaffte die Delany. »Dies ist keine Zusammenkunft von Dieben. Oder etwa doch?«

Caspar richtete sich entrüstet auf, verärgert über ihren Verdacht. Er hatte ihnen das Siegel seiner Ernennung gezeigt, und sie hatten lediglich die Nase gerümpft und ihn gefragt, was er hier zu suchen habe. Jetzt hörte es sich so an, als hätten sie nicht die Absicht zu bezahlen.

»Ich habe nicht damit gerechnet, dass einfache Städter einen titeltragenden Lord anzweifeln würden«, fauchte er.

»Womit Ihr rechnet, ist nicht unsere Sorge«, entgegnete der Kaufmann. »Unsere Straßen bestehen aus Schlamm, unsere Piers sind verfault, und es vergehen hier keine drei Jahreszeiten, in denen uns nicht irgendwelche gottverdammten Soldaten kahl fressen.«

»Ich verfüge über die Autorität Eurer neuen Königin.«

»Ja, ja, Ihr habt bereits mit dem Papier vor unserer Nase herumgewedelt«, sagte die Delany. »Und Ihr wollt, dass wir unsere Taschen umstülpen für das Privileg, Eure Anwesenheit zu genießen. Lasst Euch gesagt sein, ich habe schon vor besseren Männern gesessen als Euch, mit mehr Klingen im Rücken als Ihr, und ihnen weniger gegeben, als Ihr verlangt.«

»Und noch etwas …«, hob der seidige Kaufmann zu sprechen an.

Genau in dem Moment drängte Belorian seinen Lord und Kommandanten sanft beiseite, stopfte sich seine goldene Schärpe in den feinen Gürtel, richtete sich auf und reckte die Brust vor, wie ein Ausrufer es tun sollte. »Meine braven Ratsmitglieder, was der junge, aber sehr einflussreiche Lord meint, ist: Die Königin möchte Reinfall wertvolle und dringend benötigte Dienste leisten, jetzt, da es Teil des Reiches ist. Sie weiß, dass Ihr während der Kriege gelitten habt – Kriege, die sie beendet hat –, und sie hat vor, diese geschundene Gemeinde wieder zu der stolzen Provinz zu machen, die sie einst war. Wir sind hier, um Wohlstand anzubieten als Gegenleistung für einen Tribut, der so bescheiden ist, dass er sich auf nicht mehr als eine symbolische Zurschaustellung von Lehnstreue beläuft.«

Caspar hatte keine Ahnung, ob Reinfall jemals stolz gewesen war, und er bezweifelte, dass Knochenstahl es wusste, aber der Barde ließ es gut klingen, und so ignorierte Caspar die Würdelosigkeit, mit der er unterbrochen worden war, und ließ seinen Mann weitersprechen. *Lass nicht zu, dass dein Stolz Entscheidungen für dich trifft,* erinnerte er sich, irgendwo gelernt zu haben, vielleicht von seinem Klingenmeister.

»Straßen, Piers, Handel«, sagte Belorian. »Lauter gute Dinge, für die Ihre Majestät die Königin in den kommenden Jahren sorgen könnte. Der Lohn des Friedens. Und alles für den geringen Preis von einem von zehn Hühnern, einem von zehn Säcken Getreide oder einem von zehn was immer Ihr anbaut, herstellt oder verkauft. Vielleicht habt Ihr ein schwieriges Kind von zehn, das Ihr gern in einer Lehrstelle im Palast sehen würdet.« Er zwinkerte. Alle drei Ratsmitglieder kicherten und nickten. Die Anführer von Reinfall schienen es für eine großartige Idee zu halten, einige ihrer Kinder wegzuschicken, und Knochenstahl hatte das irgendwie gewittert. Caspar vermerkte die gute Intuition seines Barden.

»Wir könnten eine Garnison gebrauchen, um Soldaten und Strauchdiebe abzuwehren«, bemerkte der seidene Mann.

Die Delany nickte zustimmend. »Kann unsere neue Königin das versprechen?«

»Ja!«, antwortete Knochenstahl, ohne sich mit seinem Kommandanten zu beraten. »Und vielleicht darf ich so kühn sein hinzuzufügen, dass Euch die berühmte Delany-Nase recht gut zu Gesicht steht, meine Dame, wahrhaftig, sehr gut.«

Caspar beobachtete, wie ihre alternden Nasenflügel bei dem Kompliment bebten. Die Schmeichelei war schamlos und durchsichtig, und doch erwiderte Delany Belorians Lächeln. Und dann tuschelten die drei Ratsmitglieder miteinander, ganz im Widerspruch zu dem, was Delany an Caspars leiser Beratung mit Tara auszusetzen gehabt hatte.

»Dann sind wir uns einig«, verkündete Tittelborn. »Wir werden den Tribut der Königin bezahlen, wenn unser Beschluss bestätigt wird.«

Caspar sah Belorian an, der nur die Achseln zuckte, und dann Tara, deren gerunzelte Stirn ihm verriet, dass nicht einmal sie wusste, was das bedeutete.

»Bestätigt?«, wiederholte Caspar. »Von wem?«

»Von dem Mann in der Kiste.«

Kapitel 12

Caspar

Die Kiste stand in der Mitte der Gemeindewiese, etwas über mannshoch und so breit wie ein kleiner Schweinepferch. Dicke Eisenbänder hielten ihre Holzbretter zusammen.

»Da ist keine Tür«, bemerkte Caspar, als er, Usher und Tara staunend um die Kiste herumgingen.

Belorian war nicht bei ihnen. Die Delany-Frau hatte darauf bestanden, dass er sie zu einer kurzen Führung durch die Erhabene Festung den Hügel hinauf begleiten solle. Caspar hatte zugestimmt, dass es eine gute Idee sei. Der Einblick des Barden in die kleine Burg würde ihnen helfen, Taras Berechnung des Wohlstands der Stadt zu bestätigen.

»Das muss der Zugang sein«, bemerkte Usher und zeigte auf eine Metallplatte an einem Drehgelenk. Er trat vor und drehte daran, um einen horizontalen Schlitz von der Größe einer Frauenhand freizulegen.

»Was ist da drin?«, fragte Caspar.

Als der hochgewachsene Soldat sich vorbeugte, um durch die Lücke in die dunkle Kiste zu spähen, schossen zwei Finger heraus und kratzten mit langen Nägeln, die zu feinen Spitzen geschärft waren, über seine Wange. Blutend taumelte er zurück, und die Finger krümmten sich und kratzten über das Äußere der Kiste, rissen Narben in das verwitterte Holz. Mit einem wütenden Knurren zog Usher sein Schwert und schlug mit der flachen Seite auf das Holz, um die Finger zu zerquetschen, aber die hatten sich bereits wieder in die Kiste zurückgezogen. Eine quietschende Stimme drang aus dem Inneren.

»Wer hämmert da wie ein kleiner Trommlerjunge an meine Kiste, hm?«

Caspar stieß den Atem aus. Er hatte die Luft angehalten, obwohl er damit gerechnet hatte, einen Mann in der Kiste vorzufinden.

»Der Mann in der Kiste, nehme ich an«, knurrte Usher Caspar zu. »Geht nicht zu nah heran.«

»Wer ist dort draußen?«, rief die Stimme. »Kommt her, Ihr seid zu mir geschickt worden, also müsst Ihr meine Weisheit suchen, meinen Rat oder meine Billigung. Wer ist da?«

Zwei kleine Lichter blitzten aus dem dunklen Schlitz auf. *Augen.* Die Öffnung in der Kiste diente dazu hinauszusehen, begriff Caspar. Wenn man hineinsah, ging man ein Risiko ein. Aber dies war der Mann, zu dem man sie geschickt hatte. Caspar trat vor den Augenschlitz hin, damit er gesehen werden konnte, wahrte aber Abstand.

»Ich bin Caspar Klein, Zollmeister für die Grenzlandterritorien – die Vorgebirge, die Moorlande, Seen und Caraval.«

»Ah, Caraval, das Juwel des Nordens. Eines Mannes Lebenszweck. Aber Ihr seid ein junger und zarter Klein, hm? Ein Laufbursche. Es ergibt wenig Sinn, dass sie Euch schicken. Was führt dieses massige, unfruchtbare Miststück in Seeblick im Schilde, das wüsste ich gerne?«

»Du wärest gut beraten, deine Zunge zu hüten, Mann. Ich bin mit der Autorität meiner königlichen Tante ausgestattet und befehlige eine Kompanie der besten Steuereintreiber des Palastes. Uns wurde das Einsammeln der Tribute aus den Grenzlanden anvertraut. Eine ehrenwerte Aufgabe.«

»Nur wenn Ihr ein ehrenwerter Mensch seid. Sonst ist es eine beschissene Aufgabe, wie es heißt. Und das Gold muss in beide Richtungen fließen, damit eine Steuer gerecht ist. Andernfalls seid Ihr nichts als ein Dieb oder ein Erpresser. Seid Ihr ein ehrenwerter Knabe?«

»Ich bin kein Knabe. Ich bin ein titeltragender Lord.«

»Ach? Nach dem Kieksen in Eurer Stimme zu urteilen, möchte ich wetten, dass Ihr noch immer die weiche Haut eines Kindes habt. Kommt näher und lasst sie mich fühlen, ja? Dann werde ich Euch helfen.«

Die Stimme des Mannes sickerte heraus wie der Saft aus einer verfaulten Frucht, wie Sirup, aber sauer.

»Ich vertraue dir nicht.«

»Weil ich in einer Kiste stecke, ja? Hat man Euch gesagt, wer ich bin? Natürlich nicht meinen Namen. Den hat mir meine Familie genommen.«

»Du bist der frühere Bürgermeister.«

»Ich bin immer noch der Bürgermeister! Ich sitze lediglich in einer Kiste.«

»Warum bist du in der Kiste?«

»Oh, das hat man Euch nicht erzählt, wie? Schlimme Dinge, sagt man. Aber man konnte mich nicht loswerden. Konnte den Bürgermeister nicht hängen. Außerdem braucht man mich. Ich weiß Dinge.«

»Davon habe ich gehört. Man sagte uns, deine Schläue habe die Stadt während der Kriege beschützt.«

Der Mann in der Kiste senkte die Stimme. »Ja. Unsere Stadt hat überlebt. Ich habe uns am Leben erhalten – die meisten von uns. Ich habe mit beiden Seiten verhandelt. Ich habe meinen Leuten gesagt, wann sie Eindringlinge begrüßen und wann sie sich verstecken sollten. Ich habe ihnen gesagt, wann sie sich für eine Belagerung verschanzen und wann sie weglaufen sollten. Ich habe ihnen gesagt, wann sie kämpfen und wann sie kapitulieren sollten. Und wann sie Verräter foltern sollten. Und wir haben überlebt. Die meisten von uns. Die Verräter nicht.«

Er streckte abermals die Hand durch das Loch. Seine Finger streiften Caspars Kinn, und Caspar begriff, dass er, während der Mann immer leiser und leiser gesprochen hatte, sich unbewusst immer näher und näher zu ihm vorgebeugt hatte, um ihn zu hören. Die geschärften Nägel glitten über seine Wange zu seinen Augen. Er trat zurück.

»Also, die Stadt hat überlebt, aber du sitzt in einer Kiste.«

Er hörte ein frustriertes Grunzen. »Ihr wollt etwas von mir. Was ist es?«

Caspar schauderte. Nach der Berührung des Mannes war ihm kalt. »Etwas Einfaches. Der Rat hat zugestimmt, die Steuer unserer Königin zu bezahlen. Sie wollen, dass du die Summe bewilligst.«

»Gar nicht so einfach. Also, wie viel? Und wie ist es berechnet worden?«

Caspar bedeutete Tara vorzutreten. Sie war zu schlau, um sich vorzubeugen, und stellte sich eine Armeslänge von der Kiste entfernt auf.

»Ein Mädchen«, sagte der Mann. »Bist du ein Zahlenmädchen?«

»Ja«, bestätigte Caspar. »Sie ist meine Buchhalterin.«

»Was hältst du von unserer Stadt, Zahlenmädchen? Produziert sie gut? Erregt dich das?«

Tara ignorierte seine Fragen. »Der Tribut der Königin beträgt zehn Prozent. Ich habe zwanzig Höfe auf der Straße am Nordlauf gesehen, als wir von Süden hergekommen sind. Ich höre, es gibt auch zehn Höfe im Norden, weniger ertragreich. Die Ernte besteht aus Fasern für Stoffe, und nach den Gewändern zu urteilen, die ich bei den paar wohlhabenden Bürgern hier gesehen habe, bezieht ihr ein wenig Spinnenseide aus dem nahen Wald, um die Erträge von den Feldern zu ergänzen. Eure Tiere sind für die Arbeit und nicht für den Handel gedacht. Ihr esst Silberfische aus dem Rundsteinfluss, aber ihr treibt keinen Handel damit. Wir werden eure Nahrung nicht mit Steuern belegen. Dies ist die Hochsaison für Fasern, daher habe ich die Anzahl der Ballen, die ich gesehen habe, bei der Berechnung für die nächsten drei Jahreszeiten halbiert.«

»Ernten können gänzlich ausfallen.«

»Das habe ich in Betracht gezogen. Eine von zehn wird wahrscheinlich ausfallen, falls die Geschichte anderer Höfe, die ich gesehen habe, als Maßstab dienen kann, und ich finde, dass es so ist. Es sei denn, der Boden oder das Wetter an diesem Ort sind vollkommen anders als auf dem Feld der Könige, und ich stelle fest, dass dem nicht so ist. Da wir nur zehn Prozent nehmen und die vermutete Ausfallrate nur zehn Prozent davon beträgt, macht sich der Ausfall nur mit einem Prozent für euch bemerkbar.« Tara rasselte in schneller Abfolge und aus dem Kopf Zahlenwerte in Kupfer- und Silbermünzen herunter und in Gold-Drams, so flink, dass Caspar den Überblick verlor, geschweige denn in der Lage gewesen wäre, daraus eine Gesamtsumme zu errechnen. Doch der Mann in der Kiste schien ihr folgen zu können und bat sie kein einziges Mal, langsamer zu sprechen oder sich zu wiederholen. »Als Gegenleistung will euer Rat eine Garnison. Soldaten sind teurer am Leben zu erhalten als zu töten, heißt es, und so wird die Krone sie unterstützen, aber die Stadt muss sie ernähren und sämtliche Soldaten ohne Ehefrauen mit Mädchen aus dem Ort verheiraten, um sie hier zu binden. Um die Straßen und Piers und so weiter werden sich mit der Zeit Handwerker aus Seeblick kümmern. Ihr befindet euch relativ nah bei der Stadt, daher werdet ihr eher früher als später Reparaturen ausgeführt bekommen, da die Arbeiter der Stadt sich nach und nach in die Grenzlande vorarbeiten. Alle anderen Erwägungen sind vernachlässigbar und unsere Zeit nicht wert, um darum zu feilschen. Ich erwarte, dass du die Summe, die ich genannt habe, gerecht finden wirst, ja? Andernfalls können wir die Stadt den Banditen und den Elementen überlassen und sehen, wie es ihr ohne die Unterstützung der Krone ergeht.«

Caspar zog beeindruckt eine Braue hoch. Er hatte Shnorhavorian noch nie eine Analyse vortragen hören. Sie war detailliert und gründlich. Und sie machte das alles im Kopf. *Sie ist in der Stadt ausgebildet worden,* dachte er und fragte sich abermals, warum sie dann nicht in der Stadt geblieben war.

Der Mann in der Kiste kicherte. »Ah, da habt Ihr jemand Schlaues dabei, Laufbursche. Ein Verstand, so scharf wie ein Messer zum Ausnehmen von Fischen. Hast du je die Schneide eines Ausweidemessers zu spüren bekommen, Zahlenmädchen? Ich kann dir sagen, sie sind scharf. Die Haut einer Rundsteinforelle ist glitschig und schlüpfrig wie der Schoß eines erregten jungen Mädchens und ähnlich wohlduftend, aber schwerer zu durchstoßen. Es bedarf eines scharfen Messers, um sie aufzuschlitzen und ans Fleisch heranzukommen. Riechst du gern Fisch?«

»Genug!«, fuhr Caspar ihn an und stellte sich schützend vor Tara hin. »Warum sitzt du in dieser Kiste? Erzähl es mir.«

»Ich nehme an, sie wollen mich griffbereit haben. Sie wollen jedenfalls nicht, dass ich frei herumstreife. Deine Zahlen sind in Ordnung, Zahlenmädchen. Du zählst wie ein Meister, obwohl mir klar ist, dass deine Ausbildung unterbrochen wurde. Hat man dich mittendrin aus dem Fluss gefischt, aus der Schule, kleiner Fisch? Ich werde meinen Leuten deine Berechnungen vortragen, wenn sie herkommen, um mich zu füttern, damit sie sie verstehen. Wenn wir bezahlen und deine Königin liefert, wird meine kleine Stadt von diesem Handel profitieren. Natürlich erwarte ich, dass eure Königin trotzdem Soldaten schicken wird, falls wir uns weigern zu zahlen, obwohl wir sie in dem Fall dann nicht zu füttern bräuchten.«

Caspar war empört. »Ich warne dich, auch nur anzudeuten, die Königin sei unehrenhaft.«

»Sonst wird sie irgendetwas Ehrenhaftes tun, damit ich es bereue, hm? Ich kenne Königinnen. Sie sind genau wie Könige. Tyrannen, die auf einem übergroßen Stuhl sitzen, aber in diesem Fall ein Tyrann mit einem Loch statt eines Zapfens.«

»Du bist kein Bürgermeister«, antwortete Caspar angewidert. »Du bist nicht einmal ein Ehrenmann.«

»Nein. Ich bin nur ein Mann in einer Kiste.«

Kapitel 13

Opal

Opal schaute über ihre Schulter zu dem gewaltigen Steinwall von Seeblick, als die massiven Osttore hinter ihr zufielen, mit einem Knall, der den Boden unter ihr erzittern und sie selbst zusammenzucken ließ.

Die vielen Steinschichten der »gestreiften Mauer« waren jahrhundertelang übereinandergestapelt worden, und die verschiedenen Formen und Schattierungen der Schichten verliehen dem riesigen Wall sein berühmtes Aussehen – ein stabiles Fundament aus weißen Granitblöcken zuunterst, die während der Barbarischen Periode auf Sklavenschiffen von den drei Gewürzküsten herbeigeschafft worden waren, dann rote Ziegelsteine aus dem Zeitalter der Entdeckung, große braune Sandsteinbrocken aus dem Mittelreich, ein Dutzend dünnere Schichten kleinerer Steine und schließlich natürlich die perfekt gerundeten grauen und schwarzen Felsbrocken aus dem Rundstein selbst, zusammengehalten von raffinierten modernen Mörtelarten, um die gesprenkelte Brüstungsmauer zu bilden. Der bunte Stadtwall erhob sich aus der Erde selbst, wölbte sich von der Küste nach außen vor wie der Leib einer schwangeren Frau, um seine Bewohner zu beschützen und seine Feinde abzuhalten. Er wurde mit jeder Generation höher und bewachte die Stadt seit ihrer Gründung vor ständigen Bedrohungen, einschließlich – am heutigen Tag – des bitteren, finsteren Blicks eines Gassenmädchens, das aus einem Palast geflohen war, der sich als gefährlicher herausgestellt hatte als die Gassen selbst.

Er hat mich ausgespien, dachte Opal.

Sie hatte sich tagelang versteckt und darauf gewartet, sich einer ausrückenden Karawane anschließen zu können – wie der riesige Leibwächter Atul Deshmane es nachdrücklich vorgeschlagen hatte. Sie hatte darauf gewartet, das einzige Zuhause zu verlassen, das sie kannte, um in die große weite Welt zu ziehen, eine Welt, die angeblich noch gefährlicher war als der Palast. Der berühmte, gestreifte Wall hatte die ungezähmte Welt immer in Schach gehalten. Jetzt stand Opal auf der falschen Seite dieses Walls.

Die Götter müssen mich hassen.

Sie hatte hart gearbeitet. Sie hatte der Krone gut gedient. Sie hatte die goldene Weste einer Dienerin getragen. Und als sie dazu berufen wurde, Ihrer Majestät persönlich zu dienen – *wie Atul Deshmane es getan hat* –, war sie vertrieben worden. Sie sollte dankbar sein, nahm sie an. Wer immer den Befehl erhalten hatte, sie zu finden und zum Schweigen zu bringen, hatte Opal vom Sehen gekannt. Jedoch nicht gut genug, wie es schien, denn das Mädchen, das man am nächsten Tag aufgebläht und bleich im Zusammenfluss des Zehnpenny und des Rundstein fand, war nicht Opal gewesen. Aber Opal war nicht dankbar. Tatsächlich wünschte sie, sie wäre es gewesen.

Sie hatte den Klatsch in ihrem Versteck gehört. Rattengesicht, ihr Straßenfreund, hatte ihr die Nachricht über ihren eigenen Tod überbracht.

»Ein bedauernswerter Vorfall«, hatte die Königin angeblich bemerkt, als sie dem Palastpersonal Opals mutmaßlichen Tod mitgeteilt hatte, und um Opal wurde getrauert, wie man um

Diener eben trauerte. Gezeitenpriester Akoluth Richter hatte ihren Leichnam hochgehalten und ihr erschlafftes Gesicht kurz in die Morgensonne gedreht, damit ihr Geist vor dem Begräbnis aufsteigen konnte. Aber es war nicht Opals Gesicht gewesen. *Die Männer der Königin haben das falsche Mädchen gefunden.* Die Gemeinen unter dem Personal hatten alle eine schnelle Verbeugung gemacht, dann hatte Mistress Hilda Opal durch ein anderes Mädchen im selben Alter ersetzt, das entzückt war über die Gelegenheit, im Palast zu leben.

Alles passierte zu schnell. Schlimme Dinge geschahen. Schreckliche Dinge. Wenn sie nicht aus Seeblick herauskam und irgendwo hinging, wo sie sich beruhigen und wieder klar denken konnte, würde sie einen Fehler machen. Einen hatte sie bereits gemacht. *Den schlimmstmöglichen Fehler!* Aber jetzt war keine Zeit zu weinen. Sie musste fort. Sie konnte ihrem Versteck ebenso wenig trauen wie Rattengesicht, konnte nicht einmal darauf vertrauen, dass ihr vermeintlicher Tod sie schützen würde. Wenn sich herumsprach, dass sie noch lebte, würde man sie wirklich töten.

Rattengesicht hatte ihr erzählt, dass Atul Deshmane ebenfalls fortgeschickt worden sei, weg von tratschenden Zungen. Aber Deshmane wurde es gestattet zu leben, während Opal entbehrlich war. Er war ein berühmter Soldat und eine Leibwache der Königin, während sie ein Nichts war. Die Ungerechtigkeit des Ganzen war kaum mehr als einen flüchtigen Gedanken wert – so war es einfach. Außerdem saßen sie jetzt im gleichen Boot – man hatte ihn abgestellt, ebenjene Karawane zu bewachen, in der Opal sich versteckte.

Die Karawanen sollten jetzt angeblich sicher sein, da der Krieg vorüber war, aber Opal wusste es besser. *Der Palast soll auch sicher sein.* Es gab ganze Friedhöfe voller Menschen, die sich in die Welt hinausgewagt hatten. Wenn das Gerede im Palast der Wahrheit entsprach, bildeten Blutorangenbäume – jeder dort gepflanzt, wo jemand gefallen war – einen ganzen Hain in den Killkenny-Obstgärten. Klingen aus Eisen und Stahl sprossen wie Weizenhalme auf dem Feld der Könige, rosteten vor sich hin in der Erinnerung an ihre niedergestreckten Besitzer, und niemand störte sie, denn sie waren verflucht, wenn man sie aus der Erde zog. Ein riesiger Stein mit eingeritzten Namen markierte den tödlichen Engpass an den von Sassoonen verseuchten Arschbacken der Spinnenbeinberge. Namen waren in die Bäume im Toten Wald gekerbt worden, und weitere hatte man auf Schilder entlang des fast unpassierbaren Dickichts im Norden geritzt. Die mörderischen Sumpfgebiete verschluckten ihre Opfer einfach. Und Leichen trieben in den erstickenden Tiefen der Seen, wo es zu kalt war, als dass sie verwesen konnten. Tatsächlich bildeten die Grenzlande insgesamt ein einziges Freiluftgrab. *Und dort gehe ich hin.*

Fremde Orte waren gefährlich. Seeblicks Straßen waren ebenfalls gefährlich, aber zumindest kannte sie die Menschen dort. Sie hatten sie den Rhythmus und die Stimmung in den Gassen gelehrt und wie man sie überlebte. Die Welt hier draußen kannte Opal nicht. *Ich muss mich mit jemandem anfreunden, der sie kennt.*

Die Karawane erstreckte sich über eine halbe Meile, die längste, von der Opal gehört hatte, seit die Bündnisverträge unterzeichnet worden waren und die Karawanen wieder loszogen. Hundeführer spannten paarweise ihre bellenden, breitschultrigen Ziegelsteinhunde vor Rundsteinwagen. Soldaten spazierten zu beiden Seiten der Kolonne auf und ab, rauchten Pfeifen und stützten sich auf ihre Hellebarden. Jungen und Mädchen in den goldenen Westen der Dienerschaft eilten mit Nahrungsmitteln und Decken hin und her. *Ich habe auch eine solche Weste getragen.* Reiter und Stalljungen lenkten ihre Pferde in die Reihe, weit weg von den Hundegespannen. Familien drängten sich zusammen, um geliebten Menschen Lebewohl zu sagen und duftende Lavendelblüten auf sie regnen zu lassen, die ihnen Glück bringen sollten. Über alledem flatterten die leuchtenden Banner verschiedener Reisender – unter anderem die weinrote Familienflagge der Pinos, das Blau der Falsacks, der goldene Wimpel der Vereinigten Kaufleute von Zehnpenny und eine weiße, flügelförmige Fahne der Eisvogels. Das Purpur der Königin wehte von zwei Stangen, getragen von berittenen Ausrufern an der Spitze des Zuges, um jeden abzuschrecken, der die Karawane vielleicht herausfordern wollte. Bauern, die ein Leben lang darauf gewartet hatten, das Königreich zu sehen, oder einfaches Volk, das aus verschiedenen Gründen schlicht aus der Stadt herausmusste, versammelten sich im hinteren Teil der Karawane, wo sie durch Hundepisse und Pferdeäpfel waten würden. Es war die schlimmste Position, und dort trieb Opal sich herum, den Kopf gesenkt und die Kapuze hochgezogen, versteckt inmitten einer Gruppe von Straßenkindern, die die Wache von Seeblick aus der Hafengegend und aus den Gassen geholt hatte. »Ein besseres Leben in Dortch«, hatten sie versprochen, als sie die Gossenkinder durch die Tore getrieben hatten.

Aber sie hatte nicht vor, bei ihresgleichen zu bleiben. Sie beobachtete und wartete, und als sie den großen, massigen Soldaten sah, auf den sie gewartet hatte, löste sie sich aus der räudigen Gruppe und folgte ihm in diskretem Abstand, damit sie ihn im Auge behalten und belauschen konnte, aber nicht bemerkt wurde – eine Fähigkeit, die sie auf der Straße erlernt und die sie selbst im Palast genutzt hatte.

Atul Deshmane schritt an der Karawane entlang, den Kopf hocherhoben und ohne den Pöbel zu beachten, wie sie es erwartet hatte. *Gut, er wird mich nicht bemerken.* Er blieb stehen, um zwei Soldaten nach dem Wagenmeister zu fragen. Sie zeigten auf Yop, einen untersetzten Mann aus dem Geschlecht der Trypoli, der damit beschäftigt war, den Hundeführern eine Strafpredigt zu halten. Yoparian Trypoli hatte anscheinend von der Königin persönlich den Auftrag erhalten, die Karawane zu führen, denn er trug eine purpurne Schärpe. *Ein titeltragender Mann.* Deshmane begrüßte ihn mit einer freundlichen Geste, während Opal sich hinter den nächstbesten Karren hockte, um zu lauschen.

»Seid gegrüßt, ich bin Atul Deshmane. Ich soll mit Eurer Karawane reisen, Freund.« Er hielt Yop eine seiner riesigen Hände hin. »Wie stark ist unsere Truppe?«

Yop hörte auf, die Hundeführer anzubrüllen, um den hochgewachsenen Wächter und seine schwere Waffe zu mustern, dann ergriff er mit einem Grinsen Atuls Hand. »Stärker jetzt, da Ihr dabei seid. Aber ich rechne nicht mit Ärger. Der gesamte Adel der Grenzlande hat den Friedensvertrag der Königin unterzeichnet, einschließlich der drei Vorsitzenden von Caraval.«

»Ein Vorposten im Toten Wald ist jüngst überfallen worden«, erklärte Atul. »Und an den Arschbacken der Spinnenbeinberge ist es immer noch brenzlig, hat man mir erzählt.«

Opal beugte sich vor, um zu lauschen. Sie verstand einiges von dem, worüber die Männer sprachen, aber nicht alles. Die Arschbacken der Spinnenbeinberge waren ein wichtiger strategischer Zugangspunkt zu den Grenzlanden oder zu Hyak, je nachdem, wessen Armee kam oder ging.

Yop wedelte geringschätzig mit einer Hand. »Die Arschbacken können mich mal. Welcher Idiot würde da überhaupt hingehen, wo doch die Straßen jetzt wieder frei sind, hm?«

Opal sah eine tiefe Falte zwischen Deshmanes Brauen. »Baron Willis kämpft noch bei den Morryhügeln.«

»Willis wird belagert. Die Seehexe hungert ihn aus.«

»Ich habe gehört, an der Grenze sei es auch an anderen Orten noch gefährlich«, beharrte Atul.

Er klingt recht ängstlich für einen berühmten Krieger, ging es Opal durch den Kopf.

»Jawohl, ich höre selbst etliches. Aber wir schicken schon seit Beginn der Regenfälle Karawanen aus und haben nur eine einzige verloren. Die ersten kommen sogar bereits mit Spinnenseide aus dem Vorgebirge zurück, mit Früchten aus den Obstgärten von Killkenny, Gewürzen von den Drei Küsten und exotischen Tieren aus, nun, die Götter allein wissen, woher – ein Wagenmeister hat tatsächlich von einer sprechenden Eidechse berichtet! Handel gibt es besonders im Osten in Hülle und Fülle.«

»Hmpf. Ich war da draußen. Im Osten gibt es vor allem Banditen, Strauchdiebe und Sassoonen in Hülle und Fülle.«

»Ha, es werden zwanzig mit Stahl bewaffnete Männer der Königin neben uns hermarschieren, das reicht für jede Räuberbande. Und Ihr seid auch noch da. Ihr seid größer als jeder von denen!«

»Ich bin nicht auf einen Kampf aus. Dies wird mein viertes Jahr im Feld sein.«

Yop zwang sich zu einem Lächeln. »Vier bringt Pech, wisst Ihr.«

»Ja, weiß ich «, brummte Atul.

»Gleichviel, es sollte keinen Kampf geben.«

»Sollte es nicht. Aber es scheint, als gäbe es immer einen.«

Sie standen für einen Moment in unbehaglichem Schweigen da.

»Nun, mein guter Mann, es sollte derweil ein komfortabler Ritt werden. Wir werden auf der Südseite der Berge zur Tiefwaldstraße reisen. Von dort aus geht es weiter nach Osten, zwischen Dortch und Malakit knapp am Toten Wald vorbei, an der Freundlichen Bucht entlang und dann durch den Lusch nach Hundschlund und zur Jägergarnison.«

»Wie setzt sich der Rest dieses fröhlichen Zuges zusammen?«

»Es sind größtenteils Kaufleute. Sie lümmeln sich in ihren Rundsteinkutschen an der Spitze des Zugs. Reiche Mistkerle. Kein Einziger von ihnen adelig. Das gemeine Volk geht natürlich zu Fuß hinterher. Und die Bälger folgen.«

»Kinder gehen zur Grenze?«

»Der Krieg ist vorüber, Soldat. Dem königlichen Erlass nach sind die Grenzlande jetzt sicher.«

»Weil die Königin das gesagt hat?« Atul runzelte die Stirn. »Wer würde seine Kinder in diese Welt hinausschicken?«

»Es sind Straßenkinder. Wir bringen sie nach Dortch. Damit sie dort ein besseres Leben finden.«

Er redet von uns!, überlegte Opal, obwohl sie selbst kein Kind mehr war. Straßenkinder gab es überall in Seeblick. Die verwaisten Gossenratten. Immer mehr von ihnen waren während der Kriege in die Stadt gekommen, auf der Flucht vor den Kämpfen, den Säuberungen, dem Hunger und Schlimmerem. Sie ließen ihre toten Eltern draußen zurück, und die Stadt nahm sie auf, sie alle. König Ricci Moceri hatte vor Generationen per Dekret verfügt, dass man Kinder nicht abweisen durfte. *Ist diese Weisung aufgehoben worden?*

Für einen Moment wagte Opal zu hoffen, dass Yop die Wahrheit sprach. *Ein besseres Leben.* Sie wusste wenig über Dortch, abgesehen von den Gerüchten. »In Dortch gibt es so viel Brot, wie man nur essen kann!«, behaupteten einige der Straßenkinder.

Yop sprach weiter, und Opal hing an seinen Lippen. »Wenn wir nichts unternehmen, werden die Bälger Seeblick noch überfluten. Die Königin hat die Stadtwache so viele von ihnen wie möglich zusammentreiben lassen.«

»Sie wirft sie hinaus?«

»So drückt sie selbst es nicht aus. Sie haben schon in unseren Straßen gebettelt, da waren wir beide noch nicht geboren. Aber jetzt sind die Länder wieder offen. Sie schickt sie aus, damit sie einen besseren Ort zum Leben finden. Es ist eine Chance für sie, mein großer Reisegefährte.«

»Also raus mit ihnen.«

»Weint nicht um sie, Deshmane. Unsere großzügige Königin hat Nahrungsmittel mitgeschickt, um sie unterwegs zu verpflegen. Sie ermöglicht ihnen einen anständigen Neuanfang. Außerdem durchstöbern die kleinen Bastarde Eure Taschen, sobald sie Euch nur ansehen. Lasst sie zur Abwechslung in Dortch stehlen.«

»Ich werde meinen Münzbeutel im Auge behalten«, sagte Atul. »Vielen Dank, mein Freund.«

Yop klopfte ihm auf die Schulter und richtete dann seine Aufmerksamkeit und seine Donnerstimme wieder auf die Hundegespanne. »Auf mein Kommando brechen wir auf! Jeder, der den Wagen noch nicht angespannt hat, wird in der Nachhut gehen müssen! Macht euch bereit!«

Opal zog den Kopf ein und schlüpfte davon, als die Wagenlenker und Fuhrleute den Ruf der Reihe nach weitergaben. »Macht euch bereit! Macht euch bereit! Wir brechen auf zur Grenze!«

Kapitel 14

Caspar

Knochenstahl traf sie an den Ställen, wo Yvette mit den Pferden wartete.

»Du hast ein unheimliches Treffen versäumt«, sagte Caspar zu ihrem Barden.

»Ich habe meinerseits an einem heimlichen Treffen teilgenommen«, gab Belorian mit einem Grinsen zurück.

Caspar schnupperte und runzelte die Stirn. »Ich habe euch befohlen, nicht zu trinken, während ihr die Königin repräsentiert, und doch riechst du nach saurem Grenzlandwein.«

»Das ist kein Wein, Lord«, widersprach Usher.

»Es ist der Duft einer Frau«, murmelte Yvette, die sich vorbeugte, um wie ein Bluthund an Belorians Umhang aus Spinnenseide zu schnuppern.

»Oh!« Caspars Wangen färbten sich rot. Er wechselte das Thema. »Wie unterschiedlich unsere Treffen auch gewesen sein mögen, wir haben erfolgreich unsere ersten Steuern eingetrieben, nicht wahr, Buchhalterin?« Er tätschelte den kleinen Sack voller Gold-Drams, den der Rat ihm gegeben hatte, und verstaute ihn in seiner Satteltasche.

»Nicht in die Satteltasche«, sagte Yvette. »Das ist die erste Stelle, an der Diebe nachsehen.« Sie nahm den Sack aus seiner Tasche, hob den Schweif ihres Pferdes an, fettete ihre Faust mit Schmalz ein und stopfte den Sack in den Hintern ihres Reittieres. »Wenn Ihr etwas herausnehmen wollt, müsst Ihr es mich ein kleines Weilchen im Voraus wissen lassen.«

Caspar sah Tara an. Seine Buchhalterin stimmte mit einem Nicken zu.

»Du hast kein Wort gesprochen, seit wir mit dem Mann in der Kiste geredet haben«, bemerkte Caspar zu ihr.

»So wie er mich angesehen hat…« Tara schauderte. »Ich habe mich schmutzig gefühlt.«

»Du konntest seine Augen kaum sehen.«

»Aber ich habe sie gespürt, als würden sie mich begrapschen.« Sie schlang die Arme schützend um sich und ging zu ihrem Pferd.

Sie hat recht, dachte Caspar. Der Mann in der Kiste hatte etwas an sich gehabt, das auch ihm Unbehagen bereitet hatte. Und so ging es ihnen allen. Selbst der Rat hatte über den ehemaligen Bürgermeister getuschelt, als könnten Dämonen sie hören, wenn sie zu laut sprachen.

Die Glorreichen saßen auf und verabschiedeten sich ohne Bedauern von Reinfall, dann ritten sie in den Wald, um sich mit Heath zu treffen, der sich zusammen mit der sprechenden Echse dort versteckte. *Ein falscher Drache, der mit der Abordnung der Königin reitet, vermittelt nicht den richtigen Eindruck,* überlegte Caspar. Der Ruf der Glorreichen Sechs war bereits angeschlagen. Sein Barde, ein Trunkenbold und Hurenbock, seine schroffe Buchhalterin, sein unflätiger Übersetzer und die ungewaschene Pferdemeisterin hatten sich bei den Menschen nicht beliebt gemacht, als sie mit Tartan Mull unterwegs gewesen waren. Selbst der bedrohlich aufragende Usher verschreckte die Leute. Sie waren ein bunt zusammengewürfelter Haufen. *Es hilft nicht, wenn man dem Ganzen auch noch ein Ungeheuer hinzufügt.*

Caspar beschloss, sich der unheimlichen Echse zu entledigen, sobald sich eine Gelegenheit bot, obwohl Yvette ein gleichgültiges Pferd gefunden hatte, dem es nichts auszumachen schien, ein mannsgroßes Reptil zu tragen.

Sie ritten an diesem Abend bis zum Sonnenuntergang, dann verließen sie die Straße, um im dichten Unterholz der Vorgebirge ihr Lager aufzuschlagen. Es war das Beste, nachts die Straße zu verlassen, erklärte Usher ihm, trotz des feuchten Bodens und der Dornenfliegen. Die Grenzlande waren in den Nachwehen der Kriege noch gefährlich. Kriege hinterließen böse Menschen, Wahnsinnige und Opportunisten, und nicht alle Rebellen hatten sich mit ihrem Lord zusammen ergeben. *Und auch nicht jeder Lord hat sich ergeben,* ging es Caspar durch den Kopf. Die Festung von Baron Willis in den Morryhügeln wurde immer noch von Kriegsfürstin Faust belagert, die die Königin als Ersatz für Synge entsandt hatte. *Wie war noch gleich Synges Vorname?* Der gedemütigte Soldat war seit Caspars Geburt einfach »Synge« gewesen, und Caspar hatte ihn nie unter einem anderen Namen gekannt. *Gleichviel.* Synge war nun lediglich ein besserer Aufseher, und Faust bezwang an seiner Stelle Baron Willis. Alle anderen Städte des Vorgebirges hatten den Vertrag der Königin unterzeichnet, aber Willis hatte sich geweigert und sich in seine starke Bergfeste zurückgezogen, in der er sich angeblich jahrelang verschanzen konnte. Die Glorreichen Sechs würden in ein paar Tagen an der blutigen Pattsituation um Willis' Bergfried vorbeiziehen und sich von den Belagerungseinheiten der Königin ihre Vorräte aufstocken lassen.

»Usher, errichte zusammen mit Knochenstahl das Lager«, befahl Caspar.

Usher wedelte mit einem Arm voll leerer Wasserschläuche. »Wasser zuerst, Lord, bevor es zu dunkel wird, um welches zu finden. Dafür braucht es zwei von uns. Hier draußen an der Grenze müssen wir immer zu zweit gehen.«

»Natürlich«, stimmte Caspar ihm zu. »Wasser zuerst. Ja. Tut das. Nimm Knochenstahl mit.«

Belorian grinste. »Glänzende Idee, Lord.« Dann rezitierte er das Wassergedicht. »Wasser – kostbares, flüssiges Kristall. Vergessen, bis wir verdorren. Wasser, Wasser überall, doch mit leerem Schlauch sind wir verloren. Ein Tropfen Wasser für die …«

»Klappe, Barde«, knurrte Usher und drückte ihm einige Wasserschläuche in die Arme, dann trotteten sie davon.

Caspar drehte sich zu seiner Pferdemeisterin um. »Yvette, sichere die …«

Aber sie kümmerte sich bereits um ihre müden Pferde. Sie drückte das Gesicht an ihre Nasen, streichelte ihre Mähnen und ignorierte Caspar vollkommen.

Caspar rief nach seinem Übersetzer, der bei der sprechenden Echse saß. *Dieser Bund ist widernatürlich,* durchzuckte es ihn. Das Tier war bestenfalls eine Kuriosität, doch Heath sprach mit ihm wie mit einem Gefährten. *Vielleicht hat zu viel Rauch aus der Wasserpfeife dem Mann den Verstand getrübt.* »Heath, mein guter Mann, mach ein Feuer.«

Heath gähnte, reckte sich und machte keine Anstalten, sich zu erheben. »Usher hat den Zündstein mitgenommen.«

»Dann lass deine Echse das Feuer entzünden. Es heißt, Drachenfeuer sei das heißeste Feuer der Welt.«

Cliff schnaubte, doch Caspar konnte nicht erkennen, ob es ein tierisches Grunzen war oder die Nachahmung von menschlichem Spott.

»Er ist nicht meine Echse«, gab Heath zurück. »Und er kann kein Feuer machen, oder, Cliff?«

Der Drache hob die Hand und zeigte einen langen, schuppigen Mittelfinger. Die Geste war unmissverständlich.

Dieses widernatürliche Paar ist überaus respektlos. »Ich werde nicht zulassen, dass ihr zwei mich auf Schritt und Tritt lächerlich macht.«

»Es heißt, es sei unmöglich, jemanden lächerlich zu machen, es sei denn, er wäre tatsächlich lächerlich.«

Caspar verstand nicht ganz, was Heath meinte, bis der Übersetzer und das Reptil zu kichern begannen. *Sie verspotten mich schon wieder.* Er ließ es auf sich beruhen und setzte sich auf einen toten Baumstamm.

»Shnorhavorian, geselle dich zu mir zu dem, äh, späteren Feuer.«

»Warum entzündest du es nicht selbst?«, fragte sie.

»Meine Pflicht besteht darin, den Tribut der Königin einzutreiben, nicht Feuer zu machen.«

»So wie ich das sehe, scheint es, als könntest du weder das eine noch das andere«, warf Tara ein.

»Ich habe erfolgreich unsere erste Steuer eingetrieben. Ich würde sagen, ich habe einen vollkommen gelungenen Anfang gemacht.«

»Und ich würde sagen, Belorian musste eingreifen, um den Handel zu retten. Du warst nämlich dabei, ihn zu vermasseln.«

Heath nickte. Caspar wollte widersprechen, aber sie hatte recht – Belorian hatte die Sache gerettet.

»Es ist die Aufgabe des Ausrufers, mein Sprachrohr zu sein und einzugreifen, um eine Verhandlung zu glätten. Ein Kommandant delegiert einfache Aufgaben, so wie ein Kriegsfürst Strategien entwirft, seine Schlachten aber nicht selbst führt.«

»Aber ein Kriegsfürst könnte kämpfen, wenn er müsste«, gab Tara zu bedenken. »Und wir können unsere Aufgaben erfüllen, ohne dass irgendein junger Lord uns auf Schritt und Tritt folgt und uns vorschreibt, was wir zu tun haben. Wir wären ohne dich genauso gut dran. Wahrscheinlich besser.«

»Und Ihr werdet vermutlich hinterher das ganze Lob einheimsen, wenn die Sache abgeschlossen ist«, sagte Heath.

Caspar hatte darauf keine Erwiderung und war erleichtert, durch die Büsche Schritte näher kommen zu hören. »Ah, Usher ist mit dem Zündstein zurück. Ihr könnt jetzt dieses Feuer entzünden.«

Zwei Gestalten traten im Mondlicht auf die Lichtung. Und dann drei. Und weitere kamen durch das Unterholz.

Das ist nicht Usher …

»Versteckt die Kreatur«, flüsterte Caspar Heath zu, der den Befehl mit einem leisen Zischen übersetzte. Cliff schlüpfte hinter den umgefallenen Baumstamm. Caspars Buchhalterin und sein Übersetzer traten neben ihn – die drei sahen sich etwa zehn Personen gegenüber, obwohl es dunkel und unübersichtlich war. Caspar hoffte, dass es sich um Städter handelte, aber die vordersten zwei trugen Fisch- und Eselsmasken.

Nicht gut.

»Ho, Kameraden«, sagte Caspar und suchte in seiner Stimme nach einem Ton der Autorität. »Ich bin ein titeltragender Lord und Zollmeister eurer Königin Neveah Moceri.«

Der Eselmann sprach für die Gruppe. »Habt Ihr da Geld eingetrieben, titeltragendes Lordchen?« Caspar sah im Mondlicht ein kurzes Fischmesser an seinem Gürtel aufblitzen, und sein Gefährte hielt einen stumpfen Gegenstand in der Hand. *Einen Knüppel.* Die Männer hinter ihnen waren nur Schatten, aber Caspar konnte sich vorstellen, dass sie ebenfalls mit primitiven Waffen ausgerüstet waren, da sie bei Nacht die Straße entlangwanderten.

»Wir treiben nur ein, was der Königin zusteht.«

Shnorhavorian flüsterte Caspar zu: »Die richtige Antwort wäre ›Nein‹ gewesen, Ihr Narr.«

Heath beugte sich dicht zu Caspar vor und flüsterte ihm

ins Ohr: »Das spielt keine Rolle. Sie kommen aus Reinfall, ich erkenne den Akzent. Sie wissen bereits, dass wir ein hübsches Sümmchen eingesammelt haben.«

»Das Geld der Königin ist so gut wie jedes andere«, sagte der Fischmann.

»Mir scheint, Ihr seid uns aus der Stadt gefolgt, meine Herren«, entgegnete Caspar. »Geht es Euch um eine Rückerstattung?«

Der Eselmann sprach. »Eine was?«

»Eine Rückzahlung Eurer zehn Prozent? Denn bedauerlicherweise bin ich nicht befugt, den Betrag zu ändern, den wir eingetrieben haben, sobald meine Buchhalterin ihn in das Rechnungsbuch eingetragen hat. Allerdings könntet Ihr einen Antrag stellen, über den Magistrat von …«

»Genug!«, sagte der Esel. »Ich kenne mich nicht aus mit Prozenten oder Rückerstattungen, aber wir sind zehn, und Ihr seid drei, und ich weiß, was das bedeutet.«

Tara zupfte an Caspars Ärmel. »Du hättest ihnen nicht verraten sollen, dass wir wissen, woher sie kommen. Jetzt werden sie uns zum Schweigen bringen wollen.«

Irgendwie scheine ich nichts richtig zu machen. »Raub ist ein Vergehen, für das man gehängt wird.« Caspar versuchte, streng zu klingen.

»Wer raubt denn hier irgendwen aus?«, kam es von dem fischgesichtigen Mann mit dem Knüppel. »Wir sind nur maskierte Schausteller in einem Wanderstück.«

Caspar stieß einen Seufzer der Erleichterung aus. »Oh! Den Göttern sei gedankt.«

»Da werdet Ihr uns womöglich mit diesem königlichen Geld, das Ihr in der Stadt eingesammelt habt, für unsere Possen bezahlen«, sagte Fisch.

Die Männer hinter ihm lachten. Es war ein unfreundliches

Gelächter, wie ein Rüpel es vielleicht ausstoßen würde, nachdem er ein jüngeres Kind in den Dreck gestoßen hatte.

»Das sind keine Schausteller«, bemerkte Shnorhavorian.

Als die Männer aufhörten zu lachen, breitete sich grimmiges Schweigen auf der Lichtung aus. Ihre Erheiterung hatte ein Ende gefunden, wie es schien.

Caspar tastete nach seiner Klinge. Er trug die gebogene, einschneidige Klinge der Kleins mit sich, die für seine Hand die richtige Größe hatte und das richtige Gewicht für seine Statur – eine Armlänge gehärteten Stahls, der flexibel, aber stark war. Der Griff war aus Stabilitätsgründen in die Klinge geschmiedet und nicht hinterher verschweißt worden – ein Eidechsenkörper, der mit dem Kopf voran die Klinge hinauflief und dessen zwei ausgestreckte Vorderbeine die Parierstange bildeten. Die Hinterbeine und der Schwanz formten einen Ring am Ende des Knaufs, durch den eine Schlaufe aus purpurnem Band geknotet war. Die Schneide war scharf genug, um sich damit zu rasieren – seine Schöpfer hatten sie erst für vollendet erklärt, als sie so fein geschärft war, dass ein Apfel, der darauf herabfiel, gespalten wurde und zu beiden Seiten auf den Boden kullerte, säuberlich in zwei Hälften geschnitten. Ein fein geschmiedetes Stück. Seine Klinge war wahrscheinlich von besserer Qualität als jedes Werkzeug, das dieses Vorgebirgsvolk je gesehen hatte, und sie war mehr wert als das Leben irgendeines dieser verzweifelten Männer. Sie war eigens für Caspar geschmiedet worden und ihm an dem Tag übergeben worden, an dem er seine Ausbildung im Übungshof abgeschlossen und die Holzschwerter hinter sich gelassen hatte. Er hatte sie Livian genannt, nach der großen Botschafterin, die Seeblick im Osten an der Verrufenen Küste repräsentiert hatte, anstelle ihres wahnsinnigen Ehemannes, der sich angewöhnt hatte, seine Schwüre immer wieder leise vor sich hin zu murmeln, Fragen von Unsichtbaren zu beantworten und gelegentlich mit seinen eigenen Fäkalien um sich zu werfen. Sie hatte ihre Sache so gut gemacht, dass sie die erste Frau gewesen war, die den Titel eines Botschafters in einer bedeutenden Gegend von Hyak errungen hatte. Sie war eine Inspiration, und ein junger Edelmann musste einfach Respekt vor seiner Klinge haben. Natürlich hatte Caspar keine Gelegenheit gehabt, die außergewöhnliche Waffe gegen einen menschlichen Widersacher einzusetzen, solange er in einem Herrenhaus gelebt oder in einem Palast gespielt hatte. *Und auch sonst noch nie.*

Caspar spürte die Ruhe vor dem Sturm – die Pause vor dem Kampf, wie wenn Knaben sich im Hof voreinander aufbauten, zu diesem gewichtigen Moment der Entscheidung und auch der Unausweichlichkeit. Die Räuber waren ebenfalls damit beschäftigt, Entscheidungen zu treffen und ihren Mut zusammenzunehmen – die Eier in die Bäuche einzusaugen, wie die Soldaten es ausdrückten. *Dies sind keine adeligen Knaben, die mit Holzschwertern Übungskämpfe ausfechten.* Caspar stand vor grimmigen erwachsenen Männern mit echten Waffen. *Ich könnte sterben.* Er spürte ein warmes, unrühmliches Rinnsal, das an seinem Bein hinabrann, als der Eselmann sein Messer hob.

Caspar hörte ein leises Plopp.

Der Laut kam von einem dünnen Zweig, der einem der Männer wie durch Zauberhand aus seinem langen, falschen Eselsohr gesprossen war. Der Stock bebte für einen Moment, bevor der Mann in seiner Maske die Augen verdrehte und auf dem Boden zusammenbrach. Erst nachdem das geschehen war, begriff Caspar, was es war. *Ein Pfeil!* Der Schaft hatte den Kopf des Räubers durchbohrt – *Esel am Spieß.*

Caspars Ausbildung trug endlich Früchte. Er schlang sich das Band an Livians Knauf ums Handgelenk – etwas, das er jeden Tag und vor jedem Kampf im Hof getan hatte, seit er alt genug war, eine Klinge zu halten –, dann riss er Livian aus ihrer Scheide zu ihrem nackten Debüt.

Doch die dunkle, unebene Lichtung war nicht der helle, ebene Übungshof und dieser Mob rauer Männer war keine ordentliche Reihe adeliger Knaben, die auf einen geregelten Kampf warteten. Als die Spannung sich löste, geschah alles gleichzeitig.

Der Fischknüppelmann sah den Pfeil aus dem Kopf seines Kameraden ragen. Er kreischte und floh, während er seinen Gefährten zubrüllte, dass sie angreifen sollten.

Warum sollte er …?

Über die kleine Lichtung ergossen sich schattenhafte Gestalten, die in alle Richtungen rannten. Caspar wich zurück und duckte sich vor wilden Hieben im Mondlicht. Er zielte auf einen Schatten und schlitzte mit Livians feiner Schneide irgendetwas sauber auf. *Ich hoffe, das waren nicht Heath oder Tara.* Seine Gefährten hatten sich ins Getümmel gestürzt, sobald es begonnen hatte, und er war sich nicht sicher, welches ihre Schatten waren. Dann stand er vor einem schweren Mann mit einer Hühnermaske.

Caspar hob Livian, um erneut zuzuschlagen, aber ihm blieb keine Zeit, bevor der Mann ihm in die Klinge fiel und ihn mit seinem beträchtlichen Gewicht nach hinten drängte. Sie stolperten über den liegenden Baumstamm und fielen der Länge nach als Häufchen rudernder Gliedmaßen zu Boden.

»Ich habe das Edelmännchen erwischt!«, brüllte der Mann triumphierend, aber seine Worte wurden durch die Maske gedämpft, und Caspar bezweifelte, dass seine Mitverschwörer ihn hörten. *Gedankt sei den Göttern!*

Caspar kämpfte verzweifelt darum, wieder auf die Beine zu kommen, aber der Mann packte ihn mit beiden Händen und setzte seine Körpermasse ein, um ihn auf den Boden zu drücken, damit ein anderer Räuber mit Tiermaske herbeikommen und ihn erstechen konnte. Der Geruch von altem Schweiß und Fischatem drang ätzend in Caspars Nase. Er hörte den Mann vor Anstrengung keuchen. Steine bohrten sich in seinen Rücken, und er sah nur den wabbelnden, verschwitzten Bauch des Mannes, der sich gegenwärtig auf sein Gesicht presste. Caspars Welt verengte sich zu diesem einzelnen Menschen, während sie sich im Schatten des Baumstamms über den Boden wälzten. Der Hühnermann ächzte und fluchte, während Caspar lautlos und verzweifelt gegen ihn kämpfte und versuchte, auf die Füße zu kommen. Livian war ihm irgendwie aus der Hand gerissen worden, aber sie baumelte noch immer an ihrem Band an seinem Handgelenk. Er tastete mit seiner Klingenhand nach ihrem Eidechsengriff, während er mit seinem anderen Arm nach Halt an dem Gegner suchte, eine schlechte Strategie, um einen Ringkampf zu gewinnen, stellte er fest.

Zumindest kann er mich nicht erstechen oder erschlagen, wenn seine beiden Hände beschäftigt sind.

Plötzlich fiel Fackellicht auf sie, ein greller Schein, der Caspar vorübergehend blendete.

»Wurde auch langsam Zeit!«, gackerte der Hühnermann. »Stich diesen Fatzke ab, damit wir hier fertig werden.«

»Wäre eine Schande, ihn bei seinem ersten Kampf abzustechen«, entgegnete der Fackelmann.

»Ob erster oder verfluchter fünfter, mir egal. Mach es zu seinem letzten!«

Woher sollte der Räuber wissen, dass dies mein erstes Scharmützel ist?

»Sollen wir den kleinen Lord aus seiner prekären Lage befreien?«

Caspar erkannte die honigsüße Stimme. *Belorian!*

Als Caspars Augen sich an das grelle Licht gewöhnten, sah

er, dass Heath die Fackel hielt. Tara, Yvette und Belorian hatten einen Kreis um Caspar und seinen fetten Widersacher gebildet. Cliff spähte über Heath' Schulter mit seinem beunruhigenden Echsengrinsen, bei dem es sich genauso gut um gebleckte Zähne handeln konnte.

Der Hühnermann schaute ebenfalls auf. »Verfluchte Götter!« Er heulte auf, als eine riesige Hand ihn im Genick packte, und Caspar spürte, wie der schwere Mann von ihm heruntergerissen wurde.

Usher.

»Der Kampf unseres Kommandanten ist kein Spiel zu deinem persönlichen Vergnügen, Barde«, knurrte der monströse Wächter Knochenstahl an.

Caspar erhob sich, zittrig von der Anstrengung des Kampfes gegen seinen schweren Gegner. Der Hühnermann stand inmitten des Kreises der fünf Glorreichen und Cliff und schaute sich um. Nach einer kurzen Verschnaufpause drehte sich Caspar um und blickte sich ebenfalls um.

Die Fackel beleuchtete fast ein Dutzend dunkler Haufen, die auf ihrem Lagerplatz verteilt lagen – Leichen der Räuber, mit verrenkten Gliedern.

»Was ist passiert?«

»Wir haben ihnen den Garaus gemacht«, antwortete Usher schlicht.

»Ich selbst habe drei erledigt«, berichtete Heath voller Stolz und zeigte mit seiner kurzen Klinge auf die Leichen, die er sich zuschrieb, alle aufgehäuft, wo sie gefallen waren. Caspar sah an ihnen vorbei und betrachtete das übrige Gemetzel. Aus zwei Leichen ragten Pfeile. *Yvette.* Der maskierte Kopf eines weiteren Mannes war fast auf den Rücken gedreht. Usher. Wieder andere hatten Stichwunden im Hals oder unter den Achseln. *Meine Buchhalterin und mein Barde.* Sie hatten einen Kampf gegen doppelt so viele Gegner gewonnen, und seine Glorreichen hatten das alles erledigt, während er sich mit einem einzigen Räuber auf dem Boden gewälzt hatte.

»Wir haben sie alle getötet? Ohne eigene Verluste?«

»Ich habe einen blauen Fleck«, beklagte sich Heath.

»Und wir haben einen entwischen lassen«, vermeldete Belorian.

»Ich hätte ihn zur Strecke bringen können«, beschwerte sich Yvette.

»Warum habt ihr ihn laufen lassen?«, fragte Caspar.

»Er wird die Kunde verbreiten«, erklärte Tara. »Die Glorreichen sind kein leichtes Ziel. Das muss das Grenzgebiet lernen. Wir wollen nicht, dass sich weiteres Volk auf die Jagd nach dem Geld der Königin macht.«

»Wir haben immer noch einen, mit dem irgendetwas passieren muss«, bemerkte Tara.

Der fette Hühnermann stand in Erwartung seines Schicksals in der Nähe und warf nervöse Blicke in Cliffs Richtung – ein Ungeheuer im flackernden Fackellicht. Usher trat vor den Mann und packte seinen Kopf. Die Maske ließ sich nicht leicht abnehmen, aber Usher zerrte mit seinen gewaltigen Händen so heftig daran, dass sie entzweiriss und sein Gesicht offenbarte.

»Der da gehört Euch«, sagte Usher zu Caspar.

Caspar nickte und holte tief Luft. »Wir werden ihn fesseln und morgen früh in die Stadt zurückbringen. Ein Amtsrichter wird das Urteil sprechen.«

Tara schüttelte den Kopf. »Willst du darauf vertrauen, dass seine Onkel und Tanten ein gerechtes Urteil fällen?«

Caspar sah seine Gefährten an.

»Nein«, sagte Usher.

»Nein«, stimmte Heath ihm zu.

Caspar runzelte die Stirn. »Dann hängen wir ihn selbst?«

»Nein«, kam es von Tara.

Belorian legte Caspar eine Hand auf die Schulter. »Der da gehört Euch«, wiederholte er.

Der Mann begriff, was sie meinten, bevor Caspar es tat. »Ich verlange einen fairen Kampf«, sagte er.

Usher warf ihm einen dicken Ast vor die Füße. »Knüppel«, sagte er. »Mach das Beste draus.«

Der Hühnermann beschwerte sich nicht. Er hob den Ast vom Boden auf, wog ihn in der Hand und trat Caspar entgegen.

Caspar riss an dem purpurnen Band, und Livian sprang in seine Hand. »Ihr meint, ich sollte gegen ihn kämpfen?«

»Wir kämpfen alle«, sagte Usher.

»Wir kämpfen alle«, echote Heath.

»Sogar der feige Barde«, bestätigte Yvette. »Manchmal.«

»Ich habe den da getötet«, meldete Belorian sich zu Wort und zeigte auf einen Leichnam, auf dessen Rücken sich ein roter Fleck ausbreitete.

»Aber wir haben gewonnen«, wandte Caspar ein. »Warum sollten wir diesem Schurken eine Chance geben?«

»Wir geben Euch eine Chance«, sagte Yvette.

Ich bin derjenige, der hier geprüft wird, begriff Caspar. Er war keiner der Ihren, noch nicht, und seine potenziellen Gefährten forderten ihn auf, sein Leben zu riskieren, um seinen Mut zu beweisen. *Vielleicht denken sie, mein Leben wäre nicht viel wert.*

»Gebt ihm eine richtige Waffe«, verlangte Caspar.

Heath und Cliff sahen einander an. Belorian zog eine Braue hoch.

Tara hob eine Hand, und Caspar hoffte, sie würde sagen, dass nichts von alledem notwendig sei, aber das tat sie nicht. Sie zeigte lediglich auf den in der Nähe liegenden Leichnam eines Räubers.

Usher zuckte die Achseln. »Wie Ihr befehlt, Kommandant.« Er ging zu dem toten Räuber hinüber und entrang der Leiche die Axt, die sie noch umklammerte.

Caspar beobachtete, wie Usher dem eben noch unbewaffneten Hühnermann die Axt überreichte, und er wünschte, er könnte seine kühne Äußerung noch einmal überdenken. Die schwere Axt war als Werkzeug zum Zerhacken kräftiger Sträucher geschmiedet worden – *eine billige Bauernwaffe* –, aber sie hatte in einem Kampf einige Vorteile gegenüber einem Dolch oder einem Fleischmesser. Der schwere Axtkopf würde ihren Hieben mehr Wucht verleihen. Sie war im Nahkampf nützlicher, wenn der Träger sie kurz unter dem Axtkopf zu greifen wusste. Das dicke Eisenblatt würde kaum brechen. Und ihre unerbittliche Schneide glitzerte im Fackelschein. *Jüngst geschärft.* Ohne Rüstung war Caspar durch ihre scharfe Schneide genauso verwundbar wie die holzigen Sträucher, die zu zerhacken sie bestimmt war. Der stämmige Räuber wog sie in der Hand, so wie er es mit dem Ast getan hatte, und befand die Waffe für annehmbar.

»Ihr seid ein gerechter Mann«, sagte er zu Caspar.

Es war seltsam, das von einem Mann zu hören, den zu töten er gleich versuchen würde. *Er hat mich beim letzten Mal mit einem Klammergriff überrascht,* überlegte Caspar. Aber dieses Duell war eher wie die Kämpfe auf dem Übungshof, und Caspar hatte jetzt die Gelegenheit, seinen Gegner zu taxieren. Der große Mann machte sich gern sein Gewicht zunutze, aber diesmal würde er eine Hand für die Axt brauchen. Caspar überschlug schnell seine Chancen. Trotz der Vorteile der Axt war Livian die bessere Waffe. Sie parierte besser. Eine schmale Klinge war außerdem ausbalanciert und flink, während die Axt stumpf und oberlastig war. Und natürlich verlieh eine Klinge ihm eine überlegene Reichweite. Er erinnerte sich sehr schnell an all diese Dinge aus seiner Ausbildung, dann holte er tief Luft und baute sich vor dem Hühnermann auf.

»Es ist mir eine Ehre ...«, begann Caspar in der Tradition des Duells.

Der ungehobelte Räuber aus dem Vorgebirge rannte einfach auf ihn zu.

Doch Caspar hatte dazugelernt. Diesmal war er bereit. Er sprang rückwärts über den Baumstamm, sodass der fette Mann seine Schrittlänge korrigieren musste, um über das tote Holz zu setzen. Als er das tat, machte Caspar einen Satz nach vorn, holte aus und brachte Livian zum Einsatz, als der Mann sich mitten im Sprung befand. Er schwang sie in einem glitzernden Bogen herum, zu schnell, als dass das menschliche Auge ihr im Fackellicht hätte folgen können. Der Hieb landete auf dem ausgestreckten Schienbein des Hühnermannes, durchtrennte Fleisch und den Knochen darunter. Hinter dem Baumstamm landete der Mann mit seinem vollen Gewicht auf dem Bein, und es gab unter ihm nach. Als er stolperte, schlug Caspar erneut zu. Der Mann, der das Gleichgewicht verloren hatte, hob instinktiv die Axt, um sein Gesicht zu schützen. *Ein Fehler.* Livian blitzte unter dem hölzernen Axtstiel auf, und ihre gebogene Klinge zeichnete durch die leichte Tunika eine dünne, rote Linie über die ungeschützte Wampe. Irgendwie gelang es dem Hühnermann, sich zu fangen und auf den Beinen zu halten, und er hüpfte auf seinem guten Bein vor, hielt sich den Bauch und taumelte auf Caspar zu, wobei er die Axt unbeholfen kreisen ließ. Caspar zog sich abermals zurück und kam zu dem Schluss, dass er nichts mehr zu tun brauchte, abgesehen davon, sich außerhalb der Reichweite des Mannes zu halten. Als der Mann seinen dritten Schritt tat, drang Blut zwischen seinen Fingern hervor. Er schaute hinab. Livian hatte ihn säuberlich in der Mitte geöffnet, und als er den Arm hob, um den Schaden zu betrachten, quollen seine Gedärme heraus und fielen mit einem feuchten Klatschen auf den Boden.

»Es ist getan«, erklärte Usher, noch bevor der Mann auf dem Boden aufschlug.

»Und auf schnelle, effiziente Weise«, fügte Belorian beeindruckt hinzu.

Heath nickte. »Das Lordchen ist doch nicht der unbegabte Trottel, für den wir ihn gehalten haben.«

»Auf dem Stand eines Fußsoldaten«, murmelte Caspar geistesabwesend. Er starrte auf sein Opfer, das in der Mitte ihres Lagers in einer roten Pfütze lag, die er selbst verursacht hatte. Es war ein seltsames Gefühl, sowohl Hochgefühl als auch Bedauern. »Aber ich habe noch nie einen Mann getötet.«

»Gewöhnt Euch dran«, riet Usher ihm.

Tara runzelte die Stirn. »Diese Leichen werden Tiere anlocken«, stellte sie fest. »Und Dornenfliegen.«

Caspar wand sich innerlich und fragte sich, ob ihr Drache vielleicht versuchen würde, das Fleisch der toten Räuber zu fressen.

Belorian wedelte mit seiner gefiederten Kappe in Richtung der Straße. »Vielleicht sollten wir uns einfach ein anderes Lager suchen.«

»Sehe ich auch so«, sagte Usher. »Wir sollten diesen Unrat zurücklassen und weiterziehen.«

Caspar schüttelte den Kopf. »Nein. Wir müssen bleiben, um sie auf geziemende Weise den Göttern darzubieten. Selbst niedere Räuber haben ein Recht darauf.«

Sein Vorschlag wurde mit protestierendem Stöhnen quittiert. Heath verfluchte obendrein die Götter. Nur Yvette stimmte ihm zu, dass sie die Götter ehren sollten. Tara wies darauf hin, dass sie morgen einen langen Ritt vor sich hätten bis zu Willis' belagerter Festung. Und dass sie die halbe Nacht brauchen würden, um die Leichen durch die Dunkelheit zu schleppen und sie mit den Zehen nach oben und den unmaskierten Gesichtern zur Morgensonne ausgerichtet hinzulegen. Selbst Usher sprach sich dagegen aus. »Wir werden Zeit auf totes Fleisch vergeuden«, bemerkte er.

Aber es gehört sich so, ging es Caspar durch den Kopf, und so befahl er es.

Cliff drehte sich zu Heath um. »Was bedeutet es, wenn er sagt, wir müssten bleiben, ›um sie auf geziemende Weise den Göttern darzubieten‹?«

»Es bedeutet, dass er immer noch ein Trottel ist.«

Kapitel 15

Caspar

Die Glorreichen Sechs ritten müde und gereizt in das Dorf Offensicht ein und wedelten mit Caspars Ernennungspapieren mit dem purpurnen Wachssiegel der Königin. Sie ritten mit einer Koppel Pferde für ihre Königin wieder hinaus, obwohl Usher den Baron der Stadt beinahe vor seinem erschrockenen Stallburschen hatte erwürgen müssen, bevor der die kostbare Pferdeausbeute hergab.

»Gut ausgebildet, dieser Stalljunge eben«, bemerkte Tara Shnorhavorian, als sie in nördlicher Richtung zur nächsten Stadt weiterritten, wobei Yvette die neuen Pferde führte. »Der Junge hat gewartet, bis Usher seinen Lord am Hals gepackt hat, um festzustellen, ob er es ernst meinte.«

Er hat es ernst gemeint, dachte Caspar. Der muskulöse Krieger war im Begriff gewesen, den Mann zu töten, und Caspar war in Panik geraten und hatte sich mit weniger Pferden zufriedengegeben, als nach Taras Schätzung zehn Prozent von Offensichts Vermögen ausmachten. Um seinen Soldaten daran zu hindern, Baron Farnbeer zu erwürgen und damit die einseitige Verhandlung zu beenden. Als Caspar und Heath Usher packten, um ihn wegzuzerren, waren die Augen des Kriegers riesig und seine Muskeln verkrampft gewesen, wie bei einem Hund, der sich an einem Knochen festgebissen hatte. Dann hatte er sich plötzlich entspannt und losgelassen. »Manchmal wäre es mir fast lieber, diese schmutzigen Grenzländler würden nicht bezahlen«, hatte er gebrummt und war davongegangen.

Caspar hatte sich bei dem keuchenden Rudolph Farnbeer entschuldigt und schnell einem Tribut von sieben Pferden zugestimmt.

»Du bist weich«, sagte Tara, als sie das Dorf verließen. »Dieser räudige kleine Ort schuldet der Königin fast das Doppelte von dem, was du akzeptiert hast.«

»Ich arbeite noch immer an meinem Schwur«, entgegnete Caspar. »Farnbeer ist ein Lord wie ich, ich schulde ihm Höflichkeit und Respekt, nicht Erwürgen. Ich werde diese Grenzlande nicht mit der Regierung unserer guten Königin bekannt machen, indem ich ihre neuen Untertanen verprügele. Lass mich die Steuer erheben; du schätzt einfach den Wert der Pferde, die wir erworben haben.«

»Das habe ich bereits getan. Es war einfach, da es so wenige waren.«

»Warum musst du auf Schritt und Tritt mit mir diskutieren? Ich bin der Kommandant hier.«

»Weil ich diejenige bin, die mit der Buchhaltung betraut ist, nicht du, *Kommandant.* Dein Schwur wird nichts bedeuten, wenn die Lamphiers am Ende unsere Bücher prüfen. Ich werde die fehlenden Summen erklären müssen, wenn wir weniger als das Erwartete heimbringen.«

»Ach, die königlichen Buchhalter kennen bereits die Summe, wie? Diese neuen Städte haben Hyak seit der Zeit vor den Grenzkriegen keine Steuern gezahlt.«

»Die Lamphiers treiben seit Generationen Steuern ein. Es liegt ihnen im Blut. Sie wissen genau, was ein Königreich, ein Territorium, eine Stadt, ein Dorf oder auch nur ein einzelner Haushalt verdienen sollte. Ihre Schätzungen sind Gesetz.

Und sie akzeptieren keine Ausreden. Eine schlechte Ernte ist Pech für eine Stadt, nicht für die Königin. Sie bekommt trotzdem die geschätzte Summe. Hier ist die Summe, die wir Ihrer Majestät am Ende unserer Reise in Hyak-Drams präsentieren müssen.« Tara drückte Caspar ihr Rechnungsbuch in die Hand.

Vorgebirge	33 172
Moorlande	29 456
Seen	102 674
Caraval	452 893

»Das ist die finanzielle Straßenkarte unserer Reise!«

»Bis auf den letzten Dram.«

»Warum habe ich die nicht bekommen?«

»Weil jeder weiß, dass du nicht besonders gut mit Zahlen bist.«

Das nächste Dorf war kaum mehr als eine Gruppe verstreuter Vorgebirgshöfe mit einer zentralen Halle zur Huldigung der Götter, die irgendetwas mit Katzen zu tun hatten – Caspar kannte den Glauben nicht, auch nicht als Shnorhavorian den Namen nannte. *Katzismus?*

Belorian, Heath und Usher zogen von einem Feld zum nächsten und riefen: »Wir treiben die Steuern für die Krone ein!«, um die Bauern zusammenzutrommeln und sie zur Katzenkirche zu bringen, damit Caspar die Steuern der Königin erheben konnte. Doch sie sprachen einen schweren Vorgebirgsdialekt, und nachdem Caspar vergeblich versucht hatte, ihnen ihre Verpflichtung und seine Pflicht zu erklären, rückten sie zusammen und schrien ihn mit Worten an, die er nicht verstand. Nachdem Heath eine Weile mit leichtem Grinsen zugehört hatte, schritt er endlich ein, um zu übersetzen, was sie sagten.

»Sie haben Angst vor uns, mein Lordchen«, sagte Heath.

»Gut«, sagte Usher.

Heath fuhr fort: »Es scheint, dass diese Leute unbehelligt geblieben sind, als Synge vor einiger Zeit mit den Truppen der Königin durch dieses Territorium gekommen ist. Als vor Kurzem dann die Seehexe mit ihren mürrischen Seeleuten aufgetaucht ist, die das Banner der Königin schwenkten, luden die Einheimischen sie ein, eine Nacht zu bleiben. Aber am nächsten Tag war die Jungfräulichkeit dreier Mädchen aus dem Ort abhandengekommen, zusammen mit zwei Schweinen und einer stählernen Axt.«

»Sie jammern wegen zweier Schweine?«, hakte Caspar nach. »Das ist im Palast kaum ein Frühstück.«

»Und einer guten Axt und drei Jungfräulichkeiten«, wiederholte Heath. »Sie waren da sehr genau. Ihr Stadtschreiber führt eine Bestandsliste.«

»Zwei Schweine sind eine Menge für diese Leute«, schaltete Tara sich ein. »Und Jungfräulichkeit wird hoch geschätzt, selbst unter einfachen Mädchen.«

Caspar runzelte die Stirn. »Wir werden die Schweine und die Axt von ihrer Steuerschuld abziehen. Erklärt diesen Menschen in der Zwischenzeit, dass Männer von unserem Rang ihre Töchter niemals anrühren würden. Wir wollen nur ihr Geld.«

»Ich würde es nicht exakt so ausdrücken«, antwortete Belorian.

»Oder auch nur annähernd so«, murmelte Heath.

»Erlaubt uns, Eure Absichten neu zu formulieren, Lord«, bot Belorian an und schlug Heath auf die Schulter. »Das ist unsere Aufgabe.«

Heath nickte. »Das ist richtig. Ich denke, wir können diesem einfachen Volk den Mist, der aus Eurem vornehmen Mund kommt, schmackhafter machen.«

Bevor Caspar ihn tadeln konnte, plauderte er mit Belorian. Der Übersetzer hatte bereits mit dem Vorgebirgsakzent der Bauern herumgespielt und ihn sich auf der Zunge zergehen lassen, während er ihrem Geplapper gelauscht und es stumm ausprobiert hatte. Als Belorian ihm sagte, was er sagen solle, und es so überzuckerte, dass es besser klang als Caspars Version, begann Heath, mit den Dorfbewohnern in ihrem eigenen Dialekt zu sprechen.

Caspar war schockiert. Heath hörte sich an wie ein geborener Vorgebirgsbauer. Er klang so sehr wie dieses Landvolk, dass Caspar zuerst dachte, sein Mann würde irgendeine Art von Zaubertrick vorführen wie ein Bauchredner. Auch die Dorfbewohner waren beeindruckt. Sie hörten genau zu, erwärmten sich schnell für den Glorreichen Übersetzer und plapperten mit ihm, was das Zeug hielt.

Sie können sich in ihm wiederfinden, dachte Caspar, *obwohl er grob ist oder vielleicht gerade deswegen.* Das machte Heath so wertvoll, begriff er. Diese Bauern würden jetzt zahlen – und nicht aus Respekt vor Caspar oder der Königin, sondern weil sie dem unflätigen Übersetzer vertrauten.

Heath erzählte mit dem schweren Akzent der Vorgebirge einen Witz, den Caspar nicht verstand – obwohl es sich verdächtig so anhörte, als hätte er gesagt: »Kommandant Klugscheißer« –, und die Bauern mit den schmutzigen Fingern drehten sich alle um, sahen Caspar an und lachten.

Verdammt sollst du sein, dachte Caspar. Heath verspottete ihn schon wieder, und Caspar war sich nicht einmal sicher, was der aufmüpfige Übersetzer sagte. Aber er wagte es nicht, den Mann vor den Bürgern der Königin offen zu beschimpfen.

Caspar sollte für die Glorreichen das Abbild des Adels darstellen. Außerdem erledigte Heath, was es zu erledigen gab.

Und ich tue das nicht.

Die Morryhügel lagen am Fuß der Nordlaufberge verteilt wie von einem Teller gefallene Klöße. Während des Krieges hatte auf dem Gipfel eines jeden Hügels ein Signalfeuer gebrannt, das Baron Willis auf das Herannahen der Streitkräfte des Königs aufmerksam gemacht hatte. Usher zeigte auf abgebrannte Scheiterhaufen, als sie näher kamen, geschwärzte Huldigungen an dunklere Tage, als die Gipfel aller Hügel gebrannt hatten.

»Rote Nippel auf Titten haben wir sie genannt«, sagte Usher. »Heute sollte die Seehexe ihre Männer an den Feuern stehen haben. Unsere Soldaten sollten dort oben sein und uns mit den Feuern ankündigen.«

»Wo sind sie?«

»Sie weiß an Land nicht, was sie tut«, antwortete er verächtlich. »Sie wird all ihre Soldaten um Willis' Festung scharen wie einen Schwarm kreischender Seemöwen beim Ausnehmen eines Fisches.«

»Mit etwas Glück hat sie die Burg inzwischen gestürmt«, meinte Knochenstahl. »Es wäre ein wunderhübscher Ort, um dort heute Abend zu faulenzen, und einige von uns könnten ein heißes Bad gebrauchen.« Er warf einen Blick auf Yvettes staubiges Gesicht und verfilztes Haar. »Einige mehr als andere.«

»Willis' Bergfestung ist noch nie eingenommen worden«, meldete Usher sich zu Wort. »Die Familie Willis und ihr Volk wettern seit sechs Generationen in dieser Festung die Gezeiten des Krieges ab. Das Bollwerk ist in den Hang eines Berges hineingehauen worden. Seine steilen grünen Wände sind glitschig vom Moos. Das drei Handbreit dicke Tor besteht aus mit Stahlbändern verkleidetem Eisenholz. Es gibt keinen Fluss, den man aufstauen könnte, keinen Brunnen zu vergiften; die Festung wird durch eine unterirdische Quelle mit Wasser versorgt. Innerhalb der Mauern haben sie einen ganzen Wald, der Früchte trägt und Wildvögel anlockt, die sie schießen können, um an Fleisch zu kommen. Sie können den Winter überstehen und sich jeden Frühling neu bevorraten.«

»Du weißt aber eine Menge, mein guter Mann«, sagte Caspar. In der Tat, so viel hatte er noch nie auf einmal von Usher gehört. »Bist du auf einem Feldzug hier durchgekommen?«

»Zweimal. Einmal als Verteidiger unter König Ayden und einmal als Eroberer unter Eurem Onkel.«

»König Ayden? Das war während der Säuberungen.«

Usher verstummte.

»Wie war es bei den Säuberungen, Usher?«, erkundigte Caspar sich.

Der massige Krieger dachte darüber nach, und sein sonst so ausdrucksloses Gesicht zuckte vor Anstrengung, Worte zu finden, um es seinem jungen Kommandanten zu beschreiben. »Es war … Furcht.«

Mehr sagte er nicht, aber Caspar drang in ihn. »Es ist schwer, sich vorzustellen, dass du dich gefürchtet hast, aber ich schätze, dass du damals noch ziemlich jung warst. Hast du jemals gegen Tevan den Grimmigen aus den Grenzlanden gekämpft? Es heißt, er habe nur einen einzigen noblen Schwur geleistet – Mut. Ich wette, er hat sich nicht gefürchtet.«

Belorian und Heath sahen einander an. Der Barde bedeutete Caspar aufzuhören, Fragen zu stellen, aber Usher antwortete dennoch.

»Ich habe Tevan einmal gesehen. Diesen Mutigen, den Ihr so bewundert. Über die Reihen hinweg. Er und seine Männer waren dabei, unsere gefangenen Knaben zu vergewaltigen. Ihr habt recht. Er machte nicht den Eindruck, als würde er sich vor irgendetwas fürchten.«

Usher trieb sein Pferd an, um außer Reichweite von Caspars Geplauder zu gelangen.

Caspar sah sich mit rotem Gesicht um.

Belorian ritt neben seinen Kommandanten. »Unangenehm«, sagte er.

»So kann man es auch ausdrücken«, murmelte Heath.

»Die Säuberungen waren hart für Usher, Lord«, ergänzte Belorian. »Er hat allerlei gesehen.«

»Das eben kann nicht wahr sein«, empörte sich Caspar.

»Geschichte ist nicht so wie in den Liedern, Lord. Unsere Widersacher haben uns während der Säuberungen nicht einfach getötet. Sie haben abscheuliche Taten begangen, gut sichtbar vom Feld aus, um sich auf die Schlacht vorzubereiten. Es hat sie auf den Kampf eingestimmt, und es hat unsere jungen Soldaten zu Tode erschreckt – die, bei denen es am wahrscheinlichsten war, dass sie nachgaben und wegliefen, wenn die Kämpfe begannen.«

»Das ist barbarisch.«

»Das ist das Grenzland. Und das ist die Art von albtraumhaften Szenen, die unser ernster Wächter gesehen hat.«

Caspar schauderte, als könnte er das abscheuliche Bild abschütteln. »Wenn Usher überlebt hat, müssen die Streitkräfte des Königs jenes Scharmützel gewonnen haben.«

Belorian nickte. »Ja. Sie haben gewonnen. Die Schlacht um nichts bei nirgendwo. Nicht einmal wichtig genug für ein Lied.«

»Haben sie die geschändeten Knaben gerettet?«

»Oh, diese gefangenen Knaben waren nicht mehr am Leben, als die tapferen Grenzländler ihnen diese Dinge angetan haben, Mylord.«

Der ausgetretene Pfad zu Willis' Festung führte sie auf einen letzten kleinen Hügel. Die Nordlaufberge erhoben sich hinter dem Hügel wie eine Wand aus gebleckten Zähnen, und ein kühler Wind zog von ihnen herunter und ließ Caspar frösteln. Er hatte die Berge noch nie aus dieser Nähe gesehen oder so unverstellt von den kleineren Eisenholzbergen. Sie rochen nach Kiefernholz und ragten über ihm auf, verdeckten den halben Himmel, obwohl sie immer noch eine Wegstunde entfernt waren.

Ihre Pferde stapften hügelaufwärts durch kniehohe Farnbeerbüsche, die marschierende Männer aufgehalten hätten. *Schwieriges Gelände für eine Seehexe.* Als sie den Hügel endlich überwanden, lag das Tal der Familie Willis vor ihnen, fruchtbar und grün, ganz und gar nicht die karge, abweisende Landschaft, die Caspar sich unter den Grenzlanden vorgestellt hatte.

»Immer noch keine Signalfeuer.« Usher zeigte auf einen weiteren erloschenen Scheiterhaufen auf dem benachbarten Hügel.

»Kriegsfürstin Faust wird uns also nicht erwarten«, meinte Caspar. »Besser, wir hissen die Fahnen, damit sie uns nicht für Rebellen oder Banditen hält.« Er wedelte mit der Hand. »Usher, kümmere dich darum.«

Doch Usher starrte nur geradeaus und suchte das Tal ab. »Wir sollten vielleicht hier warten und zuerst die Lage erkunden«, sagte er. »An diesem Teil der Grenze geht es noch hitzig zu.«

Caspar sträubte sich, sein treuer Wächter widersprach ihm nur selten. »Ich bin mir ziemlich sicher, dass ein Überraschungsbesuch an einer hitzigen Grenze unklug wäre, vor allem während einer Belagerung. Wir wollen doch nicht, dass unsere eigenen Verbündeten uns irrtümlich mit Pfeilen beschießen. Yvette, entfalte die Fahne! Und hisse sie.«

Yvette stöberte in ihren Satteltaschen und entfaltete eine riesige, purpurne Fahne mit dem in der Mitte eingenähten Aalwappen der Moceris. Usher befestigte sie pflichtschuldig an der Spitze seiner langen Streitaxt – einer stabilen Allzweckwaffe, die als Speer, Axt oder Lanze dienen konnte. Er versenkte das untere Ende der Fahnenstange in dem Köcher am Sattel seines Pferdes und ließ die Fahne wehen.

Das Tal war mit strohgedeckten Häusern gesprenkelt, die wie eine gepunktete Zickzacklinie zu der Festung führten. Die Häuser würden natürlich verlassen sein, ihre Bewohner zusammengedrängt hinter den Steinmauern der Willis-Festung, wo sie sich vor der Belagerung verschanzten. Die Burg selbst saß ganz am Ende des Tals auf einem steilen Hang – eine gute Verteidigungsposition, bei der die Angreifer auf tieferem Boden ausharren mussten. Hinter der Festung erhob sich steil der Berg, und Caspar erkannte, dass eine Armee auf seinem abweisenden Hang keine Belagerungsmaschinen aufbauen konnte.

»Die Seehexe wird ihre Männer vor den Toren versammelt haben«, bemerkte Belorian.

»Wenn sie klug ist«, fügte Usher hinzu.

Die Glorreichen Sechs ritten ins Tal. Von ihrem Standpunkt aus konnte Caspar vereinzelte Gruppen von Männern sehen, die vor den starken Toren der Willis-Feste herumliefen. Die Belagerung war zum Stillstand gekommen. *Gut.* Das bedeutete, dass Kriegsfürstin Faust Zeit haben würde, sie mit neuen Vorräten zu versehen. Die Glorreichen waren eine kleine Gruppe und würden nicht viel brauchen – etwas gesalzenes Schweinefleisch und Maismehl. Die Seehexe war berüchtigt für ihre Kratzbürstigkeit, aber er besaß einen Erlass der Königin, der von ihren loyalen Dienern verlangte, königlichen Steuereintreibern »in allen Belangen« behilflich zu sein.

Sie erreichten den Talboden und schlängelten sich zwischen

den verlassenen Häusern hindurch. Als Caspar mit seinem Pferd auf die überraschend gut gepflegte Burgstraße kam, die das Dorf mit seinem Herrn verband, fiel ihm die Stille auf. Jeder Hufschlag seines Pferdes klapperte laut, und die verlassene Grenzstadt fühlte sich unheimlich an – wie ein Ort, an dem es spukte. Die kühle Brise machte es nicht besser.

Wie das legendäre verlassene Dorf Plynth.

Eine der Geschichten, die an den Feuern in Seeblick geflüstert wurden, erzählte von dem legendären Dorf Plynth auf der anderen Seite des Arroganten Meeres. Eine kleine Reisegruppe, ganz ähnlich wie seine Glorreichen, hatte das verlassene Dorf entdeckt. Die Bewohner waren auf mysteriöse Weise verschwunden und hatten nur ihre abgeschlachteten Katzen zurückgelassen. Doch als die Gruppe am Ortsrand die riesige Gemeinschaftsscheune öffnete, fand sie sie. Irgendjemand hatte ihnen das Blut abgezapft und sie fein säuberlich übereinandergestapelt.

»Es ist verstörend, nicht wahr?«, bemerkte Caspar zu Tara.

»Die ganze Grenze ist verstörend, wenn du mich fragst«, antwortete seine Buchhalterin. »Ich habe es bei Weitem vorgezogen, vor dem Friedensschluss die Steuern in unseren eigenen Ländern einzutreiben. Jetzt verlangt man von uns, in fremde Länder zu ziehen, die wir gerade erst erobert haben, und Menschen aufzufordern, uns ihr Geld als Tribut für die Königin zu geben, die bis vor Kurzem ihre geliebten Freunde und Verwandte getötet hat.«

»Das ist eine Herausforderung, gewiss«, räumte Caspar ein.

»Wohl eher ein Todesurteil.«

So hatte Caspar das noch nie betrachtet. Er hatte den Auftrag vielleicht als eine Beleidigung angesehen. Eine Kränkung. Aber nicht als Strafe. *Strafe wofür?*

»Die Schlacht ist bereits gewonnen!«, verkündete Belorian.

Der Pfad aus dem verlassenen Dorf zur Festung führte über die Schlachtfelder. Caspar riss die Augen auf.

Er hatte in seinem Leben nur eine einzige Schlacht gesehen, und das aus einiger Entfernung von den Mauern Seeblicks aus – die Dritte Schlacht auf dem Feld der Könige. Die Soldaten waren wie Ameisen in der Ferne gewesen, aber der Geruch des Rauchs von den brennenden Leichen hatte sich in sein Gedächtnis eingebrannt. Er war damals noch nicht alt genug gewesen, um auszureiten und sich das Gemetzel anzusehen. *Jetzt bin ich alt genug.*

Graue Belagerungssteine säumten den Pfad, eingesunken in die Erde. *Ein Trebuchet ist genau auf diese Stelle gerichtet.* Caspar schauderte. Ein Stein von der Größe seines Kopfes war halb im Leichnam eines ansonsten prächtig aussehenden Hengstes vergraben, wie ein grauer Tumor, der aus seinem zerfetzten Bauch herausplatzte. Der Boden war mit Leichen von Kriegshunden übersät, einige gespickt mit Pfeilen, andere von Schwertern zerstückelt, bis ihr feines Fell in Fetzen hing. Ein Schwarm Aasflügler flatterte kreischend von Leichnam zu Leichnam, eifersüchtig jede neue Entdeckung verteidigend und begierig, den anderen seiner Art zuvorzukommen. Verstreute Lederfetzen und Bruchstücke von Stahl kündeten von niedergemetzelten Menschen; eine zerrissene Weste hier, der abgetrennte Finger eines Panzerhandschuhs dort, darin noch immer ein blutiger Teil seines Trägers. Ein Helm war so schlimm zerbeult, dass der Schädel darin mehrfach zerquetscht worden sein musste von Hieben mit einem Streitkolben oder Kriegshammer, als hätte der Angreifer im Zorn immer weiter auf ihn eingedroschen, nachdem er den Gegner längst getötet hatte. Andere zerstörte Waffen und Kleidungsstücke lagen im Schlamm, aber es schien, dass viel von der noch brauchbaren Kleidung und den Kettenpanzern bereits weggeschafft worden war. *Mitsamt den Leichen.*

Tara deutete nach vorn. »Ein Wagen der Königin.«

Ein fast mannshoher Wagen mit den unverkennbaren Rundsteinrädern Hyaks holperte über die mit Trümmern übersäte Erde, gezogen von zwei massigen Hunden. Auf der Ladefläche lagen hoch aufgetürmt Leichen. *Willis' Soldaten,* dachte Caspar. Man hatte ihnen ihre Rüstungen ausgezogen, sodass sie jetzt nackt dalagen, in stummen, verrenkten Posen und mit roten Flecken auf ihrer weißen Haut. Einige ihrer Gliedmaßen waren unnatürlich verbogen. Jeder von ihnen trug einen Jutesack über dem Kopf, um sein Gesicht zu verhüllen, zugebunden am Hals, wie es in den Grenzlanden üblich war. Caspar hatte noch nie so viele Leichen gesehen. Ein Mann mit einem seltsamen, spatenförmigen Hut ging neben den Hunden her. *Der Hut der Leichensammler.* Caspar hatte schon von diesen einzigartigen Hüten gehört – Leichensammler beider Seiten hatten sie während der Säuberungen getragen, damit man sie nicht irrtümlich für Soldaten hielt, die ihre Toten einsammelten, und man ließ sie in Ruhe, damit sie ihr grimmiges Werk verrichten konnten. Caspar dirigierte seine Glorreichen direkt auf den Mann zu und befahl Belorian, ihn zu rufen.

»Ho, mein braver Bursche!«, brüllte Belorian in seiner Ausruferstimme. »Mir scheint, wir sind rechtzeitig gekommen, um uns mit dir über den heutigen Sieg zu freuen.«

Caspar erkannte, dass der Mann tatsächlich kein Soldat war, sondern lediglich jemand, der Leichen wegschaffte. Er schaute erschrocken auf, prallte zurück und warf die Hände hoch.

»Er hat Angst«, sagte Heath.

»Ausgezeichnete Übersetzung, Übersetzer«, schnaubte Belorian.

»Was ist hier passiert?«, fragte Usher den Sammler, als sie die Pferde vor ihm zügelten.

Der Mann starrte sie nur an.

»Vielleicht ist er stumm«, meinte Yvette. »Einige Götter lassen die Zungen von Gotteslästerern erstarren.«

»Oder er ist einfach ein Seemann von niedriger Geburt und zu schüchtern, um vor einem titeltragenden Lord das Wort zu ergreifen«, schnaubte Caspar. Er klopfte auf seine Klein-Schärpe, die ihn als Angehörigen des Adels auswies.

Tara schüttelte den Kopf. »Er sieht Cliff an, nicht dich, mein hochbetitelter Lord.«

Caspar drehte sich um. Der Drache klebte an der Seite seines Pferdes wie ein Akrobat und beugte sich vor, um den Leichenhaufen zu untersuchen, wobei er mit seiner langen Zunge züngelte.

»Er wird die Leichen doch nicht etwa essen, oder?«, fragte Caspar Heath.

»Ich esse kein Aas«, antwortete Cliff.

»Dies ist kein Aas«, widersprach Caspar. »Das sind die tapferen Soldaten unseres Feindes, die in derselben Schlacht gekämpft haben wie unsere eigenen Leute, weswegen sie nicht weniger ehrenhaft sind.«

»Ich werde sie trotzdem nicht essen.«

»Es sind tote Grenzländler«, brummte Usher. »Lasst sie für die Aasflügler verwesen. Oder für die Maden. Oder meinetwegen für übergroße Echsen.«

»Ihre Gesichter sind nach Art der Grenzländler mit Säcken verhüllt.« Belorian runzelte die Stirn.

Caspar nickte. »Zweifellos eine Geste des Respekts seitens unserer Kriegsfürstin Faust. Sie gesteht ihnen die Riten ihres Volkes zu.«

»Respektvolle Gesten und Zugeständnisse klingen nicht nach der Seehexe«, warf Belorian ein.

Der Wagenführer schaute von einem Glorreichen zum nächsten und versuchte, ihrem Gespräch zu folgen.

»Wartet«, sagte Heath und gab eine Abfolge von Worten von sich, die Caspar nicht verstand.

Der Mann merkte auf, antwortete aber nicht.

»Er hat dich verstanden, nicht wahr?«, fragte Belorian.

»Welche Sprache ist das?«, fragte Caspar.

»Die gewöhnliche Grenzsprache des Vorgebirges«, erklärte Heath. »Er ist ein Willis-Mann.«

Usher stieg von seinem Pferd und packte den Mann am Kragen, bevor er die Flucht ergreifen konnte. Der riesige Wächter hob den Wagenführer vom Boden hoch, die Muskeln seiner dicken Arme traten hervor, und er versetzte dem Mann einen so harten Schlag gegen den Kopf, dass dessen Spatenhut herunterflog und ihm Blut aus dem Ohr tropfte.

»Antworte mir, verdammter Kerl! Wie hat die Seehexe die uneinnehmbare Festung einnehmen können?«

»Warte!«, schritt Caspar ein. »Er ist kein Soldat. Kriegsfürstin Faust erlaubt ihm lediglich, ihre Toten einzusammeln. Wir sollten ebenso großzügig sein wie sie. Die Säuberungsgesetze verlangen von uns, Gefangene mit Würde zu behandeln. Außerdem wollen wir nicht die Geschichte dieser Schlacht von ihm hören. Sag ihm, er brauche uns nicht zu fürchten, weder uns noch unser Reptil. Wenn Fausts Männer ihm kein Haar gekrümmt haben, werden wir es auch nicht tun.«

Usher ließ den Sammler fallen. Er landete der Länge nach auf dem Boden, rappelte sich hoch, grapschte sich seinen Hut und rannte zurück in Richtung Burg.

»Es wäre vielleicht gut gewesen zu erfahren, was passiert ist, bevor wir zur Kriegsfürstin gehen, du großer Tölpel«, brummte Tara an Usher gewandt.

»Wir werden dem Mann zur Festung folgen«, entschied Caspar wohlgelaunt. »Holen wir uns den Bericht über unseren Sieg von der Kriegsfürstin selbst.«

Sie setzten ihre Pferde in Trab und machten sich auf den Weg zur Festung, dem verängstigten Leichensammler hinterher. Der Boden war mit braunen Narben verunstaltet, wo Hufe und Füße ihn aufgewühlt hatten. Die Kämpfe hatten den sanften grünen Hang umgepflügt, der zur Burg führte, und aus dem rundlichen Hügel quoll Schlamm, sodass er wirkte wie ein dicker Bauch, aus dem braunes Blut sickerte. Die massiven Tore auf dem Gipfel des Hangs standen offen. Die gegenwärtigen Bewohner erwarteten anscheinend in absehbarer Zeit keinen weiteren Ärger.

»Hier war die Schlacht am grimmigsten«, meinte Caspar, als er vor den Toren absaß.

Tara betrachtete das Bild der Verwüstung. »Draußen vor dem uneinnehmbaren Bergfried?«

»Mir scheint, Willis hat am Ende seine Männer durch die Tore geschickt, um zu kämpfen«, sagte Caspar. »Ihre Vorräte müssen knapp geworden sein. Sie waren fast ein Vierteljahr dort drin.«

»Ich weiß nicht«, murmelte Tara und rechnete im Kopf die Zahlen zusammen. »Ihre Speicher können angeblich Vorräte für ein halbes Jahr aufnehmen. Das schließt die geheimen persönlichen Verstecke nicht ein, die der Adel gewiss hat. Und pro zehn Soldaten, die sie bei der Belagerung verloren haben, hätten sie eine zusätzliche Tagesration an Nahrung für den Rest gerettet, wenn sie sich die Vorräte gut eingeteilt hätten. Eine für fünfzehn, wenn nicht.«

Caspar zuckte die Achseln. »Vielleicht waren ihre Berichte darüber, wie gut sie sich selbst versorgen können, übertrieben, um Feinde von Belagerungen abzuhalten.«

»Also konnten die Bastarde ihre Festung doch nicht halten«, knurrte Usher. »Uneinnehmbarer Bergfried, bei meinem behaarten Arsch.«

Meine rechte Hand Usher hat wenig übrig für diese Grenzländler, ging es Caspar durch den Kopf.

Sie führten ihre Pferde durch die offenen Tore. Caspar befahl Cliff, sich über sein Ross zu legen wie der Kadaver eines erlegten Tieres, das sie am Straßenrand aufgelesen hatten. Die Echse besaß eine geradezu unheimliche Fähigkeit, für lange Zeit reglos dazuliegen, und es war ungefährlicher für Cliff, sich tot zu stellen, bis sie die Lage in der Burg erkundet hatten. Seeleute würden ein auf zwei Beinen gehendes, sprechendes Tier vielleicht nicht willkommen heißen.

Caspar fühlte sich unwillkürlich ein wenig sicherer, als er nach seinem ersten Ausflug aus Seeblick hinaus wieder von steinernen Mauern umgeben war. Die Welt war groß, und ihre Endlosigkeit machte ihm bisweilen Angst, wie die gewaltigen Ausmaße des Ozeans dafür sorgten, dass die Furchtsamen an Land in Sicherheit blieben. Alles Mögliche konnte geschehen, wenn man eine von Mauern umschlossene Stadt verließ. Alle möglichen Kreaturen konnten von überallher auftauchen. *Wie zum Beispiel nächtliche Räuber.* Alle paar Meilen veränderte sich die Landschaft. Wenn eine Ortschaft sich seiner Autorität widersetzte – was einige taten, wenn der Mann von der Steuer kam, wie er allmählich lernte –, gab es keinen Magistrat, der zu Gericht saß und dem Gesetz Geltung verschaffte. Wenn es keine Ortschaft gab, gab es auch kein Dach, um sich vor dem Wetter zu schützen. Er hatte gewaltige Bäume gesehen, die durch die Macht der Götter oder von Magie geschwärzt und gespalten worden waren. *Und Drachen gibt es wirklich!* Caspar lächelte. *Auch wenn sie kleiner sind und nicht annähernd so furchteinflößend wie in den Geschichten.*

Tara schienen die Mauern nicht zu trösten. Sie sah sich um und betrachtete mit ihren flinken, forschenden Augen die Menschen im Innern. »Wo ist dieser Leichensammler?«

»Wo immer Leichensammler hingehen, wette ich.« Caspar musterte nun seinerseits die Menschen. Die Soldaten, die sich auf der Mauer lümmelten, sahen nicht wie Matrosen aus. *Natürlich nicht. Fausts Matrosen werden keine Matrosenkleidung tragen.* Niemand kam auf sie zu oder begrüßte sie. Männer und Frauen blieben allerdings stehen, um sie anzustarren. Einige wichen zurück.

»Die Bewohner der Grenzlande streifen immer noch frei umher«, stellte Belorian fest. »Faust hat sie noch nicht eingesperrt.«

»Ist unter euch ein Ausrufer?«, fragte Caspar mit lauter Stimme. »Ich komme in Angelegenheiten der Königin.«

Seine Worte lösten nur gedämpftes Getuschel unter den Städtern aus. Die Soldaten auf der Mauer bemerkten sie erst jetzt richtig und nahmen Haltung an, wechselten einige Worte und griffen mit verkniffenen, sorgenvollen Gesichtern nach ihren Waffen, als hätte ihr Kommandant sie dabei ertappt, wie sie auf der faulen Haut lagen. Ein junger Knappe wurde eilends ausgesandt.

»In der Festung herrscht immer noch Chaos«, sagte Caspar.

»Mehr Chaos, als ich erwartet hätte«, pflichtete Tara ihm vorsichtig bei.

»Die Festnahme der Einheimischen sollte nach der Eroberung eines Bergfrieds Vorrang haben«, warf Usher ein. »Die Seehexe geht diese Sache nicht richtig an. Wir sind hier nicht auf dem Ozean.«

In einem nahen Turm brach Aufruhr aus, und dann erschien ein gut genährter Mann in einem roten Mantel, umringt von einem Kontingent von Wachen in fremder Rüstung.

»Wer ist das denn?«, fragte Caspar.

Usher schnappte nach Luft und stellte sich vor seinen Lord, die Hand auf dem Griff seiner Langklinge.

Belorian riss Caspar an sich und flüsterte: »Überlasst das Reden mir, Lord!«

»Du kannst mir nichts befehlen, und …«

»Die Tore schließen sich!«, rief Yvette aus der Nachhut der Gruppe.

Die gewaltigen Türen schlugen mit einem durchdringenden Knall zu.

Hier passieren zu viele Dinge gleichzeitig. »Lasst mich nachdenken!«, blaffte Caspar.

»Zu spät«, bemerkte Heath hinter ihm.

Cliff hob kaum merklich den Kopf. »Darf ich mich schon bewegen?«

»Nein«, flüsterte Heath. »Es sei denn, sie versuchen, dich zu häuten. Dann darfst du wegrennen.«

Der stämmige Mann in Rot blieb ein kleines Stück entfernt hinter den Wachen stehen und antwortete Caspar mit lauter Stimme. »Ich fürchte, wir haben keinen Ausrufer oder Herold, wie wir ihn hier genannt haben. Er ist heute Morgen erst getötet worden, die Götter mögen seine Seele erhalten. Ihr werdet Euch selbst anmelden müssen.«

»Ich bin Caspar Klein, Zollmeister der Königin Neveah. Und wer seid Ihr, braver Herr?«

Der Mann verschränkte die Arme vor der Brust. »Baron Brandt Willis, Herr dieses Bergfrieds.«

Kapitel 16

Opal

Die Reisenden in Karawanen unterhielten sich, während sie gingen, und Opal schloss sich einem alten Mann namens Cooker an, der einen knorrigen Wanderstab benutzte. Er erzählte von seinen Jahren als Späher auf der Mauer, als seine Augen noch gut gewesen waren, und sie hatte das Gefühl, bereits die ganze Geschichte des Feldes der Könige gehört zu haben, bevor sie es überquert hatten. *Die Alten verfügen über mehr Weisheit, die sie teilen können,* dachte sie und verschlang seine Worte wie ein gezuckertes, aus der Palastküche geklautes Gebäckstück. Es lenkte sie von dunkleren Dingen ab.

Die Karawane verließ das weite, freie Feld der Könige und schlängelte sich in nördlicher Richtung durch die Hügel von Hyak, bevor sie sich nach Osten wandte und an den Zwillingsflüssen flussaufwärts zog. Dann kam sie unter den langen Schatten der schwindenden Sonne nördlich von Callestan und dem Axtkopfsee am südlichen Flusslauf zum Stillstand. *Bisher eine einfache Reise,* mit nur einer Zwischenstation zum Aufstocken des Proviants in Konfluenz. Sie würden ihr Lager aufschlagen und sich morgen bereit machen, die zahlreichen Furten der Spinnenbeinflüsse zu überqueren. Die Soldaten bildeten auf dem steilen Flussufer eine Reihe entlang der linken Flanke der Karawane. Cooker meinte, dass jeder mögliche Ärger von den Spinnenbeinbergen im Norden kommen würde, obwohl die tödlichen Sassoonen für gewöhnlich weiter im Osten durch die Berge strichen.

Es kostete Zeit und harte Arbeit, das Lager für so viele Dutzend Männer, Frauen und Kinder am Ufer zu errichten – Menschen huschten umher, sicherten die Wagen und packten Vorräte aus. Die Gassenkinder mussten selbst einen Bereich von Steinen und Dornen befreien, um dort zu schlafen, aber man vertraute ihnen keine wichtige Arbeit an, und Opal schlich sich davon, um nach dem großen Mann zu suchen.

Die Aufgabe eines Wächters bestand darin, am Rand des Lagers Wache zu halten, wo vielleicht Schwierigkeiten drohten, aber Opal beobachtete aus einigem Abstand, wie Atul Deshmane sich von seiner Aufgabe fortstahl, genau wie sie es tat. Sie folgte ihm. Er fand einen faulen jungen Soldaten, dem die Aufgabe zugefallen war, einen Karren mit Nahrungsmitteln abzuladen, und der erpicht darauf war, ihre Pflichten zu tauschen. Kisten zu heben, war eine schwerere Arbeit als Wache stehen, aber es war viel sicherer, einen Wagen abzuladen, als zu riskieren, sich am Rande der Karawane den Pfeil eines Banditen einzufangen.

Ist er feige oder klug? Opal lungerte in der Nähe herum und streichelte einen der Hunde, um ihn daran zu hindern, sie zu verraten.

Während Deshmane Kisten mit getrockneten Feigen aus den Obstgärten von Killkenny auf die Erde wuchtete, machten die Küchenjungen der Karawane und die Helfer der Köche sich daran, sie für die Zubereitung der nächsten Mahlzeit davonzuschleppen. Er beobachtete das Kommen und Gehen der Diener genau und hielt Ausschau nach huschenden, schuldbewussten Augen. Gassenkinder versuchten manchmal, sich als Diener auszugeben und Nahrungsmittel zu stehlen. Kleine

Jungen und Mädchen kamen und gingen, und wann immer sie etwas abholten, schaute er ihnen in die Augen. *Wenn sie den Blick senken,* überlegte Opal, *ist es fast sicher, dass sie Diener sind – sie kennen ihren Platz.* Wenn sie zurückstarrten oder nach rechts oder links blickten statt nach unten, hielt er sie auf und stellte Fragen. Sobald er sie aus der Nähe sah, schien er erkennen zu können, ob sie Diener oder Straßenkinder waren.

Es war allenthalben bekannt, dass die Gassenkinder von Seeblick zu den verstohlensten Dieben der Welt zählten. Aber Opal gehörte nicht dazu. Deshmanes Blick fiel auf den Wagen, hinter dem sie sich versteckte. Als sein Blick auf ihm verweilte, duckte sie sich, aber ihr war klar, dass er ihre Beine wahrscheinlich noch sehen konnte. Sie versuchte zu erstarren wie ein Reh im hohen Gras, aber sie konnte nicht still stehen, und als sie um den Wagen herumspähte, starrte er ihr mitten ins Gesicht.

Zumindest kann er erkennen, dass ich keine Diebin bin.

Der gewaltige Krieger drohte ihr warnend mit dem Finger, als wollte er sagen: »Ich sehe dich.«

Danach versuchte sie, sich davonzustehlen, als könnte er nicht deutlich sehen, wie sie auf den Zehenspitzen davonschlich.

»Warte!«, bellte er und sprang mit einem einzigen Satz hinter den Wagen, so plötzlich, dass er womöglich selbst ein wachsames Reh überrascht hätte.

Opal schaute zu Boden, als er vor ihr landete. *Ich bin eine Dienerin.*

Deshmane packte ihre magere Schulter mit einer Pranke und mit der anderen hielt er das kurze Haar an ihrem Hinterkopf fest. Er zog es sanft nach hinten, um ihr Gesicht sehen zu können. Sie betrachtete ihn mit großen Augen und der gesunden Furcht eines Menschen, der seine niedere Stellung im

Leben akzeptierte – sie war schließlich in genau diese Stellung hineingeboren worden.

Atul starrte sie an. Selbst mit kurzem Haar war sie immer noch Opal. »Du!«, bellte er. »Aber du bist … tot.«

Sie sah zu ihm auf. Ihr blieb nichts anderes übrig – der riesige Wachposten hielt sie schließlich an den Haaren fest. »Nein, ich bin nicht tot.«

Atul ließ sie los, als hätte er sich die Hand am Griff einer heißen Pfanne verbrannt, und er sprang zurück und musterte ihr Gesicht aus sicherem Abstand. Der Flur draußen vor den Gemächern der Königin war nur schummrig beleuchtet gewesen und die Begegnung flüchtig, aber er hatte sie trotzdem erkannt.

»Du bist das Mädchen aus dem Palast. Du hast mich in dem Gang gesehen. Ich habe dir geraten, aus der Stadt zu fliehen.«

»Das hast du. Und das habe ich getan.« Aber jetzt floh sie nicht. Stattdessen hielt sie die Stellung.

»Aber, aber, aber ich habe gesehen, wie man dich hochgehoben hat. Man hat deinen aufgeschwemmten Leichnam der Sonne dargeboten. Götter, dieses vierte Jahr ist wirklich verflucht.«

Opal biss sich auf die Lippen, als sie seine makabre Beschreibung des Leichnams hörte, antwortete ihm aber dennoch. »Aber ich bin es.«

»Wie?«

»Du hast mir geraten, mich einer Karawane anzuschließen.«

»Aber nicht meiner Karawane! Ich kann keinen Geist eines toten Mädchens gebrauchen, der mich verfolgt. Ich habe dich nicht getötet!«

»Ich verfolge dich nicht, ich beobachte dich nur.«

»Wenn die Toten einen beobachten, ist es dasselbe, als würden sie einen verfolgen.«

»Ich bin nicht tot.« Sie umfasste einen seiner dicken Finger mit ihrer kleinen Hand. Er wich zurück, aber sie klammerte sich an ihn. Ihre Hände waren warm, nicht kalt oder nass oder aufgebläht.

»Du bist kein Leichnam«, räumte er ein. »Obwohl ein warmer Körper nicht zwingend bedeutet, dass man kein Dämon ist. Es heißt, sie fühlten sich sehr warm an.«

»Ich bin kein Dämon.«

»Warum beobachtest du mich? Du hättest in der Karawane untertauchen können. Ich hätte es nicht bemerkt. Du hättest zum Hafen gehen und ein Boot finden können, statt dieser Wagen.«

»Ich bin ein gewöhnliches Mädchen, und du hast mir geholfen. Ich frage mich, warum.«

»Das frage ich mich auch. Vielleicht aus Dummheit und Unüberlegtheit.«

»Oder vielleicht bist du ein guter Mensch«, entgegnete sie. »Wie Lord Gladwin aus den Geschichten. Du hast Schwüre abgelegt wie er, ja?«

»Ich töte Männer für Hyak. Das ist mein Schwur. Der Schwur eines Soldaten, nicht der eines Edelmannes. Ich bin nur dann ein guter Mensch, wenn du nicht am anderen Ende meiner Klinge stehst.«

»Was ich nicht tue.«

Sie starrten einander an.

»Was jetzt?«, fragte Opal.

»Jetzt tauchst du in der Karawane unter und hörst auf, mir hinterherzuschleichen.«

»Ich werde gehen.«

»Ja, das wirst du.«

»Ich bin Opal«, sagte sie.

»Das interessiert mich nicht.«

Drei Feigen sind richtig für einen so großen Mann, dachte Opal, als sie die Früchte in die geheime, in ihr Unterhemd eingenähte Tasche schob. Sie stibitzte nicht so viele, dass die Köchin Verdacht schöpfte, wenn sie die Kiste mit drei fehlenden Feigen ablieferte, und sie arrangierte die anderen so, dass sie die Lücken füllten, genauso, wie sie es am vergangenen Tag gemacht hatte. Sie war gut darin, Lücken zu füllen.

Die viel beschäftigte Köchin öffnete den Deckel der Kiste, die Opal geliefert hatte, und schob die oberste Schicht beiseite, um sich davon zu überzeugen, dass darunter nichts verborgen lag, das für ein trügerisches Gewicht sorgte, dann scheuchte sie Opal weg.

Wie merkwürdig es war, dass sie sich als Dienstmädchen ausgab, nachdem sie ein solches gewesen war, wurde ihr bewusst, als sie Etan die goldene Dienstbotenweste zurückbrachte. Etan war der Laufbursche, von dem sie sich die Weste geborgt hatte, und er wollte einen Blick auf ihre Brüste dafür, dass er sie ihr geliehen hatte, aber sie brauchte ihm nur einen schnellen Kuss auf die Wange zu geben und ihm ein vielversprechendes Lächeln zu schenken. *Jungen bleiben hoffnungsvoll und hilfsbereit, wenn ein Mädchen ihnen nicht alles auf einmal gibt, was sie wollen* – das hatte sie von den rotgewandeten Damen in den Gassen gelernt.

Opal fühlte sich immer seltsam frei, wenn sie die Weste zurückgab. Ihre eigene goldene Dienstbotenweste war sie losgeworden, nachdem sie aus dem Palast geflohen war. Sie hatte sie bei einem Gassenjungen gegen seine zerlumpte Kappe eingetauscht. Nachdem der große Mann sie losgelassen hatte, hatte sie schreckliche Angst gehabt. *Man wird noch nach mir suchen,* hatte sie gedacht. Sie hatte genug Verstand besessen, sich auf der Stelle ihrer Kleider zu entledigen. Ihr Haar war als Nächstes an die Reihe gekommen. Sie hatte ihre üppigen Locken unter die zerlumpte neue Kappe gestopft, ohne sie auch nur auf Läuse zu inspizieren, und dann war sie losgerannt, schnell und weit – über die Pflastersteine durch die Gassen und durch ganze Bezirke, um sich so weit vom Fischpalast zu entfernen, wie ihr flatterndes Herz und ihre fliegenden Füße es möglich machten. Sie war über die Fußgängerbrücke über den Rundstein gelaufen und den ganzen Weg bis zu den Verschlafenen Ufern unter Fairhaven, bevor sie vor Erschöpfung im Sand zusammengebrochen und unter ein leckgeschlagenes Fischerboot gekrochen war, ein Ort, an dem nicht einmal die Wache nach ihr suchen würde. Ein Ort, an dem sie sich mit einer rostigen Fischerklinge das Haar abschneiden konnte. Ein sicherer Ort.

Aber in ihrer Panik hatte sie eines vergessen. *Das Wichtigste überhaupt.*

Opal ging quer durch das Karawanenlager zu einer großen zusammengerollten Schlafmatte, die unter einem der zahlreichen Blutorangenbäume des Obstgartens von Killkenny hingeworfen worden war. Der Blutorangenbaum hatte breite Laubblätter, die die Lagerstatt vor dem ewigen Nebel schützten, der das Land zwischen dem Axtkopfsee im Inland und der Freundlichen Bucht an der Küste befeuchtete. Eine purpurne Schärpe war über die Matte drapiert, um sie trocken zu halten – die Schärpe der Königin. Niemand würde diese Schärpe anrühren. *Niemand außer mir.* Sie schaute sich um, kroch auf die Schärpe zu, schob die Feigen zwischen die Falten der Decken und drehte sich dann um, um davonzuhuschen.

Ein leises Brummen über ihr ließ sie erstarren. Opal schaute auf. Zwei gewaltige Beine hingen von einem Ast des Blutorangenbaums herunter, jeder Schenkel so dick wie der Ast, auf dem der Mann hockte. *Deshmane!* Der riesige Soldat ließ sich von dem Ast auf den Boden fallen, um leichtfüßig wie ein Panther auf allen Vieren neben ihr zu landen. Er war sehr leise für einen so großen Mann. *Tödlich leise.* Er würde einen guten Beschützer abgeben, dachte Opal. *Einmal ist er das bereits gewesen.*

Er grinste und genoss ihr überraschtes Gesicht. Dann regnete ein Schauer überreifer Orangen auf seinen Kopf hernieder. Er zuckte zusammen und runzelte finster die Stirn. »Also bist du nicht nur ein Geist, sondern auch eine Diebin, hm?«

»Du hast alles gegessen, was ich dir gebracht habe«, gab Opal zurück. Sie sah ihn direkt an und weigerte sich, den Blick zu senken. »Du steckst jetzt mit drin mit dem Stibitzen.«

Er zögerte unsicher. Sie bezichtigte ihn der Unehrlichkeit, eine schwerwiegende Anklage aus dem Mund einer Frau aus dem gemeinen Volk. »Warum bringst du mir gestohlene Feigen?«

»Weil du sie magst.«

»Hm?«

»Ich habe dich beobachtet. Du schaust dich um, ob jemand in der Nähe ist, dann lächelst du und verschlingst sie wie ein Sommerschwein. Die Feigen tun mir beinahe leid.«

»Stell dich nicht dumm, Mädchen. Ich meinte, warum schenkst du mir Delikatessen, obwohl du einen Finger verlieren wirst, wenn die Köche dich erwischen?«

»Du hast mich gerettet. Oder zumindest hast du mich nicht getötet. Ich stehe in deiner Schuld. Vielleicht ist es Teil meines einfachen Ehrenkodex.«

»Zum Kuckuck mit deinem Kodex, Geistermädchen. Du schuldest mir nichts als meine Ruhe. Kein Spuken mehr und keine Feigen mehr. Deinetwegen werde ich auch noch einen Finger verlieren. Oder schlimmer noch, meine Zunge. Bah, warum müssen Früchte auch so gut schmecken? Fort mit dir!« Er machte ein grimmiges Gesicht, aber als sie sich nicht anschickte zu gehen, sackte er in sich zusammen und begann, vor sich hin zu grübeln.

Opal beobachtete ihn beim Nachdenken. *Nachdenken ist nicht die Stärke dieses Palastwächters,* befand sie. Atul Deshmane bestand größtenteils aus Muskeln. *Und hoffentlich aus Ehre.* Sie war immer gut darin gewesen, böse Menschen zu erkennen, und war ihnen mit Geschick ausgewichen. In den Gassen von Seeblick gab es jede Menge böser Männer, und einige von ihnen machten Jagd auf junge Mädchen. Opal hatte gelernt, es zu vermeiden, mit ihnen allein zu sein. *Aber selbst gute Männer sind unberechenbare Tiere.* Sie gab ihm einen Moment Zeit. Sie wollte ihn nicht wütend machen. Oder scheu. Und sie wollte ihn nicht noch mehr verwirren.

Als er wieder aufsah, stand ein klarer Ausdruck in seinen Augen. »Eines schuldest du mir tatsächlich, Geistermädchen.«

»Nämlich?«

»Eine Erklärung. Warum bist du nicht tot, obwohl ich dich tot gesehen habe?«

Diese Erklärung schuldete sie ihm wohl tatsächlich. Er hatte sie gerettet, jedenfalls größtenteils. *Ich bin nur halb tot.*

»Ich habe eine Schwester zurückgelassen.«

»Oh? Eine jüngere Schwester?«

»Im selben Alter wie ich«, antwortete sie. »Genau im selben Alter.«

Zuerst verstand er nicht, aber dann zog er eine Braue hoch. »Ah, ein gleiches Paar.«

»Zwillinge, ja.«

»Aber was hat das damit zu tun, dass …?«

»Als unsere Königin mir die Stadtwache auf den Hals gehetzt hat, bin ich geflohen. Ich habe mich versteckt wie ein Feigling.«

»In diesen Zeiten ist es besser, feige zu sein«, sagte Atul. »Sie haben dich nicht gefunden, hm?«

»Nein. Sie haben meine Schwester gefunden.«

Atuls Gesicht wurde lang, als ihm klar wurde, was sie sagte. In seiner überraschten Miene standen Mitgefühl und noch etwas anderes, Gewissensbisse vielleicht. »Die Wache hat gedacht, deine Schwester wäre du…«

Opal hatte ihren Schmerz während der Flucht aus Seeblick zurückgedrängt und sich damit beschäftigt zu überleben. Wann immer die Last des Verlusts sie zu zerquetschen drohte, hatte sie nach einer anderen Aufgabe gesucht, um sich abzulenken. Und weil sie mit niemandem gesprochen hatte, war sie nicht gezwungen gewesen, darüber nachzudenken, es zu verstehen, es in Worte zu fassen. Aber jetzt…

Tränen stiegen ihr in die Augen. »Ich bin einfach weggerannt. Ich habe nicht nachgedacht!« Sie hielt inne, und ihr stockte der Atem. »Nein. Das ist nicht wahr. Ich habe an mich selbst gedacht.«

Deshmane suchte seinerseits nach Worten, etwas, worin er nicht besonders gut zu sein schien. »Menschen sterben«, sagte er schließlich.

»Aber diese anderen Menschen habe ich nicht getötet!« Jetzt ließ Opal den Tränen freien Lauf und gestattete ihrem Beschützer, sie zu sehen. Sie rannen ihr über die Wangen wie unter einem umgedrehten Stein hervorhuschende Kristallkäfer.

Ein langer Moment verstrich. Es wurde nach Worten gesucht, und schließlich legte ihr Atul Deshmane eine Hand auf ihren kurz geschorenen, stoppeligen Kopf, wo vorher ihr üppiges Haar gewesen war. Seine Hand fiel auf ihre Schulter, und er drückte sie. Seine großen, plumpen Finger waren so sanft, als hielte er ein rohes Ei. Das war gänzlich unerwartet.

»Du hast mir deine Erklärung gegeben«, brummte der Wächter leise. »Mehr brauchst du nicht zu sagen.«

Er war stark und gütig. *Ich habe ihn richtig eingeschätzt,* ging es Opal durch den Kopf. Und zum ersten Mal seit Tagen fühlte sie sich wirklich sicher.

Kapitel 17

Caspar

»Also, Caspar aus der Familie Klein, seid Ihr hier, um Steuern von mir zu verlangen, weil ich die Armee Eurer Königin vernichtet habe?« Baron Willis beugte sich auf seinem riesigen Eisenholzstuhl vor und musterte Caspar. Nachdem er den jungen Kommandanten eine Zeit lang forschend betrachtet hatte, faltete der beleibte Lord die Hände über seiner Wampe und lächelte. Er war ein fetter Mann, der die Freuden des Lebens offensichtlich genoss, und gegenwärtig schien er die Tatsache zu genießen, dass die eroberten Wagen der Königin mit den Leichen ihrer besiegten Soldaten gefüllt waren, statt mit den Leichen seiner eigenen.

Die Seehexe hat verloren!

Es ergab keinen Sinn. Sie hatte mehr Männer gehabt, allesamt ausgestattet mit Stahlklingen aus Hyak. Sie hatte eine ganze Kompanie mit überlappenden Panzerrüstungen ausgestattet und ihnen Streitrosse gegeben; jedenfalls Usher zufolge, der solche Dinge wusste, so wie Tara wusste, welches Fischerdorf entlang der Wilden Westküste die meisten Boote und die besten Netze besaß. Die Seehexe hatte Eibenbögen und drei Belagerungsmaschinen gehabt, die kopfgroße Steine fast eine Achtelmeile weit durch die Luft schleudern konnten.

Und sie hat verloren!

»Ihr scheint unangenehm überrascht zu sein, junger Steuereintreiber. Wahrscheinlich fragt Ihr Euch, wie es möglich ist, dass das Miststück verloren hat, hm? Sie hatte schließlich dreimal mehr Männer zur Verfügung als wir.« Er breitete die Arme aus. »Fehler, mein Freund. Fehler! Das Vorgebirge ist nicht das Meer.«

»Sind wir Freunde?«, fragte Caspar erstaunt. Er rechnete damit, dass der Baron ihn und seine Glorreichen noch in Ketten legen würde.

Willis zog eine Braue hoch. »Sind wir es nicht?«

»Doch, sind wir«, flüsterte Belorian Caspar drängend zu. »Sag ihm, wir sind Freunde.«

»Ich weiß es nicht«, gab Caspar zurück und hörte Belorian seufzen.

»Ich kenne Euch«, erwiderte Willis.

»Ach ja?«

»In gewisser Weise. Ich habe Euren Großvater gekannt. Vernünftiger Mann. Hat seine Schwüre gehalten. Ich erwarte, dass sein Nachfahre genauso ist – schließlich werden alle Steine irgendwann rund, die im Rundsteinfluss herumrollen, wie man so sagt. Wie lautet Euer Schwur, junger Klein?«

»Ich entwickele ihn noch«, antwortete Caspar, richtete sich so hoch wie möglich auf und reckte beim Sprechen die Brust vor, wie sein Vater es ihn gelehrt hatte. Als Willis die Stirn runzelte, fügte er hastig hinzu: »Ich ziehe Loyalität, Aufrichtigkeit, Ritterlichkeit und Respekt in Erwägung. Und andere.«

Willis legte die breiten Hände wieder in den Schoß und klopfte mit den Fingern auf seinen Bauch. »Hm. Ehrenhafte Dinge. Nichts von Münzen, Schulden oder der Berufung zum Steuereintreiben, was ich seltsam finde. Ich persönlich strebe Gastfreundschaft an, aber jeder Mann leistet seinen eigenen Schwur. Also, das seid Ihr. Aber den Rest Eurer kleinen Gruppe von Geld grapschenden Söldnern kenne ich noch nicht. Stellt sie mir vor.«

»Ihr habt mir bereits die Hälfte weggenommen. Was habt ihr mit ihnen vor?«

»Der Pferdefrau wird kein Haar gekrümmt. Sie ist schließlich bloß eine Pferdefrau. Wir gestatten ihr, Eure Pferde zu versorgen. Aber Euer Echsenzähmer hat ein respektloses Mundwerk, das ihn beinahe das Leben gekostet hätte. Und meine Männer haben geschworen, seine Echse hätte geredet.«

»Götter! Ich habe ihr gesagt, sie soll den Mund halten.«

»Ihr?«

»Ihm. Ich meine unserem Dolmetscher … den Echsenzähmer. Ich hatte ihm gesagt, er soll den Mund halten. Er ist manchmal respektlos, das stimmt, aber er ist kein übler Bursche. Und bitte, tötet seine Echse nicht.« Caspar dachte einen Moment lang nach. »Ihre Haut wird verderben, sobald sie stirbt, wenn man sie nicht richtig behandelt – dann nutzt sie niemandem mehr etwas –, und ihr Fleisch schmeckt abscheulich.«

»Hm. Abgemacht. Und diese Frau?« Er zeigte auf Tara.

»Tara Shnorhavorian. Meine Buchhalterin.«

Willis nickte. »Shnorhavorian. Ein adeliger Name! Wenn auch etwas schwer auszusprechen. Angesehene Leute. Ich glaube, sie schwören, Ordnung zu halten.«

Tara schüttelte den Kopf. »Ordnung halten ist eine primitive Vereinfachung des vollständigen Schwurs, der außerdem Verlässlichkeit und Genauigkeit enthält.«

Willis kicherte. »Und es ist ein pingeliger Haufen, wenn ich mich recht erinnere.«

Der Mann war durchaus freundlich, dachte Caspar. Er war wirklich ein Ehrenmann. *Und ein Adeliger wie ich.* Es sprach allerlei für einen Mann, der seine Schwüre ernst nahm.

»Und Euer Soldat?«

»Ah, mein loyalster Mann, Dale Usher.«

»Usher?« Willis kniff die Augen zusammen.

Usher ließ den Kopf hängen und mied den Blick des Barons. Caspar bemerkte, dass sein Wächter instinktiv die Hand nach seiner leeren Scheide ausstreckte – sie waren alle von Willis' Männern entwaffnet worden.

»Usher …«, wiederholte Willis, als läge ihm der Name so unangenehm auf der Zunge wie ein Krebsgeschwür. Einer seiner Männer flüsterte ihm etwas ins Ohr, und er nickte ernst. »Ah, ja, wir kennen auch diesen Namen. Du bist schon früher an der Grenze gewesen, nicht wahr, Schlächter?«

Caspar zuckte zusammen. Das Wort »Schlächter« war eine schwerwiegende Beleidigung für einen Krieger. Diese Respektlosigkeit war seltsam. Usher war ein guter Soldat, und der Kampf mit dem Schwert war durchaus eine ritterliche Beschäftigung. Selbst ein Feind sollte einen Wächter als tapferen Widersacher betrachten, allein schon aufgrund des gegenseitigen Respekts unter Kämpfern. *Und Willis gibt sich als so höflicher Edelmann.*

Aber der Baron zeigte auf Usher. »Dalton, töte diesen Mann.«

Einer von Willis' Soldaten, vermutlich Dalton, trat aus der Reihe bewaffneter Männer in der Halle vor. Er nickte und zückte Stahl. »Jawohl, Baron.«

In den Geschichten, die Caspar als Knabe gehört hatte, nahmen Männer bei einem Duell immer Angriffspositionen ein. Sie nickten sich respektvoll zu, kämpften tapfer, und im Allgemeinen gewann der Held, ganz gleich wie die Chancen standen. Selbst wenn der Held nicht gewann, hielt er sterbend eine vornehme Ansprache und wurde von seinem Widersacher geehrt. Sogar seine eigenen Glorreichen hatten verlangt, dass er einem räudigen Banditen eine faire Chance gab.

Doch Dalton benahm sich nicht so. Er ging direkt auf Usher zu, und Caspars kräftiger Wächter hatte keine Chance. Ohne eine Waffe konnte Usher Daltons ersten Hieb nicht einmal parieren. Es gelang ihm nur, einen Arm zu heben, und Daltons dicke Grenzlandklinge pfiff durch die Luft und bohrte sich mit einem saftigen Schmatz in seinen Unterarm. Der Wächter stieß ein Grunzen aus und taumelte rückwärts. Sein verstümmelter Arm baumelte und spritzte rote Tröpfchen auf den gepflasterten Boden des Bergfrieds. Daltons Schwert stieß abermals zu, schneller als Caspar es bei einer so schweren Waffe für möglich gehalten hätte. Da Usher diesmal keinen Arm frei hatte, um das Schwert zu bremsen, fand seine Spitze seinen Hals und zog eine dicke rote Linie über seine Kehle. Blut schoss aus einer angeritzten Ader, und Belorian sprang mit einem Aufschrei zurück, damit er nicht bespritzt wurde.

Usher stürzte schwer zu Boden, ohne tapferen Kampf und ohne heldenhafte Ansprache. Stattdessen zuckte er heftig, gurgelte und sabberte.

Es war nicht vornehm, und Caspar spürte, wie seine Eingeweide sich zusammenkrampften. *Werden wir Übrigen jetzt ebenfalls sterben?* Wenn ja, wollte er nicht so gehen wie Usher, aber ihm fiel auch keine gute Ansprache ein.

Willis schaute ungerührt zu, während seine Männer Ushers bereits erkaltenden Leichnam davonschleiften. Zwei Dienstmädchen rauschten mit Wasser und Bürsten aus Schweineborsten herein, um die Sauerei wegzuputzen. Es schien eine fruchtlose Aufgabe zu sein – die Pflastersteine waren mit Blut durchtränkt. Der Baron richtete den Blick wieder auf die drei Glorreichen, die noch vor ihm standen.

»Ihr habt ihn getötet«, sagte Caspar, und seine junge Stimme zitterte.

»Er war ein Eidbrüchiger, dieser Bursche.«

»Er war ein ehrenhafter Soldat.«

»Ein Soldat schwört, jene zu töten, die gegen ihn kämpfen. Meine Soldaten haben diesen Mann als jemanden gekannt, der Gefangene getötet hat. Und Unbeteiligte. Und Kinder, wenn sie in die Reichweite seiner Klinge kamen. Er neigte zu Wutausbrüchen, und es schien, dass er die Säuberungen nicht vergessen konnte. ›Usher der Schlächter‹, nannte man ihn. Er war nicht freundlich zu uns Grenzländlern, als wir ihn das letzte Mal gesehen haben. Nicht ehrenhaft. Vielleicht ist das der Grund, warum Euer toter König ihn zum Geldraffen degradiert hat, hm?« Willis arrangierte sein üppiges Hinterteil auf seinem Sitz neu. »Also dann, wer ist dieser Geck an Eurer Seite?«

»Niemand, Lord!«, beteuerte Belorian eilig. »Ein einfacher Ausrufer, der vor sich hin summt, nachdem die Soldaten ihre Schlachten ausgefochten haben. Ebenso unbedeutend wie belanglos, das bin ich. Eure Männer kennen mich gewiss nicht.«

Caspar kochte immer noch vor Wut. »Euer Mann hat Usher getötet, obwohl er unbewaffnet war.«

»Mein Mann hat nie geschworen, keinen Unbewaffneten zu töten. Oder, Dalton?«

»Nein, Mylord. Ich habe nur geschworen, Eure Befehle auszuführen.«

»Da habt Ihr's. Dalton ist kein Eidbrüchiger. Euer Mann ist einer. Oder war einer. Aber genug von ihm. Er ist tot, und das ist gut so. Erzählt mir etwas über diesen Burschen, der sich so fein ausdrückt und der so fest entschlossen ist, kein Blut auf seine guten Kleider zu bekommen.«

»Er ist unser Barde«, sagte Tara.

Willis klatschte seine dicken Hände zusammen, erfreut darüber, einen beredten Menschen unter ihnen zu finden. Sein eigener Ausrufer war, wie er ihnen erklärt hatte, just an diesem Morgen getötet worden. Er lud die drei zum Essen ein – die beiden, die von nobler Geburt waren, und den Barden –, um das Gespräch fortzusetzen, und stemmte sich von seinem Eisenholzstuhl hoch.

Tara und Belorian sahen ihren Kommandanten an, aber Caspar konnte nur die Achseln zucken. Sie machten einen Bogen um Ushers Blutflecken und folgten Baron Willis in seinen Speisesaal.

Willis verbrachte die gesamte Mahlzeit damit, Belorian von seinem Sieg zu erzählen, damit der Poet ein Lied daraus machen konnte. Es war eine Gnadenfrist, begriff Caspar. Sie würden nicht sterben. *Noch nicht.*

Willis beschrieb die Schlacht, während Pagen ihnen Wein und gebratene Wildhühner servierten, die seine Männer in seinem privaten Obstgarten erlegt hatten. Es wirkte, als seien Belorian, Caspar und Tara willkommene Gäste. Der Baron lachte und trank Vorgebirgswein in Mengen, die zum Umfang seines Wanstes passten. Irgendwie hielt Belorian mit seiner Heiterkeit mit, obwohl Willis die – kurz gesagt – Hinrichtung seines Kameraden erst so kurz zuvor befohlen hatte, dass Ushers Kopf noch nicht einmal mit einem Sack verhüllt war und sein Leichnam wahrscheinlich bis zum Morgen noch irgendwo in der Nähe herumlag, bis man ihn den Göttern darbieten oder ihn an die Aasflügler verfüttern konnte. Der Barde war gut in müßigem Geplauder und charmant mit einem Becher Wein in der Hand, solange er noch nicht zu viel getrunken hatte. Der Waffenmeister des Bergfrieds und der Oberste Haushofmeister saßen links und rechts neben ihrem Lord, aber sie bekamen kaum ein Wort heraus in Gegenwart der beiden plappernden Männer, die der jüngsten Geschichte ein Denkmal setzten. Willis erinnerte sich an gerufene Befehle und Konterangriffe über schlammigen Boden. Belorian verdeutlichte Dinge, indem er Fragen stellte und »Verbesserungen« an der Geschichte vorschlug, um sie dramatischer zu machen. Mit vereinten Kräften wurde die Schlacht um Willis' Bergfried neu erzählt, neu erschaffen und, wie Caspar argwöhnte, umgearbeitet.

Sie ging etwa folgendermaßen:

Nachdem die Seehexe auf dem Weg zum Bergfried einem Hagel von Trebuchet-Steinen ausgewichen war, langte sie mit großem Trara vor den Toren an, wo ihre Männer Seemannsschreie ausstießen, die einem das Blut in den Adern gefrieren ließen. Sie brachte ihre Bogenschützen in Stellung und ihre eigenen Wurfmaschinen. Doch mit dem Schwall von Steinen, die von den dicken Mauern abprallten, und den Pfeilen, die blind über die Zinnen segelten, erzielte sie keinerlei Reaktion. Auch erwies es sich als fruchtlos, auf die Eisenholztore einzudreschen – zu hart, zu dick. Brennen wollten die Tore auch nicht. Als ihre Seeleute sich der Mauer näherten, verlor sie bereits Männer an Pfeile aus Schießscharten, an herabfallende Steine und heißen Teer, der aus Pechnasen gegossen wurde, die in regelmäßigen Abständen über dem Tor aus der Mauer ragten. Sie musste den Befehl zum Rückzug geben, Abstand zu wahren, sich häuslich einzurichten und zu warten. Und zu warten. Und zu warten. Belorian half, die Warteverse zu würzen, indem er Beispiele von Entbehrungen, Furcht und Entschlossenheit auf beiden Seiten beschrieb – oder erfand.

Irgendwann wurde die Seehexe unruhig oder ihr wurde langweilig, und so teilte sie ihre Streitkräfte auf, um die Burg zu umzingeln. Dabei positionierte sie ein Drittel ihrer Männer auf der anderen Seite eines breiten Flusses im Westen. Ein weiteres Drittel schickte sie mit dem Befehl aus, den gefährlichen Nordhang über dem Bergfried zu erklimmen, um jedwede Flucht in die bewaldeten Berge zu verhindern. Das Ausfächern der Truppen sollte der belagerten Einheit von Baron Willis das Gefühl geben, umzingelt und ohne Hoffnung zu sein. Es war ein Fehler. Ein junger Hauptmann hatte von der Mauer aus beobachtet, wie sich die Linien ausdünnten, und war zu Willis gegangen, um ihm eine Strategie vorzuschlagen.

»Hauptmann Kaye hat die Chance erkannt; ich habe seinen Plan lediglich abgesegnet«, erzählte Willis Belorian. Dann wandte er sich an Caspar. »Schreibt Verdienste immer erst Euren Männern zu statt Euch. So baut ihr Loyalität auf, junger Kommandant.«

Als Faust ihre Armee aufgeteilt hatte, öffnete Willis die Tore. Er selbst war mit voller Truppenstärke ausgeritten und hatte das ausgedünnte Drittel der Soldaten der Königin, die am östlichen Eingang lagerten, vernichtet. »Ich habe selbst drei Köpfe abgehackt«, berichtete er. »Nicht schlecht für einen fetten alten Mann.« Sie waren im Morgengrauen durchs Lager gefegt und hatten halb bekleidete Männer und Zelte niedergestreckt. Seine Fußsoldaten strömten hinter ihnen her, eine Mauer aus blitzenden Stahlspeeren, die jeden aufspießten, der zu Boden geworfen worden war oder unter purpurnem Zelttuch zappelte, und die hyakischen Soldaten starben mit rudernden Armen im fahlen Licht der Morgendämmerung, ohne eine Chance zu bekommen, aufzustehen und zu kämpfen, ein böser Traum, aus dem sie nicht mehr erwachten. *Nicht sehr ritterlich,* dachte Caspar. Aber sobald Belorian Willis um eine nähere Erklärung bat, klang es irgendwie nicht mehr so schlimm.

»Also haben Eure zahlenmäßig unterlegenen Männer einen kühnen Angriff direkt aus dem Haupttor heraus in die aufgehende Sonne riskiert, ein kleineres Kontingent von Angreifern überrascht und die Chancen geschickt zu Euren Gunsten gewendet?«, fasste Knochenstahl zusammen.

»Ja!«, stimmte Willis ihm begeistert zu. »Genau.«

Das zweite Kontingent hyakischer Soldaten planschte dann durch den Fluss, um zu helfen, direkt auf den Baron zu, war nun aber ebenfalls in der Minderzahl. Baron Willis' Ballisten und Bogenschützen erschienen auf den Befestigungsmauern und ließen von oben den Tod auf sie herabregnen. Das aufgewühlte Wasser färbte sich erst braun und dann rot. Es war ein schwierigerer Kampf für Willis, doch seine Männer gewannen auch diese Schlacht. Sie erledigten ihre Aufgabe, bevor das letzte Drittel der Soldaten der Königin sich durch das dichte Unterholz des bewaldeten Hangs kämpfen konnte, nur um feststellen zu müssen, dass zwei Drittel ihrer zuvor überwältigenden Streitmacht im Dreck verstreut lagen, in blutigen, durchstochenen und verbeulten Rüstungen mit zersplitterten Schilden und leblos starrenden Augen, die »dringend nach Säcken verlangten«, erzählte Willis. Zu diesem Zeitpunkt erholten sich Willis' Soldaten in der Festung bereits an warmen Feuern und mit heißen Mahlzeiten. Die Armee der Königin, von deren ursprünglicher Truppenstärke nur noch ein Drittel übrig war, formierte sich nervös neu, und ihre Kriegsfürstin schrie sie drei Tage lang mit wilden Blicken an, dass sie ausharren müssten. Und nachdem Willis' Armee wieder zu Kräften gekommen und bereit war, ritt sie erneut aus.

»Wir haben die armen Bastarde beim letzten Aufeinandertreffen überwältigt«, erzählte Willis befriedigt. »Eine Armee weit weg von zu Hause, in der Minderzahl und ohne die Notwendigkeit, geliebte Menschen zu beschützen, verliert allzu leicht den Kampfesmut.« Die verbliebenen Männer der Seehexe waren nach dem ersten Ansturm eingeknickt und geflohen, und Willis' Reiter waren ihnen nachgesetzt und hatten sie einfach niedergemäht. Nur wenige berittene hyakische Soldaten waren entkommen.

»Die Übrigen sind tot oder haben kapituliert. Natürlich habe ich die Gefangenen gerecht behandelt. Nach den Säuberungen habe ich es geschworen, und hier draußen an der Grenze bedeutet der Schwur eines Mannes immer noch etwas. Tatsächlich bedeutet er alles.«

Belorian hörte genau zu, und als Willis fertig war, sang er ihm die ganze Geschichte noch einmal vor, seine Erinnerung war perfekt und seine Verse rhythmisch und wohl gereimt. Caspar war verblüfft.

Der Baron vermutete zutreffenderweise, dass ein junger Edelmann ein Instrument spielte, und so ließ er eine einigermaßen gut gefertigte Mandoline herbeibringen, als Caspar ein gewisses musikalisches Talent eingestand. Caspar spielte, und Willis war so entzückt, dass er seine Gemahlin und seine Kinder rufen ließ – von denen es viele gab –, damit sie artig zuhörten. Er befahl außerdem einem Trio exzellenter Bläser aus dem Vorgebirge, Caspar und den Barden bei Belorians Lied über die Schlacht auf ihren feinen Kidzu-Hörnern zu begleiten, die alle unterschiedlich groß waren und jeweils eine andere Tonhöhe hatten. Die Grenzlandmusikanten untermalten Knochenstahls Auftakt zum Krieg mit scharfen Trillern, seine Kampfverse mit schrillen Pfiffen und die Nachwehen der Schlacht mit einem dreistufigen Anstieg der Töne – von traurig über gespenstisch bis hin zum siegreichen Crescendo. Der Jubel der Familie Willis und der anderen anwesenden Adeligen aus der Baronie gab Caspar beinahe das Gefühl, als hätte seine Seite gewonnen, während er das Siegeslied des Barons spielte, das sein Barde komponiert hatte.

Aber sie hatten nicht gewonnen. *Wir sind die Verlierer,* musste er sich immer wieder ins Gedächtnis rufen.

»Nun, nun, mein guter Mann«, sagte Willis und wedelte mit seiner Serviette, traditionell ein Zeichen der Zustimmung bei den Grenzländlern. Dann beugte er sich vor und schlug Caspar auf den Rücken. »Ihr seid eine andere Art von Steuereintreiber – ein ehrenhafter junger Mann aus gutem Hause mit musikalischem Können und einem talentierten Barden im Schlepptau. Bravo, sage ich! Es war ein guter Tag, und ein Plauderstündchen mit einem kultivierten Burschen und ein feines Lied sind ein schöner Abschluss dafür. Ich werde meinen ältesten Sohn bitten, Euch hinauf in Eure Quartiere zu führen, und morgen früh unterhalten wir uns weiter. Noch einmal, bravo!«

Er wird uns nicht umbringen. Caspars guter Name und Belorians Darbietung hatten ihnen genug Wohlwollen eingetragen, um sie am Leben zu erhalten, zumindest für die Nacht.

Caspar und sein »talentierter Barde« schliefen in dieser Nacht auf bequemen, mit Getreide gefüllten Matratzen im Adelsturm, unter schweren Decken und auf weichen Laken. Willis' ältester Sohn eskortierte Tara persönlich zu ihrer Unterkunft in der Nähe und plauderte dabei genauso leutselig mit ihr wie sein Vater. Die einfachen Glorreichen erhielten im ebenerdigen Anbau einfachere Unterkünfte. Yvette und Heath beschwerten sich nicht – sie waren entzückt zu erfahren, dass man sie nicht hinrichten würde. Heath bat Caspar, sich für Cliff zu verbürgen, damit die Echse nicht wegen ihrer Haut oder einfach zum Spaß getötet würde, und Caspar behauptete, die Kreatur sei ein geschätztes exotisches Haustier. Was Cliff betraf, so hatte der Drache sich nach dem ersten Ausrutscher seiner gespaltenen Zunge Mühe gegeben, nicht mehr zu sprechen, sodass Willis' Männer kein größeres Interesse an ihm entwickelten, als ihn einfach aus sicherer Entfernung anzustarren. Und der eine Soldat, der ihn hatte sprechen hören, zweifelte langsam selbst an sich. Cliff fand sich mit seiner Situation ab, ärgerte sich aber darüber, dass er in einem Käfig gehalten und mit sehnigen Grenzratten gefüttert wurde.

Mit Ausnahme von Cliff in seinem Käfig seien sie keine Gefangenen, hatte Willis ihnen erklärt, und sie seien willkommen, die Gastfreundschaft des Bergfrieds zu genießen, während Willis' Volk sich von den beiden langen Belagerungen unter den Kriegsfürsten Synge und Faust erholten. Sie würden die Toten beider Seiten mit Säcken versehen, sich einen Überblick über ihre Vorräte und ihre Verluste verschaffen und bald zu einem Leben außerhalb der Mauern zurückkehren. Vorgebirgsbewohner, die Willis' Baronie Gefolgschaft geschworen hatten, waren an Belagerungen gewöhnt, und ihre Männer, die in der Schlacht ihr Leben gelassen hatten, wurden nicht betrauert, sondern mit Festen und Flammen gefeiert – Caspar hörte den Jubel in seinen Gemächern und sah von seinem schmalen Fenster aus die Feuer, die für jeden Mann entzündet wurden. Es war eine Chance auf Ruhm, und ihre Frauen und Kinder fühlten sich im selben Maße geehrt und stolz, wie sie traurig waren. Caspar kam es vor, als wäre der Angriff seiner Königin nichts gewesen als eine Unannehmlichkeit für ein zähes Völkchen, das es gewohnt war, sich gegen die Ärgernisse der Welt zu behaupten. Sie hatten eine königliche Armee abgewehrt, wie ein einfaches Dorf sich in den Häusern vor einer Regenflut verschanzen würde – ein Dach, von dem Regen abperlte.

»Wir überleben seit zehn Generationen in dieser Festung«, erzählte Willis in Erinnerungen schwelgend, als die Glorreichen sich zwei Tage später morgens zur Abreise rüsteten. »Zu Zeiten meines großen Urahns – einem betitelten Vorgebirgsbaron unter König Dominic Moceri –, als diese Region zu Hyak gehörte, wurde uns klar, dass wir autark waren. Es war eine umstrittene Entscheidung, sich vom Königreich zu lösen, daran besteht kein Zweifel. Wir haben einige Lords und mehr als nur ein paar Männer durch die Lossagung verloren. Aber als wir das Königreich verlassen hatten, erging es uns ebenso gut.«

»Warum habt Ihr Euch abgespalten?«

Willis schaute in die Ferne, und seine joviale Natur machte für einen Moment etwas Tieferem in ihm Platz, etwas aus der Geschichte seiner Familie. »Versprechen wurden nicht gehalten.«

»Eine Schande. Ihr Vorgebirgler scheint ein gutes Volk zu sein.«

Willis klopfte ihm auf die Schulter. »Und Ihr seid der am wenigsten unsympathische Steuereintreiber, der mir je begegnet ist. Da wir gerade davon sprechen, etwas zu halten, ich werde diesen Tribut einbehalten, den Ihr unseren prächtigen Vorgebirgsbauern abgenommen habt, die Ersatzpferde und die Drams – ich kenne den Trick mit dem Pferdearsch. Das wird helfen, meine Männer neu zu bevorraten, falls Eure Königin noch einmal versucht, uns auszuhungern. Euer exotisches Haustier lasse ich Euch. Euer Übersetzer sagt, es sei Euer wertvollster Besitz.«

»Großartig«, antwortete Caspar.

Willis zeigte auf Cliff, und Heath tat so, als würde er ihn erneut auf dem Rücken ihres sehr geduldigen Pferdes festbinden. Dann flüsterte Willis Caspar zu: »Diese Kreatur hat etwas an sich, das mir Unbehagen bereitet – sie starrt und legt den Kopf schief, als würde sie auf alles lauschen, was ich sage.«

Tara bekam das Gespräch über den Tribut mit und hob die Hand, um zu protestieren, aber Caspar winkte ab.

»Mehr als gerecht, Baron. Mögen wir uns unter besseren Umständen wiederbegegnen.« Er erwiderte den freundschaftlichen Griff des Lords an dessen Schulter.

Willis lächelte. »Am besten genießt man noble Gesellschaft, wann immer das möglich ist, junger Klein, und ehrt ehrenhafte Gäste, selbst nachdem man eine Schlacht gegen sie geschlagen hat. Hier draußen an der Grenze wird es bessere Umstände vielleicht niemals geben.«

Kapitel 18

Neveah

Neveah betrachtete in dem langen Spiegel ihren gerundeten Bauch. Ihr feines Kleid aus Fairhaven wölbte sich unter ihren schweren Brüsten und spannte um ihre dicke Taille, wo es mit einem Gürtel aus Goldbrokat gerafft war. Sie sah schwanger aus. *Und eine fruchtbare Königin hat bessere Chancen, ihren Thron zu behalten, selbst wenn der Vater unbekannt ist.* Natürlich musste sie behaupten, der Erzeuger sei ein mysteriöser, namenloser Adeliger, der sie deutlich nach dem Tod ihres Gemahls beglückt hatte, um ihr Gesellschaft zu leisten und Trost zu spenden – *ich kann es mir auf keinen Fall leisten, dass herauskommt, dass ich es während der Herrschaft meines Gemahls mit einem Wachmann getrieben habe.* Und dann würde sie dieses eingebildete Baby verlieren, bevor es heranreifte. Es war eine komplizierte Scharade, aber eine »fruchtbare« Königin konnte einen infrage kommenden Edelmann zur Ehe verleiten – Männer mit blauem Blut würden Schlange stehen, um den nächsten Erben zu produzieren. Sie drehte sich, um sich aus einem anderen Winkel zu betrachten, und war beinahe optimistisch … beinahe. Dann verrutschte das Kissen unter ihrem Kleid. Kaum merklich und zugleich völlig offensichtlich. Aus der Ferne würde die Wölbung jeden täuschen. *Aber nicht aus der Nähe.* Es würde mit Sicherheit keine neugierigen Moceris täuschen.

Neveah riss das Kissen unter ihrem Kleid hervor und schlug es mit Wucht auf den spitzen Bettpfosten. Es explodierte in einer Wolke aus Gänsefedern. »Verräterischer, elender Körper!« Während die Federn um sie herum herniederschwebten, schlug sie sich mit der Faust auf den Bauch. Es tat weh, aber nicht genug, um sie daran zu hindern, es wieder zu tun. Und wieder. Tränen strömten ihr übers Gesicht.

Valspar ließ sie sich noch zwei weitere Male selbst schlagen, bevor er das Wort ergriff. »Meine Königin?«

Neveah schnappte nach Luft und wirbelte herum. »Götter! Tu so etwas nicht! Es ist unheimlich, wie du dich an mich heranschleichst.«

»Ich denke, Ihr hattet genug.«

»Denkst du?«, erwiderte sie und wischte sich keuchend die Tränen vom Gesicht.

»Ja. Und außerdem hat man mir mitgeteilt, dass Ihr Besuch habt.«

Sie merkte auf, ihre Tränen plötzlich vergessend. »Ah, ich erwarte Besuch.«

»Ihr habt mir nicht erzählt, dass Ihr jemanden erwartet.«

»Muss ich dir alles erzählen? Musst du auch wissen, wann ich den Aborterker besuche?«

»Wer ist es, wenn ich fragen darf?«

»Niemand, um den du dich kümmern müsstest. Ich bin mir sicher, auf dich warten wichtige königliche Geschäfte. Ich werde allein gehen.«

»Ihr solltet nichts allein tun.«

»Na schön. Ich werde eine Leibgarde mitnehmen. Aber nicht Derek Moceri. Ich nehme Mancha mit. Derek isst die Hälfte meiner Mahlzeiten auf und nennt sich Vorkoster.«

Eine Stunde später zitterte Neveah noch immer. Ihr Besucher hatte ihr Problem verstanden und ihr eine extreme Lösung angeboten, für die sie nicht den nötigen unerbittlichen Pragmatismus besaß. Es war auf eine einfache Art vernünftig. *Extreme Maßnahmen für eine extreme Situation.* Aber dieses gefährliche Spiel, diese stetige Erhöhung der Einsätze, fühlte sich allmählich überwältigend an. Sie brauchte eine Prise Gewürz, um dieser Entwicklung voraus zu sein.

Sie durfte nicht zulassen, dass Valspar sie sah – er war eine solche Nervensäge, wenn er ihr Vorträge über das Übel des Gewürzes hielt. Sie entschuldigte sich, um den Abtritt aufzusuchen, wo sie eine kleine Schachtel mit steingemahlenen Kristallen von der Verrufenen Küste unter dem Sitz aufbewahrte. Das süße Pulver war dort sicher – niemand außer ihr nahm auf diesem speziellen Stuhl Platz. *Der Stuhl der Königin.* Sie lachte. Er war wie ein Thron, nur ohne das Publikum. Manchmal übte sie hier, die Röcke um die Taille gebauscht, ihre Reden.

Als sie zurückkehrte und das Pulver seine Magie wirkte, fühlte sie sich klüger und mutiger. *Es ist nicht wirklich Magie.* Magie war etwas für die Straßengaukler von Fairhaven und die reisenden Illusionisten des Nahen Ostens. Die vielen Varianten von Kristallen der Drei Küsten waren Zutatengemische, die von den Alchemistinnen der Zuckerküste hergestellt wurden – gelehrte Frauen, aber kaum Magierinnen. Gewürz war auf dieselbe Weise »magisch« wie das Rauchblatt, das man durch Wasserpfeifen sog, oder der die Sinne umnebelnde Wein aus Dortch, den einige sassoonische Konklaven »Dämonenblut« nannten, weil sie glaubten, er würde sie an einen verschwommenen Ort zwischen dem Leben und der Nachwelt bringen. *Ungebildete Heiden.* Nein, Gewürz war nicht magisch, sondern nur …

… hilfreich.

»Ich bin bereit für die Audienz«, sagte sie zu Viktor, als sie mit etwas beschwingterem Schritt als gewöhnlich in den Flur zurückstolzierte.

»Seid Ihr Euch sicher? Da draußen warten Grenzländler. Sie werden Gefälligkeiten erbitten. Und Ihr wirktet nach Eurem letzten Besucher ein wenig verstört.«

»Ich habe mich wieder beruhigt. Jetzt geh und teile ihnen mit, dass ich bereit bin.«

Viktor zögerte immer noch.

Erkühnt vom Gewürz fügte sie hinzu: »Es macht ruhig, gut geschissen zu haben.«

Er zuckte zusammen, drehte sich um und ging hinaus. *Derb, aber wirksam,* dachte Neveah grinsend.

Sie trat für die Audienz auf den Balkon mit Blick auf das Arrogante Meer. Von ihrem Platz aus beobachtete sie, wie die Wellen nach Norden und Süden am Mittelarroganten Rücken brachen – der gezackten Reihe von Felsen, die knapp unter der Wasseroberfläche versteckt war und den Ozean in zwei Hälften teilte, bereit, die Bäuche argloser Schiffe aufzureißen. In diesem Unterwassergebirge gab es nur wenige Lücken, und es gab noch weniger Kapitäne, die sie kannten und hindurchnavigieren konnten. Die Wellen rollten den Grat hinunter und schoben die Schiffe daran entlang, jedoch nicht durch ihre verborgenen Passagen. Ein erzwungenes Abbiegemanöver in eine der Lücken konnte schnell schiefgehen, wenn die Flut nicht richtig abgepasst wurde. *Spielzeugboote,* dachte Neveah, *wie Papierschiffe in einer Pfütze, nur größer.* Sie stellte sich vor, wie sie einen Wettbewerb befahl, um festzustellen, welcher ihrer Kapitäne durch die Lücke schießen konnte. *Ein Spiel!* Sieger bekamen einen höheren Titel. *Verlierer sinken.*

»… die Königin … die Königin … meine Königin!«

Shent bellte sie an und versuchte, ihre Aufmerksamkeit zu erregen. *Wuff, wuff.*

»Meine Königin, Eure erste Tributpflichtige ist Botschafterin Viktoria Rundel von der Sanften Küste.« Shent stand oben an der Treppe und deutete mit großer Gebärde auf eine elegante Dame, die am Fuß der Stufen wartete. Sie trug ein langes, wallendes Kleid von dem gleichen Türkiston wie die ruhigen Gewässer der Sanften Küste an Hyaks nahöstlicher Halbinsel.

Lady Rundel löste sich aus der Menge von Untertanen, die auf ihre Audienz warteten, und stieg mit der ganzen Anmut einer Frau von der Sanften Küste die Treppe zum Balkon hinauf, trat mit den Zehenspitzen auf die einzelnen Stufen und hielt die Hände respektvoll vor sich, um die Gestalt eines Aals anzudeuten.

Neveahs Miene hellte sich auf, als Lady Rundel auf den Balkon trat. »Viktoria! Du bist keine Grenzländlerin, die Gefälligkeiten einheimsen will. Götter, es tut gut, ein freundliches Gesicht zu sehen. Die Menschen hier an der Westküste sind so schrecklich ernst. Nichts als Sorgen und Stirnrunzeln und Gejammer, seit ich mit meiner Brautkutsche hier eingetroffen bin. Kein Spaß. Kein Spaß. Überhaupt kein Spaß. Wir hatten Spaß, nicht wahr?«

»Ich erinnere mich, wie du stumpfe Pfeile in die beste Herde meines Vaters geschossen und eine Raserei verursacht hast.«

»Volltreffer! Ha!«

»Sei gegrüßt, Neveah. Meine Königin. Es ist zu lang her. Du siehst gut aus.«

Neveah feixte. »Ich bin fett geworden.«

Shent schlug die Hand vor den Mund, um nicht zu lachen, und Valspar zog die Brauen hoch.

»Ich würde sagen, du bist gut genährt«, widersprach Viktoria. »Robust und straff, wo ich alt und runzelig geworden bin.«

»Du alterst wie Wein von der Verrufenen Küste. Aufreizend und süß.«

»Ich altere zu schnell. Ich bin inzwischen sogar Botschafterin.«

»Ja! Das hat Shent gesagt. Botschafterin. Ein guter Titel.«

»Vielen Dank.«

»Nicht Königin. Aber sehr gut.«

Viktor Valspar verkrampfte sich bei ihrem spitzen Geplänkel. *Der ist so pingelig.*

Aber Viktoria lachte. Sie war nicht gekränkt, wie es schien. »Ich bin keine Herrscherin. Ich ziehe es vor, umherzuflattern und mich umschwärmen zu lassen, statt Gastgeber zu sein. In Maibach hat man mich im obersten Zimmer des Sonnenturms untergebracht. Vom Fenster aus kann man beobachten, wie sein Schatten die Stunden des Tages auf der kreisrunden Stadt zählt. Und Baron Bollester lässt mich jeden Abend von seinem Chor in den Schlaf singen.«

»Wie wunderbar!« Neveah klatschte in die Hände wie ein Kind, doch dann wechselte ihre Stimmung plötzlich. »Hast du Kinder?«

»Ja! Zwei. Einen Knaben und ein jüngeres Mädchen.«

»Eins von jeder Sorte, hm?« Neveah schaute an Viktoria vorbei über den Ozean, dorthin, wo das Meer sich teilte. Ihre Augen wurden feucht. »Ist es … wunderbar?«

Ihre alte Freundin zögerte und begriff, dass sie ein wenig zu begeistert geantwortet hatte. *Sie weiß, dass ich unfruchtbar bin – alle wissen es.* Neveah ließ die Tränen herabtropfen, statt sie diskret wegzuwischen. Sie weinte selten in der Öffentlichkeit, und ihr kleines Publikum fühlte sich allesamt unwohl – Shent, Viktor, Puddie der königliche Schreiber – *der dumme Kritzler schreibt das wahrscheinlich alles auf* – und sogar ihre vertrauenswürdigste Zofe Laurette. Die Leibgarde stand aufrecht da und starrte geradeaus. *Die sehen immer aus, als fühlten sie sich unwohl.*

»Kinder machen eine Menge Arbeit«, sagte Viktoria und versuchte, weniger begeistert zu klingen. »Und sie zu kriegen, tut weh, falls du davon noch nichts gehört haben solltest. Wenn dir deine untere Körperhälfte lieb ist, kann ich es nicht empfehlen. Tobias hätte mich bei der Geburt fast entzweigerissen. Ich wäre um ein Haar gestorben.«

»Tobias. Ein schöner Name.« Neveah stellte fest, dass sie ein Kind wollte – nicht nur einen Erben, sondern ein Kind. Es war eine unerwartete und starke Sehnsucht. Ein Instinkt. Ein tiefes Verlangen, verstärkt durch das Gewürz. Plötzlich wünschte sie sich mehr als alles andere ein Baby, selbst wenn man sie vom Thron verjagte und sie es in einer Höhle ganz allein und heimlich zur Welt bringen müsste. *Wie eine Bärin – roaar!*

»Aber genug von mir«, ergriff Viktoria erneut das Wort. »Du bist Königin. Ich habe dich nicht mehr gesehen, seit du die Drei Küsten verlassen hast, in dieser entsetzlichen Brautkutsche mit den purpurnen Rüschenvorhängen, die man dir geschickt hatte.«

In der Tat war Neveah nie zurückgekehrt. Sie hatte sich in die Kutsche gezwängt und ihre gottverfluchte Familie hinter sich gelassen. Es hatte einen Skandal gegeben. Ihre ach so respektable Drei-Küsten-Familie hatte versucht, Neveahs älteste Schwester Astrid mit Amott Moceri zu verkuppeln, dem anspruchsberechtigten König. Aber ihre Werbung war über die Maßen lang und zäh geworden. Neveah hatte beobachtet, wie Amotts Interesse schwand, und war direkter gewesen. Eines Nachts hatte sie sich zu dem Zimmer hinaufgeschlichen, in dem Amott zu Gast war, und am nächsten Tag gehörte er ihr.

»Du hast den König mit deiner Lustgrotte gestohlen!«, hatte ihre hysterische Schwester geheult. Ihre steifen und wohlanständigen Eltern hatten dem zugestimmt, und diese Missetat war ihr niemals verziehen worden. Bei Amotts Tod hatte ihre Mutter einen nervösen Ausrufer mit einer persönlichen Nachricht zu ihr geschickt. »Eure Mutter sendet ihr Beileid und sagt: Astrid hätte vielleicht zumindest einen Erben produziert.«

Neveah schnüffelte jetzt und wischte sich mit dem Ärmel ihres purpurnen Gewands über die Nase. »Jaja, ich bin Königin. Stimmt. Und als deine Königin scheint es mein Lebensinhalt zu sein, Besucher zu empfangen und zu beschenken und mit Gefälligkeiten zu überhäufen. Du bist aus einem Grund hier. Was willst du? Du weißt, dass ich eine Schwäche für alte Freunde habe. Sei nicht schüchtern. Heraus mit der Sprache.«

Als geschickte Botschafterin schlug Lady Rundel sofort einen ernsten Ton an. »Unsere Seeleute teilen uns mit, dass sie nach Unterzeichnung der Bündnisverträge Sklavenschiffe in der Freundlichen Bucht gesehen hätten.«

»Hyak duldet keine Sklaverei«, antwortete Neveah und warf Viktoria einen verwirrten Blick zu.

»So ist es. Und jetzt, da wir die Grenzländler wieder in unseren Gewässern dulden, müssen wir unsere Ufer überwachen, um das durchzusetzen. Wie du sehr wohl weißt, blickt meine geliebte Sanfte Küste auf eine grausame Geschichte der Sklaverei zurück, aus einer Zeit, bevor du oder ich geboren waren – unser Volk wurde von unseren eigenen Stränden weggestohlen. Nie wieder. Das ist der Grund, warum meine Küste mich geschickt hat, um drei Schiffe der königlichen Flotte zu erbitten.«

»Du willst, dass ich dir drei Schiffe gebe?«

»Nein, nein. Meine Sanfte Küste besitzt jede Menge Schiffe.

Aber den Bündnisverträgen entsprechend dürfen wir ohne die Autorität der Krone nicht an Bord einer Galeere der Grenzländler gehen. Wir wollen lediglich, dass du dreien unserer besten Schiffe die Erlaubnis erteilst, den Aal zu hissen, als Mitglieder der königlichen mocerischen Flotte, damit sie mit deiner Befugnis Jagd auf diese verdächtigen Schiffe machen und ihnen nach Norden folgen können, vorbei am Kap ohne Wiederkehr, wenn es nötig werden sollte.«

Neveah schwirrte der Kopf, vom Gewürz ebenso wie von dieser Enthüllung. Sie warf Valspar einen scharfen Blick zu. *Hilf mir, du Dummkopf.*

Viktor räusperte sich und formulierte einen Gedanken. »Lady Rundel, Schiffe gibt es in allen Formen und Größen. Es ist natürlich durchaus möglich, dass Eure Seeleute sich irren.«

»Die Form eines Sklavenschiffes ist für unsere ergrauten Seeleute erkennbar. Männer, die die Zeiten miterlebt haben, in denen Menschen geraubt wurden. Jedes Kind aus jener Zeit kannte diese Schiffe vom Sehen – tatsächlich sind sie um ihr Leben gerannt, wenn sie sie erblickten. Das Aussehen dieser Schiffe ist nicht nur leicht erkennbar, es ist unvergesslich.«

Valspar legte den Kopf schief und dachte darüber nach. »Vielleicht war das Schiff, das Eure braven Männer gesehen haben, ein ehemaliges Sklavenschiff, das für legitime Geschäfte umgebaut wurde.«

»Mag sein«, antwortete Viktoria. »Genau das möchten wir herausfinden.«

Valspar sah Neveah an, mit scheinbar mitfühlendem Ausdruck, aber er schüttelte auch kaum merklich den Kopf.

Mistkerl, dachte Neveah. Er ließ ihr keine Wahl. »Viktoria, meine liebe Freundin, du weißt, dass ich fast alles für dich tun würde. Aber wir mussten fast die Götter vom Himmel herunterholen, um einen Krieg zu beenden, der mehr als ein Menschenleben gedauert hat. Abzusegnen, dass ein Grenzländlerschiff so kurz nach unserem historischen Waffenstillstand abgefangen wird, ist eine heikle Angelegenheit.«

»Weigerst du dich, uns dabei zu helfen, gegen Sklavenhändler vorzugehen? Du brauchst deine Entscheidung nicht zu versüßen.«

Neveah lächelte ihre alte Freundin traurig an. »Bitte mich um alles andere, aber das … das kann ich nicht tun.«

Ein Mann mit einer großen Nase sprach als Nächster. Neveah lümmelte sich in ihrem Stuhl, ein Bein bequem über die Armlehne geworfen, sehr zum Verdruss von sowohl Valspar als auch Shent. *Sollen sie sich aufregen.* Das Gewürz tat sein Werk. Sie spürte, wie es ihr Mut machte. Es dämpfte das Unbehagen nach ihrem Gespräch mit Viktoria und verstärkte ihre Erheiterung über die riesige Nase des Mannes.

Der Mann schaute sich um, beeindruckt und möglicherweise eingeschüchtert von der luxuriösen Umgebung – die exotischen, aus ihren Heimatländern importierten und in Kübel gepflanzten Bäume, die goldenen Zuckerdosen, die Vorhänge aus Spinnenseide, der Duft von exotischem Weihrauch, der sich mit der Meeresbrise vermischte. *Er hat noch nie einen Palast gesehen,* dachte Neveah. Sein staubiges Wams und sein unförmiger Eierhut – eine Mode, die seit mindestens zwei Jahren in Hyak überholt war – deuteten auf seine Stellung. *Oder auf deren Mangel.*

Shent rief seinen Titel aus. »Franken Delany aus Reinfall im Vorgebirge der majestätischen Nordlaufberge der Grenzlande!«

Delany wartete, bis ein peinliches Schweigen eintrat.

»Nun«, sagte Neveah, »Ihr seid hergekommen, um mit mir zu sprechen. Sprecht.«

Er wählte seine Worte mit Bedacht. »Majestät, Königin von Hyak …«

»Und jetzt auch Eure Königin«, rief Neveah ihm ins Gedächtnis.

»Meine Königin über Hyak und die Grenze …«, probierte er es und versuchte es dann noch einmal. »Unsere Königin. Von uns allen, ähm … überall. Mein Rat der Drei hat mich geschickt. Ich komme mit einer Bitte.«

»Tut Ihr das nicht alle?«, witzelte Neveah grinsend. Das Gewürz machte sie schlauer, befand sie. Sie sah Viktor an, um es sich bestätigen zu lassen, aber der runzelte nur die Stirn und bedeutete ihr mit einem Nicken, ihrem Untertan zuzuhören. *Betulicher kleiner Scheißer.*

»Vielleicht«, sagte Delany. »Und entschuldigt, dass ich Euch behellige. Aber man hat uns Straßen versprochen, Piers und Handel mit der Krone. Und, was das Wichtigste ist, eine Garnison.«

»Wer hat Euch das versprochen?«

»Euer Gefolgsmann, Caspar Klein, und seine Glorreichen Sechs. Er hat uns Euer Siegel gezeigt, und wir haben unseren Tribut bezahlt. Ich bin hergekommen, um die Einzelheiten in Erfahrung zu bringen.«

»Also hat er Reinfall erreicht, ja? Unversehrt?«

Delany hielt inne, verwirrt von ihrer Frage. »Klein schien gesund zu sein, ja. Obwohl ich nur fünf Steuereintreiber gezählt habe und nicht sechs, die es dem Namen nach sein müssten. Vielleicht war einer von ihnen nicht unversehrt.«

»Bah. Ich habe nur über das Wohlergehen des Jungen nachgedacht, das ist alles. Sein Stadtarsch ist nämlich so weich wie ein Seidenkissen, wisst Ihr.«

»Das wusste ich nicht.«

»Sprecht weiter.«

Franken Delany rückte seinen lächerlichen Hut zurecht. *Ein riesiges Huhn hat ein Ei auf seinem Kopf gelegt!* Neveah kicherte laut und als Einzige.

»Wir…« Er suchte nach den richtigen Worten. »Wir haben Verluste durch den Krieg erlitten. Und bisweilen durch Räuber. Wir haben diese katastrophalen Probleme in der Vergangenheit gemeistert, aber jetzt ist unser klügster Kopf… fort. Wir sind ein stolzes Volk, wir können unsere Straßen und Hafenanlagen selbst bauen, aber wir brauchen eine Garnison, die uns schützt.«

Neveah legte sich eine Hand auf die Brust, als wäre sie überrascht. »Ihr wollt Männer von mir?«

Delany sah sie unsicher an. »Nun, ja.«

»Sagt mir, Franken Soundso, habt Ihr als Junge mit Stöckchen-Soldaten gespielt?«

»Ich nehme es an, ja. Wie viele Jungen es tun.«

»Habt Ihr sie in eine kleine Garnison aus Dreck gesteckt, die Ihr im Garten erbaut habt, mit winzigen Wachhäusern auf ihren Schlammmauern?«

»Ähm, ja, aber… warum?«

»Weil Ihr so ausseht wie ein Junge, der mit Spielzeugsoldaten gespielt hat. Und jetzt wollt Ihr mit meinen spielen.« Sie musterte ihn mit zusammengezogenen Brauen, um festzustellen, wie er reagieren würde. Es machte Spaß, mit diesem Jungen zu spielen, diesem Delany, dachte sie. *Spielzeug, Jungszeug, einfache Freud'.*

»Ich versichere Euch, dass unser Rat dies sehr ernst nimmt, Euer Majestät. Es wird keine Spiele geben. Nur… Soldaten.«

»Wie viele habt Ihr verloren?«

»Nur den einen. Aber er hat uns beim Überlisten vieler…«

»Nein, nein. Wie viele sind von Räubern getötet worden?«

»Noch keiner. Aber…«

»Keiner? Was für ein Problem soll das denn sein? Kommt mit Eurem kleinen Problem gefälligst wieder, wenn Ihr ein paar Tote aufzuweisen habt!«

»Der Rat war der Meinung, es wäre das Beste, uns zu schützen, bevor die Räuber zurückkehren.«

»Ihr habt eine große Nase, wisst Ihr das?«

Delany wirkte peinlich berührt. »Ja. Ich habe gehört, meine Familie sei bekannt dafür. Aber die meisten sprechen mich nicht darauf an.«

»Wirklich nicht? Sie ist schwer zu übersehen.«

»Sie sprechen es aus Höflichkeit nicht an.«

»Oh! Ja. Ich verstehe. Ich werde so tun, als würde ich sie nicht sehen.« Sie drückte sich einen Finger auf die Lippen, dann flüsterte sie: »Aber sie ist so verdammt groß.«

»Sie ist …?«

»Schwer zu übersehen.«

Viktor griff ein. »Wir könnten einen Vorposten einrichten, meine Königin. Etwas weniger als eine Garnison. Vielleicht zehn Männer. Ein Kompromiss.«

»Hmpf. Wenn wir zehn Männer in jedes Dorf schicken würden, hätten wir bald keine mehr. Dann hätte ich keine Soldaten mehr übrig, mit denen ich selbst spielen kann.«

»Wir haben unseren Tribut gezahlt«, warf Delany ein.

»Ich habe ihn nicht gesehen. Sind die Glorreichen Sechs mit den Grenzlandsteuern zurückgekommen, Ratgeber Valspar?«

Viktor knirschte mit den Zähnen. »Nein, meine Königin, aber …«

»Aber, aber, aber. Wenn das Geld und die Räuber kommen, wird Hyak kommen. Gern geschehen, Franken von den großnasigen Delanys. Der nächste Untertan.«

»Meine Königin …«

»Der Nächste!«

»Es macht nichts«, brummte Delany. »Ich komme nächstes Jahr wieder, wenn Ihr nicht mehr Königin seid.«

Neveah richtete sich abrupt auf. Der Mut des Gewürzes brandete in ihr auf. »Was? Was habt Ihr da gesagt?«

»An der Grenze sind Versprechen noch etwas wert«, entgegnete Delany eine Spur zu scharf. »Das Wort eines Mannes …«

»Ich bin kein Mann. Ich bin eine Königin.«

»Ohne einen Erben wohl kaum.«

»Über den Rand!«

»Wovon sprecht Ihr, Majestät?«, fragte Valspar ehrlich verwirrt. »Hat Euch dies für heute über den Rand Eurer Geduld befördert?«

»Nein! Ich meine, Ihr sollt ihn über den Rand meines Balkons werfen!« Neveah kletterte auf ihren Stuhl wie ein Kind, das einen Wutanfall hatte. Sie deutete auf den nächstbesten Wachposten. »Du da! Blöder Neffe. Schmeiß ihn über den Rand.«

Delany rannte los, aber er war nicht schnell genug. Derek Moceri packte ihn oben an der Treppe an seinem schäbigen Wams, und Neveahs zweiter Leibwächter folgte ihm dicht auf den Fersen. Der zweite Mann hielt Delanys Arme fest, zögerte jedoch. Im Gegensatz zu Derek. Der hievte Franken Delany hoch, dessen Füße sich vom Boden lösten. Einen Moment lang schwankte er über der steinernen Brüstung, dann versetzte Derek ihm einen Stoß, und er fiel hinunter.

Shent und Valspar starrten auf die leere Stelle auf dem Balkon. Untertanen am Fuß der Treppe, die einen guten Blick hatten, verzogen sich eilig, während andere um den besten Platz kämpften, um zu sehen, was geschehen war. Laurette, die Zofe, huschte davon, um Neveahs Sachen einzusammeln, weil sie anscheinend dachte, dass ihre Königin den Balkon bald verlassen würde – *an einem solch schönen Tag?* Puddie der Schreiber kritzelte wie ein Wahnsinniger, bis Valspar ihm das Aufzeichnungsbuch aus den Händen riss. Derek kehrte pflichtschuldig an ihre Seite zurück, während ihr weniger hingebungsvoller Leibwächter über das Geländer starrte. Alles in allem war der Audienztag viel weniger langweilig gewesen, als sie erwartet hatte.

Würzig!

Kapitel 19

Caspar

»Wie sollen wir denn Tausende Gold-Drams ersetzen, du Eselsarsch?«, jammerte Tara.

Sie schlug ihr Rechnungsbuch mit einem Knall zu und schob die Unterlippe vor wie ein verwöhntes adeliges Mädchen, eine Angewohnheit noch aus dem Palast, die sie trotz ihrer Dienstzeit bei den Glorreichen Sechs nicht ganz abgelegt hatte. Die derbe Sprache war neuer und zweifellos eine direkte Folge ihrer Dienstzeit bei den Glorreichen Sechs.

»Es gibt Buchhalter in Seeblick, die jedes Kupferstück zählen. Von Yvette weiß ich, dass jedes dieser guten Pferde allein ein Dutzend Gold-Drams wert war. Nicht Kupfer. Nicht Silber. Gold! Diese Summe wird man mit Sicherheit vermissen, und man wird mir die Schuld daran geben. Und dir.«

Caspar hatte herausgefunden, dass Tara umso weniger zuhörte, je mehr er redete, und umso unvernünftiger wurde, je mehr er versuchte, ihr Vernunft zu predigen, daher unterbrach er sie nicht, während sie laut nachdachte.

»Wir werden einigen Männern und Frauen mehr Steuern abnehmen müssen als ihren gerechten Anteil, um das Loch zu stopfen, das Willis in unsere Börse gerissen hat. Die Buchhalter der Königin werden sich nicht darum scheren, woher das Geld kommt, solange nur alles da ist. Ich werde den nächsten einfachen Städtern sagen müssen, dass sie uns mehr schulden; sie werden einfach genug sein, um das zu akzeptieren. Caraval wäre groß genug, um Verlorenes wettzumachen und die Differenz zu vertuschen, aber deren Buchhalter sind keine Narren. Es wäre ein Freisasse vonnöten, um ihnen etwas zusätzlich abzuschwatzen.«

Caspar konnte nicht länger schweigen. »Wir können die Untertanen der Königin nicht belügen oder ihnen mehr abnehmen als uns zusteht. Ich werde vielleicht einen Ehrlichkeitsschwur ablegen.«

»Von deinen Schwüren werden die Steuern nicht bezahlt!«

»Meine blöden möglichen Schwüre haben dir dein halbwegs adeliges Fell gerettet, als Willis uns die Höflichkeit erwies, die dem Adel geschuldet ist, und uns nicht gehängt hat. Ehrenhafte Schwüre unterscheiden Adelige vom gewöhnlichen Volk, oder hast du das vergessen?«

»Nein, ich habe es nicht vergessen.«

»Aber manchmal vergessen adelige Menschen das«, murmelte Heath hinter ihnen.

Yvette trieb ihren kastanienbraunen Renner vor, um neben Caspar zu reiten, und flüsterte ihm zu: »Da ist jemand im Wald, im Norden. Schaut nicht hin.«

Caspar drehte sich um und schaute hin.

Üppiges Unterholz füllte die Lücken zwischen den dichter werdenden Bäumen auf den unteren Hängen der Nordlaufberge – eine grüne Wand, die aufragte wie eine gefrorene Meereswelle. Der Anblick war spektakulär, aber Caspar konnte in dem Gewirr von Blättern niemanden entdecken. »Woher weißt du das?«

»Ich habe gesagt, Ihr sollt nicht hinsehen.« Yvette schnippte mit den Fingern, damit Caspar endlich den Kopf abwandte. »Und mein Wissen ist eine Gabe der Götter.«

»Banditen?«, fragte er.

»Das weiß ich nicht.«

»Wie viele?«

»Einer.«

»Nur einer?«

»Oder mehr. Ich sehe nur einen.«

Es war seltsam, dass Yvette Dinge sehen konnte, die sonst niemand sah, aber die Glorreichen vertrauten ihr, daher hielt Caspar es für das Beste, ihr ebenfalls zu vertrauen. Sie näherten sich einem schmalen Pfad, einem »Flaschenhals«, wie Yvette es nannte – dem wahrscheinlichsten Ort für einen Hinterhalt.

»Wir haben keinen Soldaten mehr«, bemerkte Caspar.

»Wir alle kämpfen«, gab Yvette zurück. »Bis auf das Sprachrohr.«

Belorian stieß ein Knurren aus. »Daran nehme ich nun aber wirklich Anstoß. Erst bei unserem letzten Scharmützel habe ich einen grimmigen bewaffneten Feind niedergestreckt.«

»Du hast einem Bauern am Rand des Kampfes einen Dolch in den Rücken gerammt.«

»Einem bösartigen Banditen.«

»... der eine Mistgabel geschwungen hat. Und er hat nicht mal hingesehen.« Sie drehte sich zu den übrigen Glorreichen um. »Die Person, die mir aufgefallen ist, hat sich hingelegt, aber sie ist in der Nähe – die Eichhörnchen sind aufgescheucht, und die Vögel pfeifen einander ihre Warnungen zu. Gebt aufeinander acht. Belorian, es wird Zeit, mutiger zu sein, als du es unseres Wissens nach bist. Und versuch nicht wegzureiten. Dein Pferd gehorcht meiner Stimme. Heath, behalte eine Hand am Schwertgriff und lass uns feststellen, ob die Krallen und Zähne deines Tiers irgendetwas wert sind, und sei es auch nur, um Fremde zu verschrecken.«

Caspar hatte das Gefühl, dass er die Befehle erteilen sollte, aber da Usher tot war, schien Yvette sich am besten mit der Verteidigung auszukennen. Tatsächlich begriff er, dass er keine Ahnung hatte, was er tun sollte.

»Schließt die Reihen«, versuchte er es. Es schien ihm eine sichere und offensichtliche Strategie zu sein, die er da vorschlug.

»Nö«, konterte Heath. »Verteilt euch möglichst weiträumig. Dann geben wir schwierigere Zielscheiben ab, falls sie Bogenschützen haben.«

»Hisst die Farben der Königin«, meldete Belorian sich zu Wort. »Es könnte geringere Widersacher abschrecken, wenn sie wissen, dass wir im Auftrag der Krone unterwegs sind. Es sagt ihnen, dass man Jagd auf sie machen wird, wenn sie uns ermorden.«

Yvette entfaltete das purpurne Banner und löste ihren Bogen von der Flanke ihres Reittiers.

Unsere Loyalitäten bekannt geben? Caspar fragte sich, warum seine schlechte Idee von vor Willis' Bergfried jetzt plötzlich eine gute war. *Sehr verwirrend.*

In dem Moment brach ihr Angreifer aus dem Unterholz hervor und brüllte Worte in einer fremden Sprache. Caspar riss sein Pferd herum und fiel prompt aus dem Sattel. Das Grenzland stand plötzlich kopf und schlug ihm dann auf den Schädel, und die Welt wurde schwarz.

Feuchter Grenzlandboden drückte sich an seine Wange – eine weiche Kompresse aus grünem Gras und gefallenem Laub, frisch und modrig zugleich, ganz und gar anders als die ausgetretenen, schmutzigen Pflastersteine der Stadt. Es roch nach Leben und nach Tod, und Caspar überlegte, ob schon mal ein anderer Mensch an dieser Stelle gelegen hatte.

Ich sollte aufstehen, dachte er.

Seine Sicht war getrübt, und er wusste nicht, wie lange er schon im Dreck lag, aber als er sich erhob, wurde ihm schwindelig, und eine Frau in zerlumpter Kleidung stolperte auf ihre Gruppe zu.

»He'ft mia!« Sie war schwer zu verstehen, und Blutspritzer flogen von ihren Lippen, während sie unverständliche Worte ausspuckte.

Grenzlersprache?

»Beobachtet sie«, sagte Belorian. »Haltet Abstand.«

»Es ist nur eine Frau, und sie ist unbewaffnet, du feiges Seidenhemd«, sagte Heath.

»Und sie ist eine verdammte Ablenkung«, ergänzte Yvette. »Behaltet den Wald im Auge. Ihr Gejaule könnte noch mehr Ärger herbeirufen.«

»Siehst du?«, fauchte Belorian Heath an. »Es gibt immer einen Grund, vorsichtig zu sein.«

Die Glorreichen umkreisten die Frau auf ihren Pferden, und sie protestierte nicht, aber als sie sah, wie sich Caspar aus dem Dreck erhob, stürzte sie sich auf ihn und packte ihn mit geballten Fäusten am Wams. Caspar, der noch immer das Gleichgewicht nicht wiedergefunden hatte, fiel zurück auf den Boden, wo sie auf ihm landete, ihm ins Gesicht brüllte und ihn mit blutigem Speichel besprühte. Diesmal verstand er sie.

»Königingsch 'euke!«

Heath war der Erste, der absaß und half, sie von Caspar herunterzuziehen, während Belorian sie umkreiste und ermutigende Worte rief wie: »Passt auf!« und »Packt sie!« Yvette blieb im Sattel, um den Wald im Auge zu behalten. Tara sprang ab und zog ein kleines Messer, bereit, die Verrückte zu erstechen.

Caspar brachte es fertig, die Hände so hoch zu heben, dass

er den Speichel abwehren konnte, während Heath an den Haaren der Frau zerrte. Genau in dem Moment landete Cliff neben ihnen auf allen Vieren und stieß die Schnauze zwischen ihre Gesichter.

»Roaar«, hauchte er.

Es war ein schwächlicher Laut, mehr ein Krächzen als ein Brüllen, wie Caspar dachte, dass ein Drache es vielleicht von sich geben würde. Trotzdem stieß die Frau einen spitzen Schrei aus und wälzte sich schluchzend von ihm herunter.

»Ich wimm nur Hi'fe.«

»Sie will einfach nur Hilfe«, übersetzte Heath. »Seht! Man hat ihr die Zunge zerschnitten.«

Caspar richtete sich auf, und sie öffnete den Mund, um es ihm zu zeigen. Ihre rosige Zunge war in der Mitte aufgeschlitzt worden, ein Schnitt in zornigem Rot und immer noch blutend. Die Zunge zeigte in zwei Richtungen, Cliffs gegabelter Zunge nicht unähnlich.

»Sie weiß, dass wir Männer der Königin sind«, fuhr Heath fort. »Und wenn ich mich nicht sehr irre, ist sie selbst aus Hyak.«

»Aus Hyak?« Belorian gab seinem Zelter die Sporen, ritt näher heran und warf aus der Sicherheit des Pferdesattels heraus einen genaueren Blick auf sie. »Götter! Das ist sie!«

»Sie wer?«, fragte Caspar und schüttelte sich bröckchenweise Erde und Lehm aus dem Haar.

»Kriegsfürstin Faust. Die Seehexe.«

»Eine Kriegsfürstin, die von ihrer eigenen Belagerung weggelaufen ist?« Caspar starrte die zerlumpte und zerschundene Frau an, als die Glorreichen in einer schimmelverkrusteten Hütte mit drei Wänden saßen. Yvette hatte die von Menschen errichtete Zuflucht am Ende eines fast unsichtbaren Pfades gefunden. Die Hütte stand an der Grenze zu den Moorlanden, dem Sumpf so nah, dass Caspar von seinem Platz aus einen Stein in die schlammigen Schilfgräser hätte werfen können, während er ein Eichhörnchen am Spieß verzehrte. *Mein zweites Territorium,* dachte er. Er hoffte, dass es in diesem besser laufen würde als in seinem ersten. Abgesehen von einer desertierten Kriegsfürstin, war er mit leeren Händen aus dem Vorgebirge gekommen.

Bisher bin ich der schlechteste Steuereintreiber der Geschichte.

Die himmelhohen, lanzengeraden Nadelbäume der Nordlaufberge wurden abrupt von den kurzen und verzerrten Breitblattbäumen der Moorlande abgelöst, und sobald sie in das tiefer liegende Gelände gekommen waren, hatte Caspar dicke, warme Sumpfluft im Gesicht gespürt. Dampf stieg in fauligen Schwaden aus dem nahen Torfmoor auf. Grünes Moos bedeckte die knorrigen Äste und bauchigen Stämme der Bäume, die in seltsamen Winkeln wuchsen, als ob sie nicht wüssten, in welche Richtung sie sich vorantasten sollten, um die Sonne zu finden. Es schien tatsächlich, als gäbe es keine Sonne mehr in den Sümpfen, nur Nebel und Dampf.

Die Kriegsfürstin der Königin saß zwischen ihnen. Caspar konnte es kaum glauben. Jacquette Faust sah nicht aus wie eine legendäre Kommandantin. Sie zitterte so heftig, dass Yvettes betäubendes Graswassergebräu in ihrer geballten, schwieligen Hand über den Rand des Holzbechers schwappte. Ihr Kettenhemd hatte sie verloren, und das weiße Leinenunterkleid war so zerrissen, dass ihre nackte Haut und eine ihrer kleinen Brüste deutlich zu sehen waren, was sie entweder nicht bemerkte oder ihr gleichgültig war. Ihre Reithose war besudelt und dermaßen ausgeleiert, dass sie am Hintern weit nach unten hing. Ihr Gesicht war aufgedunsen – sie war geschlagen worden oder hatte geweint, wahrscheinlich beides. Und mit ihrer gespaltenen Zunge fiel ihr das Sprechen so schwer, als hätte man ihr ein zusammengeknülltes Tuch in den Mund gestopft.

Es ist leichter zu verstehen als Cliffs Zischen, fand Caspar.

»Wir hatten die Sch'acht bereits ver'oren, bevor wir davonge'aufen sind«, brachte die Seehexe heraus, bevor sie eine Abfolge unverständlicher Worte ausspie.

Heath half, ihre gequälten Äußerungen zu dolmetschen. »Sie sagt, wenn ein Schiff sinkt, schwimmen alle ans Ufer.«

»Und für 'nen Seemann aus Hyak … gibt's kein Ufer, das ihn mag … hinter der Grenze heutzutag …«, sang Belorian ein beliebtes Hafenlied.

»Wir sind das Beste, was sie kriegen konnte«, warf Tara ein. »Sie hat uns angehalten, als sie gesehen hat, dass wir ein Trupp der Königin sind.«

»Wohin sollen wir sie bringen?«, fragte Caspar.

Die Seehexe ergriff das Wort, und Heath übersetzte. »Sie sagt, sie könne nirgendwohin.«

Tara nickte. »Wohl wahr. Willis' Männer würden sie töten.«

Caspar grübelte darüber nach. »Sollten wir sie nicht zur Königin bringen und die verlorene Schlacht melden?«

»Keine Sorge«, beschwichtigte Tara ihn. »Die Königin wird noch alles Mögliche über die Schlacht zu hören bekommen. Willis war ziemlich zufrieden mit sich. Er wird seinen Sieg herumposaunen, so weit man es nur hören kann.«

»Ich habe ein hervorragendes Lied darüber komponiert«, erinnerte Belorian sie stolz.

Heath deutete mit einer ruckartigen Bewegung seines Daumens auf Faust. »Und ich wette, diese kleine Kriegsfürstin wird nicht nach Hause gehen, es sei denn, wir binden sie auf einem Pferd fest. Unsere liebe Königin wird nicht froh darüber sein, sie zu sehen.«

»Deserteuren werden die Beine abgeschnitten«, verkündete Tara.

»Aber haben wir nicht die Pflicht …«, setzte Caspar an.

Tara schüttelte den Kopf. »Wir müssten umkehren und unsere Mission mit leeren Händen abbrechen. Wir müssten verlorenes Geld und eine verlorene Schlacht melden. Ich will nicht die Überbringerin von gleich zwei schlechten Nachrichten sein.«

»Caraval«, schlug Knochenstahl vor. »Sie sind Willis gegenüber nicht loyal. Und die Poeten sagen, jeder könne in einer Stadt dieser Größe verschwinden.«

Faust schüttelte den Kopf und murmelte etwas, und Heath übersetzte es. »Sie sagt, Grenzlandmatrosen würden sich an sie erinnern. Sie wird an der Küste nicht willkommen sein.«

Belorian nickte. »Es gibt tatsächlich ein Lied über Grenzländlermatrosen, die die Fußsohlen ihrer Gegner aufschlitzen und sie für die Haie im Wasser hinter sich herziehen.«

»Auch da werden Beine entfernt«, sagte Tara.

»Sie könnte sich verkleiden«, schlug Heath vor. »Sie sieht jetzt schon kaum mehr menschlich aus.«

»Also dann, auf nach Caraval«, entschied Caspar. »Sie kann tun, was sie tun muss. Wir haben keine gute Alternative.«

»Doch, die haben wir«, widersprach Tara. »Wir könnten sie hierlassen. Oder sie dem nächsten hyakischen Außenposten übergeben. Wir könnten Dolche ziehen und ihrem Leiden selbst ein Ende bereiten. Das sind vollkommen vernünftige Alternativen. Aber was nutzt es Hyak, einer Deserteurin zu helfen? Oder, was noch wichtiger ist, was nützt es uns? Bei den Göttern, warum sollten wir helfen, die Seehexe zu verstecken?«

Caspar dachte ausführlich darüber nach, bis seine Glorreichen und die Seehexe langsam nervös auf ihren Plätzen herumrutschten. Schließlich ergriff er das Wort. »Wenn sie sowieso als tot gilt, was nützt es dann, sie zu töten? Ich ziehe Ritterlichkeit als einen meiner Schwüre in Betracht, und es ist nichts Ritterliches daran, eine Frau dem Galgen auszuliefern.«

»Was ist mit deinem Treueschwur der Königin gegenüber?«, fragte Tara.

Caspar runzelte die Stirn. Schwüre waren nicht so einfach, wie er gedacht hatte. Er hatte keine Antwort für Tara.

»Caraval liegt jenseits der Sümpfe«, berichtete Yvette. »Sie wird sich mit jemandem ein Pferd teilen müssen, bis wir die Tiefmoorstraße erreichen und ein zusätzliches Reittier finden.«

Als sich niemand freiwillig meldete, sprang Cliff in die Bresche, und seine gegabelte Zunge schoss hervor. »Die zerschundene Miststückfrau kann mit mir reiten.«

Caspar zuckte zusammen, denn es ging ihm gegen den Strich, ihr Tier in menschliche Gespräche einzubeziehen. »Das wird nicht funktionieren«, stellte er schlicht fest.

»Ich bin nicht schwer«, wandte Cliff ein. »Sie ist ebenfalls nicht schwer. Mein Pferd kann uns beide tragen.«

»Es wird nicht funktionieren, weil ich nicht zulasse, dass eine titeltragende Frau mit einer Echse reitet. Sie wird mit mir reiten.«

Faust murmelte etwas, und Heath ergriff das Wort. »Sie dankt Euch. Mir selbst wäre es lieber, mit Cliff zu reiten als mit Euch.«

»Noch besser«, sagte Caspar. »Du wirst mit deinem glitschigen Freund reiten und der Kriegsfürstin dein Pferd überlassen.«

»So habe ich das nicht gemeint.«

»Abgemacht«, entschied Caspar. »Jacquette Faust, ich bin der Beschützer guter Frauen des Reiches. Ich hoffe, dass ich mich heute hier als ritterlich erwiesen habe.«

»Ich bin mir nicht sicher, ob diese ausgezehrte Deserteurin und Fischkämpferin als gute Frau durchgeht«, murmelte Tara ganz leise.

Caspar ignorierte seine Buchhalterin. »Es bekümmert mich, dass die Grenzländler Euch gefoltert haben, Kriegsfürstin. Willis ist ein respektabler Mann, und er hat mir versichert, seine Männer würden Gefangene ehrenhaft behandeln, selbst wenn ihre Bestimmung der Tod sei.«

»Verzeihung, Lord«, sagte Belorian, »aber wie kann sie eine Gefangene gewesen sein und jetzt frei herumlaufen?«

Caspar dachte darüber nach. »Vielleicht ist sie entflohen? Oder wurde verprügelt und freigelassen?« Es klang unwahrscheinlich, sobald er es aussprach.

»Verdammt unwahrscheinlich«, bemerkte Belorian. »Eine Kriegsfürstin wäre eine mächtige Beute. Sie würden ihren Kopf ehrenhaft auf ihrem Tor aufspießen, wie das Trophäengeweih eines Winterhirschs.«

Caspar wandte sich an ihren zerschundenen Gast. »Wie kommt es, dass die Grenzländler Euch gefoltert haben, Ihr aber entkommen seid?«

Sie antwortete nicht, daher sprach Heath für sie – er hatte im Gegensatz zu Caspar die brutale Wahrheit bereits durchschaut.

»Nachdem sie verloren hatten, waren es ihre eigenen Leute, die sie grün und blau geschlagen und ihr die Zunge gespalten haben, mein Lordchen.«

2. Territorium

Die Moorlande

Kapitel 20

Caspar

Schwarzer Schlamm saugte an ihren Stiefeln, als Yvette ihre stelzenden Pferde durch die Niederungen der Grenze führte.

»Gottverfluchter Matsch«, brummte Heath. »Ich weiß nicht, wie diese Frösche in diesem Sumpf leben können.«

»Frösche?«, fragte Caspar.

»Die Moorlandbewohner«, flüsterte Tara. »Es ist eine Beleidigung.«

Heath' Worte waren an ihre Eskorte gerichtet, die vor und hinter ihnen ging und je einen langen, dünnen Dreizack mit Widerhaken trug. Die Männer in den grünen Gambesons und den leichten Rüstungen schienen zu wissen, wo sie auf dem durchweichten Boden auftreten mussten. Ihre gepolsterten Schuhe fanden ein Grasbüschel, einen Stein oder einen Brocken fester Erde, und sie versanken nie in dem Schleim, sondern glitten geschickt und trocken über die Oberfläche des Sumpfs, während Caspar in einer Kniehose, die bis zum Schritt durchweicht war, unter den herabhängenden Weiden hindurchstapfte und sich in einem Moment auf festem Boden wähnte, nur um im nächsten bis zu den Knien in der gallertartigen Erde zu versinken.

»Wie weit noch?«, fragte er ihre Führer.

»Nicht mehr weit«, sagte der ranghöchste Mann, ein schlanker Bursche mit feinem, dünner werdendem Haar und dem Namen Dumas. »Der Molchweg verläuft weniger als eine Wegstunde lang vom Verräterpass nach Neumoorland. Sie kommt nur denen länger vor, die den nassen Weg nicht gewohnt sind.«

»Weg?«, fragte Heath.

»Dies ist ein beschwerlicher Weg zu Eurem Zuhause«, bemerkte Caspar.

»Deswegen wird Euresgleichen niemals bei uns einfallen«, gab Dumas zurück.

Heath konnte nicht an sich halten. »Und woran liegt das, Dummnas?«

Cliff kicherte, als Heath ihm den Witz erklärte, den er über Dumas' Namen gemacht hatte. Caspar sah seinen Übersetzer streng an.

Dumas musterte Heath. »Ihr werdet hier niemals festen Tritt fassen, Trockenländler. Eure feigen Armeen haben während der Kriege einen Bogen um uns gemacht, weil sie Angst vor den Mooren hatten. Wir brauchten den Waffenstillstand Eurer Königin nicht zu unterzeichnen. Wir haben das aus eigenen Gründen getan. Es ist der Handel, den wir wollen. An bestimmte Dinge kommt man im Moor nur schwer heran. König Yolonic wird erpicht sein zu erfahren, was Ihr für uns tun könnt.«

»Für Euch tun?«, wiederholte Caspar.

»Was Ihr für die Steuer, die Ihr eintreibt, tauschen werdet. Steuern bezahlen die Dienste der Krone, stimmt's? Das war der Vertrag. Wir bezahlen Eurer Königin ihren Tribut, und sie liefert uns etwas, das wir brauchen. Die meisten Menschen brauchen Schutz vor Banditen oder den Sassoonen oder einer ähnlichen Bedrohung – einen Soldatenvorposten vielleicht. Das Seenvolk bezahlt Eure Königin vielleicht, damit sie ihm hilft, Eindringlinge aus dem Norden zu vertreiben. Aber wir sind anders, wie Euer ungebildeter Diener sagte.«

»Diener …?«, beschwerte Heath sich, aber Dumas sprach weiter.

»Niemand nimmt die Moorlande ein. Wir brauchen Euren Schutz nicht. Und daher fragen wir uns, welchen Dienst Ihr uns leisten werdet. Zumindest ist es das, was König Yolonic sich fragen wird. Ihr seid eine kleine Gruppe. Was könnt Ihr tun?«

»Wir treiben nur das Geld ein. Der Dienst kommt später.«

»Hmpf. Den Trick kennt jeder Kaufmann. Das wird die schlechte Laune meines Königs nicht heben. Ihr solltet Euch lieber darauf vorbereiten, ihm etwas als Gegenleistung anzubieten, sonst verlasst Ihr die Sümpfe mit leeren Händen.«

Das Reich des Moorlandkönigs erstreckte sich über die Gesamtheit der Tieflandmoore – *niemand sonst will Anspruch auf den Sumpf erheben* –, und die berühmten Pfahlbaudörfer des durchweichten Königreichs sprenkelten diese gewaltigen Feuchtgebiete. Die erste Gruppe von fünf aus Weiden geflochtenen Dächern erhob sich über einem flachen, trockenen Stück Land knapp oberhalb des Wasserspiegels. Weitere fünf ragten zwischen wogendem Schilf auf, eine halbe Achtelmeile entfernt, jedes Haus auf Pfählen gebaut. Eine weitere Gruppe spross dahinter auf, errichtet auf einer runden Holzplattform, die auf der Oberfläche des Sumpfes schwamm.

»Ein Lilienblatt«, feixte Heath.

Zwischen den einzelnen Bauten schoben schlanke Moorbewohner zweirädrige Wagen auf schmalen, erhöhten Randstreifen aus liegenden Baumstämmen oder festgeklopfter Erde hin und her. Caspar stellte sich vor, dass schon ein kleiner betrunkener Schlenker einen achseltiefen Sturz in den dunklen Schlamm oder Schlimmeres bedeuten würde. Die fröhlich gerundeten Weidenhäuser hatten Ofenlöcher in der Mitte ihrer kuppelförmigen Dächer, sodass sie, wenn sie ihre wehenden weißen Rauchspuren in den Himmel schickten, aussahen wie riesige Pasteten, die auf einem Tablett abkühlten. Die Häuser lagen in Fünfergruppen da – immer in Fünfergruppen – mit Ausnahme des Königspalastes von Nebelgrund.

Der Nebelgrundpalast im Herzen von Neumoorland stand auf leicht erhöhtem Grund, von dem Dumas stolz verkündete, es sei der einzige Hügel in den Mooren. Der Palast selbst war ein schwankender Turm aus fünf hölzernen Stockwerken, jedes in einer anderen aus Beeren hergestellten Farbe gestrichen. Ein Stockwerk ragte über dem anderen nach außen vor, und da sie dies an jeweils verschiedenen Seiten taten, balancierten sie einander aus. Der Palast war umgeben von großen, einstöckigen Holzgebäuden – Hütten, Werkstätten, gewaltigen Vorratsschuppen und mehr. Ein ewiger Nebel waberte durch das Tiefland rund um den Hügel, der selbst die gekrümmten Bäume verdeckte und dem Hügelheim des Sumpfkönigs das Aussehen einer in Wolken schwebenden Stadt verlieh.

»Es ist unheimlich hier, Lord«, murmelte Heath, als sie durch den Nebel auf Nebelgrund spähten.

»Oder wunderschön«, warf Yvette ein. »Kommt auf die Sichtweise an.«

»Hunderte verschwinden jedes Jahr auf den tiefen Straßen!«, stöhnte Olin Yolonic, als hätte er verdorbene Früchte gegessen. Der in eine Robe gewandete Moorkönig lehnte sich auf seiner geflochtenen Binsenbank zurück und seufzte, während er sich mit der einzigen Hand, die er besaß, den Kopf hielt. Sein anderer Arm fehlte, abgetrennt am Ellbogen, sodass der Ärmel seiner Robe umherflatterte wie ein Geist – ein Schauspiel, das man unmöglich ignorieren konnte, obwohl Dumas Caspar eindringlich dazu geraten hatte, genau das zu tun.

»Und wer verschwendet mehr als einen flüchtigen Gedanken an diese Verschwundenen, hm? Niemand, jawohl! Meine Ratgeber sagen mir, es sei etwas, das einfach manchmal passiere. ›Es war schon immer so‹, sagen sie. Aber so etwas passiert nicht einfach so. Das tut es nicht! Nicht, wenn es Eurem drittgeborenen Sohn passiert.«

Yolonic wand sich auf seinem flachen Bastthron, und seine nachdenkliche Sumpfkönigin rang neben ihm ihre beiden gesunden Hände. Der einarmige König ignorierte das Thema Steuern vollkommen, zu gepeinigt, um sich auf das Problem zu konzentrieren, das Caspar hierhergeführt hatte.

»So beruhigt Euch doch, Hoheit«, sagte Caspar. »Ich habe geschworen, allen steuerzahlenden Untertanen meiner Königin zu helfen, wenn ich für die Krone Geld eintreibe. Was kann ich für Euch …?« Er bremste sich, weil ihm wieder einfiel, was Dumas gesagt hatte: Der Sumpfkönig verlange einen sofortigen Dienst. »Ich meine, was kann meine Königin für Euch tun? Später. Nachdem Euer Tribut eingesammelt worden ist.«

Aber der Mann wollte sich nicht beruhigen. Er jammerte. »Mein dritter Sohn, mein Jüngster!«

»Unser Baby«, fügte Königin Arlena hinzu.

»Er sollte vor einem Dreivierteljahr nach Halbwegs reisen, um eine passende Gemahlin zu finden. Er sieht recht gut aus, müsst Ihr wissen.«

»Ganz wie sein Vater«, warf die Königin ein.

»Und im heiratsfähigen Alter. Aber er sollte zum Halbmond eine Frau zur Begutachtung durch seine Mutter zurückbringen, und er ist nie dort angekommen.«

»Vielleicht meidet die nervöse künftige Braut die Inspektion durch die Königin«, meinte Dumas hilfreich, doch der gequälte Ausdruck auf seinem Gesicht verriet, dass er seinem eigenen Vorschlag nicht glaubte.

»Er kommt nie zu spät!« Yolonic hob den Arm, den er nicht mehr besaß, in einer erinnerten Geste, dann senkte er verschwörerisch die Stimme. »Es gibt Hexen, sage ich Euch. Und wir wissen alle, wo sie leben – im tiefen Sumpf –, aber niemand hier traut sich, mit mir dort hinzugehen, um sie zu verbrennen. Ein Haufen Feuchtmolche, meine Männer, die sich im Wasser verstecken. Ich hätte sie in den Krieg schicken und zu Kriegern machen sollen.«

Caspar sah Dumas die Stirn runzeln und seinen Dreizack so fest umklammern, dass seine Knöchel weiß hervortraten. *Sein Stolz wurde schwer gekränkt.*

Caspar schenkte ihm ein mitfühlendes Lächeln. »Nun, nun, mein braver König, Hexen sind etwas, das es nur in Geschichten gibt. Sozusagen Höhenflüge der Fantasie. In den gebildeten Städten scherzen wir über sie.«

Der König schüttelte nur den Kopf, als hielte er Caspar für naiv.

Aber Dumas konnte Caspars Worte so nicht stehen lassen. »Ihr denkt, wir hier wären nicht gebildet, Trockenländler? Ihr denkt, wir wären einfaches Grenzvolk oder Wilde wie die Sassoonen? Vor Eurer Ankunft hier habt Ihr wahrscheinlich gedacht, wir würden Lendenschürze tragen und in Schlammhütten leben!«

Die kleine Galerie mit den Amtspersonen von Nebelgrund lachte, aber vorsichtig. Die Stimmung war ernst. Ihr König war niedergeschlagen und ihr oberster Soldat erzürnt.

Was Dumas sagt, ist wahr, dachte Caspar. Er und seine Glorreichen hatten alle angenommen, Neumoorland sei nicht mehr als eine durchweichte Ansammlung primitiver Lehmhütten.

Das war es ganz gewiss nicht. Nebelgrunds geschliffene Böden aus dunklem, kastanienfarbenem Weidenholz schimmerten von einer härtenden Beschichtung aus Pflanzensäften so schön wie die Böden in Seeblicks großem Ballsaal. Und die weinenden Wände an der Außenseite des Palastes ließen den Regen in dekorativen Bächen abperlen, sodass die Struktur wie ein freistehender kristalliner Wasserfall aussah. Auch das Volk war weder ungeschliffen oder besonders schmutzig – *zumindest nicht von den Knien aufwärts.* Das farbenfrohe Flechtwerk aus gelbem und grünem Schilf in den zeremoniellen Röcken der schlanken moorischen Männer und Frauen auf der Adelsgalerie zog das Auge ebenso an wie ein schimmerndes Spinnenseidenkleid an einer molligen Frau aus Seeblick es getan hätte. Die gertenschlanken Sumpfbewohner waren elegante Männer und Frauen, deren feines, helles Haar um ihre Köpfe herumschwebte wie der Nebel, der um Nebelgrund herumwaberte. Wie alle übertriebenen Geschichten hatten jedoch die Gerüchte über schäbige, erdfarbene Kleidung, schmutzige Hände und hinterwäldlerische Architektur eine Grundlage – fast jeder »Frosch«, einschließlich denen auf der Adelsgalerie, hatte bis zur Wade oder bis zum Knie schlammige Beine. Und den Lektionen aus seiner Knabenzeit zufolge war die alte Moorlandburg, ein schweres Backsteinbauwerk, im Sumpf versunken. *Zweimal.*

Dumas wechselte seinen Dreizack erregt von einer Hand in die andere – ein Mann, dessen Stolz eher Makel als Tugend war. »Ihr von Mauern umgebenes Volk wisst nicht, was Ihr glaubt, über die Moorbewohner zu wissen. Ihr versteckt Euch in Euren trockenen Backsteingefängnissen vor der Welt, und Ihr habt noch nie unsere lebenssprühenden Feuchtgebiete gesehen. Das macht Euch ignorant, nicht gebildet.«

»Es könnte aber auch bedeuten, dass jemand, der sich im

Sumpf versteckt, nur auf schlammige Ideen kommen kann«, sagte Belorian mit einem leutseligen Lächeln.

Caspar schaltete sich ein. »Wir können alle etwas übereinander lernen«, sagte er. »Das ist einer der Gründe, warum wir hier sind.«

»Wir brauchen nur zu lernen, wie viel ihr Handel wert ist«, flüsterte Tara ihm zu. »Damit wir sie besteuern können. Der Wert dieses Sumpfkönigreichs ist schwer zu schätzen.«

»Hexen?«, unterbrach Faust.

Caspar war überrascht. Er hatte gedacht, sie würde außer Sicht bleiben, sich hinter dem Geländer halten, das den Hof des Sumpfkönigs abschirmte, aus Angst davor, erkannt zu werden. Aber anscheinend entsprach es nicht ihrer Natur, außer Sicht zu bleiben, denn sie trat mitten in den Kreis.

»Es gibt auch Menschen, die mich als Hexe bezeichnet haben«, begann sie zu sprechen. »Das ist der Fluch, eine starke Frau zu sein.« Ihre Zunge war ein wenig verheilt, und ihre Worte waren verständlich, aber sie klang trotzdem noch so, als hätte sie ein Schwarm Bienen in den Mund gestochen. »Ich meide den Rock und trage eine Waffe. Ich benehme mich anders, als die Menschen es von mir erwarten, und so setzen sie Gerüchte über mich in die Welt.«

»Man kann ihnen keinen Vorwurf machen«, brummelte Yolonic. »Ihr hört Euch an wie eine Hexe, Ihr sprecht mit gespaltener Zunge und Ihr reist mit einem Echsenmann. Vielleicht sollten wir Euch verbrennen, nur um sicherzugehen.« Er ließ ein trauriges Grinsen aufblitzen, zum Zeichen, dass er scherzte. Die Moorbewohner hatten Cliffs Existenz akzeptiert; in den tiefen Mooren lebten noch seltsamere Dinge, sagten sie. Aber sie begegneten ihm mit demselben Argwohn, mit dem sie menschlichen Trockenländlern begegneten, ganz besonders Faust. Belorian hatte versucht, ihre Verstümmelung zu erklären und Banditen die Schuld gegeben, aber das Sumpfvolk hatte Fragen, die weder er noch Caspar noch gar Faust selbst beantworten konnten.

Yolonic winkte Fausts Versuch ab, ihn im Hinblick auf starke und seltsame Frauen zu beruhigen. »Ich weiß Eure städtischen Empfindlichkeiten zu schätzen. Aber Ihr kommt nicht von der Grenze. Hier gibt es Hexen, seit die Berge vom Himmel gefallen sind, um unsere Königreiche zu teilen. Sie lauern Reisenden auf und opfern brave Menschen ihren abscheulichen Göttern.«

»Die Götter sind nicht abscheulich«, murmelte Yvette.

»Aber die ›braven Menschen‹ der Grenzlande können es sein«, flüsterte Heath zurück.

Yolonic ignorierte ihr Gebrumm höflich. »Hexen verwandeln sich in Tiere. Sie fliegen in der Abenddämmerung als Eulen oder andere schändliche Vögel herum. Sie fressen Würmer. Und sie stehlen Männern die Schwänze.«

Belorian legte sich schützend eine Hand über den Schritt.

»Sie tauschen die Menschenleben, die sie darbieten, bei ihrer Gottheit gegen spezielle Kräfte ein.«

»Wie eine Steuer?«, fragte Cliff Heath.

»Nein, nicht wie eine Steuer«, zischte Tara.

»Still, alle miteinander«, flüsterte Caspar ihnen zu. »Stachelt diesen Mann nicht noch an. Er ist der trauernde Anführer dieses sumpfigen Volkes, und er kann uns alle den Sumpfeidechsen zum Fraß vorwerfen.«

»Sumpfeidechsen?« Cliff hob neugierig den Kopf.

»Klappe«, sagte Caspar zu Cliff und schenkte Yolonic ein entschuldigendes Lächeln.

»Haben die ihm den Arm abgebissen?«, fragte Cliff eine Spur zu laut.

Alle in der Halle hatten ihn gehört. Dumas verkrampfte sich sichtlich. Yolonic selbst zog eine Braue hoch.

Caspar gab Cliff einen Klaps auf die Schnauze. »Dummes Tier.«

»Ah, der Arm«, seufzte König Yolonic. »Immer der Arm.«

»Ich entschuldige mich für die Kreatur, Hoheit. Sie versteht nichts von menschlicher Höflichkeit.«

»Ah, ein simples Tier kann niemanden bewusst kränken. Und so bin ich auch nicht gekränkt.« Er schüttelte seinen leeren Ärmel, sodass er tanzte wie das Kleid einer Frau. »Ich habe ihn mir selbst abgehauen, wisst Ihr. Mit einer Axt.«

»Ihr braucht uns nichts zu erklären, Hoheit«, beteuerte Caspar.

»Aber die Kreatur will es wissen, ja?«

»Wollte ich«, bestätigte Cliff, »doch dann habe ich einen Schlag auf die Schnauze bekommen.«

Yolonic nickte. »Wir bekommen alle mal einen Schlag ab. Selbst Könige. Manchmal hier.« Er wedelte mit der Hand durch den leeren Raum, wo sein Arm einst gewesen war. »Und manchmal hier.« Er legte sich die unversehrte Hand aufs Herz. »Diese Wunde könnt Ihr nicht sehen, aber ich würde meine andere Hand dafür geben, sie zu heilen.«

Als niemand etwas erwiderte, fuhr er fort.

»Es gibt einen Vogel in den Mooren. Den Sumpfpicker nennt man ihn. Es ist ein Vogel mit köstlichen Eiern. Wenn man ein flinker Knabe ist, kann man zu seinem Nest klettern, während er fort ist, und sich ein Ei zum Frühstück stibitzen. Aber die Sache hat einen Haken! Der Vogel ist tödlich, das einzige giftige Federvieh der bekannten Welt. Er trägt das Gift an seinem Schnabel, versteht Ihr. Ich war schnell, aber nicht schnell genug. Er kehrte zurück, während ich die Hand im Siruptopf hatte, wie man so sagt. Als er landete, hielt ich eins seiner Eier in den Fingern, und wir starrten einander an, beide auf demselben Ast. Ich habe mich als Erster bewegt, und da hat er seinen Schnabel gesenkt. Das war's. Ein Nicken seines Kopfes, und das Gift war drin. Als ich den Baum herunterkletterte, war meine Hand bereits bis zum Gelenk grün. Mein Knappe wollte den Hieb nicht ausführen, also habe ich ihm die Axt abgenommen und es selbst getan.«

Er machte für das stumme Publikum eine entsprechende Bewegung.

»Und das Ei?«, fragte Cliff.

»Das Ei?« Yolonic blickte ihn verwirrt an. Er dachte kurz nach, dann kicherte er. »Das Ei. Natürlich! Ich habe das Ei zerquetscht, sobald diese abscheuliche Mutter nach mir gepickt hatte. Eins von drei Eiern in ihrem Nest. Und sie bringen in ihrem ganzen Leben nur ein einziges Gelege zustande.« Er hielt inne. »Götter! Warum ist mir das nicht früher klar geworden? Es hat eines Tieres bedurft, um das Offensichtliche zu sehen. Ich habe ihr drittes Kind genommen, und jetzt haben die Götter mir mein drittes genommen. Ich war seit jenem Tag verflucht. Der Vogel war eine gefiederte Hexe!«

Caspar bedeutete Heath, Cliff aus dem Raum zu entfernen. »Vergebt uns, Hoheit. Ich lasse das Tier hinausbringen, damit wir zum Geschäftlichen kommen können.«

»Nicht nötig«, antwortete Yolonic. »Jetzt weiß ich genau, was ich für meine Steuern haben will. Ich schicke Euch in den tiefen Sumpf, um die Hexen zu töten, die mir meinen Sohn genommen haben.«

Kapitel 21

Opal

»Tiefpassstraße!«, rief Yoparian auf seinem Reittier an der Spitze der Karawane kurz vor der Weggabelung. »Alle, die nach Notnagel wollen, biegen nach Norden ab! Alle, die nach Dortch wollen, weiter nach Osten!«

Opal hielt inne, um zu beobachten, wie die Rundsteinwagen am Wagenmeister vorbeiholperten, während ihre großen Steinkugeln tiefe Rillen in den Boden drückten. *Einfallsreich*, dachte sie. Die schweren Rundsteine erzeugten und glätteten ihre eigenen Spuren, wenn sie über die Erde rollten, und erschufen dabei große Rinnen mit halbkreisförmigem Querschnitt, wo immer sie hinfuhren. Die Wagen mit den Kaufleuten, die Frauen und Kinder zogen alle weiter nach Osten, und die Reisenden trafen ihre Entscheidung mit kaum mehr als einem beklommenen Blick nach Norden, die Tiefpassstraße hinauf. Ihre Entscheidung war schon lange gefallen, bevor sie diese Weggabelung erreicht hatten.

Yop, der keine Interessenten für die nördliche Richtung sah, brüllte weiter. »Norden nach Notnagel! Jetzt oder nie, Reisende!«

Einige Männer blieben widerstrebend an der Kreuzung stehen. *Soldaten.* Opal beobachtete sie mit wachsendem Interesse. *Im Norden liegt die Grenze.* Niemand in der Karawane hatte während der Reise bisher davon gesprochen, nach Norden gehen zu wollen, begriff sie. Es war immer Dortch oder Malakit im Osten gewesen – sichere hyakische Städte. Oder die freundlich klingenden Territorien rund um die Freundliche Bucht – der Lusch, Heiterkeit oder die Sanfte Küste.

Die Straßen in die östlichen Länder waren per königlichem Erlass für sicher erklärt worden, jetzt, da der Krieg mit den Grenzländlern offiziell vorüber war. Doch es widerstrebte den Menschen immer noch, sich nach Norden zu wenden. Nur wenige wollten die Ersten sein, die es an der Grenze probierten. *Warum nach Norden reisen, wenn die Sanfte Küste warmes Wetter und Gewürz verspricht?* Und warum sich durch die steinigen Spinnenbeinberge quälen, wenn der Lusch der grünste Wald in der bekannten Welt war? *Um die unbekannte Welt zu sehen,* dachte Opal. Aber es war eine Reise für jemanden, der abenteuerlustiger war als sie. Sie war fast in Dortch, einer sicher mit Mauern umgebenen Küstenstadt wie Seeblick, wo sie ihr Leben unter den schützenden Flügeln ihres neuen Schutzengels wieder aufbauen würde, eines riesigen Wachpostens, den es kümmerte, ob sie lebte oder starb. *Während ich es versäumt habe, mich um Lily zu kümmern, als es am allerwichtigsten war.*

»Notnagel!«, rief Yoparian ein letztes Mal.

Opal zählte die Soldaten an der Kreuzung. *Eins, zwei, vier, acht und zwei sind zehn.* Sie sammelten sich um einen einzelnen Rundsteinwagen, der von einem Gespann muskulöser Hunde gezogen wurde, Hunde, die genauso verkniffen aussahen wie die Soldaten angesichts der Aussicht, die linke Abzweigung zu nehmen. *Sie würden alle lieber nach Osten gehen.* Aber sie konnten es nicht. Soldaten gehorchten den Befehlen ihrer Kommandanten, und ihre Kommandanten unterstanden dem Adel, der der Krone unterstand. Diese Männer würden nicht zu den warmen Küsten wandern. Sie würden den Pass durch die

Arschbacken der Spinnenbeinberge nehmen, auf Befehl von jemandem, der Männer herumschob wie Schachfiguren. *Sassoonen-Territorium.* Opal hatte die Geschichten gehört – beängstigende Geschichten, mit denen man bei Nacht Kindern Angst machte. *Wenn ihr von den Bergstraßen abkommt, kriegen euch die Sassoonen!* So wie es aussah, erschreckten die Geschichten nicht nur Kinder. Yop bedachte den Soldatentrupp mit einem mitfühlenden Blick, bevor er seinen Platz in der Reihe wieder einnahm. Opal hätte sich beinahe von den unglückseligen Männern abgewandt, doch dann tauchte eine vertraute Gestalt aus den Tiefen der Karawane auf und schritt auf die Gruppe zu.

»Ich gehe nach Notnagel«, verkündete der gewaltige Mann mit tiefer, resignierter Stimme.

Nein! Opal keuchte auf.

Deshmane überragte selbst die Größten unter den anderen Soldaten, und sie hießen ihn lächelnd und mit Schulterklopfen in ihren Reihen willkommen. Opal war plötzlich neidisch. Und zornig. *Sie wollen seinen Schutz ebenfalls, aber er gehört mir!* Ihr riesiger Wächter sollte nach Osten gehen. Fast alle gingen nach Osten! Sie sah sich um. Yoparian war verschwunden, und die Karawane zog weiter. Die Gassenkinder, die in ihren Sandalen und grauen Tuniken in der Nachhut gingen, schlängelten sich in und aus den Karrenspuren, sodass es aussah, als wackelte der Schwanz der Karawane beim Weggehen. Kein Erwachsener wachte über sie. *Sie könnten in die Wildnis gehen und sich verlaufen, und niemand würde es bemerken,* dachte Opal. *Oder sich darum scheren.*

Dortch war nur wenige kurze Wegstunden von der Kreuzung entfernt. Sie hatte ihr neues Zuhause fast erreicht. *Aber ich werde wieder ein Gassenkind sein.* Der Gedanke daran, noch einmal von vorn anfangen zu müssen, drückte ihr das bereits zittrige Herz ab. Sie hatte jahrelang Münzen gespart, ein Kupferstück nach dem anderen. Sie hatte sich mit Zähnen und

Klauen ihren Weg aus den Gassen erkämpft. Sie hatte sich ihren Weg von den Ställen voller Mist zu den Fluren aus Granit erknausert, erschaufelt, erschrubbt und erdient. *Und jetzt ist alles weg* – ihre Beziehungen, ihr Kleid, der Grund dafür, so hart zu arbeiten – *Lily*. Ihre freundlichere, sanftere Hälfte war tot. Sie verstand sich auf einige Palastmanieren, die sie benutzen konnte, um besser zu erscheinen, als sie war, aber das war alles, was sie für ihre jahrelangen Mühen vorzuweisen hatte. Das und einen großen Wachmann, der vielleicht auf sie aufgepasst hätte *oder vielleicht auch nicht. Ich hatte noch diese eine Beziehung übrig.* Sie war jung genug, um für ihn wie eine Tochter zu sein, und er hatte keine eigene Familie, um die er sich kümmern musste. Und er war nicht gleichgültig. Es könnte funktionieren. *Es hätte funktionieren können.* Aber er ging nicht nach Dortch.

Opals Gedanken überschlugen sich. Wenn sie in Dortch ankamen, würde die Karawane sich zerstreuen, und die Gassenkinder würden in die Stadt fließen wie Ungeziefer auf der Suche nach Verstecken. Keine Karawanenmahlzeiten mehr. Keine Decken mehr. Das Wohlwollen der Königin würde an den Toren der Stadt enden, und Dortch würde sie alle ebenso wenig haben wollen, wie Seeblick sie gewollt hatte, ganz gleich, was die anderen über kostenlose Mahlzeiten sagten. Sobald die braven Leutchen von Dortch begriffen, dass ihre Königin ihnen Seeblicks Straßenratten aufgehalst hatte, würden sie die wenigen Nützlichen aus der Herde pflücken und zusehen, dass sie den Rest loswurden. Einige würden ihr Leben damit zubringen, zu betrügen und sich zu verstecken, zu stehlen und zu schleichen. Andere würden Arbeiten erledigen, die sonst niemand tun wollte, Muscheln schrubben, Latrinen reinigen oder ihre Körper für Nahrung verkaufen, wenn sie ansehnlich genug waren. Der Rest würde der harten Wirklichkeit zum Opfer fallen, unerwünscht zu sein bei respektablen Bürgern und Gesindel gleichermaßen – die Reichen sahen in ihnen Parasiten, der Abschaum der Stadt würde keine Konkurrenz wollen.

Was mache ich nur? Opal zerbrach sich den Kopf darüber, während die Karawane sich davonschlängelte. Sie würde nicht wieder Mist schaufeln, was auch immer geschah. »Deine Titten haben sich recht nett entwickelt«, hatte Wanda gesagt. Aber abgesehen von einem »Zeigst du mir deins, zeig ich dir meins« mit dem Spüljungen Sidney in der Speisekammer, dessen nervöser Ast verwelkt war, als es seine Aufgabe gewesen wäre strammzustehen, hatte sie sich nur ein paarmal halb bekleidet mit Ui Mons, dem anderen Stalljungen und ihrem Rivalen, im Heu gewälzt. Sie war noch nie mit einem erwachsenen Mann nackt gewesen. Opal erinnerte sich an ihren Kodex und schüttelte den Kopf. *Ohne einen Schwur bin ich nichts,* rief sie sich ins Gedächtnis. *Ich werde mich nicht verkaufen.* Aber ein verzweifeltes Mädchen konnte sich keine Liste leisten, die aufführte, was sie alles nicht tun würde, wenn diese Liste länger war als diejenige mit den Dingen, die sie tun konnte.

Der Wagen nach Notnagel rollte langsam nach Norden, und Opal wurde bewusst, dass sie die Einzige war, die sich nicht bewegte. *Er wird zurückschauen.* Und sie wartete darauf, dass er sie bemerkte. Aber Atul Deshmane schaute nicht zurück. Auch er wusste, dass sie in Dortch besser dran war. Oder es kümmerte ihn nicht. *Warum geht er?* Aber sie kannte die Antwort. Er war Soldat, es war seine Pflicht. Man hatte ihn nach Norden beordert, geradeso wie man die Straßenkinder zusammengetrieben und nach Osten geschickt hatte, nach Dortch. *Ich wäre ihm nicht gleichgültig, wenn wir an denselben Ort gehen würden,* redete sie sich ein. *Ich wäre ihm nicht gleichgültig, aber so hat er keine Wahl.* Mit diesem Gedanken wandte Opal sich ab und lief der Karawane nach.

Kapitel 22

Caspar

Caspars Stiefel machten dasselbe saugende Geräusch, als er sie am Abend auszog, wie morgens, als er sie auf dem Pfad aus dem Schlamm gezogen hatte. Sie waren innen wie außen mit dunklem Dreck verkrustet. *Das ist der Grund, warum die Moorbewohner keine Stiefel tragen!* Aber sein kuppelförmiges Gästequartier aus Weidenästen war trocken und warm, und in dem Lehmkamin brannte ein würziges Torfmoosfeuer. Sein Bauch war mit Moorenten gefüllt, die man mit dem süßen Sumpfbienensirup beträufelt hatte, für den die Moorler berühmt waren – Tara würde am nächsten Tag die Bienenstöcke und das Nutzvieh zählen, um ihre Steuern zu berechnen. Yolonic behandelte die Glorreichen gut. *Diese Grenzler sind nicht die schlecht erzogenen Einfaltspinsel, für die wir sie gehalten haben.* Der einarmige König wollte jedoch tatsächlich eine Gegenleistung für seinen Tribut, und er wollte sie jetzt, nicht später. Dumas, der gereizte Sumpfkrieger, hatte recht gehabt. *Er ist keine Dummnas'.* König Yolonic wollte, dass Caspar seine Truppe in den tiefen Sumpf führte und Hexen tötete.

Caspar hatte zugestimmt. Er würde natürlich keine Hexen töten. *Oder sonst irgendjemanden, was das betrifft.* Er würde dort hingehen und später melden, dass er lediglich Moorkarpfen und Lilienblätter gesehen hätte. Faust erholte sich noch immer von ihren Verletzungen; die gescheiterte Kriegsfürstin würde mit Tara zurückbleiben, die damit beschäftigt sein würde, Bienensiruptöpfe und geräucherte Entenstreifen und die schwimmfähigen, aus Weiden geflochtenen Tuniken zu zählen, die die Moorler als leichte Seemannsrüstung an die See- und Küstenbewohner verkauften. Belorian wollte ebenfalls bleiben, angeblich aus diplomatischen Gründen, aber Caspar hatte den Verdacht, dass die entscheidenderen Faktoren die Freude seines Barden an den sich wiegenden Sumpftänzerinnen beim Karpfenfestmahl waren und sein Aberglaube, dass es wirklich Hexen gab. Caspar hatte Belorians Bitte abgelehnt, aber dann hatte Dumas sie alle überrascht, indem er sich freiwillig gemeldet hatte, anstelle des Barden mitzukommen. Der stolze Wachmann war von der Einschätzung seines Königs schwer gekränkt gewesen, was den Mut seiner Soldaten betraf, und so würde er mitkommen, um die Ehre aller Moorlandkrieger zu verteidigen, auch wenn er die Hexen offensichtlich fürchtete. Außerdem brauchten die Glorreichen einen Führer. Und so würde Caspar Dumas, Yvette und Heath mitnehmen. Und natürlich Cliff, der Heath hinterdrein zockelte wie ein geschuppter Schwanz, wo auch immer er hinging. Es war keine besonders ehrfurchtgebietende Truppe, wie sie es mit dem hünenhaften Usher gewesen war, aber Dumas war eine Art Krieger, und Caspar versicherte dem König, dass er und seine vier Begleiter vollkommen ausreichend seien, um der Sache auf den Grund zu gehen und zumindest Meldung zu machen.

»Stellt nicht bloß Nachforschungen an«, beharrte Yolonic. »Tötet sie!«

Doch der sumpfige Herrscher befand sich in den Fängen der Trauer, und es gab keinen Beweis dafür, dass tatsächlich Hexen seinen verschwundenen Sohn getötet hatten. Außerdem war Yolonic nicht Caspars König. »Ich werde tun, was meine feierlichen Schwüre von mir verlangen«, versprach er, sich selbst und dem König.

»Seid Ihr allein?«

Caspar richtete sich plötzlich in der kleinen Gästehütte auf. Yvette stand an seiner Tür, ihrer ledernen Reitmontur beraubt und eingehüllt in ein einziges Tuch aus durchsichtigem Stoff, das um die Taille von einem dicken Schal zusammengehalten wurde. Ihr für gewöhnlich wildes und struppiges Haar hing lang und gerade herunter und schimmerte im Feuerschein wie Spinnenseide. Der Schatten von Dreck und rotem Lehmstaub, den er für ihre natürliche Hautfarbe gehalten hatte, war von ihrem Gesicht abgewaschen worden. Sie sah jung und frisch aus. *Sie ist sauber!*, begriff er.

»Ja? Nun, nein. Ich war tatsächlich allein. Aber jetzt bist du hier.« Er war sich nicht sicher, was er sagen sollte, und so sagte er etwas Dummes. »Deine Haut ist sehr weiß. Ich hätte dich beinahe für einen Geist gehalten.«

»Ich habe gebadet, Lord«, antwortete sie. »Darf ich hereinkommen?« Als er zögerte, fügte sie hinzu: »Es ist kühl hier draußen.«

Da sie nur dieses Laken am Leib trägt, überrascht mich das nicht, dachte Caspar. Ein Lord würde sie nicht draußen zittern lassen, nicht einmal eine nur halb bekleidete Pferdemeisterin. »Natürlich. Ich gewähre dir Zutritt.«

Yvette schlüpfte herein und schloss die Tür hinter sich. Dann stellte sie sich zwischen ihn und das Feuer. Das Licht der Flammen zeichnete ihre Kurven unter dem Laken nach. Yvette trat vor ihn hin, als suchte sie eine Audienz bei ihrem Lord. Aber dann kam sie nicht näher, sondern schob nur eine Hüfte vor.

»Du bist nicht für eine Audienz bei deinem Kommandanten gekleidet«, bemerkte Caspar.

»Wir befinden uns in einem Sumpf, nicht in einem Palast, Lord, und meine Straßenkleider sind zu beschäftigt damit zu trocknen, um mich zu bedecken.«

Sie legte den Kopf schief, um ihn zu mustern, wie ein Vogel, der gleich nach einem Wurm picken würde, und für eine ganze Weile sagte sie nichts. Caspar fragte sich, warum sie gekommen war, und versuchte, das verlegene Schweigen zu beenden.

»Ist dein Quartier kalt?«

»Es ist nicht so warm wie hier.« Sie hob den Zipfel ihres improvisierten Gewandes und wedelte damit, um die Flammen hinter ihr anzufachen. »Aber ich bin nicht wegen des Feuers gekommen. Ich könnte mir selbst ein Feuer machen, wenn ich eins bräuchte.«

»Hast du mir dann etwas mitzuteilen, was die Pferde betrifft?«

»Nein. Den Pferden geht es gut«, erwiderte sie ärgerlich. »Und sie sind sich nicht zu fein, um zu verstehen, was ich sage, ohne dass ich es aussprechen muss.«

»Zu fein?«

»Ihr seid steif und denkt zu viel nach. Pferde haben Instinkte. Sie können fühlen, was ich fühle. Ich habe meine eigenen Instinkte, und seit meinem letzten Mann ist fast ein Jahr vergangen.« Sie löste den Schal um ihre Taille und ließ das Laken von einer Schulter gleiten, um eine perfekte Wölbung weißer Haut zu enthüllen, mit einem zarten rosigen Kreis in der Mitte. »Könnt Ihr das fühlen?«

»Oh.«

»Ich weiß, Ihr seid jung, aber Ihr seid ein Mann, oder?«

Während er sie anstarrte, spürte Caspar, wie sich etwas an ihm regte. *Ich bin steif, wie es scheint.* »Ich kann einer gewöhnlichen Frau kein Baby machen. Es ist mir bestimmt, meinesgleichen zu heiraten.«

»Ihr braucht mich nicht zu heiraten, Ihr adeliger Narr. Außerdem wird sich während der nächsten paar Tage kein Kind in meinem Bauch einnisten, vertraut mir. Ich habe einen Sirup eingenommen.«

»Bienensirup?«

»Einen Unwirksamkeitssirup. Er verhindert, dass der Samen eines Mannes sich festsetzen kann.« Sie kam näher.

»Ich gebe zu, du bist sehr schön ohne all den … Dreck. Und ich fühle mich geschmeichelt, dass du zuerst an mich gedacht hast, um deine, ähm, Instinkte zu befriedigen. Aber …« Er fragte sich plötzlich, ob er ihre erste Adresse an diesem Abend war. *Belorian wäre leichter zu haben gewesen.*

»Ihr habt es noch nie getan, wie?«, fragte sie. »Ihr seid immer noch ein Knabe, hm?« Yvette beäugte seine sich wölbende Reithose. »Aber Ihr seid bereit, ein Mann zu werden, wie ich sehe. Warum nicht hier im Sumpf, wo es niemanden auch nur im Mindesten schert. Dieser Ausflug in die Welt dient dazu, erwachsen zu werden, nicht wahr? Es ist an der Zeit, dass ihr Euren Mut erprobt.«

»Ich würde es ja tun«, beharrte Caspar, der defensiver klang als beabsichtigt. »Wenn es ehrenhaft wäre.«

»Ha! Es ist für Städter nie ehrenhaft, sich ohne eine lange, ermüdende Zeremonie und eine Verurteilung auf lebenslänglich in den Federn zu wälzen. Aber hier draußen an der Grenze ist es nicht Ehre, die einen Mann und eine Frau zusammenbringt, es ist Instinkt. Ihr habt doch Instinkte, oder? Vertraut ihnen.« Yvettes zweite Brust gesellte sich zur ersten, um ein passendes Paar zu bilden, das im Feuerschein auf und ab wogte, und sie schlang sich je ein Ende des gelösten Schals um jede Hand und zog ihn stramm.

Caspar schauderte. Sie war wild und kühn. *Und ausnahmsweise einmal sauber.* Er fragte sich, ob sie gut roch. Yvette hielt das Laken mit ihren muskulösen Armen von ihrem nackten Leib weg, bereit, es fallen zu lassen, wenn er das entsprechende Wort sagte. Aber seine Instinkte sagten ihm nicht, nach ihr zu greifen, sie rieten ihm zu widerstehen. Er war sich unsicher, warum seine Instinkte seiner Lust trotzten, aber er beherzigte Yvettes Rat und vertraute ihnen.

Caspar stand auf und deutete mit dem Kopf auf die Tür. »Bei meinem noblen Namen, ich gelobe, niemandem zu erzählen, welche Art von Audienz du heute bei mir gesucht hast.« Er hielt inne, um sich eine Dankbarkeit erweisen zu lassen, die nicht kam.

»Ihr schickt mich weg?«

»Es tut mir leid, ja.« Er versuchte, erwachsen zu klingen, aber er fühlte sich nicht erwachsen. Er fühlte sich wie ein Junge, der seinen Schwanz in der Hand hielt, während er durch ein Fenster schaute und eine Frau beim Anziehen beobachtete, noch nicht alt genug, sie zu nehmen. »Du bist aber wirklich wunderschön«, sagte er.

»Und so habe ich mich auch gefühlt, Lord«, entgegnete Yvette und riss das Laken wieder hoch, um ihre Brüste zu bedecken, »vor einem Jahr.«

Und dann war sie fort.

Kapitel 23

Erek

»Ah, Ihr müsst Erek Moceri sein.«

Erek schaute von seinem Haufen toter Fische auf, die starr in die untergehende Sonne glotzten. Er hatte sechs gefleckte Äschen gefangen und bearbeitete sie gerade mit seinem Filetiermesser. Es war unangenehm, gestört zu werden, während man Fische ausnahm – eine simple, entspannende Aufgabe, die er erledigen konnte, ohne allzu viel nachzudenken, ohne dass seine Mutter ihm Ratschläge zublaffte oder sein Vater seine Technik missbilligte und von dem Ergebnis enttäuscht war. Der Zusammenfluss des Zehnpennys und des Rundsteins zwischen der gestreiften Mauer von Seeblick und der neueren Rundsteinmauer von Fairhaven war außerdem ein Ort, an dem er sich gefahrlos vor seinem abscheulichen Bruder verstecken konnte.

Der Mann, der über ihm aufragte, war ihm unbekannt und extrem bleich. *Wie ein Geist.* Aber vielleicht spielte auch nur das Zwielicht seinen Augen einen fiesen Streich. Die Schultern des Mannes hingen herab, sodass seine Arme aussahen wie verwelktes Gemüse, das schlaff von dem ziemlich dünnen Stängel seines Torsos baumelte. Gelbe Zähne. Dünnes Haar. Alles an dem Mann ließ auf ein hartes Leben schließen, außer seiner klaren Sprache, seinem selbstbewussten Auftreten, dem neuen

Wams und der Kniehose, die er sich zurechtzupfte, damit sie richtig saß. *Er fühlt sich unwohl in guter Kleidung.* Er war jüngst zu Geld gekommen und kein Edelmann, befand Erek, und so schuldete er dem Fremden auch keinen besonderen Respekt.

»Ihr seid Erek Moceri, ja?«

»Ja. Wer bist du, mich danach zu fragen, bleicher Mann?«

Der Mann kicherte. »Bleich. Ja, nun, ich habe in letzter Zeit nicht viel von der Sonne gesehen oder zumindest hat sie nicht viel von mir gesehen. Aber Eure Haut hat einen hübschen Bronzeton.«

Er streckte die Hand aus, als wollte er Ereks nackten Arm berühren, aber Erek zog sich instinktiv zurück und runzelte die Stirn.

»Was willst du, Fremder?«

»Man hat mich geschickt, Euch zu finden.«

»Wie hast du mich gefunden? Dies ist meine geheime Stelle.«

»Geheimnisse, ah, ja. Davon habt Ihr einige, nicht wahr? Die Köche sagen, Ihr kommt gelegentlich mit gefleckten Äschen in die Küche. Sie leben im Zehnpenny, aber die Laufburschen haben Euch noch nie innerhalb der Mauern angeln sehen. Also musste Eure ›geheime‹ Stelle entweder außerhalb der Südmauer sein, wo der Zehnpenny in die Stadt fließt, oder hier, außerhalb der Nordmauer, wo er sie verlässt. Eine fünfzigprozentige Chance. Heute habe ich auf Norden getippt. Ihr seid angeblich erfolgreich beim Angeln, und das geht immer besser am Zusammenfluss zweier Ströme, und – ich Glückspilz – da seid Ihr!«

Schlauer Bursche, dachte Erek. »Ich weiß immer noch nicht, wer du bist, oder warum du hier bist.«

»Ich habe es bereits gesagt, ich bin Euretwegen hier. Und ich bin hergekommen, um Euch das hier zu geben.« Er förderte eine Schriftrolle zutage und rollte sie bedächtig auseinander. Als sie geöffnet war, beugte der Mann sich vor, als wollte er sie selbst lesen.

Erek war neugierig – er beugte sich ebenfalls vor. Als er das tat, schürzte der Mann die Lippen und blies scharf die Luft aus. Eine kleine Staubwolke flog Erek von der Seite ins Gesicht. Es war nicht viel Staub – ein kleineres Ärgernis –, aber Erek hob die Hände, um ihn sich aus den Augen zu wischen.

»Ahh!« Seine Augen brannten, kaum dass er sie berührte.

»Oh, das war eine schlechte Idee«, hörte er den Mann sagen. »Die Sache mit der gefleckten Äsche ist die: Ihre winzigen Schuppen lösen sich, wenn man sie anfasst, und wenn man sich mit schuppigen Fingern die Augen reibt, nun, Ihr könnt sehen, was dann passiert.«

»Ich kann eben nichts sehen, verdammter Kerl!«

»Beschimpft mich nicht. Ich habe Eure Augen nicht mit gefleckten Schuppen gerieben. Außerdem bin ich der Einzige hier, der Euch den Weg zurückführen kann, um sie auszuspülen.«

»Bring mich zurück, Narr. Bring mich zurück!«

»Ein Narr bin ich, ja?« Der Mann fasste Erek am Arm und führte ihn das Ufer hinauf. »Nicht ich bin derjenige, der sich durch die Dunkelheit tastet, zumindest nicht heute.« Aber der Mann tastete durchaus – seine Hand glitt über Ereks gebräunte Haut und streichelte sie, während er ihn weiterführte.

Erek schauderte unter seiner kalten Berührung. »Ich werde mich nach dir erkundigen. Du solltest besser ein wichtiger Mann sein, sonst lasse ich dich auspeitschen.«

»Oh, ich bin wichtig. Zumindest in diesem Moment und für Euch. Hier entlang. Passt auf, wo Ihr hintretet. Achtet auf diesen Stein dort.«

Sie gingen weiter, und Ereks Sicht klärte sich immer noch nicht. Je weiter sie kamen, desto klarer wurde ihm, dass er den Mann brauchte. Er konnte in den Fluss fallen oder gegen die gestreifte Mauer prallen und sich die Nase brechen oder einen Zahn. Er würde nie das Tor finden. Wenn ihn jemand blind umherwandern sah, würde man ihn auslachen. *Der blinde Fischerjunge*, würden die Diener ihn hinter seinem Rücken nennen. Das wäre die schlimmstmögliche Wendung, dachte er.

»Ich werde dich nicht auspeitschen lassen«, versicherte er seinem seltsamen Führer. »Nur hilf mir, dorthin zu gelangen, wo ich hin will.«

»Ich bringe Euch dorthin, wo Ihr hinsollt. In der Tat, da sind wir schon! Sauberes Wasser.«

»Nur Wasser? Wir hätten meine Augen im Fluss ausspülen können.«

»Dieses Wasser ist besser. Beugt Euch vor, ich gebe Euch etwas.«

Erek war begierig, seine Augen auszuspülen. Und er mochte den Mann nicht. Insgeheim nahm er sein Versprechen zurück, ihn nicht auspeitschen zu lassen. *Ehrlichkeit ist ohnehin keiner meiner Schwüre.* Er beugte sich vor, während der Mann sich um ihn herum bewegte. Dann hörte Erek ein fernes, hohles Klirren, das ihm ein mulmiges Gefühl in der Magengrube bescherte. *Ich kenne dieses Geräusch.* Es war ein unangenehm vertrautes Geräusch. Einsam.

»Warte!«, sagte Erek. »Das ist der alte Brunnen am Fuß der Mauer.«

»Ja, Brunnen sind die Orte, an denen das Wasser ist.« Die Stimme des Mannes erklang jetzt hinter ihm. »Ich habe noch ein Geheimnis über Euch von Eurer Dienerschaft gehört. Sie mögen Euch nicht, müsst Ihr wissen. Sie sagen, Ihr hättet einmal einen Jungen sterben lassen.«

Erek versteifte sich. »Nein! Es war mein Bruder. Das weiß jeder.«

»Dann wird man ihn diesmal wieder verdächtigen, nicht wahr?«

Der kräftige Stoß gegen seinen Rücken war gerade genug, dass Erek mit dem Kopf zuerst über die niedrige, runde Steinwand des Brunnens kippte, seine Füße sich vom Boden lösten und er mit den Armen wild durch die Luft ruderte. Seine Welt neigte sich. Für einen schrecklichen Augenblick spürte er die Leere unter sich, und er erinnerte sich an Iyon, den Pagen – dass man ihn erst gefunden hatte, als er das Wasser mit seinem verwesenden Fleisch verunreinigt hatte – und dann stürzte er in den Brunnen.

Kapitel 24

Opal

Dortch lag auf Klippen mit Blick auf die Freundliche Bucht. Die Stadt besaß keine Mauern. Sie brauchte keine. Die Bewohner von Dortch hatten sich nach unten gegraben, statt nach oben zu bauen, eine tiefe Schlucht zwischen der Stadt und dem Ufer ausgehoben. Opal konnte sich nicht vorstellen, wie viele Generationen das erfordert hatte. *So viel Schaufelei.* Der ferne Boden des Grabens am Fuß der von Menschen erschaffenen Klippen hatte sich mit Meereswasser gefüllt. Opal schaute über den Rand der Brücke, die sich über den Abgrund spannte, während die Karawane darüberrollte. Sie fragte sich, wie viele angreifende Sassoonen ihr Ende gefunden hatten, als sie ins Leere gefallen waren und für die langen Momente ihren Tod vor Augen gehabt hatten, die es brauchte, um von der Brücke in den Kanal tief unten zu stürzen. Ein grauenvoller Tod, und er genügte, um regelmäßige Übergriffe sassoonischer Plünderer zu verhindern. Massive steinerne Pfeiler zu beiden Seiten der Brücke trugen den größten Teil der Spannbreite, und ein Abschnitt aus einer Konstruktion aus rau gesägten Brettern vollendete zwanzig Schritt lang den Bogen in der Mitte. Wenn die Stadt angegriffen wurde, verbrannten die Bürger von Dortch den mittleren Teil der Brücke. Bauholz war leicht zu ersetzen, Menschen waren es nicht.

Die Kaufleute und namenhaften Familien erreichten das Tor als Erste, und Jubel brandete auf. Die Feiern am Ende von Reisen verliefen unterschiedlich, aber es gab immer Jubel und für gewöhnlich ein Lied. Ein Teil der Karawane würde nach Malakit weiterziehen oder ein Schiff zur Sanften Küste nehmen, aber Dortch war ihr erstes bedeutendes Ziel. Sie hatten das gesamte Mittelreich ohne schlimmere Beschwerlichkeiten als wunde Füße und Reisemief durchquert – ein Marsch, den man noch vor wenigen Jahren unmöglich hätte machen können, ohne sich Raub, Plünderungen oder Tod auszusetzen. Für die meisten war dies ihre erste Reise, die weiter als Südlager führte, das von Seeblick einige Wegstunden die Westküste hinunter lag. Für die verwaisten Kinder war es das erste Mal überhaupt, dass sie sich außerhalb von Seeblick aufgehalten hatten. Der Marsch allein war schon ebenso Furcht einflößend wie befreiend gewesen, ohne Mauern, die sie schützten oder einengten. Eine ganze fremde Stadt fühlte sich an wie … *eine Chance.*

Opal lauschte auf das Geplapper der anderen Straßenkinder, während die Soldaten sie in die Nachhut scheuchten – das Gesindel würde die Parade in die Stadt nicht anführen. Sie waren trotzdem ganz aufgeregt, lächelten und reckten die Hälse, um ihre neue Heimat in Augenschein zu nehmen.

»Es heißt, man könne auf ihrem Markt für Brot anstehen«, sagte ein magerer kleiner Junge mit blauer Kappe, der aussah, als könnte er ein oder zwei Laib Brot gut gebrauchen, um seine Rippen zu verbergen. Die anderen Blaukappen schnalzten zustimmend mit der Zunge. »Kostenloses Brot, so viel ihr mögt!«

Ein Rotkappenmädchen ergriff das Wort, aufgeregt genug, um die alten Rivalitäten zwischen ihren Banden zu ignorieren. »Was ist mit Fleisch?«

»Hier gibt es Fisch«, antwortete ein Regenbogenschalmädchen. »So viel, dass man in die seichten Stellen des Grabens waten und sie mit den Händen fangen kann.«

Eine weitere blaue Stimme brüllte aus der Gruppe: »Ich habe gehört, sie würden auf den Piers mit so viel Zucker und Gewürz handeln, dass sie es auf den Boden verschütten. Auf den Boden!«

Ein muskulöser älterer Junge lachte darüber. »Und ihre Kühe furzen Parfüm«, fügte er hinzu. Er trug keine Kappe, und sein zotteliges Haar spross wie Unkraut von seinem Kopf. Er drängelte sich nicht nach vorn oder schien besonders erpicht, zu den Toren zu gelangen.

Wer ist er?, fragte Opal sich. Sie hatte ihn während der Reise bemerkt, aber nicht mit ihm gesprochen. Ohne eine Kappe oder einen Schal bekannte er sich nicht zu einer der Banden. *Ein Unabhängiger.* Wer immer er war, er feierte das Ende der Reise nicht auf die angemessene Art.

»Vermiese ihnen nicht den Tag«, mahnte sie.

Er drehte sich um, musterte sie von Kopf bis Fuß und gab sich keine Mühe, seine berechnenden Blicke zu verbergen. Er taxierte sie. »Du denkst, du stehst über uns«, sagte der zottelige Junge schließlich, »aber das tust du nicht.«

Woher wusste er das?

Die Schlange setzte sich in Bewegung, zwängte sich durch die Tore von Dortch. Ohne Mauer wurden die Tore auf der Stadtseite von den Pfeilern der Brücke flankiert, sodass sie wirkten wie Türen, die ohne ein Haus um sie herum nackt dastanden. Die Straßenkinder versammelten sich in der Nachhut und rangelten darum, unter den Ersten zu sein, die endlich etwas von der Stadt zu sehen bekamen, und vielleicht sogar um ihr neues Territorium abzustecken.

»Los geht's!«

Opal wurde mitgerissen. Auch ihr Herz flatterte unter ihrer

schmutzigen Tunika, als sie an die Tore kam. *Ein neues Leben.* Es war gut, dass sie nicht nach Norden gegangen war, beschloss sie. Die Vorstellung, dass ein großer, starker Wachmann sich um sie kümmern würde, war dumm. Er hatte nur Mitleid mit ihr gehabt. Mitleid war kein Kümmern. Mitleid war eine schwache, flüchtige Regung. Reiche Menschen warfen Straßenkindern nur Münzen zu, um ihre Schuldgefühle zu beschwichtigen, gingen dann aber weiter – sie kümmerten sich nicht wirklich. Ihr Beschützer hatte das Gleiche getan, er war weitergegangen. Er hatte ihr nicht einmal gesagt, dass er ging. *Dummes Mädchen.*

Die Tore nach Dortch taten sich vor ihr auf, und sie zwängte sich hindurch. Opal wurde gegen den Jungen mit dem Zottelhaar gedrückt. Er sah sie an und grinste.

»Nun, ist das nicht freundlich?«

»Fass mich nicht an.«

»Fass die Prinzessin nicht an, hm?«

»Du nicht.«

»Überhaupt kein Mann, möchte ich wetten.«

Woher weiß er das? Opal schob sich weg und ließ zu, dass ein kleines, aufdringliches Straßenkind sich zwischen sie zwängte, um von dem unhöflichen Jungen wegzukommen.

Die Stadt fiel von den Klippen zum Wasser hin steil ab, sodass es sich anfühlte wie ein großes Amphitheater, dazu erbaut, die Freundliche Bucht zu bewundern. Der Geruch nach salziger Gischt und Algen wehte Opal in die Nase, und die Schreie der Möwen in der Ferne kündeten von dem plötzlich in Sicht kommenden Ozean. Prächtige Gebäude aus bläulichem Stein bedeckten den oberen Hang und machten weiter unten Fachwerkhäusern mit Läden Platz, dann folgten Lehmgebäude, wo die stufenartige Landschaft zum Meer hin abfiel wie eine gewaltige Treppe.

Opals Augen weiteten sich bei dem Anblick. »Es ist wunderschön hier«, murmelte sie und vergaß ihre unerquickliche Gesellschaft.

»Noch«, stimmte Zottel in der Nähe widerwillig zu.

»Links abbiegen, junges Volk!« Ein Wachmann in Blau versperrte ihnen den Weg und scheuchte die Straßenkinder weg von den Wagen, die nach rechts in eine breite Durchgangsstraße mit quadratischen Pflastersteinen rumpelten. *Dortchs Hauptstraße, wie es aussieht.* Der linke Abzweig war ein steiler, schmaler Pfad aus abgetretenen grauen Steinen, zwischen denen sich Erde und Moos abwechselten. Der Weg führte auf einen grauen Aquädukt, der hügelabwärts zum Meer hin verlief.

»Brotschlange am Ende des Wegs! Quartiere für euch herrenlosen Haufen, ebenfalls am Ende des Wegs. Geht weiter!«

»Brot!«, jubilierte der magere Blaukappenjunge. »Ich hab's euch doch gesagt!«

Ein Wachmann aus Dortch mit blauer Schärpe marschierte mit einem in Purpur gewandeten Mann aus Seeblick an der Spitze der Schlange, und zwei weitere folgten der Gruppe und eskortierten die Kinder den Pfad zum Meer hinab. Auf einer Seite ragte eine Steinmauer steil nach oben, drei Mann hoch, und auf der anderen Seite fiel der Aquädukt ab. Auf dem Weg konnten nur zwei Personen nebeneinanderher gehen und von ihrem eingeschränkten Blickwinkel aus nur geradeaus blicken. Am Fuß des großen Hügels erstreckte sich die berühmte Steinerne Zange von Dortch in das leuchtend blaue Wasser der Freundlichen Bucht, um den gewaltigsten je von Menschen geschaffenen Hafen der Welt zu schützen. Die große Meeresmauer war über eine Meile lang, schätzte Opal – ein weiteres Konstruktionswunder der Bewohner von Dortch, die um ihre Stadt herum eine ganze Schlucht ausgehoben hatten. *Aus der Ferne sieht es genauso aus wie die Scheren einer Riesenkrabbe.*

Den spektakulären Anblick von Dortch vor sich und ihre glückliche Ankunft in der Stadt hinter sich, lächelte Opal zum ersten Mal, seit sie sich erinnern konnte. Aber irgendetwas stimmte nicht. Sie schnupperte. *Der Geruch.* Sie hatte gedacht, es wäre einfach eine ungünstige Flut – vergammelnde Algen –, weil es immer schlimmer geworden war, je weiter sie hügelabwärts auf das Wasser zugegangen waren. Aber der Gestank war schärfer als der von verfaulten Algen oder totem Fisch an einem fernen Strand. *Er kommt ganz aus der Nähe.* Zottel sah ihre gerümpfte Nase und stupste sie an, zeigte hinunter in den Aquädukt. Alle paar Schritte tröpfelten kleine Bäche aus Zuflüssen in die steinerne Rinne, und sie füllte sich zunehmend mit dickem, dunklem Wasser. Die Rinne verschwand gelegentlich in Tunneln, nur um einige Schritte weiter wieder aufzutauchen, noch höher angefüllt und noch schlimmer riechend. *Ein Abwasserkanal.*

»Sie führen uns an der Hauptader der Kanalisation entlang«, erklärte er. »Wir gehen über den Pfad, den ihre Latrinenreiniger benutzen, um mit Stangen Verstopfungen zu lockern. Willkommen in Dortch.«

»Die Aussicht ist trotzdem spektakulär«, sagte Opal und hielt den Blick erhoben. Sie hatte Pferde bewundert, während sie ihren Mist weggeschaufelt hatte, sie konnte eine Stadt bewundern, während sie ihren Unrat roch. Es gab immer etwas Schlechtes, wenn man danach suchte, aber für gewöhnlich gab es auch etwas Gutes. *Ein Mädchen aus dem einfachen Volk muss manchmal das Schlechte ignorieren, um sich an dem Guten zu erfreuen.* So wie sie ein wenig Dreck an einem fallen gelassenen Gebäckstück ignorierte. Andernfalls schlich sich Hoffnungslosigkeit ein.

Vor ihnen hüpften und johlten die Straßenkinder, die den Geruch fröhlich ignorierten. *Das ist die richtige Einstellung!* Die Sonne glitzerte auf den unruhigen Wellen der Freundlichen

Bucht, und die lärmenden Möwen trieben über ihnen im Wind. Einige der kleineren Kinder sangen das Brotlied.

Ein halber Laib, ein halber Laib, ein halber Laib und Milch und Ei.
Heut ist was zu essen da, zu essen da, Juchhei!
Wann's wieder was gibt, kann man nur raten.
Aber'n halber Laib ist besser – als der Traum von einem Braten.

»Warum begleiten uns immer noch die Wachen der Krone von Seeblick?«, fragte Zottel sich laut und versetzte ihrer sich bessernden Stimmung erneut einen Dämpfer. Seine grünen Augen huschten umher. Er schätzte seine neue Umgebung ab, und er schien der Typ zu sein, der laut denken musste. *Eine unhöfliche Angewohnheit in besseren Kreisen.* Niemand im Palast wollte wissen, was jemand aus dem gewöhnlichen Volk dachte. Opal fragte sich, warum er sich dafür entschieden hatte, mit ihr zu reden. *Weil ich eine Prinzessin bin.*

»Wohin sollten sie sonst gehen?«, erwiderte sie.

»Keine Ahnung. Zum Markt. In die Taverne. In ein Freudenhaus in Dortch. Warum sollten sie bei uns bleiben?«

»Sie wollen nicht, dass wir mit Seeblicks stolzen Händlern auf den Markt marschieren. Sie führen uns über einen Schleichweg zu unserem Ziel.«

»Über einen stinkigen Weg.«

»Es ist verständlich, dass Dortch uns nicht erlaubt, durch ihre schöne Stadt zu streifen.«

»Stimmt.« Zottel grübelte und räumte offensichtlich ein, dass sie in diesem Punkt recht hatte, war aber trotzdem unzufrieden mit der Antwort.

»Du trägst keine Kappe«, bemerkte Opal. »Nimmt dich niemand in seiner Bande auf? Oder trägst du keine Kappe, weil deine Haare so wild sind?«

»Ich bin ein Unabhängiger. Warum hast du keine Kopfbedeckung?«

»Ich bin erst vor Kurzem zum Straßenkind geworden.«

»Du redest nicht wie ein Straßenkind.«

»Ich bin ungewöhnlich.«

»Nein. Du bist so gewöhnlich wie ich. Aber du denkst, du wärst was Besseres.«

Opal feixte. »Das ist der Grund, warum du mich magst.« Es war ein Glücksspiel. Sie beobachtete seine Reaktion.

Er dachte einen Moment lang nach, dann erwiderte er ihr Grinsen. »Vielleicht. Du bist auf eine prinzessinnenmäßige Weise ein ganz klein bisschen süß. Aber bevor wir anfangen, einander zu mögen, muss ich herausfinden, wohin die uns bringen.«

»Zur Brotschlange.«

»Unser blauer Freund sagte, das Brot würde auf dem Markt ausgegeben.«

»Ja.«

»Und unsere Händler haben ihre Wagen sicher auch zum Markt gebracht, ja?«

Jetzt war es an Opal nachzudenken, und sie stellte fest, dass sie gut darin war. »Aber die sind in die andere Richtung gegangen …«

Zottel zuckte die Achseln. »Vielleicht hat der magere Blaue sich geirrt. Oder sie haben eine zweite Brotschlange für die Lehrlinge der Latrinenreiniger wie uns, abseits von den besseren Bürgern.«

»Du hast recht. Sie verstecken uns.« Opal schaute zu der steilen Wand hin. Kein Bürger von Dortch würde den Kopf über die Mauer des Abwassergrabens recken, um zu sehen, wer über den Stinkepfad ging. Der Geruch allein würde sie abhalten.

»Verstecken uns und treiben uns zusammen.«

»Das Volk von Dortch will nicht, dass wir umherstreifen. Sie wollen uns an einem Ort sammeln, an dem wir bessere Herrschaften nicht belästigen.«

»Mag sein.«

Die Reihe singender, schubsender, frohgemuter Straßenkinder erstreckte sich zwischen den Wachmännern. Zottel drängelte sich in die Mitte, so weit wie möglich von den Soldaten an beiden Enden entfernt. Opal folgte seinem Beispiel. Er war schlau oder zumindest schlau genug, dass sie ihm folgte. *Für den Moment.* Wenn sie Dortch durchschaut hatte, würde sie sich von der Straße wieder nach oben arbeiten, aber bis ihr das gelang, waren dies ihre Gefährten, und sie brauchte einen Freund. Sie war in keiner Bande. Sie hatte nie eine blaue oder eine rote Kappe getragen oder einen Regenbogenschal oder die Muschelkette der Klagenden Maiden oder einen Angelhaken durch die Lippe, wie die Hafenratten es taten. Die Banden würden neue Territorien abstecken. Sobald sie das taten, würden sie und andere Unabhängige in einigen Bereichen der Stadt nicht mehr willkommen sein. *Unabhängigkeit hat ihren Preis.*

Der Aquädukt überquerte eine Schlucht, die unter ihnen in die Tiefe stürzte, und schon bald gingen sie auf ihrem schmalen Pfad neben dem von Säulen getragenen Aquädukt her. Die hohe Wand zu ihrer Rechten endete, als die Säulen sich erhoben, und Opal konnte über die ganze Stadt blicken. Es war, als ginge man in der Luft. Sie war jetzt nah genug, um die Kaimauern unter sich und im Westen zu sehen, die sich ins Wasser streckten wie die greifenden Finger der Stadt. Sie sah die gläsernen Türme der Tempel, von denen sich einer in jedem Bezirk erhob. Sie sah die farbigen Zelte auf dem Markt, wohin wahrscheinlich ihre Kaufleute gegangen waren, und für einen Moment wünschte sie sich, sie hätte mit ihnen gehen können.

Vielleicht hätte ich Etan erlauben sollen, schnell meine Brüste zu begrapschen, als Gegenleistung für einen weiteren Tag mit der Dienstbotenweste. Aber sie ging jedes Mal ein Risiko ein, wenn sie die Weste anzog. Sie wusste nie, ob irgendjemand aus dem inneren Kreis der Königin, abgesehen von Deshmane, sie vielleicht erkennen und sich fragen würde, warum sie noch am Leben war, nachdem man sie bereits ertränkt hatte. Und sie sah die Freundliche Bucht, die Heimat der Pünktcheninsel und der Sanften Küste, die in den ruhigen, vor dem offenen Meer geschützten Gewässern lag, anders als Seeblick, dessen gewaltiges Meer mit grimmigen Wellen gegen die Ufer der Wilden Westküste peitschte.

Die Abfolge hoher Bögen, welche die ungeklärten Abwässer und den jungen Unrat aus Dortch über die Stadt trugen, war fast eine Achtelmeile lang, und die Bögen endeten inmitten baufälliger Häuser aus rissigem, rotem Lehm. *Niemand will da leben, wo die Kanalisation endet.* Von dort aus verlief der Aquädukt am Boden entlang direkt zum Meer. Er trug jetzt einen steten Strom widerwärtigen Wassers, mit Klumpen menschlicher Fäkalien, die wie fröhliche kleine braune Spielzeugboote darin auf und ab hüpften.

»Rein in die Scheiße«, flüsterte Zottel.

»Was?« Opal drehte sich zu ihm um.

Er beobachtete die Wachposten am hinteren Ende der Reihe und sprach, ohne sie anzusehen. »Wenn unsere Oberherren nicht hinsehen, lass dich in die Kanalisation gleiten und versteck dich im nächsten Tunnel.«

»Das werde ich nicht tun.«

Er zuckte die Achseln. »Ich schon.«

Sie gingen weiter, und als der nächste Tunnel näher kam, drängte Zottel sich an den Wegesrand. Opal wartete ab, bis sie den Tunnel fast erreicht hatten und sie es nicht länger aushielt.

»Warum?«, fragte sie.

»Weil das Schiff, das unten am Kai wartet, ein Sklavenschiff ist.«

Kapitel 25

Caspar

»Gottverdammte Tiefmoormücken!«, schnauzte Dumas und schlug sich gegen den eigenen Kopf wie ein Betrunkener, der von übermäßig viel Bier heraufbeschworene Erscheinungen zu verscheuchen versucht.

Das summende Ungeziefer war wirklich das größte, das Caspar je gesehen hatte, und es war überaus zahlreich. Rote Beulen erhoben sich auf seiner Haut und der seiner Glorreichen, wo immer nackte Haut unter Kniehosen und Hemden hervorlugte, die die schwere Nässe der schwülen Sumpfluft aufgesogen hatten. *Aber Mücken sind nicht die Ursache für die schlechte Laune unseres Sumpfsoldaten,* dachte er. Dumas wurde immer reizbarer, je tiefer sie in die Moore vordrangen, je näher sie der angeblichen Heimat der Hexen kamen. *Er hat Angst.* Furcht machte mutige Männer zornig, so wie Lust bei frommen Männern einen Hass auf Huren hervorrief, die sie insgeheim begehrten. Der Moorkrieger schämte sich seiner eigenen Feigheit im Stillen so deutlich, wie sein König ihn öffentlich beschämt hatte.

»Ihr seid ein guter Mann, Dumas«, versuchte Caspar es. »Und sehr mutig, dass Ihr uns den Weg zeigt.« Aber das Kompliment schien ihn nicht aufzumuntern.

»Jetzt seht Ihr es«, knurrte Dumas. »Es erfordert große Tapferkeit hierherzukommen. Die tiefen Moore werden immer furchteinflößender, je näher sie heranrücken.«

Sie wurden nicht furchteinflößender, ging es Caspar durch den Kopf. *Nur nasser.* Aber er zuckte die Achseln, als würde er dem anderen zustimmen. Doch der wollte sich nicht trösten lassen.

Pferde waren nutzlos im Sumpf, und so trottete die kleine Gruppe zu Fuß einher und ging um alles herum, was tiefer als knietiefes Wasser war. Dumas warnte sie vor riesigen Sumpfeidechsen, die sich in den Tiefen versteckten oder auf dem Wasser trieben wie schwimmende Baumstämme und darauf warteten, hervorzustürzen und einen Mann in einem gewaltigen Wirbel von Zähnen und Schwanz in zwei Teile zu zerbeißen. Selbst Cliff mied die dunkleren Tiefen des ausgedehnten Moors. Trotz der Ähnlichkeit zählten Sumpfeidechsen nicht zu seiner Familie.

»Seid auf der Hut«, sagte Dumas. »Die Hütte des Torwächters bewacht die Engstelle zwischen dem Grünsee und dem Gestank.«

»Diese Hexen haben Wachen?«, hakte Heath nach.

»Mit wie vielen müssen wir an der Hütte rechnen?«, fragte Caspar.

»Es sind nicht die Zahlen, die eine Rolle spielen«, brummte Dumas.

»Wie viele?«

»Eine. Heißt es.«

»Dann muss er ein ehrfurchtgebietender Mann sein.«

»Es heißt, es sei eine Frau.«

Caspar nickte. »Eine Kämpferin wie die Seehexe?«

»Eine alte Frau«, gestand Dumas. »Aber sie wird über dunkle Kräfte verfügen. Es ist gut, dass wir bei Tageslicht ankommen.«

»Ist es gut, weil sie sich nachts in eine Eule verwandeln würde?«, fragte Cliff Heath.

»Wozu?«, gab Heath zurück. »Huhu? Huhu?«

Ihr Dolmetscher imitierte einen Eulenruf, und die beiden brachen in gackerndes Gelächter aus, bei dem Caspar sich fragte, ob sie am morgendlichen Feuer in ihrer Hütte ein Pfeifchen Moortraumblatt geraucht hatten. Caspar hatte bunten Schlamm gesehen, mit dem Heath' Gesicht beschmiert gewesen war, als er herausgekommen war, um den Tag zu begrüßen. *Ein Moorvergnügen hat mein Übersetzer bereits genossen.*

»Lacht, wie Ihr wollt«, nörgelte Dumas, »aber lasst nicht zu, dass sie in Eure Seele schaut. Sie wird Euch verzaubern.« Er hob seinen schmalen Dreizack und deutete damit auf Heath' Augen.

»Kein Augenauskratzen«, befahl Caspar. »Diese Torwächterin wird uns nicht helfen, den Weg zu finden, wenn sie blind ist.«

Beim Weitergehen entdeckte Caspar noch ein anderes Paar Augen, das in seine Richtung sah. *Yvette.* Sie wechselten einen verlegenen Blick, und dann schauten beide weg. *Sie ist wirklich schön, wenn sie sauber ist,* dachte Caspar und bereute es plötzlich, dass er sie in der Nacht zuvor abgewiesen hatte. *Sie hat sich mir angeboten, und ich war nicht Manns genug, das Angebot anzunehmen.* Niemand hätte Schlechtes von ihm gedacht, wenn er sich hier an der Grenze etwas gegönnt hätte, schon gar nicht die unzüchtigen Moorbewohner, deren ledige Männer und Frauen halbnackt miteinander tanzten und sich bunten Schlamm auf ihre funktionstüchtigen Körperteile schmierten – *anscheinend um daraufhinzuweisen, wo sie sich befinden.* Ja, die Männer unter den Glorreichen würden ihn für ein furchtsames Kind halten, weil er eine nackte Frau abgelehnt hatte, an der nichts auszusetzen war. *Vielleicht bin ich immer noch ein Knabe.*

Sie kamen an die ersten Ausläufer des brackigen Grünsees, und das Moor füllte sich mit dem Geschnatter der Sumpfbewohner, das ihre Ankunft ankündigte. Grillen zirpten in ihren Verstecken, laut aber unsichtbar, während Vögel im Hintergrund flöteten, nicht auszumachen zwischen den Ästen. Caspar fragte sich, ob unter ihnen welche mit giftigen Schnäbeln waren. Leise Platscher ließen verstohlene Wesen ahnen, die ins Wasser glitten, und in der Nähe raschelten Blätter im Unterholz. Das Willkommen war beunruhigend – als würde eine Alarmglocke geschlagen –, und einmal schrie Caspar vor Schreck auf, als ein Otter aus dem Gestrüpp brach. Solange sie sich von dem dunklen Wasser fernhielten, waren Heath und Cliff nur ein klein wenig nervös. Yvette schien das alles am wenigsten auszumachen, aber sie fühlte sich immer seltsam wohl im Umgang mit Tieren.

»Eine Reisende, die eine Nacht in Nebelgrund verbracht hat, meinte, sie habe die Hütte gesehen«, erklärte Dumas. »Wenn wir sie finden, müssen wir uns anschleichen und die Torwächterin fesseln. Wir müssen ihr den Mund zuhalten, damit sie keinen Rauch in die Luft ausstoßen kann, um die anderen zu warnen.« Während er sprach, wirkte er immer angespannter.

Caspar rüttelte an seinen Schultern, eine Geste, die ihn beruhigen sollte. »Dumas, ich verspreche Euch bei meinem Eid als ehrlicher Mann, dass niemand Rauch aus seinem Mund blasen kann.«

Cliff stieß ein graues Wölkchen aus seinen übergroßen Nasenlöchern aus, woraufhin Heath in neuerliches Gekicher ausbrach.

Caspar verdrehte die Augen, und Dumas schob seine Hände weg. »Ihr reist mit einem wunderlichen Tier, und doch leugnet Ihr Hexen. Ihr seid ein naives Kind.«

Kind? Da war es wieder, dieses Wort. Caspar schaute sich um, um festzustellen, ob Yvette es gehört hatte. Sie grinste – sie hatte es gehört. Caspar sackte ein wenig in sich zusammen und marschierte mit hängenden Schultern weiter vorsichtig durch den Sumpf.

Sie rochen es alle gleichzeitig. Den Gestank. Caspar prallte zurück, als habe man ihn geohrfeigt. Er hatte sich früher einmal am Palast unterhalb des Latrinenerkers vor Derek Moceri versteckt und neben der Jauchegrube gehockt wie ein Latrinenreiniger. *Kleine Jungen verstecken sich in Jauchegruben vor Tyrannen.* Die Flut war noch nicht hereingekommen, um den Unrat fortzutragen, und als die wirbelnden Winde am Fuß der Klippe die Richtung gewechselt und eine dicke Wolke der Ausdünstungen in seine Richtung geblasen hatten, war er sein Frühstück wieder losgeworden, das sich zu den Exkrementen des Palastes gesellt hatte. Der Gestank hier war schlimmer.

»Götter!«, rief er und krümmte sich. »Was ist das?«

»Der Gestank«, sagte Dumas. »Tretet einen Schritt zurück.«

Ein Schritt war alles, was nötig war. Der Gestank verschwand.

»Ich rieche nichts«, sagte Heath. Er trat vor und schnupperte, bis er das Gesicht verzog und zurückprallte, bevor er auf die Knie fiel. Cliff eilte zu ihm hinüber und streckte eine Kralle aus, um ihm zu helfen, sich aus dem Dreck zu erheben.

Während Caspar und Heath husteten und spuckten, grinste Dumas zum ersten Mal, seit sie die Tiefmoorstraße verlassen hatten. Er zeigte auf kleine Bläschen im Schlamm, die zerplatzten und dann wieder auftauchten wie der Atem der Muscheln am Strand. »Der Gestank steigt direkt aus den Mooren auf, aber der Wind weht ihn nicht weg.«

Eine Mauer aus Gestank, begriff Caspar. »Ist er undurchdringlich?«

»Er könnte giftig sein. Aber vielleicht ist er es auch nicht. Niemand geht mehr als einige Schritte weiter und kehrt dann schleunigst wieder um.« Dumas setzte sich abermals in Bewegung. »Beobachtet die Bläschen, um festzustellen, wo der Rand ist.«

Schon bald wurde der Schlammpfad, dem sie zwischen dem Grünsee und dem Gestank folgten, so schmal, dass Caspar entweder Schlammbläschen oder tiefes Wasser zu beiden Seiten sehen konnte.

Jetzt ist es nicht mehr weit.

Yvette sah die Hütte als Erste. Sie spürte es, als sie näher kamen – der Instinkt einer Fährtensucherin –, und entdeckte sie inmitten der Trauerweiden. Nur dass es keine Hütte war. Das Gebäude aus Lehm und Holz war gut konstruiert und leuchtend bunt mit einer lebhaften Beerenpigmentfarbe gestrichen. Es war überraschend angenehm anzusehen, und sein abgerundetes Dach spiegelte die Form der gebeugten Bäume, unter denen es stand. Dumas selbst hatte eine heruntergekommene Hütte erwartet – die gleiche Art von Quartier, die Caspar sich früher als Behausung aller Moorbewohner vorgestellt hatte. *Ich habe mich damals geirrt, und Dumas irrt sich jetzt.*

Sie entdeckten die Torwächterin am Ufer des Grünsees. *Sie sieht nicht wirklich aus wie eine* Torwächterin, *wie sie da kniet und Wäsche schrubbt,* durchzuckte es Caspar. Heath und er liefen auf sie zu. Cliff sprang hinter ihnen her wie ein begeisterter Hund. Ihm war nicht ganz klar, was genau seine Aufgabe war, aber er freute sich, an der Jagd beteiligt zu sein. Dumas erstarrte, als würde er mit der Frage ringen, ob er fliehen sollte oder nicht. Doch als er Caspar und Heath mutig voranpreschen sah, lief auch er weiter und holte sie alsbald ein, während sie durch Schlammlöcher stolperten, über die er leichtfüßig hinwegsprang.

Yvette hielt sich zurück. *Sie muss Ausschau nach anderen halten,* überlegte Caspar. *Schlau.*

Die Sumpffrau schaute auf, überrascht, einen Moorbewohner zu sehen, der einen Dreizack schwang, zwei Fremdländer und eine aufrecht gehende Echse, die allesamt auf sie zu stürmten. Sie schrie auf und kippte den Inhalt ihres geflochtenen Korbs in den See. Ein rotes Gewand und Unterkleider trieben über die Wasseroberfläche wie ein sich ausbreitender Blutfleck. Sie war im gleichen Alter wie Caspars Mutter, aber immer noch rüstig, und sie rannte auf ihre Hütte zu.

»Halt!«, brüllte Dumas. »Oder ich spieße dich von hinten auf.«

Sie blieb nicht stehen, aber Dumas war schneller als sie. Er rammte ihr seinen Speer nicht in den Rücken. Stattdessen schwang er den Dreizack in einem weiten Bogen und traf sie mit der dünnen Stange seitlich am Kopf. Der Dreizack krachte gegen ihren alten Schädel und riss sie von den Füßen. Sie fiel mit dem Gesicht zuerst auf den Boden.

Dumas war sofort bei ihr und stieß ihr Gesicht in den Schlamm. »Ich habe ihren Mund bedeckt!«, rief er siegreich.

Wenigstens hat er ihr nicht die Augen ausgestochen, dachte Caspar. »Lasst sie atmen«, sagte er, als er die beiden keuchend erreichte. »Und bringt sie hinein.«

Das Innere des Hauses war genauso ordentlich wie das Äußere, doch Dumas schaute sich argwöhnisch um. Sein Blick konzentrierte sich auf die Herdstelle, über der ein schwarzer Topf hing. »Seht Ihr? Sie hat einen Kessel, um das Fleisch von menschlichen Knochen zu kochen!«

»Das ist ein Eichhörnchentopf«, widersprach Yvette. Caspar sah selbst, dass der Topf nicht annähernd groß genug war für menschliche Knochen. Yvette zeigte auf einen Haufen Holz und Sumpfblätter. »Und dort ist Torfmoos für ein

Feuer – die Art, die dunklen Rauch produziert, den man für Signale benutzt. Die Art, die nicht aus dem Mund eines Menschen kommt.«

Dumas brummte etwas Unverständliches und hievte die Frau auf einen Stuhl. Er hielt ihr mit einer Hand die Kiefer zu. »Lasst sie nicht reden. Sie wird Euch betören.«

»Wie sollen wir dann Informationen von ihr bekommen?«, fragte Caspar.

Dumas runzelte die Stirn. Er trat zurück und tigerte vor der Frau auf und ab. Caspar sah, dass Frustration und Furcht in ihm aufstiegen. Er verspannte sich wie eine Katze, die einen Buckel machte. Und als die Frau den Mund öffnete, um zu sprechen, schlug er sie. Es war kein leichter Klaps auf die Wange, damit sie die Lippen schloss; er rammte ihr die Faust so heftig und tief in den Bauch, dass etwas in ihr zerplatzen konnte, wenn sie Pech hatte.

»Brrr!«, brüllte Yvette, als wäre Dumas ein Pferd, das aufgehalten werden musste.

»Halt!«, rief auch Caspar.

Und als der Sumpfsoldat die Frau abermals schlug, stürzte Caspar sich auf ihn.

Heath war ein Veteran der Glorreichen, und als sein Anführer eine Rauferei anzettelte, stürzte er sich mitten ins Getümmel. Yvette folgte seinem Beispiel und umklammerte Dumas' Beine. Cliff tat einen Satz und schnappte am Rand des Aufruhrs mit den Zähnen. Caspar wich Echsenkrallen aus und rang den Sumpfsoldaten zu Boden, seine mageren, jungenhaften Muskeln gegen Dumas' ältere, sehnige Kraft.

Zum Glück war Dumas ein schlanker Mann, und das Gewicht von drei Glorreichen drückte ihn zu Boden. Er gab nicht kampflos auf. Er zischte und wütete über Hexen und ging dann zu Königin Neveah über, was ihn ihrem Neffen nicht sympathischer machte. Und als er die Königin eine »seelenlose hyakische Fotze« nannte, beschloss Caspar, ihn an einen Stuhl zu fesseln, während sie die alte Frau befragten.

Sobald sich die Lage beruhigt hatte und Dumas mit einem Seil gefesselt war, fasste Caspar die Sumpffrau behutsam an den Schultern, so wie er es unterwegs mit Dumas gemacht hatte. Sie keuchte noch immer von den Schlägen in die Leibesmitte.

»Ich werde nicht zulassen, dass er dir noch einmal wehtut«, versprach Caspar. Sie schniefte, und Schnodder und Tränen rannen ihr übers Gesicht, sehr echter Schnodder und sehr menschliche Tränen. *Nicht sehr hexenmäßig.* »Ich habe vor, einen Schwur der Ritterlichkeit abzulegen, der von mir verlangt, die Frauen des Reiches zu schützen, Frauen aller Stellungen, und ich werde auch dich beschützen.«

»Mögen die Götter Euch segnen«, sagte sie.

»Sie verflucht Euch«, rief Dumas. »Haltet Euch die Ohren zu!«

»Es ist ein Segen, Blödmann«, bemerkte Heath und hob die Hand, um Dumas einen Klaps zu geben. »Das Gegenteil von einem Fluch.«

Caspar hielt Heath' Hand fest. Obwohl sie Dumas niedergerungen und gefesselt hatten, schien der Sumpfsoldat sich ehrlich um Caspars Sicherheit zu sorgen. Er war loyal, wenn auch irregeleitet. *Trotz all ihrer angeblichen Kultiviertheit sind die Moorler immer noch ein abergläubischer Haufen.*

»Mögen die Götter dich segnen, Junge«, wiederholte die alte Frau.

Junge? Caspar tat die Schmähung ab. Für die Alten sah jeder jung aus. »Wir suchen nach einem Prinzen. Sein Name ist Navvi. Er ist angeblich auf der Tiefmoorstraße hier entlanggekommen, auf dem Weg nach Halbwegs oder von dort zurück. Sein königlicher Vater fragt sich, ob er vom Weg abgekommen ist.«

»Ihr wollt wissen, ob ich einen Prinzen gesehen habe? Hier draußen in den tiefen Mooren?«

»Ich will wissen, ob irgendjemand ihn gesehen hat. Oder auch nur Geschichten über ihn erzählt hat. Tiefer in den Mooren gibt es noch mehr deinesgleichen, oder?«

»Ich werde nicht mit seinen Männern über mein Volk reden.« Sie spuckte in Dumas' Richtung.

»Ich bin kein Moorler«, versicherte Caspar ihr. »Ich stamme aus Hyak und bin ein Neffe deiner Königin, Neveah Moceri. Mit mir kannst du reden.«

»Oh! Ein Adeliger aus dem Süden!« Sie neigte den Kopf. »Welche Geschichten wollt Ihr von mir hören, Lord?«

»Geschichten über männliche Reisende. Aber ich bin auch neugierig, warum du und dieser Mann in Fehde zu liegen scheint.« Er zeigte auf Dumas.

»In Fehde?«

»Warum er dich geschlagen hat«, übersetzte Heath hilfreicherweise. »Und warum du ihn angespuckt hast.«

»Ah, das ist einfach«, sagte sie. »Wir leben nicht freiwillig in den tiefen Mooren. Wir verstecken uns. Vor denen da.«

Die Frau erzählte ihnen ihre Geschichte.

»Sie haben uns geschlagen und uns verbannt«, begann sie. Ihr Name war Vonda. Sie war in dem Moorkönigreich von Yolonics Vater ein kleines Mädchen gewesen, bevor Yolonic selbst den Thron bestiegen hatte. Ihr Vater war ein Pfützenspringer gewesen – er war immer mit der Ernte gekommen und gegangen. Aber eines Tages war er fortgegangen und nie mehr zurückgekehrt. Vondas Mutter hatte sie zusammen mit einer jüngeren Schwester großgezogen – drei Frauen in einem Haus ohne Männer. Ihre Mutter nahm sich zuerst Liebhaber und tanzte die

Schlammtänze, aber obwohl sie schön war und viele Angebote bekam, suchte sie sich keinen neuen Gefährten, wie man es von ihr erwartete. Nach einer Zeit betrachtete man ihr Widerstreben zu heiraten als schändlich. Aber statt sich zu schämen, wurde sie trotzig und eiferte dabei einer obskuren unverheirateten Göttin aus der Moorlegende namens Behrama nach. Gerüchte machten die Runde. Andere unverheiratete Frauen nahmen sich ein Beispiel an ihr und lehnten männliche Gefährten ab. Männer beklagten sich bei dem frisch gekrönten Yolonic darüber, und die Behrama-Frauen wurden zu einem Quell von Klatsch und Tratsch. Man nannte sie Furchengräberinnen und Buschkraulerinnen, denn obwohl es als absolut akzeptable Ablenkung galt, bei einer anderen Frau zu liegen, während man auf einen männlichen Gefährten wartete, war einander zu streicheln kein akzeptabler Grund, auf eine Ehe zu verzichten.

»Aber Buschkraulen war nicht der Grund, warum man uns gehasst hat«, erklärte die alte Frau. »Es gefiel ihnen nicht, dass wir einer Göttin huldigten.«

»Einer blutrünstigen Hexengöttin«, zischte Dumas von der anderen Seite des Raums.

»Unsinn«, sagte Vonda. »Behrama verabscheut Blut.«

»Götter gibt es in allen Formen und Gestalten«, bemerkte Caspar. »Sprich weiter.«

»Als Yolonic den Thron bestieg, erklärte er unseren Glauben zu einer ›schlechten Strategie‹. Männer ohne Gefährtin weigerten sich, mit uns zu tanzen. Verheiratete Frauen mieden uns. Schon bald begannen sie, Steine zu werfen, wenn wir vorbeikamen.«

»Verbitterte geile Böcke und eifersüchtige, verheiratete Miststücke«, murmelte Yvette.

»Kein besonders toleranter Haufen, wie es scheint«, stellte Caspar fest.

»Als meine Mutter zu Yolonic ging, um ihn um seinen Schutz zu bitten, taten unsere Peiniger das Gleiche. Es folgte eine Debatte. Die Lösung unseres Königs bestand darin, uns zu verbannen.«

»Sie erzählt Euch nichts davon, dass unsere Männer einer nach dem anderen verschwunden sind«, beharrte Dumas.

»Oh, ich werde Euch erzählen, wie das passiert ist«, konterte Vonda. »Zu dieser Zeit tobte der Krieg in der Nähe der Moorlande sehr heftig. Ihr aus Hyak wart am nördlichen Rand der Moore und habt die Bollwerke der Seenvölker belagert. Die Sassoonen saßen im Dickicht entlang der Blutigen Straße im Osten. Reisen war gefährlich. Die Moorler zogen sich in den Sumpf zurück, um das Geschehen auszusitzen. In der Zwischenzeit gab man uns Anhängerinnen der Behrama die Schuld, wenn irgendwelche herumstreunenden Männer verschwanden.«

»Sie sind nicht weit gestreunt«, wandte Dumas ein. »Wir haben flache Gräber gefunden.«

»Klappe, Frauenschläger«, zischte Heath. »Ihre Geschichte ist besser als Eure.«

»In der Tat«, pflichtete Caspar ihm bei. »Diese Frau klingt sehr vernünftig und ehrlich.«

»Das ist mein von den Göttern gegebenes Talent«, sagte Vonda und hielt inne, um Caspar zu betrachten. »Ich werde Euch mit dem Rest von uns bekannt machen. Ich habe das Gefühl, dass das Schicksal uns einen guten Mann geschickt hat. Im Gegensatz zu dem da.« Sie deutete mit dem Daumen auf Dumas.

»Ja«, stimmte Caspar ihr zu. »Wir würden gern mit deinem Volk reden, um festzustellen, ob irgendjemand etwas von dem Prinzen gehört hat.«

Dumas konnte nur mit Mühe an sich halten. Er warf sich

auf dem Stuhl vor und zurück und stemmte sich gegen seine Fesseln. »Geht nicht mit ihr, Lord. Ihr macht einen Fehler, wenn Ihr Euer Schicksal in ihre knotigen Hände legt. Ihr werdet in einem flachen Grab enden.«.

Endlich lächelte Vonda Caspar an. Als Torwächterin war sie von Natur aus argwöhnisch, vor allem wenn es um Männer ging, die sie einfach beim ersten Anblick verprügelten. *Aber unter meiner behutsameren Behandlung ist sie weicher geworden.*

»Ich bringe Euch zu den anderen Behramaninnen «, versprach Vonda. »Und dann kehre ich zurück, um mich um Euren Mann hier zu kümmern, während Ihr dort seid. Aber wir müssen die Tür schließen, bevor wir gehen, damit keine Sumpfeidechse hereinspaziert. Trotz seiner Dummheit und Böswilligkeit würde ich nur sehr ungern sein Blut auf meinem Fußboden sehen.«

Kapitel 26

Opal

Die Schlange verwaister Kinder aus Seeblick umrundete eine seltene Biegung in dem Aquädukt, und für einige Sekunden konnten die hinteren Wachmänner Opal und Zottel nicht sehen. Zottel schob sich an den Rand des Gehwegs und ließ sich in den Kanalisationsschlamm gleiten. Opal folgte ihm. Eins der Straßenkinder schrie beinahe auf, als es sie hineintauchen sah, aber Opal gebot ihm mit einem Zeichen Schweigen, und der Junge hielt den Mund. *Straßenratten verstehen sich darauf, still zu sein.* Zottel trieb bereits abwärts, sein üppiges Haar von braunem Wasser und Exkrementen besudelt. Opal watete in die Mitte des Kanals, um sich ihm anzuschließen, ungefähr vier Schritte weit, ihrer Berechnung nach – sie war gut mit dem Abschätzen von Entfernungen. Sie brauchten nicht zu schwimmen; die Strömung hügelabwärts zog sie in den nächsten Durchlass, der unter einer Fußgängerbrücke herführte. Sobald sie darin waren, tasteten sie an den steinernen Wänden nach Halt, um ihren Schwung zu bremsen. Opals Fingernägel kratzten über die Steine, und sie suchte weiter, bis sie eine Stelle fand, an der sie sich festhalten konnte. Der Gestank in dem engen Raum war atemberaubend, sie musste dem Drang widerstehen, sich zu übergeben. Zottel klammerte sich neben ihr an die Wand.

»Ich hasse dich jetzt schon dafür«, flüsterte Opal würgend. »Aber wenn du recht hast …«

Zottel sprach ebenfalls leise. »Ich bin eine Hafenratte. Ich verstehe etwas von Schiffen. Sklavenhändler versuchen, sich zu tarnen, aber ihre Schiffe haben Pisslöcher auf jedem Deck, damit sie ihre menschliche Fracht nicht an Deck lassen müssen. Sie schrauben Deckel auf die Löcher, wenn sie in einen Hafen kommen, um sie zu verbergen, aber ein scharfes Auge kann die Reihen kleiner Kreise an der Seite direkt oberhalb der Wasserlinie trotzdem ausmachen.«

»Du denkst, sie wollen uns verkaufen?«, fragte Opal.

»Ich wette, wir sind bereits verkauft, Prinzessin. Gekauft und bezahlt.«

»Das verstößt gegen das Gesetz!«

»Weshalb man uns *hierher* geschickt hat. Denk einmal nach: Seeblicks Mächtige entledigen sich einer Verseuchung durch Straßenratten und verdienen daran Geld. Kannst du ihnen einen Vorwurf machen?«

»Ja.«

»Das wird dir nichts nützen. Wer würde dir glauben? Seeblick war glücklich, uns ziehen zu lassen. Die Karawane denkt, wir wären in der Stadt geblieben, was genau das ist, was wir getan hätten, wenn sie uns freigelassen hätten. Und die braven Leutchen von Dortch wissen nicht einmal, dass wir hier sind. Wie konnten wir glauben, dass Dortch etwas an uns liegen würde? Ausgerechnet an uns?«

»Weil wir es glauben wollten.«

»Nun, es ist nicht so. Die Sklavenhändler auf dem Schiff am Fuß des Hügels sind diejenigen, die uns wollen.«

»Bei den Eiern der Götter«, fluchte Opal leise. »Ich hätte nach Norden gehen sollen.«

Zottels Mundwinkel zuckten, als fände er ihre Respektlosigkeit lustig, aber er vergaß nicht, dass sie noch immer in Hörweite der Wachen waren, die an den Reihen der Straßenkinder entlangpatrouillierten. Er lachte nicht. »Warum? Was ist im Norden?«

»Jemand, dem etwas an mir liegt. Ein Soldat.«

»Warum sollte einem Soldaten etwas an dir liegen?«

»Weil ihm an mir liegen muss.«

»Dann gehen wir nach Norden, sobald die Kolonne vorbeigezogen ist.«

Es war eine verlockende Idee angesichts der Umstände. Aber dann dachte Opal an die anderen Gassenkinder, die glücklich ihrem Schicksal entgegenliefen und über zusätzliche Brotrationen lachten. *Sie werden ihr Brot in Ketten erhalten.* Die Straßenkinder von Seeblick waren genau wie sie, bevor sie in den Fischpalast aufgestiegen war. *Genau wie Lily ...*

»Nein«, sagte Opal.

»Nein?«

»Diesmal werde ich nicht weglaufen und jemanden zurücklassen.«

Der Aquädukt kippte Opal und Zottel sang- und klanglos in die Freundliche Bucht, und sie stürzten in sauberes Wasser. Opal tauchte auf, wiegte sich für einen Moment sanft mit den Wellen auf und ab und ließ das Salzwasser sie von menschlichem Unrat reinigen. Es war befreiend. Als sie zu schwimmen begann, konnte sie noch immer die Scheiße auf der Haut spüren, die das Meer wegwusch.

Das Sklavenschiff ankerte in der Nähe.

»Nach der hohen Wasserlinie zu schließen, ist der Frachtraum des Schiffes leer«, prustete Zottel, der sich durch die sanften Wellen kämpfte, um neben ihr her zu schwimmen.

»Sie haben die Kinder noch nicht an Bord gebracht«, sagte Opal. Sie betrachtete sie als Kinder, selbst jene, die ungefähr in ihrem eigenen Alter waren. Sie waren nicht aufgestiegen wie sie, und aus irgendeinem Grund fühlte sie sich verantwortlich für sie, wie eine Mutter. *Wie eine Schwester.*

»Ich werde dir trotzdem nicht helfen. Wir sind frei. Freiheit ist ein Geschenk, das nur wir Straßenratten wirklich zu schätzen wissen. Sie ist unser einziges Geschenk.«

»Ich bin nicht wie du.«

»Richtig, du bist eine Prinzessin. Palastregeln und all das. Regeln, Regeln, Regeln. Keine Freiheit dort.«

Zottel schwamm schneller als Opal. *Hafenratten wie er haben schon als Kleinkinder unter den Piers von Seeblick herumgeplanscht.* Er wandte sich in Richtung Strand, um dem langen Pier und dem gefährlichen, daran festgemachten Schiff auszuweichen. Bis zum Ufer war es nicht weit – der Aquädukt, der sie ins Meer gespien hatte, erstreckte sich nur weit genug über die Bucht, um die Ebbe zu überwinden und den Unrat in tiefere Gewässer hinauszuschicken wie eine säuerliche Nachricht an die Welt. Opal ließ Zottel ziehen und schwamm auf das Schiff zu.

Es war spärlich bemannt – es standen keine Späher auf den beiden schmalen Plattformen, die aus dem Heck und auf dem Klüverbaum vor dem Bugspriet hervorlugten. Es würden wahrscheinlich ein oder zwei Seeleute mittschiffs patroullieren oder sich unten ausruhen, aber der Großteil der Mannschaft schien an Land zu sein. Opal stieß auf der dem Meer zugewandten Seite gegen den Rumpf des Schiffes. Es ragte über ihr auf, ein Wasserriese, der sie zerquetschen konnte wie einen Tintenfisch. Selbst mit seinen sanften Schaukelbewegungen konnte es ihr sein gewaltiges, hölzernes Gewicht gegen den Schädel rammen und ihn zerplatzen lassen. Sie hielt mit ausgestreckten Armen einen gesunden Abstand zum Schiff und achtete darauf, sich nicht an den Muscheln zu schneiden, die an seinem entblößten Bauch klebten. Voll beladen würde es tiefer im Wasser liegen, und die scharfen Muschelschalen würden unter den Wellen verschwinden. So wie es jetzt dalag, bildeten die Krustentiere direkt oberhalb der Wasserlinie einen grauen Streifen über der braunen Längsseite des Schiffes.

Opal paddelte an der Steuerbordseite entlang, bis sie den Bug mit dem Wildschweinkopf erreichte und darum herumspähte. Der Pfad entlang des Abwasser-Aquädukts führte am Ufer auf einen kleinen Platz, auf dem Tische aufgestellt worden waren und den man geschickt eingezäunt hatte. Es sah aus, als wäre er für ein kleines Fest abgesperrt worden – vielleicht ein privates Willkommen mit Speis und Trank. *Es ist ein Käfig.* Die Gassenkinder waren bisher fügsam. *Aber wie wollen die Sklavenhändler sie auf das Boot bekommen?* Sobald die Kinder Verrat witterten, würden sie versuchen, in alle Richtungen davonzulaufen, und Straßenkinder hatten einen guten Riecher. *Aber ihre Nasen sind mit dem Geruch von Nahrungsmitteln gefüllt.* Opal konnte tatsächlich den Duft von gekochtem Fleisch riechen. *Fleisch!* Eine Delikatesse für die Mittellosen. *Aber sie werden kein Fleisch bekommen, wenn man sie erst einmal auf das Unterdeck verfrachtet hat.* Es war nur ein Lockmittel. Eine Ablenkung. Sie waren desorientiert in der neuen Stadt und dachten an nichts anderes als die nächste Mahlzeit. Das machte sie zahm und kontrollierbar. Die Sklavenhändler verstanden sich auf ihr Gewerbe. *Sie haben schon öfter arme Kinder eingefangen.*

Sie musste dafür sorgen, dass die Gassenkinder auseinanderrannten. Die Aussicht auf eine Mahlzeit machte sie gefügig, aber sie würden fliehen, sobald sie erkannten, in welch schlimmer Lage sie sich befanden. Opal musste es ihnen nur klarmachen. *Zumindest werden sie niemals freiwillig auf ein Schiff gehen.* Dafür waren sie zu klug. Sie war sich nicht sicher, wie die Sklavenhändler planten, sie an Bord zu bekommen. Es spielte keine Rolle. Der provisorische Zaun um den Platz herum konnte erklommen oder umgerissen werden, und die Kinder waren ihren Wärtern zahlenmäßig überlegen. Die Sklavenhändler konnten sie nicht alle zu fassen kriegen. Einige würden entfliehen und in der Stadt untertauchen. *Aber andere werden sie wieder einfangen.* Und der Verlust auch nur einiger weniger Kinder war inakzeptabel. *Ich werde sie alle retten.*

Sie wünschte, sie hätte ihnen schon auf dem Weg von dem Sklavenschiff erzählt. Aber der Weg war eine Falle gewesen – die Wände des Aquädukts waren zu hoch, und sie konnten nirgendwohin flüchten. Außerdem hatte Zottel sie zu schnell in die Kanalisation getrieben, um darüber nachzudenken. Er hatte die anderen im Stich gelassen, um sich selbst zu retten, und dafür hasste sie ihn ein wenig. Aber er hatte auch sie gerettet. *Warum?*

Opals Arme begannen zu schmerzen. Sie war am Meer aufgewachsen, aber keine Hafenratte wie Zottel. Sie schwamm, aber nicht regelmäßig. Auf der Stelle herumplanschen konnte sie gut, aber viel mehr auch nicht. Sie musste bald raus aus dem Wasser, bevor sie sich überanstrengte und von dem Schiff einen Schlag auf den Kopf bekam oder mit der Gezeitenströmung hinaustrieb. *Ich kann nicht an Land schwimmen,* dachte sie. Wenn sie sich unter die anderen mischte, würde sie gleich wieder in der Falle sitzen. Sie sah aus wie eine von ihnen – eine Straßenratte. Sie hatte sich mit kurz geschorenen Locken und schäbigen Kleidern allzu gut als ein Straßenkind getarnt, und dank des Ausflugs in Dortchs zentrale Kanalisation rochen ihre Kleider sogar nach der Gosse. Die einfache Bauerntunika und die zerrissene Hose, die sie trug, würden sie sofort als hervorragende Sklavenkandidatin ausweisen. Aber wenn sie nicht an Land schwimmen konnte, wie sollte sie dann an Land kommen?

Der Pier.

Sie trat und paddelte an der seewärts gelegenen Seite des Schiffes entlang, außer Sichtweite des Ufers, bis sie die schweren Taue erreichte, die das Sklavenschiff am Pier festhielten. Opal fragte sich, ob sie die Seile lösen konnte, damit es abtrieb. Ohne ihr Schiff waren sie nichts – Fremdländler in einer Stadt, in der ihr Gewerbe illegal war. Sie konnten ihre verbotene Fracht nicht länger als einen halben Tag auf einem offenen Platz verstecken. Wenn sie enttarnt wurden, müssten die Lords von Dortch sie bestrafen. *Und die Bestrafung für Sklaverei auf hoher See ist Kielholen.* Nur wenige überlebten es, an der langen Unterseite eines Schiffes entlang über die Muscheln gezogen zu werden – falls die Schnitte von den scharfen Schalen sie nicht töteten, würde es gewiss die darauffolgende Fäulnis von Hunderten von Schnittwunden tun. Opal seufzte. Das Schiff loszubinden würde nicht funktionieren, begriff sie. Sie würden nach kurzer Zeit die Kontrolle zurückerlangen. Es musste etwas Dramatischeres sein. Wenn es einen Aufruhr gab, würden die bestechlichen Wachen von Dortch sich davonschleichen. *Und sind es überhaupt echte Wachen von Dortch?*

Sie klammerte sich an einen Pfahl unter dem Pier und dachte angestrengt nach. Sie war gut im Nachdenken, wenn sie Zeit hatte – wenn sie nicht gerade in Pisse und Scheiße hineinsprang, um Sklavenhändlern zu entkommen, an die ihre eigene Stadt sie verkauft hatte. Wenn sie nicht gerade vor den Männern des Königs floh und ihre eigene Schwester vergaß. *Die Königin.* Opal war so erpicht darauf gewesen, im Palast hoch genug aufzusteigen, um Ihrer Majestät zu dienen, aber jetzt kochte Opals Blut bei dem Gedanken an die königliche Mörderin ihrer Schwester. *Böses, brünstiges Miststück!* Ihre Respektlosigkeit überraschte sie. Sie hatte immer gedacht, der Adel stehe über ihrer Verachtung. Vielleicht tat er das nicht. Das Knarren der Planken des über ihr aufragenden Schiffs hallte unter dem Pier wider und verspottete sie, während das Schiff auf den Wellen der Freundlichen Bucht dümpelte, als wollte es sagen: »Aber was kannst du schon tun, nasses, kleines, im Wasser treibendes Straßenmädchen?« *Ich werde sie vernichten, das werde ich!* Opal schwor es den weghuschenden Hafenkrabben und den dort klebenden Muscheln. Sie schwor es den Ohren des einzigen Menschen, der sie dafür verantwortlich machen konnte, sich daran zu halten – sich selbst. Sie schwor, dass sie eine Königin vernichten würde.

Aber zuerst muss ich ein Schiff vernichten.

Opal schlüpfte zwischen die Speichen des riesigen Tretradkrans neben dem Sklavenschiff auf dem Pier, und Wasser tropfte aus ihrem kurzen Haar und von ihren nassen Kleidern. *Wenigstens sind sie sauber, und die Scheiße ist herausgewaschen.* Sie hatte solche »Treter« wie diesen schon gesehen, die in Seeblick auf Türmen arbeiteten und Steine hoben, die schwerer waren als ein Pferd. Es waren Wunder der modernen Ingenieurskunst. Opal pflanzte die Füße auf die Querplanken, zuerst unsicher, wie das Gerät funktionierte, aber indem sie einfach über die Planken ging, stellte sie fest, dass sie das riesige Rad drehen und das dicke Seil einrollen konnte. Das Seil hob seinerseits einen schweren Balken an, der am Ende des kräftigen Holzarms befestigt war. Dieser Arm hing über dem Wasser. *Erstaunlich.* Sie hob einen hölzernen Balken hoch, den sie ohne die prächtige Maschine niemals hätte heben können. Als sie an einem der Hebel zog, schwang der Balken hin und her. *Ja!* Sie drückte den Hebel vor und zurück, und der Balken schwang von Seite zu Seite. Ein weiterer Hebel senkte den Arm. Das ganze Gerät tanzte und zitterte, während sie ging und Hebel bediente. Mit ein wenig Übung konnte sie den Balken ruckartig in eine Richtung senden und dann in die andere, in immer weiteren Bögen und immer schneller, je mehr Schwung er bekam.

»Hey!« Ein Mann näherte sich. »Hey-ey-ey!«

Sein Erscheinen war keine Überraschung – sie konnte die gewaltige Maschine nicht bedienen, ohne dass jemand es bemerkte. Der Mann trottete mit einem deutlichen Hinken den Pier entlang. Er war nicht wie ein Sklavenhändler gekleidet. Opal schwang den Arm des Krans herum wie ein betrunkener Seemann, der in die Richtung seiner Heimat deutete.

»Vorsicht, du da!«, rief der Mann. »Das ist ein empfindlicher, fein eingestellter Apparat!«

Er ist der Kranführer.

Ingenatoren, die solche mechanischen Dinge bauten, bedienten sie oft gegen ein Entgelt selbst, stemmten für einige Silberstücke pro Ladung Ziegelsteine oder verluden Fracht, obwohl es nicht wahrscheinlich war, dass Sklavenhändler jemanden anheuerten, der ihnen die Arbeit abnahm – dafür hatten sie Sklaven. *Dieser Kran gehört dem Mann selbst.* Er hatte ihn wahrscheinlich eigenhändig gebaut und bediente ihn stolz selbst, als würde es eine spezielle Fähigkeit dazu brauchen, die niemand sonst besaß. Aber soweit sie es erkennen konnte, brauchte man nicht mehr zu können, als zu gehen und an Hebeln zu ziehen.

»Hey!« Er rief nun zum Schiff hinauf. »Ihr Grenzländlerhaufen. Eins eurer Straßenkinder ist in meinem Kran!«

Die Sklavenhändler stammen aus dem Grenzland.

Keiner reagierte. Bei einigen lag es an einer Sprachbarriere. Andere kümmerte das Ganze nicht. Der Kranführer war ihnen egal. *Sie ignorieren ihn zu ihrem eigenen Verderben.* Opal grinste. Sie hatte den Holzbalken jetzt auf das Schiff gerichtet, und sie hatte entdeckt, dass einer der Hebel den Arm hob und senkte. Bei seinem nächsten Schwung konnte sie den heranrauschenden Balken unter die Wasseroberfläche fallen lassen, sodass er das Schiff treffen würde wie ein Rammbock. Mit einem Loch im Rumpf würden sie den Hafen nicht schnell genug verlassen können, um die Kinder fortzuschaffen.

Der Kranführer humpelte auf seine Maschine zu, aber solange das Rad sich drehte, kam er nicht an Opal heran – die wirbelnden Speichen hätten ihm den Arm abgerissen, wenn er ihn dazwischengesteckt hätte. Dann drehte er sich um und sah den unausweichlichen Pfad des Pfostens.

»Nein!«

Die Panik auf seinem Gesicht war verständlich. Man würde ihm die Schuld geben. Opal würde seine Maschine verlassen, nachdem das Holz das Sklavenschiff durchstoßen hatte. Sie würde in der Menge der Straßenkinder untertauchen, und ihm würde man die Schuld geben. *Und niemand will, dass ein Haufen Sklavenhändler auf einen wütend ist.* Sklavenhändler waren dem Hörensagen nach ein skrupellose Haufen. *Und Seeleute ebenso.* Die Seeleute würden noch zorniger sein. Das Schiff eines Seemanns war sein Zuhause, seine Lebensgrundlage, seine Geliebte. Matrosen hegten so große Zuneigung für ihre Schiffe, dass sie sie nach Frauen benannten, und jedes Schiff diente Dutzenden von Männern, nahm sie in sich auf wie die Gassenhuren in Seeblick.

Und ich stehe im Begriff, das Miststück zu versenken.

Der Balken holte ein letztes Mal weit aus und flog dann auf das Schiff zu. Der Kranmann jaulte und drehte sich weg. Opal wusste nicht, was sie von ihm erwartet hatte, aber was er dann tat, war vollkommen unerwartet. Er rannte auf den schwingenden Pfosten zu, sprang direkt davor und streckte die Hände aus, als wollte er ihn von dem Sklavenschiff abwehren.

Die riesige Holzbalken traf den Mann mitten in den Rumpf. Das vordere Ende rammte sich in ihn hinein und hob ihn in die Luft. Opal war so überrascht, dass sie es versäumte, den Kranarm zu senken, und so traf der Balken das Schiff weit oberhalb der Wasserlinie und klemmte seinen Passagier zwischen der stumpfen Spitze und dem Schiffsrumpf ein. Ein Zischen von Luft und das Krachen zahlreicher Rippen begleiteten den dumpfen Stoß. Holz traf nicht auf Holz. Der Körper des Mannes verhinderte, dass der Balken den Rumpf zersplitterte, und obwohl er vielleicht Haarrisse in den gewölbten Breitseitenplanken des Schiffes oberhalb der Wasserlinie verursacht haben mochte, drang der Balken nicht durch die Schalung.

»Scheiße!«, fluchte Opal.

Der Kranführer erschlaffte, sein Leben war vom Aufprall des Kranbalkens abrupt beendet worden. Als der Pfosten von dem Schiff abprallte, fiel der Mann ins Wasser, ein achtlos weggeworfener, schnell sinkender Sack zerquetschter Knochen und zermalmter Organe, sein Herz plattgedrückt.

Ich habe ihn getötet. Da waren Schuldgefühle. Er war kein Sklavenhändler gewesen. Er war ein unschuldiger Mann. Aber andererseits hatte sie ihn nicht vor den schwingenden Balken geworfen. Das hatte er selbst getan. Sie hatte lediglich den Kran bedient. Und ihre Bemühungen waren gescheitert. Die wenigen Sklavenhändler an Bord des Schiffes schrien jetzt durcheinander und zeigten auf den Balken, der dicht am Rumpf hing und im Rhythmus der Wellen dagegen klopfte. Sie verlangsamte das Tretrad, bis es stillstand, und schlüpfte aus dem Käfig. Weitere Seeleute kamen neugierig über den Pier herangelaufen. Opal ließ sich seitlich über den Rand zurück ins Wasser gleiten und schwamm ans Ufer.

Plan Nummer zwei.

Die wenigen Wachleute, die am Ufer geblieben waren, beobachteten die Straßenkinder nicht besonders genau. *Gut.* Sie lümmelten herum und plauderten miteinander. Opal zählte nur fünf, und obwohl es möglich war, dass weitere außerhalb des

Zauns standen, ermutigte sie diese Zahl. Die meisten der Matrosen waren auf den Pier gegangen, um den launischen Balken in Augenschein zu nehmen, der gegen ihr Schiff gekracht war, und den toten Kranführer, dessen triefenden Leichnam sie aus der Bucht zogen. Die Straßenkinder lungerten vollgestopft mit Fleisch und Brot und Wasser herum und ruhten sich von ihrer Reise aus. *Was das Brot betrifft, hatten sie recht.* Opal kroch aus dem Wasser wie eine Meeresechse und schlich den Strand hinauf, um sich unter sie zu mischen – ein Risiko, aber es würde nicht lange dauern, bis es ihr gelang, sie auseinanderzutreiben, sobald sie verstanden, was ihnen drohte. Sobald sie die Flucht ergriffen, konnte sie mit ihnen weglaufen. Auf zwanzig Kinder kam ein einziger Wachposten, und der Zaun war eine überwindbare Barriere, eher dazu errichtet, den Platz vor Blicken zu verbergen, als seine gesättigten Besucher gefangen zu setzen.

Opal entdeckte ein Mädchen, das sie kannte – eine hoch aufgeschossene Blondine ungefähr in ihrem Alter, älter als die meisten, erfahren, aber noch nicht verlebt. *Cassandra,* erinnerte Opal sich, aber das Straßenvolk hatte sie »Pferdchen« genannt, weil sie zwei übergroße obere Schneidezähne hatte und ihr Lager in einer verfallenen Scheune hinter den Ställen von Seeblick aufgeschlagen hatte, auf der Südseite der Stadt. Sie redete gern und war unter den Straßenkindern bekannt und geschätzt. Sie besaß Persönlichkeit, hieß es, und ihr machte der Geruch von Pferdemist nichts aus.

Opal bahnte sich ihren Weg zwischen einigen der jüngeren Kinder hindurch zu Cassandra und flüsterte ihr drängend zu: »Pferdchen!«

Cassandra drehte langsam den Kopf und antwortete, als spräche sie durch Melasse. »Jaaah …?«

»Versammle deine Leute – die Südseitler und die Stallfliegen. Wir müssen von hier fliehen.«

»Ahhh«, antwortete Pferdchen-Cassandra. »Flöhe und Fliegen.«

»Das da ist ein Sklavenschiff, und wir sind die Fracht!«

Cassandra riss die Augen auf. Normalerweise war sie ein aufgewecktes Mädchen, aber jetzt schien sie die Situation nicht zu begreifen.

»Pferdchen?«, sagte Opal. Als das Mädchen mit den vorspringenden Zähnen nur lächelte, gab Opal auf. Sie war keine Hilfe.

Opal ging an Cassandra vorbei zu einem Jungen, den sie nicht so gut kannte wie Cassandra, fasste ihn an der Schulter an und erklärte ihm die Gefahr in deutlichen, schlichten Worten. Er antwortete, er sei zu müde, um zu rennen, dann sabberte er und spielte mit seinem Speichel, zog ihn zwischen den Fingern zu Fäden. Opal lief weiter.

Es war von Straßenkind zu Straßenkind das Gleiche. Sie rissen die Augen auf. Sie wiederholten mechanisch ihre Worte oder antworteten unsinnige Dinge. Als sie einem Jungen erklärte, das Schiff werde mit ihnen über das Meer davonfliegen, wenn sie diesen Platz nicht verließen, antwortete er: »Ich fliege doch schon.«

Da begriff Opal das Problem. *Ich habe das schon mal gesehen.* Sie waren berauscht. Nicht betrunken, sondern etwas anderes – vergiftet, begriff sie. *Das Essen!* Sie waren von genau der Sache außer Gefecht gesetzt worden, die sie an dieses Ufer gelockt hatte. So bekamen die Sklavenhändler sie an Bord des Schiffes, ohne Unruhe zu riskieren.

Opal versuchte, sich einen Plan Nummer drei auszudenken, aber ihr Kopf war leer. Erneut stieg Panik in ihr auf und der Drang zu fliehen. Sie versuchte, ihre Atmung zu verlangsamen, und schaute sich um, um sich ein Bild von ihrer misslichen Lage zu machen. Die Seeleute waren noch immer auf dem Pier versammelt – *gut* –, aber einer der Wachposten aus Dortch runzelte jetzt die Stirn und kam durch die betäubte Rotte von Kindern auf sie zu. Sie bewegte sich zu zielstrebig, sie wirkte nicht benommen oder müde, und sie war ihm aufgefallen. Er würde feststellen, dass sie bei klarem Verstand war. Sie hatte ihre Tarnung vermasselt.

»Du da. Hey, du!« Seine Stimme war streng und befehlend – ein echter Dortcher Wachmann, wie es sich anhörte. Aber diese Aufgabe gehörte offensichtlich nicht unter seine üblichen Pflichten, und wahrscheinlich zahlte man ihm dafür ein Bestechungsgeld. *Eidbrüchiger Bastard.* Er sollte das Gesetz aufrechterhalten, nicht Sklavenhändlern helfen, es zu brechen. Lächerlicherweise fragte Opal sich, ob er pro Kind bezahlt wurde oder pauschal. Sie wünschte, sie könnte seinen Kommandanten herbeirufen, damit er sah, wie er Kinder verkaufte. Dafür würde man ihn kielholen. Aber sie konnte aus der Mitte des verborgenen Platzes niemanden herbeirufen. Tatsächlich steckte sie in ziemlichen Schwierigkeiten. Er war groß, bewaffnet mit einem schlanken, stählernen Spieß, und nachdem er mit Tritten ein paar träge Straßenkinder beiseitegestoßen hatte, hatte er sie auch schon erreicht.

Der Mann zog seinen Spieß und erwischte sie mit der Stahlkugel am Knauf mit einer einzigen gekonnten Bewegung seitlich am Kopf. Vor ihren Augen flackerte es, und dann wurde es dunkel. Als das Licht zurückkehrte, lag sie zu seinen Füßen auf dem Boden, und alles um sie herum drehte sich. Er wandte sich ab, um nach einem anderen Wachposten zu rufen.

Götter! Ich bin gefangen.

Aber dann sah sie mit ihrem verschwommenen Blick einen auf und ab hüpfenden Schopf Haare näher kommen. Bevor der Mann Hilfe holen konnte, tauchte Zottel aus der Menge der Straßenkinder auf wie eine zornige Katzenmutter, die sich auf einen Hund stürzte, und mit ähnlichen Ergebnissen. Er überraschte und ärgerte den Mann und landete sogar anfänglich einige schnelle Hiebe, aber der Ausgang des Kampfes stand niemals in Zweifel. Als er sich in die falsche Richtung bewegte, schwang der Mann den Spieß und traf Zottel mit dem stählernen Ball des Griffs. Seine Locken fingen den Schlag nicht ab, und er stolperte seitwärts über ein am Boden liegendes Mädchen, das geistesabwesend in den Himmel starrte. Er purzelte wie ein Spaßmacher auf der Bühne Hals über Kopf zu Boden. Der Wachposten nahm sich die Zeit, über ihn und das Mädchen zu lachen, und Zottel nutzte die Gelegenheit, Opal einen letzten Rat zu geben, während er in die andere Richtung kroch und den Wachposten von ihr weglockte. Er formte die Worte fast lautlos mit den Lippen, aber sie verstand sie.

»Lauf, du hinreißende Idiotin …«

Kapitel 27

Caspar

Caspar hatte nicht gedacht, dass der Sumpf noch sumpfiger werden konnte, aber er wurde es. Vonda führte sie über einen Damm aus in Stücke gesägten und hintereinander im Schlamm versenkten Baumstämmen. Dieser provisorische Holzweg wand sich wie eine eckige Schlange durch das Feuchtgebiet und verschwand bisweilen, sodass selbst Vonda ihre Schritte verlangsamen und vorsichtig tastend weitergehen musste, um den Pfad wiederzufinden. Ihre Stimmung hellte sich auf, und sie plauderte mit Yvette wie eine wohlgelaunte Reiseführerin, die Besucher willkommen hieß, während Caspar sich zurückfallen ließ, um mit seinem Dolmetscher über Cliff zu sprechen.

»Heath, du musst dieses Ding im Zaum halten.« Caspar schaute stirnrunzelnd zu dem Drachen hinüber, der auf allen vieren über die Holzstämme krabbelte und sich mit Hakenkrallen an dem schlüpfrigen, moosbedeckten Holz festhielt. »Um ein Haar hätte er unsere Mooreskorte gebissen. Wir wollten ihn nur fesseln.«

»Aber unseren Frauenverprügler aus den Sümpfen hat er nicht gebissen, oder, mein lordlicher Anführer?«

»Darum geht es nicht. Wir können nicht zulassen, dass er sich in unsere Angelegenheiten einmischt.«

Genau in dem Moment schob sich der winzige Drache

blitzschnell zwischen die beiden. Caspar rutschte erschrocken von dem Holzstück und zuckte abermals zusammen, als das Reptil das Wort an ihn richtete. *Ich kann mich einfach nicht daran gewöhnen.*

»Ich bin kein ›Ding‹ oder ein ›Es‹«, erklärte Cliff. »Ich bin ein Cliff. Und unsere Angelegenheiten gehen uns alle an, Euch und mich, nicht wahr?«

»Nein! Das tun sie nicht!«, widersprach Caspar und zog den Fuß aus dem Schlamm. »Meine Angelegenheiten sind die Angelegenheiten der Königin. Ich führe in ihrem Namen eine Gruppe fähiger Steuereintreiber.«

»Die Glorreichen Sechs, ja?«

»Ja.«

»Und das Miststück ist keine von uns.«

»Nein.«

»Dann bin ich der Sechste.«

»Nein! Was immer du bist, du bist kein Steuereintreiber. Du bist nicht einmal ein Mensch! Und schon gar kein Glorreicher. Du bist eine ... elende Kreatur.«

Cliff sackte in sich zusammen, als wäre er niedergeschlagen, eine menschliche Haltung, die bei einer Echse unnatürlich wirkte.

Er ist nicht wirklich traurig, sagte Caspar sich, als Cliff sich davonstahl. *Er ahmt lediglich die entsprechende Körperhaltung nach, die er bei uns beobachtet hat.*

»He, Menschen sind sowieso nicht so toll«, sagte Heath und lief hinter Cliff her. »Außerdem klingt ›elende Kreatur‹ für mich nach einem von uns.«

»Wir sind da«, verkündete Vonda. »Und gerade rechtzeitig zur Ernte!«

Die Sonne stand im Westen tief am Himmel und rollte entlang den Weidenwipfeln in Richtung Horizont. Fast ein Dutzend Rauchschwaden erhob sich von den Bäumen und malte weiße Streifen auf die dunkler werdende Leinwand der Nacht.

»Kommt«, drängte sie. »Auf die Lichtung. Es wird bald dunkel. Man sollte die Baumstämme vor der Nacht besser verlassen haben. Das ist die Jagdzeit von Sumpfeidechsen und Schlänglern und anderen Kreaturen.«

Vonda sprach schnell und frei mit Yvette, als sie einen Kreis von Unterkünften betraten, der stark an die Hütten der Moorler erinnerte. Sie wirkte geradezu fröhlich.

»Sashas Gabe ist das Kochen. Ronette hat ein Talent für Zimmermannsarbeiten. Olgana kann weben wie eine Frau von den Seen, was sie war, bevor sie sich uns hier angeschlossen hat.«

Das kleine Dorf war nicht in Fünfereinheiten eingeteilt, wie die Moorsiedlungen. Mehr als ein Dutzend stabiler Hütten scharte sich um eine zentrale Feuergrube, wo eine Frau an einem hölzernen Dreifuß stand und ein sachkundig gehäutetes Kaninchen, das über den Flammen hing und zischelte, mit Fett übergoss. Ein niedriger Zaun aus geschichteten Baumstämmen verlief rund um die kleinen Häuser, vermutlich um Sumpfeidechsen abzuhalten, und zwischen ihnen erstreckten sich üppige Gärten. Die Frauen, die sich um das Gemüse und die Blumen kümmerten, rissen die Augen auf, als die Gruppe ankam. Vonda machte mit den Händen ein Zeichen. *Sie teilt ihnen mit, dass von uns keine Gefahr ausgeht,* dachte Caspar. Andere Frauen füllten süßen Bienensirup aus den Mooren in Dutzende roter Tonkrüge ab – genauso viele, wie er in Nebelgrund aufgestapelt gesehen hatte. *Wir sollten diesen Frauen Steuern abnehmen.* Sie plauderten aufgeregt angesichts des Erscheinens der Besucher, viele von ihnen ebenso neugierig auf Yvette wie auf Cliff.

»Worin bist du gut, Schätzchen?«, rief eine von ihnen.

Yvette sah Caspar an, unsicher, ob sie antworten sollte. Er nickte. »Sei nicht unfreundlich.«

»Tiere«, sagte Yvette, und die Frau lächelte wissend.

Caspar und die Glorreichen bewegten sich frei zwischen ihnen und grüßten lächelnde Gesichter mit einem Nicken. Es waren arbeitende Frauen in praktischen Kleidern, aber nicht schmuddelig, und sie erfüllten ihre Aufgaben mit starken Händen – eine Holzhackerin, eine Köchin, Frauen, die Bienensirup in Töpfe füllten, eine Handwerkerin, die ein mit Farnwedeln bedecktes Dach ausbesserte. Eine ältere Frau wob feine Netze und befestigte sie an langen Stangen. Die Aktivitäten sahen für Caspar nicht anders aus als die in Yolonics Siedlung, obwohl Vondas Frauen vielleicht ein wenig emsiger waren. Niemand hielt in seiner Arbeit inne. Sie lächelten nur und schauten zu, wie er und seine kleine Gruppe zum Gemeinschaftspavillon gingen, einem hölzernen Gebilde auf Stelzen über dem Wasser, viel größer als die übrigen Häuser.

Der vertraute Geruch von Weihrauch und verbranntem Sumpfblatt wälzte sich aus der Tür des Pavillons, eine Geruchswelle, so rauchig-süß wie der Gestank im Sumpf abscheulich gewesen war.

»Ich rieche den Himmel«, murmelte Heath. Er öffnete den Mund zu einem Lächeln, das beinahe so breit war wie Cliffs zahnlastiges Grinsen.

»Ihr werdet euch nicht an Blatt oder Alkohol erfreuen, während ihr die Glorreichen repräsentiert«, ordnete Caspar an.

»Ich werde versuchen, da drin nicht zu atmen, Lord«, versprach Heath, dann duckte er sich durch die Tür in das Gebäude. Cliff folgte ihm. Dann Yvette.

Ich folge, statt zu führen, dachte Caspar und eilte ihnen nach.

Die Haupthalle war aus Holz gebaut, aber die Bretter waren nicht nach dem Willen der Behramaninnen zugeschnitten und gebogen worden. Stattdessen bewahrten die gebogenen Balken und knorrigen Dielenbretter ihre natürliche Form und waren mit anderen in ähnlichen Winkeln zusammengefügt worden, wie verschränkte Hände oder Schlangen, die sich umeinander wanden. Ihre Form diktierte die Bauweise, statt umgekehrt. Das Ganze wirkte, als seien Boden und Wände in wogender Bewegung. Gemessen an städtischen Maßstäben war die Halle von bescheidener Größe, aber beeindruckend für eine kleine Gruppe von Frauen, die mit begrenztem Werkzeug mitten in einem Sumpf lebte. Die Möbel waren aus Holz und geflochtenen Farnwedeln gefertigt. Sie waren einfach und sahen bequem aus, und am bequemsten schien es der Mann zu haben, der sich an der Stirnseite der Halle in einer gewebten Hängematte lümmelte.

»Seid mir gegrüßt, Besucher!«, rief er, als wäre er sein eigener Ausrufer. Er schaukelte in der Hängematte hin und her, während ein halbes Dutzend Behramaninnen in ihrem Tun innehielten, um zu plappern und auf Caspar und seine Glorreichen zu zeigen.

Caspar starrte den Mann an. Das Letzte, was er hier erwartet hatte, war ein Mann inmitten einer Kolonie verbannter Frauen. *Und noch dazu ein junger, gut aussehender Mann.* »Navvi?«

»Diesen Namen führe ich nicht mehr«, antwortete der junge Mann. »Hier bin ich nur Nav.«

Yvette konnte den jungen Mann genau wie Caspar nur anstarren. »Der Prinz?«

Heath lachte schallend.

Nav lächelte dazu. »Ich bin kein bloßer Prinz mehr. In Nebelgrund war ich ein dritter Sohn, der weggeschickt wurde, um mit einer Frau verheiratet zu werden, die meine Mutter ›passend‹ gefunden hätte. Hier bin ich ein König und kann so viele Ehefrauen haben, wie ich will.«

»Wie viele sind es denn?«, fragte Heath fasziniert.

»Sie alle!« Nav erwiderte Heath' Gelächter und hob eine Pfeife an die vollen Lippen.

»Der König hat uns hergeschickt«, sagte Caspar und verschwieg Yolonics Anweisung, sämtliche neuen »Ehefrauen« Navs zu töten.

Nav hielt mitten im Ausstoßen von Rauch inne. »Verratet meinem Vater nicht, dass ich hier bin«, sagte er in einem beinahe flehentlichen Ton.

Caspar fand, dass er sehr nach einem Kind klang. *Da ist es wieder, dieses Wort.* »Ich werde ihm irgendetwas erzählen müssen, und ich habe vor, einen Ehrlichkeitsschwur abzulegen, also bittet mich nicht zu lügen.«

»Erzählt ihm Gerüchte. Das sind keine Lügen. Irgendetwas Vages. Er ist ein abergläubischer Mistkerl und wird sich selbst seine eigene Lüge erzählen. Aber macht es Euch erst mal bequem, nehmt eine Pfeife und berichtet mir, wer Ihr seid.«

Caspar sträubte sich gegen das Angebot einer Pfeife.

Doch Heath erschien schnell an seinem Ohr. »Es wäre unhöflich von uns, seine Gastfreundschaft abzulehnen, hm?«

Widerstrebend nahm Caspar eine Pfeife von einer Frau entgegen, deren Talent darin bestand, Blatt zu trocknen und haltbar zu machen. Sie versicherte ihm, dass es eine schwächere Mischung sei als die, die Nav rauchte, und dass sie eine beruhigende Wirkung habe, die seine Wahrnehmung nicht einschränken würde. »Zumindest nicht sehr.« Er nahm einen tiefen Zug, hustete einmal und erklärte dann die Mission seiner Glorreichen Gesellschaft.

»… und so werden wir nach den Moorlanden weiterreisen, um von den Seen und Caraval Tribute zu fordern.«

»Aber warum sollten Steuereintreiber in die tiefen Moore

kommen?«, fragte Nav, als Caspar fertig war, ebenso verwirrt von dem dämpfenden Einfluss seines stärkeren Blattes wie von dem bizarren Erscheinen einer Gruppe von Steuereintreibern mitten im Sumpf.

»Ich leiste einen Dienst für die Steuern, die ich Eurem Vater abnehme.«

»Aha, Euer Dienst besteht also im Einsammeln von Prinzen. Ha!« Nav hustete ein herzliches Lachen aus, zusammen mit einem Mund voll Rauch.

Während er noch kicherte, legte eine Frau in einem langen gewebten Gewand, das um sie herumfloss wie grünes Moos im Wasser, eine Hand auf seine junge, muskulöse Schulter. Sie drückte sie ein wenig, bevor sie sprach.

Die Weberin, begriff Caspar. Die Frauen hatten Namen, aber sie wurden genauso oft nach ihren »von den Göttern geschenkten Talenten« benannt.

»Willkommen, Besucher«, sagte sie. »Ich bin Clarissa. Unsere Schwester Vonda hat Euch gelesen und festgestellt, dass Ihr gute Männer seid.«

»Ich bin Caspar Klein aus Hyak. Ich plane, Schwüre der Aufrichtigkeit und der Ritterlichkeit abzulegen oder der Loyalität. Oder vielleicht aller drei. Wie dem auch sei, ich bin froh zu hören, dass Eure Torwächterin mit uns einverstanden ist.« Er war überrascht, dass Vonda Heath für einen guten Mann hielt. In Wahrheit hielt Caspar ihn für einen respektlosen Bummler und einen Rauchkopf. Yvette oder Cliff sprach sie nicht an. *Sie sind keine Männer.*

»Ihr seid ein junger und gut aussehender Mann und weich. Jede von uns kann sehen, dass Ihr keine Bedrohung darstellt. Der andere ist primitiv, aber harmlos, wenn man richtig mit ihm umgeht.«

Solchermaßen erkühnt ergriff Heath das Wort. »Würdet

Ihr einem harmlosen Mann erlauben, an den ehelichen Freuden teilzuhaben, die Ihr dem Prinzen beschert?«

»Wir sind kein Harem, Primitivling.«

»Aber er hat gesagt, Ihr würdet alle ihm gehören.«

»Wir gehören nicht ihm.« Clarissa lächelte. »Er gehört uns.«

Nav wedelte mit den Händen und unterbrach sie mit lallendem Eifer. »Ah, aber wir betreiben Wortklauberei, obwohl wir eigentlich tanzen sollten! Alles hier ist ein großer Spaß, Freunde. Bleibt für eine Nacht, Klein und primitiver Mann. Wir werden einen Schlammtanz veranstalten. Euch wird das ganz besonders gefallen, Primitivling. Die Behramaninnen haben mich gelehrt, Schlamm von Körperteilen zu schleudern, von denen ich gar nicht wusste, dass sie das könnten! Diese Frauen sind exzellente Tänzerinnen. Obwohl ich sehe, dass Ihr selbst eine mitgebracht habt.« Der entlaufene Prinz grinste zuerst Caspar an, dann Yvette. Sein Lächeln war freundlich, nicht lüstern, und noch breiter durch das Blatt, das er rauchte.

Er denkt, sie ist mit mir zusammen, begriff Caspar.

»Er hat mich nicht mitgebracht«, protestierte Yvette. »Ich komme und gehe, wie es mir gefällt.«

»Glänzend! Das Gleiche tun meine geliebten Behramaninnen. Ich wette trotzdem, dass Ihr mit Schlamm bemalt fabelhaft aussehen würdet.«

»Aber erst ernten wir«, schaltete Clarissa sich ein, wie eine Mutter, die einen Jungen an seine Pflichten erinnerte. »Der Sichelmond wird bald aufgehen.«

Sie geleitete alle hinaus aus dem Pavillon zu einer kleinen Landzunge im Grünsee, direkt hinter der niedrigen Umzäunung, wo die Netzmacherin jedem von ihnen eine lange Stange mit einem Netz am Ende reichte. Sie war sich nicht sicher, ob sie Cliff auch eine anbieten sollte, und als er mit einer Klaue danach griff, ließ sie die Stange fallen und prallte zurück.

»Was machen wir damit?«, fragte Heath und hob die Stange für seinen schuppigen Freund auf.

»Wartet ab«, sagte Clarissa. »Und schaut zu.«

Sie warteten ab und betrachteten den Sumpf.

Cliff beschnupperte seine Stange und das Netz. »Worauf warten wir, Heath?«

Heath antwortete mit einer Abfolge von Klick- und Knurrlauten, die Drachenlaute waren. *Heath spricht die Sprache unserer Kreatur.* Er hatte Cliff noch nie zuvor Drachenlaute von sich geben hören, aber andererseits verbrachten die beiden eine Menge Zeit damit, abseits der anderen miteinander zu plaudern.

»Da!« Clarissa zeigte in den sich verdunkelnden Modder.

Sie hörten es, bevor sie etwas sahen. Yvette war die Erste. »Da kommt etwas«, sagte sie.

Caspar spannte die Muskeln an und hob abwehrend sein Netz gegen ein fernes Kichern tief im Sumpf. Das Geräusch schwoll zu einem gemeinschaftlichen Grollen an. *Wie ein Chor von tausend sich überlagernden Stimmen.*

»Ganz ruhig …«, riet Clarissa ihnen. »Passt auf.«

Nav stand rechts von Caspar mit seinem eigenen Netz. Der Prinz wippte auf den Fußballen vor und zurück, als bereitete er sich auf einen Wettkampf vor. *Oder eine Schlacht.* Das Geräusch kam immer näher, bis es vom Sumpf heranrollte wie der Nebel von Nebelgrund, dann fegte es über sie hinweg und übertönte Clarissas Stimme. Ihre Lippen bewegten sich, doch Caspar hörte nur das krächzende Getöse.

Sie erschienen in einer Welle, ergossen sich aus dem Sumpf, sprangen, schwammen und krochen aus dem Morast. Sie flossen wie Wasser um Caspars Beine und klatschten ihm gegen die Brust, ohne auf seine Anwesenheit zu achten.

»Frösche!«, brüllte Yvette entzückt.

»Es ist eine Plage!«, rief Heath und wich einen Schritt zurück.

»Es ist ein Festessen!«, brüllte Clarissa und wich keinen Zentimeter von der Stelle, während grüne Leiber ihre Beine und ihren Rumpf bombardierten.

Eine Mondlichtmigration!

Die Behrama-Frauen schwangen bereits mit sichtlicher Freude ihre Netze und fingen immer vier oder fünf Hüpfer gleichzeitig ein. Sie waren riesig und schwer – einige ihrer plumpen Leiber so lang wie ein Männerfuß –, und mehr als eine Stange zerbrach unter ihrem Gewicht.

Schon bald schwangen auch Heath und Yvette ihre Stangen und Netze und kippten Frösche in Fässer, die die Behramaninnen am Rand des Grünsees aufgereiht hatten. Cliff hockte nur mit offenem Maul da, die Kiefer so weit aufgesperrt, dass heranstürmende Frösche direkt hineinhüpfen konnten. Einige verschluckte er. Andere spuckte er in die Fässer.

Die Behramaninnen standen bis zur Hüfte in Fröschen.

Endlich hob Caspar seine eigene Stange, gerade als die Hauptwelle an ihm vorbeigezogen war und einer nach dem anderen im Blätterwerk auf der gegenüberliegenden Seite des Dorfes verschwand. Peinlich berührt, dass er erstarrt war und die Ernte verpasst hatte, sprang er hinter den langsameren her, streckte seine Stange aus und watete spritzend durch den Schlamm. Er bekam gerade einen fetten Frosch ins Netz, als er frontal in den Gestank hineinrannte. Der Geruch traf ihn wie eine Faust, und Caspar kippte nach hinten um und ließ seine Stange fallen. Keuchend und spuckend kroch er davon und überließ es dem Hüpfer, sein Netz in den Morast zu ziehen. Der Frosch riss es mit sich fort, sodass die Stange sich ruckartig zurückzuziehen und Caspar mit jedem Ruck zu verspotten schien, immer wieder, bis sie ins feuchte Gestrüpp gezerrt wurde und verschwand.

Als er sich herumrollte und auf die Knie erhob, stand das ganze Dorf vor ihm und beobachtete ihn. Und lachte.

Nav trat vor und fasste ihn an den Schultern, um ihm aufzuhelfen. »Zeit für den Schlammtanz, denke ich.«

Kapitel 28

Caspar

»Aleah, wirf für unsere Gäste einen Hüpfer auf den Stein«, rief Nav der Köchin zu.

Die untersetzte Frau lächelte und zog einen fetten Frosch an einem seiner mächtigen Hinterbeine aus dem Fass. Er strampelte in ihrer geschlossenen Faust, bevor sie ihn durch die Flammen genau in die Mitte eines großen, flachen Steins warf, der auf leuchtend roten Kohlen in dem tosenden Feuer in der Mitte des Pavillons lag. Die nassen Füße des Froschs zischelten auf dem Stein, und er hüpfte schnell an dessen Rand. Als die Flammen sich jedoch erhoben, um ihm den Weg zu versperren, wirbelte er verwirrt herum und hüpfte zurück in die Mitte, wo er von einem Fuß auf den anderen sprang, eine groteske Imitation menschlicher Bewegungsabläufe. Sein Tanz wurde immer schwächer, bis er nur noch kroch, sich dann langsam herumwälzte und zu einem sterbenden grünen Ball zusammenrollte, laut knisternd, als er lebend gegart wurde wie eine schmorende Opfergabe auf einem Altar.

»Ist sie nicht umwerfend?«, bemerkte Nav zu Caspar, während sie sich auf Farnwedelsofas fläzten. »Ich habe Aleah noch nie danebenwerfen sehen – kein einziger Frosch ist im Feuer gelandet in dem knappen Jahr, seit ich hier bin. Eine gute Ernte ist in den tiefen Mooren ein Segen. Andernfalls müssten wir Würmer essen.« Er zeigte auf einen mit Widerhaken versehenen Dreizack – eine kleinere Version von Dumas' Waffe. »Wenn der Hüpfer gar ist, könnt Ihr ihn mit dem Hüpferspieß herausholen.«

»Woher weiß ich, wann er gar ist?«

»Wenn er platzt! Oder Ihr fragt Aleah. Sie weiß es. Es ist ihr Talent.«

Aleah servierte Heath den gegarten Frosch, und er riss ein Bein ab und warf es sich über die Schulter. Eine Verschwendung von gutem Essen.

Seltsam.

Aber es gab noch mehr Frösche, und Caspar war zu entspannt, um sich darum zu scheren. Selbst das weniger starke Blatt, das er rauchte, besänftigte seinen Geist. Die scharfen Umrisse seiner Gedanken verschwammen, und besorgniserregende Beobachtungen glitten an ihm vorüber, ohne sich festzusetzen. Yvette war mit drei Behramaninnen beschäftigt, tief versunken in ein Gespräch über Tiere und Gartenarbeit und Weben und andere Talente. Heath hatte seine Mahlzeit beendet und leckte jetzt an einer lebendigen Kröte, ermutigt von einer Frau, die zu alt war, um nach männlichen Gefährten Ausschau zu halten. *Er leckt an einer Kröte?* Der Übersetzer hielt gelegentlich inne, um ein schiefes Lächeln durch den offenen Raum zu werfen, wo andere Frauen tanzten, bunten Schlamm in kunstvollen Mustern auf ihre vom Schweiß glitschigen Körper geschmiert. *Wo ist unsere Echse?*, fragte Caspar sich flüchtig. Es spielte keine Rolle.

Clarissa stand hinter Caspar, einen Fuß auf Navs Sofa gesetzt, und überwachte alles.

»Ist dies nicht einer der vielen Himmel?«, fragte Nav und zog ein tropfendes Bein von dem knusprigen Kadaver eines Froschs. Er reichte es Caspar, seine Lider schwer und sein rauchiges Grinsen verhalten.

»In der Tat, dieses Sumpfdorf gedeiht eigenartigerweise sehr gut.« Caspar biss in den fleischigen Froschschenkel und lachte. »Ich sollte es vielleicht mit Steuern belegen.«

»Ihr könnt es vielleicht versuchen«, sagte Clarissa von ihrem Platz hinter den Männern.

Eine rothaarige Frau erschien, brach von der Tanzfläche hervor und ließ die Hüften kreisen, bis sie fast auf Caspars Schoß war. Sie warf leuchtend gelben Schlamm von zwei prallen Brüsten, die sich in hypnotischen Kreisen bewegten. Er spürte, wie er sie anstarrte und zum Rhythmus ihres Tanzes nickte.

Clarissa bedachte die Frau mit einem schmalen Lächeln. »Sei nicht gierig, Marri. Du hast von unserem letzten Mann bereits alles bekommen, was du brauchtest.«

»Ahh, Clarissa, du kennst die Regeln. Lass den neuen Jungen wählen. Ich wette, dass es einen spaßigen Ringkampf mit ihm gibt«

Junge?

Marri drehte sich um und zeigte Caspar einen muskulösen Rücken vom Heben der Weidenbretter – sie war eine geschickte Waldarbeiterin und Erbauerin des Dorfes. Sie schnippte mit ihren schlammigen Fingerspitzen nach ihm und kicherte, als sie sein Gesicht mit gelben Wassertröpfchen bespritzte.

Caspar erhob sich, um ihrem spielerischen Spott zu begegnen, hielt dann aber inne und machte sich über Yvette Gedanken. Seine Pferdemeisterin schien mit den Behramaninnen zu beschäftigt zu sein, um sich darum zu scheren, was er tat. Er hatte seine Chance bei ihr verpasst. *Aber heute Nacht werde ich kein Junge sein!* Er erlag dem Rauch, und der Rauch tat sein zweifelhaftes Werk. Der Rest des Pavillons verschwand aus seinen Gedanken, und er streckte die Hand nach Marri aus.

»Du hast ein Kind?« Caspar schaute sich in Marris Heim um. Es war ein gut gebautes Haus, wie sie alle es waren, aber überall lagen Kleidung und Werkzeuge herum. Mitten im Chaos lag ein schlafendes Baby, kuschelig eingewickelt in eine fein gewebte Decke. Es hing von einem Gestell aus drei Stangen herab, das auf unheimliche Weise dem Kochdreifuß ähnelte.

»Du hast es hier zurückgelassen, um zum Tanzen zu gehen?«, fragte Caspar.

»Männer fühlen sich nicht zu Frauen mit Babys hingezogen. Du wärst nicht mit hergekommen, wenn ich ihn zum Tanzen mitgenommen hätte, oder?« Sie zog sich ein Kleid über ihre schlammigen Brüste. »Ich musste allein mit dir sprechen.«

»Damit wir in deinem Bett miteinander ringen können?« Es schien seltsam, dass sie sich anzog. Er hatte gedacht, der nächste Schritt wäre es, sich auszuziehen.

»Nein. Ich habe dich seinetwegen hergebracht.« Sie hob das Baby aus dem Dreifuß und überreichte es unerklärlicherweise Caspar.

»Ich verstehe nicht.«

»Du musst ihn mit euch fortnehmen. Heute Nacht.«

»Warum sollte ich fortgehen?«

»Weil meine Schwestern ein junges männliches Wesen für Behrama brauchen, und das könnte mein kleiner Sohn sein.«

»Was?« Er verstand noch immer nicht, oder vielleicht lag es auch am Rauch. Sie redete über irgendein seltsames Ritual der Behramaninnen, wie es schien. »Warum sollte ich mich hier einmischen?«

»Weil es auch dich treffen könnte.«

Caspar schwirrte der Kopf. Er hielt das Baby von sich weg, aber Marri nahm es nicht zurück.

»Sein Name ist Ravvi. Nav ist sein Vater. Bring ihn zu seiner Familie. Sie werden ihn großziehen, hoffe ich. Geh!«

Caspar zog eine Braue hoch, rührte sich aber nicht von der Stelle. »Ich gehe nirgendwohin, bevor du mir nicht alles erklärt hast. Und selbst dann bin ich mir nicht sicher, ob ich mitten in der Nacht irgendwo hingehen werde.«

Marri tigerte im Raum auf und ab und rang mit sich, und Caspar konnte erkennen, dass sie nervös war. Als er sich zum Zeichen, dass er nirgendwo hinging, auf ihr Bett setzte, stellte er fest, dass seine Verhandlungskünste sich verbesserten. Die Informationen sprudelten so schnell aus ihr hervor, dass er kaum hinterherkam.

»Behrama ist eine gierige Göttin. Sie lebt im dritten Himmel umringt von männlichen Dienern. Sie mag sie jung und hübsch. Wir schicken ihr Männer, und sie gibt uns Geschenke.«

»Geschenke?«

»Talente. Weberei. Gartenarbeit.« Sie schaute beschämt auf ihre Füße hinab. »Das Zimmererhandwerk.«

»Das Zimmererhandwerk?«

»Wir haben ihr in meinem Namen einen Mann geschickt, als ich hier ankam. Es ist das Talent, das sie mir gewährt hat.«

»Wohin geschickt?«

»In den Himmel.«

Mist! Das miese Gefühl, das er ignoriert hatte, drang jetzt scharf durch den Rauch. Caspar erhob sich und dachte, dass er vielleicht doch in die Nacht hinaus fliehen würde. Aber er wusste nicht wohin, ohne einen Führer. *Die Sumpfeidechsen jagen bei Nacht.* Und dann war da auch noch Navs Sohn.

»Was ist mit diesem Baby?«, fragte er.

»Ich dachte, ich könnte es tun. Ich dachte, ich könnte mein Kind hergeben, wenn es ein Junge würde. Aber ich kann es nicht ertragen. Ich liebe Ravvi mehr, als ich mich selbst liebe. Mehr als jedes Talent. Tatsächlich hasse ich mich für den Gedanken, dass ich es könnte. Und wegen all dieser Männer.«

Caspar stöhnte. *Die verschwundenen Männer.* »Ihr holt sie von den Straßen«, wurde ihm klar. »Yolonic hatte recht! Ihr lockt sie mit euren schlammigen Brüsten hierher und opfert sie eurem Gott!«

»Du verstehst die Macht dahinter nicht. Erst nichts und dann *etwas* zu haben. Du bist ein Edelmann wie Nav. Ihr habt von Anfang an alles. Wir haben erst angefangen zu leben, nachdem Behrama uns ein Talent gegeben hat.«

»Ihr seid Hexen.«

Sie wand sich sichtlich. Die Bezeichnung gefiel ihr nicht. »Du hältst mich für böse. Das verstehe ich. Aber Ravvi ist unschuldig. Sieh ihn dir nur an. Er ist ein Baby. Du kannst nicht zulassen, dass sie ihn töten. Nimm ihn mit und geh.«

Caspar schüttelte den Kopf und versuchte, den Nebel zu verscheuchen, den das Blatt hinterlassen hatte. Er legte den Jungen aufs Bett. »Behalte das Kind hier. Ich muss meine Leute zusammenholen.«

»Nein. Du musst Ravvi retten. Ich habe mit dir alles riskiert.«

»Ich werde zurückkommen und den Jungen holen.«

»Wirst du nicht«, jammerte Marri.

Caspars Gedanken rasten, als er zur Tür ging. »Und ich muss es dem Prinzen sagen.«

Marri grapschte nach ihm. »Tu das nicht. Er wird nicht mitkommen.«

»Lass mich los, Frau. Ich schulde dir gar nichts.«

»Du schuldest mir Ritterlichkeit. Du willst Ritterlichkeit schwören. Vonda hat es gesagt.«

Scheiße!, dachte Caspar durch den Nebel hindurch. Sein Verstand arbeitete wieder. »Wenn ich das Baby durchs Dorf trage, werden die anderen Verdacht schöpfen. Und ich muss meine Truppe warnen. Ich werde sie sammeln und zurückkommen. Auf wen muss ich achten, wenn ich das Dorf durchquere?«

Marri holte tief Luft. »Auf alle.«

Caspar verließ Marris Haus und nestelte deutlich sichtbar für alle am Band seiner Kniehose. *Am besten, sie denken, ich hätte das Bett mit ihr geteilt.* Er spürte ein Paar Augen auf sich – eine Behramanin, die so tat, als wäre sie aus ihrem Quartier getreten, um Luft zu schnappen. Sie wandte hastig den Blick ab, ein sicheres Zeichen dafür, dass sie ihn beobachtet hatte. Um der Wirkung halber tätschelte er auch noch seinen Schwanz. Er war sich nicht sicher, ob Männer sich den Schwanz tätschelten, nachdem die Sache getan war, aber es schien ihm etwas zu sein, was ein befriedigter Mann vielleicht tun würde.

Er hatte seine Glorreichen und den Prinzen im Pavillon zurückgelassen, daher ging er als Erstes dorthin, in der Hoffnung, dass Heath nicht zu berauscht war, um ihn zu verstehen, und dass Yvette sich von der Behramanin losreißen konnte, die sich so für sie zu interessieren schien. *Und wo ist diese verdammte Echse?* Es spielte keine Rolle. Seinetwegen konnte das Tier im Sumpf bleiben. *Es ist ohnehin eine widernatürliche Kreatur, die besser in diese seltsame Grenzwelt passt als in unsere Welt.* Er würde Cliff hier zurücklassen, beschloss er.

Der Einzige, der sich noch im Pavillon befand, war Nav. Er lag bewusstlos auf einem geflochtenen Farnwedelsofa, das Gesicht den Sternen über dem Rauchloch zugewandt. Caspar stieß einen leisen Fluch aus. *Ich kann ihn unmöglich tragen.* Als er im schwindenden Feuerschein auf Nav zuging, bemerkte er, dass der Prinz andere Kleider trug als zuvor – eine formelle, grüne Hochzeitsrobe –, und seine Stirn mit glänzendem Öl gesalbt war.

Eigenartig.

Caspar legte dem Prinzen eine Hand auf die Schulter, aber Nav rührte sich nicht, und der Anblick seiner weit aufgerissenen, starren Augen sandte einen Schauer über Caspars Wirbelsäule. Er legte ihm eine Hand an die Wange. Sie war kalt, und als Caspar leicht dagegendrückte, fiel Navs Kopf locker zur Seite und entblößte seinen Hals, um den ein Zeremonienschal gewickelt war. Darunter war eine purpurne Prellung erkennbar.

Man hat ihn stranguliert! Caspar wirbelte herum und schaute sich im Raum um. *Der Prinz ist tot!*

Er hörte, dass hinter einem schweren Vorhang gesprochen wurde. *Clarissa.* Und eine weitere Stimme, die er nicht erkannte.

»Ich war den ganzen Tag unterwegs und habe Reisende kennengelernt, und es war kein einziger gut aussehender Mann dabei.«

»Wir hatten Glück«, sagte Clarissa. »Einer ist uns aus freien Stücken zugelaufen …«

Der Vorhang wurde zurückgerissen, und die Frauen sahen Caspar über Navs Leichnam gebeugt dastehen. Sie starrten einander an.

Clarissa runzelte die Stirn, dann lächelte sie schnell. »Ah, da ist er ja.«

Caspar erinnerte sich an seinen geplanten Schwur der Ehrlichkeit, schluckte hörbar und log: »Ich glaube, Nav hat zu viel von dem Blatt geraucht.«

»So scheint es«, stimmte Clarissa ihm zu. »Aber keine Sorge. Wir haben uns um ihn gekümmert. Wieso seid Ihr schon wieder da? Ich dachte, Ihr wärt bei Marri gewesen. Sie wirkte ziemlich interessiert.«

Caspar hielt Ausschau nach weiteren Behramaninnen. Es waren nur sie drei im Raum. »Ich bin mit ihr gegangen«, antwortete er. »Schließlich bin ich ein Mann. Aber dann hat ihr Kind Lärm gemacht. Ich suche nach einem ruhigeren Bett. Wo schlafen meine Glorreichen?«

Clarissa sah die andere Frau an, bevor sie erwiderte: »Das weiß ich nicht. Sie haben den Pavillon mit anderen verlassen, während wir hier geblieben sind, um uns um Nav zu kümmern. Er fühlt sich bisweilen unwohl, vor allem nachdem er geraucht hat.«

»Wer ist Eure Freundin hier?« Caspar deutete mit dem Kopf auf die andere Frau, die einen stabilen Schal trug, genau wie der um Navs Hals.

»Ich bin Lucia«, stellte die andere Frau sich vor. »Ich bin gerade von der Tiefmoorstraße zurückgekehrt. Dann müsst Ihr Caspar sein.«

»Seid mir gegrüßt, Lucia. Ihr müsst sehr mutig sein, wenn Ihr nachts durch die Moore wandert.« *Oder es gibt einen sicheren Pfad herein,* dachte er. *Und hinaus.*

»Seid gegrüßt, Caspar. Es wird schön sein, Euch hier zu haben.«

»Mich hier zu haben?«

»Wir werden es genießen, einen neuen hübschen jungen Mann hier zu haben. Zur Gesellschaft. Und um uns zu vermehren.«

»Ihr habt Nav. Mich braucht Ihr nicht.«

Lucia runzelte die Stirn und drehte sich zu Clarissa um. »Ich dachte, du hättest gesagt, Marri habe ihn bereits in ihrem Bett gehabt.«

»Er hat gesagt, es sei so gewesen.«

Lucia drehte sich um und funkelte Caspar an, und ihre Blicke bohrten sich in seine Augen auf der Suche nach Ehrlichkeit. »Hast du es mit ihr getrieben, Junge? Sag die Wahrheit.«

Plötzlich war ihm alles klar. Marri hatte den Prinzen in ihr Bett geholt, und das war der Grund, warum er geblieben war. *Sie stehlen Männern die Schwänze,* erinnerte Caspar sich. Sie hatte einen weiblichen Zauber um einen geilen jungen Mann gewoben, das beeinflussbarste und anfälligste aller Opfer. *Das ist Marris von den Göttern geschenktes Talent!*

»Und ob ich das getan habe«, behauptete Caspar. Als ihre Züge nicht weicher wurden, versuchte er es noch einmal. »Ich, ähm, habe es ordentlich mit ihr getrieben.«

»Er weiß Bescheid!«, zischte Lucia. »Schnapp ihn dir!«

Sie stürzten sich auf ihn.

Es war ganz anders als die Übungskämpfe im Hof, wo er seine Gegner kannte und sie sich mit einer Verbeugung voreinander hinstellten, bevor sie mit vertrauten Taktiken angriffen. Clarissa war schnell, und sie sprang Caspar an wie ein Frosch mit ausgestreckten, rissigen Fingernägeln, sodass er ihre Handgelenke packen musste, bevor sie ihm die Augen auskratzen konnte.

Lucia spannte ihren Schal zwischen beiden Fäusten. »Nicht sein Gesicht, blöde Sumpfhexe! Behrama mag sie hübsch.« Sie warf Caspar den Schal über den Kopf, sprang zurück und zog den stabilen Stoff um seine Kehle stramm.

»Ich habe seine Hände beschäftigt, nicht wahr, du undankbarer, stinkender Genitalsumpf.«

Caspar wehrte sich, aber Lucia presste sich an seinen Rücken. *Sie hat das schon öfter gemacht,* begriff er, *und nicht auf dem Trainingshof.* Er starrte atemlos durch das Rauchloch in den klaren Nachthimmel. Seine Sicht flackerte, vielleicht waren es aber auch die funkelnden Sterne. Da war irgendeine Art von Bewegung über ihm, undeutlich, ein Schatten vielleicht. Sein Kopf fühlte sich auf eine Weise umnebelt an, die sich ganz anders anfühlte als die, die das Blatt verursacht hatte. Dann fing der Feuerschein den Schatten auf – ein kriechendes Ding am Rand des Rauchlochs, das wie ein Insekt über die Decke krabbelte oder vielleicht wie eine Ratte mit einem langen Schwanz, nur größer, fast so groß wie ein Mann. Klammernd, schleichend. Schlangenhaft. Reptilienhaft.

Cliff!

Der Drache huschte durch das Rauchloch hinein und kletterte an der hölzernen Wand hinab.

Lucia verdrehte den Schal. »Halt ihn fest, Clarissa. Muss ich denn alles selber machen? Behrama wird mich am meisten belohnen.«

»Bah! Ich habe diesen Hübschen hier für sie übrig gelassen, aber ich kratze dir deine hässlichen Glubschaugen aus dem Kopf, wenn du nicht sofort dein Froschloch schließt und dich um deine eigenen Angelegenheiten kümmerst.«

Cliff war jetzt direkt über ihnen, hielt sich mit den Hinterkrallen an der Decke fest und ließ sich neugierig herabbaumeln. Die Hexen würden ihn bald sehen. *Sie werden ihn zu Eintopf verarbeiten oder seine Knochen zermahlen und einen Trank daraus brauen.* Schuldgefühle durchzuckten Caspar. Cliff war im Grunde gar kein schlechter Kerl – für eine sprechende Echse. Caspar versuchte, ihn zu warnen, konnte aber die Hände nicht bewegen und hatte keine Luft mehr, um einen Laut von sich zu geben. *Nein. Husche davon. Rette dich. Geh!*, formte er lautlos die Worte mit den Lippen, nutzlos. Das war die Art von Anführer, die er die ganze Zeit über gewesen war, dachte er. Nutzlos. Und jetzt würde er sterben.

Cliff ließ sich fallen, landete mitten auf Lucias Rücken, mit vier ausgestreckten, gespreizten Pfoten und ausgefahrenen Krallen, und umklammerte sie in einer grotesken Reptilienumarmung, bevor er das weiche Fleisch ihres Bauches und ihres Gesichts durchstach. Seine Krallen waren viel länger als Clarissas Fingernägel, und zwei von ihnen bohrten sich tief in die Augenhöhlen der Hexe, entfernten einen geröteten Augapfel mit einem »Plopp« aus seiner Höhle und zerfetzten den anderen. Er riss sein gewaltiges Maul auf, so weit, dass sein Gesicht aussah, als spaltete es sich in zwei Teile, und schlug ihr die Zähne in den Hals. Blut spritzte, und als Cliff den Kopf wieder hob, ragten zu beiden Seiten seines Mauls weiße Knöchelchen heraus. Die Hexe zuckte und erschlaffte dann.

Clarissa sprang zurück, und Caspar war plötzlich frei. Um Atem ringend drehte er sich um und schaute zu seiner elenden Kreatur auf. Cliff schenkte ihm ein blutiges Lächeln und spuckte Lucias rotes Fleisch auf den fein gearbeiteten Boden, zusammen mit weißen Knochensplittern, die er aus ihrem Rückgrat gerissen hatte.

Die Kraft in diesen Kiefern.

Caspar konnte immer noch nicht sprechen, und bevor er sich bei Cliff bedanken konnte, schoss der Drache hinter Clarissa her. Sie hatte einen Vorsprung, aber der Drache war schnell. Er sauste mit wirbelnden Beinen durch den Pavillon, erwischte sie in der Nähe des Feuers, sprang ihr auf den Rücken und riss sie von hinten um wie eine große Katze, die einen Elch niederstreckte.

»Bitte… friss… sie… nicht«, krächzte Caspar. Seine Worte waren schwach – sein Atem ging immer noch in kurzen Stößen –, aber der Drache hörte ihn. Cliff schloss das Maul um ihre Schulter, hielt schwankend inne und schleifte sie zurück zu Caspar, wie ein Hund, der ein Kaninchen apportierte. Als sie mit zuckenden Beinen um sich trat, versenkte er eine Kralle in ihrem Hintern, um sie weiterzuzerren, und sie erreichte Caspar als erschöpftes Häufchen aus Fleisch und Blut.

Caspar schnappte nach Luft.

»Schrei nicht um Hilfe, Hexe«, keuchte er. »Es sei denn, du möchtest das Schicksal deiner Gefährtin teilen.«

»Ruft Euer Ungeheuer zurück«, stöhnte Clarissa.

»Nicht bevor du mir erzählt hast, welchen Zauber du für uns vorgesehen hast. Ich weiß, dass ihr Nav getötet habt. Sprich schnell, sonst lasse ich dich von meiner Kreatur auffressen.« *Eine weitere Lüge – ich entwickle ein beunruhigendes Geschick im Lügen.* Er sah Cliff kopfschüttelnd an und formte mit den Lippen lautlos das Wort »nein«.

»Behrama hat gern gut aussehende männliche Diener, die ihr aufwarten. Der Prinz dachte, er hätte einen Harem. Jetzt befindet er sich in einem Harem.« Sie kicherte beinahe, aber Cliffs Kralle steckte tief in ihrer Pobacke, und der Schmerz erstickte ihr Gelächter, bevor es entweichen konnte.

»Und ich?«

»Du hättest ihn ersetzt. Marri hätte dich verzaubern sollen. Es war dieses verfluchte Baby, nicht wahr? Diese weichherzige Kuh!«

Caspar bat Cliff, sie loszulassen. Sie klatschte zu Boden und hielt sich ihre blutenden Wunden. Caspar schätzte, dass sie mit fünf Löchern im Hintern nicht schnell oder weit laufen würde. Wenn sie weiter so blutete, würde sie wahrscheinlich sogar sterben.

»Du bist der Kopf dieser Schlange, nicht wahr?«, fragte Caspar. »Die Dorfanführerin. Wie viele Männer musstest du für dieses von der Göttin geschenkte Talent töten, hm?«

»Einen«, murmelte Clarissa.

Caspar zog eine Braue hoch zum Zeichen, dass er ihr nicht glaubte.

»… jedes Jahr«, beendete sie ihren Satz.

»Wo sind sie?«

»Im Garten«, antwortete Cliff für sie.

Die Hinrichtung einer gefangenen Frau ohne Verhandlung war nicht ritterlich, befand Caspar. Also band er die Hexenbürgermeisterin an eine Säule, knebelte sie mit ihrem eigenen

Schal, bedeckte sie mit einer Decke und hoffte, dass fürs Erste niemand in den Pavillon kommen würde. Cliff schlich sich mit ihm durch eine Hintertür in den Garten, wo der Drache im Mondlicht den Kopf zum Boden senkte. Die Erde war in regelmäßigen und symmetrischen Abständen zu Hügeln aufgeworfen, von denen jeder vielleicht einen Meter achtzig lang und neunzig Zentimeter breit war. Und obwohl da Gemüsestängel und Salatköpfe waren, wuchsen sie zwischen den Hügeln. Cliff fuhr mit der Nase an den Reihen entlang.

»Hier sind Dutzende flacher Gräber, Echse.«

»Ich habe versucht, es Euch zu sagen. Ich habe versucht, es Heath zu sagen.«

»Ich erinnere mich nicht.«

»Ihr habt Blatt geraucht und an Fröschen geleckt.«

»Igitt. Ich weiß.«

»… und die Frauen angestarrt wie Affen in Paarungstrance.«

»Ich weiß!«

»Ich habe Euch gesagt, dass diese Frauen falsch riechen. Aber Ihr habt nicht auf mich gehört. Ihr riecht übrigens auch nicht besonders gut.«

»Ich höre dich jetzt. Mein Kopf wird langsam klar. Was machen wir jetzt?«

Cliff wackelte mit seinem schuppigen, keilförmigen Kopf, die Andeutung eines Nickens. »Heath suchen.«

Und Yvette, dachte Caspar.

Sie fanden ihre Pferdemeisterin als Erste, in dem kleinen Häuschen, das Caspar sie vor der Ernte hatte besuchen sehen. Yvette teilte das Bett in der Hütte mit einer schnarchenden Behramanin, aber sie konnten sie wachrütteln, ohne ihre betrunkene Mitbewohnerin zu stören. Beide hatten auf dem Fest

Bienensirupmet getrunken, und Yvette erhob sich fluchend, sodass Caspar ihr Schweigen gebieten musste.

»Yvette, hol dein Messer und deinen Bogen«, flüsterte er. »Wir müssen nach Heath suchen und von hier verschwinden.«

»Mitten in der Nacht?« Sie fühlte sich noch benommen. »Durch den Sumpf?«

Er konnte ihr nicht sagen, dass ihre Gastgeberinnen Hexen waren. *Zu viel zu erklären.* »Nav ist tot, und die Behramaninnen sind hinter uns her. Wir mussten eine töten.«

»Ihr habt Nav getötet?«

»Nein. Wir haben eine von *ihnen* getötet. Eine Frau im Pavillon.«

»Du hast eine der Schwestern getötet?«

Schwestern?

Yvette erhob sich schwankend. »Scheiße!«

Weitere Erklärungen brauchte sie nicht. Sie verstand die Dringlichkeit der Situation, und sie kam mit. Caspar wurde bewusst, dass er keine Waffe hatte. Er schnappte sich einen Hüpferspieß, der neben der Tür an der Wand lehnte. Es war nicht seine Waffe, aber der Stock würde genügen müssen, bis sie zu Marris Hütte zurückkehren konnten, um sie zu holen.

Sie fanden Heath im Grünsee, wo er auf dem Rücken liegend im puddingdicken Schlamm vor sich hindümpelte.

»Wir kommen zu spät«, stöhnte Caspar. »Und ich bin schuld daran.«

Cliff legte den Kopf schief wie ein neugieriges Huhn und zischte seinen im Schlamm treibenden Freund an.

Zu Caspars Überraschung drehte Heath sich in dem Modder herum und paddelte auf sie zu. »Cliff! Bist du gekommen, um mit mir ein kühles Bad im Wasser zu genießen?«

»Halt die Klappe, törichter Mann«, sagte Cliff. »Wir fliehen.«

»Können wir nach meinem Bad fliehen?«

»Bad?«, fragte Caspar, verwirrter denn je. »Der See ist moderig und stinkt. Merkst du das nicht?«

»Ihr konntet diese ekelhaften Frauen nicht als das sehen, was sie waren«, bemerkte Cliff. »Er kann den Modder nicht sehen.«

Caspar neigte den Kopf. Die Kreatur hatte recht. »Hier ist nichts, was es zu sein scheint.« Er rief nach Heath. »Raus aus dem tiefen Wasser, sonst fressen dich die Sumpfeidechsen.«

»In diesem sanften Teich? Unfug.«

»Er ist verzaubert«, sagte Caspar. »Wir alle sind verzaubert worden.«

»Nur Ihr Menschen ohne Verstand«, entgegnete Cliff. »Ich habe mich auf einem Baum versteckt.«

»Warum hast du es uns nicht gesagt?«

»Ich habe es Heath gesagt. Er hat meine Worte ignoriert. Ich habe mich versteckt. Ich habe gewartet. Ich habe geholfen.«

Er hat tatsächlich geholfen. Die elende Kreatur hatte ihm das Leben gerettet.

Heath kam aus dem See gewatet, und Moos und Schlamm tropften von ihm herab, seine Wäsche war verdreckter als vor dem Bad.

»Wer weiß, dass du hier draußen bist?«, fragte Caspar.

»Die alte Frau, die mir die Kröte zum Lecken gegeben hat. Eben war sie noch hier.« Er schaute sich um.

Caspar drehte sich um und tat das Gleiche.

Yvette schüttelte den Kopf. »Nein. Sie ist weg.«

»Zieh deine Hose an«, befahl Caspar. »Wir gehen.«

»Warum?«, fragte Heath, während er seine Hose über den Schlamm und den Schleim zog.

»Dieser Ort ist Gift. Yvette, du wirst dein Talent als Fährtensucherin benutzen müssen, damit wir den Weg zurück finden. Aber vorher muss ich noch etwas holen gehen …«

Kapitel 29

Caspar

Marri tigerte auf und ab, als sie eintraten.

»Gib mir den Jungen«, sagte Caspar. »Ich werde ihn mitnehmen.«

»Die Götter mögen dich segnen!«

»Sag das nicht! Ich weiß nicht, ob du mir etwas Gutes wünschst oder mich umgarnen willst.« Caspar hob Ravvi hoch und inspizierte ihn. Er war sich nicht sicher, wonach er suchte – vielleicht nach irgendwelchen Hexenmalen –, aber er sah aus wie ein normales Baby. »Du kommst ebenfalls mit«, eröffnete er Marri.

»Nein. Ich kann nicht. Ich habe Männer ermordet. Die Moorler werden mich töten.«

»Werden die Hexen dich dafür töten, dass du uns geholfen hast?«

»Ja.«

»Dann hast du keine gute Wahl.«

»Du bist so oder so tot«, gab Yvette zu bedenken.

»Ich werde eine Geschichte erfinden, um sie aufzuhalten«, sagte Marri.

»Ich brauche sie, damit sie uns hilft, den Weg zu finden«, erklärte Yvette Caspar.

»Du kommst mit uns, Hexe«, entschied er.

Caspar fand seine Klinge und hielt sie gezückt in der Hand, als sie sich auf den Weg zu dem Damm machten, der aus dem Dorf der Behramaninnen hinausführte. Dabei sahen sie keine einzige Bewohnerin.

»Wo sind sie?«, fragte Caspar sich laut.

»Vielleicht haben sie sich in Fledermäuse verwandelt?«, schlug Cliff vor.

»Das sind nur Geschichten und Torheiten«, blaffte Yvette.

»Irgendjemand hat sie gewarnt«, murmelte Marri. »Sie holen andere aus nahen Siedlungen hierher.«

»Es gibt noch mehr davon?« Das kam von Heath.

»Der andere Pfad aus dem Dorf«, stöhnte Caspar. »Argh. Ich habe eine ihrer Meuchelmörderinnen am Leben gelassen, wo man sie leicht finden konnte. Zur Hölle mit Ritterlichkeit!«

»Warum haben sie dich nicht verständigt?«, fragte Yvette Marri.

»Sie müssen Verdacht geschöpft haben.«

»Dann schnell, solange sie beschäftigt sind.« Caspar scheuchte Marri vor sich her, hinaus auf den hölzernen Damm.

»Sollten wir ihr vertrauen?«, fragte Heath. »Mein Kopf ist so wirr, ich bin mir nicht sicher, ob ich mir selbst vertraue.«

Caspar hob das Baby hoch. »Ich habe ihr Kind.«

Caspar ließ Marri vorangehen, aber er trug die Fackel, sodass sie ohne ihn nicht weit kommen konnte. Der Zickzackpfad lag im Dunkeln, und der Sichelmond bot wenig Hilfe. Hexen konnten in der Dunkelheit nichts sehen, wie sich herausstellte. Noch verwandelten sie sich in Fledermäuse. Sie flogen nicht. Sie rülpsten keinen Rauch. Caspar war sich nicht sicher, ob sie über irgendwelche Fähigkeiten verfügten, die die eines einigermaßen geübten Handwerkers übertrafen. *Aber sie begehen Morde.* Und ihr berauschendes Sumpfblatt und ihre Moorbrüste umwölkten den Geist von Männern.

»Lichter voraus«, warnte Yvette sie. »Fackeln.«

»Verflucht seien die Götter!«, flüsterte Marri. »Sie haben sich auf dem Pfad versammelt.«

»Sie wollen uns aufhalten«, sagte Caspar.

»Mit Fackeln und Mistgabeln«, fügte Heath hinzu.

»Höchstwahrscheinlich mit Hüpferspießen«, sagte Marri.

»Sie können einem mit beiden die Augen ausstechen«, sagte Heath.

»Sie können euch nicht ziehen lassen«, erklärte Marri. »Ihr wisst zu viel.«

»Wie viele sind es?«, fragte Caspar.

»Das weiß ich nicht. Das hängt davon ab, wie viele auf den Ruf reagiert haben. Nachts geht so etwas langsam. Zwei Dörfer, vielleicht drei. Vierzig Schwestern. Oder mehr. Oder weniger.«

»Götter! Gegen so viele können wir nicht kämpfen.« Caspar schob seine Klinge in die Scheide. »Gibt es einen Weg um diese Stelle herum?«

»Es gibt Pfade, die tiefer in den Sumpf hineinführen, aber dies ist der einzige Weg zur Straße.«

»Ich gehe da nicht tiefer hinein«, stellte Heath fest. »Cliff und ich würden lieber kämpfen.«

»Ich würde tiefer hineingehen«, widersprach Cliff.

»Die Lichter kommen auf uns zu«, berichtete Yvette.

»Es muss einen Weg abseits des Pfades geben«, sagte Caspar.

Marri schüttelte den Kopf. »Nein. Auf der einen Seite ist das tiefe Wasser und auf der anderen der Gestank.«

Caspar betrachtete seine Glorreichen.

»Niemand kann mehr als ein paar Sekunden lang in dem Gestank bleiben«, meinte Yvette.

»Stimmt. Aber Heath hat ohne Konsequenzen wie ein Idiot im Grünsee geplanscht.«

»Ja, wie ein Idiot«, echote Cliff.

»Alle hinein ins tiefe Wasser«, befahl Caspar.

Sie wateten hinein und fanden einen treibenden Baumstamm. Zuerst stapften sie durch den Schlamm und dann schwammen sie mit den Händen an den Ästen des Baumstamms frei umher. Caspar löschte die Fackel und hielt Ravvi auf dem Baumstamm fest, in der Hoffnung, dass der Junge nicht weinte. Mit der Hand seiner Mutter auf seinem Kopf blieb er still und sah sich mit einem erwartungsvollen Lächeln und großen Babyaugen um, als wäre es eine Art Spiel, in der Dunkelheit auf einem Baumstamm zu treiben.

Genieße deine unschuldige Freude, Kind, sie ist nicht von Dauer.

Das vom Schlamm dickflüssige Wasser wurde dünner, je weiter sie sich vom Pfad entfernten, und die hüpfenden Lichter kamen näher. *Fackeln.* Die Hexen kehrten zurück und suchten den Damm nach ihnen ab. Die Glorreichen klammerten sich an die Äste und hielten die Köpfe gesenkt. Die Mondsichel würde sie nicht verraten; die Fackeln waren hell und würden den schwachen Mond überstrahlen. Und sie waren weit genug vom Ufer weggeschwommen, um außer Reichweite des flackernden Lichts zu sein. Sie würden auf dem See aussehen wie ferne Schatten – ein Baumstamm oder Seerosenblätter.

Die Meute war bald auf gleicher Höhe wie sie, und die Frauen brummten und stritten und nannten einander Idiotinnen und Mistkühe. Sie sprachen vom Strangulieren und Aufhängen und anderen unerfreulichen Dingen. Sie benahmen sich so anders als zuvor, dass Caspar sich fragte, ob er sich unter dem Einfluss des Blatts oder eines Zaubers ihre Gastfreundschaft nur eingebildet hatte oder ob dies vielleicht vollkommen andere Frauen waren. Er erinnerte sich an Clarissas abscheuliche Verwandlung – von einer höflichen Gastgeberin in eine zornige, unflätige Mörderin. Jetzt waren natürlich noch andere dabei. Es klang, als hätten sich mindestens zwei weitere Siedlungen der ersten angeschlossen. Caspar erblickte die Reihe der Frauen auf dem gewundenen Damm. Er hatte sich vorgestellt, dass Hexen vielleicht sangen, wenn sie marschierten, aber das taten sie nicht. Die schlurfende, rempelnde Meute plapperte und bellte wie zornige Affen.

»Mehr Baumstämme«, murmelte Cliff.

Caspar schaute suchend übers Wasser. Tatsächlich, zwischen ihnen und dem Ufer trieben mehrere lange Schatten, die den Hexenzug verfolgten und v-förmige Spuren als Kielwasser hinterließen. *Das sind keine Baumstämme.*

»Götter. Der da ist länger als drei Männer«, flüsterte Heath.

»Noch länger, wenn du den versteckten Schwanz unter der Oberfläche mitrechnest«, ergänzte Yvette. »Wir müssen uns bewegen. Spritzt nicht.«

Sie traten einmütig Wasser, und ihr Baumstamm bewegte sich langsam über den See. Während sie weitertrieben, kamen sie an dünnem Schilf vorbei, das immer in Fünfergruppen aus dem Wasser ragte.

»Kommt nicht in die Nähe der Schilfgräser«, warnte Marri sie.

»Was ist das für ein Gras?«

»Das wissen wir nicht, aber wir gehen nicht in seine Nähe.«

»Einer der Baumstämme kommt in unsere Richtung«, vermeldete Cliff.

Caspar schaute hin. Ein Baumstamm trieb tatsächlich träge näher. Sein finsteres V folgte ihnen wie ein Pfeil, der in ihre Richtung wies. Die Hexen gingen weiter am Ufer entlang, ohne etwas von den Geschehnissen im nahen Wasser zu ahnen.

»Scheiße!«, fluchte Heath leise und begann mit den Beinen zu strampeln.

»Still!«, zischte Yvette. »Lock es nicht zu uns herüber.«

»Falsch. Macht Lärm!«, schrie Caspar. Er brüllte den zurückweichenden Frauen am Ufer zu: »Lebt wohl, Ihr abscheulichen Weiber! Wir werden Euch ein Geschenk schicken – eine Hexen tötende Armee!«

Die Hexen blieben stehen, starrten übers Wasser und hielten ihre Fackeln hoch.

»Dort!«, kreischte eine von ihnen. »Im Wasser!«

»Wir dürfen sie nicht entkommen lassen, Schwestern!«, rief eine größere Frau mit Armen und Beinen wie großen Ästen.

»Du Narr!«, wisperte Marri mit großen Augen. »Was hast du getan?«

Die Hexen hoben ihre Hüpferspieße. Ein Stock flog durch die Luft und landete knapp neben Heath' ausgestreckten Beinen. Ein weiterer bohrte sich in ihren Baumstamm, direkt hinter ihnen. Wieder andere plumpsten harmlos ins Wasser. *Sie werfen um eine Pferdelänge zu kurz.*

»Hinein ins Wasser! Hinter ihnen her!«, schrie die massige Frau.

Die nächste Reihe Dreizack schwingender Hexen watete in den See hinein, um besser zielen zu können.

»Da kommen sie«, sagte Yvette, zog ihren Dolch unter dem Wasser hervor und ließ den Baumstamm los.

»Wartet ...«, mahnte Caspar.

Die Frauen stapften bis zur Taille ins Wasser und hoben ihre Spieße. Caspar hielt das Baby nun so, dass er es mit dem eigenen Körper abschirmte. Der Junge wimmerte, er spürte Ungemach. *Die Baumstammfahrt macht keinen Spaß mehr.* Caspar erwog es, unter Wasser abzutauchen, als die Speere von Neuem durch die Luft flogen, aber sie würden nicht alle gleichzeitig kommen, und es waren zu viele, um ihnen allen auszuweichen. Stattdessen wartete er. Und hoffte.

Die erste Hexe wurde mit einem leisen »Plipp« geholt, ein

unverfängliches Geräusch nicht unähnlich dem eines fehlgegangenen Speers, der harmlos ins Wasser glitt. Sie war in den See hinausgewatet und verschwand einfach. Die zweite war nicht so leise. Plötzlich kochte das Wasser in einem Mahlstrom aus Reptilienklauen und Schwanz, und sie ging um sich schlagend und kreischend unter. Eine dritte riesige Sumpfeidechse packte eine weitere Hexe am Bein und riss sie kopfüber um. Mit dem aufgewühlten Wasser spritzte eine Blutfontäne hoch.

Die verblüfften Hexen besannen sich und flohen zum Pfad zurück. Doch weitere Sumpfeidechsen, aufgestachelt von dem Blut im Wasser, brachen aus dem See hervor und brachten sie zur Strecke, zerrten sie schreiend zurück in den Morast. Die dicke Hexe ging nicht kampflos unter. Sie rammte einer kleineren Eidechse ihren Hüpferspieß ins Auge, und als sie mit einem größeren Tier konfrontiert wurde, biss sie nach ihm und griff es mit ihren eigenen Zähnen und Nägeln an, bevor sie ihm erlag.

»Jetzt hauen wir ab!«, rief Caspar seinen Glorreichen zu.

Sie strampelten alle wie verrückt mit den Beinen, aber sie waren nicht weit genug entfernt von dem Blutbad. Die Sumpfeidechse, die sie anfangs bemerkt hatte, kehrte zurück. Diesmal kam sie direkt auf sie zu und versuchte gar nicht erst, sich unter Wasser zu verstecken, und Caspar war ihr am nächsten. Er hielt Ravvi auf dem Baumstamm fest, aber der Junge würde dort nicht bleiben, wenn Caspar hinabgezogen wurde.

»Nein!«, schrie Marri, und sie ließ ihren Ast los und schwamm platschend los, um das Reptil abzufangen. Aber die Kreatur hatte sich auf Caspar eingeschossen, ihr Reptiliengehirn war engstirnig auf die erwählte Beute konzentriert – jahrhundertealte Instinkte, die sich nicht von Marris Hysterie beirren ließen.

Sie kann das Reptil nicht aufhalten, dachte Caspar, eine Hand an dem Jungen, während er mit der anderen nach seiner Klinge tastete.

Als die Eidechse an ihr vorbeischwamm, streckte Marri den Arm aus und griff nach einem der dünnen Schilfgräser. Um sie herum explodierte das Wasser, und zwei gewaltige grüne Blätter schnappten aus den Tiefen hoch wie die Hände eines Riesen, die ein einziges Mal donnernd klatschten. Sie schlossen sich um Marri und die Sumpfeidechse, hüllten sie ein wie ein Kokon und zogen sich dann unter das Wasser zurück. Sekunden später war der See wieder still.

»Marri ...«, flüsterte Yvette.

Es begann und endete so plötzlich, dass nicht einmal Caspar sich sicher war, was geschehen war.

»Sie ist fort«, deutete Heath das Ereignis für sie.

Caspar und seine Glorreichen paddelten vorsichtig zwischen den leicht auslösbaren Schilfgräsern hindurch und landeten in einiger Entfernung am Ufer, wo sie den Damm fanden, der aus den tiefen Mooren hinausführte. Kurz darauf platzten sie in das Heim der Torwächterin und fanden sie über eine reglose, auf ihrem Tisch ausgestreckte Gestalt gebeugt.

Dumas!

Caspar zögerte nicht. Er hielt der Frau seine Klinge an die Kehle und stopfte ihr ein Tuch in den Mund, bevor sie sich wehren oder eine Geschichte erfinden konnte, um ihn zu betören. *Sie ist schlau,* überlegte er, *aber nicht schnell.* Dumas war mit einer förmlichen Robe bekleidet und bereit, zu Behrama geschickt zu werden, zweifellos um Vondas Talent zu verstärken. Seine Augen starrten durch das Rauchloch himmelwärts. Der reizbare Moorkrieger war loyal gewesen und hatte versucht, Caspar zu warnen, und sein Lohn hätte fast darin bestanden,

Sklave einer gierigen Göttin zu werden. Caspar streckte die Hand aus und schloss seine Augenlider. *Ich werde nicht zulassen, dass sie dich dort hinschickt, mein Freund.*

Die alte Hexe stöhnte auf, als Caspar und Heath sie nach draußen zerrten und in die Knie zwangen. Caspar zog ihr das Tuch aus dem Mund, um ihr zu erlauben, ihre letzten Worte zu äußern, worauf jede Kreatur ein Recht hatte.

»Was ist mit Eurem Schwur der Ritterlichkeit?«, fragte Vonda.

»Ich denke, ich werde einen anderen Schwur nehmen«, antwortete Caspar. »Außerdem galt der nur für gute Frauen des Reiches.«

Aber er zögerte, entweder, weil er sich seinen Schwur noch bewahren wollte, oder weil sie begonnen hatte, ihn mit nur wenigen Worten zu verzaubern – wegen der Restwirkung des geistumnebelnden Rauchs und der Erschöpfung nach einer schlaflosen Nacht konnte er nicht erkennen, welches von beidem der Fall war.

»Es ist eine Gnade«, schaltete Heath sich ein. »Yolonic würde sie an die Sumpfeidechsen verfüttern.«

Heath' Worte durchdrangen den Nebel und verdeutlichten ihm die Situation besser, als Caspars eigenes Hirn es vermochte. Caspar schwang seine Klinge und erwies ihr gleich dort im Schlamm Gnade.

Kapitel 30

Opal

»Ich brauche einen Wagen.« Opal zog Etan die Decke weg, und er erwachte in dem Kaufmannswagen voller Wandteppiche aus Seeblick aus seinem Schlummer. Selbst im Schlaf trug er die goldene Weste, und er war auf den Wagen geklettert, um sich auf die Teppiche zu legen und so zu verhindern, dass jemand sie im Dunkel der Nacht stahl.

»Wa …?« Er regte sich. »Du? Was willst du?«

»Einen Wagen, habe ich gesagt.«

»Es ist noch Nacht. Ich schlafe. Du kannst dir keinen Wagen leisten. Wo ist meine Decke?« Er bombardierte sie mit allerlei Gedanken, wie sie ihm gerade in seinem müden Stumpfsinn einfielen. »Du darfst mir nichts stehlen.«

»Ich stehle nichts. Ich bitte um etwas.«

Etan richtete sich auf, rieb sich die Augen und blinzelte sie im Mondlicht an. »Du willst einen Wagen?«

»Ja. Das habe ich jetzt schon dreimal gesagt. Keinen großen. Was immer du hast.«

»Nein. Wenn du nicht zahlen kannst, ist es stehlen. Und du kannst nicht zahlen. Du bist eine Gossenratte.«

Opal zuckte bei der Beleidigung zusammen. Auf der Reise hatte sie ihm nicht erzählt, dass sie im Palast gearbeitet hatte. Zu der Zeit hatte sie das nicht tun können, und jetzt würde er ihr nicht mehr glauben. »Ich werde dir etwas geben. Ich verspreche es.«

»Nochmals nein. Du hast mir nie deine Titten gezeigt, wie du es versprochen hattest. Du hast mir nie irgendetwas gezeigt. Jetzt hast du ein hässliches Gesicht voller blauer Flecken. Und du stinkst. Die Titten einer Stinkerin wie dir will ich gar nicht mehr sehen.«

»Ach nein?« Sie machte sich daran, die Schnüre ihrer Tunika zu lösen.

Er schaute sich um, ob irgendjemand in der Nähe war, und sein Blick fiel auf den kleinen, klappprigen Wagen, der an das größere Gefährt gebunden war, das er mit seinem Schnarchen bewacht hatte. »Man wird mir das Fell gerben, wenn sie erfahren, dass ich es war, der dich mit einem unserer feinen Wagen hat entkommen lassen.«

Feiner Wagen, dass ich nicht lache, und der Mistkerl hat ohnehin geschlafen. Aber Opal erkannte, dass er bereits nachgab, sie ließ es darauf ankommen. »Und ich werde einen Hund brauchen, der ihn zieht.«

Etan zog die Brauen hoch. Dann grinste er. »Dafür bekomme ich mehr als nur einen Blick …«

Opals Herz hämmerte, als sie mit dem Wagen über die Schlucht von Dortch fuhr und sich fragte, ob sie jeden Moment angehalten werden würde. Der korrupte Wachmann, der sie verprügelt hatte, hätte irgendeine Lüge erfinden und seine Kameraden nach ihr Ausschau halten lassen können. Doch nichts passierte. Opals goldene Weste und der Wagen genügten, um den Mann am Tor davon zu überzeugen, dass sie am frühen Morgen eine Besorgung für ihren Kaufmannsherrn erledigte. Etan hatte einen hohen Preis für den Wagen und den Hund verlangt. Für die Weste hatte er noch mehr verlangt. Sie hatte versprochen, den ganzen Kram am nächsten Tag zurückzubringen. *Kein Ehrlichkeitsschwur für mich.* Aber sie war auch nicht für Schwüre geboren worden. *Schwüre sind etwas für adelige Mädchen, nicht für Straßenmädchen, die über ihren Stand erhoben wurden.* Als sie mühsam in den Palast aufgestiegen war, hatte sie sich für etwas anderes gehalten als die übrigen Gossenmädchen und Hintergassenfrauen. Für etwas Besonderes. *Etwas Besseres.* Das war sie nicht. Ihr Traum, einen jungen Edelmann zu verführen, war von einem lüsternen Laufburschen in einem Wandteppichwagen eingeholt worden. Ihren Traum, Kinder vor Sklavenhändlern zu retten, hatte man aus ihr herausgeprügelt. Sie berührte ihr geschwollenes Auge. Sie war herumgeschubst worden wie eine Gassenhure in einer schlimmen Nacht. Sie hatte einem Jungen mehr gegeben, als sie gewollt hatte, als Gegenleistung für das, was sie brauchte. *Wie eine Gassenhure.* Und für all ihre Mühen hatte man ihr nur gesagt, dass sie stank. Sie war nicht besser als die Straßenfrauen, unter denen sie aufgewachsen war, und eine Idiotin, etwas anderes gedacht zu haben. Und nicht einmal eine hinreißende Idiotin.

Nur eine Idiotin.

Die Tiefpassstraße überquerte auf ihrem Weg nach Norden den Pelzig. Opal hörte das Wasser gurgeln wie ein knurrendes Tier in der Morgendämmerung. Die Holzbrücke über den Pelzig war erst kürzlich mit frisch gespaltenen Baumstämmen repariert worden – eine Folge des Waffenstillstands. Die verbrannten Pfeiler der früheren Brücken kündeten von ihrer wiederholten Zerstörung während der Kriege. Opal bestaunte sie. Es waren mindestens vier, jede davon neben oder auf die vorangegangene gebaut. Sowohl Hyak als auch die Grenzländler hatten die Brücke bei der einen oder anderen Gelegenheit niedergebrannt, wenn der Lauf des Krieges sich geändert hatte. Während der Schlacht um Dortch hatten die Grenzländer die Brücke gehalten, und die Stadt Seeblick hatte fünf tapfere Männer flussaufwärts zum Oberlauf geschickt, die sich dann flussab treiben lassen und die Brücke in Brand gesteckt hatten. Sie hatte gebrannt, aber die fünf Männer waren von den Sassoonen gefangen genommen worden. Sie waren Helden Hyaks, aber ihr Tod war kein leichter gewesen. Die Namen anderer Schlachten kannte Opal nicht. Sie wünschte, sie wäre gebildeter. Adelige Kinder kannten sich mit Geschichte aus. Sie konnten die Städte benennen, die an den Seen verteilt lagen, und die Stämme, die die Hügel bevölkerten. Sie kannten die Namen der Schlachten. Opal hörte nur die Geschichten des gemeinen Volks und wusste aus bitterer Erfahrung, dass die meisten Straßenmärchen nur Halbwahrheiten waren.

Opal überquerte die Brücke in den frühen Morgenstunden, kurz bevor es hell wurde. Die Zollstation war verlassen. Brückenwarte von stromaufwärts beim Weißen Flusslauf würden bald hier sein, um Zölle zu erheben. Aber nicht während der letzten Ausläufer der Nacht. Wilde Sassoonen streiften noch immer durch die Spinnenbeinberge, emsig damit beschäftigt, Menschen aus Hyak zu hassen. Die barbarischen Waldbewohner waren durch die hyakischen Heere aus ihrem rauen Heimatland nicht zu vertreiben gewesen. Aber das Gerücht, das im Fischpalast die Runde gemacht hatte, besagte, dass Hyak, sobald das Bündnis mit der Grenze etwas gefestigt sei, die Grenzländler dazu aufrufen werde, die Sassoonen mit ihnen gemeinsam zu erledigen.

Opals neuer Hund zog den Wagen mit ahnungsloser Freude, glücklich, unterwegs und in Bewegung zu sein. Der breitschultrige Brixie mit seinem breitbeinigen Gang war ein geborener Hafenhund – ein gedrungener Cousin der größeren Kriegshunde, die das Volk von Maibach an der Südküste einsetzte. Er fraß die Meilen nicht so schnell wie die größeren Hunde, aber er war ausdauernd und hatte die richtige Einstellung. Opal saß auf dem Kutschbock und trieb ihn an, versuchte, Abstand zwischen sich und Dortch zu schaffen. *Und Seeblick.* Ihr Wagen war keiner der eleganten Rundsteinwagen. Die Lamellenräder dieses Gefährts rollten auf steifen Eisenachsen über die Straße nach Norden, ohne auch nur eine Unebenheit auszulassen. Es war eine holprige Fahrt, aber Opal war erschöpft von dem Ausflug in die Kanalisation, ihrem Bad in der Bucht, der Tracht Prügel, die sie eingesteckt hatte, dem Schlafmangel und ihren schwierigen Verhandlungen mit dem Laufburschen. In dem Wagen lag noch ein wenig weiches Heu, und ihr Kopf wackelte schon vor Erschöpfung. Der Hund hielt sie auf geradem Kurs. Sie fand, dass sie sich vielleicht nur für einen Moment zurücklehnen könnte.

Der Wagen bremste abrupt, und Opal setzte sich auf. *Ich bin eingenickt!* Die Sonne kroch auf ihrem Weg zum Horizont durch die Spinnenbeinberge nach Westen und warf spindeldürre Schatten über die Straße. Es war später Nachmittag, schätzte sie, und sie war erleichtert zu sehen, dass sie sich immer noch auf der Straße befanden. *Der Hund ist den ganzen Tag lang gelaufen.* Er war ein hart arbeitender junger Kerl. Aber jetzt war er stehen geblieben. Der Brixie schaute sich über die Schulter zu ihr um. *Er hat Hunger.* Opal hatte lange genug in den Ställen gearbeitet, um zu wissen, dass Tiere sich an regelmäßige Fütterungen gewöhnten. Bei diesem Hund war eine morgendliche Fütterung wahrscheinlich. Sie hatte sich einen Sack Vorräte geschnappt, als sie den Wagen genommen hatte – Teil ihres unsauberen Handels. Opal durchsuchte den Sack, um festzustellen, was der Hund vielleicht fressen konnte. Sicher nicht die Früchte oder das Gemüse aus den Obstgärten von Killkenny. Aber in dem Beutel fand sich auch ein gesalzener Fisch.

Sie hasste es, ihr Essen dem Hund geben zu müssen, aber sie musste ihn glücklich und gesund erhalten.

»Ich werde mit dir teilen, Hund«, sagte sie. Aber »Hund« klang falsch. *Er braucht einen Namen.* Ohne einen Namen war er nur ein Ding, ein Gegenstand. Wie ein Wagen. Oder ein Sklave. *Oder eine Gassenfrau.* »Du bist kein Sklave«, erklärte sie ihm. Sie brach den hinteren Teil von dem Fisch ab und hielt ihn hoch. »Fischschwanz. So werde ich dich nennen.« Sie lachte über ihren eigenen Scherz. Nicht nötig, noch länger kultiviert zu tun – sie war kein unberührtes Palastmädchen mehr, trotz der Weste. Außerdem hatte sie viele Edelleutchen derbe Scherze machen hören, wenn sie dachten, dass niemand Wichtiges zuhörte. Aber als sie ihm den Fischschwanz hinwarf, ignorierte ihr frisch benannter Hund ihn.

Seltsam.

Opal hüpfte vom Wagen und schnappte sich das Stück; sie war noch nicht so lange von der Straße weg, dass sie gutes Essen umkommen lassen würde. Außerdem war der Fisch gar nicht so furchtbar schmutzig. Sie wischte ihn ab und steckte ihn sich in den Mund. *Salzig.* Während sie kaute, knurrte Fischschwanz und fing an, den Wagen zu wenden.

»Was machst du da, Fisch?« Sie wollte dem Hund gerade befehlen, sich wieder nach Norden zu wenden, da stellten sich die Härchen in ihrem Nacken auf. Tiere spürten Dinge. Irgendetwas stimmte hier nicht.

Fischschwanz zog den Wagen von der Straße zu einem Felsbrocken am Straßenrand, der die Größe einer kleinen Hütte hatte. Die gesamte Oberfläche des Steins war mit Kratzern schraffiert. Opal betrachtete sie. Die Kratzer waren eingravierte Namen, Hunderte von ihnen, vielleicht Tausende. Hyakische Namen. Opal schaute sich um. *Wo sind wir?* Die Berge waren zu beiden Seiten zusammengerückt und engten die Straße ein.

Der ebene Pfad stieg an und schien sie zu spalten. Der Tiefpass – die Trennlinie zwischen Hyak und den Grenzlanden. Er hatte noch einen anderen Namen. *Die Arschbacken.* Sie hatte die Soldaten der Karawane den Namen furchtsam murmeln hören. Selbst in Seeblick gab es Geschichten über Wilde – Männer, die von den Bergen herunterkamen. Halb-Menschen. *Sassoonen.* Sie kamen herunter, um Reisende zu fressen, hieß es. Sie kamen mit Begeisterung herunter, um hyakische Frauen zu verschleppen; es war eine angesehene Tat, sich eine zivilisierte Frau als Sklavin zu rauben. Sie kamen noch begieriger herunter, um hyakische Männer zu töten. Das Töten eines hyakischen Soldaten bedeutete großen Ruhm – das Palastgetuschel besagte, dass ein erschlagener hyakischer Soldat für einen Sassoonen so viel wert sei wie drei besiegte feindliche Stammesmänner. Sie fertigten Stiefel und Handschuhe aus den Häuten ihrer Feinde an, und Stiefel aus hyakischer Haut waren eine begehrte Beute. So lauteten die albtraumhaften Warnungen vor den Bergmännern auf den Palastfluren und in den Hintergassen von Seeblick. Viele der Geschichten waren kaum glaubwürdig.

Aber wenn auch nur die Hälfte davon wahr ist ...

Die Königin hatte die Straßen für sicher erklärt. *Aber sie hat auch ihren Straßenkindern ein besseres Leben in Dortch versprochen.*

Opal fragte sich, ob Fischschwanz die Geschichte der Arschbacken spürte. Der Wagen verfing sich im Gebüsch, und der Hund begann zu jaulen und stemmte sich gegen das Geschirr.

Schlimme Dinge sind hier passiert.

Opal beeilte sich, ihn abzuschirren, und er flitzte den Hügel hinauf zwischen die Bäume. Sie schnappte sich den Sack mit den Vorräten und folgte ihm den Hügel hinauf, blieb dann aber stehen, lief zurück und schob den Wagen über die Straße. Dann drehte sie ihn um, damit es so aussah, als wäre sie in die andere Richtung gefahren. Sobald er nicht länger verriet, welche Richtung Fischschwanz genommen hatte, folgte sie ihrem haarigen Gefährten in den Wald.

Kapitel 31

Caspar

»Hexenzirkel gibt es wirklich, genau wie Ihr vermutet habt, Majestät«, berichtete Caspar, den Hut in der Hand, als er vor dem Sumpfkönig stand, der sich auf seiner Bastbank vorbeugte und aufmerksam lauschte. »Ich hätte niemals an Euch zweifeln dürfen. Wir wissen von mindestens drei Siedlungen. Wahrscheinlich mehr. Sie leben in Gruppen mit schätzungsweise fünfzehn Hütten zusammen, und sie bereisen die Straßen auf der Suche nach unvorsichtigen Männern, die sie verführen und dann ihrer hungrigen Göttin opfern können.« Caspar hielt vor der stummen, adeligen Menge von Moorländlern in ihrem gewebten Prunkstaat inne. Sie hingen an seinen Lippen, warteten hungrig auf Neuigkeiten. Caspar wollte es ihnen nicht erzählen, aber die Übermittlung harter Wahrheiten gehörte zur Verantwortung eines Kommandanten. *Ich bin nicht irgendein Junge, der versucht, sich aus einer unbehaglichen Situation herauszuflunkern.* »Traurigerweise war Euer Sohn Navvi eins ihrer Opfer.«

Yolonic nickte und verarbeitete die schlimme Nachricht, die er bereits erahnt hatte. Die Befriedigung darüber, recht behalten zu haben, rang mit dem Kummer darüber, recht behalten zu haben. Arelena und er, beide erfahrene Herrscher, saßen feierlich und prunkvoll da und ignorierten die Tränen, die auf ihre ineinander verschränkten Finger tropften. »Und unser Mann, Dumas?«

Wie kann ich nicht lügen? »Er hat sein Leben gegeben, um uns vor ihnen zu warnen.«

»Ein tapferer Mann.« Yolonic ließ Arelenas Hand los, um lobend seinen gesunden Arm zusammen mit dem Stumpf seiner fehlenden Gliedmaße zu erheben.

»Ja. Ich wünschte, wir hätten Zeit gehabt, ihn auf geziemende Weise in die Moore treiben zu lassen, wie es die Art Eures Volkes ist, aber wir mussten fliehen.«

»Die Hexen, die meinen Sohn getötet haben, sind also immer noch dort draußen?«, fragte die Königin und beugte sich vor, um die Antwort zu hören.

Der Rest der in der Halle Versammelten hielt kollektiv den Atem an. Die Glorreichen standen in der Mitte, Gegenstand der andächtigen Aufmerksamkeit von Lords und Ladys, Wachen und Dienstboten gleichermaßen. Belorian, Faust und Shnorhavorian standen bei ihrer Truppe, aber auch sie lauschten aufmerksam. Sie hatten die Geschichte ebenfalls noch nicht gehört.

»Wir haben die Mörderinnen Eures Sohnes getötet.« Caspar hielt inne. »Aber ich kann keinen Ruhm für mich beanspruchen. Der geht an einen meiner Glorreichen, der die beiden Oberhexen erschlagen und obendrein mein Leben gerettet hat.«

»Wer ist dieser Mann?«, fragte Yolonic.

»Ja«, echote Arelena. »Lasst ihn vortreten, damit wir ihm danken können.«

Caspar drehte sich zu Cliff um, der hinter Heath stand, und bedeutete ihm vorzutreten. Cliff war überrascht, gehorchte jedoch und schob sich nach vorn vor die Menge.

»Eure zahme Echse?« Arelena war ebenfalls verblüfft.

»Unser Drache«, korrigierte Caspar sie. »Er ist kein Haustier, sondern einer unserer Glorreichen Sechs. Er denkt und spricht wie ein Mensch, er ist loyal, und er hat einen kräftigen Biss. Ich habe ihn vorher nicht recht zu schätzen gewusst. Jetzt tue ich es.«

»Wir danken dir, dass du unseren Sohn gerächt hast, edle Kreatur«, sagte Yolonic. »Und was ist mit dem Rest des Zirkels, Kommandant Klein?«

»Wir waren zu wenige, um ihnen allen Gerechtigkeit widerfahren zu lassen. Aber wir kennen jetzt den Weg in ihre Dörfer. Ich werde meine Königin eine Armee ausschicken lassen, um sie aus Euren Gebieten zu tilgen – der Dienst der Krone für Eure Steuern.« Er nickte Tara zu, die zurücknickte und bestätigte, dass das Sumpfvolk bezahlt hatte.

Yolonic war jetzt ausgesöhnter mit dem Tod seines drittgeborenen Sohnes, nachdem er sich zuvor mit der Frage, was ihm geschehen war, selbst in den Wahnsinn getrieben hatte. Er wusste, dass Navvi Frieden gefunden hatte und gerächt worden war, und das schenkte ihm einen gewissen Trost.

Besser noch, Caspar hatte ein großes Geschenk abgeliefert – das Baby Ravvi. Navvis königliche Mutter hielt das engelsgleiche Produkt ihres Sohnes fest an die Brust gedrückt, eine beglückende Hinterlassenschaft des lächelnden Prinzen, das nach seinem Tod weiterlebte. Der kleine Ravvi beobachtete die Geschehnisse ringsum in die Robe der Königin gehüllt wie ein glücklicher Besucher, während Yolonic weinte wie ein Vater, jedoch sprach wie ein König.

»Wir danken Euch für Eure Dienste, Kommandant. Meine Soldaten wollten nicht hineingehen, und der Verlust von Dumas wird ihre Furcht nur verstärken. Ich wünschte, ich hätte selbst Gerechtigkeit üben können. Nur um meinen Kummer zu besänftigen. Nur um meinen Kriegern zu zeigen, dass diese Feinde sterblich sind.«

Caspar hob langsam einen Finger. »Das dachte ich mir. Deshalb habe ich Euch eine Hexe mitgebracht, an der Ihr Gerechtigkeit üben könnt.«

Die Moorwachen und Adeligen schnappten hörbar nach Luft und tuschelten, schauten sich mit wilder Neugier und einem Anflug von Furcht in der Halle um. Selbst Caspars Glorreiche schauten verwirrt in die Runde. Als Tara Heath ansah, zuckte er die Achseln und flüsterte: »Ich habe keine Ahnung. Er hat den Leichnam der kopflosen Torwächterin im Schlamm liegen lassen.«

»Seht…«, fuhr Caspar fort. »Eine Hexe muss ihre Macht jedes Jahr mit einem neuen Opfer auffrischen. Am Vorabend eines jeden neuen Jahres verführt sie ein männliches Opfer und tötet es. Ich habe jüngst eine solche Verführung überlebt. Eine Frau wollte mich nach einer Nacht des Schlammtanzens verführen. Sie hatte vor, mich zu töten.«

»Wir haben sie doch im Sumpf zurückgelassen, oder?«, flüsterte Heath Cliff zu.

»Allerdings«, pflichtete Cliff ihm bei. »Eine Pflanze hat sie gefressen.«

Caspar fuhr fort. »Jede von ihnen trägt einen fest gewebten Schal, aber er ist nicht als Schmuck gedacht. Die Hexen benutzen ihn, um ihre Opfer zu strangulieren. Ein unblutiger Tod, denn ihre Göttin verabscheut Blut. Diese verräterische Frau hätte mich erwürgt und dabei achtgegeben, mein Gesicht und meinen Leib nicht zu verschandeln, und sie hätte mich in ein flaches Grab gelegt, wo ich durch die Erde himmelwärts gestarrt hätte, ein Opfer für ihre Göttin. Ich bin mir dessen inzwischen sicher. Aber ich bin diesem Schicksal entronnen.« Caspar wandte sich an Knochenstahl, der mit großen Augen zuhörte. »Belorian, wann ist der vorige Kommandant der Glorreichen Sechs getötet worden?«

Belorian grübelte und antwortete dann: »Vor einem Jahr, Kommandant.«

Caspar wandte sich an Tara. »Shnorhavorian, du bist gut mit Einzelheiten. Wie sahen die Umstände seines Todes aus?«

»Wir haben ihn in einem flachen Grab gefunden.«

»Wurde er in der Nacht fortgeholt?«

»Ja.«

»Und die Todesart?«

Heath meldete sich zu Wort. »Eine rote Linie um seinen Hals war alles, was wir an Verletzungen gefunden haben. Wie bei einem Erhängten.«

»Also stranguliert. War er ein starker Mann?«

»Tartan Mull? Sehr stark.«

»Was wäre nötig, um einen so starken Mann zu erwürgen?«

»Ein noch stärkerer Mann«, antwortete Belorian, erpicht, Teil dieses Spiels zu sein und das Rätsel zu lösen.

»Das dachte ich ebenfalls, aber dann hätte mich um ein Haar eine ältere Frau erwürgt, weil ich nicht darauf gefasst war.«

»Überraschung könnte helfen«, stimmte Tara ihm zu. »Vielleicht ein Angriff von hinten oder während das Opfer verletzlich ist.«

»Oder der Täter könnte jemand sein, dem man vertraut und der seine Technik so perfektioniert hat, wie jeder Meister seine speziellen Fähigkeiten entwickelt.«

Yolonic unterbrach ihn. »Ein Rätsel, gewiss, aber Ihr habt mir eine Hexe versprochen.«

»Sie sind nicht so schwer zu entdecken, sobald man Bescheid weiß. Sie nennen sich gegenseitig Schwestern und tragen stabile Schals, um ihr schändliches Werk zu verrichten.«

Tara und Heath drehten sich beide gleichzeitig um. Belorian reagierte zuerst nicht, aber als sie sich umwandten, verstand er sofort und tat das Gleiche.

Yvette hielt ihren Blicken für einen Moment stand, schaute dann nach links und rechts, steckte ihren Schal hastig in den Gürtel und wich zurück. Aber sie konnte nirgendwohin. Die adelige Menge umringte sie alle, und Moorwachen standen an den Türen. Die Wachmänner starrten sie an, hielten aber Abstand.

Caspar beobachtete seine Pferdemeisterin. »Sie hat versucht, mich zu verführen. Glücklicherweise ist das weder ihr Talent noch bin ich ein gutes Opfer, wie es scheint.«

Caspar seufzte vor Kummer. Yvettes Versuch, ihn zu ermorden, ärgerte ihn, während er ihn beschrieb. Aber er war auch bekümmert über den Verrat seiner Freundin. Und darüber, dass sie ihn nicht als Mann gewollt hatte, sondern nur als Opfergabe. Dank blindem Glück und seinem Mangel an Selbstbewusstsein hatte ihn die gleiche jungenhafte Schüchternheit gerettet, die ihn sonst daran hinderte, mit Frauen das Bett zu teilen.

»Der ehemalige Kommandant der Glorreichen Sechs hatte vor einem Jahr nicht so viel Glück wie ich.«

»Tartan mochte Frauen wirklich gern«, flüsterte Heath.

»Ein tödliches Laster, wie es scheint«, bemerkte Tara.

Belorian ging zu Yvette, obwohl er genug Abstand hielt, um sich nötigenfalls mit einem beherzten Satz in Sicherheit zu bringen. »Du hast Tartan getötet, damit du und deine Tiere besser gegenseitig an euren Ärschen schnüffeln könnt, hm?«

»Gut formuliert, Poet«, warf Heath ein.

Caspar nickte. »Ja, sie hat das Leben von Männern gegen ein Talent im Umgang mit Tieren eingetauscht.«

Endlich ergriff Yvette das Wort. »Männer sind arrogant und verwirrend«, sagte sie. Sie blickte die gaffende Menge geringschätzig an. »Tiere sind … vorzuziehen.«

Die Menge holte erschreckt Luft. Yvette hatte die Vorwürfe nicht abgestritten.

Yolonic stand auf. »Wir haben eine Hexe unter uns! Wachen!«

Zwei seiner Wachen wichen angstvoll zurück, aber andere stürmten vorwärts. *Die Feigen und die Mutigen* – es war klar, wer belobigt und wer bei der nächsten Sumpfzeremonie degradiert werden würde. Caspar durchzuckten Schuldgefühle wegen des tapferen Dumas, als er beobachtete, wie drei wackere Moormänner Yvette niederrangen und ihr den Mund zuhielten. Aber ihnen drohte keine Gefahr. *Worte sind nicht ihre Macht.* Sie würde sie nicht auf die Weise verzaubern, wie Vonda Caspar überredet hatte, ihr zu vertrauen. Caspar beobachtete, wie man seine Pferdemeisterin mit Ranken fesselte, ihr ein Büschel Moos in den Mund stopfte, damit sie niemanden verfluchen konnte, und sie aus der Halle zerrte.

Sie wusste, dass die Frauen der tiefen Moore Hexen sind, begriff er. Vonda hatte Yvette nicht getäuscht, und die Behramanin hatte mit Yvette geplaudert wie ... eine *Schwester.* Caspar und Heath waren berauscht gewesen von würzigem Blatt und Fantasien von Harems, aber Yvette hatte einen klaren Kopf gehabt, und sie hatte sie nicht gewarnt. *Das hat Cliff getan.*

»Heute Nacht trauern wir um meinen Sohn«, sagte Yolonic. »Morgen früh werden wir Eure Hexe verbrennen und ihren Leichnam an die Sumpfeidechsen verfüttern. Ich lade Euch ein, zu bleiben und es zu bezeugen, meine neuen Freunde.«

»Ihr erweist uns eine große Ehre, Euer Hoheit«, antwortete Caspar. »Aber wenn meine Buchhalterin zufrieden ist, dann ist unser glorreiches Werk hier getan. Und wenn ich mich nicht sehr irre, verspüren meine Gefolgsleute nicht den Wunsch zuzusehen, wie noch ein Leichnam von Sumpfeidechsen gefressen wird.«

Heath zog eine Braue hoch und wechselte einen Blick mit Tara.

Sie wollen Gerechtigkeit für ihren früheren Kommandanten sehen, begriff Caspar. Er hatte sich tatsächlich geirrt. Aber wenn sie Zeugen des Todes einer der Ihren würden, würde das mehr Schmerz aufwühlen als begraben – mit albtraumartigen Bildern, die man niemals wieder loswurde. Besser, diese abscheuliche Pflicht den Moorlern zu überlassen. *Diese geplagten Menschen sehnen sich danach mit anzusehen, wie eine namenlose Hexe für das Leben ihres Prinzen bezahlt.*

»Wir werden über Nacht bleiben, aber bei Sonnenaufgang reisen wir zu den Seen ab«, entschied Caspar. »Wir danken Euch, König Yolonic, für Eure freundschaftliche Gunst, Eure Gastlichkeit und den Beitrag Eures Herrschaftsgebiets als Tribut für das Königreich. Mögen wir uns unter besseren Umständen wiederbegegnen.«

Kapitel 32

Der Mann in der Kiste

Selbst eine von Mauern umgebene Stadt fühlte sich nach Freiheit an, wenn man jahrelang in einer Holzkiste gelebt hatte, die vier Schritte tief und drei breit war. Männer, Frauen und Kinder flossen auf den gepflasterten Straßen an ihm vorbei wie Wasser und beachteten ihn kaum. *So viele Menschen, die es zu beobachten und zu studieren gilt.* Er war zum ersten Mal in seinem Leben anonym, und sein neues gesellschaftliches Umfeld war riesig. Ein einziger städtischer Bezirk hatte die Größe seines gesamten Dorfs im Vorgebirge, und es gab mehr als ein Dutzend Bezirke in Seeblick, außerdem einige weitere in Fairhaven auf der anderen Seite des schnell fließenden Rundsteinflusses. *So viele Orte sind zu erkunden.* Und er sah Dinge, von denen er nicht einmal gewusst hatte, dass sie erfunden worden waren – komplexe Wasserradsysteme, kunstvoll gefertigte Wagen und gebundene Bücher voller Geschichten, die in einem großen steinernen Gebäude aufbewahrt wurden – einer Bibliothek –, das jeder besuchen durfte.

So viel zu lernen!

Das Beste von allem: Er arbeitete bereits, und sein allererster Auftrag war ein Erfolg gewesen. Er hatte unmittelbar nach der Tat voller Stolz das Ergebnis seiner Arbeit vermeldet. *Nein* – Stolz war nicht ganz das richtige Wort – *Entzücken trifft es schon eher.* Er hatte sich Sorgen gemacht, dass er keine Rolle mehr spielen würde, nachdem er seine Freiheit gewonnen und an einen größeren Ort umgezogen war. So schlau er auch war, seine neue Umgebung würde keinen alten Mann von nirgendwoher brauchen, hatte er gedacht. Aber er bewegte sich bereits auf höchster Ebene. Das größere Reich brauchte ihn ebenso sehr, wie sein Dorf ihn gebraucht hatte. Der brüchige Waffenstillstand, der die Kriege beendet hatte, musste bewahrt werden. Er hatte eine Liste von Namen bekommen – Menschen, die mit den Bündnisverträgen vielleicht nicht so gut umgehen würden. Wichtige Namen wichtiger Kinder. Und es war wichtig, dass er sie auf der Liste durchstrich. Und der erste Name auf dieser Liste war Erek Moceri gewesen.

Erek war einfach gewesen. Er hatte dem Jungen ein Pulver in die Augen gepustet, Pulver, das heftig mit Wasser reagierte, und als der Junge in den Brunnen geplatscht war, hatte die Mixtur seine weißen Augäpfel in Gelee verwandelt.

»Solche Einzelheiten brauche ich nicht«, hatte seine Auftraggeberin gesagt.

»Natürlich braucht Ihr sie nicht«, hatte er beinahe außer sich vor Freude geantwortet. »Ich biete sie aus Kulanz an.«

»Ich wünsche diesen Menschen nichts Böses, sie sollen bloß sterben.«

»Wollt Ihr, dass ich sie sanft töte?«

»Arbeitet einfach die Liste ab.«

Das hatte ihn enttäuscht. Er teilte gern mit anderen, wie schlau er bei der Ausführung seiner Pflichten zu Werke ging. Schmollend hatte er seinen Preis für die gute Arbeit genannt. Er hatte ihn sich verdient – Ereks Tod sah ausreichend nach einem Unfall aus, dass niemand Fragen stellte. Eine saubere Arbeit. *Eine exzellente Arbeit.* Und da Ereks Bruder Derek am ehesten in Verdacht geraten würde, wenn die Umstände von

Ereks Sturz in den Brunnen hinterfragt würden, hatte Ereks Vater öffentlich erklärt, dass es ganz gewiss ein tragischer Unfall gewesen sei.

Und es kamen noch mehr Aufträge! Als Lohn wollte er ein junges Subjekt, an dem er arbeiten konnte. *Ein Nebenprojekt für meine eigenen Forschungen.* Fehlgeleitete Jugendliche reagierten am ehesten auf Verhaltenskorrekturen, und er hatte die Tochter eines Barons erspäht, die einiger Korrekturen bedurfte. Fanta war ihr Name. Fanta Trypoli. Fanta war ein altkluges Mädchen – trotzig und ein wenig großmäulig. Und wenn die Palastgerüchte zutrafen, war sie dafür bekannt, dass sie sich heimlich in weniger erquickliche Bezirke schlich, um sich umzusehen. *Um mit der verdorbenen Schattenseite dieser Stadt zu schäkern.* Mit etwas gutem Zureden – und der Spitze eines Messers, die gerade eben seinen Augapfel berührte – hatte ein Page aus dem Palast gestanden, sie in gewöhnlicher Kleidung im Hafenviertel gesehen zu haben, wo sie sich in Tavernen und Raucherhöhlen geschlichen hatte. Diese Geschichte allein konnte so formuliert werden, dass man das Mädchen mit all den schmutzigen Aktivitäten in Verbindung brachte, die auf den Kais stattfanden – dass sie mit Hafenkriminellen Umgang pflegte, mit Verrätern oder sogar mit Sklavenhändlern. Seine Auftraggeberin konnte veranlassen, dass ein zweiter Zeuge ihre Teilnahme an derartigen Ausschweifungen bestätigte. Ihre Verhaftung würde sie in eine Zelle im Palast befördern, ein hübscherer Ort als die Kerker von Seeblick. *Ungestörter.* Dort würde er sie in aller Ruhe besuchen können, um seinen Lohn einzustreichen. Allein bei dem Gedanken daran kribbelte es ihm in allen zehn Fingern. *Sie wird sich ganz sicher nie wieder in Hafentavernen schleichen!*

Er konnte das Mädchen zu ihrem eigenen Wohl bessern – kein Mädchen sollte auf den Kais herumlungern –, und er würde die Liste um seiner neuen städtischen Heimat willen abarbeiten. Er war immer ein Beschützer seiner Gemeinschaft gewesen, noch bevor die Menschlichkeit aus den Vorgebirgen verschwunden war. Aber einige Menschen waren undankbar. Als er getan hatte, was getan werden musste – *was niemand sonst tun wollte* –, hatten sie ihn einen »wandelnden Teufel« genannt, eine Kreatur, nicht länger ein Mann, aber zu schlau, um als Tier bezeichnet zu werden. Die Brutalität des Krieges und der Säuberungen hatte ihn erschaffen, so viel verstand er von sich selbst. Einst hatte er einen Namen getragen, aber seine Familie hatte sich von ihm losgesagt und ihn seines Namens beraubt. Von Gesetzes wegen durfte ihn jetzt niemand mehr bei diesem Namen nennen.

Aber er hatte seinen Titel behalten – Bürgermeister. Die Stadt hatte in Notzeiten einen starken Anführer gebraucht. Während des Krieges hatte er die Verräter in seinem eigenen Volk wittern können und war der Einzige gewesen, der schlau genug gewesen war, um die Beweise zu erbringen und herauszufinden, wer den Eindringlingen verraten haben konnte, wann und wo sie zuschlagen mussten. Dann hatte er alle infrage kommenden Schuldigen zusammengetrieben und ihnen Geständnisse abgepresst, nicht indem er sie tötete, sondern indem er ihnen die Augen nahm. Anschließend hatte er sie laufen lassen und zugesehen, wie sie blicklos in die Berge gewandert waren, um von großen Katzen gefressen zu werden, zu verhungern oder in einen Fluss zu stolpern. Er hatte ein weites Netz gespannt, um sicherzustellen, dass er seine Beute erwischte. Einige Unschuldige waren dabei ebenfalls mitgerissen und ihrer Augäpfel beraubt worden, nur um auf der sicheren Seite zu sein. Sie waren erblindet, aber wenn sie von Unrecht reingewaschen worden waren, durften sie gern bleiben. Danach hatte niemand es mehr gewagt, die Stadt zu verraten, und Reinfall hatte eine Generation von Eindringlingen überlebt, während andere Städte verwüstet und niedergebrannt worden waren. Es hieß, er habe die Hälfte seiner Bürger gerettet, indem er die andere Hälfte gefoltert habe. Für seine Mühen hatten die undankbaren Überlebenden ihn in eine Kiste gesperrt. Aber er verzieh ihnen. Sie waren simpel, nicht schlau wie er. Sie verstanden nicht. Er war stolz darauf, in der Notlage des Krieges geholfen und eine Hälfte gerettet zu haben.

Nun braucht Seeblick meine Hilfe.

Kapitel 33

Neveah

Die Suche nach Erek Moceri war Königin Neveah Moceris oberste Priorität, und sie schwor, alle verfügbaren Kräfte zur Verfügung zu stellen, um dem Bruder ihres verstorbenen Gatten zu helfen, seinen verschwundenen Sohn zu finden. Die Wache von Seeblick fand Erek am dritten Tag der Suche, als sie ihn aufgedunsen und tropfend aus dem Nordbrunnen zogen. *Wie diese Dienerin damals.* Der Unterschied waren seine Augen – sie waren bereits verwest. »Das ist seltsam«, hatte der Leichenbeschauer ihr erklärt. »Augen halten sich für gewöhnlich länger als zwei Tage im Wasser.« Er verstand nicht, warum das in diesem Fall anders war.

»Der Rat ruft nach Euch«, verkündete Valspar.

Neveah zuckte zusammen, und ihr Fingerhut voller Gewürz rollte über den Ankleidetisch. Sie hatte in den Spiegel geschaut und über Ereks schauerlichen Tod nachgedacht. Ihr war nicht einmal bewusst gewesen, dass Viktor hereingekommen war.

Ich muss ihn dazu bringen, damit aufzuhören.

Der Rat hatte sich bereits um den langen Tisch auf dem Balkon mit Blick auf das Gelände der königlichen Falknerei versammelt, und man erwartete sie. Shent kündigte Neveah an. »Die Königin, die Königin, meine Lords und Ladys, die

Königin!« Dann zog er sich zurück. *Weniger Pomp und Lob als gewöhnlich,* dachte sie und fragte sich, woran das liegen könnte. Viktor saß neben ihr, wo er ihr ins Ohr zischeln konnte. *Wie eine Schlange.*

Seeblicks berühmte Falknerei war vom Blattwerk befreit worden, abgesehen von dem Dickicht um den Rand herum und ein paar strategisch platzierten Gebüschen für die Beute der Raubvögel, zwischen denen sie hindurchhuschen und worin sie sich verstecken konnte. Es gab kein Seil, das einen Zuschauerbereich für das gewöhnliche Volk abteilte. Keine Plattformen. Keine Tribünen. Keinen Hügel mit Blick auf das Gelände. Dieses Jagdvergnügen war nur für Edelleute bestimmt. Für einen Bürgerlichen war es sogar illegal, einen Vogel auch nur auszubilden. Nur ein königlicher Ausbilder mit dem Siegel des Königs oder der Königin auf einem Erlass durfte die ledernen Schulterpolster und den Helm eines Falkners überstreifen. Jeder Erlass wiederholte, wie wichtig es sei, die Exklusivität aller Aktivitäten und Rituale rund um die Falknerei zu bewahren. Es weckte Ehrfurcht und Respekt in der Bevölkerung für die, die über ihnen standen – das Gefühl der Autorität des Adels unter den Massen war genauso wichtig wie die Autorität selbst. *Wenn alle sich für gleichwertig halten, wird früher oder später jeder denken, er könne herrschen, und dann bricht Chaos aus.* Herrschaft durch die Massen war kein gutes System. Das wusste jeder. Es gab historische Beispiele – Kabellas revolutionäre Regierung war zusammengebrochen, kurz nachdem sie ihre Edelleute hinausgeworfen hatten. Der Inselstaat Bttar hatte sich nur zwei Generationen lang mit Bürgern aus dem gemeinen Volk am Ruder gehalten, bevor er in Anarchie versunken war. Ein Volk musste geführt werden. Symbole der Autorität waren wichtig. Und so wurden die prächtigen Jagdvögel nur von einigen wenigen vornehmen Augen gesehen, darunter Neveahs. Seit sie in die königliche Familie eingeheiratet hatte, liebte sie es, herzukommen und die Vögel zu beobachten, denn die Greifvogelschauen von Seeblick waren spektakulär.

Das adelige Publikum saß an dem länglichen, halbmondförmigen Tisch mit Blick auf das Gelände. Neveah hatte auf dem erhöhten Sitz am Nordende Platz genommen.

»Es gibt noch weitere düstere Nachrichten«, sagte Lena Moceri, sobald Neveah ankam. *Kinseys Mutter.* Lena war eine gute Frau, die einen unvollkommenen Mann geheiratet hatte. Lena war der Grund, warum sie eine gute Tochter hatten, und Malcolm Moceris Verfehlungen waren der Grund, warum Neveah Kinsey vertrauen konnte. Eine gute Tochter liebte ihren Vater. *Sie wird nicht wollen, dass seine Geheimnisse ans Licht kommen.* Lena selbst wusste nichts von den Skandalen. Tatsächlich wurde eins von Malcolms Geheimnissen vor allem vor ihr gehütet. Lenas Unwissenheit erleichterte die Arbeit mit ihrer Tochter. Neveah schätzte es, wenn Puzzleteile gut zusammenpassten.

»Henri und Hannah sind erblindet«, berichtete Lena.

»Erblindet? Alle beide?« Neveah griff sich zum Zeichen der Überraschung an die Brust. Henri und Hannah waren die Kinder von Amotts mittlerem Bruder Duncan und seiner Frau Emma. Henri und Hannah standen in der Thronfolge hinter Derek, aber vor Kinsey. Als Zwillinge hätten sie vielleicht zusammen regiert.

»Gleichzeitig«, fuhr Lena fort. »Ein absurder Unfall.«

»Wo ist Emma?«

»Sie ist bei ihnen. Duncan trauert, aber sein Barbier sagt, sie würden überleben.«

»Sein Barbier?«

Der Ratsbeirat Fallon Sumber schaltete sich ein. »Der, der für Aderlasse zuständig ist. Er kennt sich mit Blutegeln aus. In den Augen der Patienten wimmelte es davon.«

»Blutegel? In ihren Augen?«

»Irgendeine exotische Variante blutsaugender Würmer, die sich an die Augäpfel hängen. Sie sind entfernt worden, aber beide Zwillinge haben das Augenlicht verloren.«

Neveah brauchte ihren Abscheu nicht zu heucheln. »Igitt. Wie konnte das passieren? Haben die Zwillinge ihre Köpfe in einen brackigen Sumpf gesteckt?«

»Wir kennen diese Würmer nicht. Nicht hier in Hyak. Ein Apotheker sagt, er habe gehört, dass es nördlich der Grenze so etwas gäbe.«

Neveah stieß ein Brummen aus. »Zweifellos aus den Moorlanden – dreckiger Ort. Ich bereue es bereits, das Königreich geeint zu haben! Wir werden Duncan und Emma unseren Palastarzt ausleihen. Keine Barbiere mehr. Ich kann mir gar nicht vorstellen, wie quälend das für sie als Eltern sein muss.« *Natürlich kann ich das nicht,* dachte sie verbittert. *Ich habe keine Kinder.*

»Eine Tragödie, gewiss«, unterbrach Anton Moceri sie. »Aber Ihr ignoriert deren weitreichende Bedeutung.«

Alle schauten auf. Ereks und Dereks Vater, der älteste Bruder ihres verstorbenen Gemahls, schritt entschlossen auf den Balkon und ragte über dem Tisch auf wie ein zorniger Bulle. Es war eine Überraschung. Neveah hatte gedacht, er würde dem Treffen fernbleiben, um Ereks Tod zu betrauern. Aber es war offensichtlich, dass er, mit immerhin noch einem Jungen als Thronanwärter – *nun einem weniger* –, nicht zulassen würde, dass der Rat die Angelegenheiten von Königinnen und Königen ohne ihn erledigte.

»Was könnte bedeutender sein als die Pflege der Kinder Eures Bruders?«, fragte Neveah.

Antons Nasenflügel bebten. Sie würde ihn zwingen, es auszusprechen. Und er tat es. »Das Gesetz gestattet keine kränklichen Erben. Ohne Sehvermögen sind sie von der Thronfolge ausgeschlossen.«

»Sie sind nicht die Nächsten in der Reihe«, entgegnete Neveah gelassen. »Außerdem halte noch immer ich den Platz warm. Es ist etwas früh, um über die Nachfolge zu sprechen.«

»Wir stellen Derek unter Bewachung«, verkündete Anton Moceri.

Damit hatte Neveah nicht gerechnet. »Das ist töricht. Er ist selbst ein Wächter. Er ist mein Leibwächter.«

»Wir werden ihn beschützen, bis er den Thron besteigt.«

»Ihr werdet ihn bewachen lassen, bis ich sterbe?«

Anton schäumte vor Wut, aber sie würde ihn zwingen, auch das auszusprechen, *das Arschloch.*

»Ihr habt Euer eigenes Gebrechen.«

Die Ratsmitglieder schnappten entsetzt nach Luft und starrten ihn an oder wandten den Blick ab. Ein unbehagliches Schweigen senkte sich über den Tisch. Neveah zuckte die Achseln, als hätte sie keine Ahnung, wovon Anton sprach.

»Ach?«

»Ihr habt keinen Erben hervorgebracht. Ihr könnt nicht weiter auf dem Thron sitzen.«

Legt die Henne kein Ei … Neveah erinnerte sich an den Kinderreim. *… geht's zum Schlachter mit Geschrei.*

»Ich bin so fruchtbar wie ein gepflügtes Feld. Es war der Samen meines armen Gemahls, der nicht greifen wollte. Zu viele heiße Bäder. Alle reden darüber.«

Anton konnte die Beleidigung der Männlichkeit seines Bruders so nicht stehen lassen. »Pah. Wenn Ihr ein Kind gebären könntet, hättet Ihr Euch eins von einem Eurer Leibwächter machen lassen und behaupten können, es sei von meinem Bruder.«

»Das wäre Hochverrat.«

»Ja«, entgegnete er gelassen. »Das wäre es.«

Sie wechselte schnell das Thema. »Ich kann mich wieder verheiraten.«

»Kein Edelmann wird eine unfruchtbare Königin heiraten und damit seine Stammlinie beenden.«

Das stimmte. Sie musste einen Edelmann heiraten, um einen König hervorzubringen, aber niemand würde sie nehmen, wenn sie unfruchtbar war. »Derek ist unverheiratet ...«, sagte sie. Es war eine Spitze – Anton würde das niemals zulassen.

»Derek kann sich unter den frischen, jungen adeligen Mädchen jedes aussuchen. Selbst wenn Ihr ein Kind gebären könntet, warum sollte er sich für die alternde Witwe seines Onkels entscheiden?«

»Weil ich auf dem Thron sitze. Und vielleicht werde ich mir ihn aussuchen.« Es war eine weitere hübsche Spitze, doch es spielte keine Rolle. Er hatte recht. Derek konnte ablehnen. Derek würde ablehnen. Und der Gedanke, den Rest ihres Lebens unter dem dummen und grausamen Derek Moceri zu verbringen, reizte sie überhaupt nicht. *Wie kann ein so kluger Mann ein so stumpfsinniges Kind haben?* Aber sie liebte es, Anton sich winden zu sehen. Außerdem hatte sie einen anderen Plan, mit dem sie für den Rest ihrer Tage bequem leben und die ermüdenden Anforderungen und Intrigen des Throns auf jüngere Schultern abladen konnte. *Kinsey.* Das war die Lösung, die am Ende dieses trügerischen Labyrinths lag. Und die Dinge entwickelten sich bereits so, wie sie es wollte. Drei Erben vor Kinsey waren bereits ausgeschaltet. Doch die Ansage, Derek bewachen zu lassen, stellte ein echtes Problem dar. Anton war misstrauisch. Die Moceris waren eben ein misstrauischer Haufen. Schlimmer war, dass er seinen abscheulichen kleinen Erben beschützen würde, bis sie hinausgezwungen wurde, und dann würde Derek König werden.

Bei allen dunklen Höllen …

»Da kommt das Beutetier!«, rief Baron Strugg von Salbei und unterbrach damit ihr gegenseitiges Niederstarren.

Etliche am Tisch atmeten lang aus – sie hatten die Luft angehalten. Erleichtert wandten sie sich von dem verkrampften Gespräch zwischen ihr und Anton Moceri ab. *Aber sie haben alle gedacht, was er ausgesprochen hat.* Wenigstens hatte Anton den Mut dazu. Ein kühner Mann. *Ein Jammer, dass er verheiratet ist.* Neveah fragte sich, ob Anton Moceri die Gelegenheit ergreifen würde, König zu werden, falls seine Frau eines plötzlichen Todes sterben sollte. Es war nicht höflich, sich eine solche Frage zu stellen, aber sie tat es trotzdem.

Baron Strugg stand auf und streckte die Hand aus. Der Rest der Adeligen am Tisch war dankbar für die Ablenkung – das Beutetier wurde als Höhepunkt ihres Treffens freigelassen –, selbst Neveah stellte fest, dass sie begierig war, es sich anzusehen. Niemand wollte den Fluchtversuch des Opfers versäumen.

Das Beutetier war eine dreifach gehörnte Bergziege aus dem Eisenholzwald. Sie kam mit zwei Sprüngen unter dem Balkon hervor, wo die Tierpfleger Käfige mit verschiedenen Beutetieren betreuten – Eidechsen, Gänse, Kaninchen und natürlich Ziegen. Heute war ein guter Tag. Dreifach gehörnte Ziegen aus dem Eisenholzwald waren rar – exotische Tiere beschaffen zu können, wieder frei über die Grenze in fremde Länder reisen zu können, gehörte zu den Vorteilen des Friedensschlusses. Die Ziege sprang auf das freie Feld, um sich zu orientieren. Neveah überlegte, ob das Tier dachte, es wäre entkommen, einfach weil es aus seiner Kiste heraus war. *Es ist nicht entkommen.* Falls es so dachte, zeigte es keine Anzeichen von Begeisterung. Es schlug nicht vor Freude die Hacken zusammen, sondern suchte stattdessen ein nahes Gebüsch auf, stellte sich daneben und versuchte, damit zu verschmelzen, während es seine neue Situation abschätzte. *Schlau.*

Ein Schatten erschien am nördlichen Horizont, eine kleine, ferne, T-förmige Gestalt, die schnell näher kam. Sie wurde größer. *Ein Vogel!* Es war immer aufregend, wenn die Vögel kamen. Ein schneller Falke aus dem Mittelreich – ein »Mittelchen«, schlussfolgerte Neveah aus dem unverkennbaren Umriss der nach hinten abgewinkelten Flügel in der Ferne. Seine tiefe Flugbahn verriet ihr, dass er von dem Schulterpolster eines Falkners am Boden losgelassen worden war. Während er auf sie zuflog, begann er aufzusteigen. *Mittelchen greifen von oben an.*

»Das ist einer von unseren!«, jubilierte Lady Lange von Mittelstadt. In der Tat, der gleitende Vogel trug den gelben Schmuck ihrer umfriedeten Stadt im Mittelreich.

Der Erste zu sein, der die Zugehörigkeit eines Vogels erkannte, war eine Art Wettstreit unter Ratsmitgliedern. Es gab keinen Preis, aber scharfäugige Edelleute, die ihre Vermutung als Erste korrekt äußerten, erfreuten sich eines hohen Ansehens, während ein überstürzter, falscher Ausruf auf Verachtung und oft Spott stieß.

Ein weiterer Schatten erschien, diesmal im Nordosten. Alle blinzelten einen Moment lang und versuchten, ihn zu erkennen. Schon bald war er in Sichtweite – ein Fischadler aus den südlichen Ländern. Baron Affolter aus der Stadt Salbei im Birkenwaldtal richtete sich auf seinem Stuhl hoch auf. »Salbei!«, rief er, dann blinzelte er, um sich seine Vermutung zu bestätigen. »Ja, er ist grün geschmückt. Salbei!«

Wo ist mein Purpur? Die Mittellande und der Süden waren beide vertreten. Neveah fragte sich, ob heute einer ihrer eigenen Falkner dort draußen war. Sie mussten doch wissen, dass sie an dem Treffen teilnahm. *Und ihre Königin könnte eine Aufmunterung gut gebrauchen.*

Das Mittelchen stieg immer höher, um vom Himmel aus zuzuschlagen, während der Fischadler parallel zum Boden durch die Luft glitt. Die Ziege witterte Gefahr, wusste aber nicht, in welche Richtung sie fliehen sollte, und stand daher still, verließ sich auf ihr grünlich-braunes Fell, um neben dem Gebüsch nicht aufzufallen. Ihre drei langen, gebogenen Hörner waren formidable Waffen. *Aber sie verraten auch, wo sie steht.* Sie ragten wie die Fühler eines Insekts links und rechts über den oberen Rand der Büsche hinaus, während das Tier nach der Bedrohung Ausschau hielt. Aber die Gefahr kam nicht von links oder rechts.

Hörner helfen nicht, wenn dein Mörder aus einer Richtung kommt, die du nicht erwartest.

Das Mittelchen war jetzt hoch über ihr und begann seinen Sturzflug. Neveah legte den Kopf in den Nacken. Ein herabstürzender Vogel war etwas Wunderschönes. Schnell, elegant und mit Hilfe der Schwerkraft flinker als jedes andere Tier sich mit Muskelkraft allein bewegen konnte. Der Aufstieg des Falken hatte es dem Fischadler erlaubt, an Boden zu gewinnen, aber der Sturzflug des Mittelchens war schneller als das Gleiten des Fischadlers.

Es wird knapp werden.

Die Ziege spannte die Muskeln an, um loszurennen, denn Tausende Jahre alte Instinkte drängten sie zu fliehen. Aber wohin?

»Sie wird vor dem Fischadler fliehen!«, riet Payton Swift, der königliche Truchsess von Südlager. Die Swifts waren eine prominente Familie mit mehr Geld als blauem Blut. Südlager war eine gute Stellung für ihn. Die kleine Stadt war dazu erbaut, den Handel mit dem Süden zu erleichtern. Es war eher ein praktischer, naher Vorposten von Seeblick als das ererbte Heimatland eines bestimmten Volkes oder einer traditionsreichen Gesellschaft. »Ein Bauernposten«, hatte Neveahs verstorbener Gemahl gescherzt. Swift streckte die Hand aus. Der Fischadler aus Salbei kam am Horizont näher. Die wachsame Ziege, von Nordwesten durch das Gebüsch verborgen, würde ihn entdecken und sich nicht vom Fleck rühren. Ein Fehler. *Der Falke wird sie sich von oben schnappen.*

Plötzlich erschien der Adler von Seeblick über der Tribüne und brachte mit dem Wind seines Flügelschlags Neveahs Haar in Unordnung. Für einen Moment verdunkelte das gewaltige Raubtier die Sonne, bevor es über das Gelände der Falknerei herabschoss. *Die Weibchen sind immer größer.* Petra war Neveahs Lieblingsvogel. Sie war heute von Süden herangeflogen, von hinter ihnen, von wo die Ratsmitglieder sie nicht hatten kommen sehen. *Wo die Ziege sie ebenfalls nicht kommen sehen konnte.* Ein blinder Vorstoß. Der Adler hatte nicht gewusst, dass Beute auf dem Gelände sein würde. *Sie vertraut ihrem Falkner.* Selbst ohne Sichtkontakt flog der Adler direkt zu dem vertrauten Feld – auf dem Gelände hatte es schon früher Fleisch gegeben. Ein Vorteil, wenn man in seiner Heimatstadt flog.

Der Fischadler näherte sich weiter von Nordosten in einem Gleitflug, der langsam wirkte, doch Neveah wusste, dass er alles andere als langsam war. Die Vögel aus Salbei und Mittelstadt waren groß, beide mit einer Flügelspanne, die so breit war wie die Ziege lang. Der Adler aus Seeblick übertraf sie beide.

Neveah lächelte.

Zum Schrecken aller Versammelten am Tisch schnappte Petra sich nicht die Ziege. Stattdessen fing der königliche Adler von Seeblick den Fischadler aus Salbei noch in der Luft ab. Petra stürzte sich mit zwei messerscharfen Krallen, die so groß waren wie Atul Deshmanes riesige Hände, auf den rechten Flügel des Fischadlers, und ihr vernichtender Griff brach den

Flügel des Gegners entzwei. Er flatterte noch einmal in Petras tödlichen Fängen.

Lebewohl, Salbei.

Die Explosion von Federn erschreckte die Ziege, und sie sprang beiseite, gerade als der Falke herabstieß. Der letzte Abschnitt seines Sturzflugs, der mit einem atemberaubend schnellen Krallenschlag auf den Kopf der Ziege hätte enden sollen, endete stattdessen mit hektischem Flügelschlagen, als das Mittelchen seinen Sturz abfing, um nicht mit voller Wucht auf die Erde zu krachen.

Am Tisch redeten plötzlich alle durcheinander. Adelige Ratsmitglieder schnappten nach Luft, zeigten auf das Geschehen, lachten und klagten. Drei Falkner rannten über das Feld, ein jeder mit einem ledernem Schulterpolster, auf das ihre Vögel sich hocken konnten. Der Falkner aus Salbei, erkennbar an seiner bauschigen südlichen Pumphose und dem glatt rasierten Kopf, lächelte, als er herbeikam, bis er sah, dass sein Vogel am Boden lag und unter Petra mit den Flügeln schlug. Der Adler aus Seeblick stand stolz da, eine Klaue noch immer in den Flügel des Fischadlers gekrallt, die andere um seinen Hals geschlossen, um dem verkrüppelten Vogel das Leben abzupressen. Neveah wusste, dass es vorüber war. Der Griff einer Adlerklaue war zehn oder zwanzig Mal stärker als der von menschlichen Händen. Sie hatte einst einen Falkner gesehen, dem eine Adlerkralle in der Schulter steckte, und der Schmied hatte sie mit einer Stahlzange herausholen müssen.

Der Falkner aus Salbei heulte auf und lief zu seinem sterbenden Vogel. Große Raubvögel lebten eine halbe menschliche Lebensspanne. Der Mann und sein Fischadler waren wahrscheinlich zusammen aufgewachsen. Sie waren eng verbunden, und er war zutiefst bekümmert. Neveah verstand ihn – sie hatte einmal ein Lieblingspferd töten lassen müssen. Aber damals war sie ein Kind gewesen. *Trauer ist etwas für Kinder.* Der Mann war kein Kind, er war jämmerlich.

»Haltet diesen verstörten Mann auf«, befahl Neveah ihren Wachen am Fuß der Tribüne. »Ich werde nicht zulassen, dass er unserem Vogel etwas antut.«

Der Falke aus Mittelstadt hüpfte umher, enttäuscht und außerstande, der wegspringenden Ziege zu Fuß nachzujagen. Schließlich erhob er sich in die Luft und flatterte zurück auf die linke Schulter des inzwischen eingetroffenen Falkners aus Mittelstadt. Der Mann trug eine lederne Halbmaske, um seine linke Wange und sein Auge vor den Krallen des Mittelchens zu schützen, wenn er zur Landung herbeiflatterte. Einige junge Falkner bevorzugten heutzutage einen Handschuh – eine Neuheit –, aber die Vögel waren schwer, und für ältere Falkner war es leichter, sie auf der Schulter zu tragen.

Der Adler war so riesig, dass kein Mann ihn auf dem Unterarm hätte halten können, außer vielleicht Deshmane, der größte Mann, den Neveah je gekannt hatte. Sie fragte sich, ob er schon tot war. Bis sie davon erfuhr, würde die Nachricht viele Tage alt sein. Ein Stich des Bedauerns durchzuckte sie, aber die Dinge waren jetzt heikel und viel einfacher ohne diese Versuchung – *ein notwendiges Opfer.* Selbst eine Königin musste in schwierigen Zeiten einige Annehmlichkeiten aufgeben.

Petras Falkner Monoch rief das Adlerweibchen von ihrem Opfer weg, und es kam halb hüpfend, halb flatternd auf seine Schulter, wo es so viel Platz über seinem Kopf einnahm, dass der Schädel des Mannes wirkte wie ein großes Adlerei. Er taumelte, fing das Gewicht jedoch ab. Der stolze Altgediente trug keinen Lederhelm. Stattdessen trug er erhobenen Hauptes tiefe Rillen auf beiden Seiten seines Gesichtes und eine purpurne Klappe über einem zerstörten Auge.

Der Mann aus Salbei stemmte sich gegen die Wachen. »Betrug! Ihr habt Euren Flieger dazu ausgebildet, meinen Vogel zu schlagen.«

»Hmpf. Eure übergroße Taube muss für sie wie eine Lockspeise ausgesehen haben.«

»Ihr entehrt den Berufsstand!«

»Lasst ihn kommen«, rief Monoch den Wachen zu. »Petra wird auch ihm die Flügel stutzen.« Er setzte dem Adler die Haube noch nicht wieder auf, für den Fall, dass er ihn auf den wütenden Falkner aus dem Süden loslassen musste.

Neveah erhob sich. Es war ein guter Tag. Ihr Vogel aus Seeblick hatte sich bewährt, und zwei weitere Erben waren aus der Reihe der Thronfolger ausgeschieden. Es würde guttun zu feiern.

»Die Jagd ist vorüber, und das Beutetier hat überlebt«, verkündete sie. »Es verdient, geehrt zu werden. Bereitet es für die königliche Tafel heute Abend vor.«

Aber wer wird es jetzt für mich vorkosten?

3. Territorium

Die Seen

Kapitel 34

Caspar

Ein brennendes Floß trieb neben der schwimmenden Brücke des Geistsees her, die das Westufer des großen Gewässers mit Portage auf der Geistinsel verband. Die Glorreichen Sechs klapperten über die Holzbohlen auf Pferden, die sich wesentlich weniger gut benahmen als die, auf denen sie vor Yvettes plötzlichem Abschied geritten waren. *Cliff ist jetzt unser sechster Mann,* dachte Caspar.

Caspar, Tara und ihre entstellte ehemalige Kriegsfürstin ritten vorn, drei Pferde nebeneinander, während Belorian sicher in der Mitte ritt und verschiedene Ansprachen übte, die er vielleicht bei den Seenvölkern ausprobieren würde. Heath ritt mit Cliff in der Nachhut. Ihre neue Pferdemeisterin war ein Moormädchen namens Sabine, die ein Sumpftier ritt, das weder ein kleines Pferd noch eine große Katze war, sondern irgendetwas dazwischen. Die Kreatur schlich, während Pferde trappelten, sie knurrte, wo Pferde schnaubten, und sie hatte scharfe Zähne, wo die gewöhnlichen Reittiere der Glorreichen abgeflachte Mahlzähne hatten. Caspar traute dem Geschöpf nicht über den Weg. *Große Katzen beißen Menschen.* Ihre junge Reiterin war ein Stallmädchen aus den Sümpfen, das unbedingt mit dem Trupp der Königin hatte reisen wollen. Als König Yolonic nach Freiwilligen gesucht hatte, um die Glorreichen aus den Mooren zu führen, hatte sie aufgeregt gelobt, ihnen mit ihren Tieren zu helfen, bis sie die Festung bei Breitstätt jenseits der Seen erreichten, wo sie umkehren und nach Hause zurückreiten würde. Als Gegenleistung hatte Caspar versprochen, ihr ein wenig von der Welt jenseits der Sümpfe zu zeigen.

»Zeigt ihr bloß nicht zu viel«, hatte die moorländische Mutter des Mädchens ihn gewarnt und ihm mit dem Finger gedroht. Belorian hatte sich verneigt und wortgewandt versprochen, persönlich auf das Mädchen aufzupassen. »Das ist es ja gerade, was mir Sorgen bereitet!«, hatte die Mutter hinzugefügt. Dann hatte sie auf Faust gedeutet. »Ihr seht aus wie eine zähe Beißzange, die Männern die Eier zerquetscht. *Ihr* passt auf sie auf.«

Caspar hatte Sabines Angebot angenommen, obwohl sie etwas zu viel redete und ihre Erfahrungen mit richtigen Pferden sich darauf beschränkten, ein oder zwei Tiere der seltenen Besucher Neumoorlands versorgt zu haben. *Aber es könnte einige Grenzländler beruhigen, eine der Ihren in unserer Truppe zu sehen.*

Das brennende Floß trieb vorbei.

Caspar war für einen Moment entsetzt, Menschen in den Flammen sitzen und stehen zu sehen, bis ihm klar wurde, dass es nur primitive Holzstatuen waren.

Sabine deutete auf sie. »Seid Ihr das? Denn es sieht aus wie Ihr. Drei Kupfer-Drams, dass Ihr es seid!«

Die Abbilder aus Holz, Stoff und Ton hatten noch nicht Feuer gefangen und ihre Einzelheiten waren noch erkennbar – drei Männer und drei Frauen. Eine der weiblichen Gestalten hielt ein Buch in Händen. Eine andere hatte eine gespaltene Zunge. Einer der Männer sang mit einer Hand am Mund, und in der anderen hielt er eine übergroße Version seiner Schamkapsel in der Hand. Eine siebte kauernde Gestalt war offensichtlich eine Echse.

»Sie haben tatsächlich eine gewisse Ähnlichkeit mit uns«, räumte Belorian ein.

»Ich fürchte, so ist es«, stimmte Caspar ihm zu.

»Es scheint, dass Steuereintreiber hier nicht sehr willkommen sind«, bemerkte Tara.

»Kaum überraschend«, beharrte Sabine. »Insulaner mögen grundsätzlich kein Festlandsvolk. Natürlich erst recht nicht solches aus Hyak. Und man sagt, dass Eure letzte Pferdemeisterin eine Hexe gewesen sei!«

»Das sagen wir auch«, entgegnete Cliff.

»Unsere letzte Pferdemeisterin war vor allem schweigsam«, sagte Tara.

»Und mordlustig und verräterisch und fluchte gern, habe ich gehört«, warf Sabine ein.

»Und tatsächlich gut mit Pferden«, ergänzte Heath.

Belorian betrachtete die brennenden Abbilder. »Wisst Ihr, was dieses grelle Schauspiel bedeutet, Kommandant?«

Caspar wusste nicht, was es bedeutete, aber er wusste, dass es nichts Gutes fürs Steuereintreiben bedeutete. Bedauerlicherweise mussten sie sich zum Tor zu den Seen begeben. *Wir können die Seenvölker nicht einfach im Rechnungsbuch als feindselig bezeichnen und weiterziehen. Wir müssen behutsam verhandeln oder einfach mit hoch erhobenem Haupt und unbeeindruckt einreiten und den Tribut der Königin fordern. »Wir treiben Steuern ein für die Krone!«*

Sabine äußerte eine begeisterte Vermutung, was die Bedeutung der brennenden Abbilder betraf, während Caspar versuchte nachzudenken. »Es bedeutet, dass Ihr berühmt seid!«

»Berüchtigt«, dolmetschte Heath.

»Sie haben mehr Angst vor uns als wir vor ihnen«, stellte Faust fest.

»Sprecht für Euch selbst«, antwortete Belorian. »Vielleicht sollten wir dieses Territorium überspringen.«

Heath zog einen Pfeil und schoss ihn der inzwischen brennenden Figur, die sich die Hand an den Mund hielt, tief in den Hals.

»Hey! Der da bin ich, du sassoonischer Heide!«, beklagte sich Knochenstahl.

»Ich erlöse dich nur von deinem flammenden Elend.« Heath lachte und erklärte den Scherz dann Cliff, der mit ihm zusammen kicherte.

»Ich muss nachdenken, Ihr lärmenden Mistkerle!«, fuhr Caspar sie an.

»Beruhigt Euch, Kommandant«, mahnte Heath. »Wo sind die Höflichkeit und der Respekt, die Ihr uns geloben wolltet?«

»Die habe ich im Sumpf gelassen.« *Zusammen mit meiner Ritterlichkeit und meiner Ehrlichkeit.*

Tara lenkte ihr Pferd neben seines. »Dies ist das Werk von Aufwieglern, Kommandant. Zugegebenermaßen von talentierten und künstlerisch begabten Aufwieglern, aber es kommt nicht von der Baronin von Portage. Es sind keine Wappen, Siegel oder Fahnen zur Schau gestellt.«

»Dann reiten wir stolz ein.«

»Sie werden mit Tomaten werfen«, sorgte Belorian sich und glättete das Seidenhemd, das er aus seiner Tasche gezogen hatte, um damit im Portage-Palast der Geistinsel aufzutreten.

»Es ist schwierig, ein stolzer Geck zu sein, wenn man mit Tomaten bekleckert ist«, bemerkte Heath.

Die Sonne schien von einem blauen Grenzlandhimmel auf sie herab – ein scharfer Gegensatz zu dem grauen Nebel der Moore – und die Wellen auf dem Geistsee funkelten um sie herum. Es war der hellste Tag ihrer Reise, obwohl die brennenden Bildnisse von Caspar und seinen Glorreichen wie ein langer Schatten auf ihren Gemütern lag.

In der Ferne erhob sich die berühmte Wasserwand, die legendäre Pforte zur Geistinsel. Sie war atemberaubend. *Die Wasserwand würde eine Armee nervös machen, auch ohne das Schwanken der schwimmenden Brücke unter den Hufen ihrer Pferde, das ihre Innereien durchschüttelt.*

»Seht Euch das nur an!«, rief Sabine aus. »Die Wand ist so hoch wie ein Baum und so breit wie diese ganze Brücke.« Sie grinste wie ein Kind, was sie beinahe noch war. »Erstaunlich!«

»Diese erstaunliche Wand hat einmal einer ganzen Kompanie von Männern auf einmal einen wässrigen Tod beschert.« Belorian begann zu singen. »Es war ein warmer, feuchter Tag, als die Sonne schon tief lag, als die Wasserwand – sie in die Tiefe sandt'.«

Caspar runzelte die Stirn. »Aber wir haben die Schlacht am Geistsee gewonnen. An der Akademie singen sie ein Lied darüber. Wir haben den Schleier der Wasserwand durchstoßen und sind mit Hunderten kühner Männer über die Insel geschwärmt.«

Belorian belächelte seine unschuldige Ignoranz. »So erzählen es die Lieder der Stadt. Aber in der wahren Version haben wir eine ganze Kompanie übertrieben kühner Männer verloren, ohne überhaupt einen Fuß auf die Insel gesetzt zu haben. Hunderte, wenn auf mein Gedächtnis Verlass ist. Und auf mein Gedächtnis ist so viel Verlass wie auf Heath' Pfeil, der sich in den Hals meines Abbilds gebohrt hat.«

Die Wasserwand wurde immer lauter und höher, je näher sie kamen, bis sie unter dem Brüllen auf ihren Pferden saßen wie Ameisen, die an einer schwankenden Kristallklippe emporschauten.

»Was hält sie aufrecht?«, überlegte Cliff laut und in dem sachlichen Ton, mit dem man vielleicht fragen würde, wie ein Jongleur drei Bälle in der Luft hält.

»Es ist ein Wasserfall, der aus der Erde nach oben schießt«, erklärte Belorian. »Seht ihr, wie er sich oben zur Insel hin umbiegt? Die Gischt fällt auf der landwärtigen Seite hinunter und fließt dann in den See.«

»Was ist in der Schlacht passiert?« Caspar war schrecklich neugierig. Die Wasserwand sah unpassierbar aus. »Haben die Männer sich kopfüber hineingestürzt?«

»Alle, die so töricht waren, das zu tun, wurden hinauf auf die Insel geschleudert, wo man sie wahrscheinlich mit Harpunen empfangen hat.« Belorian wedelte mit den Armen dramatisch nach oben und tat dann so, als würde er mit etwas zustoßen. »Und das Wasser ist heiß. Es hat die hyakischen Soldaten gedämpft wie Fische auf dem Rost. Hat sie direkt in ihrer Rüstung pochiert.«

An diesem warmen Tag war der Wasserdampf nicht leicht von der nebligen Gischt zu unterscheiden, aber jetzt bemerkte Caspar ihn. »Gewiss hätten sich nicht Hunderte hineingestürzt.«

»Nein, das nicht. Unsere vielen Hundert kühnen hyakischen Männer haben sich in ihren Rüstungen auf dieser Brücke zusammengedrängt. Sie haben eine Wand aus Schilden vor sich hergetragen, um Pfeile abzuwehren, die von Dutzenden von Booten im See abgeschossen wurden. Sie sind genau zu der Stelle marschiert, an der wir jetzt stehen. Und dann hat die Wand sich in ihre Richtung geneigt und sie mit kochendem Wasser von diesen Holzbrettern gespült.«

»Die Wasserwand hat sich geneigt?«

Belorian wedelte mit dem Arm. »Jawohl, und das brühheiße Wasser ist direkt auf sie zugeschossen und hat sie alle in den See gerissen. Dann sind Männer mit schnellen Booten herangeprescht und haben unsere feinsten Soldaten totgeprügelt wie dümpelnde Fische.«

»Sie haben wehrlose Männer getötet?«, hakte Caspar nach und starrte auf die bedrohlich aufragende Wand.

»Die, die nicht gekocht worden waren, und die, die nicht schon mit ihren Rüstungen untergegangen waren.«

»Wie haben Eure Männer die Insel dann eingenommen?«, fragte Sabine, entzückt von Belorians Geschichten. »Bei uns heißt es, Ihr hättet Euch in aller Heimlichkeit hereingeschlichen.«

»Die Fontäne versiegt einmal am Tag immer zur gleichen Zeit für einige kostbare Momente. Unsere nächsten hundert Männer sind über die Brücke geeilt, als sie das gerade tat und bevor sie wieder hochschießen konnte. Die Portage-Soldaten haben sie hier auf der Brücke empfangen – ein episches Scharmützel, würdig eines ausgeschmückten Liedes. Einige der Unsrigen sind durchgekommen und haben eine riesige Eisenkappe entdeckt, die mit einem gewaltigen Kran angehoben oder gesenkt werden kann, um das Wasser in verschiedene Richtungen zu senden. Sie haben damit das kochende Wasser lange genug aufgehalten, dass der Rest der hyakischen Armee auf die Insel schwärmen konnte.«

Genau in dem Moment wurden zwei lange, schmale Boote hinter der Wasserwand hervormanövriert und fuhren längsseits der schwimmenden Brücke heran. Aus dem ersten sprang ein behender Matrose heraus, während zwei Mitglieder der Mannschaft das Boot am Pfahlwerk festbanden, damit es nicht forttrieb.

»Seid gegrüßt!«, rief Caspar und saß ab. »Ich bin Caspar Klein von den Glorreichen Sechs, Zollmeister für die Grenzlandterritorien des Vorgebirges, der Moorlande, der Seen und Caravals für Königin Neveah Moceri von Hyak. Wir kommen, um Steuern für die Krone einzutreiben.«

»Wir wissen, wer ihr seid«, erwiderte der Matrose, ignorierte Caspar und richtete das Wort an sie alle. »Habt ihr eure Ärsche nicht auf dem Floß da verbrennen sehen?«, fragte er höhnisch grinsend. Er war ein stämmiger Mann in Insulanertracht mit einem bösartig aussehenden, gebogenen Fischmesser am Gürtel. Er verstummte, als das zweite Boot festgemacht war und ein schlanker Mann auf die schwimmende Brücke stieg.

»Das Reden überlasst Ihr am besten mir«, flüsterte Belorian Caspar zu.

Der zweite Mann, der aus den Booten stieg, war nicht annähernd so geschickt und bei Weitem nicht so muskulös, aber er schob den stämmigen Matrosen beiseite und richtete das Wort direkt an Caspar, mit der Ausstrahlung eines Mannes, der sich seiner Autorität sicher war.

»Ich bin Pergrim von den Seen, ein Mann vom Geistsee. Ich entnehme Eurer protzigen Halskette mit den klobigen Münzen, dass Ihr Klein von Hyak seid, hm?«

»Und ich bin Belorian Knochenstahl, Sprecher für meine Königin und meinen Kommandanten«, stellte Belorian sich vor.

»Ich bin nicht hier, um mit dem Sprachrohr zu reden, erst recht nicht mit einem, das mehr für sein Lustrohr bekannt ist«, sagte Pergrim.

Belorian plusterte sich entrüstet auf, aber Caspar schob ihn zur Seite.

»Ich kann selbst für mich sprechen«, sagte Caspar. »In der Tat, ich bin Klein. Ich bin hier mit meiner Truppe …«

»… der Glorreichen Sechs. Ein grandioser Name für erbärmliche Personen von solch zweifelhaftem Ruf.«

»Wie dem auch sei, wir sind die Glorreichen, und wir sind hier, um den Frieden zu besiegeln, den unsere Krieg führenden Königreiche geschlossen haben. Dieser Waffenstillstand wird mit einer angemessenen Abgabe an die Krone bestätigt.«

Pergrim lächelte schmallippig. »Es gibt gute Gründe für

diesen Bündnisvertrag, aber die Illusion, dass die Völker der Seen Frieden wollten, gehört nicht dazu.«

Caspar versteifte sich, schluckte seinen Stolz jedoch herunter. »Dann sind wir einfach hier, um die vereinbarte Steuer einzutreiben.«

»Seltsam. Den Gerüchten zufolge hat Baron Willis *Euch* besteuert.«

Die anderen Männer des Sees kicherten, und ihre finsteren Mienen lichteten sich vorübergehend, um die Verächtlichkeit ihres Begleiters mit unfreundlichem Gelächter zu würdigen.

Tara wandte sich wutschnaubend an Caspar. »Ich habe dir gesagt, dass es sich noch rächen wird, dass du Willis erlaubt hast, unser Geld zu behalten.«

Caspar antwortete auf Pergrims Worte. »Baron Willis musste dafür gegen die Armee einer Königin kämpfen«, stellte er fest. »Ist das Eure Absicht?«

Pergrim musterte Caspar eingehend. »Wir befinden uns inmitten zorniger Mithörer«, sagte er leise. Dann sprach er mit lauter Stimme weiter, damit alle Wachmänner von der Wasserwand es hören konnten. »Wir werden keinem Mann aus Hyak erlauben, einen Fuß auf unsere geliebte Insel zu setzen!« Die Männer hinter ihm grunzten zustimmend. Einer machte eine obszöne Geste mit drei Fingern.

Caspar runzelte die Stirn und sah sich verwirrt um. »Wie geht es dann jetzt weiter?«

»Ihr verschwindet«, antwortete Pergrim schlicht. »Tatsächlich werde ich Euch in mein Boot nehmen und Euch am anderen Ufer der Kettenseen absetzen, damit Ihr Euch auf den Weg machen könnt, bevor Euch irgendein Unglück widerfährt wie Euren Kameraden.« Der magere Sprecher zeigte auf das Floß mit den Repliken, die zu Stummeln niedergebrannt waren. Dann leckte er sich die Lippen. Diese simple Bewegung seiner Zunge verwirrte Caspar; die langsame Vorsätzlichkeit der Bewegung schien eine Bedeutung zu haben, und Pergrim hatte sich so hingestellt, dass dieses Mienenspiel den Männern hinter ihm verborgen blieb. *Was bedeutet Lippenlecken auf den Seen?* Er wusste es nicht, aber er war lange genug bei den Glorreichen, um zu wissen, was zu tun war. Er wandte sich an Heath.

Heath nahm sich einen Moment Zeit, um Pergrims Gesicht zu mustern, dann beugte er sich vor und flüsterte Caspar ins Ohr. »Der Seebursche meint nicht ernst, was er sagt – die Leckerei ist ihre Version von einem Augenzwinkern. Aus irgendeinem Grund kann er vor den anderen Fischköpfen nicht reden.«

Caspar nickte und schaute von einem grimmigen Insulaner zum nächsten. »Also schön. Ich sehe, wir haben kaum gute Alternativen, und wir werden diese tapfer aussehenden Männer nicht herausfordern. Wir gehen wieder, für den Moment. Und wenn Ihr uns eine Mitfahrt anbietet, werde ich sie nicht ausschlagen.«

»Hier entlang, Besucher«, sagte Pergrim und deutete auf sein schnelles Boot. Das Wort Besucher war eine neutrale Anrede, weder respektvoll noch beleidigend.

Dieser Mann wandelt auf einem schmalen Grat. Caspar drängte seine Glorreichen auf das Boot, während Pergrim die hintere Plattform für ihre Reittiere räumte.

Belorian blieb am Rand der Brücke stehen. »Lord, ich bin nicht der Typ, der unter Verfolgungswahn leidet …«

»Doch, das bist du«, fiel Caspar ihm ins Wort.

Belorian zuckte die Achseln. »Na schön, aber ich steige nur ungern mit Menschen in ein Boot, die uns tot und verschwunden sehen wollen, vor allem angesichts des Schicksals unserer Vorgänger.« Belorian zeigte auf das halb versunkene Floß mit ihren schwelenden Abbildern.

»Es ist eine Überfahrt«, sagte Caspar. »Nicht mehr. Steig ein.«

»Wenn er uns wirklich nicht mehr bietet als eine Überfahrt«, flüsterte Tara, als sie an Bord kletterte, »dann werden wir bei unserer Rückkehr unsere liebe Not haben, der Krone unsere leeren Taschen zu erklären.«

Caspar brummte, widersprach ihr aber nicht.

Kapitel 35

Opal

Die steile Turmhügelburg in Notnagel lag neben der Tiefpassstraße wie ein schäbiger Hut, den ein müder Reisender weggeworfen hatte. Die steinerne Burg auf dem Gipfel stand noch, aber sie stand nicht mehr stolz da. Schwarze Flecken verunzierten ihre locker sitzenden Steine, die nicht mit modernem Mörtel verbunden waren. Es war ein altes, zugiges Bauwerk. Nicht hoch. Zwei Etagen vielleicht. Mehrere Balken auf dem heruntergekommenen Gebäude ragten in eigenartigen Winkeln gen Himmel und ließen auf ein eingestürztes Dach schließen. Am Fuß des Hügels ragten rauhe Holzbohlen in unterschiedlichen Schräglagen aus dem Boden und bildeten die Außenwand des unteren Burghofes, eines großen Innenhofs, der mehreren niedrigen Holzgebäuden Platz bot. Durch die Lücken zwischen einigen der Bretter strömte Licht. Einige waren grau vom Alter oder zersplittert oder hingen lose. Alle ragten schräg nach innen, sodass Steine, wenn sie vom Wehrgang darüber abgeworfen wurden, über die Bretterwand auf die Angreifer rollen würden.

Opal spähte lange aus der Sicherheit des Waldes zu der bescheidenen Festung hinüber und rang mit sich. Notnagel sah ganz anders aus als Seeblick oder Dortch; stolze, von steinernen Wällen oder tiefen Gräben umgebene Städte, gebaut, um Belagerungen gewaltiger Armeen standzuhalten. Notnagel sah eher aus wie die große Koppel, auf der sie während ihrer Zeit in den königlichen Ställen die Pferde der Adeligen in Seeblick hatte laufen lassen. *Es ist kaum mehr als ein Haus auf einem Hügel und ein baufällig eingezäunter Innenhof.* Im Umkreis von einer Achtelmeile waren sämtliche Bäume und das Unterholz gerodet worden. Der Hügel selbst erhob sich auf eine unnatürliche Weise, steil und perfekt gerundet, wie eine Brust mit einer steinernen Brustwarze. Keiner der größeren, zerklüfteten Hänge der Spinnenbeinberge ringsum wies eine solche Symmetrie auf, und so sah die Festung klein und zierlich aus und deplatziert – das Spielzeug eines Kindes zwischen Bergen.

Der Marsch durch den Wald parallel zur Tiefpassstraße war mühsam gewesen – ein harter Weg über raue Hänge und durch Unterholz, schwierig für ein Stadtmädchen, das an Pflastersteine gewöhnt war oder schlimmstenfalls an gelegentlich schlammige Straßen. Dinge liefen hier herum. Schlimme Dinge. Der Hund hatte sie gewarnt. Aber jetzt waren sie in Rufweite der Sicherheit von Notnagel. Die Situation hatte sich verändert. *Ich sollte noch nicht rufen. Schlimme Dinge könnten es hören.*

»Komm, Fischschwanz.« Opal zerrte den Hund an einem dicken Seil auf die Straße. Der Brixie kämpfte sich mit Muskelkraft durch das niedrige Gebüsch, die Nase auf dem Boden, um seinen Weg zu erschnuppern. Wenn sie sich dem Straßenrand näherten, senkte er jedes Mal argwöhnisch die Schnauze. Als er die Straße erreichte, blieb er wie angewurzelt stehen und riss seinen breiten Kopf hin und her. *Er weiß Bescheid.* Er drehte sich um und versuchte, in den Wald zurückzukehren. Opal stemmte die Fersen gegen den mächtigen Zug des großen Hundes in den Boden. »Nein! Hier entlang. Ganz gleich, was auf dieser Straße war, wir müssen auf die andere Seite zu der, ähm … Festung.«

Opal ließ die improvisierte Leine schließlich fallen und trat ohne Fischschwanz auf die Straße hinaus. Der Hund machte vier oder fünf Schritte in den Wald, blieb dann stehen und schüttelte in einem Anfall von Missbilligung Speichel von seinen Lefzen. Als er Opal ohne ihn weitergehen sah, gab er nach und kam mit, galoppierte so schnell wie möglich vor ihr her über den offenen Grund. In voller Geschwindigkeit wirkte der weit ausholende, hektische Galopp des Meereshundes, der sonst so stark und stetig den Wagen zog, unbeholfen und ruckartig.

Opal eilte hinter ihm her, selbst keine schlechte Läuferin. Sie hatte bei den Wettrennen, die am Ende jedes Arbeitstages auf der Koppel des Palastes abgehalten wurden, die meisten der königlichen Stallarbeiter überholen können. Unter denen, die ungefähr in ihrem Alter waren, war nur Ui Mons schneller gewesen – ein teuflisch gut aussehender Stalljunge aus Salbei mit sonnengebräunter Haut. Sie war gern neben Ui hergelaufen, solange sie konnte, bevor er davonzog. Es hatte ihn auf eine gute Art geärgert. Sie vermutete, dass es ihm Respekt für sie abgenötigt hatte, und es war keine Schande gewesen, ein Rennen gegen ihn knapp zu verlieren. Schließlich war er ein Jahr älter als sie gewesen.

Der Anblick der Leichen, die außen an der Bretterwand hingen, riss Opal aus ihrem Tagtraum von Wettrennen mit gut aussehenden Stallburschen, und sie kam schlitternd vor den verfaulenden Holzbrettern des unteren Burghofs von Notnagel zum Stehen, so abrupt, wie Fischschwanz sich zuvor auf der Straße gesträubt hatte weiterzulaufen. Alle sechs oder sieben Meter hingen Leichen an der Bretterwand. Aus der Ferne hatte Opal sie nicht gesehen, weil sie zum gleichen Grauton gealtert waren wie das verblasste Holz, an dem sie baumelten. Ein Leichnam war kaum mehr als ein Skelett. Andere waren nur noch ledrige Sehnen und über Knochen straff gespannte Haut. Alle Leichen bis auf eine hingen von je einem einzigen hölzernen Dorn herab, den man durch ihre über dem Kopf gefalteten Hände in die Holzwand getrieben hatte. Ein blankes Skelett hing in seinem eigenen Holzkäfig, ein Hinweis darauf, dass der Mann wichtig gewesen war. *Eine Warnung an alle anderen, die vielleicht tun würden, was immer der Mann im Käfig getan hat.* Vögel hatten die Knochen sauber abgepickt – Vögel, Ungeziefer, Insekten und andere Aasfresser des Waldes. *Es könnte auch eine Frau gewesen sein,* überlegte Opal – es ließ sich schwer erkennen nur anhand des Skeletts. Die anderen Toten waren getötet worden, bevor man sie an die Wand gehängt hatte, aber dieser eine war im Käfig gelassen worden, um langsam zu sterben. Doch sein Fleisch war schneller verwest. Opal hatte gehört, dass die Wilden ihre gefangenen Feinde mit Bienensirup einrieben, damit die Tiere kamen und sie verschlangen.

Opals Entsetzen drängte sie, den Blick abzuwenden, aber sie schaute noch genauer hin. Sie gaffte so, wie vollkommen zivilisierte Menschen stehen blieben, wenn in Seeblick an jedem zehnten Tag Kriminelle gehängt wurden, obwohl sie den Blick hätten abwenden und weitergehen sollen. Opal stand länger als einige Sekunden da, bevor sie begriff, dass sie immer noch im Freien war, wo jeder sie sehen konnte. *Vielleicht auch die, die das hier getan haben.* Es war ein schwacher Trost, dass bereits einige Zeit verstrichen war, seit diese Menschen getötet worden waren.

Fischschwanz schnupperte bereits am Tor. Ein flacher, brackiger Graben umgab die Bretterwände. Er war hineingewatet, und sein Bauch und seine Beine waren mit schwarzem Schlamm bedeckt. Opal fand einen herabgefallenen Ast im Schlamm und eilte darüber, wobei sie mit den Armen ruderte, um das Gleichgewicht zu halten. Der ganze Ort sah verlassen aus, wenn die schauerlichen Warnungen, die außen daran baumelten, etwas zu bedeuten hatten. Natürlich hätte auch Opal sich nicht in diesen verfluchten Ort hineingewagt, wenn die offene Straße ihr nicht noch mehr Angst gemacht hätte. Sie würde es mit Geistern aufnehmen, um sich ausruhen und essen zu können, während sie versteckt war und ein Dach überm Kopf hatte. Am Morgen würde sie weiterziehen. Wenn sie sich recht erinnerte, war Breitstätt der nächste Vorposten der Zivilisation, einige Wegstunden die Blutige Straße entlang. Sie war nach den schrecklichen Schlachten um diese Straße zwischen Hyak und den Caravalianern benannt, die über das umliegende Dickicht herrschten. *Eine weitere Furcht einflößende Straße.*

Die zerbrochenen Tore hingen schief in den Angeln. Sie würden niemanden fernhalten, aber sie waren zu schwer, als dass Opal sie hätte bewegen können. Nach einem raschen Blick zurück zur Straße, duckte sie sich durch die schmale Lücke. Sie musste sich ein bisschen anstrengen, um sich hindurchzuquetschen, aber als sie es geschafft hatte, war sie in einer anderen Welt.

Der Burghof war still und endlich, im Gegensatz zu der endlosen Welt außerhalb von Seeblick oder Dortch – sie konnte von einem Ende des Hofs bis zum anderen sehen. *Nichts Gefährlicheres hier als Albträume, wie es scheint.* Opal zählte fünf Gebäude. Ein kleiner Schuppen war bis auf die Balken niedergebrannt. Sie schätzte, dass das größte Gebäude der kleinen Festung als Kaserne gedient hatte. *Der überfallenen Festung.* Notnagel war nur noch eine leere Hülse. Kein Leben spross daraus, außer ein paar Bergdisteln, die anscheinend seit Monaten ungehindert im Hof gewachsen waren. Shent, Seeblicks königlicher Ausrufer, hatte in dem purpurnen Mantel der Königin auf der Palasttreppe gestanden und unter dem Jubel der Bürgerlichen erklärt, dass Soldaten aus Seeblick und Dortch Notnagel zurückerobert hätten. *Zurückerobert.* Militärisch verstärkt.

Neu bevorratet. Ein hyakisches Bollwerk an der frisch gezähmten Grenze. Aber es war von nichts als Unkraut zurückerobert worden. Es war verlassen. Die Überlebenden waren geflohen, falls es welche gegeben hatte. *Warum behauptet der Ausrufer der Königin, es sei unser, wenn das gar nicht stimmt?*

Hier gab es keinen Proviant für sie, keine Armeen, keinen Rat und keine Fürsorge. Aber es war ein Ort, an dem sie die Nacht verbringen konnte. Natürlich würde sie sich unbehaglich fühlen, an einem so toten Ort zu schlafen, aber andererseits war das Schlafen in Seeblicks Straßen wahrscheinlich gefährlicher gewesen. *Der Friedhof ist sicherer als die Gasse,* wie die Straßenkinder zu sagen pflegten. Zumindest war sie nicht draußen im Freien auf der Tiefpassstraße.

Opal wählte das Gebäude, in dem am ehesten ein Bett zu finden sein würde, die Kaserne, und ging darauf zu. Wenn es keine wilden Tiere darin gab, würde es einen guten Unterschlupf abgeben, und es hatte vielleicht sogar hölzerne Bettgestelle, die ein Stück weit über dem Boden standen, sodass Insekten nicht so leicht über sie hinwegkriechen konnten. Sie griff nach einem kleinen Schälmesser, das sie sich zusammen mit dem Wagen und dem Hund erarbeitet hatte, und ging vorsichtig zur Tür. Fisch sprang beschützend vor ihr her und beschnupperte sie zuerst.

»Braver Fisch«, lobte sie ihn, als er mit den Pfoten über das Holz kratzte und so brummte, wie neugierige Meereshunde es taten. Er wirkte begierig, aber Opal konnte sich der Stimmung des Brixies nicht sicher sein. Sie kannte den Hund einfach noch nicht gut genug. Vielleicht roch er etwas, das ihm Sorgen bereitete. Vielleicht war im Gebäude ein Kaninchen. Oder vielleicht war er einfach nur neugierig. Zumindest knurrte er nicht oder geriet in Panik, wie es auf der Straße passiert war, und so stemmte sie die Schulter gegen die Tür und drückte.

Im Innern war es dunkel, und sie musste die Tür offen lassen, um etwas sehen zu können. Eine Reihe im Schatten liegender Pritschen säumte eine Seite des langen Raums. *Ich hatte recht ... Betten!*

Fischschwanz huschte gleich nach hinten, die Nase dicht über dem Boden. Opal folgte ihm. Eins der Betten stand am Ende der Reihe umgekippt auf der Seite, und Fischschwanz ging direkt darauf zu. Opal hörte das Schnarchen, bevor sie das Bett erreichte, und sie hätte Fischschwanz um ein Haar zurückgerufen, begriff aber, dass ihr Befehl den Schläfer vielleicht ebenso wecken würde wie der Hund selbst. Doch der Hund weckte ihn nicht. Und als sie sah, wer es war, hauchte sie einen Seufzer der Erleichterung aus.

Deshmane.

Der riesige Soldat lag ausgestreckt hinter dem umgekippten Bettgestell auf zwei Schlafmatten. Fischschwanz weckte ihn nicht, sondern drehte sich stattdessen einmal um sich selbst und ließ sich auf den Boden plumpsen, wo er den Eingang sehen konnte, bevor er den Kopf zwischen die Pfoten fallen ließ. Opal nickte. Sie war ebenfalls müde. Sie kletterte über das umgekippte Bettgestell und rollte sich neben ihrem Beschützer auf der Schlafmatte zusammen, darauf bedacht, ihn nicht zu wecken. Sein beruhigendes Schnarchen sang sie in den Schlaf.

Kapitel 36

Caspar

Das schnittige Boot war das schönste, das Caspar je gesehen hatte. Seine doppelten Rümpfe waren aus einzelnen Baumstämmen gehauen, spitz zulaufend und glatt poliert, und durch ein gewölbtes Deck vorne und eine flache Plattform hinten verbunden. Ein einzelnes Segel erhob sich aus seiner Mitte, und vom Vorschiff bis nach achtern verliefen auf dem Deck parallele Balken als Bänke, auf denen man sitzen konnte. Das junge Holz war von dem gleichen Gletschergrün wie das kühle Wasser, und aus manchen Blickwinkeln verschwand es fast gänzlich vor dem Hintergrund des Geistsees. Obwohl es groß genug war, um zehn Pferden Platz zu bieten, war das Boot wendig, und als Pergrim es von dem Pfahlwerk der Brücke abstieß, wirbelte er es beinahe einmal um seine eigene Achse, und es schoss hinaus über die Tiefen, ohne auch nur ein einziges steifbeiniges Pferd aus dem Gleichgewicht zu bringen. Im Nu hatten sie sich von der Brücke und somit zum Glück auch von den Soldaten des Sees entfernt.

»Keine Sorge«, sagte Pergrim, sobald sie außer Hörweite waren. »Die Geistseekönigin hat nicht die Absicht, sich Eurer Königin zu widersetzen. Die Seen werden alle euren Tribut bezahlen – manche Inseln mehr als andere. Am Ende wird die angemessene Summe zusammen sein. Aber unter unserem

Volk sind nicht alle überzeugt von der Idee. Bedenkt, Eure Armeen konnten nicht alle Inseln erobern – dafür gibt es zu viele und ihre Bewohner sind auf dem Wasser zu beweglich für Eure langsamen und unbeholfenen Boote. Die kleinen Inseln denken noch immer, sie würden Widerstand leisten. Die großen Inseln – Geist und Speerspitze – haben ihre Schlachten verloren, das ist wahr, aber ihre Bewohner denken, ihr Adel hätte sich geweigert, die Bedingungen des Waffenstillstands zu erfüllen. Und so ist die Lage hier auf den Seen etwas delikat. Unser Volk braucht diesen Frieden, aber es meint, es befände sich immer noch im Krieg. Unsere Anführer können sich nicht mit Euch treffen, nicht öffentlich. Stattdessen werdet Ihr mit mir zu tun haben.«

»Es ist eine Respektlosigkeit, sich nicht mit uns treffen zu wollen«, brummte Caspar.

»Was? Eure Königin schickt uns einen Knaben und will, dass wir Respekt zeigen? Ihr könnt Euch glücklich schätzen, dass ich überhaupt hier bin, um euch zu eskortieren. Es ist eine gefährliche Sache, hier aufzutauchen und Tribut zu fordern nach dem, was Eure Armeen getan haben. Ihr seid hier nicht willkommen. Aber wir werden unseren Respekt mit Geld zeigen, nicht wahr?«

Tara schaltete sich ein. »Könnt Ihr genug aufbringen, um die Steuer der Königin von zehn Prozent für den Geistsee zu begleichen?«

Pergrim lächelte höflich. »Ich werde etwas noch Besseres tun. Ich werde das Geld für alle Seen auftreiben.«

»Für alle?«

»Der König der Speerspitzeninsel im Löffelsee ist in den Plan eingeweiht. Er wird zahlen. In den Kettenseen hat jede Insel ihren eigenen Herzog, ihre Herzogin, ihren Häuptling, König, Baron oder dergleichen. Sie alle hassen Hyak und jeder einzelne könnte Euch töten, wenn Ihr einen Fuß an ihre Ufer setzt. Einer der Stämme würde Euch aufessen. Ihr könnt unmöglich Steuern von ihnen allen eintreiben. Aber ich weiß, dass Frieden das Beste für alle ist und gewiss für meine Familie. Ich werde Euch zu jeder Insel bringen, und ich werde Eure Steuern für Euch eintreiben.«

Caspar nickte. Pergrim war Politiker. Er hatte einen Frieden ausgehandelt, dem die Bewohner der Seen nicht zugestimmt hatten. »Was ist mit ihm?«, fragte Caspar. Der Mann, der trittsicher über das Boot sprang und sich um das Segel kümmerte, drehte sich nicht um, aber es war klar, dass er Caspar gehört hatte.

»Ein großes Boot ist eine Aufgabe für zwei Männer«, erklärte Pergrim. »Man kann ihm vertrauen.«

»Er hat keine Augen, Lordlicher«, sagte Heath, der in die leeren Augenhöhlen des Mannes starrte.

»Ein Irrer hat sie ihm als Kind herausgepflückt. Aber seine anderen Sinne gleichen das aus, seit er sie verloren hat. Er hört wie ein Jagdhund, und er spürt den Strom des Wassers und den Atem des Windes wie kein sehender Mensch es kann. Er riecht es sogar, wenn ein Sturm kommt.«

»Er ist kein Seegeborener?«

»Er ist aus Reinfall hierher geflohen.«

»Da vorn wird der See schmaler!«, rief Belorian vom Bug aus.

Pergrim zog an dem Tau, das sich zum Segel hinaufschlängelte, während sein Maat sich umwandte, um das Ruder zu übernehmen. »Wir fahren durch den Bitterkanal.«

»Ich spüre eine Geschichte«, bemerkte Belorian, dem der Wind das Haar zerzauste, sodass es sich kräuselte wie das Wasser. »Erzählt sie in Euren Worten, damit ich sie mit meinen nachsingen kann.«

Pergrim erzählte, während er das Segel hochzog. »Die Kanalkriege nennen wir sie. Vor vielen Generationen, vor den Grenzkriegen mit Hyak, waren die Seen unabhängig voneinander. Sie blieben jeder für sich. Dann gab es in einem Jahr im Löffelsee eine Fischseuche. Die Bewohner von Speerspitze und der Schlüsselinsel hungerten. Man tüftelte einen Plan aus, Kanäle zu graben, um ihre Gewässer mit denen des Geistsees und der Kettenseen zu verbinden, damit die Fische aus diesen Seen wandern und die Löffelgewässer neu bevölkern könnten. Aber die Bewohner des Geistsees und der Kettenseen bekamen Wind davon. Sie befürchteten, dass viele ihrer Fische abwandern und ihre Seen gegen die größeren Gewässer des Löffelsees eintauschen würden. Fischer von Portage im Geistsee und eine unwahrscheinliche Koalition von Insulanern der Kettenseen hielten die Grabenden des Löffelsees in ihren halb ausgehobenen Gräben in voller Schlachtmontur auf. Ihre Fischmesser zerschnitten an jenem Tag mehr als nur Schuppen und Fischschwänze. Die Gräben wurden mit Blut gefüllt statt mit Wasser. Aber ein hungriges Volk ist beharrlich, und Jahr um Jahr, Meter um Meter, wurden die Kanäle weiter ausgehoben, und die Verbindung zwischen allen Seen rückte immer näher. Es gab Mord und Verrat und weitere Kämpfe. Eine Generation von Löffelseern lebte und starb mit dem Traum von geeinigten Seen, bevor die Arbeiten so weit gediehen waren, dass die Seen durchbrachen. Ein ganzes Kontingent von Grabenden ertrank, als der Geistsee sich in den Löffelsee ergoss. Und am Ende verspotteten die Götter uns alle. Die Fische verließen keinen See, um sich in einem anderen anzusiedeln. Sie vermehrten sich einfach, um die offenen Gewässer zu füllen. Die Fischerträge litten nicht, aber der Hass, der aus den Schlachten geboren war, lebte weiter. Irgendwann wurden die Kanäle verbreitert, damit Boote sie passieren konnten. Es gab weitere Schlachten, aber es gab auch Handel. Und jetzt können wir von See zu See fahren. Seid bloß vorsichtig, wo Ihr an Land geht. Jeder, der in Pfeilschussweite einer Insel rudert, segelt oder schwimmt, gilt als Eindringling, und der alte Groll sitzt noch tief.«

Pergrim beendete seine historische Erzählung, als sie an der Schlüsselinsel vorbeischossen auf ihrem Weg nach Speerspitze, wo er den Tribut des Löffelsees eintreiben wollte. Belorian sang die Geschichte vom Bug aus wie eine Galionsfigur, ohne kaum innezuhalten, um funktionierende Reime und Rhythmen zu finden, und Pergrim stimmte zu, dass es ein schönes Lied sei. Caspar fand ebenfalls, dass es ein schönes Lied war, und ertappte sich dabei, dass er jedes Mal mitsummte, wenn Belorian den Refrain sang: »… und es hieß, bald gäb's Fisch genug, als mit Löffeln man Gräben grub …«

Mein Ausrufer ist wirklich talentiert.

»… grub nach Fischen sich durch den Matsch, welch ein törichter, verdammter Quatsch …«

Speerspitze tauchte auf und verschwand wieder. Pergrim ging allein an Land und kam mit Gold-Drams zurück, eskortiert von zwei schweigenden Soldaten, die ihnen halfen, vom Ufer abzulegen. Er brachte auch Filets von dreiflossigen Löfflern mit, die er über einem pfiffigen Kohleofen an Bord kochte, zusammen mit süßen Rüben und Inselzwiebeln, während ihr blickloser Navigator das Boot durch das Labyrinth versunkener Felsen abseits des Ostufers der Insel manövrierte.

Tara nahm alle Beutel in die Hände, drehte sie, hob und senkte sie, wog sie, um ihren Wert zu schätzen. Dann leerte sie sie mit vorsichtigem Abstand zur Bootskante aus und zählte das Gold zweimal durch.

»110.550 Drams«, sagte sie abschließend. »Bereits mehr, als wir für alle drei Seen errechnet hatten.«

Caspar bemerkte, dass sie mit ihrer Schätzung auf zehn Drams pro Beutel richtig gelegen hatte. *Sie ist genauso gut auf ihrem Gebiet wie Knochenstahl auf seinem.* Seine Buchhalterin öffnete ihr Rechnungsbuch und trug glücklich die Zahlen ein. »Pergrim, werden wir noch andere Inseln ansteuern?«

»Nein«, antwortete der Seenmann. »Portage und Speerspitze haben in Erwartung Eurer Ankunft bereits das Geld von den anderen Inseln eingesammelt. Wir haben es als einen Sammelbetrag der Gemeinschaft bezeichnet, um die Seen gegen Hyak zu verteidigen.«

»Ihr habt ihnen gesagt, Ihr würdet gegen uns kämpfen?«

»Wir haben ihnen gesagt, wir würden uns auf den Kampf vorbereiten, solltet Ihr mit einer größeren Truppe zurückkommen.«

»Was wir nicht tun werden, weil Ihr den Tribut bezahlt habt. Ihr habt sie getäuscht.«

»Wir haben sie beschützt. Ein Waffenstillstand ist das Beste für alle. Statt ihre Knaben in den Krieg zu schicken, geben sie Geld, um zu verhindern, dass ihre Knaben im Krieg sterben. Außerdem trainieren unsere Männer immer noch, also ist es nur eine Halbwahrheit.«

»Wie es scheint, habt Ihr keinen Ehrlichkeitsschwur abgelegt.«

»Wahrheit wird überschätzt, junger Lord.« Pergrim lächelte. »Streckt Euch auf dem Deck aus und genießt Eure Reise durch die Kettenseen. Sie sind recht schön und entspannend, wenn man nicht am falschen Ufer landet und aufgegessen wird.«

Caspar nickte und setzte sich an die Backbordreling, während Pergrim sich um das Segel kümmerte. Sabine stand bei den Pferden auf dem hölzernen Achterdeck und schwatzte mit ihnen, als wären sie menschlich, über die sich wandelnde

Landschaft und frische Gerüche. *Immer am Reden, das Mädchen, genau wie Belorian.* Cliff schlitterte auf allen vieren umher, klammerte sich zuerst an die Steuerbordreling, dann an den Bug und nahm alles in sich auf wie ein aufgeregtes Kind. Belorian plauderte bald mit Sabine und den Pferden, während sie die verstreuten Inseln der Kettenseen vorbeigleiten sahen. Das schnelle Boot durchschnitt ruhiges, blaugrünes Gewässer zwischen Eruptionen von Land, Bäumen und Felsvorsprüngen, die aufragten wie Schaufelblätter von Göttern, die ihre eigenen Kanäle gruben.

»Wir haben jetzt den Tribut für zwei Territorien in Händen«, sagte Caspar schließlich zu Belorian. »Und nicht genug Soldaten, um das Geld zu bewachen.«

»Wir wollen keinen weiteren Raub nach Willis' Manier erleben, hm?«

»Allerdings nicht. Wir müssen uns einen Ablieferungsort suchen. Wo befindet sich der nächste hyakische Vorposten?«

»Breitstätt ist der nächste Posten auf dem Weg nach Caraval«, antwortete Belorian. »Kurz bevor die Blutige Straße auf die Tiefwaldstraße führt.«

Tara meldete sich von der Bank gegenüber zu Wort, ohne von ihrem Rechnungsbuch aufzusehen. »Breitstätt ist nicht der nächste Vorposten.«

»Was ist denn näher?«, fragte Caspar.

»Notnagel.«

Kapitel 37

Opal

Opal erwachte an ihren großen Beschützer gedrückt, während ihr Hund sich in ihrem Rücken zusammengerollt hatte.

Atul Deshmane regte sich, räkelte sich und wälzte sich auf sie.

»Au!«, fuhr sie ihn an.

Der riesige Soldat sprang fluchend auf und tastete nach seiner Waffe, aber Opal hatte das Schwert klugerweise außer Reichweite gebracht, bevor sie sich hingelegt hatte, um etwas von seiner Wärme abzubekommen. Es war schwer, in der Dunkelheit der Kaserne etwas zu erkennen, doch Atul schwang sich mit der Anmut eines Tänzers über das Bettgestell und landete katzengleich dahinter, mit dem Rücken zur Wand, sofort hellwach und bereit zum Kampf.

»Ich bin es doch nur, du großer Dummkopf«, sagte Opal.

Er musterte sie stirnrunzelnd aus dem Schatten und beruhigte sich dann. »Bei allen großen und schmuddeligen Göttern, was machst du hier, Mädchen?«

»Man war in Dortch ein wenig zu begierig, unerwünschtes Jungvolk willkommen zu heißen. Ich habe beschlossen, nicht dort zu bleiben. Ich dachte, hier wäre es vielleicht sicherer.«

»Ist es nicht.«

»Du bist hierhergekommen, oder?«

»Ich bin hergeschickt worden.«

»Weshalb?«

»Um der Garnison beizutreten.«

»Aber die Garnison hängt draußen von den Wänden. Und es sieht so aus, als würden sie schon seit einiger Zeit dort hängen. Wie kommt es, dass die Person, die dich hergeschickt hat, nichts davon wusste, dass diese Hügelburg überfallen wurde?«

»Ich glaube, sie wusste es vielleicht durchaus.«

»Warum hat man dich dann hergeschickt? Und was ist aus den zehn Männern geworden, die dich nach Norden begleitet haben?«

»Du hast sie gezählt?«

»Ja, und jetzt zähle ich null. Wo sind sie?«

»Wir sind in einen Hinterhalt geraten.« Er wandte den Blick ab. »Ich bin entkommen.«

»Sie sind tot?«

»Vielleicht.«

»Das ist keine tolle Antwort. Sind sie nun tot oder nicht?«

»Wahrscheinlich.«

»Bei den Ohren der Götter! Du bist echt keine Hilfe.« Opal sah sich in der verlassenen Kaserne um. »Und hier gibt es auch keine Hilfe.«

»Wir können für den Moment bleiben.«

»Bleiben? Hier? Das hier ist ein Friedhof.«

»Sassoonen hängen Leichen auf, um einen Ort zu verfluchen. Dieser Ort ist behangen und verflucht. Kein Stammesmann wird bei derart geschmückten Außenwänden hereinkommen.«

Genau in dem Moment hörten sie das Knirschen von splitterndem Holz und Stimmen im Innenhof. Atul riss den Kopf herum. »Scheiße!«

»Dein Schwert liegt unter dem nächsten Bett«, sagte Opal und zeigte auf das Bett, das sie meinte. »Schnell!«

Atul schnappte sich sein Schwert und eilte zur Tür. Opal

duckte sich hinter ihn und spähte unter seinem Arm hindurch, und unter ihr steckte Fischschwanz die Nase hindurch.

»Zurück mit euch, alle beide«, knurrte Atul und drückte Opals Gesicht wieder in die Schatten.

»Nein. Dann kann ich nichts sehen.«

Er seufzte. »Sei wenigstens still.«

Sie schaute mit ihm zusammen durch den Riss in der Tür, als zwei Gestalten lose Bretter am vorderen Tor hochhielten, um vier weitere Personen passieren zu lassen. Kurz darauf hatten sich zwei Frauen, drei Männer und ein aufrecht gehendes Tier durch die Lücke gezwängt. Der Letzte schlängelte sich vorsichtig zwischen den zersplitterten Brettern hindurch, um sich sein purpurnes Seidengewand nicht aufzureißen.

»Sechs insgesamt«, flüsterte Opal.

»Das sind die Farben der Königin«, sagte Atul.

»Wer ist es also?«

»Ich schwöre, der letzte Mann sieht aus wie Belorian Knochenstahl und macht auch genauso ein Theater.« Atul beobachtete, wie die Besucher die Bretter weiter auseinanderzerrten, um einem dritten weiblichen Wesen zu helfen, ihre Reittiere hindurchzuzwängen. »Götter. Wenn ich es nicht besser wüsste, würde ich sagen, diese Leute in unserem Innenhof sind die Glorreichen Sechs.«

»Die wer?«

»Die Steuereintreiber der Königin.«

»Steuereintreiber?«

»Und eine wandelnde Echse. Sehr seltsam.«

»Aber es sind unsere Leute, ja?« In Vorbereitung auf das Treffen mit ihnen zog Opal die goldene Weste aus, die sie als Dienerin auswies, und stopfte sie in ihr Bündel.

»Warte«, ermahnte Atul sie. »Lass uns sie erst mal genauer beobachten, bevor wir uns zeigen. Sie …«

Opal wartete nicht. Sie stieß die Tür auf. »He!«

Der kleinste Mann in der Gruppe wirbelte herum, einen Bogen in der Hand, den Pfeil bereits eingespannt. Atul packte Opal und riss sie hinter sich in die Kaserne zurück, als der Pfeil sich in den Türrahmen bohrte.

»… könnten nervös sein«, brummte Atul, und dann rief er den Besuchern von hinter der Tür zu: »Ein Mann der Königin. Und ein törichtes Mädchen.«

»Zeigt Euch!«, rief der jüngste Mann unter ihnen laut, während seine Gruppe hinter den Pferden in Deckung ging.

»Still, du Narr«, antwortete Atul. »Deine Stimme wird in die Spinnenbeinberge hinauftragen bis an die Ohren von Sassoonen.«

Der junge Mann wirkte beleidigt. *Ein eitler Adeliger,* dachte Opal und betrachtete ihn lange und gründlich. Er trug Münzen an einer Schnur um den Hals – eine Titelkette – und feine, wenn auch abgenutzte Stiefel. Sein langes, ungekämmtes Haar und sein unrasiertes Gesicht machten es schwer, ihn zu erkennen, aber seine Eigenarten verrieten ihn – seine Sprache war klar und abgehackt, und er stand hoch aufgerichtet da, statt sich wie die anderen hinzukauern. Als er das Wort an sie richtete, hielt er die Hand in der förmlichen Art eines Botschafters hoch. Sie hatte ihn im Fischpalast gesehen. *Caspar Klein.*

Atul drückte die Tür auf und führte Opal mit sich an eine Stelle, wo man sie deutlich sehen konnte. »Ich erkenne Belorian Knochenstahl unter Euch, Sprachrohr der Glorreichen Sechs. Habe ich recht?«

»Du hast recht«, bestätigte Caspar Klein, leiser diesmal, und er beriet sich mit Belorian. »Mein Mann hier sagt, du seist Atul Deshmane, korrekt?«

»Derselbe. Freund von Seeblick. Ihr könnt Eure Bögen wegstecken.«

Er hat nicht gesagt, Freund der Krone oder der Königin, fiel Opal auf.

Sie kamen mit erleichterten Grußworten zusammen und tauschten Namen und Händeschütteln. Opal hatte genug Zeit im Palast verbracht, um zu wissen, wie man sich benahm, daher schob sie ihre Hand mit zarter Anmut in die von Caspar Klein.

Er bemerkte es. In der Tat, er zog die Brauen hoch. »Und wer seid Ihr, Lady?«

Lady? Eine förmliche Anrede. Er erkannte sie nicht. Ihr Haar war abgeschnitten und ihre Kleider waren einfach und zerlumpt – sie sah nicht aus wie eine Lady. Aber sie sah auch nicht aus wie das Gesindel, das sie war. Caspar Klein ging im Fischpalast ein und aus, aber er lebte dort nicht, und er hätte sich gewiss nicht die Mühe gemacht, sich an eine Dienerin zu erinnern. Selbst wenn er sich ungefähr an sie erinnerte, war das Mädchen tot, dem er vor Monaten einige Male in den Fluren begegnet war. *Ich bin jetzt jemand anderes.*

»Lady Opal von Dortch«, sagte sie und betonte jedes einzelne Wort, darauf bedacht, dass sich ihr Hafenakzent nicht in ihre Sprache einschlich. Sie überlegte, einen Dortcher Akzent zu versuchen, und gab sich Mühe, sich an irgendwelche sprachlichen Eigenarten des Wachmanns zu erinnern, der sie am Strand verprügelt hatte, beschloss aber, dass er vielleicht selbst Gesindel war. *Es ist das Beste, einfach westliche Etikette nachzuahmen.* Sie legte einen Finger an die Nase wie eine Schülerin der Akademie, die tief in Gedanken war – tatsächlich sah sie jung genug aus, um gerade eben ihren Abschluss gemacht zu haben. Dann beobachtete sie die Reaktion des jungen Edelmanns.

Er musterte sie und nickte schließlich. »Ah, östlicher Adel. Das erklärt Eure Tarnung und Eure königliche Eskorte. Ihr könnt Euch in zerlumpte Kleider hüllen, Lady, aber Eure Anmut könnt Ihr nicht verbergen. Und auch keinen Leibwächter der Königin, hm?«

Die Frage hing in der Luft. Opal warf Deshmane einen Blick zu, und der riesige Wachmann zog eine dicke Braue hoch. *Er wird mich verraten,* dachte sie. Seine Loyalität galt der Krone, nicht ihr, Opal. Er war verpflichtet, diesen Gesandten der Königin gegenüber aufrichtig zu sein. Sie hatte nichts anderes getan, als ihm zur Last zu fallen. *Dumm!* Jetzt würde man sie sowohl für eine Bürgerliche halten als auch für eine Lügnerin. Sie hielt den Atem an.

Der große Mann begegnete Opals Blick, und sie glaubte, den Anflug eines Grinsens zu sehen. Er log nicht für sie, nicht direkt. »Sie kommt in der Tat aus Dortch, und sie hat mich persönlich darum gebeten, sie zu beschützen.«

»Nun denn«, sagte Caspar. »Wir alle kennen unsere Rollen und Pflichten. Lasst uns einander unterstützen. Wir sind eilends von den Kettenseen hergeritten, nur um feststellen zu müssen, dass dieser Vorposten überfallen wurde und Ihr Euch darin versteckt. Unsere Reittiere müssen sich ausruhen, aber wir brechen am Morgen nach Breitstätt auf. Kommt mit uns, Freunde.«

Zu Opals Überraschung richtete er das Wort direkt an sie – *er denkt, ich hätte das Sagen.* »Das werden wir«, versicherte sie ihm. »Ich danke Euch. Und ich kann bei den Pferden helfen. Ich habe in den Ställen gearbeitet … ich meine, meine Familie unterhält Ställe.«

»Ach?«, fragte Tara Shnorhavorian. »Wie lautet Euer Familienname?«

Opal kannte den Namen Shnorhavorian. *Eine weitere adelige Familie.* Aber sie kannte keinen noblen Namen, den sie für sich selbst verwenden konnte.

Deshmane unterbrach sie und rettete sie vor der Frage.

»Wir haben keine Zeit für Geplänkel. Sassoonen streifen hier durch die Wälder. Wir haben der Höflichkeit Genüge getan, jetzt müssen wir uns außer Sicht bringen. Keine lauten Gespräche im Freien, kein Feuer.«

Sie brachten die Pferde in die Kaserne, das größte Gebäude, und ließen sie mit ihrem Mädchen zurück, Sabine. Die wusste herzlich wenig über die Versorgung von Pferden, und Opal sehnte sich danach, ihr zu helfen. Aber es war nicht plausibel, dass eine Lady sich in die Ställe zurückzog, während Pläne geschmiedet wurden. Stattdessen ging sie mit den anderen. Heath und seine unglaubliche wandelnde Echse schlichen sich oben auf die Turmhügelburg, von wo aus man als Späher den besten Ausblick hatte. Atul bestätigte, dass der Bergfried ausgebrannt war und das Dach eingestürzt, und so drängten sich die übrigen Mitglieder der Gruppe in das Quartier des Kommandanten auf dem Burghof.

Die Sassoonen hatten alles Nützliche aus den Quartieren herausgeschafft, bevor sie die Garnison verflucht und verlassen hatten. Die locker untereinander verbundenen Bergstämme rotteten sich in Gruppen zusammen, um Krieg gegen andere zu führen, berichtete Deshmane ihnen. Jede Kriegsgruppe konnte aus Sassoonen von demselben oder verschiedenen Stämmen bestehen. Die Gruppen blieben während einer Schlacht oder einer Abfolge von Schlachten zusammen, zerstreuten sich dann wieder und kehrten in die Hügel zurück, bis sich ein neuer Anlass für einen Krieg ergab. Die Gruppe, die Notnagel geplündert hatte, habe aus Blutlern bestanden, erklärte Atul. Ein Gemälde der Schlacht war in dunklem Braun auf eine Wand gemalt worden – zweifellos mit dem Blut des hyakischen Kommandanten, Walden Fletcher, dem zweiten Sohn von Eyon Fletcher, dem Obersten Waffenmeister von Südlager. Walden hatte das Pech und die zweifelhafte Ehre gehabt, den hyakischen Vorposten zu befehligen. »Eine beschissene Stellung für einen guten Mann«, bemerkte Atul als eine Art Grabrede. Die Blutler ließen ihre besiegten Feinde ausbluten, indem sie deren Gefäße an den Beinen öffneten und sie aufhängten, bis alles Blut herausgeflossen war, aber das war nicht das schlimmste Schicksal, das einem Feind der Sassoonen drohen konnte. Eine Häutlergruppe nahm die Haut ihrer Opfer, während Knochler den von ihnen Eroberten verschiedene Knochen brachen. Es gab Haarler, Schädler und sogar Eingeweidler. Einmal war eine Schwanz- und Eierlertruppe aus den Spinnenbeinbergen in der Stadt Callestan an den Ufern des Axtkopfsees eingefallen. Aber das Entsetzen der callestanischen Männer hatte ihnen angeblich solch verzweifelte Kräfte verliehen, dass sie ihre wilden Angreifer zurückschlugen, die anschließend nur wenige Trophäen für ihre Mühe vorweisen konnten.

Opal hatte einen robusten Magen, aber sie musste auf und ab gehen, um bei Deshmanes Beschreibungen von sassoonischer Brutalität nicht würgen zu müssen. *Je eher die Pferde ausgeruht sind, desto besser.* Lady Shnorhavorian sagte, sie hätten mit ihren Pferden mehr als zehn Wegstunden zurückgelegt und sowohl Tiere als auch Reiter seien erschöpft. Sabines Katze war besonders müde. Opal schätzte, dass die Pferde mindestens einen halben Tag brauchten, was den Glorreichen genug Zeit verschaffte, um selbst ein wenig zu schlafen. Sie holten zusätzliche Betten aus der Kaserne in das Kommandantenhaus. Die heruntergekommene Frau, deren Namen Opal irgendwie überhört hatte, falls er überhaupt genannt worden war, suchte sofort Schlaf, damit sie danach Heath auf der Burg ablösen und die nächste Wache übernehmen konnte. Caspar, Tara und Belorian unterhielten sich mit Opal und Atul und schmiedeten einfache Pläne für die Reise nach Breitstätt am nächsten

Tag, bevor sie sich zurückzogen, um sich selbst ein wenig auszuruhen.

Opal kehrte zu den provisorischen Ställen zurück, wo sie Sabine bereits in tiefem Schlaf vorfand, während Fischschwanz für sie über die Pferde wachte.

»Das ist ein prächtiger Hund«, bemerkte Atul, der wie ein lautloser Schatten hinter ihr auftauchte. Es war beunruhigend, wie unauffällig der große Mann sich bewegen konnte. Er trat vor und tätschelte Fischschwanz den Kopf. »Stark. Grimmig. Loyal. Er ist ein Brixie, ein Meereshund. Trägt er vielleicht den Namen ›Pirat‹? Oder etwas Heroischeres wie ›Krieger‹?«

»Fischschwanz.«

»Fischschwanz?«

»Er hat ein Stück Fischschwanz nicht fressen wollen…« Ihre Erklärung klang lächerlich, und Opal fühlte sich klein und jung dabei. »Ich habe ihn durch einen schmutzigen Handel mit dem Laufburschen eines Wandteppichhändlers bekommen.« Sobald sie das gesagt hatte, fragte sie sich, warum sie sich einem muskelbepackten Soldaten anvertraute. »Ich schäme mich, darüber zu reden.«

Atul grunzte zum Zeichen, dass er verstand. »Soll ich diesen Lüstling töten, wenn ich ihm über den Weg laufe?«

»Nein«, antwortete Opal. »Er hat mich nicht dazu gezwungen, mich auszuziehen und ihn schauen zu lassen. Er war bloß ein geiler Junge. Ich schäme mich über mich selbst.«

»Warum solltest du dich schämen?«

»Weil ich ihn so übel gehauen habe, als er seine Rute rausgeholt hat.«

Atul zog eine Braue hoch, dann kicherte er.

»Das ist nicht witzig. Ich bin in Panik geraten. Ich hätte sie ihm fast mit dem Teppichklopfer abgeschlagen. Und er hatte keine Chance mit seinen Kniehosen um die Knöchel.«

»Du hast seinen Schwanz und seine Eier mit seinem eigenen Teppichklopfer vermöbelt?«

»Außerdem habe ich später Essen aus seinem Wagen gestohlen. Ich bin eine Diebin. Schlimmer noch, eine Räuberin.«

»Jungen, die in den Ofen greifen, um an den Kuchen zu kommen, bevor er fertig ist, verbrennen sich die Finger.«

»Es war nicht seine Hand, auf die ich geschlagen habe«, entgegnete Opal. Die Geschichte kam ganz falsch heraus. Sie wechselte das Thema. »Danke, dass du mich vorhin nicht verraten hast.«

Atul brummte zustimmend, ließ aber nicht erkennen, ob er vorhatte, die Scharade fortzusetzen.

»Ich stehe in deiner Schuld«, beharrte Opal.

»Du schuldest niemandem irgendetwas«, antwortete ihr Beschützer. »Vergiss das nicht.« Und dann drehte er sich um und ließ sie allein, damit sie sich um die Pferde kümmerte wie das Stallmädchen, das sie war.

Kapitel 38

Neveah

Der Wagen mit den hölzernen Rädern holperte über die gewaltige Brücke, die sich über den Rundstein spannte und Seeblick mit Fairhaven verband – zwei Städte, die auf gegenüberliegenden Seiten des Flusses entstanden und im Laufe der Zeit zusammengewachsen waren. Der ausgebleichte Wagen war keine teure Rundsteinkutsche. Er war reichlich heruntergekommen, wie seine Passagierin, deren rundliches Gesicht bleich und faltig war vom Gewicht der Sorge und des Doppelkinns. Ihre fadenscheinigen Kleider passten nicht recht, und ihr Unterkleid verströmte noch immer einen anhaltenden Geruch nach Salz, Schweiß, Meeresfrüchten und Algen. Das Gemenge der Düfte und das Holpern über die Pflastersteine genügten, um einen aus unbekanntem Grund geschwächten königlichen Magen umzudrehen.

»Warte«, befahl Neveah ihrem Kutscher. »Ich denke, ich werde mich übergeben.« Und dann tat sie es, erbrach sich in einen Eimer, den sie extra dafür mitgenommen hatte. *Immerhin bin ich vorbereitet.* Sie starrte in den Eimer. Das Erbrochene war eine widerwärtige Erinnerung an ihr Gespräch mit Viktor am Morgen in ihrem Schlafgemach. Er war absolut dagegen gewesen, dass sie herkam.

Valspar hatte sie stirnrunzelnd angesehen, während sie

sich ausgezogen hatte und in die Kleider einer Gemeinen geschlüpft war, bevor sie sich das Haar unter einen Turban gestopft hatte. Sie erlaubte ihm bewusst, sie gelegentlich nackt zu sehen. Es förderte seine instinktive Zuneigung zu ihr und verstärkte seine Hingabe. »Ich bin mir nicht sicher, ob Ihr diesem kleinen Ausflug gewachsen seid«, hatte er bemerkt.

»Da ich meinen Vorkoster an seinen argwöhnischen Vater verloren habe, schlingert mein Magen wie ein zorniges Meer. Ich schwöre, ich bin bereits vergiftet worden.«

»Wir werden Derek sofort ersetzen.«

»Anton behält den Jungen zu Hause, dieser argwöhnische Scheiiiiß ...« Mitten im Satz hatte sie aufgestöhnt und ihre Mahlzeit aus Bohnenzopf und gezuckertem Haferbrei in einem Schwall über ihren Ankleidetisch erbrochen. *Nicht so reizvoll, wie man hoffen würde.* Sie hatte sich von dem Schlamassel abgestoßen, sich über den Mund gewischt und Valspar angesehen. »Ich glaube nicht, dass ich warten kann. In der Zwischenzeit musst du es tun.«

»Ja, ich werde das hier sofort sauber machen.«

»Nein. Du musst mein Essen vorkosten.«

Die meisten Männer hätten gezögert. Essen auf Gift zu kosten war gefährlich, vor allem jetzt. Doch Viktor hatte nicht gezögert.

»Natürlich tue ich das«, hatte er gesagt.

»Wir sind da, Hoheit«, verkündete der Kutscher und riss Neveah aus der Erinnerung heraus. Letty Mancha hieß der Mann. Er war kein Leibwächter – ihre persönliche Garde war zu bekannt für etwas Derartiges –, aber Mancha war fast genauso gut ausgebildet und wahrscheinlich vertrauenswürdiger. Ihr Hundegespann wurde langsamer, und der Wagen rollte vor einem zapfenförmigen Gebäude aus, das aus den berühmten blauen Ziegelsteinen des alten Fairhaven erbaut war. *Weinlager.* Sie hatte den Treffpunkt mit Bedacht gewählt.

»Dies ist der Punkt, an dem du aufhörst, mich ›Hoheit‹ zu nennen«, sagte sie zu Letty.

»Wie soll ich Euch dann nennen?«

»Wie nennst du eine gewöhnliche Frau?«

»Frau.«

»Schön. Versuch es.«

Mancha wand sich. »Wir sind da … Frau.«

»Das klingt schrecklich. Kaum überzeugend. Am besten, du redest mich überhaupt nicht an.«

Neveah nahm ihren Kutscher mit hinein, und er sprach mit dem Wachmann, ohne das Wort an sie zu richten. Es war ein riesiger Raum mit unzähligen Reihen großer Weinfässer, die in fünf Lagen übereinandergestapelt waren und nur von einem einzigen Mann bewacht wurden. *Niemand wird einen Ort überfallen, an dem die Ware zu schwer zum Wegtragen ist,* dachte Neveah. Ihr eigener Wächter drückte dem Mann zwei Silbermünzen in die Hand, worauf er sie zu einer Treppe schickte, die unter die Erde führte.

Die Treppe mündete in dem Gärraum des Weinkellers, wo inmitten der Maischbottiche ein Mann stand, der die hohen, offenen Holzwannen bewunderte. Die Füße von Gesindel hatten die meisten Meilen in den Fässern zurückgelegt und das Holz glatt getreten, aber auch trunkene Edelleute hatten ihre Füße bei Festen darin purpurn gefärbt.

»Ich habe hier jemanden, der mit Euch sprechen will«, sagte Mancha zu dem Mann, als sie von der Treppe in das Gewölbe traten.

»Ich habe leider auch keinen Namen zu verkünden«, entgegnete der Mann, ohne sich umzudrehen. »Aber Ihr wisst ja, wer ich bin.« Er schaute sich in dem Raum um. »Dies ist ein seltsamer Ort, um einen titeltragenden Gast zu empfangen.«

»Magst du keinen Wein, titeltragender Gast?«, fragte Neveah.

Er drehte sich um, ein bleicher Mann selbst in dem dunklen Raum. »Alkohol ist nicht mein bevorzugtes Laster. Er stumpft den Geist ab.«

»Wir dachten, du würdest dich an einem dunklen Ort am wohlsten fühlen«, meinte sie. »Deine Augen müssen immer noch lichtempfindlich sein.«

»Wenn ich es nicht besser wüsste, würde ich denken, Ihr wolltet nicht, dass irgendjemand uns zusammen sieht.«

»Ich benötige Diskretion. Und deine berühmte Loyalität.«

»Loyalität, hm? Ich verdanke Euch meine Freiheit. Sehr wahr. Und in jemandes Schuld zu stehen, kann die Basis von Loyalität sein.« Er tätschelte den Rand des Weinfasses. »Gleiches gilt für ein Versprechen.«

Ich muss mich bei den Verhandlungen mit diesem Mann vorsehen. Neveah sah Mancha an, und er verstand. Der Wachmann legte die Hand auf den Griff seines Dolchs, schob sich nach vorn und hielt dem Mann eine Schriftrolle hin. Der Mann schnappte sie sich mit der Schnelligkeit einer angreifenden Schlange, und Mancha riss die Hand zurück, als hätte der bleiche Mann die Pest. Der Mann entrollte das Schriftstück und las begierig.

»Gebt sie zurück, wenn Ihr fertig seid«, befahl Mancha schroff mit geheucheltem Mut.

»Du wirst der Erste sein, der es erfährt, wenn ich fertig bin«, antwortete der Mann herablassend. »Ah. Mehr Erben.« Für eine Weile grübelte er über der Schriftrolle. »Wenn ich mit dieser Liste fertig bin, wird der Thron an den jungen Klein gehen, hm?«

Neveah zog eine Braue hoch. »Das hast du jetzt gerade im Kopf ermittelt?«

»Es gibt acht weitere potenzielle lebende Erben, die jung genug und alt genug sind, um die Krone zu tragen. Zweiundvierzig verschiedene Kombinationen von Todesfällen, Heiraten, Ausfällen wegen Untauglichkeit und anderen Szenarien führen zu Klein. Es würde genügen, jeden auf dieser Liste zu disqualifizieren. Aber warum sollte eine Königin, die so viel auf sich genommen hat, um die Nachfolge zu bestimmen, sich wünschen, dass der Sohn dieses Botschafters auf ihrem Platz sitzt? Ist das nicht seltsam?«

»Das soll nicht deine Sorge sein«, sagte Neveah. »Die Liste ist deine einzige ...«

»Es sei denn ... Klein wäre bereits raus.« Der Mann nickte, sich seiner Schlussfolgerung sicher. »Aber auch das ist seltsam, denn er hat mich vor nicht allzu langer Zeit besucht.«

»Du hast Caspar Klein gesehen?« Neveah beugte sich vor.

»Ja, ich habe den kleinen Steuereintreiber gesehen. Ich habe direkt in seine jungen Augen geschaut. Er hat übrigens wunderbare Augen. Glänzend. Feucht.«

»Ich wusste, dass er bis ans Vorgebirge gekommen ist«, antwortete Neveah. »Aber viel weiter wird er nicht kommen.«

»Interessant. In dem Fall fällt das Königreich an Kinsey Moceri, wenn ich mich nicht irre. Doch wetten würde ich nicht darauf. Der junge Caspar könnte sehr wohl mit Euren Steuern zurückkehren. Seine Truppe ist klein, aber formidabel. Stark, schlau und kenntnisreich auf Gebieten, in denen ihm Erfahrung fehlt. Was mich auf meinen Preis bringt.«

»Meine Soldaten haben dich aus deiner Kiste befreit«, entgegnete Neveah. »Das ist ein guter Preis.«

»Für die ersten drei. Aber jetzt wollt Ihr mehr, und einer steht unter Bewachung.«

Neveah wedelte mit dem Arm. »Dann nenne dein Honorar«, verlangte sie.

»Gebt mir einen Namen. Ich habe so lange keinen Namen mehr gehabt. Ich vermisse es.«

»Nein«, lehnte Neveah ab. »Wir können dich stattdessen mit Gold bezahlen.«

»Bah! Gold kann ich mir selbst machen. Ich will etwas, das man nicht mit Gold kaufen kann.« Er musterte sie von Kopf bis Fuß, wie Viktor es manchmal tat, nur mit kalter Neugier statt mit Zuneigung.

Als Neveah nicht antwortete, grunzte er. »Später vielleicht. Inzwischen schickt mir ab und zu ein fehlgeleitetes Kind. Eins, das einer Maßregelung bedarf.«

»Ich habe die Stadt bereits von Waisen und Straßenratten befreit.«

»Es müssen keine Waisen sein …«

Neveah und Mancha wechselten einen Blick, und sie hätte schwören können, dass ihr großer, starker Wächter schauderte. »Abgemacht«, sagte sie.

Der Mann schaute wieder auf das Pergament hinab. »Soll ich noch mal losziehen und den Klein-Jungen finden? Ich würde es gratis tun.«

»Wie du gesagt hast, für ihn ist bereits gesorgt.«

»Wie das?«

Neveah war es leid, in Rätseln zu reden; sie hatten den Mann bereits tief ins Vertrauen gezogen. Sie brauchte jemanden, der tun würde, was immer notwendig war, und Viktor Valspar schien langsam zimperlich zu werden.

»Wir haben die Seehexe für diese Aufgabe angeheuert«, erklärte sie. »Sobald er die Willis-Festung erreicht, wird Faust sich um ihn kümmern.«

Kapitel 39

Caspar

Caspar hatte endlich Zeit zum Nachdenken. Heath und Cliff hielten oben auf der Hügelburg Wache. Tara saß an dem verlassenen Schreibtisch des Kommandanten mit einem Kohlestift und ihrem Rechnungsbuch und schlüsselte die Steuern für jedes der Inselkönigreiche in den Seen auf – die Liste war lang, aber sie hatte ein erstaunliches Gedächtnis für Pergrims Beschreibungen und Details: Die Portages züchteten Gänse, die Oberen Kettenseen hatten Miniaturinselrinder, die Speerspitzen produzierten federleichtes Holz für schnelle Boote, die Menschenfresser tauschten begehrte Regenbogenmuscheln, und alle fingen Fische. Belorian holte Wasser aus dem Brunnen, zum Trinken und um den Straßenmief aus Kniehosen und Unterkleidern zu waschen. Er konnte gut mit Kleidung umgehen, war pingelig genug, dass es ihm wichtig war. Die Pferde ruhten sich aus, und alle Aufgaben waren verteilt.

Meine Aufgabe ist es nachzudenken.

Es war eine Menge passiert, seit man ihm die »gottverfluchteste Truppe von Mistkerlen im ganzen Königreich« aufs Auge gedrückt hatte. Caspar hatte das Gefühl, als hätte er in ein paar Monaten mehr gesehen und getan als in seinem ganzen Leben, bevor er zum Zollmeister ernannt worden war. *Aber ich habe nur noch vier Mistkerle übrig.* Von den ursprünglichen sechs gab es nur noch Belorian, Tara, Heath und ihn selbst. Und Cliff. *Cliff ist jetzt unser fünfter Mann.* Einen steuereintreibenden Drachen würde Caspar seiner königlichen Tante nicht erklären können, aber andererseits brauchte er das auch nicht sofort zu tun. Man brauchte sich an der Grenze nicht zu erklären, wo auf Schritt und Tritt seltsame Dinge geschahen – sprechende Echsen, Wände aus kochendem Wasser, Kanibaleninseln und Hexen. Ein Gedanke nagte an ihm. Yvette war nicht die einzige Glorreiche mit einem von den Göttern gegebenen Talent gewesen. Belorian war ein guter Ausrufer, exzellent, um genau zu sein, wenn auch nach menschlichem Ermessen nicht übernatürlich gut– *Shent gilt als besser.* Tara war gut mit Zahlen. Aber sie war nicht magisch, nur mathematisch. Erstaunlich, ja, aber nicht unheimlich. Heath dagegen … es war ein unangenehmer Gedanke, und Caspar beschloss, später darüber nachzugrübeln. Für den Moment musste er seine Steuergelder irgendwo abliefern und sie nach Seeblick schicken lassen. Er hatte in Willis' Bergfried ein hübsches Sümmchen verloren. *Lektion gelernt.* Seine tüchtige Truppe konnte den Tribut der Königin gegen eine kleine Bande unfähiger Räuber bewachen, aber nicht gegen die Armee eines Barons. *Und es gibt Schlimmeres auf der Welt als höfliche Barone.* Hier in Notnagel würden sie nirgendwo Goldsäcke abliefern können. Und auf der Blutigen Straße nach Breitstätt wären fünf Glorreiche eine schwache Besetzung. *Vor allem ohne unseren Soldaten.* Die Seehexe war angeblich gefürchtet, aber er konnte ihr nicht trauen. Sie war vor ihren eigenen Pflichten davongelaufen – ein Feigling mit gebrochenen Schwüren. *Atul Deshmane.* Der hünenhafte Soldat konnte ihr sechster Mann werden. Er stand im Rang einer eingeschworenen Leibwache. Angesehen und groß. Er wäre ein guter Ersatz für Usher und würde nicht in Notnagel bleiben wollen, um einen Haufen Leichen zu befehligen. Sobald er seine adelige Schutzbefohlene zu welchem Ziel auch immer eskortiert hatte, stünde er für einen neuen Einsatz zur Verfügung. Caspar lächelte darüber, wie gut es passte – es schien beinahe, als würde sich endlich alles zu seinen Gunsten fügen. Ihr Zwischenhalt in dem zerstörten Vorposten war ein Glücksfall. Und er konnte nicht leugnen, dass er von Lady Opal fasziniert war. *Ein eleganter Name.* Ihre schäbige Verkleidung hatte ihn nicht getäuscht. Selbst in Lumpen, ganz besonders in Lumpen, hatte sie seine Aufmerksamkeit erregt. Er suchte nach dem Wort und fand es. *Hinreißend.*

Ein schriller Pfiff riss ihn aus seinen Gedanken. *Heath' Signal!* Caspars Übersetzer rief von der Spitze der Burg nach dem Rest der Glorreichen, und die Übersetzung seines nachgeahmten Vogelgezwitschers war einfach.

Es kommt jemand.

Caspar lief zur Palisade und spähte durch eine Ritze. Er konnte die Straße nicht entlangsehen. Also erklomm er die nächste Leiter und kraxelte auf den Wehrgang.

»Haltet den Kopf unten«, flüsterte Atul Deshmane ihm zu. Der große Mann war aus dem Nichts aufgetaucht.

Caspar nickte und schaute durch eine Lücke in den Brettern. Von seinem Ausguck aus konnte er die Besucher sehen – fünf Soldaten kamen im Laufschritt heran. *Nein, sie versuchen nur zu laufen.* Es war ein sehr langsamer Lauf, sie strauchelten vor Erschöpfung. Als sie näher kamen, sah er die purpurnen Aale auf ihrer Brust, und sie trugen die traditionellen geraden Schwerter der hyakischen Armee – gezückt in der Hand.

Caspar drehte sich um und flüsterte Deshmane aufgeregt zu: »Männer der Königin!«

Der Wächter brummte und runzelte die Stirn.

Seltsam, dachte Caspar. Der Hüne hätte erleichtert darauf reagieren sollen, dass Freunde die Straße heraufkamen.

»Komm«, sagte Caspar und glitt die Leiter hinunter. »Hilf mir, das Tor zu öffnen.«

Deshmane trat von einem Fuß auf den anderen, machte aber keine Anstalten zu helfen. »Ich sollte den hinteren Teil des Burghofs überprüfen, um sicherzugehen, dass niemand aus einer anderen Richtung kommt.«

»Nein! Komm mit! Das sind unsere Leute. Und sie laufen vor irgendetwas davon ...«

Caspar kämpfte mit dem schweren Tor, aber es rührte sich nicht von der Stelle, bis Deshmane zupackte und Körpermasse und Muskelkraft einsetzte. Das alternde Holz gab ächzend nach und schwang nach innen auf. Die rennenden Männer sahen Caspar, und der Ausdruck auf ihren Gesichtern war alles Gold in seinen Taschen wert. *Sie sehen meinen purpurnen Umhang.* Er sonnte sich in dem Ausdruck auf ihren Mienen. Erleichterung. Freude. Leben. Er war ein Retter. *Ein Held.* Geld in Säcken bescherte einem nicht dieses Gefühl. Es fühlte sich besser an, als einen Titel zu erhalten, selbst einen guten. *Sie lieben mich.* Dieselbe Dankbarkeit und Bewunderung und Zuneigung, die Yolonic und Arelena ihm geschenkt hatten, als er ihnen ihr Enkelkind übergeben hatte. Und diesmal brauchte er seinen Kameraden nur ein Tor zu öffnen.

»Kommt herein!«, rief er. »Willkommen, Freunde!«

Keuchend stolperten sie über die Schwelle, fünf von ihnen in leichter Rüstung und der Gewandung der Königin. Einer umarmte Caspar grimmig wie einen Bruder und brach dann vor Erschöpfung in seinen Armen zusammen. Ein Weiterer übergab sich, ein jüngerer Mann. Zwei andere bedankten sich überschwänglich bei Caspar, während sie um Atem rangen und sich Halt suchend an das Tor lehnten. Als sie ihre Kräfte wiedererlangten, stemmten sie sich gegen die Holzbretter und mühten sich, das Tor zu schließen. Nur ein Soldat hatte kein

Wort des Dankes übrig, ein älterer Mann. Er stand nur da, die Hände auf den Knien, rang nach Luft und funkelte Atul Deshmane an. Als er sich endlich hinreichend erholt hatte, um zu sprechen, stieß er ein einziges Wort aus.

»Verräter …«

Caspar versammelte die Neuankömmlinge in einem der Gebäude im hinteren Teil des Burghofs, das der Burg und der langen Treppe den Hügel hinauf am nächsten lag. Die anderen Glorreichen kamen dazu. Caspar ließ nur Sabine und Heath auf ihren Posten zurück. *Und natürlich Cliff.* Das Auftauchen einer sprechenden Echse hätte die Dinge mit den neuen Soldaten verkomplizieren können – es war das Beste, wenn er auf der Turmhügelburg blieb, bis sie ihr Problem mit Deshmane geklärt hatten.

»Er ist ein Verräter, jawohl.« Der alte Soldat zeigte auf Atul. Der Mann hieß Mak Riid und war ein Bursche aus Südlager. Er hatte der Königin als Soldat gedient, seit er alt genug war, einen Speer zu tragen, lange vor Caspars Geburt. »Haal ist tot. Munron ist verrenkt und gebrochen. Heely … tot. Was aus Urgis geworden ist, wissen wir nicht. Aber es ist klar, was mit dir passiert ist, Deshmane. Als die Kämpfe begannen, hast du uns im Stich gelassen!«

Tara runzelte die Stirn. »Laut Definition kämpft ein ›Verräter‹ für die andere Seite«, stellte sie fest. »Jemand, der seine Kameraden im Stich lässt, ist ein ›Deserteur‹.«

»Beides stinkt«, sagte Mak.

»Verdient aber verschiedene Strafen«, erwiderte Tara. »Laut den juristischen Schriften.«

»Desertieren bleibt eine schwerwiegende Anklage«, warf Caspar ein.

»Wenn auch keine ungewöhnliche, wie es scheint«, bemerkte Belorian, der quer durch den Raum zu der Seehexe schaute.

Zu Caspars Überraschung bestritt Deshmane die Anklage nicht. Er stand nur mit finsterer Miene da, die Hand in der Nähe seines Schwertgriffs. Seine noble Schutzbefohlene, Lady Opal, verfolgte das Gespräch aufmerksam. Caspar beobachtete, wie ihre dunkelgrünen Augen hin und her flogen, während Mak ihren Beschützer mit Anklagen bombardierte. Er schimpfte, dass sie in der Unterzahl gewesen seien, eine Linie gebildet hätten und Atul geflohen sei, bis Lady Opal ihn unterbrach.

»Es muss eine andere Erklärung geben«, sagte sie. »Deshmane … meine Eskorte ist eine ehrenwerte, geschworene Leibwache der Krone.«

Caspar bemerkte, dass sie Krone statt Königin sagte. *Sie mag unsere Königin nicht besonders.*

»Wenn ihr dort gewesen wäret«, schoss Riid zurück, »würdet ihr ihn nicht als ehrenwert bezeichnen.«

»Das klingt nach einer guten Geschichte«, meldete Belorian sich zu Wort. »Bitte, erzählt sie uns.«

»Es wird eine schnelle Geschichte sein müssen«, rief der junge Mann, der sich übergeben hatte, ihnen ins Gedächtnis. »Denn sie kommen.«

»Für den Augenblick sind wir hier sicher«, sage Opal. »Die Leichen, die draußen von den Wänden hängen, werden die abergläubischen Wilden fernhalten.«

»Was plapperst du da, Mädchen?«, sagte Riid, der sie nach ihren Kleidern beurteilte. »Es hängen keine Leichen an den Außenwänden.«

Nun ergriff Deshmane das Wort. »Unsinn. Habt ihr sie auf dem Weg herein nicht gesehen? Die ausgebluteten Leichen hyakischer Soldaten wurden aufgehängt, um den Ort zu verfluchen. Wie konntet ihr sie übersehen?«

Caspar hatte plötzlich ein flaues Gefühl im Magen.

»Wir sind schnell gelaufen«, erklärte Riid, »aber an der Palisade hängende Leichen wären mir aufgefallen.«

Caspar hob zaghaft einen Finger, um auf sich aufmerksam zu machen. »Wir, ähm, haben sie abgeschnitten, als wir ankamen.«

Deshmane fluchte leise.

»Wir haben es aus Respekt vor den Toten getan«, erklärte Caspar. »Es kam uns unheimlich vor, sie hängen zu lassen, während wir drinnen waren. Wir wussten es nicht!«

»Was bedeutet das?«, fragte Opal.

»Dass die Sassoonen jetzt hereinkommen werden«, antwortete Atul.

»Was ist mit seinem Desertieren?«, fragte Riid.

»Das ist eine Geschichte für später«, knurrte Atul. »Bemannt die Mauern! Lasst es so aussehen, als wären wir mehr, als wir tatsächlich sind!«

»Ich sollte das Kommando übernehmen«, schaltete Caspar sich ein. »Ein titeltragender Lord steht im Rang über einer Leibwache.«

»Aber Ihr seid auch derjenige, der die Leichen abgeschnitten hat.«

Caspar dachte kurz nach. »Stimmt. Fahre fort.«

Sie beeilten sich zu tun, was Atul sagte. Alle bis auf Riid. Er stand trotzig da. »Ich werde ihm nicht gehorchen«, sagte Riid.

»Dann gehorche mir«, sagte Caspar und zeigte seine Titelkette vor. »Oder stell dich deiner eigenen Anklage wegen Desertierens. Jetzt bemannt die Mauern.«

Belorian und drei der Soldaten schoben das zerbrochene Tor mithilfe von vier Schultern zu und stemmten Balken dagegen, sodass jemand, der es von außen nach innen zwang, die Balken nur tiefer in den Boden treiben würde. Dann postierte er die Männer entlang des Wehrgangs. *Der Ausrufer ist ziemlich emsig, wenn sein Leben in Gefahr ist,* bemerkte Caspar.

Simple Holzzinnen ragten in regelmäßigen Abständen auf dem Wehrgang der Festung auf, hinter denen die Verteidiger in Deckung gehen konnten. Atul nannte sie »Hinknier«. Er wies die Soldaten an, sich dahinterzuknien und dann ungesehen von einem Hinknier zum nächsten zu huschen, um immer an verschiedenen Stellen kurz mit verschiedenen Hüten, Helmen oder gar nichts auf dem Kopf aufzutauchen und sich zu zeigen. Dadurch wirkte ein einziger Mann wie etliche und vermittelte die Illusion, dass die Festung vollständig bemannt war. Das würde ihnen genug Zeit verschaffen, die Pferde für die Flucht über die Straße fertig zu machen.

»Sind es dieselben Wilden, die Notnagel überfallen haben?«, fragte Caspar Atul, während sie sich vorbereiteten.

»Nein. Und ja. Das waren Blutler – Ausblutler. Die Gruppe, die hinter Riid her ist, ist eine Knochler-Gruppe – Knochenbrecher. Einige der Krieger könnten dieselben sein oder es könnten alles andere sein. Ihr Sieg in dem ersten Scharmützel wird jedenfalls weitere junge Stammesmänner verleiten, sich der Gruppe anzuschließen. Überall auf der Welt sind Männer eher bereit, in die Schlacht zu ziehen, wenn sie auf einen Sieg hoffen können.«

Für eine Weile war es still, aber Atul warnte sie, dass sie wahrscheinlich beobachtet würden, und Riid stimmte ihm zu. Die Glorreichen ergatterten zwei reparierbare Bögen und einige Pfeile in den Trümmern der Garnison, zusammen mit einer Steinwurfmaschine. Die »Schleuder« war ein guter Fund – ihre Schale konnte zehn faustgroße Steine halten, ein jeder schwer genug, um einem Mann den Schädel oder die Rippen einzuschlagen. Sie war zur Zeit des letzten Angriffs eingelagert gewesen, und die Sassoonen hatten sie nicht mitgenommen – wahrscheinlich hatten sie ihren Zweck nicht verstanden. Tatsächlich musste Tara sie erst untersuchen, bis sie den Mechanismus hinter dem straff eingedrehten Seil durchschauten. Sie konnten das Gerät nicht auf den Wehrgang hinaufhieven, also schleppten sie es in die Mitte des Burghofs und zielten damit direkt auf das Tor, wo es jeden, der höflich genug war, durch den Eingang zu kommen, mit einem Steinhagel begrüßen und ihm einen brutalen Tod bescheren konnte.

Caspar ging selbst auf dem Wehrgang entlang und besuchte jeden der neuen Soldaten, um ihm im Namen Hyaks für seinen Dienst zu danken und ihn nach seinem Familiennamen zu fragen. Die vier Männer um Riid waren jünger als der alte Soldat, einer von ihnen in Caspars Alter und erst frisch im Dienst. Taal und Vaal Ucrist, Brüder aus Südlager, beobachteten die Südstraße vom Wehrgang auf der Südseite des Burghofs aus. Vidge Delaraan und Riid übernahmen je eine Seite des kleinen Torhauses im Westen. Von der Turmhügelburg aus hatte man einen Blick über den hinteren östlichen Teil von Notnagel. Und ein magerer junger Bursche aus Sarat behielt die Nordmauer im Auge. *Der Kotzer.*

Der junge Soldat sah immer noch bleich aus, als Caspar ihn besuchte. Die Nordmauer bot einen Blick auf eine gerodete Fläche, wo die jetzt Toten von Notnagel zuvor alles Blattwerk beseitigt hatten, um Angreifern die Deckung zu nehmen und zwischen dem dichten Gehölz und der Garnison einen »Todesstreifen« zu schaffen, wie Atul es nannte. Die Spinnenholzsetzlinge waren eine Generation davon entfernt, um als Bäume zurückzukehren, aber die hohen, dornigen Farnbeerbüsche waren bereits nachgewachsen.

Der Junge, Graph Wing, Sohn von Clar und Aunnie Wing aus Sarat, kniete hinter einm verwitterten Hinknier. Caspar trat zu ihm und reichte ihm einen der reparierten Bögen. Graph lächelte zu ihm empor.

»Mir scheint, ich bin befördert worden, Lord. Bin erst seit einigen Monaten dabei und schon befehlige ich die ganze Nordmauer.«

»Mach das Beste daraus«, sagte Caspar und reichte ihm drei der gefundenen Pfeile. Einer hatte einen verbogenen Schaft. An einem anderen war die Befiederung zerfleddert.

Graph nahm sie dankbar in Empfang, aber ihre Schäfte klapperten in seinen zitternden Händen. »Sie brechen einem die Knochen, wisst Ihr. Sie haben Munron erstarren lassen und dann ein mit einem Gelenk versehenes Werkzeug benutzt, um ihm seine Beine und Arme zu brechen, Ober- und Unterschenkel, einen nach dem anderen.«

»Sie haben ihn erstarren lassen?«

»Sie haben Pfeilwerfer. Einer von ihnen hat Mun am Bein getroffen. Es schien nur ein Kratzer zu sein. Aber einen Moment später konnte er das Bein nicht mehr bewegen und dann seine ganze linke Seite nicht. Schon bald war er vom Kopf bis zu den Zehen erstarrt. Als er nicht mehr kämpfen konnte, sind sie herbeigeeilt und haben sich darangemacht, ihn mit diesen Gelenkstangen zu bearbeiten. Sie haben ihn aufgebrochen wie einen Krebs, Lord. Ich denke nicht, dass er tot war, nur erstarrt. Seinen Schädel haben sie sich als Letztes vorgenommen.«

Caspar schluckte, um nicht zu schaudern. Graph hatte Atlatls beschrieben – hölzerne Geräte, die benutzt wurden, um lange Wurfgeschosse abzufeuern. Caspars alter Waffenmeister hatte ihnen solche Maschinen erklärt – ein Vorgänger des modernen Bogens und Pfeils, ein Werkzeug, das die Menschheit seit Ewigkeiten benutzte. Simpel. *Primitiv.* Ein uraltes Jagdgerät, das jetzt zur Jagd auf hyakische Männer eingesetzt wurde.

Dieser Junge hat Angst – er muss an uns glauben. Männer waren eher für die Schlacht zu begeistern, wenn sie auf einen Sieg hoffen konnten, rief Caspar sich ins Gedächtnis. *Ich muss auch an uns glauben.* Er hockte sich neben Graph auf den Boden.

»Jeder Kampf kann gewonnen oder verloren werden, das ist wahr. Aber meine Glorreichen Sechs haben eine Meute von zwanzig Banditen besiegt, ohne ein einziges Leben zu verlieren. Wir haben in den tiefen Mooren gegen Hexen gekämpft und überlebt, um darüber Lieder singen zu können. Wir haben jede feindselige Insel in den Seen besucht und sind mit dem Tribut für ein ganzes Jahr fortgegangen. Die Frau, die dort drüben die Steinwurfmaschine bedient, hat einst eine ganze Schiffsflotte geführt. Und ein wilder Drache reist mit uns.« Als Caspar zum Ende kam, war er selbst beeindruckt, obwohl man über die Zahl der Banditen streiten konnte, und Cliff nicht ganz so wild war, sobald man ihn näher kennenlernte.

»Ein Drache? Jetzt glaube ich Euch bestimmt nicht mehr.«

»Wirklich. Wir verstecken ihn … ich meine ›es‹ oben in der Hügelburg. Ich hatte vor, als Nächstes dort hinaufzugehen, um Heath zu bitten, nächstes Mal den Ruf eines Stars nachzuahmen. Aber wenn du an meiner statt dort hochgehen und den Drachen sehen willst, halte ich hier deine Stellung.«

Graph sah ihn zweifelnd an und nickte dann. »Die Wette nehme ich an.«

»Um einen Tageslohn?«

»Die Armee hält bis zu meiner Rückkehr vier Kupfer-Drams am Tag für mich bereit, aber ich lasse die Hälfte davon nach Sarat zu meiner Familie schicken.«

»Dann werde ich nur deine Hälfte nehmen, wenn ich gewinne – zwei Drams. Wenn du mich als Lügner entlarvst, zahle ich dir die vollen vier.«

»Abgemacht!« Graph lächelte und sprang auf, um der Burg

einen Besuch abzustatten. Er zählte bereits sein Geld und dachte wahrscheinlich, dass der Anblick eines echten Drachen in jedem Fall einen Soldatenlohn wert wäre.

Caspar lächelte ebenfalls. Eine sprechende Echse würde exotisch genug sein, um den Jungen davon zu überzeugen, dass auch Caspars andere Prahlereien der Wahrheit entsprachen. Er beobachtete, wie der junge Soldat den langen Marsch über die Treppe zur Burg antrat. Graph kam ungefähr bis zur Hälfte, bevor er abrupt stehen blieb und sich an seine rechte Pobacke griff. Ein dünner Stock von der Länge eines Männerarms baumelte dort. *Hat er einen Stock im Arsch?*, fragte Caspar sich albernerweise. Graph riss den Schaft aus seiner Kniehose und starrte ihn an. Der Stock war vorn spitz und hinten befiedert.

Nein! Caspar, der auf dem Boden gehockt hatte, sprang auf und rannte auf dem Wehrgang entlang, als Graphs rechtes Bein nachgab und der Junge aus Sarat auf die Holztreppe fiel, die den irdenen Hügel hinaufführte. Die Bretter des Wehrgangs wackelten und quietschten unter Caspars Füßen, aber er flog über sie hinweg, bevor sie sich lösen konnten, und stürmte die Treppe hinauf.

Heath' verzweifelte Pfiffe warnten die Übrigen. *In den Büschen hinter dem Burghof sind Knochler!* Die Farnbeeren am Fuß des Hügels draußen vor der Burghofwand erbebten an etlichen Stellen. *Da sind sie!* Wie hatten die Sassoonen so nah herankommen können, ohne gesehen zu werden?, fragte sich Caspar verblüfft. Sie mussten auf dem Bauch unter den Dornenbüschen hindurchgekrochen sein.

Heath sandte ihnen Pfeile von Yvettes Bogen in die Farnbeerbüsche, aber von der Hügelburg aus waren es Fernschüsse, und er war kein so guter Bogenschütze wie sie es gewesen war. Caspar hörte keine befriedigenden Schmerzensschreie aus dem Blattwerk.

Graph kroch die Stufen hinauf und zog, als Caspar eintraf, sein unbrauchbares rechtes Bein hinter sich her. Caspar fasste ihn unter den Armen und hievte ihn hoch, und sie erklommen die Treppe immer einen qualvollen Schritt nach dem anderen. Sie hatten Dreiviertel des Weges nach oben zurückgelegt, als auch Graphs linkes Bein erschlaffte.

»Ich schaffe es nicht«, sagte er. »Ich werde den Drachen nicht mehr sehen.«

»Cliff! Hilf uns!«

Der Kopf des Drachen lugte aus dem Fenster heraus, dann kam Cliff hindurch und kletterte an der rauen Außenmauer der Burg herab, bevor er die Stufen hinunterglitt.

»Da kommt er«, sagte Caspar zu Graph. »Schau ihn dir an.«

Graph hatte jetzt Mühe, sich überhaupt noch zu bewegen, seine Arme versteiften sich bereits. Er reckte den Hals und rang um Worte. »Er ist nicht so groß ... wie ich gedacht habe.«

»Er ist noch jung. Er wird riesig, wenn er mal ausgewachsen ist.«

»Erlaubt ihnen nicht, mich zu zerbrechen.«

»Das werde ich nicht.«

Cliff erschien. »Was stimmt nicht mit Eurem Soldaten?«

»Er ist vergiftet worden. Er kann sich nicht bewegen. Weißt du, was das bedeutet?«

»Dass wir ihn bewegen müssen.«

»Richtig. Nimm seine Arme.«

Sie hoben den Jungen hoch, hievten ihn die Hügeltreppe zur Burg hinauf und zerrten ihn hinein. Als sie ankamen, war er steif und starrte.

»Euer Mann ist steif«, bemerkte Cliff.

»Er wollte dich sehen«, murmelte Caspar.

Cliff fragte nicht, warum. Er kannte die Faszination, die er auf Menschen ausübte, auch wenn er sie nicht verstand. »Ich bin gekommen, um zu helfen.«

»Das hast du getan.«

Heath stand am Fenster und pfiff wie ein verrückt gewordener Dudelsackspieler. »Sie sind nördlich *und* südlich von uns, Lordchen. Mindestens dreißig. Und unsere Nordmauer ist verlassen. Ich habe die Mutigen mit einigen Pfeilen verscheucht, aber ich sehe, dass sie bereits zurückgeschlichen kommen. Einfache Männer sind Gewohnheitstiere, wenn etwas funktioniert, versuchen sie es wieder.«

»Ich muss zurück«, sagte Caspar.

Die Knochlertruppe war der Nordmauer nah genug gekommen, um mit ihren primitiven Atlatls vergiftete Pfeile abzuschießen. *Nah genug, um unseren Mann zu treffen.* Caspar ging zur Tür. Graphs Bogen und Pfeile lagen noch auf der Treppe, wo er sie fallen gelassen hatte.

»Ich kann sie hören, wisst Ihr«, sagte Heath, als Caspar sich zum Gehen wandte.

Caspar hielt inne. Ihm war das Geplapper im Wald zuvor nicht aufgefallen, aber jetzt bemerkte er es. Es hatte eingesetzt, nachdem sie sich dadurch zu erkennen gegeben hatten, dass sie auf Graph schossen, begriff er. Jetzt riefen sie einander unbekümmert Sätze zu.

»Du weißt, was sie sagen, Heath.« Es war eher eine Feststellung als eine Frage. Der Übersetzer der Glorreichen besaß eine unheimliche Gabe für Sprachen. *Ein Talent.* Caspar war lange genug mit Heath geritten – er erwartete, dass er es wusste.

»Teile davon. Mehr mit jedem Moment.«

Caspar sah das Blätterwerk neben Graphs verlassenem Posten erzittern, und er hörte kehlige Stimmen. *Sie denken, wir verstehen sie nicht – das können wir uns zunutze machen.* »Sag uns, wenn du etwas Nützliches hörst.«

»Diese Idioten, die an der Nordmauer kleben, sprechen vom Haupttor«, berichtete Heath. »Und von Ruhm.«

Caspar setzte Graph in eine Ecke. Das Herz des jungen Soldaten schlug noch, aber er reagierte nicht mehr. »Lasst nicht zu, dass die Sassoonen diesen Jungen in die Finger bekommen … nicht lebend.«

Heath deutete auf seine Klinge, um zu zeigen, dass er verstand, was sein Kommandant meinte, dann flog Caspar die Treppe hinunter in den Burghof.

Jacquette Faust stand an dem Wurfgerät bereit, wartete und lauschte auf die unheimlichen Stimmen, die einander draußen vor der Mauer der Garnison etwas zuriefen. Sie war nicht länger die Seehexe, auch nicht Kriegsfürstin Faust, sondern einfach eine von ihnen, eine Freundin und Verbündete in ihrer verzweifelten Lage. *Heute sind wir alle glorreich.* Caspar ließ sie mit einem Zischen wissen, dass er kam, wie man es ihm auf dem Übungshof beigebracht hatte – er wollte nicht, dass sie herumwirbelte und ihn mit dem Dolch erstach, den sie ihr gegeben hatten.

Sie spähte über ihre Schulter. »Sie sind da draußen«, sagte sie. »Ich höre sie.«

»Ich weiß. Drei kommen gerade von Norden zum Tor.«

Im selben Augenblick sprang Deshmane von der Mauer und landete neben ihnen. Sein harter Zusammenstoß mit der festgestampften Erde hätte einen geringeren Mann durchgeschüttelt, aber Atuls riesige, eiserne Beine fingen den Stoß ab, und es wirkte eher, als würde er den Boden bestrafen.

»Ich kenne Euch«, erklärte er und zeigte direkt auf Faust. »Ich hatte schon einen Verdacht und Riid hat es bestätigt.«

»Wer ich bin, spielt im Moment keine Rolle«, entgegnete Faust.

»Wo ist Eure Armee, Kriegsfürstin?«, fragte Atul.

»Tot oder gefangen. Eine Geschichte für ein andermal … so wie deine.«

»Wir haben Sassoonen am Tor«, unterbrach Caspar sie.

Atul runzelte finster die Stirn. »Gebt mir diesen Bogen. Ich gehe zurück auf den Wehrgang.«

Er griff nach dem Bogen, aber Caspar zog ihn weg. »Nein. Ich habe eine andere Idee.«

»Welche? Schnell.«

»Öffne das Tor.«

Kapitel 40

Neveah

»Wie soll ich dich also nennen?«, fragte Neveah ihren neuen Passagier, während ihr Wagen weiterholperte, zurück über die Fairhavener Brücke. Mancha runzelte auf dem Fahrersitz die Stirn. *Mein Wachmann missbilligt es, dass ich dieses streunende Tier aufgenommen habe.* »Ich kann dich in den königlichen Hallen des Fischpalastes nicht ›Bürgermeister‹ oder ›Mann aus der Kiste‹ nennen. Du hast einen gewissen Ruf.«

»Seit sehr langer Zeit hat keiner mehr mein Gesicht gesehen. Man wird mich nicht erkennen. In dem ersten Spiegel, an dem ich vorbeigekommen bin, habe ich mich selbst nicht erkannt!«

»Jahre ohne Sonne haben dich in mehr als einer Hinsicht zu einem Geist gemacht. Aber ein Name ...«

»Es ist mir von Gesetzes wegen verboten, jemals wieder einen Namen anzunehmen, aber ...«

»Dann werde ich dich ›Namenlos‹ nennen müssen.«

Er runzelte die Stirn. »Das gefällt mir nicht. Nennt mich ›Berater‹.«

»Aber mir gefällt er. Es bleibt bei ›Namenlos‹.« Sie nickte. Es war gut, ihn auf seinen Platz zu verweisen. »Außerdem habe ich bereits einen Berater.«

»Einen guten?« Als sie zögerte, nickte er. »Wenn er gut

wäre und Ihr ihm vertrauen würdet, säße er jetzt statt meiner hier, um Euch ins Ohr zu flüstern.«

Er hat recht, ich habe Viktor nicht mitgenommen. Wie scharfsichtig er war! Valspar hatte in letzter Zeit seinen Biss verloren, wie eine fein geschmiedete Klinge, die vom Gebrauch stumpf geworden war. Neveah wurde plötzlich übel, und sie griff nach ihrem Eimer. Sie kippte den Inhalt über den Rand des Wagens und hielt sich das leere Gefäß an den Mund. Er beobachtete sie neugierig, ohne einen Finger zu rühren, um zu helfen, sondern einfach abschätzend wie ein faszinierter Junge, der beobachtete, wie ein Insekt sich auf einem heißen Stein wand. Sie würgte dreimal, aber sie hatte kaum noch etwas im Magen, das sie ausspeien konnte, und als es erledigt war, spuckte sie zornig.

»Verflucht seien die Götter!«, schimpfte sie.

»Welche Symptome habt Ihr?«

»Welche was?« Sie funkelte ihn verärgert an, und Speichel tropfte ihr vom Kinn.

»Welche auffälligen Anzeichen, dass Ihr Euch anders oder unwohl fühlt.«

»Da ist die Kotzerei, wenn es das ist, was du meinst.«

»Ja, natürlich.«

»Mir ist schlecht.«

»Aber Ihr habt kein Fieber.«

»Nein. Bist du Arzt?«

»Ich bin … bewandert. Ich höre zu. Ich weiß Dinge. Ich war auf dem Marktplatz untergebracht, wo man zu mir kam, um Fragen zu stellen. Im Gegenzug habe ich auch Fragen gestellt, häufig sehr persönliche Fragen, Fragen, die zu stellen die meisten Menschen zu höflich sind. Und so weiß ich mehr als die meisten Menschen. Welche weiteren Symptome?«

»Mein Kopf pocht, wenn ich aufstehe oder mich hinsetze. Und meine Ohren und Füße fühlen sich heiß an.«

»Interessant ... ist Euer Schoß ebenfalls gerötet?«

»Was für eine Frage!«

»Viele Krankheiten zeigen sich an beiden Enden. Es könnte auch Euer Arschloch sein. Ist es das?«

»Nein«, gestand sie. »Es ist Ersteres.«

Er blinzelte nicht. In der Tat, es schien ihn nicht zu überraschen, in einem Wagen auf den Straßen von Seeblick über den Unterleib seiner Königin zu sprechen. »Das grenzt die Sache stark ein. Hat es in letzter Zeit irgendwelche Veränderungen in Euren Gewohnheiten gegeben?«

»Mein Vorkoster ist nach Hause gegangen. Ich habe mehrere Mahlzeiten zu mir genommen, ohne dass sie zuvor gekostet wurden.«

»Und was denkt Ihr, wäre daran wichtig?«

»Es ist möglich, dass jemand angefangen hat, mich zu vergiften.«

Er strich sich über die bleichen Bartstoppeln auf seinem Kinn. »Oder jemand hat damit aufgehört ...«

Seine Worte raubten ihr den Atem. *Aufgehört, mich zu vergiften?* Sie blinzelte einmal, dann brannten sich ihre Gedanken durch die Bedeutung dieses Satzes, rasten schneller und schneller, sprangen durch vergangene Jahre, durchforschten Erinnerungen, siebten Hinweise aus. *So simpel,* durchzuckte es sie, während sie zwei und zwei zusammenzählte. Und doch war die Verschwörung so raffiniert und seit fast einer Generation im Gange. *So diabolisch.* Sie starrte mit leerem Blick geradeaus, während er ihr den wissenschaftlichen Aspekt der Angelegenheit erklärte. Dabei war sie außerstande, sich zu rühren, gelähmt von dem Gewicht der Enthüllung.

»Ein Unwirksamkeitstrank ist eine Tinktur aus Kräutern – Beifuß, Salbei aus dem Birkenwaldtal und ein giftiger Pilz aus den tiefen Mooren, alles aufgelöst in Alkohol und dann mit

Fischöl vermischt. Höchstwahrscheinlich Äsche. Der Sirup wird von ruchlosen Alchemisten gemischt und von Frauen mit der Nahrung eingenommen, die versuchen, die Konsequenzen ihrer Tändeleien zu umgehen. Größtenteils Huren. Ehebrecherinnen. In einer ausreichenden Dosis tötet er ein frisch gezeugtes Kind. Regelmäßig eingenommen gewöhnt der Körper einer Frau sich daran. Tatsächlich hat sie das Gefühl, ihn zu brauchen. Die Symptome zeigen sich, wenn er fehlt, wenn eine Frau aufhört, ihn einzunehmen.«

Neveahs neuer Vertrauter erklärte ihr die Zusammenhänge in aller Ausführlichkeit und stellte dabei sein beträchtliches Wissen zur Schau. Aber sie verstand die Prozedur bereits, sie hatte nur nicht an so etwas gedacht. Wie konnte sie auch? Es war so ungeheuerlich. So grausam. So schlau. *Zu schlau.* Dieser Idiot Derek hatte ihr den Unwirksamkeitstrank ins Essen gegeben, seit er ein Junge war. Er hatte sich schon als Kind erboten, ihr Vorkoster zu sein, ein scheinbar ritterlicher Akt. Aber schon damals hatte er gewusst, dass er, wenn sie ein Baby bekäme, niemals auf dem Thron sitzen würde. Doch wenn sie unfruchtbar war … dieses verhasste Wort. Für einen euphorischen Moment begriff sie: *Ich bin nicht unfruchtbar!* Dann rauschte der Ärger wieder heran. Derek war nicht der Idiot, der er zu sein schien. Während seiner ganzen Jugend hatte er den Narren gespielt und dabei fröhlich ihre ungeborenen Kinder getötet. Wie viele Male war sie schwanger gewesen, nur um ihr Kind mit der nächsten Mahlzeit zu verlieren? Das wussten allein die Götter. Derek mochte nicht klug sein, aber er war durchtrieben. Ein geduldiger Fuchs, der ihr Hühnerhaus bewachte.

Dieses kleine, verfluchte Arschloch!

»Euer gegenwärtiger Ratgeber ist nicht auf diese Idee gekommen?«, fragte der Mann aus der Kiste.

»Offensichtlich nicht.«

»Das wirft Fragen auf.«

»Ob er kompetent ist«, sagte sie.

»Oder ein Komplize«, ergänzte er.

Kann ich jetzt weder meinem Vorkoster noch meinem Berater trauen?

»Und Ihr habt gesagt, der Junge sei ein Hanswurst. Er sei nicht der Typ, der so einen Plan allein ausheckt.«

»Ja, das habe ich gesagt.«

»Ist sein Vater klug?«

Ja.

Neveah zitterte, ihre Zähne klapperten. Sie umklammerte den Rand des Wagens so fest, dass ihre langen Fingernägel Kerben im Holz hinterließen. Man hatte sie – das naive Mädchen von der Sanften Küste – hereingelegt. Alle hatten das getan. Oder einige. *Jedenfalls genug von ihnen.* Und sie hatte auf dem Thron gesessen und sich die ganze Zeit lang selbst Vorwürfe gemacht. Sogar ihr Gemahl hatte ihr vor seinem Tod Vorwürfe gemacht. Sie hatte den Zweifel in seinen Augen gesehen, wann immer er zu ihr ins Bett gekommen war. Er hatte an ihr gezweifelt. Er hatte an sich selbst gezweifelt. Am Ende hatte er nur aus Verzweiflung das Bett mit ihr geteilt, nicht hoffnungsvoll oder aus Liebe. Sie wollte weinen. Sie wollte schreien. Stattdessen lachte sie, lange und laut. Sie stellte fest, dass sie nicht mehr aufhören konnte, und die Jahre der Frustration und Trauer fütterten ihre gackernde Hysterie mit rohen Gefühlen, bis der Pöbel auf der Straße stehen blieb und die Augen aufriss, als ihr wackeliger, knarzender Wagen vorbeirollte.

Sogar ihr neuer Begleiter musterte sie, vielleicht zum ersten Mal überrascht, seit sie ihre zwielichtigen Geschäfte mit ihm angezettelt hatte. Und dann lachte er mit.

Kapitel 41

Opal

Opal sammelte die Pferde und machte sie reitfertig. Sabine half und nahm bereitwillig Befehle entgegen, nachdem Lord Klein ihr erzählt hatte, Opal sei eine verkleidete Lady. Sie müssten Notnagel verlassen, sagte Atul. Es würden mehr Sassoonen kommen. Die Stammesleute würden einen Läufer zurückschicken, um anderen mitzuteilen, dass die Garnison von Hyak wieder besetzt sei. Lord Klein – *Caspar* – sagte, einer der Ihren sei bereits niedergestreckt worden. Ein vergifteter Pfeil. Caspar bat Opal, Sabine anzuleiten und ihre Reittiere in den Innenhof zu führen, wenn Atul nach ihnen rief oder wenn sie einen Eulenruf hörte.

Sie hatten nicht genügend Pferde. Es waren vier Soldaten zu viel. Atul und Opal. Die Glorreichen Sechs waren tatsächlich nur zu fünft – plus ein Drache. Und dann Sabine. Zwölf Reiter insgesamt. Sie hatten fünf Pferde. Und ein katzenähnliches Reittier, das groß genug für eine einzelne Person war – Sabines Tier. Kurze Strecken könnten sie zu zweit auf den Pferden reiten, wenn sie die Reiter sinnvoll zusammentaten. Der Kleinste unter ihnen würde mit Atul reiten und so weiter. *Genug Platz für elf Hintern.* Was dieser Paarbildung zum Opfer fiel, war Schnelligkeit, ein großes Zugeständnis, wenn sie gejagt wurden oder zwischen vergifteten Pfeilen hindurchreiten mussten. *Aber wer bleibt zurück?* Vielleicht die Echse.

Auf der anderen Seite der Kaserne jaulte Fischschwanz. Er spürte die Anspannung draußen. »Still, du sabbernder Tropf, sonst zwingen sie dich zu kämpfen.« Brixies waren im Allgemeinen ruhige Hunde, aber gute Kämpfer, wenn man sie reizte. Die Kapitäne der Westwerft in Seeblick ließen ihre Schiffe von ihnen bewachen, wenn sie an Land gingen. Piraten ließen sie für Geld gegeneinander oder Gefangene mit bloßen Händen um ihre Freiheit gegen sie kämpfen. Fischschwanz konnte mit ihnen laufen, wenn sie flohen. Der Hund trottete zu Opal und lehnte sich an ihr Bein, als wäre sie ein Schiffsmast auf rauer See. Er fühlte sich warm und muskulös an, und so wie sie sich vorstellte, dass ein Mann sich anfühlen könnte, bloß ohne das Fell.

Sie hörte einen Vogelruf.

»Eine Eule!«, sagte Sabine. »Schnell!«

»Das war keine Eule«, widersprach Opal, aber sie war sich nicht sicher. Es war auf jeden Fall ein Vogelruf gewesen, aber höher als der Schrei einer Eule. Manchmal wurde das Moormädchen übereifrig. Trotzdem, das Geräusch kam von oben, vom Hügel, weit genug weg, als dass sie es falsch gehört haben konnte. »Ich sehe nach. Bleib hier.«

»Ich komme mit.«

»Nein.« Das Mädchen konnte irritierend beharrlich sein. »Da draußen fliegen Giftpfeile herum.«

Opal schlich sich zur Tür und zog sie vorsichtig auf. Sie wusste nicht, was sie erwartete, obwohl sie sich gerade vorgestellt hatte, dass es Pfeile in den Burghof regnete. Sie stellte sich auch Soldaten vor, die über den Wehrgang liefen, riefen und Pfeile in das offene Gelände jenseits der Mauer schossen. Stattdessen war in Notnagel alles friedlich. Sie musste den

Wehrgang absuchen, um hyakische Männer zu entdecken, die hinter den Hinkniern hockten. Sie scheuchte Sabine zurück – das Mädchen war hinter ihr hergeschlichen. Opal verließ die Sicherheit der Kaserne und schob sich schrittweise zur Ecke des hölzernen Gebäudes vor, damit sie um die Ecke spähen konnte.

Caspar und Atul standen links und rechts der vorderen Torflügel und zogen gerade die Stangen aus dem Boden, mit denen sie das Tor verstärkt hatten. Riid und seine drei verbliebenen Männer waren auf den nördlichen und südlichen Mauern verteilt. Sie dachte an den vergifteten Soldaten – Caspar hatte gesagt, es sei der jüngere gewesen, der Junge aus Sarat. Sie fragte sich auch, warum sie jetzt das Tor öffneten. *Vielleicht war der Vogelruf doch das Signal.* Vielleicht gingen sie nun. Sie wollte nicht nach ihnen rufen, aus Angst, zu viel Lärm zu machen, daher lief sie zu Atul und Caspar, um zu fragen, ob es Zeit sei.

Sie war halb über den Burghof, als erst Atul seinen Torflügel öffnete und dann Caspar seinen weit aufschwang, woraufhin draußen drei überraschte Männer zum Vorschein kamen, die mit Tierhäuten und menschlichen Knochen geschmückt waren. Opal kam schlitternd zum Stehen. Da Atul und Caspar hinter den Türen versteckt waren, die sie aufgezogen hatten, fielen die Blicke der drei Männer direkt auf Opal. Einer von ihnen hob seinen Pfeilwerfer. Ein spitzes Geschoss, so lang wie Opals Arm, war eingelegt. *Atlatl,* erinnerte sie sich, hatte Caspar das genannt. Der Name des Dings spielte keine Rolle. Sie brauchte nur zu wissen, dass es Gift verschoss. Es ließ seine Opfer erstarren. *Es hat den Jungen aus Sarat von Kopf bis Fuß erstarren lassen.* Es war der Tod, der ein Opfer suchte. Und hier vor dem Tor war sie sein Ziel.

Es war ein Moment wie eine Ewigkeit, einer, der Raum für

viel Beobachtung und Reflexion bot, aber nicht für Bewegung oder einen Laut. Es war so still und ruhig, dass Opal sich fragte, ob sie bereits erstarrt war. Und dann war es plötzlich sehr laut, und alles schien gleichzeitig zu passieren.

»Lady Opal, duckt Euch!« Caspars Stimme.

»Faust, schießt!« Atuls Stimme.

Die Männer draußen vor dem Tor riefen in einer kehligen Sprache, die Opal nicht verstand, Drohungen oder Flüche.

Opal pickte sich Caspars Stimme aus dem Lärm heraus. Er nannte sie eine »Lady«, was ihr sehr gefiel, aber betont hatte er die Worte »duckt Euch.«

Duckt Euch!

Opal warf sich zu Boden und schaute zu dem Mann auf, der ihren Tod in Händen hielt. *Atlatl … ein seltsames Wort.* Er und seine beiden Gefährten starrten zurück.

Hinter ihr erklang das Knarzen von sich biegendem Holz, gefolgt von einem schweren Schlag. Alle drei Männer wurden jäh zu Boden gerissen, wie Becher bei einem Jahrmarktspiel, gefällt von einer schnellen Abfolge Übelkeit erregender Einschläge. Sie hörte außerdem ein Knirschen, als ein faustgroßes Loch in der Tür auftauchte, die Caspar offen hielt, keine Handbreit von seinem Kopf entfernt.

Opal schaute sich um. Die Kriegerin unter den Glorreichen stand neben der abgeschossenen Steinwurfmaschine. Opal hatte ihren Namen vergessen. *Vielleicht hat sie ihn auch gar nicht genannt.* Der Wurfarm der Maschine stand senkrecht, die Schale war leer, ihre Ladung abgeliefert, die unglücklichen Empfänger am Tor blutig und zerschmettert. *Tot.*

Riid schaute über die Mauer zu den übel zugerichteten Leichen und stieß einen Jubelruf aus, so wie Männer es in Schlachten taten. »Hurra! Da habt ihr eure gebrochenen Knochen!«

Caspar und Atul lehnten sich schwer gegen ihre Türen, stießen sie zu und stellten dann die verstärkenden Balken wieder dagegen. Opal ging zu ihnen. Sie zog es nicht in Erwägung, zu den Pferden zurückzukehren. Trotz der Gefahr im Innenhof fühlte es sich schlimmer an, in der Kaserne versteckt zu sitzen und sich zu fragen, wann der Tod kommen würde, um sie zu holen.

»Was geht hier vor?«, fragte sie Caspar.

»Zurück in die Kaserne mit Euch«, brummte Atul.

»Du kommandierst mich nicht herum«, entrüstete sie sich. »Ich bin eine Lady, und ich will wissen, was hier vor sich geht.«

Caspar bestaunte einen Moment lang das Loch neben der Stelle, wo sein Kopf eben noch gewesen war, dann wandte er sich ihr zu.

»Wir haben sie erwischt, ja? Ich habe es nicht gesehen, aber ich habe Riid brüllen hören.«

Opal nickte. »Sie sind tot. Drei Männer mit Knochenschmuck. Sind das alle?«

»Götter, nein. Aber stellt Euch vor, was die anderen Stammesleute da draußen gesehen haben.« Als Opal es sich nicht vorstellen konnte, fuhr Caspar fort: »Wir haben das Tor geöffnet, und der Tod ist herausgeflogen. Ihre Kameraden wurden sofort niedergestreckt.«

»Die Wilden werden es nicht verstehen«, erklärte Atul. »Es wird ihnen vorkommen …«

»… wie Magie«, beendete Opal seinen Satz.

»Sie werden nicht noch einmal in die Nähe des Tores kommen«, bestätigte Caspar. »Das ist unsere Chance zu fliehen. Bringt die Pferde her, Lady.«

Caspar versammelte seine Glorreichen im Burghof, um die Flucht anzutreten. Lady Opal und Sabine holten die Pferde.

Riid und Vidge verließen ihre Hinknier und kamen zu ihnen. Taal und Vaal blieben auf dem Wehrgang über dem Tor und hielten Ausschau, um sicherzustellen, dass die Luft rein war, blieben aber angespannt und bereit, die Leiter hinunterzueilen, wenn es so weit war. Atul gab Heath und Cliff oben in der Burg mit einem scharfen Pfiff ein Zeichen, und Heath antwortete mit einem Eulenruf, von dem Caspar geschworen hätte, er sei echt, hätte er nicht das Talent seines Übersetzers gekannt. *Unheimlich.* Heath und Cliff wurden als Letzte heruntergerufen – die Truppe konnte es sich nicht leisten, den besten Ausguck in Notnagel zu verlieren, bis es endgültig Zeit für den Aufbruch war.

»Ich muss euch vorwarnen. Macht euch gefasst darauf, dass ein exotisches Tier mit uns reist«, erklärte Caspar Riid und Vidge, während sie darauf warteten, dass die anderen eintrafen. »Werdet nicht nervös. Der Drache ist ein Glorreicher genau wie wir Übrigen.«

»Er ist nicht so wie ich«, murmelte Belorian.

»Ja, er ist auf jeden Fall mutiger«, gab Tara zurück.

»Wieso brauchen sie so lange?«, brummte Atul.

»Vielleicht haben die Wilden sie erwischt«, überlegte Sabine laut. »Oder sie sind weggerannt. Oder vielleicht …«

»Still, Pferdemädchen«, unterbrach Caspar sie. Sabine war zu schwatzhaft und zu laut. »Sie werden schon kommen. Und wir rühren uns vorher nicht von der Stelle.«

Opal gab Caspar die Zügel seines Reittiers in die Hand und hielt sie dann noch für einen bedeutungsvollen Moment fest. »Wenn wir losreiten, lasst die Pferde über eine Achtelmeile galoppieren, Lord«, riet sie ihm. »Dann reitet langsamer. Über eine längere Strecke verausgaben sie sich mit zwei Reitern.«

Caspar nickte beeindruckt. Die Lady kannte sich mit Pferden aus. Er hatte immer gedacht, Dortch wäre eher eine

Schiffsstadt, aber wahrscheinlich hatten sie dort auch Ställe, genau wie in Seeblick.

»Was ist, wenn wir nach einer Achtelmeile nicht an all diesen entzückenden Einheimischen vorbei sind?«, fragte Belorian.

»Dann kämpfen wir von unseren Pferden aus, schöner Mann«, beschied ihm Jacquette.

Gerade als sie das sagte, bäumte sich eins der Pferde auf, und sie wirbelten alle herum, um hinzusehen.

Ein Pfeil mit Widerhaken hing von seiner Schulter. Ein weiteres der Geschosse landete zwischen ihnen auf dem Boden und blieb im Dreck stecken. Der nächste traf ein zweites Pferd in die Flanke. Sabines Katze fuhr herum und raste über den Innenhof.

Ich habe dieser Kreatur nie über den Weg getraut.

Atul reagierte als Erster. »Sie sind hier!«

Caspar sah die beiden Sassoonen neben dem ausgebrannten Gebäude stehen und ihre Atlatls neu laden. Ein Dritter hielt ein Gerät aus zwei mit einem Gelenk verbundenen Stangen in der Hand, das nur ein Knochenbrecher sein konnte. Vor seinen Augen sprangen Heath und Cliff den Mann von hinten an. Heath' erster Hieb erwischte den Mann von hinten zwischen die Schulterblätter. Er ging sofort zu Boden. Cliff landete auf dem zweiten Mann und grub die Zähne in seine Schulter, während er mit vier ausgefahrenen Krallen auf ihn einhackte wie eine verrückt gewordene Katze.

Der Mann mit dem Knochenbrecher versuchte, das Gerät als Schlagwaffe zu benutzen, und es gab einen formidablen Knüppel ab. Er schlug nach Cliff. Aber Heath hatte seine Klinge bereits aus dem Rücken des ersten Mannes gerissen mit einem Schmatzen, das deutlich zeigte, wie tief die Waffe eingedrungen war. Der Mann fiel als schlaffer Haufen zu Boden.

»Nein!«, rief Heath und stieß seine Waffe zwischen den Knochenbrecher und seinen schuppigen Freund.

Es war eine unbeholfene Parade. Oder eine brillante. Heath' Schwert fing den Knochenbrecher gerade genug ab, um seine Bahn zu verändern. Er flog hoch und bohrte sich dem anderen Sassoonen ins Gehirn. Caspar hörte das Knirschen des Schädels, der unter dem Schlag nachgab, bis auf die andere Seite des Hofes. Der Drache sprang den Mann an, der den Knochenbrecher schwang, noch bevor dessen toter Stammeskamerad auf dem Boden aufschlug, und der Sassoone ruderte mit den Armen, außerstande, den Drachen aus solcher Nähe mit dem übergroßen Knüppel zu schlagen. Heath' nächster Streich durchtrennte eine Kniesehne, was den Mann zu Boden schickte. *Eine Hintergassentechnik,* hatte Belorian es nach dem Kampf mit den Banditen genannt. Und als der Sassoone auf die Erde klatschte, erledigten die beiden ihn zügig, Cliff riss ihm den Hals auf, und Heath versetzte ihm einen schnellen Schnitt über den Bauch. Sobald sie ihr grimmiges Werk vollendet hatten, eilten sie zurück hinter das Gebäude.

»Götter!«, fluchte Riid. »Wo gehen die jetzt hin?«

»Beeilung!«, rief Caspar.

»'tschuldigung, Lordchen«, blaffte Heath, als er und Cliff etwas Schweres hinter dem Gebäude hervorzerrten. »Wir mussten noch diese Last tragen.«

Sie zogen den steifen Graph hinter sich her und eilten durch den Innenhof. Die Arme des jungen Mannes waren immer noch angewinkelt und seine Beine waren so steif ausgestreckt, dass er wie eine Holzstatue aussah.

»Das Herz schlägt noch«, vermeldete Heath.

»Ihr habt gesagt, dass wir ihn nicht am Leben lassen sollten für die Knochler«, sagte Cliff.

Caspar lief zu ihnen, um zu helfen. Er hatte keine Zeit,

stolz auf seine beiden Glorreichen zu sein, aber er war es. Riid stand sprachlos da, offensichtlich hin und her gerissen zwischen der Bewunderung für ihren selbstlosen Mut und der Unmöglichkeit einer sprechenden Echse. Dann half er ebenfalls. Mit je einem Mann sowie einem Drachen an Armen und Beinen schleppten sie Graph über den Hof.

»Sie versammeln sich an der Nordmauer«, warnte Heath. »Es werden noch mehr durch ein Loch in der Palisade hinter dem Gebäude kommen … viele … und zwar bald.«

»Wir gehen jetzt«, entschied Caspar.

»Uns fehlen zwei Pferde und das Maunztier«, rief Opal ihnen ins Gedächtnis. In der Tat, die beiden vergifteten Pferde knieten bereits mit schwachen oder unbrauchbaren Hinterbeinen am Boden.

»Das macht fünf Leute ohne Reittier«, rechnete Tara aus. »Zählen wir unseren Steifen mit?«

»Die Buchhalterin ist unverzichtbar«, blaffte Belorian und sprang zum nächstbesten Pferd. »Sie und ich werden dieses hier nehmen.«

Caspar verzog das Gesicht, aber ihm fiel keine Lösung ein. »Irgendjemand wird ohne auskommen müssen. Aber wir haben noch nicht entschieden, wer, Knochenstahl.«

»Ich habe geschworen, die Lady zu beschützen«, meldete Atul sich zu Wort und sicherte sich die Zügel des größten Pferdes, bevor er Opal daraufzuschob.

»Ich werde nicht noch mal laufen«, sagte Riid, dessen Worte Atul galten. Er blähte voller Stolz die Brust und zeigte auf Belorian. »Das Lied über diese Schlacht sollte davon künden, wer weggelaufen ist und wer nicht.«

»Das macht schon mal einen.«

»Zwei.« Jacquette Faust stand hinten in der Gruppe, aber ihre Kapitänsstimme durchschnitt das Geplapper. »Erwähnt in Eurem Lied, dass Kriegsfürstin Faust hier zu ihrem letzten Gefecht antrat. Das wird eine gute Geschichte abgeben.«

»Darin liegt vielleicht sogar eine Art Wiedergutmachung«, bemerkte Caspar leise zu ihr, und sie nickte. So war es.

»Ihr versteht, Kommandant«, sagte Belorian. »Der Barde muss überleben, um von dem mutigen Schicksal anderer zu singen.«

»Was ist mit dem Hund?«, fragte Atul.

»Fischschwanz wird uns folgen«, antwortete Opal.

Caspar legte den Kopf schief und dachte nach. »Seid Ihr Euch sicher, dass er folgen wird?«

»Ja. Wenn er den Anschluss verliert, wird er den Weg erschnuppern.«

»Stell dich tot, Cliff«, befahl Caspar. »Wir werden dich auf den Rücken des Hundes binden.«

Der Drache beklagte sich nicht, er beklagte sich nie. *Darin ist er gut.* Tat einfach seine Arbeit. Eine bessere Ergänzung der Glorreichen als die meisten Männer.

»Damit bleiben immer noch zwei übrig«, schaltete Belorian sich ein und klammerte sich an die ledernen Zügel seines erwählten Reittieres wie an eine Rettungsleine.

Der Angriff kam genau in diesem Moment, und es blieb keine Zeit mehr, um irgendetwas zu regeln. Stammesmänner quollen genau da hinter Gebäude hervor, wo Heath es prophezeit hatte. Taal und Vaal brüllten, der Weg durchs Tor sei frei, und Atul warf Opal auf ihr Pferd. Belorian saß bereits auf seinem und beugte sich vor, um Sabine hinter sich hochzuziehen, da Tara näher bei Caspar stand. »Ich habe deiner Mutter versprochen, auf dich aufzupassen!«, rief er dem Mädchen zu.

Riid stürzte sich als Erster auf ihren Feind.

Jacquette zögerte nur lange genug, um sich zu Caspar umzudrehen. »Ich sollte Euch töten, als Ihr bei Willis' Bergfried ankamt. Ich finde, das solltet Ihr wissen.« Und dann lief sie hinter Riid her, den Sassoonen und ihrem Schicksal entgegen.

Caspar war sprachlos, aber er hatte keine Zeit, darüber nachzudenken. Er befahl den Rückzug. »Los! Los! Los!«

Der relativ kleine Drache konnte schnell huschen, war aber nicht für einen langen Lauf geschaffen. Es war besser, wenn er auf dem kräftigen Hund ritt. Sie brauchten Cliff nicht festzubinden. Fischschwanz akzeptierte seinen Echsenreiter so gelassen, wie er ein Geschirr akzeptiert hätte, und Cliff klammerte sich mit den Klauen in das dicke Fell des Brixies.

Die Brüder eilten die Leitern hinunter. Atul rief nach ihnen, aber sie warfen ihm nur einen verächtlichen Blick zu. »Unser Lied wird nicht von Rückzug handeln!«, fuhr Taal ihn an, als sie an ihm vorbeiliefen, um Jacquette beim Drehen der Steinschleuder zu helfen.

Atul und Lady Opal waren bereits durch das Tor verschwunden. Belorian und Sabine ebenfalls. Der Hund folgte seiner Lady, genau wie Opal es prophezeit hatte. Caspar sprang auf sein Pferd und Tara hinter ihn. Der Aufruhr im Innenhof hinter ihnen sprach von Gewalt und Tod. Ächzen und Rufe. Flüche und Knirschen. Er sah weder Heath noch Vidge – beide verloren in dem plötzlichen Tumult. Aber er musste losreiten, sonst würde Tara ebenfalls sterben.

Caspar sah sich wild um, während er sein Pferd auf das offene Tor zutrieb. Drei Sassoonen zogen Jacquette von der Steinschleuder herunter. Zwei weitere lagen zehn Schritte vor der Maschine verstümmelt auf dem Boden, ihre Leichen von Steingeschossen zu Brei zermalmt. Sie stach einem der drei ins Gesicht, bevor die beiden anderen sie zu Boden ringen konnten. Vidge tanzte mit drei weiteren, und seine Klinge sang im

Kampf gegen Knochenpanzer, während sie ihn im Kreis jagten und versuchten, seine Verteidigung zu durchstoßen und ihn zu Boden zu bringen. *Er hat sich seinen Kameraden angeschlossen.* Riid war unter einem Haufen Sassoonen verschwunden. Einer der Wilden kämpfte sich durch die Menge und schwenkte hämisch einen Knochenbrecher. *Er ist gefallen.* Einer der Brüder, Taal, stand noch, aber immer mehr Feinde quollen herein. Taal schaute zurück und bereute am Ende seinen Mut vielleicht. Aber Caspar konnte ihm nicht mehr helfen. Er rammte seinem Reittier die Fersen in die Flanken und galoppierte durch das Tor hinaus.

»Wie viele sind wir?«, rief Caspar Lady Opal und Atul zu, die ihr Pferd auf der Straße vor ihnen gezügelt hatten. *Die Blutige Straße.*

Ihm graute vor der Antwort. Er sah nur zwei von ihnen. Keinen Belorian. Keinen Cliff. Heath hatte er die Garnison überhaupt nicht verlassen sehen. Auch ihre Achtelmeile im Galopp aus den Toren hinaus war gefährlich gewesen. Die Feinde hatten Tara und ihm eine Salve aus Pfeilen hinterhergeschickt, als sie aus Notnagel hinausgestürmt waren, und es war nur einem glücklichen Zufall zu verdanken, dass keiner von ihnen sie oder ihr Pferd vergiftet hatte. Tatsächlich hatte er gespürt, wie einer der kleinen Speere an seinem Lederwams abgeprallt war, und sein Herz hatte wie wild gehämmert, bis er hinuntersehen und sich davon überzeugen konnte, dass die scharfe Spitze nicht durchgedrungen war. Er fragte sich, ob seine anderen Glorreichen auch so viel Glück gehabt hatten.

»Belorian Knochenstahl und das Moormädchen sind vor uns«, erstattete Atul Bericht. »Ich habe ihre Kehrseiten gesehen, als ich die Lady hier evakuiert habe.«

Caspar stieß einen schwachen Seufzer bedingter Erleichterung aus. Belorian hatte das Moormädchen beschützt, wie versprochen. *Guter Mann.*

Lady Opal ergriff das Wort: »Fischschwanz ist mit der Echse auf dem Rücken in den Wald gerannt. Aber seither haben wir die beiden nicht mehr gesehen.«

»Und Heath?«, hakte Caspar nach. »Habt Ihr unseren Übersetzer gesehen?«

Lady Opal wandte den Blick ab. *Nicht gut.*

Atul war nicht so zimperlich. »Er ist erledigt. Ich habe einen Pfeil im Hals seines Pferdes gesehen.«

Caspar wurde schwer ums Herz. »Ein totes Pferd bedeutet nicht, dass er gefallen ist«, fuhr er auf. »Wir müssen auf ihn warten.«

»Wenn er nicht persönlich ein Dutzend Sassoonen getötet hat, bedeutet es sehr wohl, dass er gefallen ist. Und wir dürfen nicht hier warten, junger Kommandant.« Atul betonte das Wort jung. »Sie werden kommen. Auf Pferden können wir ihnen entkommen, aber nicht, wenn wir still stehen. Seid dankbar dafür, dass wir immer noch zu sechst sind.«

Glorreiche Sechs. Ja, sie waren immer noch zu sechst, aber die Hälfte davon waren nicht seine Glorreichen. Die sumpfige Dienerin und eine adelige Dame aus Dortch waren nicht seine Truppe. Atul hatte Caspars Königin einen Eid geleistet, aber nicht zwangsläufig ihm. Von seiner eigenen Truppe waren nur seine Buchhalterin und sein schreckhafter Ausrufer übrig geblieben. Seine Pferdemeisterin und sein Soldat waren tot. Sein Übersetzer und sein treuer Drache verschwunden. Hyaks geflüchtete Kriegsfürstin gefallen. Jeder Soldat aus Atuls Truppe wurde nun Knochen für Knochen auseinandergenommen, nachdem sie den einzigen Soldaten, der ihm noch geblieben war, der Feigheit und des Desertierens beschuldigt hatten. *Die gottverfluchteste Truppe,* erinnerte Caspar sich, Derek Moceri sagen gehört zu haben. *Und ich bin der miserabelste Zollmeister, den Hyak je gesehen hat.*

»Wir haben immer noch das Geld, Kommandant«, flüsterte Tara ihm ins Ohr, sodass niemand es hören konnte.

Kapitel 42

Opal

Das Dickicht, wie das überwucherte Gebiet genannt wurde, hatte nichts zu bieten, was Opal als Baum bezeichnet hätte, aber seine dichten Sträucher wuchsen so hoch und so durcheinander, dass sie sich über ihrem Kopf über der Blutigen Straße ineinander verwoben und sie vor der Sonne beschatteten. Die Straße selbst war an manchen Stellen kaum mehr als ein unebener Fußweg. Die einzige Möglichkeit zu erkennen, ob sie sich auf dem richtigen Pfad befanden, waren die Markierungen – alle zwanzig oder dreißig Schritte zeigte eine Holztafel, ein getrockneter Blumenkranz oder sogar ein im Blattwerk verhedderter Eisentopf den Tod oder das Verschwinden einer Frau oder eines Mannes auf der Blutigen Straße an. *Eine Spur von Geistern.* Die Markierungen waren bunte, aber unzuverlässige Orientierungshilfen. Bisweilen musste die Gruppe absitzen und sich durch hereinragende Äste hacken, die, sobald sie hindurchgeritten waren, hinter ihnen nachwuchsen, und Opal wurde das Gefühl nicht los, dass das Dickicht sie verschlang.

Ihre Gruppe aus sechs Personen schlich durch die Schatten und fragte sich, was sich jeden Moment aus der verschlungenen Vegetation herabschlängeln mochte. Atul sagte, die Sassoonen mieden diesen Ort – Menschen verschwanden von der Straße, sogar Wilde. Und wer den Weg verließ, kam selten zurück. Deshmane war schon einmal durch das Dickicht gereist, während der Kriege, und selbst er war nervös. Breitstätt war einen halben Tagesritt entfernt, und Halbwegs, wo das Dickicht endete, lag noch einmal einen halben Tag hinter Breitstätt. Als die Nacht hereinbrach, konnten sie nichts mehr sehen, aber Atul riet von Fackeln ab, und so schliefen sie beklommen abwechselnd in der Schwärze neben ihren an den Beinen gefesselten Pferden und hofften, dass kein Raubtier sich auf die Straße wagte, um dem Geruch der Pferde auf den Grund zu gehen.

Der Morgen brachte feuchte Kälte und einen kaum wahrnehmbaren Wechsel von Schwärze zu Düsternis. Sie stiegen hungrig in ihre Sättel, und Opal ritt hinter ihrem Beschützer, die Arme um seine eiserne Taille geschlungen.

»Ich habe heute Nacht nachgedacht«, flüsterte sie, während sie einhertrabten. »Du hast mich als Vorwand benutzt, um aus Notnagel zu fliehen.«

Atul grunzte. »Du hast mich benutzt, um vor dem kleinen Lord Prinzessin zu spielen.«

»Du bist angeblich ein berühmter, mutiger Soldat.«

»Das war ich. Ich bin es nicht mehr. Ich will einfach nur überleben.«

»Du hast Angst«, sagte Opal.

»Na und?«

»Ich dachte, du würdest mich beschützen.«

»Ich beschütze dich doch. Fliehen ist eine wohlbekannte Schutzmaßnahme.«

»Es kommt mir einfach seltsam vor für eine Lady, einen feigen Wächter zu haben.«

»Du bist keine Lady, und ich bin nicht dein mutiger Wächter.«

Opal dachte darüber nach. »Aber solange wir beide die Geheimnisse des anderen hüten, sind wir genau das.«

Deshmane grunzte abermals – ein widerstrebendes Eingeständnis. Er murmelte etwas über ein viertes Jahr und richtete seine Aufmerksamkeit wieder auf den Pfad.

Lord Klein ritt mit Tara voran, während Atul und Opal hinten ritten. Knochenstahl, der Ausrufer, hatte sich erboten, in der Mitte zu reiten, der sichersten Position. *Noch so ein Feigling.* Opal fragte sich langsam, ob es überhaupt wirklich mutige Männer gab oder ob sie alle nur so taten als ob. Belorian schwang große Reden, aber er ergriff als Erster die Flucht, wenn es Ärger gab, genau wie Deshmane. Sabine, seine schwatzhafte Schutzbefohlene, saß hinter ihm und plapperte. Die beiden passten gut zusammen, so schien es, denn auch er war nie um ein Wort verlegen.

»Sonne voraus!«, brüllte Caspar nach hinten, und seine Stimme hallte durch die Stille des Dickichts, das alle Geräusche dämpfte.

»Die sollten hier nicht so viel Lärm machen«, brummte Atul.

»Das muss Breitstätt sein!«, sagte Opal.

»Auch du solltest hier nicht so viel Lärm machen.« Atul beugte sich tief über den Hals seines Pferdes, und seine Blicke huschten nach rechts und links.

Feigling. Es war ihr erster glücklicher Gedanke seit Tagen gewesen, und sie würde nicht zulassen, dass er ihn ihr verdarb. Außerdem war sie nicht die Einzige, die erleichtert war.

Belorian machte eine feierliche Geste. »Ladys, Lords und andere, es ist meine Pflicht und mein Vergnügen, unsere Ankunft in …«

In dem Moment explodierte das wuchernde Unterholz vor ihm. Ein Paar Insektenscheren, jede so lang wie eine Lanze und so breit wie ein Stuhl, schoss aus einer Lücke im Gebüsch und nahm Belorian Knochenstahls Pferd in die Zange. Ein segmentierter Kneifer packte das Pferd um die Leibesmitte zwischen Belorian und Sabine, während die andere ein Hinterbein des schreienden Zelters ergriff und es herausriss wie ein gieriger Tavernengast, der ein Brathuhn zerlegt. Blut und Reiter flogen in alle Richtungen.

Atul handelte seinem eigenen Rat zuwider und brüllte: »Ins Licht! Reitet ins Licht!« Er trieb ihr Pferd an und setzte über das Gemetzel hinweg, und Opal musste sich an ihn klammern, um nicht herunterzufallen.

Belorian erhob sich vom Boden, schüttelte den Kopf und klopfte instinktiv den Staub von seinem feinen Wams, was unter den gegebenen Umständen lächerlich war. *Er ist benommen,* begriff Opal.

Atul riss an den Zügeln ihres Pferdes, um außerhalb der Reichweite der Klauen anzuhalten, und drehte sich um. »Lauft!«, rief er.

Aber Belorian lief nicht. Er sah sich verwirrt um. Es war alles so schnell gegangen. *Er weiß nicht, wo oben und unten ist,* dachte Opal. Dann entdeckte der Ausrufer der Glorreichen das Moormädchen, das ins Gebüsch gefallen war, und kniff die Augen zusammen. Die lebendigen Sträucher wuchsen bereits über Sabines erschlafftem, jungem Körper nach. Sich schlängelnde Ranken legten sich um ihre Arme, ihre Beine und ihren Hals. Belorian zog seine schmale Klinge und taumelte auf sie zu.

»Sabby!«

Er hat einen Kosenamen für sie.

»Götter, Mann!«, fluchte Atul. »Kommt da raus!«

»Was ist da los?«, brüllte Kommandant Klein aus dem hellen Bereich am Ende des Pfades.

Belorian bückte sich und durchschnitt Ranken, um Sabine aus dem Dickicht zu zerren.

Knochenstahls Pferd lag reglos da. *Tot.* Entzweigerissen auf dem Boden des Dickichts, und aus seinem verstümmelten Hinterteil spritzte das Blut in einer Fontäne. Der metallische Geruch stieg Opal in die Nase und ließ ihr eigenes Pferd tänzeln und schnauben. Einzig Atuls zusammengepresste Schenkel und straff gehaltene Zügel hinderten es daran, einfach davonzulaufen. Es wäre nicht zurückgegangen, selbst wenn Deshmane ihm die Sporen gegeben hätte.

Die Scheren tauchten erneut aus dem Blätterwerk auf, langsamer diesmal, um tastend den Kadaver des Pferdes zu untersuchen. Opal konnte sich die Kreatur, zu der die Scheren gehörten, nicht vorstellen. Was immer es war, es würde sich auf dem Pfad nicht zeigen. Eine Schere senkte sich und schnitt einen Fleischbrocken aus dem Bauch des Pferdes, so schnell und mühelos, wie ein Koch einen Schinken zerlegt hätte. Die andere segmentierte Schere schwebte zu Sabine herüber. Belorian hatte sie inzwischen von den Ranken befreit und stand über ihr. Als die Schere sich näherte, zielte er mit einem kräftigen Schlag auf ihr nächstliegendes Gelenk. Seine leichte Klinge krachte dumpf auf das Außenskelett der Kreatur und prallte daran ab.

Sein Hieb hat nichts bewirkt!

Aber die Kreatur bäumte sich auf – Opal hörte sie im Unterholz rascheln –, und dann peitschte ihr gepanzertes Gliedmaß in einem kurzen Bogen wieder vor, diesmal schnell und zornig, traf Belorian mit voller Wucht und einem Übelkeit erregenden Knacken im Gesicht und warf ihn rücklings auf den Pfad.

Caspar und Tara rannten an Opal und Atul vorbei. Sie packten Belorian und Sabine an den Armen und schleppten sie hinaus.

»Hilf ihnen!«, sagte Opal zu Atul. Sie versuchte abzusitzen, kam aber von ihrem steigenden Pferd nicht herunter, ohne sich selbst das Genick zu brechen, was niemandem geholfen hätte.

Deshmane machte keine Anstalten zu helfen, sondern rief lediglich aus sicherem Abstand Ratschläge. »Bringt sie ins Licht!«

Tara verfluchte Belorian für seine Dummheit, während sie ihren bewusstlosen, gut gekleideten Kameraden mit enormer Anstrengung von dem Pferdekadaver wegzerrte. Caspar trug Sabine auf dem Rücken. Sie war jetzt bei Bewusstsein und klammerte sich stöhnend an ihn wie ein verängstigtes Bärenjunges, das auf seiner Mutter ritt. Sobald er sie kommen sah, wendete Atul das Pferd und ritt ins Licht.

Die plötzliche Helligkeit überraschte Opal. Wie sie alle hatte sie auf eine Atempause von dem trostlosen Dickicht gehofft, aber das Erscheinen der Sonne kam ihr vor wie die Begegnung mit einem alten Freund. Ihre Augen mussten sich erst daran gewöhnen, und sie war sich nicht sicher, ob sie ihnen traute, als die Schönheit der Lichtung verschwommen in Sicht kam. *Breitstätt.* Es schien zu schön, um wahr zu sein. Weiche Gräser dämpften ihre Schritte, als Atul sie von ihrem Pferd hob und auf den Boden stellte. Dreiblättrige Blumen tupften das offene Feld mit Gelb- und Rottönen, ein fröhlicher Teppich, den sie sich in einem Palast vorgestellt hätte, nicht inmitten des unheilvollen Dickichts. Ein gurgelnder Bach speiste einen kleinen Teich am Rand der Wiese. Die versteckten, zirpenden Insekten klangen tröstlich, nicht bedrohlich. Sie fühlte sich plötzlich gewärmt. *Und sicher.*

Sabine stand auf zittrigen Beinen in der Nähe und fragte sich, was geschehen war. Kommandant Klein stützte sie für eine Weile, um festzustellen, ob sie aus eigener Kraft stehen konnte, und als er sie losließ, setzte sie sich abrupt hin.

»Ich bin hier«, sagte Opal und trat auf die beiden zu. »Kümmert Ihr Euch um Euren Ausrufer, Lord.«

Opal wiegte Sabine in den Armen und riskierte einen Blick hinüber zu Belorian Knochenstahl. Tara kniete neben ihm. Er krallte sich mit einer Hand so fest an ihren Arm, dass sie das Gesicht verzog – ein Mann, der große Schmerzen litt. Er lebte. *Aber sein Gesicht.* Die Verwüstung in seinen Zügen entsetzte Opal. Sein Wangenknochen war gebrochen und sein Kinn eingedrückt. Durch einen gezackten Riss in der Unterlippe waren abgebrochene Zähne zu sehen. *Davon wird er sich nicht erholen.* Es dauerte einige Zeit, bis er versuchte zu sprechen. Als er es tat, waren seine Worte gequält, vernuschelt und beinahe unverständlich und brachen ihr das Herz.

»Sehe ich … schlimm aus?«

»Ja«, antwortete Tara, die nicht dazu neigte, die Wahrheit zu versüßen. »Sehr schlimm.«

Belorian schloss die Augen und stöhnte. »Scheiße.«

Die hyakische Garnison in Breitstätt war verlassen – wie Notnagel, nur ohne Leichen. Keiner von ihnen konnte den leeren Gebäuden, aus denen alles Nützliche fortgeschafft worden war, einen Grund dafür ansehen. Selbst Atul hatte gedacht, dass der unerwartet schöne Posten auf der Blutigen Straße mit hyakischen Soldaten besetzt sein würde. *Ein verlassenes Paradies.* So sicher es sich anfühlte, sie konnten nicht länger bleiben, als sie brauchten, um Belorian wieder reisefähig zu machen.

Sie badeten in dem kühlen Teich und wuschen Dreck, Staub und Blut von ihren Leibern, ihren Wunden und ihren Kleidern. Sie spülten ihre trockenen Münder mit kühlem Flusswasser. Opal wusch sich zum ersten Mal seit dem Axtkopfsee in der Nähe von Callestan das Haar und ließ es in der warmen Sonne von Breitstätt trocknen, bevor sie einen scharfen

Dolch benutzte, um es nachzustutzen – es würde wenig bringen, wenn Kommandant Klein in ihr, sobald sie sauber war, die Dienerin aus den Fluren des Fischpalastes erkannte.

Kommandant Klein – *Caspar* – starrte Opal dennoch an, als sie sich gewaschen und bekleidet präsentierte, aber er betrachtete sie nicht als Dienerin. Tatsächlich besprach er sich mit ihr wie mit einer vornehmen Lady, die selbstverständlich ein gleichberechtigtes Mitspracherecht bei ihren Plänen hatte. Es war ein fremdes, berauschendes Gefühl, das sie noch nie zuvor verspürt hatte – *Ich bin wichtig.* Lord Klein interessierte sich dafür, was sie dachte. Ihre Behauptung, aus Dortch zu stammen, half ihr, jeden Akzent und jede Unwissenheit zu verbergen, die sie vielleicht verraten hätten, und er war nicht so arrogant, neugierige Fragen zu stellen oder zu versuchen herauszufinden, welchen Wert der Stammbaum ihrer Familie besaß. Er setzte ihren Wert voraus. Zusammen, sagte er, würden sie den Rest ihrer Reise planen. Sie hatte kein Ziel, also hatte sie Caraval als ihren Bestimmungsort angegeben – was für ein Zufall! Atul wurde dazu herabgestuft, hinter ihr zu stehen und lediglich Informationen zur Verfügung zu stellen. Der große Mann konnte kaum an sich halten, aber es war das Spiel, das sie spielten, und so hielt er sich daran: Er sei mit einer Karawane nach Dortch gereist und habe Lady Opal auf vage Befehle der Krone hin in den Norden gebracht. Das war nicht so weit von der Wahrheit entfernt, dass er es nicht zu einer glaubwürdigen Geschichte zurechtrücken konnte – dass er sowieso nicht gern viel redete, half. Er steuerte genügend zum Gespräch bei, um zu bestätigen, dass Hyaks Kontrolle über die Grenzgebiete nicht so umfassend war wie versprochen. Dinge waren in Bewegung. Die Angelegenheiten des Adels. Die Angelegenheiten von Lords und Ladys. Gewiss würde sie verstehen, sagte Lord Klein. Er sprach offen darüber, Gold von Baronen und

Sumpfkönigen eingesammelt zu haben. Er erzählte ihr, dass er Audienzen bei den drei Vorsitzenden von Caraval bekommen würde, wenn sie dort ankamen, und er würde sie der feinen Gesellschaft vorstellen. Er sprach mit Überzeugung und einer seltsamen Aufrichtigkeit, die ihn bescheiden wirken ließ. Statt von seiner eigenen Bedeutung und seinem Ehrgeiz sprach er von seiner Mission und seinen Glorreichen, die er – zumindest empfand er es so – schrecklich enttäuscht hatte. Und immer konzentrierte er sich darauf, was gut oder richtig oder gerecht war. Opal fragte sich beinahe, ob es ein Scherz war. Sie hatte solche Reden im Hafen nie gehört, wo die Menschen sich nur dafür interessierten, was sie erbetteln, borgen oder stehlen konnten. Und in den königlichen Hallen war es immer nur darum gegangen, wer wichtig war und wie man in der Hackordnung des großen Hühnerstalls wohin gelangte. Nie war es um das Warum gegangen.

»Wenn die Dinge schlimm für uns wenige stehen«, sagte Caspar auf dieser Blumenwiese zu ihr, »muss ich mir immer ins Gedächtnis rufen, warum ich diese Aufgabe erfülle – zum Wohle aller.«

Er teilte dieses und andere Gefühle mit ihr allein, von einem Adeligen zum anderen. Atul ging mit Tara Wasser holen und ein paar der zahlreichen Wildtiere erlegen, die sich am Teich einfanden. Sabine saß ein Stück weiter weg bei Belorian, der unruhig schlief. Das Mädchen hatte ihm ein feuchtes Tuch auf seine Wunden gelegt und war ihm nicht von der Seite gewichen, seit sie seine Verletzungen zum ersten Mal gesehen und geheult hatte, er hätte sie zum Sterben dort liegen lassen sollen.

Opal verstand die Feinheiten des Steuereintreibens nicht und schon gar nicht die komplizierte Buchhaltung, auf die sich Tara Shnorhavorian so gut verstand. Aber die Idee dahinter war einfach. Wenn jeder zum Wohle aller einen kleinen Anteil beisteuerte, dann konnte man große Dinge finanzieren, die keiner von ihnen allein kaufen könnte. Sie und Lily hatten einmal einige Monate lang einen Penny die Woche beigesteuert, damit ein Ziegelsteinofen in ihrer Bleibe eingebaut werden konnte. Danach hatten alle den Ofen benutzt. Er war ein beliebter Versammlungsort zum Plaudern und kameradschaftlichem Miteinander gewesen, und sie hatten so manchen Abend mit Nachbarn davor zusammengesessen, während sie darauf warteten, dass das Brot fertig buk. *Wärme, Nahrung und Gemeinschaft,* dachte Opal. Lord Klein sagte, das Geld, das für ein Königreich eingetrieben wurde, werde wohl eher dazu verwendet, Straßen, Hafenanlagen und Abwasserkanäle zu bauen – und andere langweilige Dinge –, aber Opal betrachtete ihren neuen noblen Freund gern als Ofenbauer.

»Darf ich Euch küssen, Lady?«, fragte Caspar.

Opal blinzelte. »W-W-Was?«

»Wir haben in letzter Zeit eine Menge durchgemacht, Ihr und ich, und das Schicksal hat uns zusammen an diesen wunderschönen Ort geführt.« Er zeigte auf die grüne Lichtung. »Morgen tauchen wir wieder ins Dickicht ein, auf dem Weg zu einer schmutzigen und hässlichen Grenzstadt. Ich bin mir nicht sicher, wann wir wieder solche Schönheit finden werden.«

Opal sah, dass Sabine sich neben Belorian zusammengerollt hatte und schlief. Atul und Tara waren in die Garnison gegangen, um ein Gebäude zu finden, in dem sie das Wild kochen konnten, ohne sichtbaren Rauch zu erzeugen. Sie und Lord Klein waren allein.

»Und Ihr seid wunderschön«, fügte Caspar hinzu. »Ich war mir nicht sicher, als Ihr verkleidet und schmutzig wart. Aber jetzt bin ich es.«

»Manchmal bin ich schmutzig«, sagte Opal und verfluchte sich dann schweigend als Idiotin, dass ihr nichts Schlaueres eingefallen war. Aber es war die Wahrheit. Sie war im schmutzigen Hafen geboren worden. Sie war in verdreckten Gassen groß geworden. Sie hatte Pferdemist geschaufelt. Sie hatte vor Höhergestellten gekatzbuckelt. Sie war in einem Fluss menschlicher Exkremente geschwommen. Und was vielleicht das Schlimmste von allem war, sie hatte ihre Tugend gegen Essen und einen Hund eingetauscht.

»Aber jetzt seid Ihr nicht schmutzig«, entgegnete Lord Klein. »Ihr habt das alles weggewaschen.«

Opals Herz hämmerte in ihrer Brust, aber nicht auf die schlimme Art wie im Hafen von Dortch oder während der Belagerung von Notnagel durch die Sassoonen oder während des Pferdemords im Dickicht. Sie hatte in letzter Zeit viel schlimmes Herzklopfen durchstehen müssen. *Ich verdiene zur Abwechslung mal etwas gutes Herzklopfen.*

»Nein. Jetzt bin ich nicht schmutzig. Jetzt bin ich eine Lady …«

Kapitel 43

Neveah

»Ich will den Jungen, Anton! Für all die Babys, die er mir aus dem Bauch gestohlen hat, will ich diesen kleinen Kindsmörder haben und ihn aufknüpfen, damit die Götter über ihn richten!«

Neveahs Forderung wurde von zehn königlichen Bogenschützen, zehn Pikenträgern und fünf Leibwachen gestützt, die das Herrenhaus von Herzog Anton Moceri umstellt hatten. Die Antwort kam per Brief, der aus dem oberen Fenster geworfen wurde. Die Botschaft war einfach:

Euer Majestät,
Ihr seid nicht von königlichem Geblüt. Ihr könnt ein Mitglied der königlichen Moceri-Familie nicht ohne Verhandlung hinrichten. Und wenn Ihr Euch beruhigt oder juristischen Rat eingeholt habt, werdet Ihr das begreifen. Jetzt seid so freundlich und zieht Eure Soldaten ab, damit meine Familie auf den Markt gehen und etwas Gebäck für unser abendliches Mahl holen kann.
A. M.

Die Botschaft trug nicht dazu bei, sie zu beruhigen, aber sie sah, dass sie im Begriff stand, juristischen Rat zu bekommen, denn Viktor Valspar war eingetroffen. Er bot einen lächerlichen Anblick, als er in seiner unförmigen Robe über den Platz zu laufen versuchte, die Hände irgendwie in ihren sackartigen Ärmeln beschäftigt, die Götter mochten wissen, womit. Neveah fragte sich, ob der Mann sich jemals die Mühe machte, sich anzuziehen, oder ob er einfach jeden Morgen ein frisches, parfümiertes Laken überwarf und dann seinen Geschäften nachging. Sie trat Viktor entschieden entgegen.

»Hast du das gewusst?«, schrie sie ihn an. »Hast du?«

»Natürlich nicht«, sagte er sofort. Er betrachtete mit hochgezogenen Brauen die Soldaten, die sie rund um das Herrenhaus hatte aufstellen lassen. »Ich weiß nicht einmal, wovon Ihr redet.«

»Warum hast du es nicht gewusst? Warum nicht?« Ihr zweiter Schrei war eine Spur weniger schrill als der erste. *Das Einholen von juristischem Rat beruhigt mich bereits.*

»Vielleicht weil Ihr mir nie erzählt habt, zu welchem Thema …«

»Ich habe Symptome, du brillanter Idiot!«

»Was für Symptome? Habt Ihr Euch wieder über das Gewürz hergemacht?«

»Ja! Na und?«

»Es ist nur so, dass das Gewürz Euch ein wenig … impulsiv macht.«

»Das ist nicht das Symptom, von dem ich spreche. Ich bin vergiftet worden. Ich übergebe mich.«

Namenlos kam hinter ihr hervorgeschlichen, und für kurze Zeit hatte sie zwei Ratgeber. »Erbrechen. Gerötete, geschwollene Extremitäten. Gewichtszunahme durch einen Unwirksamkeitstrank.«

»Das muss dir doch aufgefallen sein!«, rief Neveah. »Du hast auf meinen dicken Hintern gestarrt wie ein verfluchter Hund, seit ich dich ernannt habe.«

»Wer ist das?«, fragte Valspar. »Ein Alchemist?«

»Alchemie ist nur eines meiner Interessen«, sagte Namenlos lächelnd. »Ich habe keinen Zugang zu den Materialien gehabt, um einen Zeitvertreib daraus zu machen.«

»Derek hat mir einen Unwirksamkeitstrank gegeben, seit er ein kleiner Hosenscheißer war«, berichtete Neveah und beobachtete, wie Viktor langsam die Ungeheuerlichkeit dieser Nachricht klar wurde.

»Fette-Hure-Sirup?«

»Du hast also davon gehört?«

»Ja. Aber ...«

»Und du hast nicht daran gedacht.«

»Nein. Aber ...«

»Mein eigener Ratgeber hat nicht an die eine Sache gedacht, die deine fette, unfruchtbare Königin fett und unfruchtbar gemacht haben konnte? Stattdessen dachtest du, es stimmt etwas nicht mit mir, du verdammter zynischer Narr.«

»Ich dachte, Euer Gemahl wäre das Problem.«

»Das hast du allen anderen erzählt, aber du selbst hast immer gedacht, es läge an mir. Und was bei den behaarten Weichteilen der Götter machst du da mit deinen Händen?«

»Er ist ein Krüppel«, bemerkte Namenlos sachlich. »Ihr könnt es daran erkennen, wie schief er steht, und an der Krümmung seines Rückgrats.«

Neveahs Augen weiteten sich, dann machte sie einen Satz nach vorn, zerrte an Viktors Ärmeln und zog sie hoch, um seine Hände aufzudecken. Er versuchte, sie zu verstecken, schaffte es aber nicht. Die Arme waren missgestaltet, seine Oberarme verkürzt, seine dünnen Handgelenke nach innen verbogen, und seine knotigen Finger spreizten sich in alle Richtungen, wie gebogene Vogelkrallen. *Er sieht aus wie eine Gottesanbeterin. Er ist ein Insekt.*

»Schaut nicht hin«, stieß er hervor. »Bitte, schaut mich nicht an!« Und dann liefen Viktor Tränen über die Wangen.

Seine Reaktion überraschte sie. *Es ist ihm wichtig, wie ich ihn sehe.* Tatsächlich war es ihm sehr wichtig. Er hatte Gefühle für sie, zärtliche Gefühle, war ihr plötzlich klarer denn je. Das Gewürz bewirkte das manchmal – es klärte Dinge. Aber sein jämmerliches Jaulen weckte kein Mitgefühl in ihr. Stattdessen empfand sie Verachtung für den kleinen Mann, der ihr sagte, wo sie hingehen und was sie tun sollte, und der es wagte, sich vorzustellen, wie seine missgestalteten Finger ihren fetten, nackten Körper begrapschten. *Er mag mich rundlich.* Wenn sie entthront würde, begriff sie, würde sie vom Rang einer Königin ungefähr in die Nähe von Viktors eigenem Rang fallen. Dann konnte er ihr einen Antrag machen. *Das ist es, was er will!* Er wollte sie heiraten, der hinterhältige Köter. Sie hätte sich geschmeichelt fühlen können, nur dass er nicht Neveah die Königin wollte, sondern Neveah die fette Hure. Ihr Verstand arbeitete flink, und das Gewürz beschleunigte ihre Gedankengänge, sodass sie Teile überspringen und zu Schlussfolgerungen gelangen konnte, ohne durch die weniger interessanten Einzelheiten seines Verrats waten zu müssen.

»Bah, ich will dich nicht sehen. Nie wieder. Ich weiß nicht, ob du es gewusst hast, aber du hättest es wissen müssen. Und wenn du es gewusst hast …«

»Ich wusste es nicht.«

»Du bist deines Titels enthoben.« Sie hatte Viktor niemals ohne Zuversicht, einen Plan oder die richtigen Worte erlebt. Er hatte sich immer stolz und selbstbewusst gezeigt, in einer Haltung, die dem ehrwürdigen Familiennamen Valspar entsprach. Aber jetzt stotterte er und fing an zu jammern.

»Ihr seid zornig, Neveah. Und in Eurem Blut ist Gewürz.

Ihr braucht einen Ratgeber für wichtige Belange. Zu Eurem eigenen Wohl. Jetzt mehr denn je. Ihr braucht mich.«

»Das tue ich nicht. Du hast mich beim Wichtigsten in meinem Leben schlecht beraten. Von jetzt an werde ich anderswo Rat suchen. Nimm deine abscheulichen kleinen Finger und geh, bevor ich zu dem Schluss komme, dass du es gewusst haben musst. Ich habe jemanden gefunden, der klüger ist als du.«

»Aber ich liebe Euch!«

Und da haben wir es. »Ich weiß«, versetzte Neveah. »Das ist der einzige Grund, warum ich dich nicht hinrichten lasse.«

Viktor prallte zurück, als hätte man ihn mit der Faust geschlagen. Aber er ging nicht zu Boden, und er blieb nicht lange fassungslos. Er schüttelte den Kopf, sammelte sich, versteckte seine krummen Hände wieder in den Ärmeln und fand Worte – oder zumindest ein Wort.

»Der?«

Neveah hatte sich bereits wieder ihrer Minibelagerung des Hauses Moceri zugewandt, und es ärgerte sie, dass er noch einmal das Wort an sie richtete. Sie drehte sich zu Valspar um und kniff die Augen zusammen.

»Was?«

»Ist dieser bleiche Kerl mein Ersatz?«

Die Frage bedurfte keiner Antwort, und Neveah beantwortete sie auch nicht.

»Lass mich in Ruhe«, verlangte sie. »Sofort.«

Es lag eine Drohung in ihrer Stimme, aber jahrelange Gewohnheiten lassen sich nur schwer ablegen, und Viktor konnte es sich nicht verkneifen, ihr einen letzten Rat zu geben. »Entscheidet Euch nicht für den. Er fühlt sich falsch an. Er gefällt mir nicht.«

»Natürlich gefällt er dir nicht, er ist klüger als du.« Neveah gab einem ihrer Bogenschützen ein Zeichen. »Bogenschütze, wenn dieser Mann in fünfzehn Sekunden noch hier ist, verpasse ihm einen Pfeil.«

Viktor starrte sie ungläubig an. *Nicht einmal schlau genug, sich einen Vorsprung zu verschaffen.* Er schien erst zu begreifen, dass der Bogenschütze zählte, nachdem der Soldat bei der Zahl »fünf« angelangt war und seinen leichten Bogen anhob. Viktor drehte sich um und rannte los, wobei er sich immer wieder über die Schulter zu ihr umsah. Er verhedderte sich in seiner Robe und verlor an Tempo. Ein kurzes Stück entfernt stand ein Haus. Wenn ihr ehemaliger Ratgeber um die Ecke des Gebäudes gelangte, bevor …

Aber sie hatte noch etwas mit Derek Moceri zu klären. Ihr Geist flatterte zu anderen Dingen. Sie wirbelte herum und verbannte Valspar aus ihrem Kopf, so plötzlich wie sie ihn aus ihrem Dienst verbannt hatte.

»Roland, holt den Anklopfer.«

Ihr oberster Wächter verneigte sich und befahl den Pikenträgern, einen dicken Ahornstamm heranzuschleppen, dessen Aststummel auf beiden Seiten zu Griffen geschnitzt waren. *Der Anklopfer.* Sie schleppten den schweren Rammbock zu der kunstvoll verzierten Tür des Hauses Moceri. Das stumpfe Ende des Anklopfers war wie ein Pilz geformt von den früheren Schlägen, die es kassiert hatte. *Oder ausgeteilt, je nach Perspektive.* Seine Rinde und sein Kambium waren vor langer Zeit entfernt oder abgenutzt worden, und sein Splintholz war eingedellt, zersplittert und versengt, aber das Kernholz war immer noch stabil. Das berühmte Gerät hatte eine bewegte Geschichte, in der es während der Kriege Aufstände niedergezwungen hatte. Es hatte Seeblick dabei geholfen, die strategisch wichtige Festung des rebellischen Gouverneurs Schlängler am Flaschenhals einzunehmen, und es hatte eindringende Grenzländler ausgemerzt, die die Garnison in Konfluenz überfallen und versucht hatten, sich weit innerhalb von Hyaks Grenzen einzunisten. Neveah hatte ihre Männer gebeten, den Rammbock von seinem Ehrenplatz in der Halle der Kriege zu holen, um ihm heute ein wenig frische Luft zu verschaffen.

»Also dann, Roland«, sagte Neveah. »Schlagt die Tür ein.«

Eine Frauenstimme erklang hinter der Tür, schrill und nervig. Antons Gemahlin Margot. »Neveah, tut das nicht!«

Neveah rümpfte die Nase und drehte sich zu ihrem neuen Ratgeber um. »Sie hat mich nicht Königin oder Majestät genannt. Nicht Hoheit oder Eminenz, und sie hat auch keinen meiner anderen elenden Titel benutzt.«

»Sie versucht, Vertrautheit und Gefühle einzusetzen, Majestät«, riet er ihr. »Sie appelliert an Euch als Mitmensch und Freundin.«

»Für wen hält sie mich? Für ein Mitglied ihres Handarbeitskreises?«

»Sprecht sie Eurerseits mit ihrem offiziellen Titel an«, riet er. »Und warnt sie vor den Konsequenzen.«

»Öffnet diese Tür, ehrenwerte Herzogin und Mutter eines verschlagenen Scheißhaufens, oder fangt an, Euch einen Handwerker zu suchen, der Euch eine neue bauen kann.«

»Das sind wahrscheinlich mehr Einzelheiten als notwendig.«

»Es ist wirklich eine hübsche Tür«, fuhr Neveah fort und strich über die geschnitzten, ineinander verschlungenen Aale auf dem lackierten Äußeren. Zu ihrer Überraschung schwang die Tür tatsächlich auf.

Roland tat einen Satz, um sie zu packen und zurückzuziehen, denn direkt hinter der Tür standen fünf voll gepanzerte Moceri-Männer, darunter ihr Herzog. Anton gab eine imposante Gestalt ab in seiner glänzenden purpurnen Rüstung, und er hielt Seeschlange ausgestreckt in der Hand, die berühmte Waffe seines Vaters und des Vaters seines Vaters. Seeschlanges gewellte Klinge fing das Sonnenlicht auf eine Weise ein, die an die Bewegung des schwimmenden Moceri-Maskottchens erinnerte – sie schien sich in seiner Hand zu schlängeln. Neveah folgte der Bewegung der Waffe mit wackelndem Kopf. Die feine Politur des Stahls täuschte Neveah nicht. Die Klinge kannte den Biss der Schlacht, aber ihre Dellen, Kratzer und Kerben waren von fleißigen Moceri-Knappen und Schmieden nach jedem Kampf oder Turnier fein säuberlich entfernt worden. Tatsächlich hieß es auf der Straße, sie habe mehr Männer getötet als die Pest in den Fischerdörfern.

Neveah spähte über Rolands Schulter. »Anton!«, rief sie. »Ihr seid nicht dafür gekleidet, Gebäck holen zu gehen.«

»Roland«, rief Anton zurück und ignorierte Neveah vollkommen. »Ihr und ich, wir sind uns ebenbürtig. Nicht wahr?«

Neveah hörte Roland schlucken. Er war ein Adeliger aus dem Hause Turcott, ein Leibwächter und der beste Schwertkämpfer, den Barbossa innerhalb einer Generation hervorgebracht hatte. Sie waren ebenbürtig. Aber er war kein Adeliger mit einer Palastausbildung, und von Anton Moceri erzählte man sich, er »verstümmele« gern Männer in der Schlacht – *Männer vom Stammbaum der Moceris sind nicht ohne Grund Könige.* Roland trug den Plattenpanzer der Leibwächter, dem Aalpanzer fast vergleichbar. Haifischflosse, seine eigene Familienklinge, war geschickt mit direkt in den Stahl geschmiedeten Haifischzähnen ausgestattet, die hervorstachen wie Dornen, aber die Waffe war nicht so berühmt wie Seeschlange. *Und nicht gewellt.*

»Ich bin die ranghöchste Klinge«, antwortete Roland. Es war eine Festellung, keine Zusage. »Aber wir sind doppelt so viele wie ihr. Nichts zwingt uns, diesen Vorteil aufzugeben.«

»Dann gruppiert Eure Männer zu Paaren und bereitet sie

darauf vor, mit einem Kameraden zusammen vor die Götter zu treten.«

Roland wandte sich an seine Wächter. »Gisvold, zu mir. Ihr anderen, stellt euch jeweils zu zweit auf.«

Neveah unterbrach ihn. »Nein. Ich möchte gern einen ebenbürtigen Kampf sehen. Stellt Euch ihm allein.«

»Euer Majestät …? Aber wir sind ihnen zahlenmäßig überlegen. Ihr habt mich eigens angehalten, viele Männer mitzunehmen, damit wir sie überwältigen können.«

»Oh, das will ich immer noch. Aber ich will Euch und Anton allein kämpfen sehen.«

»Nur mich?«

»Ja. Der Rest unserer Männer sollte zwei gegen einen kämpfen. Es wäre töricht, das nicht zu tun.«

»In der Tat.«

»Lasst mir meine eigenen Torheiten.«

»Seid Ihr Euch sicher?«

»Seid Ihr es nicht?« Sie spürte, wie ihr Wächter aus seiner breiten Nase tief ausatmete. Es war wie das Schnauben eines nachdenklichen Bullen.

»Natürlich, Majestät. Es wäre mir eine Ehre.«

Neveahs Ratgeber trat näher an sie heran. Sie zuckte zurück, hörte aber zu. »Ja?«

»Dies lenkt von Eurem Ziel ab.«

»Ist aber unterhaltsam.«

Namenlos dachte darüber nach. »Ich nehme an, die Sache hätte einen praktischen Nutzen. Wenn er im Zweikampf fällt, nachdem er den Gegner selbst herausgefordert hat, ist es ein legaler Tod. Obwohl ich Euch rate, Euch darauf einzustellen, dass er nicht fällt.«

»Ausgezeichnet. Jetzt weg da, damit ich etwas sehen kann.«

Die Pikenträger traten auseinander, um Herzog Moceri

eine Chance zu geben, ihren Anführer zu töten. Anton stolzierte zwischen ihnen hindurch, ohne sie eines Blickes zu würdigen. Sie hätten es nicht gewagt, ihn nach einer formellen Herausforderung anzugreifen, selbst wenn Neveah es ihnen befohlen hätte. Die Gefahr, durch einen Verstoß gegen das Ritual des Zweikampfes die Ehre zu verlieren, war mächtiger als die Angst, einen Vorteil in einem Kampf zu verlieren, in dem sie sterben konnten. *Eine faszinierende Schrulle von Männern.* Die Bogenschützen senkten ihre Bögen und rempelten einander an, um besser sehen zu können. *Ich bin nicht die Einzige, die das hier unterhaltsam findet.* Rolands Wächterkameraden nahmen seinen abgetragenen Umhang mit dem auf den Rücken aufgestickten, verblichenen Hai der Turcotts an sich, damit er sich nicht darin verheddern konnte. *Hai gegen Aal.*

Anton schlug als Erster zu. Er war stark, und sein Hieb sägte Zähne von Haifischflosse ab, als Roland parierte. Er rückte vor, nahm seinen Feind in Augenschein und taxierte den Mann, den er zu töten versuchte. Seeschlange schlängelte sich durch die Luft und stieß zu. Antons Bewegungen waren schnell und effizient. Die Zeit im Übungshof und sachkundige Lehrer hatten ihn gut auf formale Duelle vorbereitet, und er griff seinen Haifischgegner mit komplexen Manövern an.

Roland zog sich zurück und wartete auf Gelegenheiten für Gegenangriffe. Haifischflosses Zähne waren eher dazu geeignet, gepolsterte Wämser von Fußsoldaten zu zerfetzen als den Stahl von Aalpanzern, und so stach er mehr zu, als dass er das Schwert schwang. Er kämpfte instinktgeleiteter als der Herzog, ein erfahrener Krieger, der seinem Körper mehr vertraute als seinem Gehirn. Er hatte das Chaos der Schlacht erlebt und schien keinen anderen Plan zu haben, als sich Anton vom Leib zu halten.

Er hat Angst, überlegte Neveah. Sie hatte noch keine echte

Schlacht gesehen, außer von ferne, und in den Turnieren, bei denen sie zusah, wurden Duellierklingen immer stumpf gemacht. Das hier fühlte sich anders an. Natürlich fühlte sich mit Gewürz alles anders an, aber die geschärften Klingen schienen auch die Männer zu schärfen. Ihre Konzentration nahm sie ganz in Anspruch – die Menge, die Straße, die Welt selbst existierten für sie nicht. Es gab nur den nächsten Schritt, den nächsten Hieb. Neveahs Herz hämmerte. Es war packend und berauschend zuzusehen. *Ich muss so was öfter tun!*

Die Menge der Soldaten wogte wie eine lebendige Arena um die beiden Kämpfer herum, während sie vorrückten, zurückwichen und konterten. Anton war elegant, federte auf den Zehenspitzen, während Roland feste, fast plumpe Schritte machte. *Warum habe ich ihm den Titel einer Leibwache verliehen?* Und als Roland dann doch einmal stolperte, brachte Anton Seeschlange in einem glitzernden Wirbel von Schlägen zum Einsatz. Die Menge stöhnte auf und tuschelte aufgeregt. Der Herzog tanzte. Und mittendrin streckte Roland den Fuß aus.

Antons flinke Füße blieben an Rolands schwerem Stahlstiefel hängen, und sein letzter Hieb ging etwas daneben – nicht viel, aber genug. Seeschlange prallte harmlos an der Seite von Roland Turcotts Brustpanzer ab, und Roland ließ den Arm darauf niedersausen und drückte sie gegen seinen Panzer. Er riss Haifischflosse hoch und schlug dreimal in schneller Folge auf Antons Helm. Anton taumelte, doch Roland hielt ihn an der gewellten Klinge seiner Waffe aufrecht, schwang Haifischflosse erneut und hieb Anton die gezackte Klinge in den Arm, zog sie in einer schnellen Bewegung über die schmale Lücke zwischen der Armschiene und dem metallenen Panzerhandschuh, wo nur dünnes Tuch sein Handgelenk schützte. Blut spritzte.

Roland ließ los und trat zurück, in sicherem Abstand – ein

verletztes Tier war immer noch gefährlich. Anton stand inmitten des schockierten Publikums. Er blutete und schüttelte verwirrt den Kopf. Seeschlange hing schlaff in seiner Hand und zeigte ohnmächtig zu Boden.

Neveah brauchte einen Moment, um zu begreifen, dass ihr Gefolgsmann gewonnen hatte. Roland Turcott war am Ende doch eine gute Besetzung gewesen. *Deshalb hab ich's getan!* Er war ein echter Krieger, kein im Palast ausgebildeter Duellant. Er hatte sich seinen Titel ohne Eleganz oder Schnickschnack verdient.

»Soll ich es beenden?«, fragte Roland sie.

Neveahs Ratgeber legte ihr eine Hand auf die Schulter. »Wartet«, sagte er und deutete auf ein Fenster im oberen Stockwerk. Neveah schüttelte seine Hand ab und schaute nach oben. Ein Gesicht spähte zwischen den schweren purpurnen Vorhängen hindurch.

»Hallo, Derek«, rief Neveah. »Soll ich es beenden?«

»Nein!«

»Komm herunter, dann halte ich meinen Mann auf.«

»Ihr werdet mich töten.«

»Hat dein Vater dich auf die Idee gebracht?«

»Nein. Das war ich. Tötet ihn nicht. Bitte!«

Derek weinte unverhohlen, und Tränen tropften auf ihre Pikenträger herab. Neveah starrte ihn an. Sie hatte den grausamen Jungen noch nie weinen sehen. *Dem Burschen liegt also noch etwas anderes am Herzen als nur er selbst.*

»Was soll das heißen, ›das war ich‹? Ich weiß es, aber diese vielen Zeugen hier wissen es nicht. Sag es!«

»Ich habe Euer Essen vergiftet. Ich wollte König werden.«

»Sollen wir ihm einen Pfeil in die Brust schießen?«, flüsterte Namenlos ihr ins Ohr. »Jetzt wäre es legal.«

»Nein. Holt ihn herunter. Sein adeliger Vater hat sein Leben aufs Spiel gesetzt, um den Jungen zu beschützen. Eine standrechtliche Hinrichtung fühlt sich nicht ganz richtig an. Ich habe eine andere Strafe im Sinn, die ihn von der Thronfolge ausschließen wird. Bringt Anton zu seinem Heiler, damit er diesen roten Strom eindämmt. Aber ohne Margots Tür zu beschädigen. Es ist auch nicht ihre Schuld.«

Es war nicht leicht, Anton und Margot zurückzuhalten, aber Namenlos versicherte Neveah, dass der Adelskodex es ihr gestatte, Derek sofort zu bestrafen, weil er vor mindestens drei adeligen und titeltragenden Zeugen ein Geständnis abgelegt hatte. Auch die Wachmänner der Moceris hatten gehört, dass er es zugegeben hatte. Sie traten beiseite und ließen Neveahs Leibwachen ihren ehemaligen Kameraden herausschleifen.

Und dann benutzte Neveah Seeschlange, um ihm die Eier abzuschneiden.

4. Territorium

Caraval

Kapitel 44

Caspar

Caspar und seine verbliebenen Glorreichen humpelten auf zwei müden Pferden und wunden, schwieligen Füßen nach Caraval. Sie wussten, dass sie ihrem Ziel nah waren, als ein warmer Küstenwind den Duft von verbranntem Salz über sie hinwegwehen ließ – *der berühmte Geruch des Äschernen Meeres.* Es roch nach Alter. *Dies ist ein alter Ort.* Caraval war tatsächlich älter als Seeblick. Einst waren es drei getrennte große Städte gewesen, aber sie hatten sich gegen Hyak verbündet und waren zusammengewachsen. Caspar fiel auf, dass Atul Deshmane unruhig wurde – der Soldat war während des Krieges an der Grenze gewesen, aber er war nie so weit vorgedrungen. *Und die Festung der Todfeinde dieses Mannes liegt direkt vor uns.*

»Hier stinkt es«, brummte Deshmane.

Der Soldat ging weiter und führte das Pferd, das Opal sich jetzt mit Tara teilte. Sabine ritt mit Belorian, dessen Gesicht halb in Stoff eingewickelt war, den sie von ihrem Rock abgerissen hatte. Caspar führte die kleine Gruppe an, seine feinen Reitstiefel aus Fairhaven knarzten mit löchrigen Sohlen und getrocknetem Schlamm in jeder Ritze und jedem Stichloch. *Ein Botschafter wäre in einer Golstonkutsche mit Vorhängen aus Spinnenseide in Caraval eingefahren.* Ein Steuereintreiber kam zu Fuß und in ausgetretenen Stiefeln, wie es schien.

Die Drillingsstädte von Caraval waren um das Kap ohne Wiederkehr errichtet worden, eine Landzunge, die ins Äscherne Meer ragte und als inoffizielle seewärtige Demarkationslinie zwischen den Grenzlanden und Hyak diente. Hyak lag gleich gegenüber der umstrittenen Kummerbucht im Süden und der Jägergarnison im Westen, die über Land keine Tagesreise entfernt war. Die Kummerbucht beherbergte angeblich so viele Schiffswracks beider Kriegsparteien, dass ihr gesamter Boden mit einer Schicht aus verrottetem Holz und den Knochen von Seeleuten bedeckt war. Jede der Drillingsstädte war nach einem uralten König oder einer Königin aus dem Grenzland benannt, und in den ruhigen Ecken der Friedhöfe standen noch immer verwitterte Steine mit deren eingemeißelten Abbildern als Erinnerung für Historiker und andere, denen es wichtig war. Aber das gemeine Volk vergaß im Laufe der Zeit seine Herrscher, und die staubigen Namen ihrer verblassten Gesichter wurden nicht mehr verwendet. Stattdessen gaben die Menschen ihren Städten praktische, mündlich überlieferte Namen, die sie besser beschrieben als »Königin Talberts Stadt« oder »Ruperts Bucht.« Die lang gezogene Stadt Hals erstreckte sich von der Kummerbucht über den Ansatz des Kaps ohne Wiederkehr bis zur nordöstlichen Küste. Die Strandstadt Nehrung lag weiter draußen auf dem Kap ohne Wiederkehr, auf drei Seiten dem Meer preisgegeben. Die dritte und berühmteste Stadt lag gar nicht auf der Landzunge, sondern schwamm auf Tausenden massiven Tuftorbaum-Pontons im Äschernen Meer. Sie war unter verschiedenen Namen bekannt – Treibholz, Kahn, die Schwimmende Stadt –, doch die meisten nannten sie einfach Floß. Die Stadt Floß bewegte sich mit den Kriegen oder den Jahreszeiten oder nach den Launen ihres Vorsitzenden: im Sommer geschützt durch das Große Riff auf der Seeseite der Landzunge, im Winter trieb sie in die Kummerbucht hinein, um den harschen Winterstürmen des Äschernen Meeres zu entkommen. Jede Stadt besaß ihren eigenen gewaltigen, befestigten Wall, um sie gegen hyakische Eindringlinge zu schützen und, in der fernen Vergangenheit, voreinander. Nehrungs Sandwall, mit Mörtel festgebacken unter jahrhundertelanger Sonneneinstrahlung, wuchs direkt von ihren goldenen Stränden in die Höhe. Der Wall um Floß herum war notwendigerweise aus Holzstämmen konstruiert – feuerfestes Eisenholz aus den Nordlaufbergen am anderen Ende der Grenzlande. Und zu guter Letzt rühmte Hals sich einer undurchdringlichen Wand aus Stahl, die im Laufe der Zeit immer höher und höher gegossen und poliert worden war wie ein hoch aufragender Spiegel, der nun als brennendes Leuchtfeuer in der Sonne strahlte, als sie sich näherten.

Nicht schmutzig, dachte Caspar und riss ehrfürchtig die Augen auf. Er ließ seine Kompanie auf einem Hügel innehalten, der ihnen einen Ausblick auf alle drei einzigartigen Städte Caravals bot, und sie nahmen sich einen Moment Zeit, das Ganze zu betrachten.

»Götter!«, fluchte Deshmane.

Tara betrachtete die Küste mit geübtem Blick. »Eine undurchdringliche Barriere. Eine sich bewegende Stadt auf dem Meer. Und eine Strandfestung, vor der keine Armee im Sand Fuß fassen kann. Um alles einzunehmen, bräuchte man drei verschiedene Armeen.«

Belorian grunzte durch seine ruinierten Zähne. Es kostete ihn Anstrengung zu reden, aber die unglaubliche Szenerie verlangte einen Kommentar von dem Mann, für den Sprechen das Leben war. »Sie ist nicht … im Verfall begriffen, wie … hyakische Lieder es behaupten.«

Deshmane fasste zusammen, was sie alle dachten. »Wir hätten den Krieg niemals gewonnen.«

»Niemand hätte ihn gewonnen«, bestätigte Caspar. *Meine Tante hatte recht damit, ihn zu beenden.* Ganz gleich, zu welchen Kompromissen, ganz gleich, zu welchen Opfern an Stolz oder Vergeltung.

Da der Krieg vorüber war, waren die turmhohen Fallgitter, die die Tore von Hals bewachten, an Seilen, so dick wie Caspars Oberschenkel, hochgezogen, und ein steter Strom von Wagen floss in die Stadt hinein und aus ihr heraus.

Das Erste, was ihm auffiel, als sie sich der hineinstrebenden Reihe anschlossen, war die Sauberkeit der Stadt. Die stählernen Wände waren poliert. Die Pflastersteine waren gewaschen. Die Dächer waren frei von Moos. *Selbst die Lehmpfade sind gefegt!* Wenn Lasttiere sich erleichterten, kamen Laufjungen aus Hauseingängen herbeigeeilt, um den Kot mit kleinen Schaufeln und Eimern einzusammeln, wobei Tara sie mit ernster Miene vom Hintern ihres Reittieres wegscheuchte.

»Das ist unglaublich«, sagte Sabine zu Knochenstahl. Sie schlang ihm die Arme um die Taille und gab acht, nicht gegen seinen verletzten Kopf zu stoßen. »Ist es nicht umwerfend, Bel? Nicht wahr?«

Sie hat für ihn einen Kosenamen, wann ist das denn passiert? Belorian ergriff fest ihre Hände und nickte, leidend und müde.

Ihre Gruppe wurde von einer jungen Frau mit schwarzbraunem Haar und riesigen grünen Augen begrüßt. *Ein Hundschlund-Mädchen aus dem Lusch.* Sie löste sich aus einer Reihe hübscher junger Menschen verschiedener Herkunft – Mädchen aus dem Lusch, einem Jungen mit aschfahlem Gesicht aus dem Toten Wald, hochgewachsenen Jugendlichen beiderlei Geschlechts aus den Küstenregionen und sogar einem Burschen, der aussah, als käme er aus dem Moor – alle mit weißen Tuniken bekleidet. Einfache Gewänder, aber sauber und gepflegt. *Uniformen,* begriff Caspar. Jeder Mensch und jede Gruppe, die nach Hals kam, wurde persönlich begrüßt. Ihre Begrüßerin präsentierte sich mit einer Verbeugung, hieß sie willkommen und fragte sie in der hyakischen Verkehrssprache nach ihren Namen und Titeln.

Caspar machte Anstalten zu antworten, aber Belorian gab seinem Pferd die Sporen und wedelte mit der Hand, um seinen Kommandanten aufzuhalten. Selbst schwer lädiert und von Schmerzen gepeinigt war er fest entschlossen, seine Arbeit zu verrichten. Der Ausrufer holte mühsam durch seine grün und blau geschlagene Nase Luft.

»Ich präsentiere …« Er keuchte pfeifend, und Sabine klopfte ihm beruhigend auf den Rücken. »… die Glorreichen Sechs.« Belorian deutete mit einem zittrigen Arm auf ihre Gruppe.

Die grünäugige Begrüßerin betrachtete ihre abgehalfterte Schar für einen langen Moment. Caspar drehte sich ebenfalls um und sah hin, und ihm wurde bewusst, was für einen traurig aussehenden Haufen er nach Caraval geschleppt hatte – sie waren zwar zu sechst, aber nicht alle gehörten zu seiner Truppe, und sie wirkten alles andere als glorreich. Er hatte die Hälfte seiner Glorreichen verloren, und die andere Hälfte war zerschunden, staubig, ungepflegt und erschöpft von der Reise. Um dem Ganzen die Krone aufzusetzen, wurden sie von einem Ausrufer mit zerstörtem Gesicht und Reibeisenstimme angekündigt.

»Und was wollt Ihr hier?«, fragte das Mädchen Belorian zweifelnd.

»Wir treiben Steuern für … die gottverdammte … Krone ein.«

Die Vorsitzende von Hals gewährte ihnen nicht sofort eine Audienz. Es gab ein Protokoll zu beachten, ein Verfahren und eine Wartezeit. Ihre eigene Mission zu erklären und die Anforderungen ihrer Gastgeber für ein Treffen mit dem Vorstand zu verstehen, war in einer fremden Sprache schwierig und frustrierend, und Caspar vermisste Heath schmerzlich. Als sie sich endlich mit der Hilfe ihrer Begrüßer durch die zwitschernde Sprache von Hals gekämpft hatten, entdeckten sie, dass die Wartezeit für ein Treffen mit der Vorsitzenden Maribel zwei Tage betragen würde. Dafür hatte Caspar keine Zeit. Stattdessen würde er zuerst nach Nehrung gehen, beschloss er, nach einer gekochten Mahlzeit und einem richtigen Bad.

Ein heißes, parfümiertes Bad war eine kurze Verzögerung wert, ein willkommener Luxus nach der langen Reise, auf der sie nur einen kalten Teich gehabt hatten, um den Dreck abzuspülen. *Und das Blut.* Er kleidete sich ungeniert aus. Nach allem, was er durchgemacht hatte, spielte es keine Rolle, dass ein paar Mädchen aus Hals ihn mit Schwämmen wuschen. Tatsächlich fühlten sich weibliche Hände gut auf seinem nackten Leib an, und während er sich in der besänftigenden Wärme entspannte, ertappte er sich dabei, dass er sich Lady Opals Hände vorstellte. Ihr intimer Augenblick auf der Lichtung von Breitstätt ging ihm immer noch durch den Kopf, unterbrach seine Gedanken, störte ihn bei seiner Arbeit und schob Erinnerungen an ihre Kämpfe und sein Unvermögen auf die denkbar schönste Weise beiseite. Die Lady aus Dortch war ihm ein Rätsel. Sie kam ihm vertraut vor, aber gleichzeitig anders als andere adelige Frauen. Sie sprach und benahm sich wie eine junge vornehme Dame aus Seeblick, aber sie war mehr als bloß vornehm und kam ihm erwachsener vor, als ihr Alter es vermuten ließ – eine seltsame Art von Reife. Außerdem hatte sie etwas Ungeschliffenes, einen Biss, der aus verborgenen Tiefen unter ihrem abgeschnittenen Haar und den billigen Kleidern kam, als wäre sie über den Palast hinaus erfahren. Er hörte es gelegentlich in ihrer Stimme – einen Akzent, der kein Akzent war, sondern eine pragmatische, sogar herbe Ausdrucksweise. *Vielleicht verbringen Adelige in Dortch mehr Zeit mit dem gemeinen Volk.* Sie war exotisch und hatte einen starken Willen, der wirkte, als wäre er von schweren Erfahrungen geschmiedet worden. Kein verweichlichtes Palastmädchen – und doch verfügte sie über die gleichen höflichen Umgangsformen. *Das Beste beider Welten.* Ihr stand eine Leibwache aus Seeblick zur Verfügung, ein berühmter Krieger, den Caspar viele Male durch die Hallen des Fischpalastes hatte stolzieren sehen, doch sie schien ihn nicht zu brauchen. Tatsächlich schien ihr Beschützer sich mehr vor der Welt zu fürchten als sie. *Er ist vor der Schlacht davongelaufen.* Etwas Schändliches unter den meisten Umständen – Riid hatte das auf jeden Fall gedacht. Aber es war Atuls Aufgabe, um seines adeligen Schützlings willen vorsichtig zu sein, rief Caspar sich ins Gedächtnis. Und den Göttern sei gedankt, dass er es war, denn nun war sie hier, in Sicherheit und wunderschön. *Und heiratsfähig.* Er stellte sich Opal in einem üppig verzierten Kleid vor, und dann wurde ihm bewusst, dass er sie in einem schlichten Gewand bevorzugte, und so stellte er sie sich stattdessen in einem schlichten Kleid vor. Es war sein Vorschlag gewesen, dass sie sich küssten – und er war stolz auf sein kühnes Selbstbewusstsein –, aber danach hatte sie das Kommando übernommen. Sie hatte als Erste ihre Lippen auf seine gesenkt und ihn mit einer gewissen Wildheit geküsst. Sie wusste, was sie wollte – ihn –, und sie hatte ihn verschlungen wie ein hungriges Tier. *Wenn wir nur ganz allein gewesen wären.* Götter, er konnte es gar nicht erwarten, sie noch einmal zu küssen.

»Wollt Ihr, dass wir uns für Euch um diesen Schildkrötenkopf da kümmern?«, fragte eins seiner Schwammmädchen ganz sachlich.

Caspar riss sich aus seinem Wachtraum. Sie zeigte in die Stahlwanne hinein, wo sein nacktes Anhängsel sich aufgerichtet hatte, um knapp über der Wasseroberfläche hervorzulugen … wie ein Schildkrötenkopf.

»Nein, danke«, sagte er dümmlich. »Ich … ähm … kümmere mich selbst darum.«

Caspar traf sich mit Tara in einem der fünf Stahltürme, aus dem sie einen Ausblick über die ganze Stadt hatten. Sie zählte Kais und Schiffe im Hafen. Sie konnten Wagen auf dem Markt erkennen und identifizierte selbst auf die Entfernung mit überraschender Genauigkeit ihre Waren. Sie einigten sich auf eine Summe, und Caspar beschloss, sie der Vorsitzenden Maribel zu übermitteln, bevor sie Hals verließen, um nach Nehrung und Floß zu reisen. Die Vorsitzende konnte die Summe mit ihren Buchhaltern besprechen, während die Glorreichen ihre beiden anderen Besuche erledigten, und sie würde ihr Siegel daruntersetzen, wenn sie damit einverstanden war. Es ärgerte Caspar, dass Chloe Maribel ihn nicht empfangen wollte. Vielleicht lag es an einem Unterschied in den Gebräuchen des Grenzlandes oder es war ein Versehen oder es war bewusst unhöflich. *Menschen hassen Steuereintreiber,* rief er sich ins Gedächtnis. Eines war jedoch klar – obwohl er ein titeltragender Adeliger war und der verlängerte Arm der Königin, war er nicht so wichtig, wie er gedacht hatte.

Als er die Summe einem Läufer übermittelt hatte, riefen sie ihre Begrüßer herbei und wurden vom Turm in die Vorhalle geleitet, die nach Nehrung führte.

Die Glorreichen waren um ihre Gastgeber herum versammelt, alle gewaschen und so ordentlich gekleidet wie die stählerne Stadt selbst. Sogar in sauberem Zustand sah Sabine immer noch irgendwie aus wie ein Sumpfmädchen, ihr feuchtes, strähniges Haar erinnerte an Moorgras, das sich auf dem Grund der tiefen Sümpfe kringelte. Belorian war von einem Heiler versorgt worden, seine Schmerzen mit einer Mischung aus Salben und besänftigendem Blattrauch unter Kontrolle gebracht, aber er konnte noch immer nur mit großer Mühe sprechen. Die Schwellungen waren ein wenig abgeklungen, aber sein ehemals hübsches Gesicht war lädiert und schief. *Und so wird es für immer bleiben.* Atul und Lady Opal erschienen in der Begleitung eines sehr hübschen jungen Mannes, mit dem Opal lachte und übertrieben vertrauliches Schulterklopfen tauschte. Caspar ging zu ihr.

»Euer Begrüßer hat silbernes Haar«, sagte er.

Opal lächelte. »Stahlhaar nennen sie es. Ist es nicht zauberhaft? Sein Halsname ist Bin.«

»Halsname?«

»Ein Name, den die Halser ihm gegeben haben, als man ihn hergebracht hat.«

»Er sieht tatsächlich außergewöhnlich aus, wenn einem so etwas gefällt. Aber ich kann seine Herkunft nicht einordnen. Woher kommt er?«

»Aus Himmelwärts.«

»Himmelwärts?« Die Erwähnung des beinahe mythischen Ortes ließ Caspar frösteln. »Aber die Bewohner von Himmelwärts kommen doch nie vom Gipfel der Nordlaufberge herunter.«

»Dieser hat es getan. Oder sie sind den Berg hinaufgegangen, um ihn zu holen. Die Halser haben eine Vorliebe für Stahlhaar.«

Um ihn zu holen? Das war eine seltsame Bemerkung, aber Caspar hakte nicht weiter nach. Er wollte Opal einfach nur weghaben von dem liebreizenden Knaben. Der Junge trug eine Tunika, also war er kein Adeliger, und doch schien sie sich gut mit ihm zu verstehen. *Hatte eine Verbindung.*

»Die Vorsitzende hier war noch nicht für uns bereit«, bemerkte Caspar. »Jetzt brechen wir erst einmal auf, um bei dem Vorsitzenden von Nehrung um eine Audienz zu bitten und kehren dann zurück, um unsere Aufgabe hier abzuschließen.«

Da tat Opal etwas Seltsames. Sie drehte sich um und umarmte Bin. Als sie sich von ihm löste, waren ihre Augen feucht und traurig. Caspars Herz schlug einen Purzelbaum. *Wird sie diesen Jungen nach nur einem einzigen Tag zusammen vermissen?* Er fragte sich, ob Bin, der stahlhaarige Junge, sie gebadet hatte.

»Wollt Ihr lieber hierbleiben, Lady?«, fragte Caspar, obwohl ihm vor der Antwort graute. »Meine Mission ist nicht die Eure.«

»Nein«, sagte sie. »Ich will Euch begleiten.«

Und dann umarmte sie auch Caspar. Es war alles sehr verwirrend.

Der Vorsitzende von Nehrung empfing sie, aber er empfing auch jeden anderen. Es gab keine Eskorten in Nehrung. Es war auch nicht sauber oder fein. Innerhalb der Sandsteinmauern der Strandstadt herrschte quirliges Leben, die Straßen waren laut und chaotisch. Statt höflicher Begrüßer brüllten Straßenverkäufer Caspar und seine Glorreichen an und warfen Kostproben ihrer Waren nach ihnen, sodass ihnen nichts anderes übrig blieb, als sie aufzufangen und sie entweder zu kaufen oder zu dem jeweiligen Wagen zurückzubringen, wo der Kaufmann dann die Gelegenheit nutzte, ihre Vorzüge schwärmend anzupreisen. Niemand trug eine Uniform. Vielmehr trugen die Menschen Stoffe in allen Farben und Beschaffenheiten, Federn, Umhänge, Tücher und bunte Hüte zusammen mit Parfüms, die ohne klaren Sieger gegen die vielen Körpergerüche ankämpften. Es war, als wären seine Glorreichen aus einem feierlichen, stahlummantelten Tempel getreten und auf einen Strandjahrmarkt geraten. Wachmänner mischten sich unter das gemeine Volk und waren gelegentlich betrunken. Tierkot wurde nicht eifrig von Laufjungen aufgelesen, stattdessen tanzten die sich wiegenden Mengen darum herum oder traten einfach hinein. Auch außerhalb der Stadtmauer ließen die Bewohner von Nehrung ihren Müll einfach in den Sand fallen und lümmelten sich unter flatternden Planen oder kochten geruchsintensive Fische in Sandgruben. Die Schreie der Möwen, wenn sie weggeworfene Nahrung entdeckten, und der Klang von menschlichem Gelächter waren einander so ähnlich, dass Caspar sie kaum voneinander unterscheiden konnte. Es war ein lebendiger Ort. *Ein glücklicher Ort.*

Der Vorsitzende von Nehrung saß auf dem Sandsteinthron auf einem leuchtend gelben Kissen, umringt von einem Mischmasch aus Adeligen und Bürgerlichen, von denen einige Schwerter trugen und andere aussahen wie Kaufleute oder politische Mitläufer. Kein Ausrufer kündigte Caspars Gruppe an, als sie in den Außenhof traten, der auf den Strand und das Meer hinausging. Die Meute von Menschen, die eine Audienz suchten, zwängte sich einfach in den Hof und versuchte brüllend, die Aufmerksamkeit ihres Herrschers auf sich zu ziehen, während dieser den Blick über sie hinweggleiten ließ und die Hand ausstreckte, um den Lautesten oder den Leisesten auszuwählen oder irgendeinen anderen, was scheinbar willkürlich geschah. Caspar konnte die Aufmerksamkeit des Vorsitzenden nicht auf sich lenken, und so bat er Atul Deshmane, die Hand hoch über die Menge zu erheben. Es funktionierte. Der Vorsitzende zeigte auf Deshmanes riesige Hand, und der Soldat pflügte durch die Menge, schob kleinere Männer beiseite und schleppte den Rest der Glorreichen in seinem Kielwasser hinter sich her. Sie quollen aus dem Gedränge auf die Stufen des Podestes, und Belorian trat vor und kündigte sie an, wenn auch unter dem Knirschen seiner abgebrochenen Zähne. Es war immer noch eine große Anstrengung für den verletzten Ausrufer, und einige in der Menge verspotteten ihn, aber er weigerte sich, seine Pflicht zu vernachlässigen oder seinen Posten aufzugeben. Caspar bewunderte seinen Eifer und hasste die Menge für ihren Spott. In seiner Fantasie schickte er Deshmane aus, die Zwischenrufer herbeizuschleppen und sie zu zwingen, vor der Menge zu sprechen. *Geringere Männer schmähen jene, die kühn genug sind, ein Versagen zu riskieren; sie rechtfertigen ihre eigene Feigheit, indem sie die Mutigen verspotten.*

»Seid gegrüßt, Vorsitzender«, begann Belorian, während ihm ein Speichelfaden aus dem Mundwinkel mit der eingerissenen Lippe rann. Er wischte ihn weg und fuhr mit krächzender Stimme fort. »Ich kündige an und präsentiere Euch … Caspar Klein … Zollmeister … für diese Grenzlande … aus dem Königreich Hyak … Kommandant der … Glorreichen Sechs … die Steuern für die Krone eintreiben.«

Belorian brauchte lange, um all die Worte herauszubringen, und Caspar klopfte seinem Ausrufer ermutigend auf den Rücken. »Ich bin stolz auf dich«, flüsterte er, als er neben Knochenstahl trat, um das Wort an den Vorsitzenden zu richten. Belorian zuckte zusammen – das Lächeln bereitete ihm Schmerzen.

Der Vorsitzende war ein gut genährter Mann mit Namen Nachunk Godo. Er saß in der Sonne und fächelte sich Luft zu, seine dicken, nackten Zehen im Sand. Der dreimal gewählte Vorsitzende von Nehrung, im Hauptberuf Honigweinhändler, hatte angeblich einen Gutteil seiner Stimmen mit Honigwein-Geld erkauft. Aber ein gewählter Vorsitzender saß auf rutschigem Sand, und er musste mit seinem Volk geschickt umgehen, wenn es sich nicht gegen ihn wenden sollte. Kein Geld der Welt konnte ihm seinen Sitz erhalten, wenn die Gemeinen das Vertrauen in ihn verloren.

Ich muss achtgeben, dass ich ihn nicht blamiere, dachte Caspar.

»Sechs?«, fragte der Vorsitzende Godo. »Ich habe gehört, die Glorreichen ›Sechs‹ seien ein ehrfurchtgebietender Haufen. Aber Ihr …« Er kicherte, und die Menge kicherte mit ihm. »Nicht so glorreich, wie mir scheint. Ich bezweifle, dass Neveah einem Knaben einen Titel verliehen hat, ihm eine Erbsenzählerin und eine einzige Wache mitgegeben und ihn dann losgeschickt hat, sich in feindlichen Gebieten von einem hässlichen Ausrufer mit mieser Stimme als Raffzahn ankündigen zu lassen. Und ich habe keine Ahnung, wer diese beiden Mädchen da sein sollen, aber glorreich sind sie nicht.«

»Ich versichere Euch, dass wir das Siegel der Königin haben, Vorsitzender.« Caspar wühlte in seinem Beutel und förderte seinen ramponierten Ernennungsbrief mit den Sumpfwasserflecken darauf zutage.

Godo rückte sein üppiges Hinterteil auf dem Sandsteinthron zurecht, stand aber nicht auf. Er gab einem Diener ein Zeichen. »Bring mir den Brief.«

Ein magerer Diener huschte wie ein Insekt die Stufen hinunter, schnappte sich den Brief und eilte dann zu Godo zurück, der einen flüchtigen Blick darauf warf. »Ah, hmmm, na schön, es scheint doch alles in Ordnung zu sein. Also gut, Kommandant Klein von den elenden Vier. Ihr seid, wer Ihr zu sein vorgebt, wie es scheint, und wir werden Euch mit der vorgeschriebenen Höflichkeit empfangen. Wie geht es Eurer Tante? Immer noch kinderlos, höre ich.«

»Sie hat nicht wieder geheiratet.«

»Richtig. Natürlich. Also, kein Kind.« Er wartete, und als Caspar nichts weiter hinzufügte, senkte er die Stimme. »Erwähnt sie mich?«

»Nein«, antwortete Caspar, aber dann sah er, dass Godos Mundwinkel leicht nach unten rutschten. »Ich habe sie allerdings sagen hören, dass einer von Caravals Vorsitzenden ihr Favorit sei, aber ich wusste nicht, welchen sie meinte.«

Der fette Vorsitzende von Nehrung strahlte. »Das wäre dann wohl ich«, sagte Godo. »Sie würde das auf keinen Fall über Maribel sagen oder über den Vorsitzenden von Floß. Ah, Neveah. Sie und ich verstehen einander. Ihr seid ein guter Junge, und ich werde einen Floßler schicken, um dem Vorsitzenden dort zu sagen, dass er Euch mit dem Respekt begrüßen soll, der Eurem Titel gebührt.«

Ich habe ihn glücklich gemacht. »Ich danke Euch, aber erlaubt mir, zuerst meine Pflicht zu erfüllen, Vorsitzender. Wie mein mutiger Ausrufer bereits sagte, sind wir hier, um Steuern für die Krone einzutreiben.«

»Oh, Geld gebe ich Euch keins.«

Caspar runzelte die Stirn. Er war müde, er war zerschunden. Aber vor allem war er zornig. »Ehrenwerter Vorsitzender, ich habe meine brave Truppe über Hügel, durch Sümpfe, Seen und Dickichte geschleift, um hierherzugelangen. Ich habe die Hälfte von ihnen verloren. Wir sind aufgrund des Bündnisvertrages hier, den Ihr mit meiner Königin unterzeichnet habt. Weigert Ihr Euch, den Tribut zu zahlen, dem Ihr zugestimmt habt?«

»Nein. Aber Eure königliche Tante hat eine andere Gruppe von Steuereintreibern per Schiff hierhergeschickt. Sie sind vor drei Tagen eingetroffen.«

»Eine andere …?«

»Ihr seht verwirrt aus, mein braver Junge. Lasst es mich einfach ausdrücken: Caraval hat bereits bezahlt.«

Kapitel 45

Caspar

Sie konnten das hyakische Schiff, die Schwarze Närrin, erkennen, die bei Floß vor Anker lag, als sie näher kamen. Caspar kannte das Schiff – die Närrin fuhr unter der Flagge der Moceris. Mit ihren doppelten schwarz-weißen Rümpfen und den karierten Segeln glich sie ihrer Namensgeberin, besonders dann, wenn sie auf den Wellen schaukelte und zuerst einen Schwimmkörper und dann den anderen wie ein schreitender Mime auf Stelzen aus dem Wasser hob. Sie war ein komisch aussehendes Boot, aber schnell. Mortimer Dane war ihr Kapitän, ein Mann, der für seine seemännischen Schwüre bekannt war. Dane schwor, gute Menschen auf den Wellen zu beschützen und den Seemannskodex zu achten, bei dem es sich um einen flexiblen Satz mündlicher Regeln handelte, die von Schiff zu Schiff und von Hafen zu Hafen variierten und sich mit jeder Wiedergabe veränderten, je nach den Erfordernissen der Situation. Der erste Teil des Schwurs war der, der zählte.

Ich will einfach nur sicher nach Hause kommen.

Die Passagierbarke von Nehrung nach Floß schaukelte auf den Wellen. Sabine stand an der Reling, klammerte sich daran fest und starrte aufs Meer hinaus, ihre Augen groß und ihr Mund offen. »Wie weit geht das?«

Belorian stand neben ihr, während sie zum ersten Mal im Leben über das weite Meer blickte. »Es ist endlos, Liebes.«

Er lächelte, und der Schorf an seinen schiefen Lippen spannte sich, bis er Risse bekam und blutete. Seine Hand lag auf Sabines Schulter. *Nicht auf ihrem Hintern.* Seine Zuneigung war die eines älteren Bruders, nicht die eines lüsternen älteren Liebhabers. Es war süß und fürsorglich – ein Gefühl, das, wie Caspar begriff, Belorian noch nie erlebt hatte. Im Gegenzug schien das Mädchen aus dem Moor ihn um seiner Gesellschaft willen zu mögen, nicht wegen seiner honigsüßen Stimme oder seines ehemals hübschen Gesichts. Sie mochte ihn sogar trotz seiner neuen Hässlichkeit. Ihr Interesse an ihm war echt und reichte tiefer als einfaches Hingezogensein, was nicht ohne Grund als eine vorübergehende und zufällige Angelegenheit galt. Sie bewunderte ihn. *Und sie füllt eine Leerstelle in seinem Leben aus.* Sabine war schwatzhaft wie er. Sie sprach schnell und oft, und manchmal sprach sie für Belorian, wenn es für ihn mit seinem zerstörten Mund zu qualvoll war und wenn sie wusste, was er sagen wollte. Und er nickte dann oder drückte sie sanft. *Sie harmonieren gut.*

Caspar drehte sich um. Lady Opal stand neben ihm und beobachtete, wie die schwimmende Inselstadt Floß immer näher kam. Er wollte nach ihrer Hand greifen, aber als sie ihn ertappte, zog er den Arm zurück.

»Was macht Ihr da?«, fragte sie.

»Nichts«, antwortete Caspar. Sie hatten sich geküsst, daher fragte er sich, warum es sich so riskant anfühlte, sie abermals zu berühren. *Was ist, wenn sie meine Hand jetzt abschüttelt, da wir nicht mehr allein auf einer Wiese stehen?* Nach seiner Demütigung vor dem Vorsitzenden von Nehrung hatte sie vielleicht ihre Meinung über ihn geändert. Oder nach dem Bad mit Bin, dem stahlhaarigen Jungen aus Himmelwärts. Sie war eine fremdländische Dame, und er kannte ihre Familie nicht, vielleicht hielten sie ihn für eine schlechte Partie. »Eine Zangenwespe hat Euren Arm umkreist«, flunkerte er. »Ich wollte sie verscheuchen, aber sie ist von allein weggeflogen.«

»Oh.« Sie klang enttäuscht. »Ich dachte, Ihr wolltet meine Hand nehmen. Oder wollt Ihr mich nur berühren, wenn wir allein auf einer Wiese stehen?«

Wir denken gleich! »Tatsächlich wollte ich Eure Hand nehmen.«

»Da war gar keine Wespe?«

»Nein.«

»Dann seid Ihr ein Lügner? Wie kann ich einem Mann vertrauen, der eine Dame belügt?«

Caspar sah sich um und hatte das Gefühl, in der Falle zu sitzen, bis er ihr Grinsen bemerkte. Sie führte ihn an der Nase herum. »Ha! Ich gelobe, Euch nie wieder zu belügen, zumindest nicht bei etwas Wichtigem. Und was ist mit Euch?«

Sie zögerte. »Was soll mit mir sein?«

»Gelobt Ihr das ebenfalls?«

»Ich … ähm, gelobe, so ehrlich zu sein, wie ich es sein kann.«

Es war ein seltsames Gelöbnis, aber schließlich stammte sie aus Dortch. »Ich akzeptiere Euer Gelöbnis.«

»Und ich akzeptiere das Eure«, sagte sie.

»Nachdem wir die Sache mit meiner Wespenausrede geklärt haben, darf ich Eure Hand halten, Lady?«

Sie lächelte und streckte die Hand aus. Sie war schwielig, bemerkte er. Diese Dame war kein zartes Palastmädchen. In der Tat, an ihr war keinerlei Tand. Sie war ein praktischer Mensch. *Eine gute Frau.*

Er griff nach ihrer Hand, nur um erleben zu müssen, dass sie sie ihm entriss.

»Bei den Eiern der Götter!« Lady Opal fluchte wie ein Hafenarbeiter und sprang an die Reling der Barke, als sie sich der Mündung des schwimmenden Hafens von Floß näherten.

Caspar schaute auf seine leere Hand hinab und dann zu Lady Opal auf. Sie lächelte nicht mehr. »Was habe ich getan?«

»Gar nichts.«

»Was ist es dann?«

»Das Schiff dort – das mit der Reihe kleiner Löcher an der Seite direkt über der Wasserlinie.«

Sie starrte auf einen nichtssagenden Frachter. Er lag tief im Wasser – immer noch beladen –, und er hatte die Flagge von Hals gehisst.

»Ich sehe nichts Besonderes daran.«

»Natürlich seht Ihr es nicht. Ihr seid ein verwöhnter Palastjunge. Ihr habt auch nicht gesehen, als unsere Diener in Hals Scheiße geschaufelt haben und dass sie von überall aus den Grenzgebieten und aus Hyak stammten.«

Caspar verstand ihre Beleidigung nicht, sie war ebenfalls eine in einem Palast aufgewachsene Adelige. »Was habe ich nicht gesehen?«

»Die Kotsammler auf der Straße. Die uniformierten Kinder. Diesen armen Jungen, Bin, mit dem stählernen Haar, der bereit war, jeder meiner Launen nachzugeben.«

Caspar schluckte hörbar und stellte sich vor, wie Bin Opals Launen nachgab. »Ihr meint den, den Ihr umarmt habt?«

»Aus Mitleid. Weil er aus Himmelwärts gestohlen wurde, mein unwissender Lord. Er ist ein Sklave.«

»Oh!« Caspar erinnerte sich an Synges Beschreibung von Hals – einer ehemaligen Sklavenstadt, die ihre Ansichten nicht geändert hatte, sondern nur ihren Ruf. Die Kotsammler, die die Straßen sauber hielten, und die Begrüßer waren keine Laufburschen oder Dienstmädchen, die niedere, aber ehrliche

Arbeit leisteten. *Sie sind Gefangene.* Die Mädchen, die ihn gebadet und ihm angeboten hatten, seinen Schildkrötenkopf zu streicheln, waren keine erregten jungen Frauen, die es kaum erwarten konnten, einem vornehmen Jungen zu dienen – sie waren versklavte Huren. Plötzlich fühlte er sich durch sein Bad beschmutzt statt gereinigt. »Und das Schiff? Was ist damit?«

»Es ist ein Sklavenschiff voller Straßenkinder aus …« Opals Stimme verlor sich.

»Woher wisst Ihr das?«

Sie dachte angestrengt nach, versuchte vielleicht, sich zu erinnern, rang vielleicht mit sich, ob sie es ihm erzählen sollte oder nicht. Er hatte das Gefühl, ihr beim Denken zusehen zu können. Es war faszinierend. Ihre Augen musterten ihn forschend, taxierten ihn, während sie versuchte zu entscheiden, ob sie ihm vertrauen und was sie ihm erzählen wollte.

»Weil ich es in Dortch gesehen habe«, antwortete sie schließlich. »Und es hat Kinder aus Seeblick an Bord.«

»Aus Seeblick! Seid Ihr Euch sicher?«

»Deshmane kann bestätigen, dass man Straßenkinder aus Seeblick nach Dortch geschickt hat. Und ich weiß, dass sie auf dieses Schiff verfrachtet worden sind. Das ist der Grund, warum ich mit der Leibwache in den Norden gekommen bin. Es ist meine geheime Mission, diese Sklavenhändler daran zu hindern, ihre Ladung armer hyakischer Kinder an Hals auszuliefern. Werdet Ihr mir helfen?«

Caspar sprach, ohne nachzudenken. »Ja.«

»Und werdet Ihr geloben, mir zu helfen, der abscheulichen Person, die sie verkauft hat, Gerechtigkeit widerfahren zu lassen?«

»Natürlich. Ich gelobe es.«

Die Worte waren ihm kaum über die Lippen gekommen, als

Caspar klar wurde, dass er sich zu einer beträchtlichen Aufgabe verpflichtet hatte. Er ging es in Gedanken noch einmal durch: es war das Richtige, aber es kam ziemlich plötzlich und war sehr kompliziert. Sklaverei war in Hyak illegal und geächtet. Dass sie in den Grenzlanden praktiziert wurde, hatte die Bündnisverhandlungen erheblich erschwert. Hyak konnte die Verwendung von Sklaven, wie es in Hals üblich war, nicht gutheißen, und Hals wollte die Sklaverei eindeutig nicht aufgeben. Am Ende war die Sklaverei in den Bündnisdokumenten nicht erwähnt worden, und die großen Städte hatten unterzeichnet, ohne dass diesbezüglich irgendwelche Bedingungen gestellt worden waren. Caspar staunte über Opals Integrität – sie hatte eine gefährliche Reise von ihrer Heimat in Dortch aus riskiert und war über den Tiefpass und durch das Dickicht in den Norden gekommen, um Straßenkindern aus Seeblick zu helfen. *Das ist nicht mal ihr eigenes Volk!* Sie war ein anständiger und prinzipientreuer Mensch, mehr als jeder Botschafter oder Steuereintreiber, und Caspar empfand Demut vor ihrer Güte. *Sie ist wirklich eine noble Seele.*

Opal nahm schließlich mit ihren schwieligen Fingern seine Hand und drückte sie. Ihr Griff war fest und entschlossen – oder aber verzweifelt und ängstlich. Es war schwer zu erkennen. Vielleicht war es all dies zugleich. Caspar fragte sich, ob er zu viel versprochen hatte. Er war fertig mit dem Steuereintreiben, diese Mission war erfüllt. Einem Sklavenhändler ins Handwerk zu pfuschen war eine neue und gefährliche Aufgabe. Aber andererseits war er ein titeltragender hyakischer Adeliger. *Und verwandt mit der Königin selbst!* Godo hatte versprochen, bei dem Vorsitzenden von Floß ein gutes Wort einzulegen. Das war der richtige Weg – das Vertrauen des Vorsitzenden von Floß zu erringen, während das Schiff noch im Hafen lag. Er atmete tief ein und ließ sich von der Meeresbrise kühlen, während der Geruch des Äschernen Meeres nach Verbranntem seine Lunge füllte – ein seltsames Nebeneinander. Es trug zur Beruhigung seiner Nerven bei, dass die starke Adelige an seiner Seite fest seine Hand hielt.

Die Barke legte in der Nähe der Schwarzen Närrin an, die weder schwarz noch in irgendeiner Form witzig war. Sie war jedoch vertraut und vermittelte Caspar das Gefühl, bereits halb zu Hause zu sein. Er brauchte nur noch an den Vorsitzenden von Floß zu appellieren, das Sklavenschiff von seiner menschlichen Ladung zu befreien, dann konnte er auf der Närrin nach Seeblick zurücksegeln. Besser noch, er konnte als Held zurückkehren, weil er Seeblicks gerettete Kinder zurückbrachte.

Tara trug eigenhändig den Beutel voller klingender Münzen von der Barke, und Deshmane ging neben ihr her, seine gewaltige Hand auf dem Griff seines Schwerts. Es wäre eine Tragödie, so weit gekommen zu sein und dann sämtliche Früchte ihrer Arbeit an einen einfachen städtischen Beutelschneider zu verlieren, bevor sie das Geld abliefern konnten – die Glorreichen würden die Steuern an die steuereintreibenden Neuankömmlinge übergeben, und damit wäre der Fall erledigt, beschloss Caspar. Der neue Zollmeister konnte das Geld zählen und Caspar ein Siegel geben, um ihn und seine letzten verbliebenen Glorreichen von ihrer Dienstreise durch die Grenzlande zu entbinden. *Erledigt.* Der Traum, seiner Tante persönlich einen Sack mit Gold auszuhändigen, hatte seinen Glanz für ihn längst verloren. Der Sack war mit Pferdekot beschmutzt und sein Inhalt nicht einmal so viel wert wie die Einnahmen aus Caraval, die von der neuen Gruppe eingesammelt worden waren. *Sollen sie doch die Drams der Krone von hier bis nach Seeblick mit ihrem eigenen Leben bewachen.*

Kapitel 46

Opal

Opal pflückte rote Maibachtrauben von dem silbernen Tablett in ihrem Zimmer und steckte sie sich in den Mund. Der Saft platzte heraus, als sie zubiss, und nichts hatte je so süß geschmeckt. Der zum Wasser gelegene Raum bot einen Blick auf ein Riff, wo sie leuchtend rote und gelbe Fische unter der Oberfläche schwimmen sah – eine wässrige Version der wunderschönen Blumenwiese in Breitstätt. *Ganz anders als das grimmige und abweisende Arrogante Meer.* Die Spinnenseidenvorhänge fühlten sich an ihren rauen Fingern wie Wolken an. Sie hatte schon einmal in einem Palast gestanden, aber nur als Dienerin. Es fühlte sich anders an, wenn der Palast da war, um ihr zu dienen, und nicht andersherum. *Ich bin eine Dame.* Natürlich war sie keine, aber Atul hatte sie nicht verraten, und Lord Klein war blind für ihre einfache Herkunft. Er küsste sie viel zu gern, um es zu bemerken. Sie lächelte. Sie küsste ihn ebenfalls gern. Tatsächlich war es geradezu explosiv gewesen, als ihre Lippen sich das erste Mal auf der Wiese berührt hatten. Sie hatte gedacht, dass sie nur Theater spielte, aber dann war in ihr ein mächtiges Begehren erwacht – *ein Verlangen* –, und sie hätte den armen jungen Edelmann beinahe erstickt. Sie war sich immer noch nicht ganz sicher, was da in sie gefahren war.

Sie waren in der schwimmenden Stadt herzlich empfangen

worden, dank Godo, der sie hatte ankündigen lassen. Sie, Lord Klein und Tara Shnorhavorian hatten feine Quartiere bekommen, ihrem vornehmen Stand entsprechend. In einer Stadt wie eine Adelige behandelt zu werden, war etwas anderes, als eine Adelige auf der Landstraße zu sein, wo sie wie alle anderen Staub geschluckt und verschwitzte Tuniken getragen hatte. *Jetzt erlebe ich es unmittelbar.* Ihr geliebter Kommandant – *Caspar* – traf sich mit dem Vorsitzenden von Floß und arbeitete daran, die elenden Straßenkinder aus Opals früherem Leben zu retten. Ein guter Mann. *Und hübsch.* Sie wagte es nicht, Tagträumen von einer Heirat mit ihm nachzuhängen, aber bei der Vorstellung, dass Caspar Klein sie in diesem eleganten Raum aufsuchte, wurde ihr ganz warm. Sie stellte sich vor, ihn mit Blick auf das Meer zu küssen. *Und dann in dem federweichen Bett.* Ein unrühmlicher Gedanke, aber sie wusste von dem Klatsch im Fischpalast, dass es nicht unter der Würde adeliger Mädchen war, Jungen in ihre Schlafgemächer zu schmuggeln, ganz gleich, wie fest ihre Korsetts in der Öffentlichkeit geschnürt waren. Ihre Reise war schwierig gewesen, aber der Lohn überstieg ihre wildesten Fantasien, und der Duft von warmem Brot und würzigem Käse neben den Weintrauben bestätigte ihr, dass es nicht alles nur ein schlaftrunkener Traum war. Ebenso der weiche Stoff des wunderschönen Kleides, das ihre Gastgeber ihr zur Verfügung gestellt hatten. Der Geschmack der Trauben. Die bunten Fische. Das langsame, rhythmische Plätschern der Wellen. Ihre fünf Sinne waren alle hellwach.

Mein Leben ist gut.

Als es an der Tür klopfte, kribbelte es ihr bis in die Zehenspitzen, und ihr Herz schlug höher. *Er ist es!*

Opal strich das dunkelgrüne Kleid aus Floß glatt und schaute in den Spiegel. Ein Dienstmädchen hatte ihr kurzes Haar gebürstet und es ordentlich geschnitten, wo es ungleichmäßig nachgewachsen war. *Sauber und frisiert.* Sie richtete sich auf, stolzierte mit hocherhobenem Kopf zur Tür und riss sie auf.

Es war tatsächlich Lord Klein. Aber mit zwei anderen Personen.

»Ah, Lady Opal«, begrüßte Caspar sie. »Ich habe eine Überraschung. Bevor ich in die Gemächer des Vorsitzenden gelangen konnte, bin ich auf ein paar Freunde gestoßen, die unerwartet hierher nach Caraval gereist sind, und sie haben uns viel zu erzählen.«

Ein junger Mann und eine Frau standen hinter Caspar und musterten Opal über seine Schulter hinweg.

»Lady Opal von Dortch«, verkündete Caspar, »ich möchte Euch Lady Fanta Trypoli aus Seeblick vorstellen, außerdem meinen ehemaligen persönlichen Leibdiener, Pavin Yuronen.«

Scheiße!

Opal wollte ihm die Tür vor der Nase zuschlagen, aber es war zu spät – Fanta Trypoli ergriff bereits das Wort.

»Ihr seid also die Lady, von der Caspar die ganze Zeit gesprochen hat.« Fanta spähte durch die Tür zu Opal herein. »Ihr kommt mir bekannt vor.«

»Sehr«, sagte Pavin. Es war sein einziges Wort zu der Angelegenheit, aber es klang hart, genauso hart wie sein Blick es war.

»Kommt hinaus ins Vorzimmer«, bat Caspar. »Wie gesagt, wir haben viel zu besprechen.«

Fanta warf Opal einen weiteren langen Blick zu, dann zuckte sie die Achseln und wandte sich zum Gehen, aber Pavin ließ sie nicht aus den Augen. Sie schob sich unbehaglich an ihm vorbei und schloss die Tür hinter sich. Dies war nicht das verstohlene Treffen, das sie sich mit Lord Klein erhofft hatte.

Tara und Atul warteten im Vorzimmer. Belorian und Sabine saßen zusammen auf einer Holzbank. Anspannung lag in der

Luft, zusammen mit dem Brandgeruch des Äschernen Meeres, der vom Balkon hereinwehte. Pavin ging um die Gruppe herum und schaute auf den Balkon, um sicherzustellen, dass niemand dort herumlungerte, der ihr Treffen belauschte.

»Ich habe Euch alle zusammengerufen«, begann Caspar, »weil wir eine eingeschworene Truppe sind.«

»Oder das, was davon übrig ist«, murmelte Tara.

»Trotzdem eine Truppe, nicht per Erlass, sondern durch harte Erfahrung. Atul, Sabine, Lady Opal: Ihr seid keine Glorreichen, das stimmt, aber ich betrachte Euch als Teil unserer Schar. Und dies sind Freunde, die mein Vertrauen genießen, Lady Fanta Trypoli und Pavin Yuronen. Sie haben Informationen aus Seeblick für uns. Fanta, wenn Ihr es ihnen bitte erzählen würdet …«

Caspar trat beiseite und ließ Fanta das Wort an die Gruppe richten. Opal kannte sie. Sie hatte an den Ställen beide Trypoli-Mädchen reiten sehen. Während Opals kurzer Zeit im Fischpalast hatte sie außerdem das Gerede über Fanta gehört, die jüngere der beiden. Sie war ein abenteuerlustiges Mädchen, das gern ohne Begleitung zur Lutschergasse oder zu den Kais von Fairhaven flitzte. Sie hatte Jungen und Alkohol gemocht, so hieß es, lange bevor sie volljährig geworden war. Und jetzt war sie hier in Caraval. *Das dürfte interessant werden.*

»Erek Moceri ist tot«, berichtete Fanta.

Sehr interessant.

»Die Zwillinge Henri und Hannah sind blind.«

»Was bedeutet das?«, fragte Sabine, die ebenso für sich wie für Belorian sprach.

»Die Thronerben fallen wie die Fliegen«, sagte Pavin. »Oder bekommen zumindest die Flügel gestutzt.«

»Derek Moceri steht immer noch als Erbe zur Verfügung«, wandte Caspar ein.

»Ja«, bestätigte Pavin. »Aber da ist noch mehr.«

Fanta fuhr fort. »Ein seltsamer Mann hat mich angesprochen. Er hat gesagt, ich hätte hübsche Augen, und dann hat er mir das Haar gestreichelt. Und das auf keine angenehme Weise. Ich habe Pavin davon erzählt, und er hat sich umgehört. Es gab nur wenig über den Mann in Erfahrung zu bringen. Niemand kannte ihn oder wollte über ihn sprechen. Aber unser Pavin ist klug und mutig.« Sie legte Pavin eine Hand auf die Schulter und drückte sie.

Opal beobachtete Fantas Hand, mit der sie auf dem Weg nach unten Pavins Schulterblatt nachzeichnete, bevor sie sie sinken ließ. *Das ist aber sehr vertraulich für eine Dame und einen Leibdiener.*

»Pavin ist ihm gefolgt und hat seine Unterkunft gefunden«, fuhr Fanta fort. »Der Mann hat ein Zimmer im Fischpalast bekommen. Pavin hat die Dienstmagd bestochen, die die Binsenmatten im Raum gewechselt hat, und ist hineingegangen. Das war sehr gefährlich, vor allem wenn man bedenkt, was er gefunden hat.«

»Erzählt es ihnen«, forderte Caspar sie auf.

»Augen«, sagte Fanta und schluckte hörbar. »Ein Einmachglas mit Augen darin. Menschlichen Augen. Und das Bett war unberührt.«

»Aber es war mit Fesseln versehen«, berichtete Pavin weiter. »Hand- und Fußeisen.«

Caspar nickte. »Fahrt fort, Fanta.«

»Kurz darauf erhielt ich die Nachricht, dass ich in genau diesen Raum gehen solle. Ich hatte Angst. Ich bin nicht hingegangen. Pavin und ich haben uns aufs Dach geschlichen und mein Zimmer beobachtet. Nachdem ich mich eine Stunde lang nicht dort eingefunden hatte, haben wir ihn zu mir kommen sehen. Er hat versucht, meine Tür zu öffnen.« Fanta begann zu weinen, und Tränen liefen ihr über die Wangen.

Jetzt war es an Pavin, ihr tröstend die Hände auf die Schultern zu legen. »Wir haben uns in meinem Zimmer versteckt«, sagte er, »und sind am nächsten Morgen an Bord der Schwarzen Närrin gegangen.«

»Ich wollte nicht, dass meine Augen in einem Einmachglas landen«, schluchzte Fanta.

Opal sah, wie Caspar die Stirn runzelte. Er schlug einen sanften Tonfall an. »Ich verstehe Eure Furcht, Lady, aber wie konntet Ihr wissen, dass er …?«

Sie weinte immer noch, daher antwortete Pavin für sie. »Ereks Augen waren aus seinem Kopf gebrannt worden. Und die Zwillinge – erblindet.«

»Warum habt Ihr es niemandem erzählt?«

Fanta wischte sich Tränen aus den Augen und Schnodder von der Nase. »Weil die Botschaft, die mich in sein Zimmer rief, von der Königin gekommen war.«

Caspar prallte zurück, als wäre er geohrfeigt worden. Ernste Stille senkte sich über das Vorzimmer.

Atul Deshmane brach schließlich das Schweigen. Beim Klang seiner tiefen, grollenden Stimme drehten sich alle Köpfe im Raum. »Dieselbe Königin hat mich nach Notnagel geschickt, obwohl sie wusste, dass es überfallen worden war.«

Jetzt ergriff Opal das Wort. »Sie hat die verwaisten Kinder von Seeblick an Sklavenhändler in Dortch verkauft.« Es gab überraschte Mienen, aber niemand zweifelte am Wort einer adeligen Dame. Opal sah Caspar an. Sie hatte ihn schwören lassen, den Sklavenhändler der Gerechtigkeit zuzuführen, und jetzt wusste er, wer es war.

Seine Augen waren groß, und seine Stimme zitterte, doch er berichtete von einem weiteren Frevel. »Kriegsfürstin Faust hat gesagt, sie habe mich in der Willis-Festung ermorden sollen, falls ich so weit käme.«

Jede dieser Enthüllungen fegte durch die Gruppe, und jedes Mal veränderten sich die Mienen, Brauen wurden hochgezogen, Stirnen gerunzelt oder man zuckte zusammen. Es waren vier Schläge in die Magengrube. Der äscherne Geruch des Meeres gab Opal das Gefühl, als wäre ihre Heimat gerade bis auf die Grundfesten niedergebrannt worden. Sie konnten nicht nach Hause zurück – keiner von ihnen konnte das, bis auf Sabine, die nach Neumoorland heimkehren konnte.

Pavin sprach aus, was alle dachten. »Es gibt nur eine einzige Person, die die Macht hat, einer Kriegsfürstin einen Mord zu befehlen. Dieselbe Person, die einer Leibwache befehlen kann, das Kommando über einen Außenposten zu übernehmen oder einem Wahnsinnigen Unterkunft im Palast zu gewähren oder alle Straßenkinder aus Seeblick fortzuschaffen.«

»Neveah, meine königliche Tante«, sagte Caspar.

Lord Klein fragte nicht nach dem Warum, und niemand fragte für ihn. Eine ganze Zeit lang sprach überhaupt niemand. *Aber sie fragen es sich alle,* überlegte Opal. Sie wusste genau, warum die Königin sie hatte tot sehen wollen. Deshmane kannte ebenfalls den Grund für sein Schicksal. Aber Caspar und Fanta zählten zum Adel. Es ergab keinen Sinn.

»Ich muss nachdenken«, entschied Caspar schließlich. »Ich werde mich in mein Zimmer zurückziehen.« Er stand auf und ging zur Tür. »Entfernt Euch nicht zu weit. Wir sind alle in Gefahr, ganz gleich, wie weit Seeblick entfernt sein mag.«

»Aber das Sklavenschiff …«, rief Opal ihm ins Gedächtnis.

»Mortimer Dane von der Närrin sagt, das Schiff sei für die Nacht gut festgemacht und werde wahrscheinlich nicht vor morgen nach Hals weitersegeln. Er ist ein guter Mann und kennt sich mit Schiffen aus. Im Moment haben wir andere Probleme.«

Wahrscheinlich? Das reicht nicht.

Caspar vereinbarte einen Zeitpunkt, zu dem sie sich wieder treffen wollten, und verließ den Raum. Er nahm Deshmane und Shnorhavorian mit. *Die Muskeln und das Hirn.* Opal fühlte sich verlassen.

Sie zog sich in ihr Zimmer zurück. Aber sobald sie hineinschlüpfte, erschien in ihrer Tür ein Fuß und blockierte sie. Sie spähte hinaus.

»Ich kenne dich«, sagte Pavin.

»Komm herein, bevor dich jemand hört«, flüsterte sie. Er gehorchte, und sie schloss eilig die Tür hinter ihm. *Das ist nicht der Mann, den ich erwartet habe oder den ich in meinem Zimmer haben wollte.*

»Du bist keine Lady aus Dortch. Du bist eine Gemeine aus Seeblick.«

Opal hatte keine Parade, keine Finte, keinen klugen Schwindel zu bieten. Sie kannte Pavin Yuronen aus den Fluren des Palastes. Sie waren beide Diener, und obwohl seine Position entschieden höher war, als ihre es je gewesen war, hatten ihre Wege sich oft genug gekreuzt, dass nicht einmal ihr kurzes Haar ihn täuschen konnte. Er war außerdem der scharfsichtigste und schlauste Junge im Palast gewesen, die adeligen Knaben eingerechnet.

»Bitte, erzähl es niemandem!« Opal überraschte sich selbst damit, dass sie nicht weinte. Ihre Reise durch Hyak und die Grenzlande hatte sie hart gemacht, wie es schien.

»Du hintergehst meinen Caspar. Ich habe ihm seit unserer Kindheit treu gedient. Ich kann ihn jetzt nicht belügen.«

»Du dienst ihm nicht mehr.«

Pavin zögerte. »Es spielt keine Rolle. Entweder du erzählst es ihm, oder ich tue es.«

»Wie könnte ich? Er hält mich für eine Lady. Er… er ist vielleicht sogar in mich verliebt.«

»Noch schlimmer! Du hast die Situation ausgenutzt, um ihn zu verführen.«

Jetzt kniff Opal die Augen zusammen. Sie hielt seinem zornigen Blick stand. »Und hast du nicht das Gleiche mit Lady Trypoli gemacht?«

»Was?«

»Sie ist in jener Nacht, als sie solche Angst hatte, in deinem Zimmer geblieben. Hast du sie getröstet?«

»Ich habe sie beschützt.«

»Und während der Reise um die Küsten? Viele Tage zusammen im Passagierraum, nicht wahr? Oder habt ihr euch eine Kabine geteilt? Ich wette, ihr habt euch eine Koje geteilt.«

»Das geht dich nichts an.«

»Ich kenne ihren Ruf. Sie schleicht sich aus dem Palast, um es mit Gemeinen zu treiben. Und ich kenne deinen Ruf. Du jagst adeligen Mädchen nach.«

»Hat dir deine Schwester das alles erzählt?«

»Meine Schwester?«

»Die echte Opal. Die Opal aus dem Fischpalast von Seeblick. Bevor sie ertrunken ist. Ich weiß, dass sie eine Zwillingsschwester hatte.« Er stach anklagend mit einem Finger in Opals Brust. »Lily, nicht wahr?«

Opal musste einen Schritt zurücktreten. *Er hält mich für meine tote Schwester.* »Du hast mich erwischt«, log sie. »Ich bin nicht die, die ich zu sein scheine. Aber ich denke, wir haben beide Geheimnisse, die es wert sind, gehütet zu werden, also halte du dein Plappermaul.«

»Du kannst dieses Spielchen nicht zu Ende spielen und mit einem titeltragenden Lord nach Seeblick zurückkehren. Auch andere werden dich wiedererkennen.«

»Er kann ebenfalls nicht zurück. Keiner von uns kann zurück. Und du kannst nicht den Gefährten einer vornehmen Dame spielen, wenn du zurückgehst. In Hyak wirst du nie mehr als ein besserer Laufbursche sein. Aber hier an der Grenze können wir sein, was immer wir wollen. Denk darüber nach…«

Also dachte er darüber nach… und hielt tatsächlich sein Plappermaul.

Kapitel 47

Caspar

Als der Morgen kam, hatte Caspar keine Minute geschlafen. Es gab keine gute Wahl. Mit roten Augen saß er allein in seinem eleganten Schlafgemach in Floß, das vollgestopft war mit exotischen Kunstwerken, Seidenstoffen, kleinen silbernen Schälchen für Zucker und Gewürz und all dem oberflächlichen Tand des Adels – nichts davon half ihm auch nur im Mindesten. Er zermarterte sich das Hirn darüber, was es bedeutete, tatsächlich edelmütig zu sein. Die Wege, die er vor sich sah, waren entweder schwierig oder feige oder verletzten gleich mehrere Schwüre, die ein angesehener Edelmann leisten würde. Einige der Wege führten in den Tod. Er versuchte, die Situation aus verschiedenen Blickwinkeln zu betrachten. *Was ist ehrlich? Was ist das Beste für das Königreich? Wem schulde ich Loyalität?* Er hatte gedacht, er schulde der Königin Loyalität, aber jetzt …

Es war verwirrend. Die Welt funktionierte nicht mehr so, wie sie es getan hatte, als er Seeblick mit seinem weichen Stadthintern verlassen hatte. *Eine Reise durch die Grenzlande verändert einen Mann.* War es Synge, der ihn das gelehrt hatte? Oder Willis? Oder Pergrim? Oder Deshmane? Sie alle hatten ihn etwas gelehrt. Aber was? *Das Wort eines Menschen zählt. Sei freundlich zu jedermann. Tu das Richtige, auch wenn es schwer ist, statt das Einfache, wenn es falsch ist.* Aber was, wenn das Richtige zum Tod seiner Kameraden führte? War es dann trotzdem das Richtige? All das schwappte als trübe Gedankensuppe in seinem Kopf umher.

Er war verantwortlich für seine beiden verbliebenen Glorreichen, drei neue Gefährten und einen Sack voll Gold, den zu erhalten die Königin nie erwartet hatte. Der einfache Weg wäre es, das Gold aufzuteilen und in den Grenzlanden unterzutauchen. Er hatte eine seltsame Zuneigung zu Baron Willis gefasst und fragte sich, ob er in seiner Festung im Vorgebirge ein anonymes Leben führen konnte. Oder in Dortch. *Mit Lady Opal und ihrer noblen Familie.*

Doch wohin würde sein verletzter Barde gehen? Vielleicht konnte Knochenstahl nach Hause zurückkehren, dachte er hoffnungsvoll. Caspars Tante hatte nicht versucht, ihn zu töten. Oder etwa doch? *Nein, die Moore wären besser für ihn.* Aber Belorian hasste Dreck an seinen Stiefeln. Es war nicht Caspars Pflicht, seiner Truppe ein neues Zuhause zu finden, begriff er, aber er fühlte sich als ihr Anführer verantwortlich. Und als ihr Freund. *Ich habe sie hierhergeführt.* Die kratzbürstige Tara war eine ganz andere Geschichte. Sie würde die meisten Menschen, bei denen er sie zurückließ, auf die Palme bringen.

In dem Moment hörte er draußen einen Tumult – das vertraute, anschwellende Raunen einer sich versammelnden Menschenmenge. Caspar ging ans Fenster, dankbar, seinem aufgewühlten Geist eine kurze Ruhepause gönnen zu können. Auf der Straße zum Hafen hatte sich ein Auflauf gebildet. Man plapperte und deutete wie ein aufgeregtes Publikum im Zirkus auf etwas. *Da kommt irgendjemand.*

Caspar rief zu den Schaulustigen hinunter, die dem Haus am nächsten standen: »Was ist los?«

Es dauerte eine Weile, bis jemand, der seine Sprache sprach, antwortete, aber schließlich rief eine Frau: »Ein Mann, der eine Katze reitet, und eine Echse, die einen Hund reitet!«

»Bei den Göttern!« Caspars Herz machte einen Freudenhüpfer.

Er lief zur Tür, flog die steinerne Treppe hinunter und tauchte in das Gedränge auf der Straße ein wie ein Badender, der spritzend in die Brandung rannte. Er schob sich an Kindern vorbei und hüpfte auf und ab, um über die Menschen vor ihm hinwegzuspähen.

»Wo sind sie? Wo sind sie?« Verärgerte Eltern funkelten ihn an. Es kümmerte ihn nicht.

Die Aufregung der Menge vor ihm wuchs. Die Menschen drängten sich zusammen, rempelten einander an und brüllten, und dann teilten sie sich plötzlich. Caspar blieb wie angewurzelt stehen. Zwei große Tiere kamen mitten über die Promenade auf ihn zugeschlendert – eine riesige Moorkatze und ein kräftiger Meereshund.

Fischschwanz!

Jedes Tier trug einen Reiter. Cliffs schmale Gestalt und sein keilförmiger Kopf waren unverkennbar. Er hing wie ein Kadaver über Fischschwanz' Rücken. Caspar lächelte, als er Cliffs Trick erkannte, mit dem er sich durch Gruppen schreckhafter Menschen bewegte.

Und Heath sieht aus wie …

Caspar starrte den Mann an, der langsam auf der Sumpfkatze näher kam. Er erkannte ihn. Es war ein junger Mann. Nicht Heath.

Graph.

Niemand aus der Menge näherte sich der Moorkatze oder dem »toten« mannsgroßen Drachen, aber Caspar empfing sie furchtlos mitten auf der Straße, und sie blieben direkt vor ihm stehen. Die aufgeregte Menge verstummte. Er war sich nicht sicher, was er sagen sollte, und er musste kräftig schlucken, bevor er überhaupt etwas sagen konnte.

»Kommt Heath ... auch noch?«, flüsterte er Cliff zu.

Cliffs schuppiger Kopf bewegte sich leicht, und er öffnete ein Auge zu einem schmalen Schlitz. Sein ewiges Echsengrinsen verbarg seine Gefühle, aber Caspar kannte den Drachen gut genug, um den Schmerz aus seiner Stimme herauszuhören.

»Nein«, flüsterte Cliff. »Aber wir haben den Jungen gerettet, wie Ihr gesagt habt.«

Caspar führte Cliff und Graph von den unruhigen Zuschauern fort an einen sicheren Platz, dann kehrte er in den Turm zurück, wo die Adeligen unter seinen Glorreichen ihre Quartiere hatten. Er klopfte an die mit aufwendigen Schnitzereien versehene Sandelholztür neben seiner eigenen und wartete. Nach einer Weile öffnete Tara Shnorhavorian sie vorsichtig. Die Lederschnüre ihres Mieders waren gelöst und ihr Haar zerzaust, und Caspar war überrascht, einen gut aussehenden Mann aus Floß hinter ihr zu sehen, der gerade seine Kniehose hochzog.

»Geh, Schätzchen«, sagte Tara zu dem Mann. »Ich habe zu tun.« Er nickte und eilte an Caspar vorbei.

»Es tut mir leid«, sagte Caspar.

»Keine Sorge, Lord. Ich weiß, dass dies wichtig sein wird.«

Caspar trat ein und stieß einen tiefen Seufzer aus. »Ich habe keine Ahnung, was ich tun soll«, setzte er an.

»Natürlich hast du eine Ahnung«, erwiderte Tara schroff, wie es ihre Art war, und brachte dabei ungeniert ihre Kleider und ihr Haar in Ordnung.

»Aber ich brauche einen Rat.«

»Nein, brauchst du nicht.«

Caspar dachte angestrengt nach und versuchte es noch einmal. »Ich bin zu dir gekommen, weil du die Klügste von uns bist. Du siehst Antworten klar und deutlich vor dir, und du bist nicht der Typ, der sie mit Honig versüßt, wenn sie unangenehm sind.«

Tara runzelte die Stirn, aber es war kein unfreundlicher Gesichtsausdruck. Es war ein vertrautes, sogar fürsorgliches Stirnrunzeln. Sie sah ihm direkt in die Augen. »Caspar Klein, ich mag dich. Alle mögen dich. Besser noch, ich vertraue dir. Auch das tun alle, denn du bist loyal – deinen Kameraden gegenüber und dir selbst gegenüber. Ich weiß, dass du die richtige Entscheidung treffen wirst. Nicht weil du der Klügste bist – das bin wirklich ich –, sondern weil du ein guter Mensch bist. Und weil du das immer wieder getan hast, seit ich dich kennengelernt habe.«

»Du wirst mir nicht helfen?«

»Nein. Du bist unser Anführer. Führe uns an.«

Kapitel 48

Opal

Opal wartete nervös auf Caspar, aber sie hatte getan, was sie getan hatte, und daran ließ sich nichts mehr ändern. Sie war überrascht, wie einfach es war, Dinge zu tun, wenn man Geld hatte, feine Kleider und einen Titel, selbst wenn er falsch war.

Ein Pferdestall war ein seltsamer Ort für ein Treffen ihrer Gruppe, aber Caspar hatte ihn gewählt, weil es dort still und abgeschieden war – in einer schwimmenden Stadt gab es für Pferde nicht viel zu tun. Der Stall war außerdem eine sichere Zuflucht für Cliff und die Moorkatze, weg von neugierigen Städtern, die vielleicht zu dem Schluss kamen, dass sie Dämonen waren, und sie mit Harpunen abstechen wollten. Lord Klein hatte Opal erzählt, dass die Glorreichen Sechs es gewöhnt seien, sich an seltsamen Orten zu versammeln – sie taten das, seit er sie in Edmund Hillards Berühmter Zimmervermietung und Plauderstube kennengelernt hatte. *Dem Schuppen.* Einem Ort von zweifelhaftem Ruf und kaum besser als ein Stall. Dann in der Festung eines Feindes, als Gefangene. Und in einem von Hexen verseuchten Sumpf. Ferner in einem Boot, das vor einer Kanibaleninsel durchs Wasser getrieben war. Und natürlich in einem zerstörten Vorposten, der mit Leichen geschmückt gewesen war. Ein Stall war wahrscheinlich noch der sicherste Treffpunkt von allen.

Neun angespannte, erwartungsvolle Gesichter schauten auf, als Caspar den Stall betrat. Er ging einige Augenblicke lang auf und ab. Opal stand in einer Ecke und streichelte Fischschwanz, und Sabine stand bei Belorian und ihrer großen Katze, die sich auf dem Boden lümmelte und sich Sand von den Pfoten leckte. Die beiden überlebenden Pferde der Gruppe kauten auf Meeresgräsern herum, die Opal auf dem nahen Markt für sie gefunden hatte. Der Rest der Gruppe saß oder kniete im Stroh, und Atul war auf den Knien genauso groß wie Opal im Stehen.

Caspar holte tief Luft, bevor er das Wort ergriff. Er sah gut aus, fand Opal, und selbstbewusst. *Wie ein Kommandant.*

»Wir gehen nach Hause, nach Seeblick«, verkündete er. Die Gruppe murmelte und wechselte untereinander Blicke. Caspar fuhr fort. »Ich habe Dinge in Gang gesetzt und Freunden Nachrichten geschickt. Ich werde Passagen auf der Schwarzen Närrin buchen. Ich habe vor, die Steuergelder, die wir eingesammelt haben, in den Fischpalast zu bringen.« Er hielt inne, ließ die anderen diese riskante Idee verdauen und gab ihnen einen Moment Zeit für Fragen.

Es ist so weit, dachte Opal. *Jetzt muss ich es ihm sagen.* Sie hob verlegen die Hand. »Das könnt Ihr nicht tun«, sagte sie.

Caspar nickte. »Ich verstehe, dass einige von Euch oder vielleicht sogar viele von Euch mich vielleicht nicht begleiten werden. Das ist in Ordnung. Es ist ein gefährlicher Vorschlag, wenn man bedenkt, was wir über die Taten meiner königlichen Tante wissen. Euch allen steht es frei, hierzubleiben oder hinzugehen, wo immer es Euch gefällt, selbst jene, die geschworen haben, bei den Glorreichen Sechs zu dienen. Hiermit gebe ich Euch frei.«

»Ähm, das ist nicht der Grund, warum Ihr das Geld nicht zurückbringen könnt«, wandte Opal ein.

»Warum kann ich es denn dann nicht tun, Mylady?«

»Weil ich es genommen habe.«

»Was?«, fuhr Tara sie an und sprang auf.

Caspar hielt seine zornige Buchhalterin zurück. »Was soll das heißen, Opal?«

»Ich habe in den Pferdearsch gegriffen und es genommen. Es tut mir leid.«

»Nun, dann gebt es zurück. Es ist unser Faustpfand bei Königin Neveah.«

Caspar sah plötzlich aus wie ein kleiner Junge, überrascht und unsicher. Er tat ihr schrecklich leid, aber mehr denn je wusste sie, dass sie sich richtig verhalten hatte. »Ich kann es nicht zurückgeben.«

»Warum nicht?«

»Weil ich es ausgegeben habe.«

Tara war außer sich. »In diesen Säcken waren Tausende von Gold-Drams! Es ist fast unmöglich, so viel an einem einzigen Tag auszugeben. Was bist du für ein verwöhntes adeliges Balg?«

»Wie?«, fragte Caspar gleichermaßen verblüfft. »Wofür?«

»Ich habe eine Schiffsladung Sklaven gekauft.«

Stille senkte sich über den Stall, aber Opal konnte die Stimmung in der Gruppe nicht deuten. Es hätte sie nicht überrascht, wenn ihre Kameraden sich erhoben hätten, um sie zu umarmen, aber ebenso wenig, wenn sie sich auf sie gestürzt und sie verprügelt hätten. *Tara will genau das tun.* So oder so, es war geschehen. *Jetzt lässt es sich nicht mehr ändern,* sagte sie sich abermals, also wartete sie einfach ab. Caspar sammelte sich und suchte nach den richtigen Worten. Sie hasste es, dass sie ihm diesen Schmerz zufügen musste, aber er hatte ihr versprochen zu helfen, die Kinder zu retten, und er hatte einen Tag lang gewartet, obwohl selbst eine Stunde zu lang gewesen war.

Sie machte ihm keinen Vorwurf, er hatte gerade eine Menge Bälle zu jonglieren. Außerdem war es ihre Aufgabe, ihre Straßenkinderfreunde aus Seeblick zu retten. *Manches muss eine Dame selbst tun.*

Caspar ergriff endlich das Wort, und er klang mutlos. »Dann ist es vorbei«, sagte er. »Ohne Druckmittel können wir die Krone nicht bewegen. Jetzt haben wir nicht einmal mehr Geld, um eine Passage auf der Schwarzen Närrin zu buchen.«

»Wir könnten die Pferde verkaufen und den Wasserhund und vielleicht die komische Katze«, schlug Tara vor, wutschnaubend, aber berechnend. »Das würde es zumindest Euch und einem von uns ermöglichen, nach Hause zu segeln, Lord.«

»Es können immer noch alle zurücksegeln«, unterbrach Opal sie.

Tara wandte sich wieder an sie. »Was faselst du jetzt schon wieder, Dortchlerin?«

Opal zog kalte Blicke auf sich. Caspars Augen sagten ihr, dass auch er nichts mehr von ihr hören wollte. Selbst Pavin bedeutete ihr, es gut sein zu lassen. Sie tat es nicht.

»Alle können nach Hause fahren«, beharrte Opal. »Ich habe das ganze Schiff gekauft.«

Fanta erklärte, dass sie in Caraval bleiben werde. Sie war verängstigt und hatte das Gefühl, nur hier, weit weg von dem schaurigen Mann der Königin, in Sicherheit zu sein. Opal fragte sich, ob hinter ihrem Abscheu mehr steckte, als sie sich anmerken ließ. Wie dem auch sein mochte, sie war jetzt hier, und sie schien jemand zu sein, der neue Orte mochte. *Sie wird drei exotische Städte zu erkunden haben.*

Pavin würde ebenfalls bleiben, weil er in Fanta verliebt war, nicht wegen der Städte. Opal fragte sich, ob Lord Kleins ehemaliger Leibdiener sie verraten würde, jetzt, da sie Caspars

Geld gestohlen hatte, aber er tat es nicht. Er würde seine Beziehung zu dem adeligen Mädchen nicht aufs Spiel setzen. Er hatte Opal angefunkelt, als sie ihr Geständnis abgelegt hatte, aber er hatte sein Versprechen gehalten. Sie würde ihr Versprechen ebenfalls halten, beschloss sie. Sie würde niemandem verraten, dass Lady Trypoli mit einem jungen Diener schlief. *Sollen der einfache Bursche und die abenteuerlustige Adelige ihre Fantasien doch ausleben.*

Graph schloss sich Caspars Gruppe an. Der Junge aus Sarat hatte sich auf der Reise von Nötnagel hierher mit Cliff angefreundet. *Und warum auch nicht?* Cliff und Heath hatten ihm das Leben gerettet. *Und Cliff ist eine seltsam sympathische Echse.* Es war eine Ironie des Schicksals, dass Graph ungefähr zu der Zeit aus seiner eisigen Erstarrung aufgetaut war, als Cliff sich tot stellen musste, um in Caraval eingelassen zu werden.

Deshmane stimmte zu, ebenfalls nach Seeblick zurückzukehren, brummend, aber überzeugt. »Ich werde froh sein, von der Grenze wegzukommen und meinen Einsatz in diesem verfluchten vierten Jahr lebend zu beenden. Außerdem brenne ich darauf, meine Königin wissen zu lassen, dass ich nicht tot bin.«

Auch Belorian würde nach Seeblick gehen, Sabine jedoch nicht. Er wollte sie nicht mitkommen lassen. »Zu gefährlich, Sabby.« Er würde dafür sorgen, dass das Mädchen sicher nach Neumoorland zurückkehrte, genau wie er es ihrer Mutter versprochen hatte.

Tara würde sich an Sabines Stelle um den versehrten Barden kümmern. Shnorhavorian war ein Zahlengenie und ein Schreiberling, aber sie war lange genug bei den Glorreichen dabei, um zu wissen, wie man einen Verletzten pflegte, vor allem wenn es sich um einen ihrer Gefährten handelte. Caspar rief Tara ins Gedächtnis, dass sie in Hyak eine Familie hatte, die ebenfalls von Adel war – sie waren Kredithändler in Fairhaven, wie sich herausstellte. Geldzähler. *Keine Überraschung.* Wichtiger noch, Caspar sagte, er brauche ihre Hilfe, und er flehte sie beinahe an, mit ihnen nach Seeblick zurückzukehren. Wie es ihre Art war, feilschte sie. Opal war sich nicht sicher, was Caspar seiner Buchhalterin als Gegenleistung versprach, aber sie war davon überzeugt, dass Taras Dienste nicht billig waren. »Wenn du auch nur einen halben Plan hättest, würde ich nicht so viel verlangen«, sagte Tara. Aber am Ende erklärte sie sich bereit mitzukommen. *Sie hätte es so oder so getan.* Die Buchhalterin war auf stille und grimmige Art loyal, hatte Opal beobachtet. Tatsächlich hatte Opal sie sich heimlich davonstehlen und weinen sehen, als sie von Heath' Tod erfahren hatte. So wie sie selbst täglich einmal oder mehrmals um Lily weinte – stille Trauer, die niemals leichter wurde.

Cliff erklärte, dass er seinem Kommandanten folgen werde. *Wohin sonst sollte der Drache auch gehen?* Cliff stieß ein kleines Wölkchen weißen Rauchs aus, eine Angewohnheit, wann immer ihm eine Entscheidung schwerfiel.

Damit blieb Opal übrig. Sie stand auf dem Landungssteg und betrachtete ihr neu erworbenes Sklavenschiff – die Lockente. Sie sah wirklich ein wenig aus wie eine Ente, wie es da mit gerefften Segeln auf dem Wasser dümpelte, aber der Name war beschmutzt. Das Schiff brauchte einen neuen Namen, und es gehörte jetzt ihr. *Ich kann es nennen, wie in den sieben Höllen es mir gefällt.* Sie legte sich beim Fluchen eine Hand auf die Lippen, wie eine Dame es vielleicht tun würde, um zu verhindern, dass die Götter sie hörten. In der feuchten Meeresluft und mit den Schreien der Möwen über den Landungsstegen wollte ihr Mund wie von selbst fluchen – eine unwiderstehliche Mischung aus Vertrautheit und alter Gewohnheit aus ihren Tagen in den Hafengassen, als sie ihren kleinen Geschäften nachgegangen war. Sie erinnerte sich, wie Lily zaghaft um die Ecke gespäht hatte, als Opal schroffe Seeleute ansprach, um ihnen alte Stiefel zu verkaufen. Sie hatten sie zusammen mit winzigen, ins Leder gepressten Kieselsteinchen neu besohlt, damit die Schuhe auf schlüpfrigen Holzdecks Halt fanden. Dann hatten sie sie in Otterfelle eingewickelt, damit sie trocken blieben und warm hielten. Die Erinnerung schmerzte, aber nicht stechend. Es war eher eine dumpfe Leere, die sie nicht füllen konnte. *Ich habe endlich jemanden gerettet, Schwester.* Es war nicht genug, aber immerhin etwas. Sie fragte sich, wohin sie ihre gerettete Schar bringen sollte.

»Wohin werdet Ihr sie bringen?« Caspar pflückte den Gedanken praktisch aus ihrem Kopf, als er bei ihr auf dem Holzsteg erschien.

Wir denken gleich. »Sie haben zu große Angst, das Schiff zu verlassen. Sie wissen, dass die Sklavenstadt nur wenige Ruderschläge entfernt ist. Aber sie vertrauen mir.«

»Ich weiß nur nicht, ob ich Euch noch vertraue.«

»Nun, offensichtlich solltet Ihr das nicht tun«, gab Opal zurück und konnte sich ein kleines Grinsen nicht verkneifen. »Aber ich sage, sie bleiben an Bord, und es ist mein Schiff.«

»Gekauft von meinem Geld!«

»Es war nicht Euer Geld. Es gehörte der Königin. Aber sie rechnet nicht damit und sie verdient es auch nicht.«

»Falsch. Das Geld war für die Menschen von Hyak und aus den Grenzlanden gedacht.«

»Perfekt. Diese Straßenkinder sind Bewohner von Hyak.«

Opal runzelte die Stirn, bereit, noch ein paar Runden länger zu streiten. Früher in Seeblick hatte sie ein Spiel daraus gemacht, mit Dennison Knusper, dem Pferdezähmer, zu debattieren, wenn in den Ställen gerade nichts zu tun gewesen war. Sie war gut darin gewesen. Nicht großartig, aber auch nicht schlecht. Dennison war geschult gewesen und hatte meist gewonnen.

Caspar ließ es gut sein. »Ich weiß nicht, was ich mit Euch machen soll. Mir ist klar, dass ich in meinem Versprechen, die Sklaven zu befreien, versagt habe, und Ihr habt die Angelegenheit selbst in die Hand genommen. Aber ich bin auch verärgert; wir hätten dieses Geld brauchen können. Wenn Ihr keine Dame wäret ...«

Sie standen allein im Schatten des schaukelnden Schiffes. Opal hatte die Mannschaft weggeschickt, jedoch den Koch und die Vorräte behalten. Die Glorreichen konnten im Hafen noch genug Seeleute finden, die ihren Dienst auf See für eine Passage anboten. Jetzt, da die Bündnisverträge unter Dach und Fach waren, gab es jede Menge erfahrene Matrosen für die Segel und Ruder, die begierig waren, nach Seeblick zu gelangen. Atul würde dafür sorgen, dass sie spurten.

»Mit mir ist nichts zu machen«, sagte Opal.

»Ihr habt nicht erzählt, wohin Ihr Euch selbst begeben werdet«, bemerkte Caspar und trat eine leere Austernschale ins Wasser. »Ich bitte Euch nicht mitzukommen, wohlgemerkt. Es wird gefährlich, selbst wenn Ihr niemand seid, den die Königin zu töten versucht hat.«

Er bittet mich auch nicht, nicht mitzukommen, bemerkte sie. »Ich gehöre zu meinen eigenen Leuten«, entschied Opal.

»Verstanden«, antwortete Caspar. Er wirkte vorübergehend enttäuscht, aber dann schenkte er ihr ein schwaches Lächeln. »Also geht es zurück nach Dortch? Wir können Euch auf unserem Weg nach Westen dort am Hafen absetzen. Damit blieben uns noch ein oder zwei gemeinsame Tage. Von hier bis dort sollte die Reise sicher sein.« Er hielt inne. »Besteht irgendeine Chance, dass Eure Familie etwas von dem Geld zurückzahlen könnte?«

»Nein. Und ich gehöre nicht nach Dortch.«

»Wohin dann? Verratet es mir, dann veranlasse ich, dass Ihr dort hinkommt.«

»Das habe ich bereits selbst veranlasst.«

»Natürlich. Ihr seid ein tatkräftiger Mensch, nicht wahr?«

»Ich musste mir immer meinen eigenen Weg bahnen. Ja.«

»Dann erzählt mir, wohin Ihr wollt, damit ich Euch finden kann, wenn ich mit meiner elenden Aufgabe daheim fertig bin.«

»Werdet Ihr mich noch einmal küssen, bevor ich es Euch erzähle?«

»Ja. Natürlich.«

Er tat es. Gleich dort auf dem Steg, wo sie die Meeresbrise spürte, die rauchige See roch und das Plätschern der Wellen unter sich hörte, während sie Lord Caspar Kleins hungrigen Mund kostete und mit weit geöffneten Augen zum fernen Horizont schaute.

Zuerst küssten sie sich ganz sanft, dann erkundeten sie einander immer mehr mit Lippen und Händen, nicht auf eine grobe Art, sondern mit der simplen Lust zweier unerfahrener Liebender, die es genossen, einander zu berühren. Sie küssten einander sehr lange. Als Opal schließlich auftauchte, um Luft zu schnappen, wusste sie, dass die Zeit gekommen war. Jeder weitere Kuss würde ihren Verrat verschlimmern.

»Ich muss es Euch jetzt erzählen«, sagte sie.

»Nein. Erzählt es mir nicht. Niemals.«

»Ich muss, sonst werdet Ihr es auf andere Weise erfahren, sobald wir an Bord des Schiffes gehen.«

»Ihr kommt mit?« Er wirkte erfreut.

Opal hasste sich für die Lügen, die sie ihm bereits erzählt hatte, aber sie bereute kein bisschen die Zeit, in der sie eine Lady hatte sein dürfen. Frauen wie sie bekamen in der Regel nie auch nur einen Vorgeschmack auf so etwas. *Aber jetzt ist es vorbei.*

»Ich bin eine Dienerin aus Seeblick«, gestand sie. »Das ist der Grund, warum ich die Straßenkinder gerettet habe. Das sind meine Leute.«

Caspars erfreute Miene gefror. Er runzelte die Stirn. Dann lachte er. »O-ho! Das ist ein großartiger Scherz. Also habe ich ein Straßenkind geküsst, ja? Ich kann dieses Spiel mitspielen. Ihr habt mir in gewöhnlicher Kleidung gut gefallen.«

»Wovon redet Ihr?«, fragte Opal und schob ihn von sich. »Es gab ein Mädchen, das in den Palastställen gearbeitet hat. Man hat sie ertrunken aufgefunden. Wenn Ihr gründlich nachdenkt, werdet Ihr Euch an ihren Namen erinnern…«

Caspar dachte gründlich nach, und mit der Erinnerung kehrte auch sein Stirnrunzeln zurück. »… Opal.«

»Jetzt stellt Euch mich mit längerem Haar vor.«

Sein plötzliches Keuchen machte klar, dass er sie erkannt hatte, aber er begriff es immer noch nicht. *Verständlich.* Ihre Lügen hatten das Wasser getrübt, und ihr »Tod« machte die Dinge noch undurchsichtiger.

»Ich bin kein Geist«, versicherte Opal ihm. »Das Mädchen, das man damals an die Sonne gehoben hat, war meine Schwester. Meine Zwillingsschwester. Wir sind als Waisenkinder auf den Kais aufgewachsen. Ich habe die königlichen Pferde versorgt, die Ihr wahrscheinlich ein- oder zweimal geritten seid – Delfin und Tidentümpel und Seebrise, die Stute mit dem weißen Fleck auf dem Knie, bei der man von der falschen Seite aufsteigen musste, wenn man nicht abgeworfen werden wollte.«

Caspar war benommen, er kannte das Pferd. »Aber Deshmane… Euch dient ein Soldat als persönliche Leibwache.«

»Eine Leibwache aus Seeblick. Ich habe ihn kennengelernt,

als wir zusammen in der Karawane aus Seeblick gereist sind. Er war einer der Wachposten. Ich war eins der gewöhnlichen Kinder aus Seeblick, die Eure Tante hatte einsammeln lassen, um sie in Dortch zu verkaufen. Als die Sklavenhändler die anderen Gassenkinder mitnahmen, bin ich entkommen. Ich habe Atul gefunden, und wir haben eine Vereinbarung getroffen.«

Caspar schwieg lange und schien alles zu verarbeiten. Wahrscheinlich ergab nicht alles einen Sinn – nicht einmal für Opal ergab alles Sinn. *Und ich habe es immerhin selbst erlebt.* Er würde sich jetzt von ihr lossagen. Dies war ihr zweiter Verrat. Während sie darauf wartete, dass seine Worte ihrer Stellung als Lady Opal offiziell ein Ende setzten, stellte sie fest, dass sie ihre Reise nicht bereute. Sie war nach Lilys Tod so niedergeschlagen gewesen wie noch nie in ihrem Leben. Sie war zum Tode verurteilt worden und zur Sklaverei, und sie hatte überlebt. Sie hatte Abenteuer erlebt, die alles überstiegen, was sie sich jemals hatte vorstellen können – Reisen und Schlachten, unglaubliche Orte, Entbehrungen und Luxus, Hass und Liebe. Sie hatte mehr von der Welt gesehen, als irgendeinem Gassenmädchen zustand. *Und ich habe jemanden gerettet.* Viele Jemande, darunter Zottel, der irgendwo auf diesem Schiff war. Sie hatte ihre Schuld ihm gegenüber beglichen. Caspar war jetzt so weit, dass er sprechen konnte. Sie machte sich bereit, sich ihrer Unehrlichkeit zu stellen. *Er wird mich eine gemeine Diebin und Lügnerin nennen.*

»Du hast gelogen, und du hast gestohlen …«, begann er.

Jetzt kommt es.

»Du hast dein Leben riskiert. Du hast die Annehmlichkeiten des Adels wieder aufgegeben. Du hast getan, was du konntest, alles getan, um deine armen Mitmenschen zu retten, hilflose Kinder, die dir das niemals vergelten könnten. Das ist es, was Loyalität wirklich bedeutet.«

Als Caspar innehielt, um sich eine Hand aufs Herz zu legen, spürte Opal, dass etwas kam, doch es war kein Tadel. Er würde sie nicht verdammen, begriff sie. Und als er sprach, setzte ihr Herz einen Schlag aus.

»Ich, Caspar Klein aus Seeblick, habe mich für meinen noblen Schwur entschieden. Hiermit lege ich beim Namen meiner Familie einen Schwur der Loyalität ab – so treu zu meinen Mitmenschen zu stehen, wie du zu deinen Gefährten gestanden hast.«

Kapitel 49

Neveah

Neveah saß am Schreibtisch der Königin und stempelte und siegelte Erlasse und Gesuche – eine ermüdende Tätigkeit, aber sie las sie alle. *Ich werde nicht zulassen, dass meine Schreiber Hyak ohne mich regieren.* Das Überprüfen der Erben – wie ihr Ratgeber es nannte – hatte länger gedauert als gehofft, und nach Dereks Kastration war einige Zeit verstrichen. Es konnte jedoch nicht schneller gehen. Zu viele Todesfälle und Erkrankungen, die sich in kurzer Zeit häuften, würden eine Untersuchung durch den Adelsrat nach sich ziehen. Dereks Hochverrat und Geständnis hatten jeden Anfangsverdacht zerstreut und ihr Sympathien eingetragen – man flüsterte sogar, dass das verräterische Arschloch seinen eigenen Bruder in den Brunnen geworfen habe. Trotzdem musste Namenlos das Ausschalten eines jeden potenziellen Erben sorgfältig planen und einfädeln, damit es natürlich wirkte. *Naturbelassen.* Er hatte eine Reihe unzusammenhängender Zufälle organisieren müssen, die in unregelmäßigen Abständen eintraten. Der Mann war überraschend gut in dem, was er tat, aber diese Art von gezielter Willkür brauchte Zeit.

Neveah hörte, dass die Tür geöffnet wurde, und wirbelte herum. Sie hatte nicht gern jemanden hinter sich. Erst recht nicht jetzt. *Erst recht nicht ihn.*

»Ah, Namenlos.« Sie hatte sich angewöhnt, ihn bei seinem verhassten Spitznamen zu nennen. Seiner Identität und seines Status enthoben, war er in den Augen des Gesetzes nichtig. Ein Niemand. Sie konnte ihn natürlich begnadigen und ihm per königlichem Erlass wieder einen Namen geben, aber dann würde man Fragen stellen. *Außerdem erinnert ihn seine Anonymität daran, wo er hingehört.* »Wo stehen wir mit der Thronfolge?« Sie kannte die Antwort, aber es war eine komplexe Angelegenheit, und sie wollte es von jemandem hören, der genauso schlau war wie sie selbst. *Oder schlauer.* Der Gedanke, dass ihr Ratgeber klüger sein könnte als sie, störte sie ebenso sehr, wie er sie beruhigte.

Namenlos lächelte dünn über ihre Beleidigung und kratzte sich seinen dürftigen Bart. »Wie Ihr wisst, leidet Derek Moceri an einem Gebrechen, das ihn von der Thronfolge ausschließt, abgesehen von dem Hochverrat, der für sich genommen bereits genügt hätte. Ainslee Brutstätt-Moceri hat es irgendwie geschafft, sich schwängern zu lassen, und will den Namen des Vaters nicht preisgeben.« Er bedachte Neveah mit einem eigenartigen Grinsen. »Rein zufällig kenne ich den fruchtbaren Burschen, der ihr den Braten in die Röhre geschoben hat, und er trägt definitiv keinen noblen Namen, daher ist sie raus. Devlin Moceri hat jüngst erklärt, auf seinen Anspruch zu verzichten – aus der abergläubischen Furcht heraus, die Erben des hyakischen Throns seien unter einen Fluch gefallen.«

Dieser Fluch bist du. »Und so …«

»In Anbetracht der jüngsten Ereignisse und der Gesetze, die ich ausgiebig studiert habe, und eingedenk der Stimmung im Adel, die ich ausgelotet habe …«

»Oh, heraus damit. Ich weiß doch, dass dein kleiner, wie ein Uhrwerk funktionierender Verstand das alles ausgeknobelt hat. Langweile mich nicht mit den Einzelheiten.«

»Kinsey Moceri würde wahrscheinlich auf dem Herrscherstuhl Platz nehmen, wenn Euer schrumpelnder königlicher Hintern ihn heute freimachen würde.«

Neveah schalt Namenlos nicht für seine grobe Bemerkung über ihren Körper. Sie war unhöflich, aber wahr – sie wurde schnell dünner, jetzt, da sie den Fette-Hure-Sirup nicht mehr einnahm. Namenlos war grob für einen ehemaligen Edelmann, als wäre seine gute Erziehung während der Zeit in der Kiste in Reinfall aus ihm herausgesickert. Neveah war zu erleichtert, um sich darum zu scheren. Die lange, schwierige Prozedur der Absicherung ihrer Zukunft nach dem Abdanken war vollendet, und Hyak würde einen besseren Herrscher bekommen als den grausamen und verräterischen Derek Moceri. *Ich bereue nichts,* sagte sie sich, doch es war eine Lüge. Sie bereute alles, von dem lächerlichen Unfalltod ihres Gemahls bis zu Ereks sorgfältig eingefädeltem Sturz in den Brunnen. Aber der schwierige Teil war vorüber. Sie griff nach ihrer Gewürzschale und fand sie leer. *Egal.* Die Lage beruhigte sich jetzt. Sie brauchte nicht mehr so schnell zu denken. Sie lehnte sich auf ihrem gepolsterten, in Fairhaven gefertigten Schreibtischstuhl zurück. *Die Handwerker auf der anderen Seite des Rundsteins sind so gut darin, Dinge auszupolstern.*

»Kinsey ist die wahrscheinliche Kandidatin«, wiederholte der Mann. »Aber der Rat hat einen gewissen Ermessensspielraum bei der Bestätigung.«

»Sie werden sie bestätigen. Alle lieben Kinsey.«

»… und der Verbleib des jungen Klein ist immer noch nicht geklärt.«

Neveah machte eine abschätzige Handbewegung. »Auf Reisen verstorben.«

»Die Seehexe hat nicht lange genug gelebt, um ihn von Eurer Liste zu streichen.«

»Nein. Sie konnte sich nicht einmal um Willis kümmern, diesen arroganten Mistkerl.« Neveah stieß ein Brummen aus.

»Das Vorgebirge ist nicht das Meer.«

»Ich hätte mich von dir beraten lassen sollen bei der Entscheidung, Kriegsfürst Synge zu ersetzen.«

»Ich hätte ihn behalten. Wenn er noch im Feld wäre, hätte der Rest des Vorgebirges nicht …«

»Bah! Das spielt jetzt keine Rolle mehr. Streiche Kleins Namen von der Liste. Die Straße durch die Grenzlande ist voller Gefahren, vor allem für einen verweichlichten Palastknaben, der versucht, feindseligen Einheimischen Geld abzupressen. Zornige Bauern oder Banditen haben ihn getötet oder er wurde von Sumpfeidechsen oder Kannibalen aufgefressen – diese dreckigen Seenvölker kochen Hyaken bei lebendigem Leib.«

»Davon habe ich gehört.«

»Und natürlich führen alle tiefen Straßen durch Notnagel …« Sie ließ die Worte in der Luft hängen.

»Hm?«

Etwas, das er nicht weiß. »Die Garnison dort ist vor Monaten von wütenden Sassoonen überfallen worden, aber die Sache wurde unter den Tisch gekehrt. Ich wollte nicht, dass mein Kabinett davon erfährt, dass wir sie verloren haben. Zweimal. Es ist eine Todesfalle.«

»Dann wird es wohl Kinsey werden«, räumte Namenlos schließlich ein.

Neveah nickte. »Sie wird mir gegenüber einige Verpflichtungen haben, auch nachdem ich die Krone abgelegt habe.«

»Wollt Ihr, dass ich ihr diese Verpflichtungen erkläre?« Ihr neuer Ratgeber legte den Kopf schief wie ein geduldiger Vogel, der darauf wartete, dass ein Wurm aus dem nassen Boden an die Oberfläche kam.

»Nein! Halte dich bloß von meiner Nichte fern«, sagte Neveah. »Ich will nicht, dass sie bestraft oder zu irgendetwas gezwungen wird. Ich will nur, dass sie ihre neue Rolle zu schätzen weiß.«

»Verstanden. Aber wenn Ihr Eure Meinung ändert und ich ...«

»Verstanden.«

Neveah erhob sich und ließ ihre Dokumente verstreut auf dem Schreibtisch zurück. Sie brauchte frische Luft. Sie musste hinaus aus dem Raum. Hinaus aus dem Palast. Hinaus aus der Stadt. Hinaus aus der Gesellschaft ihres beunruhigenden Ratgebers. *Oder wenigstens will ich nicht mit ihm allein sein.* Sie hatte das einmal versucht, und bei der Erinnerung daran überlief sie noch immer ein unangenehmes Frösteln.

»Ich muss mich mit Lord Brutstätt treffen, wegen ... der eingestürzten Wand am Nordufer.«

»Nein, müsst Ihr nicht. Ich mache Euch nervös.«

»Ich habe keine Angst vor dir.«

»Natürlich nicht. Viel Spaß bei Eurem Treffen.« Er lächelte. »Und sagt ihm, er soll die Wand fünf Schritte nach hinten versetzt wieder aufbauen, um der künftigen Erosion an dem weichen Ufer darunter Rechnung zu tragen.«

»Das werde ich tun.«

Sie eilte hinaus, schaute sich um und sah die schmale Schleppe ihres langen Aalkleides hinter ihr über den Boden fegen. Seine Blicke folgten ihrem purpurnen Schwanz, er beobachtete, wie er hin und her glitt, aber zu ihrer Erleichterung machte er keine Anstalten, ihr zu folgen.

Die Sonne durchdrang den grauen Himmel über dem Arroganten Meer und schraffierte Wolken und Wasser mit Lichtstreifen, die für Neveah aussahen wie Schnitte im Gewebe ihrer Welt. *Hauptsache es hält noch alles zusammen.* Sie würde innerhalb des nächsten Vierteljahres abdanken und Kinsey als ihre Thronfolgerin benennen. *Nicht mehr lange jetzt.* Neveah lehnte sich an den glatten Stein zurück, während sich um sie herum der Dampf der heißen Kaskaden-Thermalquellen erhob, in dem sich ihr dickes Haar lockte. Sie hatte mit dem vierten der sieben heißen Kaskadenbecken angefangen und sich nach oben bewegt, sich dabei an die steigenden Temperaturen der einzelnen Becken gewöhnt. Die Quellen flossen hügelabwärts; ein heißer Teich ergoss sich in den nächsten und das sengende Wasser kühlte auf seiner Reise zum Arroganten Meer hinab durch alle sieben Becken allmählich ab. Der gesundheitliche Nutzen der Kaskadenquellen war weithin bekannt, und Wächter passten darauf auf, um den schmutzigen Pöbel fernzuhalten. Das änderte sich nur beim Wechsel der Jahreszeiten, wenn die Teiche allen zugänglich gemacht wurden. Sie waren teuflisch heiß, und die meisten Menschen hielten sich an das sechste und siebte Becken. Neveah saß inzwischen im zweiten. Sie starrte auf das Meer hinaus und entspannte ihre verkrampften Muskeln in der Hitze, während der Schwefelduft ihre Lunge reinigte, und das Gurgeln des fließenden Wassers ihren vollgestopften Geist besänftigte. Es war ein beruhigendes Gefühl, den Tag über kein Gewürz konsumiert zu haben. Das Gewürz half ihr zurechtzukommen, wenn die Dinge sich zu schnell ereigneten. *Alchemie.* So nannte Namenlos es, und er versorgte sie damit, wenn sie es brauchte. Aber jetzt brauchte sie es nicht. *Nicht heute.* Heute waren die Dinge geregelt, und Neveah Moceri entspannte sich zum ersten Mal seit … seit sie denken konnte.

Sie ließ die Hitze über ihren Bauch schwappen, über ihre königlichen Brüste und hinauf zu ihren erlauchten Schultern. Wenn Kinsey den Thron bestieg, würde sie sich in einen der

Aaltürme in Fairhaven zurückziehen – *den etwas schiefen mit dem breiten, hölzernen Balkon* –, wo Laufburschen ihr alles bringen würden, was sie brauchte, und Dienerinnen ihr aufwarten würden. *Fünf – zwei Knaben und drei Mädchen.* Es war eine bescheidene Zahl, nachdem sie Königin gewesen war, aber es würde genügen. Sie würde sich heimlich Liebhaber nehmen, obwohl sie sie nicht länger nach Notnagel befehlen konnte, falls das notwendig wurde. *Es wird Kinsey widerstreben zu tun, was notwendig ist.* Das war die Schwäche ihrer Nichte – sie war weich. Das Mädchen würde einen pragmatischen Ratgeber brauchen, der ihr die harten Entscheidungen abnahm. *Aber nicht diesen.* Valspar hätte Kinsey vielleicht gute Dienste geleistet. Aber Neveah hatte ihn fortgejagt. Sie verzog das Gesicht. Ohne das Gewürz, das ihr Gehirn eilig von Idee zu Idee hüpfen ließ, begriff sie, dass Viktor sich nicht mit Derek verschworen haben konnte. Ihr alter Ratgeber hatte einfach einen Fehler gemacht. *Aber einen solch großen Fehler.* Den größten. Unverzeihlich. Und doch hatte er ihr mit einer tiefen persönlichen Hingabe gedient. Er hätte für Neveah ein wachsames Auge auf Kinsey gehabt und dem Mädchen hilfreiche Ratschläge ins Ohr geflüstert. Er war beinahe so schlau wie ihr Mann aus der Kiste. *Beinahe, aber nicht ganz.*

Es gab nach wie vor Probleme. Immer Probleme. *Das werde ich nicht vermissen.* Aber nichts, das sich nicht regeln ließ. Da war die unglückliche Sache mit dem großnasigen Botschafter aus Reinfall. Die zornigen Bewohner des Vorgebirges hatten gegen ihre Verträge verstoßen und sich Willis angeschlossen. *Wegen des Todes eines einzigen Edelmannes aus einem kleinen Kaff?* Sie würde wohl eine offizielle Entschuldigung aussprechen müssen, dass man ihn vom Balkon gestoßen hatte. *Ich werde Derek die Schuld geben, sein Ruf ist sowieso schon hinüber.* Oder Kinsey konnte den Schlamassel bereinigen. Kinsey würde im Recht sein, wenn sie auf die Einhaltung des Waffenstillstands bestand. Schlimmstenfalls könnte sie Synge einen neuen Titel verleihen und ihn ausschicken, sie zu unterwerfen; der Rest der Grenzlande hatte geschworen, niemandem zu helfen, der die Bündnisverträge verletzte, und die Willis-Festung war das einzige größere Bollwerk im Vorgebirge. So oder so würde es gut ausgehen. Synge war beim gemeinen Volk von Hyak sehr beliebt, und Neveah würde großmütig wirken, wenn sie ihm sein Kommando zurückgab, bevor sie abdankte. *Ein Held kehrt zurück.* Das würde genügen. Sie lächelte. Ja, es gab immer Probleme, aber sie waren jetzt klein, und schon bald würden es nicht mehr ihre sein. Sie sank tiefer in den Teich hinein, fast bis zum Kinn, und ließ das Wasser sein sanftes Werk verrichten.

Plötzlich wachte sie auf, als sie abrutschte und schwefeliges Wasser in den Mund bekam. Spuckend setzte sie sich auf.

»Meine Königin…«

Corwin Pino stand auf dem steinernen Rand des Beckens und schaute zu ihr hinab. Er war ein prominenter Mann der Familie Pino, was ihr bei dem Anton-Moceri-Problem zugutekam – die Pinos und die Moceris konnten einander nicht leiden.

»Pino? Was macht Ihr hier?«

»Ich habe Neuigkeiten.«

»Und Ihr seid gekommen, um sie selbst zu überbringen, statt eine Dienerin zu schicken?« Sie schaute auf ihren nackten Körper in dem durchsichtigen Teich und dann hinauf zu Corwin. *Er steht gleich da oben mit seinen fruchtbaren adeligen Lenden.* Sie fragte sich aus einer Laune heraus, ob er sie ihr zur Verfügung stellen würde. »Seid Ihr gekommen, um mich nackt zu sehen?«

Bei dieser Anschuldigung zog Corwin die Brauen hoch. »Nein!«

»Aber ich bin nackt, oder? Und Ihr seid gekommen, um mich zu sehen?«

»Ich wollte nicht hinsehen.«

»Nun, aber jetzt, da Ihr das gesehen habt, was Ihr nicht habt sehen wollen, was denkt Ihr? Werde ich dünner?«

»Das kann ich nicht beurteilen. Und ich könnte es nicht sagen. Ich bin ein verheirateter Mann.«

»Die Ehe hindert einen Mann selten daran, eine nackte Frau vor ihm in Betracht zu ziehen, jedenfalls meiner Erfahrung nach.«

»Aber ich habe bereits eine Gattin. Und Kinder. Ich würde nicht...«

»Ja, ja. Schön. Ihr seid verheiratet. Und Ihr habt Euch erfolgreich fortgepflanzt. Meinen Glückwunsch.« Sie verschränkte die Arme vor der Brust, verärgert und plötzlich verlegen. »Also heraus damit. Welche Nachricht ist so wichtig, dass Ihr gekommen seid, um mich nackt zu sehen, ohne jedes Interesse daran zu haben, mich nackt zu sehen?«

»Ein Kontingent Moorbewohner hat seinen Sumpf verlassen.«

Neveah grübelte einen Moment lang darüber nach, zuckte dann aber die Achseln. »Was sollte uns das scheren? Eine Armee von Fröschen hüpft aus dem Schlamm. Na und? Die Bündnisverträge erlauben es ihnen, eine kleine Streitmacht zu unterhalten.«

»Sie ziehen durch die Spinnenbeinberge in Richtung Callestan am Axtkopfsee.« Er holte Luft. »Und eine Kompanie Soldaten von den Seen hat sich ihnen angeschlossen.«

Neveah stand plötzlich auf. »Seen? Eine ganze Kompanie? Wann?«

»Vor Kurzem. Ich bin hergekommen, sobald ich davon gehört habe.«

Sie kletterte aus dem Teich und bückte sich, um ihre Unterkleidung einzusammeln. »Haben sie einen Läufer geschickt?«

Pino bemühte sich unbeholfen, mit ihr zusammen ihre Kleider aufzuheben, ohne sie anzusehen. »Ja. Einen Mann namens Pergrim.«

»Oh. Den Göttern sei gedankt. Ich kenne ihn. Er ist ein vernünftiger Bursche.« Sie zog sich ihr Untergewand über den Kopf. »Aber er sollte dafür sorgen, dass das Seenvolk in den Seen bleibt.«

»Nun, eine ganze Kompanie von ihnen befindet sich definitiv nicht bei den Seen, und sie sind bewaffnet und beritten. Die Moorler kommen in einer entsprechenden Zahl und reiten … Katzen, wenn ich recht gehört habe.«

»Katzen?«

Pino zuckte die Achseln.

»Und, was hatte Pergrim zu sagen?«, erkundigte Neveah sich.

Corwin verzog das Gesicht. »Ähm, nichts, wie sich herausstellte.«

»Gar nichts? Er ist zu uns gelaufen und hat nichts gesagt?«

»Ich habe es so verstanden, dass er versehentlich getötet wurde.«

»Versehentlich?«

»Er hat seine Botschaft mit einer Beleidigung begonnen.« Corwin Pino hielt inne. »Gegen Euch.«

»Ach?«

»Er sagte, Ihr wäret eine Hurenkönigin – seine Worte, nicht meine.«

»Dafür ist er getötet worden? Ich höre Schlimmeres von meinem eigenen Rat. Wer hat das getan?«

»Ein gewöhnlicher Lakai. Der Mann hat dem Läufer von den Seen den Kopf mit einer Axt gespalten – aus über einer

Armeslänge Entfernung –, bevor irgendjemand ihn daran hindern konnte. Er sagte, seine Königin lasse sich Beleidigungen in ihrer Gegenwart nicht gefallen, und so würde er auch in ihrer Abwesenheit keine dulden.«

Gerede über ihre Bestrafung des Delany-Mannes für seine Worte hatte die Runde gemacht. *Das war eine vollkommen andere Beleidigung.* »Nun, das hilft uns nicht gerade weiter, wie?«

»Es könnte diese Grenzländler ein wenig Respekt lehren …«

»Bockmist! Es lehrt uns, dass wir, wenn wir den Boten töten, die Botschaft nicht bekommen, Ihr Idiot!«

Pino stieß einen unverständlichen Laut aus und warf ihren Rock wieder auf den Boden. »Ich soll ein Idiot sein, ja? Ich habe ihn nicht getötet. Tatsächlich bin ich hier der Bote!«

Neveah verspürte einen vagen Drang, ihn zu erwürgen. *Hätte ich etwas Gewürz, hätte ich den Mut, es zu tun.* Stattdessen holte sie tief Luft. »Ja, ja, ich entschuldige mich«, sagte sie. »Ich bin keine fette Hure, und Ihr seid kein Idiot.«

»Vergebt mir, Hoheit.« Er hob ihren Rock wieder auf, schüttelte ihn aus und reichte ihn ihr. »Wir sind alle angespannt. Aber ich habe Euch nicht ›fette Hure‹ genannt. Das war der tote Mann von den Seen. Und er hat nicht einmal ›fett‹ gesagt. Das wart Ihr.«

»So, Ihr habt es schon wieder gesagt. Ihr müsst damit aufhören. Ich habe wichtigere Dinge zu bedenken als Eure wiederholten Beleidigungen.«

Er runzelte die Stirn. »Ja, meine Königin.« Verwirrt verneigte Corwin Pino sich und ließ sie allein, damit sie sich fertig ankleiden konnte, dann eilte er den Hügel hinunter und rief nach seinem Pferd und dem der Königin.

Während des Ritts zurück nach Seeblick begann es zu regnen. Neveahs Laune war bereits miserabel, ihre Entspannung dahin. Widerspenstige Moorler waren für sich genommen nicht sehr besorgniserregend. *Aber im Verbund mit den Seen?* Es ergab kaum Sinn, die Geschichte der beiden untereinander war genauso blutig wie ihre jeweilige mit Hyak. Das ging auf Deiche zurück, die vom Seenvolk gebaut worden waren und die Sümpfe zu Zeiten Ironik Grünlebers überflutet hatten, des berüchtigten Moorkönigs, der die Organe seiner toten Feinde zu einem essbaren Brei zerstampfen ließ, während seine Gefangenen hungern mussten, bis sie darum bettelten, den Brei essen zu dürfen. Die beiden feuchten Nachbarn waren »wie Schlamm und Wasser«, so besagte die Redensart. *Warum jetzt ein Bündnis?* Selbst wenn sie in der Lage gewesen wäre, ihre geheime Abmachung mit Pergrim aufrechtzuerhalten, seine Leute auf dem Wasser zu halten, wo sie hingehörten, war dieser Pakt nun mit ihm gestorben. *Und kein Land mag es, wenn man seine Botschafter tötet.*

Die Fußgängerpforte im Flügel eines der Haupttore nach Seeblick öffnete sich knarzend, sobald Shent auf dem gebogenen Horn, das an seinem Sattelknauf hing, ihre Rückkehr ankündigte, und Neveah wurde auf der Schwelle von einem weiteren Mitglied ihres Rats begrüßt. *Was in den vielen Höllen ...?* Diesmal war es Lady Eisvogel. Neveah verspannte sich. Das bedeutete weitere schlechte Nachrichten; Olivia Eisvogel trug eine Hose, und eine Dame schlüpfte nur dann in Männerkluft, wenn sie harte Aufgaben zu erledigen hatte.

»Was?«, blaffte Neveah, noch bevor ihr mit Hufglocken ausgestatteter Friese stehen blieb.

»Die Moorler und das Seenvolk sind ...«

»Bei den Eiern der Götter, ich weiß!« Als sie von ihrem Reittier kletterte, blieb sie mit dem Fuß in dem silbernen

Steigbügel hängen und klatschte vor Olivia und neben den Hufen ihres Pferdes auf Hände und Knie. Sie kniete im Dreck, aufgeschürft und beschmutzt, und der Schmerz schoss ihr durchs linke Bein. Shent und ein Wächter beeilten sich, ihr aufzuhelfen. Aber eines hatte ihr Gemahl sie gelehrt, nämlich dass eine Königin sich Respekt verschaffen musste. *Selbst wenn sie auf den Knien liegt.* »Schickt eine Nachricht nach Dortch, dass sie die Truppen in Callestan verstärken sollen«, knurrte sie Lady Eisvogel und Shent an, gerade als ihr Wachmann neben ihr ankam. »Und ihr Männer wagt es ja nicht, mir aufzuhelfen.«

Olivia wich nicht vor ihr zurück. Der hosenbewehrte Eisvogel war selbst ein zähes Miststück aus einer bedeutenden Familie, die Neveah als Außenseiterin betrachtete. »Callestan hat sich bereits an Dortch gewandt. Dortch wird nicht kommen.«

Neveah drehte sich der Magen um. »Warum nicht?«

»Sie distanzieren sich.«

»Distanzieren sich wovon?«

»Von Euch«, antwortete Lady Eisvogel schmallippig, aber Neveah fragte sich, ob sie es genoss, das zu sagen, und nur versuchte, nicht zu lächeln. »Juristische Probleme, sagen sie. Ethische Probleme. Moralische Probleme. Sie sagen, sie werden keine Befehle von Seeblick mehr entgegennehmen, bis jemand anderer sie erteilt.«

Moral? Sie können doch nicht wissen, dass ich mich mit meinem Wächter vergnügt habe, als der König noch lebte, oder? Aber Klatsch hatte so eine Art, sich herumzusprechen. Neveah stemmte sich hoch, Knie aufgeschürft und Hände blutig von Seeblicks Pflastersteinen. »Ich will das bestätigt haben. Und ich will wissen, warum. Sie müssen sagen, warum, sonst ist es Hochverrat.«

»Der Rat will zusammenkommen. Unverzüglich.«

»Nicht jetzt.« Sie wandte sich an Shent. »Such mir meinen Ratgeber. Sofort!«, zischte sie.

»Wann?«, beharrte Eisvogel.

»Bald, Lady. Sehr bald. Teilt ihnen mit, ich hätte einen Plan.« Sie hatte keinen Plan – *ich kann nicht so schnell denken, wie die Dinge geschehen* –, aber bald würde sie einen haben. *Sehr bald.*

Neveah fand Namenlos im Jagdsaal des Fischpalastes im Krabbenturm. Köpfe von Meeresbewohnern starrten sie mit offenen Mäulern von den Wänden an – auf Platten montierte Riffhaie mit Zähnen so lange wie der Finger eines Mannes, Kraken mit Tentakeln und spitzen Schnäbeln, ein eingerollter Muschelgürtler, eine ausgestopfte Meereseidechse, deren mit Schwimmhäuten bewehrte Klauen neben ihrem keilförmigen Kopf über die Wand ausgestreckt waren. Neveahs dünner Ratgeber stand unter einem riesigen Meerneunauge, das sich nicht so sehr von dem großen Moceri-Aal mit den Reißzähnen in der Nähe unterschied, abgesehen von dem runden Saugmaul mit seinen kleinen Parasitenzähnen. Namenlos hielt eine Schale mit Gewürz in der Hand.

»Die Moorler und die Seenvölker verletzen keine Bündnisverträge, so wie ich die Dokumente verstehe«, berichtete er. »Beide haben das Recht, eine Kompanie Soldaten zu bewegen, wann immer sie beschließen, ihren Frieden selbst zu verteidigen.«

»Aber sie bewegen ihre Kompanien zusammen. Wenn ich richtig rechne, dann sind das zwei Kompanien. Und sie sollten in meinem Königreich ihren Frieden nicht verteidigen müssen!«

»Sie sind noch nicht in Hyak. Sie befinden sich nördlich von Callestan.«

»An unserer Grenze.«

»Es ist auch ihre Grenze.« Er hielt ihr die Schale hin und brauchte kein Wort zu sagen. Er nutzte seine alchemistische Erfahrung und mischte Gewürz von der Zuckerküste und der Verrufenen Küste, um für sie allein eine einzigartige, machtvolle Mixtur zu erschaffen.

Als sie auf ihn zuschwebte, förderte er einen goldenen Löffel zutage wie ein Magier einen geflügelten Waldsänger.

»Ich brauche das nicht«, sagte sie, nahm dann aber doch den Löffel entgegen und kippte eine Portion hinunter. »Aber es hilft.«

Er wartete, während sie das Kribbeln den ganzen Weg von ihrer Zunge bis in die Spitzen ihrer Gliedmaßen kriechen ließ. Nach einem letzten Schaudern schüttelte sie Arme und Beine aus, dann sprach er.

»Es gibt da ein Schiff.«

»Ein Schiff?«

Kapitel 50

Caspar

Caspar stand am Bug und beobachtete, wie Seeblick immer größer wurde, während jedes Auf und Ab des Schiffs über die Wellen sie näher an ihr Zuhause brachte. *Ist es noch zu Hause?* Der Nebel über den Wellen ließ die Umrisse der Stadt weicher erscheinen, sodass ihr Herannahen sich unwirklich anfühlte. *Was in den vielen möglichen Höllen tue ich hier?* Er hatte einen Plan, aber keine Möglichkeit zu wissen, ob er aufgehen würde, solange er und seine Glorreichen auf See waren.

Atul gesellte sich zu ihm in den Bug. »Die Stadt ist jetzt nah«, sagte der Soldat.

»Versammele sie an Deck«, antwortete Caspar.

»Alle?«

»Ja. Sie haben alle eine Rolle zu spielen.«

Sie drängten sich mittschiffs zusammen, und Caspar stieg auf das erhöhte Achterdeck, um zu ihnen zu sprechen. Er war kein Ausrufer. *Aber ich bin ein Kommandant.* Soweit er wusste, war er immer noch ein titeltragender Lord. Totgeglaubt vielleicht, aber nicht seines Titels enthoben.

Belorian und Tara, die den Barden stützte, standen vorn. Es ging ihm nicht gut. Sein geschwollenes Gesicht hatte sich während ihrer Zeit auf See entzündet, und er stand auf wackeligen Beinen da. Dennoch hatte er sich geweigert, unten in seiner

Koje zu bleiben. »Ich will unsere Ankunft ausrufen«, krächzte er. »Falls es unsere letzte ist.«

Graph Wing stand neben ihnen und gürtete sein Schwert mit unsicheren Händen. Der junge Soldat war nervös, das konnte Caspar sehen, aber er war dem fantastischen Tier gefolgt, das ihm das Leben gerettet hatte, und er würde das bis zum Ende weiter tun.

Loyalität.

Cliff klammerte sich an die Reling und hing halb über den Rand. Sein Schwanz flatterte im Wind. Der Drache hatte sich angewöhnt, überall auf dem Schiff herumzuklettern, die Masten hinaufzuflitzen und in die Takelage und sogar außen an den Holzbohlen des Rumpfs entlang, direkt über den Wellen. Er bohrte seine scharfen Krallen hinein, um Halt zu finden, wenn er seitwärts oder sogar kopfüber hing und mit rauchigem Atem kleine Wölkchen in die kühle Meeresbrise stieß. Er war größer als bei ihrer ersten Begegnung, war Caspar aufgefallen. Langsam konnte er es mit Atul aufnehmen, wenn man vom Kopf bis zu den Hinterläufen rechnete, und er war noch länger, wenn man den Schwanz dazunahm. Die angeheuerte Mannschaft hatte die mannsgroße Echse zuerst gefürchtet, aber Cliff hatte schnell ihre verschiedenen Sprachen gelernt und schon bald mit ihnen geplappert wie ein alter Freund, wenn auch ein geschuppter. Nur zwei Seeleute hatten ihn für einen Dämon gehalten, aber die beiden waren in Dortch mühelos ersetzt worden, als sie dort vor Anker gegangen waren, um eine Audienz bei Dortchs Rat der Freundlichen Bucht zu erbitten. Caspar erinnerte sich an die überraschten Gesichter der Wachen, die Opal vor den Adeligen als diejenigen identifizierte, die Bestechungsgelder annahmen, um Kinder zu schmuggeln.

Opal stand neben Zottel. Caspar nickte ihr zu, und sie

nickte zurück, eine Geste, die entweder ernst oder traurig war – er konnte nicht entscheiden, welches von beidem. Sie war zu den Ihren zurückgekehrt. Sie war diesen Menschen treu ergeben, nicht ihm, und sie hatte den größten Teil der Reise bei den Straßenkindern unter Deck verbracht. *Ich habe sie nicht daran gehindert.* Sie hatte vielleicht darauf gewartet, dass er sie nach oben rief, begriff er, aber er hatte es nicht getan. Er fragte sich, ob sie mit Zottel zusammen war – ob der Jüngling mit dem buschigen Haar sie in dem überfüllten Frachtraum küsste. *Es spielt keine Rolle mehr,* sagte er sich und schüttelte den Gedanken ab. Die beiden standen an der Spitze der Straßenkinderschar, die das Deck von Mittschiffs bis zum Bug füllte.

Die Dortchler hatten die Straßenratten gewaschen und eingekleidet. *Sie sehen gar nicht mehr aus wie Ratten,* ging es Caspar durch den Kopf. *Nur wie Kinder.* Caspar hatte ihnen die Freiheit angeboten, und viele hatten das Schiff verlassen. Andere hatten die Stadt gefürchtet, in der sie gefangen genommen worden waren, und waren an Bord geblieben. Wieder andere wollten nach Hause, nach Seeblick, dem einzigen Zuhause, das sie je gekannt hatten, obwohl ihre Königin sie dort nicht haben wollte. Er hatte ihnen nichts versprochen. Man hatte ihnen schon früher Lügen aufgetischt, und sie waren klug genug, denen nicht zu vertrauen, die mit Versprechungen hausieren gingen.

»Wir könnten sterben, wenn sie sehen, wer wir sind«, begann Caspar, und Belorians unversehrte Braue zuckte in die Höhe. Tara tätschelte den Ausrufer beruhigend. »Aber eins sollt ihr wissen: Ihr seid das Volk von Hyak, jeder Einzelne von euch. Und meine Kameraden!« Er rief laut, seine Stimme klang tiefer, als er sie in Erinnerung hatte, und sie hörten ihn trotz des Windes. Er sah es ihren Gesichtern an. Die verzückte Aufmerksamkeit so vieler machte ihm Mut. Es war kein mächtiges Kontingent, aber es hatte sich Caspars Sache verschrieben. *Unserer Sache.* Sie würden wie ein Mann handeln, wenn alles gut ging. »Wir sind eine Kompanie von Ausgestoßenen – Unerwünschte, vor einiger Zeit zum Sterben fortgeschickt und vergessen worden. Aber wir haben ihnen nicht den Gefallen getan zu sterben. Wir leben. Und wir kehren heute zurück, um uns in Erinnerung zu bringen und die Wahrheit auszusprechen.«

Caspar hielt inne, und das Schweigen weckte in ihm die Frage, ob seine Worte auf zweifelnde Ohren trafen. *Was nutzt es, wenn die Getreuen ohne Mut folgen?*

Atul Deshmane hatte schon viele Ansprachen gehört, überzeugende Ansprachen, mit denen Männer in den Tod geschickt worden waren. Er kannte die Klänge des Krieges und die Stimmung von Männern, die in die Schlacht geschickt wurden. Also trat er vor, hob seine großen Hände und drängte die Menge Unerwünschter, ihre Stimmen zu heben. Als sie nur murmelten, hob er die Hände höher. Er war ein gewaltiger Mann – ein Krieger – und inspirierend, aber er war nur ein einzelner Mann. Es war der Bücherwurm Tara, der die Stille zerriss. Ihre schrille Stimme schmerzte im Ohr. »Klein!« Als die Menge sie nur anstarrte, rief sie von Neuem. »Kleeiiiin!« Atuls Stimme schloss sich ihrer an, ein tiefer Gegenpart zu ihrem hohen Schrei. Dann fiel Zottel ebenfalls ein und rief seine eigene Hymne: »Unerwünschte!« Atul schwenkte rhythmisch die Arme und ermutigte die unzusammenhängenden Stimmen, Zottel zu einem vereinten Ruf zu folgen.

Caspar hatte nicht vorgehabt, sie »Unerwünschte« skandieren zu lassen, aber er war erleichtert, dass sie überhaupt etwas von sich gaben.

»Wir sind nicht ohne Freunde!«, brüllte er über sie hinweg. »Baron Willis führt die Truppen des Vorgebirges nach Fairhaven im Norden. König Yolonic kommt aus dem Osten. Eine Kompanie der Seenvölker steht inzwischen vor den Toren von Seeblick.«

Das beeindruckte sie. Er las es in ihren großen Augen. Es war das erste Mal, dass er den Plan mit den Gemeinen teilte. Die meisten Kommandanten taten das nicht. Alle redeten aufgeregt durcheinander. Sie hatten einen König auf ihrer Seite. Es spielte keine Rolle, dass er ein Sumpfkönig war – ein Frosch. Er war auf ihrer Seite. Und ein Baron kam. Und der Herrscher von Dortch hatte ihnen neue Kleider gegeben. »Unerwünschte! Unerwünschte!«

»Ihr habt eine Rolle zu spielen, wenn wir anlegen. Heute seid ihr wichtig. Heute sind wir wichtig!«

»Unerwünschte! Unerwünschte! Unerwünschte!«

»Wir werden den Edelleuten dieser Stadt eine Darbietung liefern. Wir werden sehen, wie edelmütig sie sind. Wir werden sie auf die Probe stellen. Ich kenne ihre Schwüre. Ich habe gehört, wie sie sie abgelegt haben. Sie haben ihren Familien, ihren Göttern und sich selbst versprochen zu tun, was richtig ist. Sich an Gesetze zu halten. Ihren kostbaren Ruf als Adelige zu verteidigen. Aber ihr wisst, dass Menschen, die behaupten, von Adel zu sein, ihre Versprechen nicht immer halten, nicht wahr?«

»Nein!«

»Wenn sie nicht tun, was richtig ist, kennt ihr diesen Hafen vor uns besser als irgendjemand sonst. Falls man uns angreift, huscht in eure Verstecke und rettet euch. Sie werden es als Erstes auf mich und meine Glorreichen abgesehen haben. Das kann ich Euch versprechen.«

Mit diesen Worten stieg Caspar hinunter und schlängelte sich nach vorne über das Schiff hindurch, erlaubte seiner neuen Truppe seine Schultern und Arme zu berühren, weil das angeblich Glück brachte. Opal und Zottel führten ihre Kameraden unter Deck, während Cliff sich Caspar am Bug anschloss.

»Eine gute Rede«, sagte der Drache auf seine schlichte Art. Er war ein einfacher Redner – nicht blumig wie Belorian, nicht schlau oder grob wie Heath.

»Sie könnten dich mit Pfeilen durchlöchern, Cliff.«

»Eine seltsame Antwort auf ein Kompliment.« Der Drache kletterte über den vorderen Bugkorb hinaus auf den Bugspriet und spähte durch den Nebel.

Caspar rief ihm nach: »Cliff, du hast Heath gut gekannt, oder?«

»Ja.«

»Unser Übersetzer hatte ein unheimliches Talent für Sprachen.«

»Das stimmt.«

»Genau wie Yvette ein Talent für Tiere hatte. Ich habe mich mit Gedanken an die Hexen gequält und daran, was Heath vielleicht für sein von den Göttern geschenktes Talent geopfert hat.«

»Den ersten Bissen einer jeden Mahlzeit.«

»Den ersten Bissen?«

»Er hat ihn sich über die Schulter geworfen und gemurmelt: ›Erster Bissen für die Götter‹.«

»Das hat er getan?«

»Bei jeder Mahlzeit.«

»Das ist alles?«

»Das ist eine beachtliche Menge an Essen. Im Laufe der Zeit.«

Caspar nickte, als er sich daran erinnerte, dass Heath auf dem Hexenfest einen Froschschenkel weggeworfen hatte. Er kicherte erleichtert.

»Jemand versammelt die Adeligen am Ufer?«, fragte Cliff.

»Meine jüngere Schwester, wenn sie die Nachricht erhalten hat.«

»Meine Schwester wollte mich auffressen.«

»Meine Schwester wird mich nicht auffressen.«

»Das ist gut.«

Kapitel 51

Neveah

Neveah verfluchte die Götter, als sie zum Kai hinuntertrottete. Der Nebel des Arroganten Meeres sorgte für einen feuchten Tag und verwandelte die Lehmstraßen hügelabwärts zur Wasserfront zu Schlammrinnen, sodass sie ihr in Mittelstadt gefertigtes Baumwollkleid durch nassen Schlamm und Pferdescheiße hinter sich herschleifte. *Ich hätte eine Hose anziehen sollen.* Sie hatte sich angewöhnt, ein Kontingent von fünf Leibwachen und zehn Bogenschützen überallhin mitzunehmen, und sie trabten hinter ihr her. Bogenschützen waren wie Magie, dachte Neveah – *sie ziehen hier an einer Sehne, und dort hinten stirbt jemand.*

Andere adelige Familien hatten sich bereits auf dem Kohlmann-Kai versammelt: die Gisvolds, die Loutins aus Fairhaven und die Stryfts. Mehr als fünfzehn Familien waren vertreten, einschließlich des Großteils ihres eigenen Rates. Sie alle starrten auf das große Schiff, das am Ende des dem Adel vorbehaltenen Kais anlegte.

Sie fand Isabella Montserrat. »Ich sehe keine Aalflagge. Was ist das für ein Schiff?«

»Auf dem Bug steht in weißer Farbe ein Name geschrieben – die Glorreiche.«

»Glorreiche?«

»Niemand kennt es.«

»Was ist das für eine Galionsfigur dort?« Neveah zeigte auf eine Figur, die vom Bugspriet aufragte.

»Es sieht wie … eine Echse aus.«

»Die glorreiche Echse? Was hat das zu bedeuten?«

»Wir haben eine Nachricht erhalten, dass ein Schiff mit wertvoller Fracht für Seeblick einlaufen würde.«

»Warum habe ich diese Nachricht nicht erhalten? Wer hat Euch das erzählt?«

»Lady Catherine Klein.«

»Das Klein-Mädchen? Die Kleins sind …«

»… Meerechsen.«

Neveah hätte fast geschrien. »Wo ist sie?«

»Sie ist nicht hier«, antwortete Isabella.

Jordyn Stryft streckte die Hand aus und rief: »Die Galionsfigur bewegt sich!«

Die Echse bewegte sich tatsächlich. Im selben Moment versammelte sich eine Gruppe von Personen an der Backbordreling des Schiffes. Die lebende Galionsfigur schlängelte sich auf das Deck und gesellte sich zu ihnen. Die Bogenschützen der Königin hatten ihre Bögen erhoben, als das Tier sich bewegte; Furcht und Jagdtrieb machten sie nervös.

Neveah zischte dem Ausrufer zu: »Begrüße sie, Shent. Teile ihnen mit, dass Schiffe, die an einem Landesteg des Adels vor Anker gehen, eine Flagge führen müssen. Ich will wissen, wem ihre Loyalität gilt.«

Shent wandte sich um und wollte die Nachricht ausrufen, als ein Mann an die Reling trat und ihm zuvorkam. Das aufgedunsene Gesicht des Mannes verzerrte sich, und er sprach mit großer Mühe.

»Seid gegrüßt … Ihr Adeligen … von … Seeblick …«

Seinen stockenden Worten zuzuhören war für das Publikum

genauso schmerzhaft wie für ihn das Sprechen, aber als die Adeligen auf dem Kai miteinander zu tuscheln begannen, brachte er sie mit einer Handbewegung zum Schweigen und fuhr fort.

»... wir sind ... die ... Glorreichen Sechs ... wir haben den Tribut ... für die Krone ... eingesammelt!«

Ein Mann neben ihm klopfte ihm auf die Schulter und trat auf den vorderen Bugkorb. Er kam ihr bekannt vor. Neveah riss die Augen auf. Bartstoppeln verbargen ein jüngeres Gesicht. Sie schnappte nach Luft.

»Neffe?«

Neveah trat zurück und griff nach Namenlos' Arm, um sich festzuhalten. Caspar Klein stand am Bug und legte die Hände zu beiden Seiten auf die Reling, gesund und munter. Er betrachtete die Menge, richtete den Blick dann aber auf sie.

»Ihr scheint überrascht, mich zu sehen, Tante.«

Neveah musste schnell nachdenken. »Natürlich. Deine Ankunft wurde mir nicht angekündigt. Eine große Überraschung. Eine erfreuliche Überraschung!«

Er wandte sich von ihr ab und richtete das Wort an die Menge. »Ich bin Caspar Klein, hier, um zu berichten, dass ich meine Pflicht als Zollmeister für die Grenzlande erfüllt habe. Wir haben Tribute im Vorgebirge eingesammelt, in den Mooren und den Seen, und ich bin zurückgekehrt, um sie mit meinen Glorreichen Sechs abzuliefern.«

Er winkte seine Gefährten an die Reling, wo Neveah und die anderen Adeligen sie deutlich sehen konnten. Sie waren in der Tat zu sechst. Und ein breitschultriger Meereshund warf seine breiten Pfoten auf die Reling neben ihnen.

Caspar stellte sie vor. »Belorian Knochenstahl von den Knochenstahls im Süden, Ausrufer der Glorreichen. Tara Shnorhavorian von den Shnorhavorians aus Fairhaven, Buchhalterin der Glorreichen. Atul Deshmane ...«

Neveah erbleichte. *Mein Liebhaber!*

»… Kämpfer der Glorreichen. Unser glorreicher Übersetzer ist Cliff von den Eisenholzbergen. Und das sechste Mitglied, unsere Pferdemeisterin, Lady Opal von … Hyak.«

Die Überraschungen prasselten in schneller Abfolge auf sie ein – zuerst ein wandelndes, redendes Klein-Maskottchen. Dann ihr Neffe, *lebend.* Und Atul. Schließlich und am beunruhigendsten von allem das Mädchen. Neveah riss die Augen auf. Ja! Es war das Dienstmädchen, das sie vor vielen Monaten hatte töten lassen. *Sie sind alle tot. Das ist ein Geisterschiff!*

Sie drehte sich zu Namenlos um. »Weg hier. Wir müssen gehen. Hier ist etwas Finsteres im Gange.«

»Ihr könnt nicht gehen.« Namenlos zeigte auf die Adelsfamilien, ein gebanntes Publikum, fasziniert von der Ansammlung von Tieren und Kriegern und der mysteriösen Adeligen, die sie nicht kannten. »Euer Rat hört ihm zu!«

»Du siehst sie auch, nicht wahr?«

»Ja, es ist der junge Klein mit seiner Buchhalterin. Den Rest kenne ich nicht.«

»Es sind andere, denen ich Unrecht getan habe. Meine Missetaten verfolgen mich.« Sie stöhnte, als sie sich auch an Belorian erinnerte. »Sogar der Ausrufer! Ich kenne ihn – Knochenstahl. Ich habe Shent, den Gemeinen, ihm vorgezogen. Bei den Göttern!«

Namenlos holte eine geschlossene Dose Gewürz hervor und öffnete den Deckel, aber Neveah schlug sie ihm aus der Hand.

Caspar sprach weiter. »Meine königliche Tante, Ihr habt uns an die Grenze geschickt. Ihr habt eine Kriegsfürstin ausgeschickt, die mich an der Willis-Festung ermorden sollte. Ihr habt diese loyale Leibwache zu dem zerstörten Außenposten in Notnagel geschickt, damit Sassoonen ihn töten. Und doch sind wir hier, haben unsere Pflicht erfüllt und Euren Tribut im Frachtraum mitgebracht. Zu Anfang haben wir nur Gold-Drams eingesammelt, dann aber haben wir etwas viel Wertvolleres gefunden. Stellt Euch unsere Überraschung vor, als wir mit dem Gold in Caraval eintrafen und entdeckten, dass Seeblicks eigene Bewohner dort zum Verkauf standen.«

Die Menge begann besorgt zu tuscheln.

»Erklärt Euch, Klein!«, verlangte der alte Herzog Wisnir.

Caspar wandte sich Neveahs ehemaliger Dienerin zu, und sie winkte. Über hundert Gesichter erschienen an der Reling, Kinder aus Seeblick, von denen die jüngsten etwa sieben Jahre alt waren und die ältesten fast erwachsen. Sie trugen präsentable Dortcher Kleidung und stellten sich auf Drängen eines Jungen mit buschigem Haar in einer ordentlichen Reihe auf. Sie sahen nicht aus wie Straßenkinder, sondern wie die Söhne und Töchter irgendwelcher Eltern aus Seeblick.

»Kinder aus Seeblick! Ihr habt sie an Sklavenhändler verkauft«, sagte Caspar vom Bugkorb aus. »Aber wir haben sie von dem ganzen Steuergeld, das wir eingesammelt haben, zurückgekauft. Ein Schnäppchen für etwas so Kostbares, nicht wahr?«

Die Menge brummte zornig. Sie alle erinnerten sich an den Vorschlag der Königin, die Straßenkinder zu einem »besseren Leben« nach Dortch zu schicken. Sie waren überlistet worden. Oder hatten weggeschaut, denn sie hatten auch nichts dagegen gehabt, den Pöbel loszuwerden. Aber niemand würde zugeben, Kindersklaverei gutzuheißen oder am Sklavenhandel beteiligt gewesen zu sein. Einige waren entrüstet, andere fühlten sich schuldig. Ungeachtet ihrer Meinung zu dieser Frage, als die Straßenkinder fortgeschafft worden waren, bezeichneten sie den Verkauf von Kindern jetzt alle als »verderbt« und »ein Verbrechen« und wandten sich gegen ihre Königin, die nicht königlichen Geblüts war.

Neveah war es gewohnt, dass Blicke auf ihr ruhten, aber nicht solch erhitzte Blicke wie die hier auf dem Kai. Einige waren heiß vor Zorn, einige suchten verzweifelt nach Schuldigen.

»Die Königin missachtet das Gesetz!«, rief Margot Moceri inmitten der zwanzig Mitglieder ihrer Familie und ihres Gefolges.

»Ich stelle einen Misstrauensantrag«, brüllte ein anderer Moceri.

»Wählt sie ab!« Eine weitere Familie, aber Neveah konnte nicht länger erkennen, wer da rief.

Sie wich zurück und versteckte sich hinter ihrem Soldatentrupp. Sie schob sich an einem Bogenschützen vorbei. *Hier ziehen, dort sterben.* »Erschieß ihn«, sagte sie, ohne nachzudenken, und zeigte auf Caspar.

Der Soldat zog die Sehne zurück, ebenfalls ohne nachzudenken – seine Königin hatte gesprochen. Aber die Echse sah es, und sie sprang auf Caspar Kleins Rücken und stieß ihn zu Boden. Der Pfeil ging daneben und traf stattdessen ein Mädchen, das ein Kleid aus Dortch trug, in den Kopf. Sie ging zu Boden, erschlaffte sofort. Tot.

Dann brach Chaos aus. Adelige Familien strömten auf Neveahs Soldaten zu, und Neveah schickte ihre Wächter vor, um sie in Schach zu halten. Titeltragende Männer, erpicht darauf, ihre Tapferkeit unter Beweis zu stellen, rückten gegen die Soldaten vor, und sobald die erste Klinge ihre Scheide verließ, zogen alle die Waffen. Bevor Neveah wusste, wie ihr geschah, lag Roland Turcott in einer Blutlache auf dem Boden. Eine Frau schrie. Männer brüllten.

»Wählt Eure Seite!«

»Zum Teufel mit der Königin falschen Geblüts!«

Mindestens eine ihrer Leibwachen und mehrere Bogenschützen hatten Familie auf dem Kai, und sie wandten sich gegen ihre Kameraden oder verließen Neveahs Reihen ganz.

Namenlos packte Neveah am Ärmel und zerrte sie weg. »Jetzt gehen wir«, verfügte er.

Kapitel 52

Caspar

Caspar kannte sich in den Fluren des Fischpalastes aus. Das Gleiche galt für Atul. Graph und Cliff folgten ihnen. Überraschte Küchenangestellte, Wachen oder Palastdiener hätten sie vielleicht aufgehalten, um sie nach dem Grund ihres Hierseins zu fragen, aber sie erkannten Atul oder fürchteten ihn und sprangen einfach aus dem Weg des heranstürmenden Wächters. Und wenn sie sich nicht wegen Atul rührten, bewegten sie sich wegen Cliff. Caspars Gruppe war seiner Tante dicht genug auf den Fersen, dass die Diener, als er brüllte: »Wo ist die Königin?«, einfach in die Richtung zeigten, in die sie gegangen war.

Die Königin hatte noch einen Vorsprung, aber sie trug ein Kleid, was zum Rennen schlecht geeignet war, daher holten sie langsam auf. Die Jagd hatte mit einem Geschiebe durch die Menge auf dem Kai begonnen, gefolgt von einem langen Marsch im Laufschritt hügelan zum Palast, aber jetzt hatte die Jagd ein Ende. Sie schlitterten auf dem polierten Kalksteinboden in den Flur der königlichen Gemächer und wurden von drei gepanzerten Männern abgefangen.

Caspar lächelte. »Synge! Wie schön, Euch zu sehen, Sir. Ist die Königin hier durchgekommen?«

Der Zeugmeister lächelte nicht. »Ja. Und sie hat gesagt, ich soll Euch aufhalten.«

»Aber ich muss dringend etwas mit ihr erörtern.«

»Ich mag Euch, Caspar Klein. Aber sie hat mir aufgetragen, Euch zu töten, falls Ihr versucht, an mir vorbeizukommen.«

»Sie hat gegen hyakisches Gesetz verstoßen. Sie ist nicht die Krone. Und sie hat Euch degradiert. Wo liegen Eure Loyalitäten?«

Synge sah seine Gefährten an. »Unsere Loyalität gehört unseren Schwüren. Wir haben sie der Königin geleistet, als der König starb.« Er beäugte Atul. »Deshmane, du wirst deinen brechen.«

»Damit kann ich leben«, brummte Atul.

Synge zog sein Langschwert aus der Scheide. »Es tut mir leid, Junge, ich muss Euch töten.«

Caspar zückte Livian. Atul hatte sein Schwert bereits in der Hand. Graph schloss zu ihnen auf, um es mit den drei Soldaten aufzunehmen, während Cliff zu der Wand hinter ihm huschte. *Wo in allen Höllen will der hin?* Caspar hatte keine Zeit, darüber nachzudenken. Synge und die anderen rückten vor. Einer hielt eine lange Pike in der Hand und der andere einen dornenbewehrten Kriegshammer.

»Wer sind die anderen beiden?«, flüsterte Caspar Atul zu, während sie sich bereitmachten.

»Barth Ramsey mit der Pike, und der Muskelbepackte ist Quincy Cragg«, antwortete Atul. »Alles erfahrene Männer. Cragg könnt Ihr an seinem steifen Bein erkennen.«

In der Tat, Craggs linkes Bein beugte sich nicht am Knie. *Es ist aus Holz,* erinnerte Caspar sich – ein berühmter Krieger. *Scheiße!*

»Er gehört Euch. Lasst Euch von dem Bein nicht täuschen.« Mit diesen Worten verpasste Atul Synge einen gewaltigen Hieb.

Barth stürmte mit der Pike auf Graph zu und trieb den jungen Soldaten rückwärts. Caspar fand sich neben dem langen Holzschaft der Waffe wieder, während er auf Cragg wartete. *Ich sollte mit meinem eigenen Gegner kämpfen.* Das war es, was er vor vielen Monaten im Übungshof getan hätte, aber er hatte in letzter Zeit nicht auf dem Übungshof trainiert. Stattdessen warf er sich zur Seite und trieb die Eisenspitze von Barths Pike in den Boden, dann brach er mit seinem Körpergewicht die Stange entzwei. Caspar flog der Länge nach auf den Kalkstein und hoffte, dass Graph Cragg abfangen würde. Er tat es nicht. Er war zu weit entfernt, und Cragg, ein Veteran, zögerte nicht.

»Ein Fehler, Junge«, sagte Cragg und schwang seinen Hammer geschickt in der Hand, um gleich dessen schweres Ende einzusetzen.

Caspar schaute auf. Der Hammerkopf war nicht flach, sondern gewellt. *Wie ein Fleischklopfer.* Er beobachtete, wie Cragg ihn über den Kopf hob. In dem Augenblick ließ sich Cliff von oben auf den Mann herabfallen, und das Gewicht des Drachen warf ihn auf Caspar, sodass alle drei durch den Flur rollten und gegen die nächste Wand krachten. Caspar rappelte sich als Erster hoch – der Vorteil leichtfüßiger Jugend und zweier gesunder Beine. Er packte den älteren Mann an seinem Holzbein, während Cliff nach dem Kopf des Mannes schnappte, bis Cragg den Hammer fallen ließ und die Arme vors Gesicht riss.

»Ich habe ihn!«, rief Caspar triumphierend, und Cliff zischte eine Antwort, die Caspar zu seiner Überraschung verstand. Caspar drehte heftig, und das hölzerne Gliedmaß lockerte sich, bis der Mann nur noch ein rechtes Bein hatte. Caspar warf das Holzbein zusammen mit dem Hammer in den Flur, außer Reichweite.

Als sie fertig waren, drehten sie sich um und sahen, dass Barth mit seiner abgebrochenen Pike unbarmherzig auf Graph einprügelte, während der junge Soldat nach bestem Vermögen seine wichtigsten Organe schützte, das Schwert mit beiden Händen zum Parieren vor sich ausgestreckt. Sie rangen den älteren Mann zu Boden, wo seine Stangenwaffe nutzlos wurde. Cliff hakte eine Kralle in Barths Hinterteil und riss eine gezackte Wunde hinein, die ihn bewegungsunfähig machte. *Genau wie bei der Hexe.* Caspar fragte sich, ob es eine instinktive Jagdtechnik von Drachen war, ihre Beute am Weglaufen zu hindern, indem sie ihnen den Hintern aufrissen. Aber auch hier hatte er keine Zeit, darüber nachzudenken. Er ging Deshmane helfen.

Atul brauchte keine Hilfe. Er war jünger und stärker und genauso vertraut mit dem Rhythmus des Kampfes wie sein erfahrener Widersacher. Synge lag auf dem Rücken, seine Rüstung war eingedellt, und er blutete aus einer Schnittwunde am Kopf – sein Helm lag zerbeult auf dem Boden. Er schaute zu Deshmane auf, der mit seinem tropfenden Schwert über ihm stand.

»Tu es, Mann«, forderte Synge ihn auf. »Wenigstens sterbe ich dann nicht in einem Lagerhaus auf einem Schemel sitzend beim Polieren von Schulterplatten.«

Caspar hielt Atuls Hand fest. »Komm mit. Wir sind hinter größeren Fischen her.« Dann richtete er das Wort an Synge: »Ihr seid ein ehrenwerter Mann, Freund. Ich verzeihe Euch, dass Ihr versucht habt, mich zu töten. Wenn ich dieses Schiff auf den richtigen Kurs setzen kann, werde ich Euch Euren Stolz zurückgeben.«

»Er wird uns folgen«, sagte Atul.

Caspar runzelte die Stirn. »Macht ihn gehunfähig.«

Sie ließen Graph zurück, um die drei besiegten Männer zu bewachen. Der Junge war so zerschunden, dass er sie nur aufgehalten hätte. Seine Nase saß schief, sein Gesicht war geschwollen und ein Arm hing schlaff herunter, aber mit seinem gesunden Arm hielt er noch immer sein Schwert fest. Barth würde womöglich sterben, wenn sein Hintern weiter so blutete – Cliff war nicht zimperlich, wenn er Beute riss –, und Synge verdrehte regelmäßig die Augen nach dem Schlag, den er von Deshmane auf den Kopf bekommen hatte. Als er schon ein Stück den Flur entlanggelaufen war, hörte Caspar weiter hinten Synges Bein brechen und konnte nicht umhin, an die Knochenbrecher zu denken. *Eine abscheuliche, aber notwendige Vorsichtsmaßnahme.* Nachdem es geschehen war, holte Deshmane ihn wieder ein und führte ihn und Cliff zur Schlafzimmertür der Königin.

Kapitel 53

Neveah

»Ich nehme jetzt dieses Gewürz«, sagte Neveah.

»Ihr habt es auf dem Kai verschüttet«, erinnerte sie Namenlos.

»Hier muss doch irgendwo noch mehr sein.« Sie riss die Schublade ihres Ankleidetischs auf und zerrte sie dann aus ihren Schienen, um den Inhalt auszukippen.

»Wir müssen nachdenken«, fuhr Namenlos fort.

»Das versuche ich doch gerade!«

»Ich habe nachgedacht.« Eine dritte Stimme erklang von der anderen Seite des Raums. Viktor Valspar stand vor den Spinnenseidenvorhängen, und seine Robe passte sich daran an wie die farbwechselnden Schuppen eines Chamäleonfischs. Sie waren seit mehreren Sekunden im Raum, und keiner von ihnen hatte ihn bemerkt.

Wie macht er das?

»Viktor …«

Viktor kam zu ihr, die Arme verschränkt. »Es ist hier zu Ende, Neveah. Aber wir können von vorn anfangen. Malakit oder Hundschlund sind weit genug entfernt. Ich habe Geld.«

»Was redest du da, Viktor?«

»Ich rede von uns. Ihr müsst den Thron aufgeben. Aber ich bin für Euch da.«

»Wusste ich es doch! Du hast geholfen, mich vom Thron zu drängen, damit du mich in deinen verdrehten kleinen Armen da einfangen kannst.«

»Ihr seid zu klug, um das zu glauben«, schoss er zurück, überraschend energisch. »Ich weiß, Ihr habt es in Gedanken durchgespielt. Ich habe Euch immer unterstützt.«

Das ist wahr – er weiß immer noch, wie ich denke.

»Das war mein großer Fehler; ich konnte Euch nicht als krank ansehen. Ich habe Eure Probleme ignoriert, Eure Schwächen übersehen.«

Er liegt mir zu Füßen.

»Der Königinnengang«, sagte Viktor. »Wir nehmen den Tunnel zum Wächterkai, weg von der zornigen Menge. Ich habe ein Boot dort liegen, das uns erwartet.«

Es schien vernünftig. In Seeblick war die Temperatur am Siedepunkt. Der Rat würde sich ihrer nicht nur entledigen, man würde wahrscheinlich auch Anklage gegen sie erheben. Eine entthronte Monarchin war eine beliebte Zielscheibe, vor allem wenn sie auf den Schutz einer königlichen Familie verzichten musste. *Wenn ich meine eigene Familie an der Küste nicht vor den Kopf gestoßen hätte, könnte ich dorthin zurückkehren.* Valspars Vorschlag war wenig verlockend, aber pragmatisch, genau wie er selbst. Und sie brauchte jetzt einen pragmatischen Ratgeber. Der Gang der Königin. *Natürlich.* Er war für ihre Flucht gedacht. Sie brauchten nur durch den Schrank zu brechen, der den Eingang verdeckte, und …

Plötzlich ragten zwei lange Haarnadeln aus Elfenbein aus Viktors Augen, wie Äste, die jäh aus einem Baum gesprossen waren. Ein dünner Spritzer Rot quoll heraus und tropfte auf die steinernen Bodenfliesen.

»Das tun wir nicht«, widersprach Namenlos und wischte sich das Blut an Viktors eigener Robe von den Händen. Er versetzte Neveahs Bewunderer einen kleinen Stoß, und Viktor fiel zu Boden, wand sich und schlug mit seinen verkürzten Armen nach den Nadeln. Namenlos stand über ihm und machte keine Anstalten zu beenden, was er begonnen hatte.

Dieser Weg ist jetzt versperrt, dachte Neveah. »Wie lautet also dein Rat, Namenlos?«

»Hört auf, mich so zu nennen. Das ist mein Rat. Gebt mir meinen Namen zurück. Noch seid Ihr Königin. Verleiht mir jetzt einen Titel. Ich werde mit Eurem Adelsrat sprechen, bevor er zusammentritt und darüber abstimmen kann, Euch abzusetzen. Ich werde es ihnen ausreden. Ich kann sehr überzeugend vor Publikum sein.«

Oder in einer Kiste.

»Außerdem«, fügte er leiser hinzu, »wird ein Name alles legitimieren, was wir miteinander getan haben, alles zwischen uns.«

Sie zögerte. Das königliche Siegel befand sich in ihrem Schreibtisch weiter hinten im Flur. Sie brauchte es nur zu holen und ein Papier für ihn zu siegeln, dann würde er wieder sein, was er gewesen war. Adelig. *Was würde er mit solcher Autorität anfangen?* Er war ein junger Mann gewesen, als man ihm Reinfall als Übungsposten gegeben hatte. Er war nie nach Seeblick zurückgekehrt, aber er hatte eine ganze Stadt, ein Territorium dominiert, und das ein halbes Leben lang. *Was würde er mit einem Palast anstellen?* Sie zweifelte nicht an ihm. Seine Intelligenz konnte Stimmen gewinnen. Seine Schläue konnte Allianzen schmieden. *Und Furcht* – er konnte geringere Männer und Frauen so sehr das Fürchten lehren, dass sie … Dinge taten. Er konnte ihre Rettung sein. *Aber dann stehe ich in seiner Schuld.* Neveah kam plötzlich der Gedanke, dass sie das vielleicht bereits tat. *Das ist es, was er die ganze Zeit von mir wollte.*

»Noch … nicht.«

Seine Miene verfinsterte sich.

Kapitel 54

Caspar

Die Tür zum Gemach der Königin bestand aus dickem Eisenholz und war von innen verriegelt, erklärte Atul. Selbst seine muskelbepackte Schulter würde sie nicht aufbrechen können, und er versuchte es auch gar nicht erst, weil er sich nicht den Arm brechen wollte. Sie hämmerten dagegen und begehrten Einlass, doch ohne Erfolg. Neveah reagierte nicht.

»Was jetzt?«, fragte Caspar.

Atul ächzte. »Jetzt kommen der Rest ihrer Leibwache und die Palastgarde und töten uns. Ihr habt Synge gehört. Soldaten diskutieren nicht über das Verhalten ihrer Königin. Sie nehmen Befehle entgegen. Wenn sie es schafft, sie zu benachrichtigen, werden sie sich um sie scharen. Selbst wenn der Rest des Adels sich gegen sie stellt, wird es ein Blutbad geben, wenn wir versuchen, den Palast einzunehmen.«

»Wenn ich mit ihr sprechen könnte, würde ich ihr einen Handel vorschlagen.«

»Ich nicht«, murmelte Deshmane. Er drückte das Ohr ans Holz und strich mit der Hand geistesabwesend über die Tür, als würde er sie nach einem Weg hinein abtasten.

»Wir dürfen sie nicht herauslassen, bis der Rat zusammengetreten ist und abgestimmt hat«, sagte Caspar. »Selbst loyale Soldaten werden einen Ratserlass akzeptieren.«

Cliff legte seinen Echsenkopf schief. »Ein Stück Papier regelt die Angelegenheit?«

»Das Papier ist das Gesetz«, sagte Caspar.

Atul hörte es als Erster; er kannte es von früher. Ein fernes Knarren. Er hob einen Finger, um Stille zu gebieten, und wirbelte dann herum. »Die Hintertür. Hier entlang!«

Caspar und Cliff folgten ihm. Der Umweg durch diesen Flügel des Palastes führte sie um die Gemächer der Königin herum zum hinteren Flur und dem Dienstboteneingang. Die Tür stand offen. Atul packte sie und riss sie weit auf. Auf dem Bett lag ein Mann, der sich krümmte und die Hände vors Gesicht geschlagen hatte. Eine Blutspur, die vom Boden zum Bett führte, verriet Caspar, wo er gewesen war, und blutige Handabdrücke zeigten, wo er sich auf die Federmatratze gezogen hatte. Zwei elfenbeinerne, blutverschmierte Haarnadeln von der Länge einer Männerhand lagen neben dem Bett. Atul sprang auf den Mann zu und zog ihm die Hände vom Gesicht. Seine Arme waren verkrüppelt und seine Augen zerstört.

»Valspar!«

Caspar kannte ihn ebenfalls. *Viktor, der Ratgeber der Königin.*

»Wer ist da?«, krächzte Valspar trotz seiner Schmerzen.

»Caspar Klein.«

»Neveahs Neffe?«, presste er stöhnend heraus.

»Ja.«

»Helft ihr. Sie ist mit einem Dämon zusammen.«

»Wo?«

»Am Schreibtisch der Königin.«

»Er wird überleben«, sagte Atul und rannte zur Tür.

Caspar zögerte – *dieser Mann wird blind sein* –, dann folgte er Atul, und sie liefen zu Neveahs Privatgemach, einem abgeschiedenen Raum für die persönlicheren Aktivitäten einer Königin – Lesen, Meditieren, Schreiben. Der Raum ging nach

Westen und ragte aus der Palastmauer heraus, getragen von einer Reihe verschnörkelter Balkenträger in Aalform, sodass er über dem Arroganten Meer schwebte und aus drei Richtungen so viel Abendlicht wie möglich einfangen konnte. Der riesige, runde Schreibtisch der Königin, aus einem einzelnen Tuftorstamm geschnitten, stand am Fenster zum Meer, und Neveah saß dahinter und arbeitete emsig an einer Schriftrolle, als erledigte sie eine simple administrative Pflichtaufgabe. Neben ihr stand ein Mann, den Caspar nicht kannte. Der Mann war auf dem Kai zugegen gewesen und hatte in der Nähe seiner Tante gestanden, aber Caspar hatte nicht den Eindruck gehabt, dass er von besonderer Bedeutung war. Er war dünn und schon älter. *Kein Kämpfer.* Atul würde kurzen Prozess mit ihm machen, falls es so weit kam.

Neveah schaute auf und musterte ihr Publikum. »Atul. Hast du dich mit meinem Neffen zusammengetan, obwohl du mir den Eid geleistet hast?«

»Ihr habt mich in den Tod geschickt. Ich habe Euch abgeschworen.«

Caspar trat in den Raum und bedeutete Atul und Cliff, an der Tür zu warten. »Er wird Euch nichts tun.«

»Das sagt Ihr«, murmelte Atul.

»Und die Bestie?«, fragte Neveah.

»Steht unter meinem Kommando«, erklärte Caspar. »Ihr seid sicher, während Ihr mit mir verhandelt.«

»Und welchen Handel schlägst du vor? Du hast mich bereits vor meinem Rat vernichtet.«

»Dankt ab. Sofort. Bevor sie handeln. Es ist die einzige Möglichkeit.«

Neveah lächelte dünn. »Du willst König werden. Das verstehe ich. Du bist ehrgeiziger, als du es bei deiner Abreise warst, mehr, als ich dir zugetraut hätte.«

Caspar legte verwirrt den Kopf schief. »Ich will nicht König werden. Wovon redet Ihr da? Ich bin gar nicht an der Reihe in der Thronfolge. Das ist Derek.«

»Derek Moceri hat keine Eier mehr in der Hose, um den Thron zu besteigen«, sagte sie. Der Unterton in ihrer Stimme war so zornig und passt so gut zu ihrem rüden Kommentar, dass Caspar ihr glaubte, was immer sie damit meinte.

»Er weiß es nicht«, sagte der Mann zu Neveah. Die unheimliche Ruhe in seiner Stimme kam Caspar bekannt vor, und sie sandte ihm einen kalten Schauer über den Rücken.

Wer ist das?

»Was immer Ihr tun wollt, tut es jetzt, Klein«, flüsterte Atul Caspar zu. »Ich höre die Palastwache in den Fluren. Sie werden gleich hier sein.«

»Es spielt keine Rolle, wer der Nächste ist. Dankt ab und packt Euer Siegel drauf«, riet Caspar seiner Tante. »Ich werde mich bei Eurer Gerichtsverhandlung für Euch einsetzen. Es ist Eure beste Chance, Euren Hals zu retten.«

»Ich weiß deine Sorge um mich zu schätzen. Aber mach dir keine Gedanken, ich habe bereits einen Erlass unterzeichnet, der die Angelegenheit regeln sollte.«

In dem Moment füllte sich der Flur draußen mit dem Geklapper eintreffender Soldaten und anderer Personen. Caspar wandte sich an seine Glorreichen. »Lass deine Klinge stecken, Atul. Cliff, stell dich hinter ihn.«

»Nun denn«, sagte Neveah, »bringen wir es hinter uns.« Sie nahm die Schriftrolle vom Schreibtisch und ging mit ihrem Ratgeber im Schlepptau zur Tür. An der Tür wartete Caspar. Als sie näher kamen, sah der Mann ihn mit schmalen Augen direkt an. *Diese Augen … die Stimme und diese Augen.*

»Wartet!«, blaffte Caspar. »Du bist der Mann aus der Kiste!« Caspar griff nach seiner Klinge.

»Eure Königin ist schwanger«, fuhr der Mann ihn an, und Caspar zögerte. »Und der Vater ist ein titeltragender Adeliger. Ihr wisst, was das bedeutet, hm?«

Caspar schnappte nach Luft. *Ein Erbe!* Seine Tante würde Königin bleiben, begriff er. Keine Frau, die einen legitimen Thronerben unterm Herzen trug, würde entthront werden. Er wandte sich wieder an sie. »Welcher Edelmann ist der Vater?«

Neveah sah den Mann an ihrer Seite an.

»Nein. Nicht er!«, rief Caspar. »Er wurde seines Namens beraubt. Er trägt keinen Titel.«

»Jetzt nicht mehr!« Der Mann riss Neveah den Erlass aus der Hand.

Die Schriftrolle war mit dem Aalemblem der Moceris in purpurnem Wachs besiegelt. Es war nicht ihre Abdankungsurkunde, begriff Caspar. *Sie hat dem Mann in der Kiste wieder einen Titel gegeben!* Er hielt die Schriftrolle wie einen Schild gegen Caspar, als die beiden zur Tür gingen, um sich mit ihren Soldaten und allen Adeligen, die im Gang warteten, zu vereinigen.

Es ist das Gesetz, dachte Caspar entsetzt. Sie brauchte es nur zwei x-beliebigen adeligen Zeugen zu zeigen. *Dann wird der Mann aus der Kiste König!*

»Die Königin hat gesprochen!«, verkündete der Mann aus der Kiste und hielt den Erlass hoch, damit alle ihn sehen konnten.

Cliff legte seinen keilförmigen Kopf schief, während die Königin und ihr Ratgeber näher kamen, und dann beugte der Drache sich neugierig über Atul vor, um das wichtige Papier besser betrachten zu können. Als sie vorbeigingen, öffnete Cliff sein breites Maul, und Caspar sah ein Atemwölkchen herauswehen. Cliff sperrte den Kiefer noch weiter auf, und eine kleine Wolke quoll daraus hervor. *Rauch.* Die Mitte der Wolke wurde dunkel, und dann leuchtete ein Licht darin auf. Flammen zuckten daraus hervor wie eine gespaltene Zunge, nicht viele, aber genug. Das Gesicht des Mannes aus der Kiste rötete sich. Er schrie auf und riss die Hand weg, aber es war zu spät. Der Papiererlass fing Feuer und ging in gelbe Flammen auf.

Im Flur brach aufgeregtes Getuschel aus. Soldaten wichen zurück, weg von dem Drachen. Sie hoben ihre Bögen, und Atul deckte Cliff mit seinem massigen Körper, damit kein Pfeil ihn erreichen konnte. Aber keiner der wichtigen Zuschauer, der adeligen Anwesenden, beobachtete Cliff. Stattdessen beobachteten sie den Mann aus der Kiste, während er tanzte und vor Schmerz aufheulte, als die Flammen das Papier in seiner Hand verzehrten. Die Schriftrolle kringelte sich und wurde schwarz, und als er den verkohlten Erlass endlich aus seinen versengten Fingern fallen ließ, zerfiel er auf dem Kalksteinboden zu Asche.

Caspar sprang hinzu, um zu helfen, seinen Drachenfreund zu beschützen. »Cliff, was hast du getan?«

»Ich habe Feuer gemacht. Ich wünschte nur, Heath wäre hier, um es zu sehen.«

Epiloge

Kapitel 55

Neveah

Der kleine Einmaster war nicht viel größer als ein Schweinestall, aber das breite Boot war stabil, und die rollenden Wellen des Arroganten Meeres machten Neveah keine Angst.

Ich bin an einer verfluchten Küste zur Welt gekommen und habe an einer anderen geherrscht.

Nach dem Tumult, den die Ankunft ihres Neffen auf dem Kohlmann-Kai mit seiner Schiffsladung Geister ausgelöst hatte, hatte sich der zappelige, fischige Rat eilends versammelt, um über ihr Schicksal zu entscheiden – Verbannung.

Kein nachsichtiger Haufen.

In der überfüllten, lärmenden Halle voller Familienoberhäupter und Ratgeber wurden emotionsgeladen Stimmen abgegeben. Die Kleins hatten eine ganze Menge auf ihre Seite gezogen, aber das war zu erwarten gewesen. Sie hatten einen heldenhaften Retter von Kindern und ein magisches Ungeheuer vorzuweisen. *Na toll.* Anton und Margot Moceri waren still geblieben und hatten es nicht gewagt, in Anbetracht ihres verräterischen Schandflecks von einem Sohn ein Wort über die Nachfolge zu äußern – sie stimmten still gegen sie. Aber die scheinbar unbedeutenden Shnorhavorians hatten irgendwie sämtliche Adelige aus Fairhaven gegen sie aufgebracht. Und danach fielen die anderen um wie Dominosteine.

Sie würdigten sie nicht für all das Gute, das sie ihnen getan hatte. *Ich habe ihren sinnlosen Krieg beendet.* Wie schnell sie vergaßen. *Ich habe ihre Straßen von einer ganzen Generation von Bettlern und Dieben gesäubert.* Die Lochs und Mochs und Struggs und Angars und die Hälfte der anderen arschkriechenden adeligen Familien hatten im Stillen gejubelt, als sie das getan hatte! Und sie erwiesen ihr nicht das Mitgefühl, das sie verdient hatte, weil sie das Opfer eines sie vergiftenden Knaben geworden war. *Auch das haben sie schnell vergessen.* Und sie hatte Berge versetzt – *oder zumindest eine sehr große Kiste* –, um ihnen die allerbeste Thronfolgerin zu schenken. Kinsey war die Beste für das Reich, das wussten alle. Aber natürlich konnte Neveah dafür kein Lob in Anspruch nehmen. Sie konnte ihnen nicht erzählen, dass sie getan hatte, was getan werden musste und wozu niemand außer ihr den Mut gehabt hatte – außer ihr und einer anderen Person.

Neveah betrachtete ihren einzigen Schiffskameraden, der am Heck stand und beobachtete, wie das Begleitschiff hinter ihnen in der Ferne verblasste. *Es hat uns aus unserem eigenen Königreich hinausbegleitet wie ein Gastwirt, der zwei Schurken hinauswirft.*

Es war die Sache mit den Sklaven, die sie am Ende den Thron gekostet hatte, obwohl der Rat sich auf jede beliebige Ausrede gestürzt hätte, um seine Königin, die nicht von königlichem Geblüt war, loszuwerden – sie gehörte nicht zum Westküstenadel. Sie nahm an, dass sie sich glücklich schätzen sollte. Die Strafe für Sklavenhandel hätte der Tod sein können – sie hätten von einem Hundegespann über Land geschleift oder zu Wasser kielgeholt werden können. Ihr Kind hatte sie gerettet – sie wollten keine schwangere Frau hinrichten.

Mein Kind.

Sie hatte geschworen, dass sie ein Baby wollte, selbst wenn sie von ihrem Thron verjagt und gezwungen würde, es in einer Höhle zur Welt zu bringen. *Oder auf einem Boot, wie sich herausstellt.* Sie konnte nicht umhin, sich zu freuen. Es war ein Geschenk, von dem man sie hatte Glauben machen, sie verdiene es nicht – das einzig Gute in alledem. Und es würde ein schlaues Kind werden, das schlaueste im Königreich, denn sein Vater war ein Genie. *Und ein Wahnsinniger.*

»Wir haben immer noch Dreck gegen Kinsey in der Hand«, sagte sein Vater vom Heck aus, seine hagere Gestalt eine Silhouette vor dem Horizont. »Wenn sie es sich auf ihrem Thron erst richtig gemütlich gemacht hat, können wir mit den Geheimnissen ihres Vaters und unseren Forderungen zurückkehren.«

Er schmiedete immer Ränke, selbst jetzt noch. In einem Boot. In dem sie allein waren. Auf dem offenen Meer. *Immer schmiedet er Ränke.* Er hätte Neveah um ein Haar dazu verleitet, ihn zum König zu machen, oder zumindest zum adeligen Vater des Erben. *Prinzregent,* dachte sie. *Wer hat schon je von so etwas gehört?* Doch so war es – mithilfe eines adeligen Namens und des Schoßes einer Königin hätte er sich zum Interimsregenten von Hyak gemacht. Aber die Klein-Echse hatte das erledigt. *Der Mann ist trotzdem gefährlich,* überlegte Neveah. Für sie und ihr ungeborenes Kind gefährlich. *Und jetzt sitze ich mit ihm in der Falle … in einer Kiste.*

Er war schlau, bei den Göttern. Als der Rat ihn hatte sprechen lassen, hatte er sich aus sämtlichen Verdächtigungen von Caspar Klein herausgeredet. Alle glaubten, Derek habe Erek getötet. Die blinden Zwillinge hatten keine Ahnung, wie sie sich ihre Augen mit Würmern infiziert hatten. Der Diener Pavin und das Trypoli-Mädchen waren nicht in Seeblick, um über irgendwelche seltsamen Vorkommnisse auszusagen. Und Ainslee Brutstätt-Moceri wollte den geheimnisvollen Mann nicht identifizieren, der ihr Gewalt angetan und sie geschwängert hatte. So vermutete der Rat, dass sie irgendeinen namenlosen Bürgerlichen schützte, wie schwangere Prinzessinnen es gern taten. *Oder sie hat Angst vor ihm.* Als Namenlos den Mund geöffnet hatte, war eine irgendwie unwiderlegbare Logik aus ihm hervorgequollen, die den Rat überzeugt oder dermaßen verwirrt hatte, dass man auch von seiner Hinrichtung abgesehen hatte. Aber er hatte die herrschenden Familien nervös genug gemacht, um ihn zusammen mit Neveah zu verbannen, nur für alle Fälle.

Ja, er ist schlau – wahrscheinlich schlauer als ich. Das war ein Problem. Sie sah es jetzt deutlich, nachdem ihr alles andere genommen worden war und sie nur zu zweit in diesem Boot saßen. Jetzt, da das Gewürz fort war. Er war schlauer. *Aber ich bin stärker.* Sie holte tief Luft und trat von hinten an ihn heran.

»Namenlos …«

»Du wirst mich nicht länger so nennen«, sagte er, ohne sich umzudrehen, und schmiedete weiter laut Pläne, als wäre sie kaum mehr als eine Fliege, die an seinem Ohr summte. »Im Süden wird man von deiner Amtsenthebung gehört haben. Wir sollten nach Norden gehen. Vielleicht nach Rumforte. Oder sogar Himmelwärts – das ist wie in einer anderen Welt dort oben. Wir müssten durch den Mittelarroganten Rücken navigieren. Das ist ein Risiko.«

Es war beinahe besser, ignoriert zu werden, ging es Neveah durch den Kopf. Ihr graute davor, was geschehen würde, wenn er Interesse an ihr fand, wenn er neugierig wurde. Aber sie war ebenfalls neugierig. Sie musste das Ausmaß seines Wahnsinns erkunden. Sie trat bis auf Armeslänge an ihn heran.

»Hast du Augäpfel gesammelt, wie Caspar Klein es behauptet hat?«

Da hielt er inne, verärgert, dass seine präzisen Gedankengänge gestört wurden, drehte sich zu Neveah um und schenkte ihr seine ungeteilte Aufmerksamkeit. Er streckte die Hand aus und zeichnete mit einem knochigen Finger ihr Gesicht nach. Es jagte ihr eine Heidenangst ein, dass er sich auf sie konzentrierte, aber sie ließ es zu.

»Wir sind gleich, du und ich«, sagte er und strich mit dem Finger an ihrem Kinn hinauf, über ihre Nase und um ihre Augen herum. »Wir haben beide mit guten Absichten abscheuliche Dinge getan. Notwendige Dinge.«

Neveah nickte. Sie hatte schlimme Dinge getan – damit hatte er recht. *Aber wir sind nicht gleich.* Neveah schmiegte sich in seine forschende Berührung. Und dann versetzte sie ihm einen Stoß.

Sie hatte nicht darüber nachgedacht oder einen Plan geschmiedet; Denken hätte bloß seiner Stärke in die Hände gespielt, hätte ihm Zeit gegeben, sie zu durchschauen. Stattdessen tat sie es einfach, und als er überrascht zurücktaumelte, machte sie einen Satz nach vorn und versetzte ihm einen weiteren Stoß. Er war ein dünner Mann, und sie wog mehr als er, außerdem verlieh ihrer beider Kind ihr die zusätzliche Schwere, die den Ausschlag gab. Er stolperte gegen die niedrige Reling und ruderte für einen Moment im Kampf um sein Gleichgewicht mit den Armen.

»Ich habe es nicht genossen«, stellte sie fest.

Und dann fiel er mit einem leisen Platschen, das sie kaum hörte, ins Arrogante Meer. Der Einmaster trieb ohne ihn weiter, und Neveah ergriff das Ruder, um auf den Mittelarroganten Rücken zuzusteuern.

Norden also, ja?

Kapitel 56

Opal

Es hatte keinen Sinn, eine Dame in einer Stadt voller Damen zu sein, die wussten, dass man keine echte Dame war, fand Opal. Sie würde mit ihrem neuen Titel woanders hingehen, beschloss sie. Außerdem hatte sie jetzt ein wenig von der Welt gesehen, und es dürstete sie nach mehr. Es gab ein Kontingent von Soldaten aus Seeblick, das auf dem Weg in den Norden war, zum Vorgebirge. Von dort aus würde eine kleinere Gruppe in die Moorlande und zu den Seen reisen. Sie hatte gehört, der Moorpalast in Nebelgrund sei ein Wunder und die Kettenseen ein spektakulärer Anblick. Und sie sehnte sich danach, die mysteriöse Stadt Himmelwärts auf dem Gipfel der Nordlaufberge zu sehen.

Atul ging nirgendwohin. Er eröffnete ihr, dass er in Seeblick bleiben und eines Tages »als glücklicher, einfacher Mann beim Fischen im Rundstein sterben« wolle. Sie bedankte sich noch einmal bei ihm dafür, dass er sie vor seiner Königin gerettet hatte, bevor sie ihn seinen bescheidenen Träumen von Netzen und Silberfischen überließ, und er brummte, dass er keine Gelegenheit gehabt habe, seiner Königin geziemend für ihren Verrat zu danken. Dann schlug er Opal auf die Schulter und drückte sie, was einer Umarmung so nah kam wie es ihm möglich war.

Opal hatte ebenfalls geschworen, der Königin ihre Unfreundlichkeit zu vergelten. Aber wie sich herausstellte, gab es Gesetze, die so etwas verboten, und eine lange Schlange von Menschen, die vor ihr dran waren. Es war ein Schwur, den sie nicht erfüllen konnte. Schwüre waren heikel, hatte sie herausgefunden. Sie waren gute Motivatoren und Leitlinien, aber sie waren auch Zielscheiben, die man nicht immer traf. *Ich habe immerhin wirklich Kinder gerettet.*

Sie packte alles, was sie besaß, in einen einzigen Beutel. *Nicht viel Gepäck für eine edle Dame.* Sie besaß ein einziges gutes Kleid für offizielle Anlässe, genau wie sie es als Straßenkind gehabt hatte. Sie stopfte es in den Beutel, dann ging sie hinaus zu dem wartenden Wagen.

Um ihren adeligen Namen während der Reise behalten zu können, bedurfte es eines neuen Schwures, eines Schwures, den Lord Caspar Klein mit ihr zusammen ablegen würde. Dies habe einen Preis, hatte Zottel sie gewarnt. Sie musste ein bedeutendes Maß an Freiheit aufgeben – *das kostbarste Geschenk, das ein bürgerliches Mädchen besitzt.* Aber sie hatte hart mit Caspar verhandelt und als Gegenleistung für diese Freiheit verlangt, die Welt sehen zu dürfen. Und er hatte ihr Loyalität versprochen – keine Kleinigkeit in einem unberechenbaren Leben. Es war ein guter Handel, beschloss sie, und darauf hatten sie ihr Ehegelübde abgelegt.

Opal eilte im kühlen Morgennebel von Möwengeschrei begleitet die gewundene Steintreppe der Klippenvilla der Familie Klein hinab. Am Fuß der Treppe wartete die Golstonkutsche mit einem gähnenden Hundegespann auf sie. Der extravagante Wagen war zu unpraktisch, um sie den ganzen Weg bis zu den Mooren zu fahren, aber es geziemte sich für eine Dame, darin ins Vorgebirge zu reisen. Sie teilte die Vorhänge aus Spinnenseide. Die Sitze waren mit ihren Federkissen aus Fairhaven eher Sofa als Bank, und die Wände und Decke der Kutsche waren innen golden bemalt, mit roten Blumenakzenten. Doch die Schönheit dieses Kunstwerks ließ sich nicht vergleichen mit einer leuchtenden Wiese voller echter Blumen, und es kam Opal merkwürdig vor, in einer Kiste eingesperrt daherzuholpern und auf ihre Nachahmungen zu blicken.

»Mylady …«, sagte der Kutscher – ein Junge aus Mittelstadt, nach seinem langen, geflochtenen Haar zu urteilen. Er wedelte mit einer behandschuhten Hand, damit sie einstieg.

Opal warf ihren Beutel hinein, schloss die Tür und ging dann außen um den Wagen zum Trittbrett des Kutschers. »Wenn du nichts dagegen hast«, sagte sie und stieg die Stufen hinauf, »fahre ich oben mit, denke ich, wo ich etwas sehen kann.«

»Was sehen, Mylady?«

»Alles.«

Kapitel 57

Caspar

In Reinfall erspähte Caspar Rhoda Delany, die auf ihrem Balkon mit Blick saß, der auf die Stelle hinausblickte, wo die beiden Flussläufe des Nordgabelstroms zusammenflossen und sich zum Rundstein vereinigten. Auf der anderen Seite des Kanals färbte der Wald die Wilde Westküste bis zum Horizont grün. Im Norden erhoben sich die gezackten Berge in den blauen Himmel. Die gurgelnden Flüsse sangen harmonisch von ihrem Zusammenfluss.

Die Schönheit des Vorgebirges strafte die hässliche Geschichte dieses Territoriums Lügen. Aber Caspar verstand jetzt, dass es nicht das Land war, das hässlich war. Die Landschaft der Grenzlande war nur die Szenerie, der Hintergrund. Weder log sie noch schmiedete sie Ränke oder überfiel andere Länder oder brach ihre Versprechen. Das tat die Menschheit.

»Lady Delany!«, rief Caspar nach oben.

»Ihr seid zurück«, sagte sie und wandte den Blick von der lieblichen Landschaft ab, um zu ihm hinunterzusehen. Sie sah müde aus und traurig. »Mein Sohn Franken ist tot, getötet von einem abtrünnigen Wächter, heißt es, obwohl ich den Verdacht hege, dass Eure Königin dabei die Hand im Spiel hatte.«

»Sie ist entthront worden«, berichtete Caspar ihr. »Falls Euch das ein gewisser Trost ist.«

»Ah, endlich mal eine gute Neuigkeit. Und hingerichtet, hoffe ich?«

»Nein. Sie wird Mutter eines Bastards, und kein zivilisiertes Volk würde eine schwangere Frau töten. Ihre Familie hat sie verstoßen, und sie wurde ihres Namens und ihrer Titel enthoben und verbannt.«

»Würde ich den Namen des Vaters kennen?«

Caspar dachte einen Moment lang nach. »Nein.«

Delany nickte, unzufrieden mit der Bestrafung, aber alt genug, um den Gang der Dinge zu verstehen. Sie schaute zu der Reihe von Soldaten hinüber, die hinter Caspar standen.

»Weitere Kriege?«

»Ich hoffe nicht«, antwortete Caspar.

»Was wird das dann?« Sie zeigte auf die Männer.

»Das wird eine Garnison«, erklärte Caspar. »Sie werden natürlich eine Palisade und eine Kaserne brauchen, aber sie werden helfen, sie zu bauen, falls Ihr guten Leute das Holz bereitstellt.«

Die betagte Dame erhob sich. »Für uns?«

»Ja. Wie ich es versprochen habe.«

Der plötzliche Ausdruck von Dankbarkeit auf ihrem Gesicht wärmte ihm das Herz. Ihr zynisches Stirnrunzeln wich für einen Moment einem Lächeln. Es war genug. »Ihr seid ein guter Mann, Caspar Klein«, sagte sie.

»Und dies sind gute Männer. Ich wünschte, ich hätte sie bei mir gehabt, als ich durch die Grenzlande gezogen bin.«

»Ein Steuereintreiber mit einem Kontingent Soldaten. Ha! Sie würden Euch gewiss beim Kassieren helfen, wenn Ihr diesmal einige von ihnen mitnehmen würdet.«

»Ich bin nicht länger Zollmeister. Tara Shnorhavorian hat dieses Amt übernommen und eine ganz neue Truppe zusammengestellt. Ich trage jetzt einen anderen Titel.«

Lady Delany schnappte nach Luft. »Götter, Ihr wart einer der Thronfolger, nicht wahr? Seid Ihr …?«

»Nein, Lady. Ich habe Kinsey Moceri den Vortritt gelassen. Sie ist jetzt Königin. Sie ist die Beste für unser Königreich. Außerdem muss ich andere Versprechen halten, und ich habe Loyalität geschworen.«

»Wem?«

»Mir selbst. Meiner frisch angetrauten Gemahlin. Jedem guten Menschen im Reich, der nicht versucht, mich zu töten.«

Rhoda Delany lachte. »Ihr habt die Krone abgelehnt, hm? Und geheiratet! Ihr überrascht mich immer wieder, Lord Klein. Also, was seid Ihr dann?«

»Ich bin Hyaks erster Botschafter in den Grenzlanden.«

In dem Moment erschien eine Golstonkutsche, die holpernd hinter ihm zum Stehen kam. Sie hatte eine Echsenflagge gehisst.

»Ah, meine Gemahlin ist eingetroffen!« Caspar sprang auf die Kutsche zu, um die Tür zu öffnen.

Aber als er die Vorhänge teilte, spähte eine riesige Echse heraus.

»Sie hatte recht«, stellte Cliff fest. »Es ist seltsam, in einer Kiste zu reisen.«

Lady Delany riss die Augen auf, als der Drache aus der Kutsche stieg. Cliff wuchs immer weiter und maß jetzt mehr als das Anderthalbfache eines Mannes, den Schwanz nicht mitgerechnet.

»Wo ist meine Gemahlin?«, fragte Caspar.

»Sie wollte nicht im Wagen fahren, Lord«, sagte der Kutscher.

»Sie wollte nicht …?«

Opal zügelte ihren Zelter, als sie hinter dem verschnörkelten Wagen hervorgetrabt kam. »Es tut mir leid, Gemahl. Ich weiß die Kutsche zu schätzen, die du geschickt hast, aber mir ist ein Ledersattel lieber als Federkissen.«

Caspar lächelte und dachte daran, wie weich sein Stadthintern bei seiner ersten Reise in die Grenzlande gewesen war. Opal war nicht weich, bei den Göttern. Und auch er war es nicht. Nicht mehr.